# LEDA
## CLASIC

Stendhal

# MĂNĂSTIREA DIN PARMA

Redactor: Lili Danilescu
Tehnoredactare computerizată: Liubovi Grecea
Coperta: Walter Riess

Stendhal
*La Chartreuse de Parme*

Toate drepturile asupra acestei ediţii
sunt rezervate Editurii LEDA, parte componentă
a GRUPULUI EDITORIAL CORINT

ISBN 978-973-102-080-8

Timbrul literar se plăteşte Uniunii Scriitorilor din România
Cont: RO65RNCB0082000508720001, B.C.R., Sucursala UNIREA

Pentru comenzi şi informaţii adresaţi-vă la:

**Editura LEDA**
**Difuzare şi Clubul Cărţii**
Splaiul Independenţei nr. 202 A, Sector 6, Bucureşti
Tel.: 319.88.22, 319.88.33, 319.88.77. Fax: 319.88.66
E-mail: vanzari@edituracorint.ro
Magazinul virtual: www.edituracorint.ro

---

**Descrierea CIP a Bibliotecii Naţionale a României**
**STENDHAL**
 Mănăstirea din Parma / Stendhal; trad.:
Traian Finţescu; pref.: Constantin Zaharia - Ed.
a 2-a. - Bucureşti: Leda, 2007
 ISBN 978-973-102-080-8

I. Finţescu, Traian (trad.)
II. Zaharia, Constantin (pref.)

821.133.1-31=135.1

Format: 16/54x84; Coli tipo: 13,5

Tiparul executat la: FED PRINT S.A.

Stendhal

# MĂNĂSTIREA DIN PARMA

### Ediția a 2-a

Traducere de TRAIAN FINȚESCU
Prefață de CONSTANTIN ZAHARIA

# PREFAŢĂ

Henri Beyle, cunoscut în literatură sub numele de Stendhal, s-a născut la Grenoble, la 24 ianuarie 1783, într-o familie ale cărei opţiuni catolice şi regaliste îl vor determina să devină un republican convins încă din adolescenţă chiar dacă, la fel ca şi unele din personajele romanelor sale, va fi la un moment dat un admirator fervent al lui Napoleon. După ce participă la campania din Italia (1800-1802), apoi în Germania, Austria şi Rusia (1806-1812) în serviciul de intendenţă al armatei imperiale, Stendhal petrece lungi perioade în Italia, unde îndeplineşte misiunea de consul la Milano, Trieste şi Civita-Vecchia (1814-1821; 1830-1836; 1839-1841). Este de altfel pasionat de Italia şi de cultura italiană. Printre primele sale publicaţii se numără o lucrare consacrată picturii italiene, precum şi un jurnal de călătorie, *Roma, Neapole şi Florenţa* (1817), iar mai târziu se va inspira din cronici italiene pentru a scrie unele din nuvelele sale. Cea dintâi lucrare care contează cu adevărat în biografia spirituală a lui Stendhal este un eseu, *Despre iubire* (1822), urmat de *Racine şi Shakespeare* (1823), care îi aduce celebritatea. Stendhal publică primul său roman, *Armance*, abia în 1827, la vârsta de 44 de ani. Inspirat de literatura de salon, subiectul acestei scurte naraţiuni lasă loc presupunerii, prin sinuciderea inexplicabilă a eroului, că acesta suferă de o infirmitate sexuală care, în mod paradoxal, nu exclude iubirea.

Trei ani mai târziu apare *Roşu şi Negru*, care are drept temă viaţa şi moravurile de provincie. Romanul urmăreşte destinul lui Julien Sorel, un tânăr conştient de propria sa valoare într-o lume în care apartenenţa la o castă decide viaţa individului. El îşi propune să spargă tiparele şi să ocupe în societate un loc onorabil, în ciuda originii umile. Condiţia însă nu-i permite să-şi afirme superioritatea, iar lumea pe care o cunoaşte îi inspiră mai curând dispreţ. Tânăr, frumos, inteligent, dotat cu o memorie excepţională, plin de energie, Julien este pe punctul de a pătrunde în lumea aristocraţiei prin căsătoria cu Mathilde de la Mole, dar „crima" de a fi tras două focuri de armă asupra doamnei de Rênal atrage după sine judecarea şi condamnarea la moarte. Eşecul lui Julien şi sfârşitul său tragic reprezintă nu doar o judecată implacabilă asupra societăţii din epoca Restauraţiei, ci şi o meditaţie asupra limitei morale şi psihologice care împiedică acceptarea unui caracter nobil de către societate.

În ordine strict cronologică, Stendhal este creatorul romanului modern, *Roşu şi Negru* devansând cu câţiva ani publicarea primelor capodopere balzaciene. Pentru prima oară în literatura franceză, şi am putea spune europeană, mediul social este prezentat în mod realist, una din preocupările principale ale autorului fiind observaţia fenomenelor care reglementează relaţiile dintre indivizi, poziţia acestora în societate, precum şi ceea ce în mod impropriu s-ar putea numi psihologia personajelor. Dincolo de latura strict socială, Stendhal acordă o importanţă majoră individului şi motivaţiilor sale, dând expresie unei naturi umane complexe prin zugrăvirea personalităţii lui Julien Sorel. *Roşu şi Negru* nu este însă singura capodoperă a lui Stendhal, printre care se mai numără romanul neterminat *Lucien Lewen* şi *Mănăstirea din Parma*.

În timpul misiunilor sale diplomatice, Stendhal citise şi chiar pusese să fie copiate o serie de cronici italiene din secolele al XVI-lea şi al XVII-lea. Una dintre acestea, o scurtă naraţiune intitulată *Origine della famiglia Farnese*, conţine deja nucleul epic al viitoarei *Mănăstiri din Parma*. Stendhal se arată interesat de subiect, propunându-şi să-l transforme într-un scurt roman. În cursul anului 1838 începe chiar să-l scrie; în chiar aceeaşi perioadă redactează o prezentare a bătăliei de la Waterloo care urma a fi prezentată fiicelor contesei de Montijo. Autorul nu luase parte la acest eveniment, în schimb avusese ocazia să vadă câmpul de luptă în campania din Rusia. Există de asemenea o descriere extrem de pitorească a bătăliei de la Bautzen, redactată către 1813.

În ziua de 3 septembrie 1838, Stendhal are revelaţia viitorului roman, a cărui acţiune trebuia să fie întinerită cu trei secole, fiind cuprinsă între 1796 şi 1830, adică între episodul ocupării oraşului Milano de către trupele franceze şi anul morţii lui Fabricio. Timp de două luni autorul meditează asupra structurii viitorului roman, se documentează în vederea redactării *Memoriilor unui turist*, iar lucrul propriu-zis începe abia la începutul lunii noiembrie. Timp de şapte săptămâni îşi dictează romanul, corectează textul şi îl rescrie. După cincizeci şi două de zile, la 25 decembrie

## Prefață

1838, cartea este gata. Trimisă la tipar la începutul anului 1839, ea va apărea câteva luni mai târziu, fiind publicată de editorul parizian Ambroise Dupont, care va insista ca textul să fie scurtat pentru a putea fi tipărit în numai două volume. Este uimitor faptul că una din cele mai impresionante cărți din întreaga literatură franceză, pe care o putem numi capodoperă fără nici o reținere, a fost creată într-un interval atât de scurt.

Reacțiile nu întârzie să apară. „Dl. Beyle a scris o carte în care sublimul crește în strălucire de la un capitol la altul", consideră Balzac, entuziasmat de lectură. Deși critica este în general favorabilă, doar acesta din urmă se arată fermecat de splendoarea romanului, într-un articol lung de șaptezeci și două de pagini, apărut la 25 septembrie 1840 în *Revista pariziană*. Pentru Balzac, *Mănăstirea din Parma* este „o operă care nu poate fi apreciată decât de spiritele și de persoanele cu adevărat superioare". Autorul *Comediei umane* avusese intuiția capodoperei și a geniului lui Stendhal în mod natural: afinitățile și înrudirile sunt mai puternice între creatori decât diferențele, peste care un „spirit superior" trece de altfel cu ușurință; admirația devine astfel posibilă. Stendhal este impresionat de articol și răspunde plin de modestie printr-o scrisoare pe care o rescrie de trei ori înainte de a o trimite recenzentului.

Am menționat acest episod al receptării elogioase a romanului tocmai datorită faptului că nu numai critica din epocă a fost destul de rece față de Stendhal; și alți scriitori de renume, ca Victor Hugo bunăoară, considerau că autorul nu are nici cea mai vagă idee despre stil. Reproșul exprimat de șeful școlii romantice avea în vedere o noțiune de stil care corespundea desigur avântului și retoricii specifice curentului pe care îl reprezenta. Dicțiunea austeră a frazei stendhaliene, al cărei model se poate regăsi în *Codul Civil* elaborat în epoca imperială, nu putea fi pe gustul romanticilor, pentru care expresia emfatică și redundantă a sentimentului nu are prea mult de-a face cu limpezimea și concizia obligatorie impuse de redactarea unei narațiuni. Este de altfel important de amintit faptul că Stendhal este legat de secolul al XVIII-lea atât prin formație, cât și prin gust: Voltaire, Montesquieu, Jean-Jacques Rousseau au fost și au rămas pentru el chiar și la maturitate autori de căpătâi. Ne putem explica astfel intriga plină de aventuri a *Mănăstirii din Parma*, tributară fără îndoială secolului anterior, dar și conversația plină de strălucire a personajelor, căci Stendhal a frecventat cu asiduitate saloanele pariziene care perpetuau încă la începutul veacului al XIX-lea cultul pentru *spirit*, aforism și calambur. Acestea sunt cele două coordonate ale tradiţiei culturale pe care le regăsim în romanul de faţă.

Cealaltă faţă a lui Stendhal, de scriitor modern, este mai discretă în ochii contemporanilor, dar ea nu poate trece nevăzută pentru cititorul de romane de astăzi. De fapt, naraţiunea stendhaliană este profund novatoare. Episodul în care Fabricio participă la bătălia de la Waterloo este revelator din acest punct de vedere. Plecat de acasă la numai şaisprezece ani, ajuns pe câmpul de luptă după nenumărate aventuri, Fabricio observă lucruri care i se par ori bizare, ori de neînţeles: când Împăratul trece în fruntea unui cortegiu de generali, nu are timp să-l vadă; câţiva ofiţeri îi rechiziţionează calul fără să-i ceară părerea; o vivandieră amabilă îi oferă câteva păhărele de rachiu, după care trebuie să doarmă pentru a-şi reveni din ameţeală. Ba chiar la un moment dat ia parte la un fel de luptă, fiind singurul care reuşeşte să doboare un duşman. Astfel încât, la sfârşit, se vede nevoit să se întrebe dacă a participat cu adevărat la o bătălie, fără a avea însă vreo certitudine în acest sens. Cititorul nu este nici el lămurit, nefiind în măsură să afle mai multe decât personajul. Aceeaşi bătălie, descrisă de Victor Hugo, în *Mizerabilii*, va beneficia de o prezentare globală, în care detaliile strategice ale conflictului, menite să ofere un tablou de ansamblu asupra evenimentului, nu lipsesc. Naraţiunea focalizată pe care o introduce Stendhal, procedeu ce constă în raportarea permanentă în cursul povestirii la punctul de vedere al personajului, fără ca naratorul să-şi asume cunoaşterea faptelor care nu intră în sfera de percepţie a acestuia, este un element profund diferit de omniscienţa naratorului balzacian spre exemplu, care nu numai că se distanţează adesea de propriul personaj, permiţându-şi chiar să se întoarcă în trecut după bunul său plac, dar adoptă atitudinea celui care cunoaşte în cele mai mici detalii istoria pe care o povesteşte. Procedeul inventat de Stendhal va fi preluat de Flaubert şi aplicat la scara întregului roman *Educaţia sentimentală*, în care naraţiunea este în mod constant focalizată asupra personajului Frédéric Moreau. Dacă la acestea adăugăm şi prezenţa monologului interior, putem spune că Stendhal este un autor a cărui modernitate în secolul al XIX-lea este comparabilă cu cea pe care o reprezintă pentru secolul XX literatura lui Faulkner ori a lui Proust.

Nu elementele strict tehnice sunt însă cele care obţin sufragiul publicului. *Mănăstirea din Parma* este un roman a cărui densitate narativă nu lasă nici o clipă de răgaz cititorului dornic de aventură; altfel spus, acesta din urmă nu are timp să se plictisească. Narațiunea însăși este pasionantă, Stendhal având darul de a spune mult în puține cuvinte. Frecventarea saloanelor din epocă i-a creat de altfel gustul pentru *brevitas* (sentință, maximă, aforism), pe care o găsim adesea strecurată printre rândurile povestirii. Când, temându-se să nu fie otrăvit, contele Mosca se arată hotărât să angajeze un bucătar francez care apreciază vorbele de spirit, el își justifică alegerea prin formula: „Calamburul este incompatibil cu asasinatul". Astfel de detalii constituie bucuria de fiecare moment a lecturii, la care se adaugă mai multe episoade memorabile. Evadarea lui Fabricio din turnul Farnese este relatată într-un tempo narativ paroxistic, cu atât mai dramatic cu cât eroul se lasă cu greu convins să părăsească închisoarea unde, în mod paradoxal, se simte fericit, fiind aproape de Clelia Conti. Scena din capitolul al XIV-lea, în care ducesa Sanseverina îl anunță pe prințul Ernest-Ranucio că va părăsi Parma, este o capodoperă de umor generat de așteptări frustrate, dovedind un adevărat talent pentru teatru, de care Stendhal era pasionat în tinerețe, când își propunea să devină un al doilea Molière. Există numeroase episoade de acest gen, de o extraordinară varietate sub specie narativă, care alcătuiesc deliciul lecturii.

Stendhal este autorul care a rezistat cel mai bine modelor literare, situându-se mereu în fruntea preferințelor celor mai diferiți scriitori. Era la fel de iubit de Zola, Paul Valéry, André Gide sau Proust. Dincolo de faptele imaginate, povestite cu o pasiune inegalabilă, se poate intui ceea ce este specific literaturii lui Stendhal: în primul rând tenta autobiografică, autorul proiectându-se în personajele sale. Julien Sorel este fața sumbră a personalității sale, Fabricio constituie reveria fericită (G. Picon). Porniți în căutarea norocului, eroii lui Stendhal eșuează sau sunt împiedicați de condiții potrivnice să se realizeze, chiar și atunci când se îndrăgostesc iar iubirea lor este împărtășită. Dacă nu oamenii, atunci soarta le este potrivnică. În al doilea rând, putem înțelege că ceea ce este important la Stendhal ține nu atât de evenimentul narat, cât de un anumit mod de a concepe actul de a scrie. Adevărata *quête du bonheur* nu este cea a lui Fabricio ori a lui Lucien, ci a autorului însuși, pentru care literatura devine singura expresie posibilă a fericirii. Secretul tinereții fără bătrânețe al romanelor lui Stendhal constă tocmai în această pasiune a creației care se transmite creației înseși.

Constantin Zaharia

# TABEL CRONOLOGIC

**23 ianuarie 1783:** Se naşte la Grenoble *Henry Beyle* (viitorul Stendhal), ca fiu al lui Joseph Chérubin Beyle şi al soţiei sale Caroline-Adélaïde-Henriette Gagnon.

**1796–1799:** Henry Beyle urmează cursurile *Şcolii Centrale* din Grenoble. Se pregăteşte pentru Concursul de admitere la *Şcoala Politehnică*, studii la care însă va renunţa.

**1800–1801:** După Lovitura de stat de la 18 Brumar 1799, ia parte la campania din Italia a generalului Bonaparte, perioadă de care îşi va aminti în 1838, când va redacta primul capitol al *Mănăstirii din Parma*.

**1806–1809:** Însoţeşte, în calitate de adjunct al comisarilor de război şi de Intendent, armata napoleoniană.

**1812:** Participă la campania din Rusia, însoţind armata până la Moscova.

**1813:** Ia parte la campania din Saxonia, fiind numit intendent imperial în Silezia.

**1814–1821:** În urma evenimentelor politice (înfrângerea lui Napoleon la Waterloo, Restauraţia etc.), se stabileşte la Milano, unde începe să se dedice scrisului, adoptând pseudonimul *Stendhal*.

**1822:** Publică *De l'amour* (Despre iubire).

**1823:** Apare prima broşură din *Racine et Shakespeare* (cea de a doua fiind tipărită în 1825), lucrare socotită unul dintre primele manifeste ale Romantismului.

*Tabel cronologic*

**august 1827:** Publică primul său roman, Armance.

**1829:** Văd lumina tiparului Promenades dans Rome (Plimbări prin Roma) și nuvela Vanina Vanini (inclusă ulterior în Cronicile italiene).

**noiembrie 1830:** Publică romanul Le Rouge et le Noir (Roșu și negru).

**1831–1836:** Este numit consul al Franței la Civita-Vecchia, în Statele Pontificale, făcând dese călătorii la Roma.

**1832:** Redactează Souvenirs d'egotisme (Amintiri egotiste).

**1835:** Întrerupe redactarea romanului Lucien Leuwen (care va rămâne neterminat, fiind publicat postum) și scrie Vie de Henry Brulard (Viața lui Henry Brulard).

**1836–1839:** Publică Chroniques italiennes (Cronici italiene) și Mémoires d'un touriste (Memoriile unui turist).

**mai 1839:** Apare romanul La Chartreuse de Parma (Mănăstirea din Parma).

**1839–1841:** Lucrează la ultimul său roman, Lamiel, la Civita-Vecchia, care va rămâne neterminat.

**23 martie 1842:** Se stinge din viață la Paris, în urma unui atac de apoplexie.

*Gia mi fur dolci a empir la carte*
*I luoghi ameni*[1].
*Ariost sat. IV*

---
[1] Locurile plăcute mi-au fost dulci imbolduri la scris (it.).

## CUVÂNT ÎNAINTE

*Nuvela aceasta a fost scrisă în iarna lui 1830 şi la trei sute de leghe de Paris; aşadar, nici o aluzie la evenimentele din 1839.*

*Cu mulţi ani înainte de 1830, pe vremea când armatele noastre străbăteau în lung şi-n lat Europa, întâmplarea a făcut să fiu găzduit în casa unui canonic: era la Padova, încântător oraş din Italia; şederea mea prelungindu-se, am devenit prieteni.*

*Trecând din nou prin Padova, pe la finele lui 1830, am dat fuga la casa bunului canonic: murise, aflasem, dar voiam să revăd salonul în care petrecuserăm atâtea seri agreabile şi, de atunci, de atâtea ori regretate. I-am găsit acolo pe nepotul canonicului şi pe soţia acelui nepot, care mă primiră ca pe un bun prieten. Mai apărură câteva persoane şi nu ne-am împrăştiat pe la casele noastre decât noaptea târziu; nepotul trimise să ni se aducă de la cafeneaua Pedroti un zambajon[2] excelent.*

*Ceea ce ne făcu, mai cu seamă, să zăbovim până hăt târziu, în noapte, a fost povestea ducesei Sanseverina, pe care cineva o pomeni în treacăt şi pe care nepotul ţinu cu orice preţ să o depene din fir a păr, în cinstea mea.*

*— În ţara unde mă duc, le-am spus eu prietenilor mei, nu mă voi mai întâlni niciodată cu seri ca aceasta şi, ca să treacă ceasurile lungi de după amurg, voi face din povestea voastră o nuvelă.*

*— În cazul acesta, spuse nepotul, o să vă dau analele unchiului meu, unde, la articolul Parma, sunt menţionate câteva dintre intrigile de la curtea aceea, în perioada în care ducesa tăia şi spânzura; dar, luaţi aminte, povestea aceasta nu are nimic moral într-însa, şi acum, când preceptele evanghelice sunt la mare preţ în Franţa, riscaţi să vă atragă renumele de asasin.*

---

[2] Zabaione, zambajon — băutură dulce.

Public această nuvelă fără să aduc nici o modificare manuscrisului din 1830, ceea ce poate avea două inconveniente:

Primul, pentru cititor: personajele fiind italiene, s-ar putea să îl intereseze mai puţin, căci firea lor diferă destul de mult de cea a francezilor: italienii sunt sinceri, cumsecade şi, fără teamă, spun ceea ce gândesc; devin vanitoşi doar când sunt cuprinşi de furie — atunci, vanitatea se transformă în pasiune şi capătă numele de puntiglio[3]. În sfârşit, sărăcia nu este un motiv de ruşine pentru ei.

Al doilea inconvenient se referă la autor.

Trebuie să mărturisesc că am avut îndrăzneala de a lăsa personajelor toate asperităţile, în ceea ce priveşte caracterele; dar, în schimb, declar răspicat, îmi manifest cea mai morală dezaprobare faţă de multe dintre acţiunile lor. La ce să le confer moralitate fără cusur şi farmecul francezilor, care iubesc banii mai presus ca orice şi nu păcătuiesc niciodată, din ură sau din dragoste? Italienii din nuvela aceasta sunt, aproape întotdeauna, pe dos. De altfel, mi se pare că, ori de câte ori înaintezi două sute de leghe din sud în nord, dai peste un nou peisaj, ca şi peste un nou roman. Amabila nepoată a canonicului a cunoscut-o şi chiar a îndrăgit-o mult pe ducesa Sanseverina şi, de aceea, m-a rugat să nu trec cu vederea nimic din acele aventuri blamabile ale acesteia.

23 ianuarie 1839

---

[3] Ţâfnă (it.).

# PARTEA ÎNTÂI

## CAPITOLUL ÎNTÂI
### MILANO, ÎN 1796

PE 15 MAI 1796, GENERALUL BONAPARTE își făcu intrarea în Milano în fruntea acelei tinere armate care tocmai trecuse peste podul din Lodi, dând lumii de veste că, după atâtea veacuri la rând, Cezar și Alexandru aveau un succesor. În câteva luni, minunile de vitejie și de geniu la care Italia fu martoră treziră la viață un popor adormit; doar cu opt zile înainte de sosirea francezilor, milanezii vedeau în ei doar o adunătură de tâlhari, obișnuiți să-și ia mereu tălpășița din fața trupelor Maiestății Sale Imperiale și Regale; asta, cel puțin, le repeta de trei ori pe săptămână un mic ziar de-o palmă, tipărit pe hârtie murdară.

În Evul Mediu, lombarzii republicani dăduseră dovadă de o vitejie cel puțin egală cu cea a francezilor și meritaseră să-și vadă orașul șters de pe fața pământului de împărații Germaniei. De când deveniseră *supuși credincioși*, marea lor ocupație era să imprime sonete pe mici batiste de tafta roz, cu ocazia căsătoriei unei fete aparținând cine știe cărei familii nobile sau bogate. La doi sau trei ani după acest moment de seamă al vieții ei, tânăra își lua pe lângă ea un curtezan: uneori, numele sigisbeului ales de familia soțului figura la loc de cinste în contractul de căsătorie. Moravurile acestea efeminate erau departe de emoțiile profunde răsărite peste noapte, în urma sosirii neașteptate a armatei franceze. Apărură curând moravuri noi, pătimașe. Un popor întreg își dădu seama, pe 15 mai 1796, că tot ceea ce respectase până atunci era definitiv ridicol și, uneori, odios. Plecarea ultimului regiment austriac marcă prăbușirea vechilor idei: a-ți pune viața în primejdie deveni o modă; trăiai doar pentru a fi fericit, după atâtea secole de senzații anoste, trebuia să-ți iubești patria cu o dragoste adevărată și să fii în căutarea unor acțiuni eroice. Lumea era cufundată într-o noapte adâncă, prin continuarea despotismului pizmaș al lui Carol Quintul[4] și al lui Filip al II-lea[5]; statuile au fost dărâmate și, dintr-odată, lumea fu inundată de lumină. De vreo cincizeci de ani, pe măsură ce *Enciclopedia*[6] și Voltaire străluceau tot mai mult în Franța, călugării strigau către norodul din Milano că să înveți și să ai carte sau orice altceva pe lumea asta era osteneală zadarnică și că, plătindu-ți întocmai dijma preotului tău și mărturisindu-i cu scrupulozitate micile tale păcate, puteai fi aproape sigur că te puteai căpătui cu un loc pe cinste în rai. Și, pentru a vlăgui cu totul populația aceasta atât de plină de energie și de nesupusă odinioară, Austria îi vându ieftin privilegiul de a nu mai furniza recruți armatei sale.

În 1796, armata milaneză era alcătuită din douăzeci și patru de pușlamale îmbrăcate în roșu, care păzeau orașul în deplină armonie cu patru falnice regimente de grenadieri maghiari. Libertatea moravurilor era totală, dar pasiunea extrem de rară; de altfel, în afara neplăcerii că trebuia să-i mărturisești totul preotului, fiind amenințat cu pierderea sufletului încă de pe lumea asta, populația din Milano era încă supusă unor mici îngrădiri monarhice, ce nu încetau să o vexeze. De exemplu, arhiducele, care ședea la Milano și guverna în numele Împăratului, vărul său, avu ideea rentabilă de a face comerț cu grâne. În consecință, țăranilor li se interzicea să-și vândă cerealele până când Alteța Sa nu-și va fi umplut hambarele.

În mai 1796, la trei zile după intrarea francezilor, un tânăr pictor miniaturist un pic cam nebun, pe nume Gros, celebru de atunci și care venise cu armata, auzind povestindu-se la

---

[4] Rege al Spaniei (1516-1556) din dinastia Habsburgilor și Împărat al Sfântului Imperiu Roman de națiune germană (1519-1556).

[5] Fiul lui Carol Quintul (1527-1598), rege al Spaniei.

[6] Faimoasa lucrare din Secolul Luminilor, editată între 1751-1780 de către un grup de savanți și literați în frunte cu Denis Diderot.

cafeneaua *Servi* (la modă atunci) despre isprăvile arhiducelui care, pe deasupra, mai era și grozav de trupeș, luă din perete lista de înghețate, tipărită pe o foaie de hârtie oribilă, galbenă. Pe dosul foii îl desenă pe burtosul arhiduce; un soldat francez îi înfipsese baioneta în pântece și, în loc de sânge, se revărsa o cantitate de grâu de neimaginat. Pe meleagurile acelea de despotism suspicios, nimeni nu aflase încă de ironie sau caricatură. Desenul lăsat de Gros pe masa cafenelei *Servi* păru o minune coborâtă din cer; fu gravat în aceeași noapte, iar a doua zi se vându în douăzeci de mii de exemplare.

În aceeași zi se afișă anunțul unei contribuții de război de șase milioane, hărăzită trebuințelor armatei franceze, căreia, după ce tocmai câștigase șase bătălii și cucerise douăzeci de provincii, îi lipseau doar încălțările, nădragii, vestoanele și chiverele.

Șuvoiul de bucurie și de plăcere care se revărsă în Lombardia odată cu venirea francezilor acestora atât de săraci fu atât de amețitor, încât doar preoții și câțiva nobili băgară de seamă cât de împovărătoare era contribuția aceea de șase milioane, urmată curând de multe altele. Soldații francezi râdeau și cântau cât era ziua de lungă; aveau mai puțin de douăzeci și cinci de ani, iar generalul lor cel mare, care avea douăzeci și șapte, era socotit cel mai în vârstă din armata lui. Veselia, tinerețea, nepăsarea aceasta răspundeau într-un mod glumeț predicilor furibunde ale clericilor care, de șase luni, anunțau, de la înălțimea amvonului, că francezii erau niște monștri, siliți, sub amenințarea cu moartea, să ardă totul și să taie capul tuturor. În acest scop, fiecare regiment mergea cu ghilotina în frunte.

La țară, îl vedeai pe soldatul francez în prag, ocupat să-l legene pe țâncul stăpânei gospodăriei și, aproape în fiecare seară, câte un toboșar cântând la vioară improviza un bal. Cadrilurile fiind mult prea savante și complicate pentru ca soldații — care, de altfel, nu le știau deloc — să le poată arăta femeilor din partea locului, ele erau cele care le arătau tinerilor francezi *Monferina, Săltăreața* și alte dansuri italienești.

Ofițerii fuseseră încartiruiți, pe cât posibil, la oamenii cu stare; aveau mare nevoie să se refacă. De exemplu, un locotenent pe nume Robert fu trimis să locuiască în palatul marchizei del Dongo. Singura avere a acestui ofițer, un tânăr chemat la rechiziție destul de ager la minte, o reprezenta o monedă de șase franci, pe care tocmai o primise la Piacenza. După trecerea peste podul din Lodi, luă de la un chipeș ofițer austriac, ucis de o ghiulea, o minunată pereche de pantaloni de nanchin noi-nouți, și niciodată un veșmânt nu a picat mai la țanc. Epoleții lui de ofițer erau din lână, iar postavul tunicii era cusut de căptușeala mânecilor, pentru ca bucățile să nu se desprindă. Dar un alt lucru era și mai trist: tălpile pantofilor lui fuseseră înjghebate din bucăți de chivără, adunate și ele de pe câmpul de luptă, dincolo de podul Lodi. Tălpile acestea erau legate pe sub pantofi cu sfori mult prea vizibile, în așa fel încât, atunci când majordomul casei se înfățișă în odaia locotenentului Robert, ca să-l invite să cineze cu doamna marchiză, acesta se simți în mare încurcătură. Împreună cu ordonanța lui, petrecură cele două ceasuri care îi despărțeau de fatalul dineu cârpind un pic vestonul și vopsind în negru, cu cerneală, blestematele sfori ce-i încingeau botforii. În sfârșit, teribilul moment sosi. „În viața mea nu m-am simțit mai stânjenit, avea să-mi spună locotenentul Robert; doamnele acelea credeau că o să le speriu, iar eu tremuram mai tare decât ele. Mă uitam la pantofii mei și nu știam cum să pășesc mai grațios. Marchiza del Dongo, adăugă el, era pe atunci în toată strălucirea frumuseții ei; ai cunoscut-o, cu ochii ei atât de frumoși și de o blândețe îngerească și părul ei superb, blond închis, care încadra atât de bine ovalul acelui chip încântător. Aveam în camera mea o Irodiadă a lui Leonardo da Vinci[7], care părea portretul ei. Dumnezeu a vrut să fiu atât de tulburat de frumusețea aceasta miraculoasă, încât să uit cum eram îmbrăcat și, mai ales, încălțat. De doi ani eram înconjurat doar de urâțenie și de mizerie, în munții din ținutul Genovei. Am cutezat să-i adresez câteva cuvinte, în care-mi exprimam încântarea.

Dar nu-mi pierdusem într-atât cumpătul, încât să zăbovesc prea mult timp făcând risipă de complimente. Tot ticluindu-mi

---

[7] Unul dintre cei mai de seamă reprezentanți ai Renașterii italiene; pictor, sculptor, arhitect și fizician (1452-1519).

discursul, vedeam, într-o sufragerie în întregime din marmură, doisprezece lachei şi valeţi, într-o ţinută ce mi se părea a fi, atunci, culmea magnificenţei. Închipuiţi-vă că pantofii acelor coţcari nu numai că erau fără nici un cusur, dar aveau şi paftale de argint. Vedeam, cu coada ochiului, toate privirile acelea stupide aţintite asupra uniformei mele şi, poate, şi asupra încălţărilor mele, ceea ce îmi sfâşia inima. Aş fi putut, cu un singur cuvânt, să-i bag în sperieţi pe toţi; dar cum să-i pun la locul lor, fără să risc să le înspăimânt pe doamne? Căci marchiza, pentru a căpăta puţin curaj, cum mi-a spus de o sută de ori după aceea, trimisese să fie adusă de la mănăstirea unde se afla în pension pe vremea aceea Gina del Dongo, sora soţului ei, cea care urma să devină încântătoarea contesă Pietranera: în epoca ei de glorie, nimeni nu avea să o întreacă în ceea ce priveşte veselia şi amabilitatea, după cum nimeni nu avea să o întreacă în ceea ce priveşte curajul şi seninătatea sufletească, atunci când soarta avea să-i fie potrivnică.

Gina putea avea atunci treisprezece ani, dar părea de optsprezece; vioaie şi francă, aşa cum o ştiţi, îi era atât de teamă să nu izbucnească în râs în prezenţa costumului meu, încât nu îndrăznea să mănânce. Marchiza, dimpotrivă, mă copleşea cu o politeţe de circumstanţă; citea foarte bine în ochii mei că începusem să-mi pierd răbdarea. Într-un cuvânt, arătam ca un nătărău, demn de tot dispreţul, lucru ce pare imposibil pentru un francez. În cele din urmă, o idee pogorâtă din ceruri mă lumină: am început să povestesc acestor doamne viaţa de mizerie pe care o duceam şi tot ceea ce suferiserăm noi vreme de doi ani în munţii din ţinutul Genovei, unde ne reţinuseră doi generali hodorogi şi imbecili. Acolo, le-am spus eu, ni se dăduseră asignaţii fără nici o valoare în regiunea aceea şi trei uncii[8] de pâine pe zi. Nu am vorbit mai mult de două minute şi buna marchiză avea deja lacrimi în ochi, iar Gina devenise serioasă.

— Cum aşa, domnule locotenent, îmi spuse aceasta, trei uncii de pâine?

---

[8] Veche unitate de măsură, echivalentă cu circa 28 de grame.

— Da, domnişoară; dar, în schimb, trei zile pe săptămână nu primeam nici atât şi, cum ţăranii la care locuiam erau şi mai săraci decât noi, le dădeam puţin din pâinea noastră.

Când ne-am ridicat de la masă, i-am oferit braţul doamnei marchize, până la uşa salonului, apoi, întorcându-mă iute pe urmele mele, i-am dat slujitorului care mă servise acea unică monedă de şase franci, în jurul căreia clădisem atâtea castele în Spania, în ceea ce privea întrebuinţarea ei.

Opt zile mai târziu, continuă Robert, când deveni limpede ca lumina zilei că francezii nu vor ghilotina pe nimeni, marchizul del Dongo se întoarse de la castelul său din Grianta, de pe malul lacului Como, unde se refugiase vitejeşte la apropierea armatei, abandonându-şi în faţa pericolelor războiului atât tânăra şi frumoasa soţie, cât şi sora. Ura pe care ne-o purta marchizul acesta era la fel de mare ca şi spaima lui, adică nemăsurată: era amuzant să-i vezi faţa umflată, gălbejită şi pioasă, când îmi făcea complimente. A doua zi după întoarcerea sa la Milano, am primit trei coţi de postav şi două sute de franci, din contribuţia de şase milioane; mi-am refăcut garderoba şi am devenit cavalerul acestor doamne, căci începuseră balurile".

Povestea locotenentului Robert era la fel cu aceea a cam tuturor francezilor; în loc să-şi bată joc de sărăcia acestor bravi soldaţi, populaţia din Milano avu grijă de ei şi îi iubi.

Perioada aceasta de fericire neaşteptată şi de încântare dură doar doi anişori; nebunia fusese atât de excesivă şi de generală, încât mi-ar fi imposibil să vă dau o idee despre ea, poate doar printr-o cugetare istorică şi adâncă; populaţia aceasta se plictisea de o sută de ani.

Voluptatea firească pe meleagurile meridionale domnise odinioară la curtea acelor Visconti şi Sforza, faimoşii duci din Milano. Dar din anul 1624, de când spaniolii puseseră stăpânire pe milanezi — şi o făcuseră ca nişte stăpâni taciturni, suspicioşi, orgolioşi şi veşnic temându-se de o răscoală — veselia se spulberase. Populaţia, preluând obiceiurile stăpânilor ei, se gândea mai degrabă să se răzbune, la cea mai mică insultă, printr-o lovitură de pumnal bine ţintită, decât să se bucure de momentul prezent.

Bucuria nebună, veselia, voluptatea, uitarea tuturor sentimentelor triste sau doar raționale au fost împinse atât de departe, din 15 mai 1796, când francezii intrară în Milano, până în aprilie 1799, când au fost alungați în urma bătăliei de la Cassano, încât se pot cita exemple de negustori milionari bătrâni, cămătari bătrâni, notari bătrâni care, în timpul acestui interval, au uitat să fie morocănoși și să câștige bani.

Cel mult ar fi fost posibil să enumeri câteva familii aparținând înaltei nobilimi, care se retrăseseră îmbufnate în palatele lor de la țară, ca și cum ar fi vrut să protesteze împotriva fericirii generale, într-o vreme când toate inimile dăduseră în floare. Este, de asemenea, adevărat că familiile acestea nobile și bogate fuseseră remarcate, într-un mod supărător, cu prilejul repartizării contribuțiilor de război solicitate de armata franceză.

Marchizul del Dongo, contrariat să vadă atâta veselie, fusese unul dintre primii care plecaseră, întorcându-se la magnificul său castel din Grianta, dincolo de Como, unde doamnele îl duseră pe locotenentul Robert. Castelul acesta, situat poate într-o poziție unică în lume, pe un platou, la cinci sute de picioare deasupra acelui loc sublim pe care îl domina în mare parte, fusese o fortăreață. Familia Dongo îl ridicase în secolul al XV-lea, așa cum o dovedește la tot pasul marmura încărcată cu blazonul său; se mai pot vedea încă punți suspendate și șanțuri adânci, în realitate lipsite de apă; dar, cu zidurile acestea înalte de optzeci de picioare și groase de șase, castelul era la adăpost de orice atac. De aceea îi era atât de drag bănuitorului marchiz. Înconjurat de douăzeci și cinci sau treizeci de slujitori pe care îi presupunea devotați, aparent pentru că nu le vorbea niciodată, fără să-i blagoslovească și cu o sudalmă, era mai puțin torturat de spaimă decât la Milano.

Spaima aceasta nu era cu totul gratuită: coresponda cât se poate de activ cu un spion plasat în Austria, la granița elvețiană, la trei leghe de Grianta, pentru a-i face să evadeze pe prizonierii luați pe câmpul de luptă, ceea ce ar fi putut fi luat în serios de generalii francezi.

Marchizul o lăsase pe tânăra lui soție la Milano: acolo, ea conducea afacerile familiei, desemnată să facă față contribuțiilor impuse *casei del Dongo*, cum se spunea prin partea locului. Încerca să le facă să scadă, ceea ce o obliga să îi vadă pe acei nobili care acceptaseră funcții publice și chiar pe câțiva nenobili foarte influenți. Un mare eveniment avu loc în familie. Marchizul aranjase căsătoria tinerei sale surori Gina cu un personaj putred de bogat și de vița cea mai nobilă. Dar acesta se pudra; din acest motiv, Gina îl întâmpina cu hohote de râs și, curând, făcu nebunia de a-l lua de bărbat pe contele Pietranera. Era de fapt un gentilom desăvârșit, o persoană foarte bine, dar ruinat din tată în fiu și, culmea dizgrației, partizan înflăcărat al noilor idei. Pietranera era sublocotenent în legiunea italiană, ceea ce sporea și mai mult disperarea marchizului.

După acești doi ani de nebunie și fericire, Directoratul[9] din Paris, dându-și aere de suveran înscăunat definitiv, arăta o ură de moarte pentru tot ceea ce nu era mediocru. Generalii inepți pe care îi dădu armatei din Italia pierdură un șir de bătălii pe aceleași câmpii ale Veronei, martore, cu doi ani mai devreme, ale miracolelor de la Arcole și Lonato[10]. Austriecii se apropiau de Milano; locotenentul Robert, ajuns comandant de batalion și rănit în bătălia de la Cassano, veni să locuiască, pentru ultima oară, la prietena lui, marchiza del Dongo. Despărțirea fu plină de tristețe; Robert plecă împreună cu contele Pietranera, care îi urma pe francezi în retragerea lor pe Novi. Tânăra contesă, căreia fratele ei refuză să îi plătească dota, însoțea armata, urcată într-o căruță.

Atunci începu epoca aceea de reacțiune și de întoarcere la vechile idei, pe care milanezii au numit-o *i tredici mesi* (*cele treisprezece luni*), pentru că, într-adevăr, norocul lor a vrut ca această întoarcere la poziție să dureze doar treisprezece luni, până la Marengo[11]. Tot ceea ce era decrepit, ipocrit, acrit reapăru în fruntea afacerilor și se instală din nou la conducerea societății;

---

[9] Organul puterii de stat în Franța, din octombrie 1795 până în noiembrie 1799.

[10] Localități din nordul Italiei, cunoscute prin victoriile obținute de Napoleon I, în 1796, împotriva trupelor austriece.

[11] Un cătun din Piemont (nordul Italiei), unde, la 14 iunie 1800, Bonaparte a învins trupele austriece.

curând, cei rămași credincioși bunelor doctrine publicară prin sate că Napoleon fusese spânzurat de mameluci în Egipt, așa cum merita cu vârf și îndesat.

Printre cei care se retrăseseră în semn de protest pe domeniile lor și care se întorseseră orbiți de patima răzbunării, marchizul del Dongo se distingea prin furia lui înverșunată; fervoarea aceasta îl aduse, în mod firesc, în fruntea partidului. Domnii aceștia, foarte de treabă când nu erau măcinați de teamă, dar care încă mai tremurau ca varga, reușiră să-l îmbrobodească pe generalul austriac: destul de cumsecade, acesta se lăsă convins că severitatea era cea mai bună politică și puse să fie arestați cinci sute de patrioți, tot ce avea mai de soi Italia în momentul acela.

Curând, ei fură deportați la *gurile lui Cattaro* și aruncați în grotele subterane, unde umezeala și mai cu seamă lipsa de pâine făcură, în mod just și cu promptitudine, dreptate în ceea ce-i privește pe toți pungașii aceștia.

Marchizul del Dongo primi o funcție înaltă și, cum pe lângă o sumedenie de alte frumoase calități, mai era și de o avariție sordidă, se lăudă public că nu-i trimite un sfanț surorii lui, contesa Pietranera: îndrăgostită nebunește, ca în prima zi, nu voia să-și părăsească soțul și murea de foame în Franța, împreună cu el. Buna marchiză era disperată; în cele din urmă, reuși să sustragă câteva mici diamante din cutia ei cu bijuterii, pe care soțul i-o lua în fiecare seară, ca să o închidă într-o casă de fier. Marchiza adusese opt sute de mii de franci dotă și primea optzeci de franci pentru cheltuieli personale. În cele treisprezece luni pe care francezii le petrecură în afara orașului Milano, femeia aceasta atât de timidă găsi tot felul de pretexte și se îmbrăca numai în negru.

Trebuie să mărturisim că, urmând exemplul multor autori serioși, am început povestea eroului nostru cu un an înaintea nașterii sale. Personajul acesta esențial nu este, de fapt, nimeni altul decât Fabricio Valserra, *marchesino* del Dongo[12], cum se spune la Milano.

---

[12] Se pronunță *markésine*. Conform uzanțelor preluate din Germania, titlul acesta se dădea tuturor fiilor de marchiz; *contine*, tuturor fiilor de conte, *contessina*, tuturor fiicelor de conte etc. (n.a.).

Tocmai îşi dăduse osteneala să se nască atunci când francezii fuseseră alungaţi şi se întâmpla să fie, prin hazardul naşterii sale, cel de-al doilea fiu al acelui marchiz del Dongo, atât de mare senior, căruia îi ştiţi deja faţa umflată şi gălbejită, zâmbetul fals şi ura nemărginită faţă de noile idei. Toată averea casei era hărăzită fiului cel mare, Ascanio del Dongo, demn urmaş al acestuia. Avea opt ani, iar Fabricio doi, când, pe neaşteptate, acel general Bonaparte, pe care toţi oamenii din înalta societate îl credeau spânzurat de mult, coborî de pe muntele Saint-Bernard şi intră în Milano: momentul acesta este, încă, unic în istorie. Închipuiţi-vă o întreagă populaţie îndrăgostită nebuneşte. La puţin timp după aceea, Napoleon câştigă bătălia de la Marengo. Este de prisos să mai spunem ce s-a întâmplat după aceea. Entuziasmul milanezilor era fără margini, dar, de data asta, amestecat cu idei de răzbunare; prostimea fusese învăţată ce înseamnă ura. Curând, sosi ce mai rămăsese din patrioţii deportaţi la gurile lui Cattaro; întoarcerea lor fu celebrată printr-o sărbătoare naţională. Figurile pământii, ochii mari, miraţi, membrele lor slăbite contrastau într-un mod straniu cu bucuria care izbucnea din toate părţile. Venirea lor fu semnalul de plecare pentru familiile cele mai compromise. Marchizul del Dongo o zbughi printre primii la castelul său din Grianta. Capii marilor familii erau copleşiţi de ură şi frică; dar soţiile şi fetele lor îşi aminteau de bucuriile din timpul primei şederi a francezilor şi regretau Milano şi balurile atât de vesele care, imediat după Marengo, reîncepuseră la *Casa Tanzi*. La puţină vreme după victorie, generalul francez însărcinat să menţină liniştea în Lombardia observă că toţi arendaşii nobililor, toate femeile bătrâne de la ţară, departe de a se gândi, încă, la acea uimitoare victorie de la Marengo, care schimbase destinele Italiei şi recucerise treisprezece fortăreţe într-o zi, nu vorbeau decât despre o profeţie a sfântului Giovita, primul sfânt protector al Bresciei. Potrivit cuvintelor sale sacre, prosperitatea francezilor şi a lui Napoleon urma să se spulbere exact la treisprezece zile după Marengo. Ceea ce îi scuza un pic pe marchizul del Dongo şi pe toţi nobilii cârtitori de la ţară era faptul că, realmente şi fără să joace teatru, aceştia credeau în profeție. Cu toții nu citiseră patru volume în toată viața lor; se pregăteau, pe față, să se întoarcă la Milano la capătul a treisprezece săptămâni; dar timpul, scurgându-se, marca noi succese pentru cauza francezilor. Întors la Paris, Napoleon salva, prin decrete înțelepte, revoluția în interior, așa cum o salvase la Marengo, împotriva străinilor. Atunci, nobilii lombarzi, refugiați în castelele lor, descoperiră că, în primul rând, nu înțeleseseră bine prezicerea din Brescia; nu era vorba de treisprezece săptămâni, ci de treisprezece luni. Cele treisprezece luni trecură și ele, iar francezii păreau mai înfloritori ca oricând.

Trecem peste cei zece ani de progres și fericire, din 1800 până în 1810; Fabricio îi petrecu pe primii la castelul din Grianta, dând și încasând pumni cu nemiluita, în mijlocul puilor de țărani din sat, fără să învețe nimic, nici măcar să citească. Mai târziu, îl trimiseră la colegiul iezuiților din Milano. Tatăl lui, marchizul, ceru să i se predea latina, nu după acei autori vechi care vorbesc mereu despre republici, ci după un minunat volum împodobit cu peste o sută de gravuri, capodopere ale artiștilor din veacul al XVII-lea; era genealogia latină a celor din familia Valserra, marchizi del Dongo, publicată în 1650 de Fabricio del Dongo, arhiepiscop al Parmei. Cariera familiei Valserra fiind îndeosebi militară, gravurile reprezentau o sumedenie de bătălii și veșnic puteai vedea câte un erou ce purta acest nume mânuind vitejește sabia. Cartea respectivă îi plăcea tare mult micului Fabricio. Mama lui, care îl adora, obținea din când în când permisiunea de a-l vedea la Milano; dar, întrucât soțul ei nu-i oferea niciodată bani pentru aceste călătorii, cumnata ei, amabila contesă Pietranera, era aceea care o împrumuta. După întoarcerea francezilor, contesa devenise una dintre cele mai strălucitoare femei de la curtea prințului Eugen, viceregele Italiei[13].

Atunci când Fabricio participă la prima lui comuniune, ea obținu de la marchiz, în continuare exilat voluntar, îngăduința de a-l scoate de câteva ori din colegiul lui. I se păru aparte, ager,

---

[13] Prințul Eugen (1781-1824), fiul primei soții a lui Napoleon; general de brigadă și vicerege al regatului italian în timpul lui Napoleon I.

deosebit de serios, dar băiat drăguţ, o prezenţă care nu urâţea deloc salonul unei femei la modă; de altfel, ignorant peste poate şi de-abia ştiind să scrie. Contesa, care punea în tot ceea ce făcea entuziasmul propriu firii ei, îi promise şefului stabilimentului protecţie dacă nepotul ei, Fabricio, făcea progrese uimitoare şi, la sfârşitul anului, lua cât mai multe premii. Pentru a-i oferi posibilitatea de a le merita, trimitea după el în fiecare sâmbătă seara şi, adesea, îl înapoia dascălilor lui de-abia miercurea sau joia. Iezuiţii, deşi ţinuţi în braţe cu toată dragostea de prinţul vicerege, erau respinşi din Italia de legile regatului, aşa că superiorul colegiului, un om abil, simţi cât de mult ar fi putut profita de pe urma relaţiilor sale cu o femeie atotputernică la curte. Nu încercă să se plângă de absenţele lui Fabricio, care, mai ignorant ca oricând, fu răsplătit la sfârşitul anului cu cinci premii întâi. În aceste condiţii, strălucitoarea contesă Pietranera, însoţită de soţul ei, generalul comandant al uneia dintre diviziile gărzii, şi de cinci sau şase dintre cele mai de seamă personaje de la curtea viceregelui, veni să asiste la împărţirea premiilor la iezuiţi. Superiorul fu complimentat de mai-marii lui.

Contesa îl ducea pe nepotul ei la toate acele sărbători pline de fast, care au marcat prea scurta domnie a amabilului prinţ Eugen. Îl făcuse husar, cu de la sine putere, şi Fabricio, la vârsta de doisprezece ani, purta această uniformă. Într-o zi, contesa, încântată de cât de bine arăta, îi ceru prinţului un loc de paj pentru el, ceea ce voia să spună că familia del Dongo se ralia. A doua zi, avu nevoie de toată influenţa ei pentru a obţine ca viceregele să catadicsească să nu-şi aducă aminte de cererea aceasta, căreia nu îi lipsea nimic în afara consimţământului tatălui viitorului paj, iar consimţământul acesta s-ar fi dat cu multă vâlvă. În urma acestei nebunii care îl făcu să se cutremure pe marchizul cârtitor, acesta găsi pretextul de a-l chema pe micul Fabricio la Grianta. Contesa nutrea un dispreţ suveran pentru fratele ei; îl considera un nătărău jalnic, care şi-ar fi arătat imediat colţii dacă ar fi avut prilejul să o facă. Dar era nebună după Fabricio şi, după zece ani de tăcere, îi scrise marchizului ca să-şi ceară nepotul: scrisoarea sa fu lăsată fără răspuns.

La întoarcerea în acel palat formidabil, clădit de cei mai războinici dintre strămoşii săi, Fabricio nu ştia altceva pe lumea asta decât să facă instrucţie şi să călărească. Adesea, contele Pietranera, la fel de nebun după copilul acesta ca şi soţia lui, punea să fie săltat în şa şi îl lua cu el la paradă.

Ajungând la castelul din Grianta, Fabricio, cu ochii încă roşii de lacrimile vărsate când părăsise frumosul salon al mătuşii lui, se bucură doar de dezmierdările mamei şi surorilor sale. Marchizul era închis în cabinet cu fiul lui cel mare, *marchesino* Ascanio. Ticluiau scrisori cifrate, care aveau onoarea să fie trimise la Viena; tatăl şi fiul nu apăreau decât la ora mesei. Marchizul repeta cu emfază că îl învăţa pe succesorul său natural să ţină o contabilitate dublă a produselor de pe domeniile sale. De fapt, marchizul era prea posesiv ca să vorbească despre aceste lucruri cu fiul său, moştenitor inevitabil al tuturor acestor domenii substituite. Se folosea de el la cifrarea depeşelor de cincisprezece pagini, pe care, de două-trei ori pe săptămână le expedia chipurile în Elveţia, de unde erau dirijate la Viena. Marchizul susţinea că le aduce la cunoştinţă suveranilor săi legitimi situaţia internă a regatului Italiei, pe care nici el însuşi n-o cunoştea; şi totuşi, scrisorile sale aveau mult succes. Iată cum: marchizul trimitea un agent sigur, să numere soldaţii unui regiment francez sau italian care îşi schimba garnizoana şi, raportând faptul la curtea din Viena, avea grijă să diminueze cu un sfert numărul oştenilor prezenţi. Scrisorile acestea, ridicole de altfel, aveau meritul de a le dezminţi pe altele mai veridice, şi ele plăceau. Aşa că, puţin timp înainte de sosirea lui Fabricio la castel, marchizul fusese recompensat cu o decoraţie renumită; era a cincea medalie care-i înnobila veşmântul de şambelan. În realitate, necazul lui cel mare era că nu cuteza să arboreze această ţinută fastuoasă în exteriorul cabinetului său; dar nu-şi permitea niciodată să dicteze o telegramă fără să se împopoţoneze cu costumul brodat, împodobit cu toate ordinele sale. S-ar fi considerat ireverenţios dacă ar fi procedat altfel.

Marchiza se minuna de farmecul fiului ei. Dar păstra obiceiul de a-i scrie de două-trei ori pe an generalului conte de A\*\*\*;

acesta era numele actual al locotenentului Robert. Marchiza nu suporta să-i mintă pe cei la care ținea; își supuse fiul unui interogatoriu amănunțit și rămase îngrozită de ignoranța lui.

„Dacă mie, care nu știu nimic, mi se pare puțin instruit, își spuse ea, Robert, care este atât de savant, l-ar considera absolut lipsit de educație; or, în vremurile în care trăim, trebuie să ai valoare".

Aproape la fel de surprinsă fu să constate că Fabricio luase în serios toate preceptele religioase ce îi fuseseră predate la iezuiți. Deși foarte credincioasă ea însăși, fanatismul acestui copil o făcu să se înfioare.

„Dacă marchizul are inteligența de a ghici acest mijloc de influență, îmi va răpi dragostea fiului meu".

Plânse mult, iar pasiunea ei pentru Fabricio deveni mai intensă.

Viața la castelul acela, populat cu treizeci-patruzeci de slugi, era tare plicticoasă; așa că Fabricio, cât era ziulica de lungă, ba vâna, ba cutreiera lacul cu barca. Curând, se împrieteni la cataramă cu surugiii și oamenii de la grajduri; cu toții erau partizani înflăcărați ai francezilor și îi luau peste picior pe față pe valeții de cameră habotnici, atașați persoanei marchizului sau fiului său cel mare. Cel mai frecvent prilej de a glumi pe seama acestor personaje atât de serioase era legat de faptul că, după pilda stăpânilor lor, se pudrau.

## CAPITOLUL AL DOILEA

*Când ochii ni-i mângâie Luceafărul-de-Seară,*
*Eu cerul îl contemplu flămând de viitor,*
*Să deslușesc în bolte prin semnele de pară*
*Ce-i scris să fie datul și soarta tuturor.*
*Căci pronia miloasă cu omul prins de jale,*
*Prin tainicele astre ce-s slova ei fierbinte,*
*Privind în jos, ne-arată, adesea, dreapta cale,*

> *Ursita, rea sau bună, ne-o spune dinainte;*
> *Dar muritorii, oameni, cu trupul pământesc,*
> *Dispreţuiescu-i slova şi nu i-o mai citesc...*
> RONSARD

MARCHIZUL ERA UN ADVERSAR înverşunat al luminării minţilor: ideile, declara el, au dus la pierzanie Italia. Nu prea ştia însă cum să împace această sfântă ură faţă de orice formă de instruire cu dorinţa de a-l vedea pe fiul său Fabricio desăvârşindu-şi educaţia începută cu atâta strălucire la iezuiţi. Pentru a preîntâmpina eventualele riscuri, îl însărcină pe preacuviosul abate Blanès, preotul din Grianta, să-i desluşească pe mai departe lui Fabricio tainele latinei. Ar fi trebuit, însă, ca bunul părinte să cunoască această limbă; or, Sfinţia sa o considera un moft. Cunoştinţele sale în domeniu se limitau la a recita, ca pe apă, conţinutul cărţii lui de rugăciuni, a cărui semnificaţie o putea reda cu aproximaţie enoriaşilor. Dar asta nu-l făcea mai puţin respectat şi chiar temut în parohia lui; susţinuse întotdeauna că celebra profeţie a sfântului Giovita, patronul Brescei, nu se va împlini nici în treisprezece săptămâni şi nici în treisprezece luni. Adăuga, atunci când discuta cu prieteni de nădejde, că acest număr *treisprezece* trebuia interpretat într-un mod care ar fi pus multă lume pe gânduri, dacă ar fi fost permis să se spună totul (1813).

Fapt este că abatele Blanès, personaj de o probitate şi de o virtute *primitive* şi pe deasupra om de spirit, îşi petrecea toate nopţile sus, în clopotniţa lui; era nebun după astrologie. După ce-şi petrecea zilele calculând conjuncţii şi poziţii ale stelelor, îşi folosea cea mai mare parte din nopţi urmărindu-le pe bolta cerească. Ca urmare a sărăciei în care se zbătea, unicul lui instrument era o lunetă lungă, prevăzută cu o ţeavă de carton. Se poate imagina dispreţul pe care-l nutrea pentru studiul limbilor un om care-şi dedicase întreaga sa viaţă descoperirii perioadei exacte a năruirii imperiilor şi a izbucnirii revoluţiilor care au schimbat faţa lumii. „Cu cât ştiu eu mai mult despre un cal, îi spunea el lui Fabricio, de când am învăţat că în latineşte i se spune *equus*?"

Țăranii se temeau de abatele Blanès ca de un mare magician: el era acela care, datorită spaimei pe care le-o provocau popasurile sale în clopotniță, îi împiedica să fure. Confrații săi, preoții din vecinătate, foarte invidioși din cauza puterii lui de influență, îl detestau; marchizul del Dongo îl disprețuia pur și simplu, pentru că gândea prea mult pentru un om de origine atât de joasă. Fabricio îl adora; ca să-i fie pe plac, își petrecea uneori seri întregi făcând adunări și înmulțiri colosale. După care se urca în clopotniță — era o mare favoare pe care abatele Blanès n-o acordase niciodată nimănui; dar copilul acesta îi era drag pentru candoarea lui. „Dacă nu vei deveni ipocrit, îi spunea el, poate că vei fi om".

De două-trei ori pe an, Fabricio, intrepid și pasional în plăcerile lui, era pe punctul de a se îneca în lac. Stătea la originea tuturor marilor expediții ale puilor de țărani din Grianta și Cadenabia. Copiii își procuraseră câteva cheițe și, când noaptea era neagră ca păcura, încercau să descuie lacătele acelor lanțuri cu care sunt priponite bărcile de câte un colț de piatră sau de câte un copac din apropiere, de pe mal. Se cuvine să știți că, pe lacul Como, obiceiul breslei pescărești este de a plasa undițe fixe, departe în larg. Extremitatea superioară a firului este prinsă de o scândurică, iar scândurica e căptușită cu plută; o nuia de alun foarte flexibilă, înfiptă în acea scândurică, susține un clopoțel care sună atunci când peștele, prins în undiță, smucește de fir.

Scopul suprem al acestor expediții nocturne, în fruntea cărora se afla căpetenia Fabricio, era de a face o vizită acestor undițe fixe înainte ca avertismentul dat de clinchetul clopoțeilor să fi ajuns la urechile pescarilor. Alegeau să plece pe timp de furtună; și, în vederea acestui demers riscant, se îmbarcau dis-de-dimineață, înainte de revărsatul zorilor. Urcându-se în barcă, ei credeau că se aruncă în calea celor mai mari pericole — aceasta era partea frumoasă a acțiunii lor — și, urmând exemplul părinților lor, spuneau smeriți *Ave Maria*. Or, se întâmpla adesea ca în momentul plecării și imediat după acel *Ave Maria*, Fabricio să fie încercat de un presentiment. Era efectul pe care îl avuseseră asupra lui studiile astrologice ale prietenului lui abatele Blanès, în prezicerile căruia nu credea deloc. Potrivit imaginației lui juvenile, presentimentul în cauză îi indica, cert, succesul sau insuccesul acțiunii sale. Și, cum avea mai multă fermitate decât oricare dintre camarazii lui, încetul cu încetul, toată ceata căpătă într-o asemenea măsură meteahna semnelor, încât, dacă în momentul în care trebuiau să se îmbarce, zăreau pe coastă un preot sau vedeau un corb luându-și zborul în stânga, se grăbeau să pună la loc lacătul la lanțul bărcii și fiecare pornea spre casă, să-și continue somnul. Astfel, abatele Blanès nu-i transmisese lui Fabricio complicata lui știință; dar, fără voia lui, îi inoculase o încredere nelimitată în semnele după care poți citi viitorul.

Marchizul mirosise că orice accident pe care l-ar fi avut corespondența sa cifrată l-ar fi putut aduce în situația de a fi la discreția surorii sale; așa că, în fiecare an de Sfânta Angela, ziua onomastică a contesei Pietranera, lui Fabricio îi era îngăduit să petreacă opt zile la Milano. Tot anul trăia în așteptarea sau cu regretul acestor opt zile. Cu respectiva ocazie, cu totul specială, Fabricio primea din partea tatălui său, în vederea bunei desfășurări a acestui voiaj politic, patru scuzi, iar mama sa care îl ducea, ca de obicei, nu primea nimic. Dar unul dintre bucătari, șase lachei și un vizitiu cu doi cai plecau spre Como în ajunul călătoriei și, în fiecare zi, la Milano, marchiza dispunea de o trăsură și putea porunci să se aștearnă, în fiecare seară, masa pentru douăsprezece persoane. Genul de viață practicat de marchizul del Dongo, care întorcea spatele tuturor pentru a-și arăta nemulțumirea, era, desigur, cât se poate de puțin amuzant, dar prezenta avantajul de a-i îmbogăți pe viață pe cei care binevoiau să-l aplice. Marchizul, cu o rentă de peste două sute de mii de livre, nu cheltuia mai mult de un sfert; se hrănea cu speranțe. Vreme de treisprezece ani, din 1800 până în 1813, nu se îndoi nici o clipă că Napoleon va fi dat jos în mai puțin de șase luni. Vă puteți da seama cât de încântat a fost când, la începutul lui 1813, vestea dezastrului de la Berezina[14] a ajuns până la el! Căderea

---

[14] În noiembrie 1812, la traversarea acestui afluent al Niprului, armata lui Napoleon, aflată în retragere, a fost înfrântă de trupele rusești.

Parisului și prăbușirea lui Napoleon fură cât pe-aci să-l facă să-și piardă mințile; își permise să dea frâu liber gurii lui spurcate, copleșindu-și cu insulte nevasta și sora. În sfârșit, după paisprezece ani grei de așteptare, avu nebuna bucurie de a vedea trupele austriece întorcându-se la Milano. Conform ordinelor primite de la Viena, generalul austriac îl primi pe marchizul del Dongo cu o considerație vecină cu respectul; se grăbi să-i ofere una dintre cele mai importante funcții în guvern, iar el o acceptă ca și cum i s-ar fi achitat o datorie. Fiul său cel mare fu numaidecât înălțat la gradul de locotenent într-unul dintre cele mai falnice regimente ale monarhiei, dar cel mic nu vru în ruptul capului să primească locul de cadet ce-i fusese pregătit. Triumful acesta, de care marchizul se bucură cu o rară insolență, dură doar câteva luni, fiind urmat de o dezmeticire umilitoare. Nu avusese niciodată talent la afaceri, iar cei paisprezece ani petrecuți la țară, între valeții, notarul și doctorul lui, adăugați acreliei datorate vârstei, făcuseră din el un om complet incapabil. Or, pe teritoriul imperiului austriac, nu este posibil să te menții pe o poziție importantă, fără să deții acel gen de abilitate reclamată de administrația lentă și complicată, dar cât se poate de rezonabilă a acestei vechi monarhii. Gafele marchizului del Dongo îi scandalizau pe funcționari și chiar opreau lucrurile din cursul lor. Norodul era stârnit de vorbele lui ultramonarhice, în loc să se cufunde în somn și în nepăsare, așa cum se dorea. Așa că, într-o bună zi, află că Maiestatea Sa binevoise să-i accepte demisia din administrație, conferindu-i, totodată, locul de *al doilea mare majordom* al regatului lombardo-venețian. Majordomul se arătă indignat de această crâncenă nedreptate a cărei victimă era; încredință tiparului o scrisoare către un prieten, el care avea oroare de libertatea presei. În sfârșit, îi scrise Împăratului că era trădat de miniștrii săi, care erau niște iacobini. Odată săvârșite aceste acțiuni, se întoarse copleșit de tristețe la castelul său din Grianta. Avu o consolare. După răsturnarea lui Napoleon, anumite personaje influente la Milano puseră să fie asasinat în plină stradă contele Prina, fost ministru al regelui Italiei și om de cea mai mare valoare. Contele

Pietranera își riscă viața pentru a o salva pe aceea a ministrului, care fu doborât și ucis cu lovituri de umbrelă, chinurile lui durând cinci ceasuri. Un preot, confesor al marchizului del Dongo, l-ar fi putut scăpa pe Prina, deschizându-i poarta zăbrelită a bisericii San Giovanni, prin fața căreia era târât nefericitul ministru, care o clipă fu chiar lăsat în mocirlă, în mijlocul străzii; dar acesta refuză să deschidă, batjocorindu-l, și, șase luni mai târziu, marchizul avu satisfacția de a-i obține o frumoasă avansare.

Îl detesta pe contele Pietranera, cumnatul lui, care, deși cu o rentă de nici cincizeci de ludovici, îndrăznea să se arate destul de mulțumit, cuteza să rămână credincios față de tot ceea ce iubise toată viața și avea aroganța de a proslăvi acel simț al dreptății fără preferință, fără considerații personale, pe care marchizul îl numea un iacobinism infam. Contele refuzase orice fel de slujbă în Austria; refuzul acesta suscită numeroase comentarii și, la câteva luni după moartea lui Prina, aceleași personaje care îi plătiseră pe asasini obținuseră ca generalul Pietranera să fie aruncat în închisoare. Moment în care contesa, soția lui, luă un pașaport și ceru cai de poștă, ca să se ducă la Viena să-i spună adevărul Împăratului. Asasinilor lui Prina li se făcu frică și unul dintre ei, văr cu doamna Pietranera, veni să-i aducă la miezul nopții, cu un ceas înaintea plecării ei la Viena, ordinul de punere în libertate a soțului ei. A doua zi, generalul austriac ceru să fie chemat contele Pietranera, îl primi cu toată deferența posibilă și îl asigură că în urma retragerii sale va primi o pensie, iar valoarea pensiei va fi stabilită cât mai repede cu putință, în condiții cât se poate de avantajoase. Bravul general Bubna, om înțelept și inimos, părea tare rușinat de asasinarea lui Prina și de întemnițarea contelui.

După această scurtă vijelie împrăștiată de tăria de caracter a contesei, cei doi soți trăiră, de bine de rău, din pensia contelui care, grație intervenției generalului Bubna, nu se lăsă multă vreme așteptată.

Din fericire se întâmpla ca, de vreo cinci-șase ani, contesa să fie legată printr-o strânsă prietenie de un tânăr nespus de bogat, care era, de asemenea, prieten intim cu contele și nu pierdea niciodată ocazia de a le pune la dispoziție cel mai frumos atelaj de cai englezești care exista atunci la Milano, loja lui la Scala și castelul său de la țară. Dar contele avea conștiința bravurii sale, sufletul lui era generos și se lăsa deseori purtat de elanul firii lui înflăcărate, iar atunci își îngăduia gesturi și vorbe necugetate. Într-o zi, pe când era la vânătoare cu niște tineri, unul dintre aceștia, care slujise sub alte drapele, începu să glumească pe socoteala bravurii soldaților Republicii Cisalpine[15]; contele îl pălmui, se produse numaidecât o încăierare, iar contele, singur între toți acești tineri care nu-i împărtășeau convingerile, fu ucis. Se vorbi mult despre acest soi de duel, iar persoanele care se aflaseră acolo luară hotărârea de a pleca într-o călătorie în Elveția.

Curajul acela ridicol care se chema resemnare, curajul prostului care se lasă spânzurat fără să scoată o vorbă, nu era pe potriveala contesei. Nu putea accepta cu nici un chip modul în care murise soțul ei și, furioasă, ar fi vrut ca Limercati, tânărul acela bogat, prietenul său intim, să aibă de asemenea capriciul de a face o călătorie în Elveția, pentru a-l ciurui cu carabina sau pentru a-l pălmui pe ucigașul contelui Pietranera.

Limercati găsi planul acesta complet ridicol, iar contesa băgă de seamă că, în ceea ce o privește, disprețul ucisese dragostea. Se arătă mai tandră ca niciodată cu Limercati, voia să-l facă să-și piardă din nou capul, după care să-l lase brusc, aducându-l în pragul disperării. Pentru a face ca acest plan de răzbunare să poată fi înțeles în Franța, voi spune că la Milano, atât de îndepărtat de țara noastră, se mai poate încă să fii disperat din dragoste. Contesa, care, în straiele ei de doliu, își eclipsa de departe toate rivalele, flirtă cu toți tinerii sus-puși și unul dintre ei, contele N..., care spusese tot timpul că Limercati nu fusese niciodată la înălțime, fiind prea încet, prea rigid pentru o femeie cu atâta spirit, se îndrăgosti nebunește de contesă. Aceasta îi scrise lui Limercati:

---

[15] Republică înființată de Napoleon, în 1797, în nordul Italiei; din 1905, a devenit regatul italian.

*"Vrei să dai dovadă, măcar o dată, de înțelepciune? Închipuiește-ți că nu m-ai cunoscut niciodată.*

*Rămân, cu un pic de dispreț, poate, preaumila ta slujitoare,*

*Gina Pietranera".*

La citirea acestui bilet, Limercati se retrase la unul dintre castelele lui; văpaia dragostei se înteți, pârjolul aproape că îl făcu să își piardă mințile, pomeni de intenția de a-și zbura creierii, lucru care nu se face în țările ai căror locuitori cred în iad. Chiar în ziua de după sosirea sa la țară, îi scrise contesei, oferindu-se să o ia de soție și să o facă stăpână peste renta lui de două sute de mii de livre. Ea îi restitui nedesfăcută misiva, prin gromul contelui N..., drept care Limercati petrecu trei ani pe domeniile sale, întorcându-se din două în două luni la Milano, dar fără să aibă vreodată puterea de a și rămâne în oraș, și plictisindu-și toți prietenii cu dragostea lui împătimită pentru contesă, ca și cu relatarea detaliată a amabilităților de odinioară ale acesteia față de dânsul. Începea întotdeauna menționând caracterul nedemn al relației contesei cu contele N..., adăugând că o astfel de legătură o dezonora și o făcea să se piardă.

De fapt, contesa nu simțea nimic pentru contele N..., ceea ce îi și declară acestuia, odată convinsă de disperarea lui Limercati. Contele trecu de mai multe ori prin astfel de încercări și o rugă să nu divulge tristul adevăr pe care i-l încredințase: „Dacă veți avea indulgența extremă, urmă el, de a continua să mă primiți cu toate onorurile exterioare cuvenite unui amant în funcție, voi găsi, poate, o soluție convenabilă."

După această declarație plină de eroism, contesa nu mai vru să audă nici de caii, nici de loja contelui N... Dar, de cincisprezece ani buni, se învățase cu viața cea mai elegantă; avu de rezolvat această problemă dificilă sau, mai bine zis, imposibilă; să trăiești la Milano cu o pensie de o mie cinci sute de franci. Renunță la palat, închirie două odăi la etajul cinci, își concedie întreg personalul, chiar și camerista, înlocuind-o cu o biată bătrână care făcea menajul. Sacrificiul acesta era, în realitate, mai puțin eroic și mai puțin penibil decât ni se pare nouă; la Milano, sărăcia nu este un lucru de care să-ți fie rușine și, în consecință, nu se arată sufletelor înfricoșate drept cel mai rău dintre rele. După câteva luni de astfel de nobilă sărăcie, hărțuită întruna de scrisorile lui Limercati și ale contelui N..., care și el voia să se însoare cu ea, se întâmplă ca marchizului del Dongo, de obicei de o avariție execrabilă, să-i treacă prin minte că dușmanii lui ar putea să se bucure de mizeria în care trăia sora lui. Cum! O del Dongo să fie constrânsă să trăiască din pensia pe care curtea de la Viena, de care el avea atâtea motive să se plângă, o acordă văduvelor generalilor săi!

Îi scrise că un apartament și o existență demnă de sora lui o așteptau la castelul din Grianta. Caracterul nestatornic al contesei îmbrățișă cu entuziasm ideea acestui nou fel de viață; trecuseră douăzeci de ani de când nu mai locuise în acel venerabil castel, înălțându-se maiestuos în mijlocul castanilor bătrâni, sădiți încă de pe vremea familiei Sforza. „Acolo, își spunea ea, îmi voi găsi liniștea și, la vârsta mea, nu aceasta este fericirea?" (Cum împlinise treizeci și unu de ani, credea că sosise momentul să se retragă). „Pe malul acestui lac sublim pe care m-am născut, mă așteaptă, în sfârșit, o viață fericită și netulburată".

Nu știu dacă se înșela, dar cert este că sufletul acesta pătimaș, care tocmai refuzase cu inima ușoară, fără nici o părere de rău, două averi imense, aduse fericirea în castelul Grianta. Cele două nepoate ale ei erau nebune de bucurie. „Mi-ai adus înapoi zilele tinereții, îi spunea marchiza, îmbrățișând-o; înaintea sosirii tale, aveam o sută de ani." Contesa porni să revadă, cu Fabricio, toate acele locuri pline de vrajă din vecinătatea Griantei, atât de proslăvite de călători; vila Melzi, de cealaltă parte a lacului, vizavi de castel, care îi servește drept perspectivă; deasupra, pădurea sacră *Sfrondata* și îndrăznețul promontoriu care desparte cele două brațe ale lacului Como, atât de voluptuos, iar cel care se îndreaptă spre Lecco, plin de severitate: peisaje sublime, încărcate de farmec, pe care cea mai minunată priveliște din lume, golful Neapole, le egalează poate în frumusețe, dar nu le întrece. Stăpânită de încântare, contesa își regăsea amintirile din prima tinerețe și le compara cu senzațiile ei actuale. „Lacul Como, își zicea ea, nu este defel împrejmuit, ca lacul Genevei, de proprietăți întinse, bine închise și cultivate după cele mai înaintate metode, ceea ce te duce cu gândul la bani și afaceri. Aici, de jur împrejurul meu, văd doar coline de înălțimi diferite, acoperite de pâlcuri de arbori plantați la întâmplare, pe care mâna omului nu le-a stricat încă, silindu-le *să aducă profit*. În mijlocul acestor coline cu forme admirabile, prăvălindu-și spre lacuri pantele atât de neobișnuite, pot să-mi păstrez toate iluziile legate de descrierile lui Tasso[16] și Ariosto[17]. Totul este nobil și delicat, totul îți vorbește despre dragoste, nimic nu îți amintește de sluțeniile civilizației. Copaci înalți ascund satele situate la jumătatea coastei, iar deasupra vârfurilor lor se înalță arhitectura încântătoare a drăgălașelor clopotnițe. Dacă șirul pâlcurilor de castani și de cireși sălbatici e întrerupt din când în când de un lot mic, lat de doar cincizeci de pași, ochiul e mulțumit să vadă crescând aici plante mai viguroase și cărora le merge mai bine ca oriunde în altă parte. Dincolo de aceste coline ale căror culmi te ispitesc cu sihăstrii în care oricine ar vrea să sălășluiască, ochiul mirat zărește crestele Alpilor, veșnic acoperite de omăt, iar austeritatea lor posomorâtă îți amintește de urgiile vieții, ceea ce nu face decât să sporească voluptatea clipei prezente. Imaginația îți este stârnită de dangătul îndepărtat al clopotelor din cine știe ce sătuc pitulat printre copaci: sunetele acestea, purtate de ape și înmuiate de ele, capătă o tentă de dulce melancolie și de resemnare, părând să-i spună omului: Viața trece, nu lăsa să-ți scape fericirea ce-ți iese în cale, bucură-te de ea." Limbajul acestor locuri încântătoare, fără seamăn pe lume, făcu să bată din nou în pieptul contesei inima ei de șaisprezece ani. Nu pricepea cum putuse să stea atâta amar de vreme departe de lac. Oare tocmai în pragul bătrâneții să se fi refugiat fericirea? Cumpără o barcă pe

---

[16] Torquato Tasso (1544-1595), poet italian din epoca Renașterii.
[17] Lodovico Ariosto (1474-1533), poet și dramaturg italian din epoca Renașterii.

care Fabricio, marchiza și ea însăși o decorară cu mâinile lor, căci, chiar într-o casă atât de splendidă, banii lipseau atunci când aveai nevoie de ei; de când căzuse în dizgrație, marchizul dublase fastul aristocratic în care trăia. De exemplu, ca să câștige zece palme de teren pe malul lacului, în vecinătatea faimoasei alei de platani, lângă Cadenabia, pornise să înalțe un dig al cărui deviz urca până la optzeci de mii de franci. La marginea digului se putea vedea ridicându-se, conform schițelor celebrului marchiz Cagnola, o capelă construită în întregime din blocuri enorme de granit, iar în capelă Marchesi, sculptor la modă în Milano, îi făurea un cavou ale cărui numeroase basoreliefuri urmau să reprezinte isprăvile înaintașilor săi.

Fratele mai mare al lui Fabricio, marchesino Ascanio, vru să participe și el la plimbările doamnelor; dar mătușa lui îi turna apă peste părul pudrat și nu trecea o zi fără să facă o poznă, râzând de aerul lui înțepat. În cele din urmă, vesela ceată, care nu cuteza să râdă în prezența lui, fu despovărată de mutra-i puhavă și lividă. Marchesino se retrase, exasperat, din proprie inițiativă. Bănuiau că este iscoada tatălui său, marchizul, și se vedeau siliți să-l menajeze pe acest despot sever și mereu furios după demisia sa impusă.

Ascanio jură să se răzbune pe Fabricio.

Fură prinși de o furtună în timpul căreia avură de înfruntat mari pericole; deși aveau foarte puțini bani, îi mituiră cu o sumă generoasă pe cei doi vâslași, ca să le închidă gura: marchizul era și așa destul de supărat că fetele lui luau parte la aceste expediții acvatice, iar dacă ar fi aflat de episodul cu pricina, și-ar fi ieșit cu totul din fire. O a doua furtună îi surprinse pe lac; în locurile acestea, vijeliile se iscă din senin și sunt teribile: rafale de vânt se abat pe neașteptate din cele două strungi dintre munți, așezate în direcții opuse, și se luptă pe întinsul apelor. Contesa vru să debarce în toiul urgiei, în plin uragan, sub ploaia de tunete; susținea că, urcată pe o stâncă izolată, în mijlocul lacului, nu mai mare decât o cămăruță, ar fi avut parte de un spectacol unic. Se pomeni asediată din toate părțile de valuri furioase; sărind din barcă, se prăbuși în apă. Fabricio se aruncă după ea, ca să o salveze, și amândoi fură târâți destul de departe. Nu e, desigur, nici o bucurie să mori înecat, dar măcar alungaseră plictiseala din castelul feudal. Contesa căzuse în patima astrologiei, fiind fascinată de caracterul primitiv al abatelui Blanès. Puținii bani ce-i mai rămăseseră după achiziționarea bărcii fuseseră folosiți pentru a cumpăra un mic telescop de ocazie și aproape în fiecare seară, însoțită de nepoatele ei și de Fabricio, se ducea să-și așeze tabăra pe platforma unuia dintre turnurile gotice ale castelului. Fabricio era savantul cetei și petreceau astfel mai multe ceasuri pline de veselie, departe de iscoade.

Trebuie să mărturisim că, uneori, cât era ziua de lungă, contesa nu schimba nici o vorbă cu nimeni: o zăreai plimbându-se printre castanii înalți, cufundată în reveriile ei sumbre; avea prea mult spirit ca să nu simtă, câteodată, plictiseala de a nu-și putea împărtăși ideile. Dar a doua zi râdea din nou; doar văicărelile marchizei, cumnata sa, nășteau aceste impresii întunecate asupra firii ei, în mod firesc atât de activă.

— Să ne petrecem restul tinereții în acest trist castel! se tânguia marchiza.

Înainte de sosirea contesei, n-ar fi avut nici măcar curajul de a simți aceste regrete.

Trăiră astfel în timpul iernii dintre 1814 și 1815. De două ori, în ciuda sărăciei sale, contesa veni să-și petreacă vreo câteva zile la Milano; era vorba de a vedea un balet sublim al lui Vigano, iar marchizul nu-i interzicea defel soției sale să o însoțească pe cumnata ei. Se duceau să încaseze mica ei pensie și tot biata văduvă a generalului cisalpin era cea care îi împrumuta câțiva țechini putred de bogatei marchize del Dongo. Ieșirile acestea erau încântătoare; invitau la masă vechi prieteni și se consolau râzând de toate, ca niște adevărați copii. Veselia aceasta italienească, plină de *brio* și de neprevăzut, le făcea să uite de tristețea sumbră pe care privirile crunte ale marchizului și ale progeniturii sale o împrăștiau în jurul lor la Grianta. Fabricio, care de-abia împlinise șaisprezece anișori, era totuși desăvârșit în rolul capului familiei.

Pe data de 7 martie 1815, doamnele se întorseseră de două zile dintr-o scurtă, dar desfătătoare călătorie la Milano; se plimbau pe frumoasa alee de platani, prelungită recent până la marginea lacului. Dinspre Como apăru o barcă din care li se făceau semne ciudate. Un agent al marchizului sări pe dig: Napoleon tocmai debarcase în golful Juan. Europa avu naivitatea să fie surprinsă de acest eveniment, care nu îl mirase deloc pe marchizul del Dongo. Îi scrise suveranului său o epistolă încărcată de efuziune; îi oferea întreaga lui competență și mai multe milioane, repetându-i că toți miniștrii lui erau niște iacobini înțeleși cu capii de la Paris.

Pe data de 8 martie, la orele șase dimineața, marchizul, împodobit cu toate decorațiile sale, îl puse pe fiul cel mare să-i dicteze ciorna unei a treia epistole politice, pe care o transcrise grav, cu frumoasa lui caligrafie, pe o coală filigranată, cu efigia suveranului. Exact în aceeași clipă, Fabricio cerea să fie primit de contesa Pietranera.

— Plec, îi declară el, mă duc să mă alătur Împăratului, care este, totodată, și regele Italiei; îi arăta atâta prietenie soțului tău! Voi trece prin Elveția. Astă-noapte, la Menagio, prietenul meu Vasi, negustorul de barometre, mi-a dat pașaportul lui. Acum dă-mi și mie câțiva napoleoni, am doar doi asupra mea; dar dacă nu se poate altfel, mă duc și pe jos.

Contesa plângea de bucurie și de spaimă.

— Dumnezeule! Cum de ți-a venit ideea asta? strigă ea, prinzându-l pe Fabricio de mâini.

Se ridică și se duse să ia din dulapul cu lenjuri, unde era ascunsă cu grijă, o pungă mică, împodobită cu perle; era tot ce avea pe lume.

— Ia-o, îi spuse lui Fabricio, dar, pentru Dumnezeu, încearcă să nu te lași omorât. Ce se va alege de mama ta și de mine, dacă te pierdem? În ceea ce privește succesul lui Napoleon, acesta este imposibil, sărmanul meu prieten; domnii noștri vor ști cum să-l facă să dispară. N-ai auzit, acum opt zile la Milano, povestea celor douăzeci și trei de planuri de asasinat, toate atât de bine ticluite și din care nu a scăpat decât printr-o minune? Și pe vremea aia era atotputernic. Și ai văzut că nu voința de a-l pierde le lipsește dușmanilor noștri... Franța nu mai e nimic de la plecarea lui.

Contesa îi vorbea lui Fabricio despre ceea ce îl aștepta pe Napoleon, stăpânită de cea mai vie emoție.

— Îngăduindu-ți să te duci alături de el, îi jertfesc tot ce am mai scump pe lumea asta, îi spuse ea.

Ochii lui Fabricio se umeziră; vărsă chiar câteva lacrimi, în timp ce o îmbrățișa pe contesă, dar hotărârea sa de a pleca rămase neclintită. Îi explică, plin de efuziune, acestei prietene atât de dragi, toate motivele lui, pe care noi ne luăm libertatea de a le considera cât se poate de amuzante.

— Seara trecută, era șase fără șapte minute, ne plimbam, așa cum bine știi, pe aleea de platani, mai jos de Casa Sommariva, mergând spre sud. Acolo, pentru prima oară, am remarcat în depărtare barca ce venea dinspre Como, purtătoare a unei vești atât de importante. Cum stăteam așa, uitându-mă la barca aceea, fără să mă gândesc la Împărat, invidiindu-i doar pe cei care pot să călătorească, am fost cuprins pe neașteptate de o emoție adâncă. Luntrea a ajuns la țărm, iar agentul a început să-i vorbească în șoaptă tatălui meu, care s-a schimbat la față și ne-a luat de-o parte, ca să ne anunțe *teribila veste*. M-am întors pe lac doar ca să-mi ascund lacrimile de bucurie ce-mi scăldau obrajii. Brusc, sus de tot, în înaltul cerului, am zărit un vultur, pasărea lui Napoleon; plutea maiestuos, zburând spre Elveția și, în consecință, spre Paris. Și eu, mi-am spus în clipa aceea, voi străbate Elveția cu repeziciunea unui vultur și mă voi duce să îi ofer acestui mare om nu cine știe ce, dar, în fine, tot ceea ce îi pot oferi — nevolnicul meu ajutor, brațul meu încă nu de ajuns de puternic. A vrut să ne dăruiască o patrie și l-a iubit pe unchiul meu. Într-o clipă, în vreme ce mai zăream încă vulturul, în mod ciudat, lacrimile mi s-au uscat; și dovada că gândul acesta îmi vine de undeva din înalturi, din tării, este că, în același moment, fără să discut cu nimeni, am luat hotărârea de față și am văzut și mijloacele de a efectua călătoria. Într-o clipă, toată tristețea care, după cum știi, îmi înveninează existența, mai ales duminicile, s-a risipit, împrăștiată parcă de un suflu divin. Am văzut Italia ridicându-se din noroiul în care o țin cufundată germanii[18]; își întindea brațele rănite și încă pe jumătate în lanțuri spre regele și eliberatorul ei. Și eu, mi-am zis, fiu încă necunoscut al acestei mame nefericite, voi pleca, mă voi duce să mor sau să izbândesc alături de omul acesta ales de soartă, care a vrut să ne spele de disprețul cu care ne acoperă chiar și cei mai înrobiți și mai abjecți locuitori ai Europei.

Știi, adăugă el cu voce joasă, apropiindu-se de contesă și ațintindu-și asupra ei ochii din care țâșneau flăcări, știi castanul acela pe care mama, în iarna nașterii mele, l-a sădit cu mâna ei la marginea marii fântânii din pădurea noastră, la două leghe de aici; înainte de a întreprinde ceva, m-am dus să-i fac o vizită. Nu suntem încă în plină primăvară, mi-am zis; ei bine, dacă arborele meu a înfrunzit, va fi un semn pentru mine. Eu însumi trebuie să ies din starea de lâncezeală în care zac în castelul acesta rece și trist. Nu crezi că zidurile acestea vechi, înzăpezite de vreme, acum simboluri și odinioară unelte ale despotismului, sunt o adevărată imagine a acestei ierni mohorâte? Ele sunt pentru mine ceea ce este iarna pentru copacul meu.

Îți vine să crezi, Gina, ieri seară, la ora șapte și jumătate, m-am dus să-mi văd castanul — avea frunze, niște frunzulițe de toată frumusețea, deja destul de mari! L-am sărutat, având grijă să nu-i fac rău. Am săpat plin de respect pământul din jurul copacului mult iubit. De îndată, cuprins din nou de elan, am traversat muntele, am ajuns la Menagio; aveam nevoie de pașaport ca să pot intra în Elveția. Timpul zburase, era deja unu noaptea când m-am pomenit la ușa lui Vasi. Mă gândeam că o să bat mult și bine până o să reușesc să-l scol din somn, dar era treaz, împreună cu trei prieteni ai lui. La primele mele vorbe, a răcnit:

---

[18] Este un personaj plin de pasiune cel ce vorbește aici; traduce în proză câteva versuri din celebrul Monti. (n.a.) Vicenzo Monti (1754-1828), poet neoclasic italian.

„Te duci să fii lângă Napoleon!" şi mi-a sărit de gât. Ceilalţi prieteni m-au îmbrăţişat entuziasmaţi. „De ce m-oi fi însurat?" suspina unul dintre ei.

Doamna Pietranera căzuse pe gânduri; consideră de datoria ei să ridice unele obiecţii. Dacă Fabricio ar fi avut cât de puţină experienţă, şi-ar fi dat seama că ea însăşi nu credea în sfaturile pe care se grăbea să i le dea. Dar dacă nu avea experienţă, era, în schimb, plin de dârzenie; nici nu catadicsi să-i asculte sfaturile. Contesa se văzu curând obligată să se mulţumească doar cu făgăduiala că îi va împărtăşi mamei sale ceea ce avea de gând să facă, şi aceasta smulsă cu mare greutate.

— Dar le va spune surorilor mele, iar acestea, la rândul lor, mă vor trăda, strigă Fabricio cu un soi de aroganţă, de la înălţimea eroismului său.

— Vorbeşte cu mai mult respect, îi spuse contesa surâzând printre lacrimi, despre sexul de care va depinde soarta ta, căci bărbaţii nu te vor înţelege şi nu te vor aproba niciodată; e prea mult foc în inima ta pentru sufletele lor meschine.

Marchiza izbucni în lacrimi, aflând de ciudatele planuri ale fiului ei; nu găsea nici un pic de eroism în ele şi făcu tot ceea ce-i stătea în puteri ca să-l facă să se răzgândească. Când fu convinsă că pentru nimic în lume nu putea să-l împiedice să plece, doar dacă l-ar fi aruncat într-o temniţă, îi dădu puţinii bani pe care-i avea; îşi aduse aminte că-i rămăseseră din ajun opt-zece diamănţele, valorând, poate, zece mii de franci, pe care marchizul i le încredinţase ca să le monteze la Milano. Surorile lui Fabricio intrară în odaia mamei lor chiar în momentul în care aceasta cosea aceste diamante în veşmintele de călătorie ale eroului nostru; acesta restitui bietelor femei cei câţiva napoleoni pe care-i luase de la ele. Surorile sale se arătară atât de entuziasmate de planul lui, îl îmbrăţişară cu o bucurie atât de zgomotoasă, încât Fabricio înşfăcă şi cele câteva diamante ce nu apucaseră să fie cusute şi vru să o ia imediat din loc.

— Mă veţi trăda, la rândul vostru, le spuse surorilor lui. De vreme ce am atâţia bani, n-am nevoie să mă car cu atâtea boarfe după mine, se găsesc peste tot. Le îmbrăţişă pe fiinţele care-i erau atât de dragi și o șterse numaidecât, fără măcar să mai vrea să se mai întoarcă în camera lui. Merse atât de repede, de teamă să nu fie urmărit de oameni călare, încât ajunse la Lugano în aceeași seară. Mulțumită lui Dumnezeu, se afla într-un oraș elvețian și nu mai stătea cu frica-n sân, de a nu fi, cumva, atacat pe drum de jandarmi plătiți de tatăl lui. Din locul acela îi scrise marchizului o epistolă pe cinste, năzdrăvănie de copil, care puse și mai mult jar pe foc, aprinzând și mai abitir mânia acestuia. Fabricio luă poștalionul și trecu peste Saint Gothard; călătoria lui fu rapidă, intră în Franța prin Pontarlier. Împăratul se afla la Paris. Acolo începură necazurile lui Fabricio; pornise la drum cu intenția fermă de a-i vorbi Împăratului; nu-și închipuise nici o clipă cât de dificil era acest lucru. La Milano, îl vedea pe prințul Eugen și de zece ori pe zi și i s-ar fi putut adresa oricând. La Paris, se ducea în fiecare dimineață în curtea palatului Tuilleries și asista la trecerea în revistă a trupelor de către Împărat; dar niciodată nu reuși să se apropie de el. Eroul nostru îi credea pe toți francezii la fel de adânc pătrunși ca și el de marea primejdie ce le amenința patria. La masa hotelului la care trăsese, nu făcu nici un mister nici în privința intențiilor sale și nici a devotamentului său; găsi repede un auditoriu format din tineri deosebit de prietenoși și de curtenitori și mai entuziaști decât el, care, în doar câteva zile, îi șterpeliră toți banii. Din fericire, din pură modestie, nu le pomenise nimic despre diamantele dăruite de mama lui.

În dimineața în care, după o petrecere de pomină, se trezi fără nici un ban, cumpără doi cai, angajă ca slujitor un fost soldat, actualmente rândaș în grajdul unui geambaș, și, în total dispreț față de tinerii parizieni buni doar de gură, plecă la oaste. Nu știa mare lucru, doar că armata se aduna pe lângă Maubeuge. De-abia descins la graniță, considera ridicol să stea la gura sobei, într-o casă bine încălzită, în vreme ce adevărații oșteni bivuacau. Orice i-ar fi spus slujitorul lui, care nu era lipsit de bun-simț, el se grăbi să se amestece în mod imprudent cu soldații din bivuacurile de la capătul graniței, pe drumul spre Belgia. De-abia ajunse la primul batalion așezat la marginea drumului, că cei de acolo îl și luară la ochi pe acest tânăr burghez, a cărui ținută nu avea nimic din uniforma militară.

Se lăsă noaptea; bătea un vânt rece. Fabricio se apropie de un foc și ceru ospitalitate, plătind. Soldații se priviră mirați, mai ales de ideea de a fi plătiți, și îi făcură binevoitori loc lângă foc; slujitorul îi aranjă un adăpost. Dar, o oră mai târziu, pe când plutonierul regimentului trecea prin apropierea bivuacului, soldații se duseră să-i povestească despre sosirea acestui străin care vorbea o franceză cam stâlcită. Plutonierul îl luă la întrebări pe Fabricio, care îi împărtăși entuziasmul lui pentru Împărat cu un accent cât se poate de suspect; drept urmare, subofițerul îl rugă să-l urmeze până la colonel, stabilit într-o fermă din vecinătate. Slujitorul lui Fabricio se apropie cu cei doi cai. La vederea lor, plutonierului îi sclipiră ochii, așa că își schimbă pe dată gândurile și începu să-l ia la întrebări și pe slujitor. Acesta, fost soldat, ghicind imediat intențiile subofițerului, se apucă să-i vorbească despre înalta protecție de care beneficia stăpânul lui și adăugă că, în mod sigur, nimeni nu va îndrăzni *să-i șterpelească* minunații lui bidivii. Cât ai clipi din ochi, un soldat chemat de plutonier îl înșfăcă de guler; un alt soldat se îngriji de cai și, cu un aer sever, plutonierul îi ordonă lui Fabricio să-l urmeze fără să scoată o vorbă.

După ce îl făcu să străbată mai mult de o leghe pe jos, prin bezna pe care focurile bivuacurilor ce luminau orizontul din toate părțile o făceau să pară și mai adâncă, plutonierul îl predă unui ofițer de jandarmi care, pe un ton grav, îi ceru actele. Fabricio îi arătă pașaportul care-l desemna ca fiind un negustor de barometre *ce își căra singur marfa*.

— Ce cretini, zbieră ofițerul, asta întrece orice închipuire!

Îl descusu pe eroul nostru, care îi vorbi cu cel mai viu entuziasm despre Împărat și despre libertate; la care ofițerul de jandarmi izbucni în hohote de râs.

— La naiba! Nu prea ești priceput! exclamă el. E puțin cam prea mult să ne trimită niște ageamii ca tine!

Și oricât încercă să-l lămurească Fabricio, care se dădea de ceasul morții explicând că, de fapt, el nu era negustor de barometre, ofițerul îl expedie la închisoarea din B...., un orășel din apropiere, unde eroul nostru ajunse pe la trei dimineața, turbat de furie și mort de oboseală.

Fabricio, la început intrigat, iar apoi mânios, neînțelegând absolut nimic din ceea ce se întâmpla cu el, petrecu în închisoarea aceasta mizerabilă treizeci și trei de zile nesfârșite. Trimise scrisori comandatului garnizoanei, iar soția temnicerului, o flamandă frumoasă de treizeci și șase de ani, se obligă să le facă să parvină la destinație. Dar cum n-avea nici un chef să vadă împușcat un băiat atât de chipeș, care, pe deasupra, și plătea bine, se grăbi să pună pe foc toate aceste scrisori. Noaptea, foarte târziu, binevoia să vină să ia act de doleanțele prizonierului; îi spusese soțului ei că gogomanul avea bani, așa că prudentul temnicer îi dăduse mână liberă. Întreprinzătoarea femeie profită din plin de această îngăduință și se căpătui cu câțiva poli de aur, căci plutonierul luase doar caii, iar ofițerul de jandarmi nu confiscase nimic.

Într-o după-amiază din luna iunie, lui Fabricio îi ajunse la urechi vuietul, destul de îndepărtat, al unei canonade ce părea puternică. În sfârșit, se băteau! Inima îi zvâcni de nerăbdare. Desluși, de asemenea, o larmă destul de mare în oraș; într-adevăr, aveau loc mișcări de trupe importante, trei divizii treceau prin B.... Când, pe la unsprezece noaptea, nevasta temnicerului veni să-i aline suferința, Fabricio se arătă și mai amabil ca de obicei; apoi, prinzându-i mâinile, îi spuse:

— Scoate-mă de aici și îți jur pe onoarea mea că mă voi întoarce în închisoare de îndată ce se va sfârși lupta.

— Astea-s baliverne! Ai *quibus*[19]?

El păru neliniștit, nu înțelegea cuvântul *quibus*.

Temnicereasa, văzându-l astfel, crezu că mina ei de aur secase, așa că, în loc să-i vorbească despre napoleoni, așa cum intenționase, îi vorbi doar despre franci.

— Ascultă, îi spuse ea, dacă poți să-mi dai o sută de franci, voi pune un napoleon dublu pe fiecare ochi al caporalului care

---

[19] În argoul din secolul al XV-lea, „bani".

va fi de strajă la noapte. În felul acesta, nu va putea să te vadă plecând din închisoare şi, dacă regimentul lui o va lua din loc în cursul zilei, va accepta.

Bătură repede palma. Temnicereasa consimţi chiar să-l ascundă pe Fabricio în camera ei, de unde putea evada mai uşor în dimineaţa zilei următoare.

A doua zi în zori, femeia, înduioşată peste poate, îi spuse lui Fabricio:

— Micuţul meu drag, eşti încă prea tânăr pentru meseria asta murdară: ascultă-mă pe mine, nu te mai întoarce.

— Dar cum aşa? repeta Fabricio. E o crimă să-ţi aperi patria?

— Ajunge. Să nu uiţi niciodată că numai datorită mie ai scăpat cu viaţă: cazul tău era limpede, te-ar fi împuşcat. Dar să-ţi ţii gura, dacă scapi vreo vorbă cuiva, soţul meu îşi va pierde slujba şi vom rămâne pe drumuri; şi, mai cu seamă, nu mai repeta pretutindeni povestea ta caraghioasă cu gentilomul din Milano, deghizat în negustor de barometre, e prea gogonată. Bagă bine la cap, o să-ţi dau straiele unui husar care-a dat ortul popii alaltăieri în închisoare; dă-ţi drumul la gură cât mai puţin cu putinţă, dar, în sfârşit, dacă vreun sergent sau vreun ofiţer te ia din scurt şi te sileşte să-i răspunzi la întrebări, îndrugă-i şi tu că ai zăcut în casa unui ţăran milos care te-a cules dintr-un şanţ unde tremurai de friguri. Dacă nu va fi de ajuns, adaugă că te întorci la regiment. S-ar putea să te oprească din pricina accentului tău; zi-le atunci că te-ai născut în Piemont, că eşti un recrut rămas anul trecut în Franţa şi tot aşa.

Pentru prima oară după treizeci şi trei de zile de furie, Fabricio înţelese cauza secretă a nenorocirilor lui. Era luat drept spion. Discută cu temnicereasa care, în dimineaţa aceea, era plină de tandreţe; şi, în sfârşit, în timp ce, înarmată cu un ac, ea îi strâmta uniforma, îi depănă de-a fir a păr femeii acesteia din ce în ce mai uimite toată povestea. O clipă îl crezu, avea un aer atât de naiv şi arăta atât de drăgălaş îmbrăcat în husar!

— De vreme ce îţi doreşti atât de fierbinte să intri în luptă, îi spuse ea, în cele din urmă pe jumătate convinsă, ar fi trebuit, atunci când ai ajuns la Paris, să te înrolezi într-un regiment. Numai să-i fi făcut cinste unui sergent şi treaba s-ar fi rezolvat de la sine! Temnicereasa se întrecu în a-i da o sumedenie de sfaturi bune pentru viitor şi, în sfârşit, la revărsatul zorilor, îl scoase pe Fabricio afară din odaia ei, după ce îl puse să jure de sute de ori că niciodată nu o va da de gol, pomenindu-i numele, orice s-ar fi întâmplat. De îndată ce ieşi din orăşel, mergând voiniceşte cu sabia husarului sub braţ, buna dispoziţie i se risipi brusc, fiind încercat de o strângere de inimă. „Iată-mă, îşi spuse el, cu veşmintele şi foaia de drum a unui husar care a dat ortul popii în închisoare, ajuns aici, după câte se pare, pentru c-a şterpelit o vacă şi câteva tacâmuri de argint... Şi asta fără voia mea şi fără să-mi treacă o clipă prin cap că aş putea păţi una ca asta! Atenţie, deci, la închisoare!... Trebuie să mă păzesc de-acum încolo să mai am de-a face cu puşcăria. Semnele sunt cât se poate de clare, voi avea de suferit mult din pricina temniţei".

Nu trecuse nici un ceas de când Fabricio se despărţise de zâna lui cea bună, când o ploaie năprasnică se abătu asupra lui; proaspătul husar de-abia mai putea înainta, împiedicându-se în cizmele acelea butucănoase, care nu erau făcute pentru el. Pe drum dădu peste un ţăran călare pe un cal ca vai de lume şi cumpără gloaba, înţelegându-se mai mult prin semne. Temnicereasa îi recomandase să deschidă gura cât mai puţin, din cauza buclucaşului de accent ce l-ar fi trădat imediat.

În ziua aceea, armata, după ce tocmai învinsese la Ligny[20], era în plin marş spre Bruxelles; era în ajunul bătăliei de la Waterloo[21]. Pe la prânz, biciuit în continuare de ploaie, Fabricio auzi bubuitul tunurilor; se simţi atât de fericit, încât uită cu totul de momentele cumplite de disperare prin care trecuse în temniţa unde fusese

---

[20] Oraş în Belgia; aici, la 16 iunie 1815, Napoleon a repurtat ultima sa victorie.
[21] Localitate în Belgia, lângă Bruxelles, unde, la 18 iunie 1815, trupele aliate au învins, într-o confruntare decisivă, trupele franceze comandate de Napoleon.

aruncat fără nici o vină. Merse până în toiul nopţii şi, cum se mai deşteptase niţeluş şi începuse să capete o oarecare experienţă, avu bunul-simţ să caute o gazdă cât mai ferită, departe de drumul mare. Ţăranul la care nimeri se văicărea şi o ţinea una şi bună, că fusese jecmănit de toate cele şi nu-i mai rămăsese decât praful de pe tobă; Fabricio îl milui cu un scud şi, ca prin farmec, se găsi fân din belşug pentru calul lui. „Calul meu, e drept, nu-i el prea arătos, îşi spuse Fabricio, dar parcă poţi să ştii, s-ar putea să fie pe gustul cine ştie cărui plutonier". Aşa că se duse să se culce lângă el, în grajd. În ziua următoare, cu o oră înainte de ivirea zorilor, Fabricio era deja pe drum şi, luându-şi calul cu binişorul, izbuti să-l facă să meargă la trap. Pe la cinci auzi canonada: erau preliminariile bătăliei de la Waterloo.

## CAPITOLUL AL TREILEA

Nu după multă vreme, în calea lui Fabricio apărură nişte vivandiere şi recunoştinţa fierbinte ce i-o purta temniceresei îl făcu să nu se ferească de ele; o întrebă pe una unde se afla regimentul al 4-lea de husari, din care făcea parte.

— Ai face bine să nu te zoreşti aşa, micuţul meu soldăţel, îi răspunse cantiniera, înduioşată de paloarea şi de ochii frumoşi ai lui Fabricio. Eşti mult prea fraged pentru loviturile de sabie ce-or să se dea astăzi. Dacă ai avea măcar o puşcă, mai treacă-meargă, ai putea şi tu să împroşti cu gloanţe, ca ceilalţi.

Sfatul acesta îi displăcu lui Fabricio; dar degeaba îşi îmboldea gloaba, nici vorbă să întreacă şareta inimoasei femei. Din când în când, bubuitul tunurilor părea să se apropie şi-i împiedica să se înţeleagă, acoperindu-le glasurile, căci Fabricio era atât de înflăcărat şi de bucuros, încât reînnodase conversaţia. Fiecare cuvânt al cantinierei îi dădea aripi, sporindu-i entuziasmul. Cu excepţia adevăratului său nume şi a fugii din închisoare, în cele din urmă îi mărturisi totul femeii aceleia care părea atât de bună.

Aceasta rămase cu gura căscată și nu pricepea nimic din ce-i povestea soldatul cel frumos și tânăr.

— Abia acum m-am dumirit, exclamă ea într-un târziu, triumfătoare: ești un tânăr burghez, îndrăgostit de nevasta vreunui căpitan din regimentul al 4-lea. Drăguța ta ți-a făcut, pesemne, cadou uniforma pe care o porți și acum ai pornit ca din pușcă în căutarea ei. E limpede ca lumina zilei că n-ai fost în viața ta soldat; dar, ca un băiat viteaz ce ești, fiindcă regimentul tău este în vâltoarea bătăliei, vrei să fii și tu acolo, să nu creadă că ești laș.

Fabricio n-o contrazicea în nici un fel; era singurul mod de a primi sfaturi bune. „Habar n-am cum să mă port cu francezii ăștia și, dacă nu mă îndrumă cineva, o să sfârșesc din nou în închisoare și o să rămân din nou fără cal", își spuse el.

— În primul rând, micuțule, îi spuse cantiniera, care devenea din ce în ce mai mult prietena lui, mărturisește că nu ai nici pe departe douăzeci și unu de ani: cel mult să ai șaptesprezece.

Acesta era adevărul gol-goluț și Fabricio nu se sfii să îl recunoască.

— Carevasăzică, nu ești nici măcar recrut; doar nurii cucoanei te-au pus pe jar și te-au făcut să te duci să-ți putrezească oasele pe cine știe ce coclauri. Ei bine, n-o să fie dezamăgită! Dacă ți-au mai rămas câțiva *gălbiori* din cei pe care ți i-a dat, trebuie, *primo*, să-ți cumperi un cal mai de Doamne-ajută; vezi că mârțoaga ta ciulește urechile de cum se aude mai aproape vuietul tunurilor; e un cal de țăran, care te va face să o mierlești de cum vei ajunge în linia întâi. Fumul acela alb pe care-l vezi acolo, plutind deasupra hățișurilor, e de la focul plutoanelor, micuțule! Pregătește-te să tragi o spaimă pe cinste, când or începe să-ți șuiere gloanțele pe la ureche. Ai face bine să îmbuci ceva, cât mai ai vreme.

Fabricio îi ascultă povața și, întinzându-i vivandierei un napoleon, o rugă să-l cheltuiască așa cum crede ea de cuviință.

— Te-apucă jalea, când îl vezi așa! strigă femeia. Bietul micuț nu știe nici măcar cum să-și chivernisească banii! Ai merita ca, după ce ți-am înșfăcat napoleonul, să o fac pe Cocotte a mea să pornească în galop; să fiu a naibii dacă mârțoaga ta se va putea ține după noi. Ce-o să te faci, nătărăule, dacă o să te pomenești că spăl putina? Află că, atunci când bubuie tunurile, nu scoți niciodată galbenii la iveală. Ține, îi spuse ea, ia optsprezece franci și cincizeci de centime, masa te costă treizeci de bănuți. În curând vor fi iar cai de vânzare. Dacă e mic, dai zece franci și în nici un caz mai mult de douăzeci de franci, chiar de-ar fi să fie calul celor patru fii ai lui Aymon[22].

După ce terminară de mâncat, vivandiera, care perora întruna, fu întreruptă de o femeie care, înaintând peste câmp, trecu pe drum.

— Hei, hei! îi strigă femeia aceea. Hei, Margot! 6 cavalerie al tău e în dreapta.

— Trebuie să te las, micuțule, îi spuse vivandiera eroului nostru; dar, de fapt, mi se rupe inima de mila ta. De-acum ești prietenul meu, ce naiba! Habar n-ai pe ce lume ești, o să te dai de gol cât ai clipi din ochi. Vino cu mine, la șase cavalerie.

— Îmi dau și eu seama că nu mă pricep la nimic, îi spuse Fabricio, dar vreau să mă bat și sunt hotărât s-o iau într-acolo, spre fumul acela alb.

— Uite cum își ciulește urechile calul tău! De îndată ce va ajunge acolo, oricât de prăpădit ar fi, îți va forța mâna, va începe să galopeze și Dumnezeu știe unde te va duce. Vrei să mă asculți? Cum vei fi împreună cu soldățeii, pune mâna pe o pușcă și pe o cartușieră și fă exact ca ei. Dar, pe cinstea mea, pun rămășag că habar n-ai să meșterești un cartuș.

Fabricio, adânc jignit, îi mărturisi totuși noii sale prietene că ghicise adevărul.

— Bietul micuț! Va fi ucis cât ai clipi din ochi. E limpede ca lumina zilei! N-o să mai trăiască mult. Trebuie negreșit să vii cu mine, reluă cantiniera cu un aer autoritar.

— Dar vreau să mă lupt!

---

[22] Cei patru fii ai ducelui Aymon — Renaud, Guiscard, Allard, Richard, eroi ai unei legende medievale.

— O să te lupți, stai liniștit; al 6-lea cavalerie e bine cunoscut în privința asta și, de altfel, azi e de lucru pentru toată lumea.

— Dar nu mai ajungem odată la regimentul tău?

— Într-un sfert de ceas, cel mult.

„Recomandat de femeia aceasta, își spuse Fabricio, ignoranța mea totală nu mă va mai face să fiu luat drept spion și voi putea să lupt". În clipa aceea, bubuitul tunului se înteți, iar loviturile se înșirau una după alta. „Ca un șirag de mătănii", își zise tânărul.

— Iacătă, încep să se deslușească împușcăturile plutonului, rosti femeia, dând o lovitură de bici căluțului ei, ce părea din ce în ce mai însuflețit la auzul răpăiturilor. Cantiniera o luă la dreapta, pe un drum ce trecea prin mijlocul fânețelor; scurtătura era noroioasă și mica șaretă fu cât pe-aci să se împotmolească. Fabricio împinse de roți. Calul său căzu de două ori; curând, drumul, mai puțin plin de apă, se îngustă, era de-acum doar o cărare ce șerpuia prin iarbă. Fabricio nu apucă să facă mai mult de cincizeci de pași, că mârțoaga lui se opri brusc: de-a latul potecii zăcea un cadavru, înspăimântându-i, deopotrivă, atât pe cal, cât și pe călăreț.

Chipul lui Fabricio, foarte alb de felul lui, se înverzi dintr-odată; cantiniera, după ce aruncă o privire spre leș, zise, de parcă și-ar fi vorbit ei înseși:

— Nu e din divizia noastră.

După care, ridicându-și ochii spre eroul nostru, izbucni în râs.

— Ha, ha! Micuțule! exclamă ea. Ai cam sfeclit-o! Fabricio înghețase. Ceea ce-l impresiona cel mai mult era jegul de pe tălpile mortului, care fusese deja jefuit de încălțări și rămăsese doar într-o pereche de nădragi ca vai de lume, plini de sânge.

— Apropie-te, îi spuse cantiniera. Descalecă! Trebuie să te obișnuiești. Ia te uită! exclamă ea. L-au atins la cap!

Un glonț, intrat prin dreptul nasului ieșise prin tâmpla opusă, desfigurând cadavrul într-un mod oribil. Rămăsese cu un ochi deschis.

— Descalecă odată, micuțule, îl îmboldi din nou cantiniera, și strânge-i mâna, să vezi dacă îți răspunde.

Fără să ezite, deşi gata să-şi dea sufletul de dezgust, Fabricio sări din şa şi prinse mâna răposatului, scuturând-o cu putere; apoi rămase ca lovit în moalele capului; simţea că nu mai are forţa să încalece din nou. Ceea ce îl îngrozea cel mai tare era ochiul acela deschis.

„Vivandiera o să-şi închipuie că sunt laş", îşi spuse el cu amărăciune, dar se simţea incapabil să facă cea mai mică mişcare: s-ar fi prăbuşit. Momentul acela fu înfiorător; Fabricio era pe punctul de a-şi pierde cunoştinţa. Vivandiera îşi dădu seama — sări sprintenă din trăsurica ei şi îi întinse, fără să rostească un cuvânt, un pahar de rachiu, pe care el îl dădu iute pe gât. Fu în stare să încalece din nou mârţoaga şi îşi continuă drumul fără să scoată o vorbă. Vivandiera îl privea, din când în când, cu coada ochiului.

— O să te baţi mâine, micuţule, îi spuse ea în cele din urmă, azi o să rămâi cu mine. Vezi bine că trebuie să înveţi meseria de soldat.

— Ba nu, vreau să mă bat chiar acum, strigă eroul nostru cu un aer întunecat, ce i se păru vivandierei de bun augur. Vuietul tunului se intensifică, părând să se apropie. Exploziile începeau să răsune ca o muzică de bas continuă; o lovitură nu părea despărţită prin nici un interval de lovitura următoare şi, pe fundalul acestei muzici de bas neîntrerupte, ce amintea de zgomotul unui torent îndepărtat, se distingea cât se poate de clar tirul plutoanelor.

În momentul acela, drumul se înfundă într-un pâlc de copaci; vivandiera zări trei sau patru soldaţi francezi ce veneau spre ea, alergând de mama focului. Sări iute din trăsura ei şi alergă să se ascundă la cincisprezece-douăzeci de paşi, dincolo de marginea drumului. Se ghemui într-o groapă rămasă pe locul din care tocmai fusese smuls din rădăcini un copac mare. „Aşadar, îşi spuse Fabricio, acum o să văd dacă sunt un laş". Se opri lângă trăsurica părăsită de cantinieră şi trase sabia din teacă. Soldaţii nu-i dădură nici o atenţie şi trecură în fugă de-a lungul pădurii, în dreapta drumului.

— Sunt de-ai noştri, spuse liniştită vivandiera, în timp ce se întorcea gâfâind la trăsurica ei... Dacă gloaba ta ar fi în stare să galopeze, ți-aș zice: dă o fugă până la marginea pădurii, vezi dacă nu-i cineva pe câmp. Fabricio nu se lăsă rugat de două ori: smulse o creangă dintr-un plop, îi rupse frunzele și începu să-și lovească mârțoaga cu toată puterea; calul o porni în galop o clipă, după care reveni la obișnuitul trap mărunt. Vivandiera își îndemnase și ea calul la galop.

— Oprește-te acum! Oprește-te! îi strigă ea lui Fabricio.

Curând, ieșiră amândoi din pădure. Ajungând la marginea șesului, auziră o larmă îngrozitoare: salvele de tun și de muschete răsunau din toate părțile, la dreapta, la stânga, în spate. Și, cum pâlcul de copaci din care ieșiseră se afla pe o movilă ce se înălța opt-zece picioare deasupra câmpiei, zăriră destul de bine un crâmpei din bătălie; dar, în sfârșit, nu era nici țipenie de om pe șesul de dincolo de pădure. Acesta era mărginit, la o distanță de o mie de pași, de un șir lung și stufos de sălcii; deasupra lor se zărea un fum alb care, uneori, se înălța în vârtejuri spre cer.

— Dacă măcar aș ști unde se află regimentul, spuse cantiniera, încurcată. Nu trebuie s-o luăm așa, orbește, peste câmpia asta mare. Și, ia aminte, dacă dai peste un soldat dușman, înfige dintr-odată vârful sabiei în el, nu te juca lovindu-l ici și colo.

Chiar în clipa aceea, cantiniera îi zări pe cei patru soldați de care tocmai am pomenit: ieșeau din pădure la loc deschis, pe câmpul din dreapta drumului. Unul dintre ei era călare.

— Uite calul tău, îi șopti ea lui Fabricio. Hei! strigă spre călăreț, vino aici să bei un pahar de rachiu cu noi. Soldații se apropiară.

— Unde e 6 cavalerie? îi întrebă ea.

— Acolo, la cinci minute de aici, înainte de canalul care merge de-a lungul șirului de sălcii; tocmai l-au ucis și pe colonelul Macon.

— Ia zi, vrei cinci franci pe calul tău?

— Cinci franci! Glumești, mămico, ăsta e un cal de ofițer, pe care o să-l vând cu cinci napoleoni în mai puțin de un sfert de ceas.

— Dă-mi un napoleon, îi ceru vivandiera lui Fabricio. Apoi, apropiindu-se de călăreț, îi zise: „Descalecă iute, uite-ți napoleonul".

Soldatul descălecă și Fabricio săltă vesel în șa. Vivandiera începu să desprindă coburii de la oblâncul gloabei.

— Dați-mi o mână de ajutor, voi, ăștia! se zborși vivandiera către soldați. Doar n-o să stați cu mâinile în sân și-o să lăsați o femeie singură să facă treaba!

Dar de-abia simți calul proaspăt capturat coburii, că și începu să se cabreze, iar Fabricio, care călărea foarte bine, avu nevoie de toată forța lui ca să-l poată stăpâni.

— Semn bun! exclamă vivandiera. Domnul nu e obișnuit să fie gâdilat de coburi.

— Ăsta-i cal de general, strigă soldatul care îl vânduse. E un cal care face zece napoleoni pe puțin.

— Uite douăzeci de franci, îi spuse Fabricio, bucuros peste măsură să simtă sub el un bidiviu atât de focos.

În clipa aceea, o ghiulea răbufni în șirul de sălcii, lovindu-l piezis, iar Fabricio avu parte de ciudatul spectacol al tuturor rămurelelor zburând în toate părțile, ca secerate.

— Asta-i namila aia de tun care vine spre noi, îi spuse soldatul, înșfăcând cei douăzeci de franci. Să tot fie ceasurile două.

Fabricio era încă subjugat de farmecul acestei priveliști neobișnuite, când un grup de generali, urmați de vreo douăzeci de husari, străbătură în galop unul din colțurile câmpiei întinse pe care poposise: calul său necheză, se cabră de două-trei ori, apoi izbi strașnic cu capul frâul care-l ținea locului. „Ei bine, așa să fie!" își spuse Fabricio.

Lăsat liber, calul țâșni cu burta lipită de pământ și se alătură escortei care îi urma pe generali. Fabricio numără patru pălării cu panaș. Un sfert de ceas mai târziu, din cele câteva vorbe spuse de un husar vecinului său, Fabricio pricepu că unul dintre generali era celebrul mareșal Ney[23]. De-acum se simțea în al nouălea cer. Totuși, nu izbuti să descopere care anume dintre generali era mareșalul; ar fi dat orice să afle, dar își aduse aminte că trebuia să-și țină gura cusută. Escorta se opri ca să treacă peste un șanț

---

[23] Michel Ney (1796-1815), mareșal al Franței din 1804, unul dintre cei mai apropiați colaboratori ai lui Napoleon.

mare, plin cu apă după ploaia vârtoasă din ajun; era mărginit de copaci înalţi şi închidea, în stânga, câmpul la intrarea căruia Fabricio îşi cumpărase calul. Aproape toţi husarii descălecară; marginea şanţului era perpendiculară şi foarte alunecoasă, iar apa se afla la trei sau patru picioare sub nivelul câmpiei. Fabricio, ameţit de atâta fericire, se gândea mai mult la mareşalul Ney şi la glorie, decât la calul lui care, nărăvaş cum era, sări în canal, ceea ce făcu apa să ţâşnească până la o înălţime considerabilă. Unul dintre generali se pomeni acoperit de pânza de apă şi, ud ciuciulete, răcni o înjurătură: „Mama lui de cal!" Fabricio se simţi profund jignit de această sudalmă. „N-aş putea să-i cer socoteală?" îşi spuse el. Până atunci, ca să arate că nu e chiar atât de neîndemânatic, încercă să-şi facă armăsarul să urce pe malul opus al şanţului, dar acesta era drept şi înalt de cinci-şase picioare. Fu nevoit să renunţe; atunci o luă în sus prin şanţ, cu apa până la gâtul calului şi, în sfârşit, găsi un soi de jgheab; pe panta aceea blândă, ajunse uşor pe malul celălalt al canalului. Fu primul om din escortă care apăruse acolo; începu să se învârtă ţanţoş, de-a lungul malului. Jos, în adâncul canalului, husarii se zbăteau destul de stingheriţi de poziţia în care se aflau, căci, în multe locuri, apa avea o adâncime de cinci-şase picioare. Doi sau trei cai se speriară şi încercară să înoate, ceea ce iscă o bălăceală grozavă. Un sergent îşi dădu seama de manevra pe care o făcuse bobocul acela, care nu prea arăta a soldat.

— Luaţi-o în sus! E un jgheab la stânga! strigă şi, încetul cu încetul, trecură cu toţii.

Ajungând pe malul celălalt, Fabricio îi găsi pe generali singuri singurei. Bubuitul tunului părea acum şi mai puternic; de-abia îl auzi ţipându-i la ureche pe generalul care, din pricina lui, făcuse o baie zdravănă.

— De unde-ai luat calul ăsta?

Fabricio se zăpăci atât de tare, încât îi răspunse în italieneşte:

— *L' ho comprato poco fa* (De-abia l-am cumpărat).

— Ce spui? răcni generalul.

Dar zgomotul deveni atât de mare în momentul acela, încât Fabricio nu-i putu răspunde. Trebuie să mărturisim că eroul nostru era foarte puțin erou în clipele acelea. Totuși, frica venea la el de-abia în al doilea rând; era buimăcit mai cu seamă de vuietul acela care-i spărgea urechile. Escorta pornise în galop; străbăteau o bucată mare de pământ arat, aflat dincolo de canal, iar câmpul acesta era acoperit de cadavre.

— Hainele roșii! Hainele roșii! strigau veseli husarii din escortă și, la început, Fabricio nu înțelese. În sfârșit, observă că toate cadavrele purtau straie roșii. Un lucru îl făcu să se înfioare; băgă de seamă că multe dintre acele uniforme roșii erau încă în viață — strigau, evident, pentru a cere ajutor, dar nimeni nu se oprea să li-l acorde. Eroul nostru, foarte omenos, încerca din răsputeri să-și împiedice calul să calce peste vreuna dintre acele haine roșii. Escorta se opri; Fabricio, care nu prea dădea nici o atenție îndatoririlor sale de soldat, galopa înainte, cu ochii la un nefericit de rănit.

— Stai odată, tontule! răcni la el sergentul. Fabricio văzu că ajunsese la douăzeci de pași în dreapta, înaintea generalilor și chiar în partea în care priveau aceștia prin binoclurile lor. Întorcându-se să se așeze la coada celorlalți husari, rămași cu câțiva pași în urmă, îl văzu pe cel mai corpolent dintre generali vorbindu-i vecinului său, pe un ton autoritar și aproape certăreț. Înjura. Fabricio nu își putu reține curiozitatea și, în ciuda sfatului primit de la prietena lui, temnicereasa, de a-și pune strajă gurii, ticlui o mică frază, cât se poate de franțuzească, cât se poate de corectă, și își iscodi vecinul astfel:

— Cine este generalul acela care-și *bruftuluiește* vecinul?
— Mareșalul, desigur!
— Care mareșal?
— Mareșalul Ney, neghiobule! Ah! Unde-ai fost până acum?

Fabricio, cu toate că era deosebit de susceptibil, nici nu se gândi să se considere ofensat de această insultă; îl contempla, pierdut într-o admirație copilărească, pe faimosul prinț al Moscovei[24], viteazul vitejilor.

---

[24] Titlu ce i-a fost dat mareșalului Ney de către Napoleon, după campania din Rusia.

Brusc, porniră în galop. Câteva clipe mai târziu, Fabricio zări, douăzeci de paşi mai în faţă, o bucată de pământ arată, răscolită într-un mod ciudat. În adâncitura brazdelor mustea apa, iar crestele lor foarte ude zburau în mici bucăţi negre, la trei-patru picioare înălţime. Fabricio remarcă în trecere fenomenul acesta neobişnuit; apoi, gândurile îl purtară din nou la gloria mareşalului. Auzi lângă el un ţipăt scurt: erau doi husari care se prăbuşiseră loviţi de ghiulele, iar atunci când se uită la ei, se afla deja la douăzeci de paşi de escortă. Ceea ce i se păru înspăimântător fu un cal care se zvârcolea pe pământul arat, încurcându-şi picioarele în propriile-i măruntaie; voia să-i urmeze pe ceilalţi, în timp ce sângele i se scurgea în noroi.

„Ah! Am primit botezul focului!" îşi spuse el. „Am văzut cum se luptă!" îşi repeta satisfăcut. Sunt un militar adevărat. În clipa aceea, escorta alerga în goana mare, iar eroul nostru înţelese că ghiulelele erau acelea care făceau pământul să zboare în toate părţile. Degeaba se uita în partea de unde veneau acestea, căci nu vedea decât fumul alb al bateriei la o distanţă enormă şi, în uruitul egal şi continuu, produs de loviturile de tun, i se părea că aude exploziile şi mai apropiate. Nu înţelegea nimic din toate astea.

În clipa aceea, generalii şi escorta coborâră pe un drum mic şi plin de apă, ce se afla cinci picioare mai jos.

Mareşalul se opri şi privi din nou prin binoclu. De data asta, Fabricio putu să-l vadă în tihnă; i se păru foarte blond, cu părul ca spicul grâului, cu un cap mare şi roşu. „La noi în Italia, n-avem astfel de chipuri", îşi spuse. „Niciodată eu, care sunt atât de alb la faţă şi am părul castaniu, nu voi arăta astfel", adăugă, plin de tristeţe. Pentru el, cuvintele acestea voiau să spună: „niciodată nu voi fi un erou". Se uită la husari: cu excepţia unuia singur, toţi aveau mustăţi blonde. Dacă Fabricio era cu ochii la husarii din escortă, aceştia, la rândul lor, îl priveau ţintă. Privirile lor îl făcură să roşească şi, ca să scape de stinghereală, întoarse capul spre duşman. Erau o puzderie de oameni în roşu, dar, ceea ce îl miră foarte mult, oamenii aceştia i se păreau foarte mici. Şirurile lor lungi, regimente sau divizii, nu i se păreau mai înalte decât niște garduri vii. Un rând de cavaleri în roșu înainta la trap, pentru a se apropia de drumul din vale, pe care o porniseră la pas mic generalii și escorta lor, bălăcindu-se prin noroi. Fumul nu lăsa să se vadă încotro se îndreptau; se zăreau, uneori, desprinzându-se din fumul acela alburiu, niște călăreți în galop.

Brusc, Fabricio văzu, dinspre liniile inamice, patru oameni venind în goana mare. „Ah! Suntem atacați", își spuse el. Apoi îi văzu pe doi dintre ei vorbindu-i mareșalului. Unul dintre generalii din suita acestuia porni în galop înspre partea în care se afla dușmanul, urmat de doi husari din escortă și de cei patru oameni care tocmai sosiseră. După un mic canal pe care îl trecu toată lumea, Fabricio se pomeni lângă un sergent care părea să fie băiat de treabă. „Trebuie să intru în vorbă cu el, poate vor înceta să se mai uite la mine". Medită îndelung.

— Domnule, este pentru prima oară când asist la o bătălie, i se adresă el în cele din urmă sergentului; dar aceasta este o bătălie adevărată?

— Un pic. Dar tu, tu cine ești?

— Sunt fratele nevestei unui căpitan.

— Și cum se numește căpitanul ăsta?

Eroul nostru fu cât se poate de încurcat; nu prevăzuse această întrebare. Din fericire, sergentul o porni din nou la galop. „Ce nume franțuzesc aș putea spune?" se gândi el. În sfârșit, își aduse aminte de numele proprietarului hotelului în care locuise la Paris; își apropie calul de acela al sergentului și îi strigă acestuia cu toate puterile:

— Căpitanul Meunier!

Celălalt, auzind prost din cauza bubuitului tunului, îi răspunse:

— Ah! Căpitanul Teulier! Ei bine, a fost ucis.

„Bravo!" își spuse Fabricio. „Căpitanul Teulier; trebuie să par mâhnit".

— Ah, Dumnezeule! strigă el; și luă o înfățișare îndurerată.

Ieșiră de pe drumul din vale și începură să străbată un mic câmp; ei goneau din răsputeri, ghiulelele cădeau din nou, iar mareșalul se îndreptă spre o divizie de cavalerie. Escorta se afla în mijlocul cadavrelor şi al răniţilor, dar spectacolul acesta nu-i mai făcea deja nici o impresie eroului nostru; gândurile lui rătăceau în cu totul altă parte.

În timp ce escorta se oprise, zări trăsurica unei cantiniere şi, purtat de nemăsurata lui afecţiune pentru această tagmă demnă de tot respectul, porni în galop pentru a o întâmpina.

— Stai pe loc! răcni sergentul, însoţindu-şi comanda cu o sudalmă grozavă.

„Ce-ar putea să-mi facă?" îşi spuse Fabricio şi continuă să galopeze spre cantinieră. Dând pinteni calului, nutrea întru câtva speranţa că era vorba despre buna sa cantinieră de dimineaţă; caii şi micile şarete semănau mult între ele, dar proprietara era cu totul alta şi eroul nostru consideră că are o mutră tare răutăcioasă. Pe când o aborda, Fabricio o auzi zicând:

— Era, totuşi, un bărbat bine!

Pe noul soldat îl aştepta un alt spectacol înfricoşător; i se reteza piciorul din şold unui cuirasier, un tânăr frumos şi înalt ca bradul. Fabricio închise ochii şi dădu peste cap, unul după altul, patru pahare de rachiu.

— Da' ştiu că eşti însetat, sfrijitule! se minună cantiniera. Rachiul îi dădu o idee: „Trebuie să cumpăr bunăvoinţa camarazilor mei, husarii din escortă".

— Dă-mi ce-a mai rămas în sticlă, îi ceru el vivandierei.

— Dar ştii tu, îi răspunse aceasta, că restul ăsta costă zece franci, într-o zi ca asta?

Pe când se întorcea în galop la escortă, sergentul îi strigă:

— Ah! Ne-ai adus de pileală! De-asta ai dezertat! Dă-o încoace!

Sticla trecu repede de la unul la altul; ultimul la care ajunse o luă şi dădu cu ea de-a azvârlita, după ce o goli.

— Mulţumesc, camarade, îi strigă el lui Fabricio. Toţi ochii îl priveau cu bunăvoinţă. Privirile acestea luară o greutate de o sută de livre de pe inima lui Fabricio — una dintre acele inimi mult prea delicate, care au nevoie de prietenia celor din jurul lor.

În sfârșit, nu mai era rău văzut de tovarășii lui, exista o legătură între ei! Fabricio respiră adânc, apoi, cu glas slobod, îl întrebă pe sergent:

— Și, de vreme ce căpitanul Teulier a fost ucis, unde aș putea să-mi găsesc sora? Se credea de-acum un mic Machiavelli[25], zicând Teulier, în loc de Meunier.

— Vei afla în seara asta, îi răspunse sergentul.

Escorta o luă din nou din loc și se îndreptă spre divizia de infanterie. Fabricio simțea că-l cam luase apa; băuse prea mult rachiu și se cam bălăngănea în șa. Își aduse aminte la țanc de o povață pe care i-o repeta mereu vizitiul mamei sale: când ai tras prea mult la măsea, trebuie să privești printre urechile calului tău și să faci ce face vecinul tău. Mareșalul zăbovi vreme îndelungată lângă mai multe corpuri de cavalerie, cărora le dădu mai multe ordine. Dar, timp de un ceas sau două, eroul nostru nu fu deloc conștient de ceea ce se întâmpla în jurul lui; era toropit și, când calul o lua la galop, se prăvălea în șa ca o bucată de plumb.

Brusc, sergentul le strigă oamenilor lui:

— Nu-l vedeți pe Împărat? Ce, aveți orbul găinilor?

Dintr-odată, escorta scoase un strigăt asurzitor: „*Trăiască Împăratul!*" Vă dați seama că eroul nostru căscă numaidecât ochii, dar nu zări decât niște generali care galopau, urmați, la rândul lor, de o escortă. Panașurile lungi pe care le purtau dragonii la coifurile lor îl împiedicară să distingă figurile. „Așa, n-am putut să-l văd pe Împărat pe câmpul de luptă din cauza câtorva blestemate de pahare de rachiu". Gândul acesta îl făcu să se trezească.

Coborau din nou pe un drum plin de apă, de unde caii ținură să se adape.

— Așadar, a trecut Împăratul pe aici? își iscodi el vecinul.

— Ei, bineînțeles, cel care nu purta haine brodate. Cum de nu l-ai văzut? îi răspunse binevoitor camaradul. Fabricio se simți îmboldit de dorința de a porni în galop după escorta Împăratului

---

[25] Niccolò Machiavelli (1469-1527), om politic, istoric și scriitor italian.

și de a i se alătura. Ce fericire să faci într-adevăr războiul însoțindu-l pe acest erou! Pentru asta venise în Franța. „Sunt stăpân pe soarta mea, își spuse el, căci, în sfârșit, nu am alt motiv să fac ceea ce fac, decât voința calului meu care a început să galopeze, ca să-i urmeze pe acești generali".

Ceea ce l-a determinat pe Fabricio să rămână a fost faptul că husarii, noii lui camarazi, îl priveau de-acum cu ochi buni; începea să se creadă prieten la toartă cu toți acești soldați cu care galopa de câteva ore. Vedea înfiripându-se între ei acel nobil sentiment care îi lega pe eroii lui Tasso și Ariosto. Dacă intra în rândurile escortei Împăratului, ar fi trebuit să-și facă alte relații; noile sale cunoștințe s-ar fi putut să îl întâmpine cu ostilitate, căci ceilalți cavaleriști erau dragoni, iar el purta uniforma de husar, ca toți cei ce îl urmau pe mareșal. Felul în care îl priveau acum îl făcea pe eroul nostru să se simtă în culmea fericirii; ar fi făcut orice pe lume pentru camarazii lui, era cu sufletul și cu mintea în al nouălea cer. „Dar sunt încă un pic cam turtit, își spuse el, să nu uit de ce-mi zicea temnicereasa mea". Ieșind de pe drumul acela desfundat, observă că escorta nu mai era cu mareșalul Ney; generalul pe care-l însoțeau era înalt, subțire, uscat la față și cu o privire fioroasă.

Generalul acesta nu era nimeni altul decât contele A..., locotenentul Robert din 15 mai 1796. Ce fericire ar fi fost pentru el să-l întâlnească pe Fabricio del Dongo!

Trecuse multă vreme de când Fabricio nu mai zărea pământul zburând în bucăți negre, ca efect al ghiulelelor; ajunseră în spatele unui regiment de cuirasieri, unde auzi deslușit proiectilele lovind în cuirase și văzu mai mulți oameni prăbușindu-se.

Soarele era, deja, foarte jos și se pregătea să apună când escorta, ieșind dintr-un drum desfundat, urcă o mică pantă, de două sau trei picioare, pe un ogor arat. Fabricio auzi un mic zgomot ciudat în apropierea lui; întoarse capul — patru oameni căzuseră împreună cu caii lor și însuși generalul fusese doborât, dar se ridicase, plin de sânge. Fabricio se uită la husarii aruncați la pământ: trei dintre ei se mai zbăteau încă, al patrulea striga:

„Scoateți-mă de dedesubt". Sergentul și doi sau trei oameni săriseră din șa ca să-l ajute pe general; acesta încerca să se îndepărteze de calul lui, care se zvârcolea răsturnat la pământ și dădea ca turbat din picioare.

Sergentul se apropie de Fabricio. În clipa aceea, eroul nostru auzi șușotindu-se în spate, foarte aproape de urechile lui. Era singurul în stare să mai galopeze încă. Se simți înșfăcat de picioare; fu ridicat de subsuori și tras pe deasupra crupei calului său, apoi îl lăsară să alunece la pământ, unde căzu în fund.

Aghiotantul prinse calul lui Fabricio de căpăstru; generalul, ajutat de sergent, urcă în șa și țâșni în galop; fu urmat rapid de cei șase oameni care mai rămăseseră. Fabricio se ridică înnebunit de furie și începu să alerge după ei, strigând: *Ladri! Ladri!*[26]. Era amuzant să alergi după hoți pe câmpul de luptă.

Escorta și generalul, contele de A..., se topiră, curând, în spatele unui șir de sălcii. Fabricio, căruia mânia îi dădea aripi, ajunse curând și el la șirul acela de sălcii; se pomeni în fața unui canal foarte adânc, pe care îl străbătu. Apoi, ajuns pe malul celălalt, reîncepu să înjure, zărindu-l din nou pe general, împreună cu escorta lui, dar la o distanță foarte mare, pierzându-se în spatele copacilor. „Hoții! Hoții!" strigă el, de astă dată în franțuzește. Disperat, nu atât din pricina pierderii calului, cât a trădării, se lăsă să cadă pe marginea șanțului, obosit și mort de foame. Dacă frumosul lui armăsar i-ar fi fost luat de dușman, nici că i-ar fi păsat; dar să se vadă trădat și prădat de sergentul pe care îl îndrăgise atât de mult și de husarii pe care-i privea ca pe niște frați, asta îi frângea inima. Nu se putea consola în urma unei asemenea infamii și, cu spatele sprijinit de trunchiul unei sălcii, începu să plângă cu lacrimi fierbinți. Se lepăda, rând pe rând, de toate visele lui frumoase de prietenie cavalerească și sublimă, ca aceea a eroilor din *Ierusalimul eliberat*[27]. Să-ți vezi moartea cu ochii nu înseamnă nimic, dacă ești înconjurat de

---

[26] Hoții! Hoții! (în lb. it.)
[27] Cea mai cunoscută operă a lui Torquato Tasso.

prieteni nobili, care îți strâng mâna în clipa ultimului suspin! Dar să-ți menții entuziasmul în mijlocul unor pungași mârșavi! Fabricio exagera, desigur, ca orice om ajuns în culmea indignării. După ce își plânse de milă un sfert de ceas, observă că ghiulelele începuseră să bată până la pâlcul de copaci la umbra cărora medita. Se ridică și încercă să se orienteze. Privi peste șesul mărginit de canalul larg și de șirul des de sălcii: i se păru că recunoaște locurile. Zări un corp de infanterie care trecea peste șanț, pătrunzând pe câmp, la un sfert de leghe în fața lui. „Era să adorm, își zise el, nu trebuie să cad prizonier"; și începu să meargă foarte repede. Înaintând, se liniști și recunoscu uniformele; regimentul de care se temea să nu fie prins era francez. O luă pieziș spre dreapta, ca să ajungă la el.

După suferința morală de a fi fost atât de josnic trădat și prădat, o alta nu îi dădea pace, chinuindu-l cumplit și făcându-se simțită în fiecare clipă: era lihnit de foame. De aceea, mare-i fu bucuria când, după ce merse sau, mai degrabă, după ce alergă zece minute, văzu că unitatea de infanterie, care de asemenea mergea foarte repede, se oprise ca pentru a se pregăti de luptă. Câteva minute mai târziu, se afla în mijlocul primilor soldați.

— Camarazi, n-ați putea să-mi vindeți o bucată de pâine?
— Ia te uită! Ăsta ne crede brutari!

Replica aceasta dură și hohotele de râs ce o însoțiră îl răniră adânc pe Fabricio. Războiul nu era, deci, acel elan nobil și comun al sufletelor iubitoare de glorie, așa cum și-l imaginase el, după proclamațiile lui Napoleon. Copleșit, se așeză sau mai degrabă se lăsă să cadă în iarbă; albit la față. Soldatul care îi vorbise și care se oprise la zece pași de el, ca să-și curețe încărcătorul puștii cu batista, se apropie și îi azvârli un codru de pâine; apoi, văzând că nu îl ia, îi băgă o altă bucată în gură. Fabricio deschise ochii și o mestecă fără să mai aibă puterea de a mai spune ceva. Când, în sfârșit, se uită după soldat, ca să-i plătească, văzu că rămăsese singur; soldații din apropierea lui se îndepărtaseră la o sută de pași și mergeau. Se ridică mașinal și o porni după ei. Pătrunse într-o pădure; era gata-gata să pice din picioare de obosit ce era și căuta deja din ochi un culcuș, dar care nu-i fu bucuria când recunoscu mai întâi calul, apoi trăsura și, în sfârșit, cantiniera de dimineață! Ea alergă spre el și se sperie când văzu în ce hal arată.

— Mai fă câțiva pași, micuțule, îi spuse. Ești rănit? Și frumosul tău cal? Tot vorbindu-i astfel, îl conduse spre trăsura ei, în care îl urcă, susținându-l de braț. De-abia ajuns în trăsură, eroul nostru, răpus de osteneală, adormi buștean.

## CAPITOLUL AL PATRULEA

Nimic nu reuși să îi tulbure somnul, nici împușcăturile din imediata apropiere a micuței șarete, nici tropotul calului pe care cantiniera îl biciuia din răsputeri. Regimentul, atacat prin surprindere de valuri de cavalerie prusacă, după ce crezuse toată ziua în victorie, acum bătea în retragere sau, mai exact, gonea spre Franța.

Colonelul, un tânăr frumos și *dichisit*, care-i urmase lui Macon, căzuse răpus de o lovitură de sabie; șeful de batalion care îi urmă la comandă, un bătrân cu părul alb, opri regimentul.

— Să vă ia toți dracii! se zborși el la soldați. Pe timpul republicii nu spălam putina decât atunci când ne silea inamicul. Apărați fiecare petic de pământ cu prețul vieții, răcni el, ocărându-i. Prusacii vor de acum să cotropească pământul patriei.

Micuța șaretă se opri. Fabricio se trezi brusc. Soarele asfințise de mult; se miră mult când văzu că aproape se înnoptase. Soldații alergau de colo-colo, într-o dezordine care îl uimea din cale-afară pe eroul nostru; i se păru că arătau cam plouați.

— Ce s-a întâmplat? o întrebă pe cantinieră.

— Mai nimic. Doar că ne-am ars, micuțule; cavaleria prusacă s-a pus cu săbiile pe noi, atâta tot. Prostovanul de general a crezut la început că era cavaleria noastră. Haide, repede, ajută-mă să dreg șleaul lui Cocotte, că s-a rupt.

Câteva focuri de puşcă răsunară la o distanţă de zece paşi. Eroul nostru, proaspăt şi binedispus, îşi spuse: „Dar, dacă stau bine să mă gândesc, toată ziua nu m-am luptat deloc, n-am făcut altceva decât să însoţesc un general".

— Trebuie să intru în luptă, îi spuse el cantinierei.

— Fii liniştit, că o să ai de luptat cum nici n-ai visat tu... Suntem în pom.

— Aubry, băiatule, îi strigă ea unui caporal care trecea pe-acolo, mai uită-te din când în când şi la trăsura mea.

— Vă duceţi la luptă? îl întrebă Fabricio pe Aubry.

— Nu, o să-mi pun botinele ca să mă duc la bal!

— Vă urmez.

— Ţi-l recomand pe micul meu husar, strigă cantiniera; tânărul ăsta burghez e inimos nevoie mare.

Caporalul Aubry mergea fără să scoată o vorbă. Opt sau zece i se alăturară în fugă; îi conduse în spatele unui stejar uriaş, înconjurat de ruguri de mărăcini. Ajuns acolo, îi aşeză la marginea pădurii, într-un şir foarte lung, tot fără să spună nici un cuvânt, fiecare era la cel puţin zece paşi de vecinul lui.

— Ei! Voi ăştia, zise caporalul — şi era pentru prima oară când le vorbea — nu trageţi înainte de comanda mea, gândiţi-vă că mai aveţi doar trei cartuşe.

„Dar oare ce se întâmplă?" se întrebă Fabricio. În sfârşit, când rămase singur cu caporalul, îi spuse acestuia:

— Eu n-am puşcă.

— Înainte de toate, tacă-ţi fleanca! Înaintează până la locul acela; la cincizeci de paşi în faţa pădurii, vei da peste cadavrul unuia dintre sărmanii soldaţi ce tocmai au fost ucişi cu sabia. Ia-i raniţa şi puşca. Şi vezi să fie mort de-a binelea, nu cumva să faci păcatul de a jefui un rănit şi grăbeşte-te, să nu te împuşte ai noştri.

Fabricio plecă în goană şi se întoarse cât ai clipi din ochi cu o raniţă şi o puşcă.

— Încarcă-ţi arma şi aşază-te în spatele copacului de colo şi mai cu seamă, nu trage înainte de a-ţi ordona eu... Doamne Dumnezeule! suspină caporalul, întrerupându-se, ajuns la capătul răbdării; nici măcar nu știe să-și încarce arma!... Îl ajută pe Fabricio, continuându-și discursul. Dacă vreun cavalerist inamic vine în galop spre tine cu sabia ridicată, ca să te spintece, învârte-te în jurul copacului și nu trage decât de foarte aproape, atunci când călărețul tău va fi la trei pași de tine; trebuie ca baioneta ta aproape să-i atingă uniforma. Și, pentru Dumnezeu! Zvârle săbioiul ăla, țipă caporalul, vrei să te împiedici în el?... Ce soldați ni se dau acum! Și, tot vorbind astfel, îi luă el însuși sabia și o aruncă furios, cât mai departe.

— Șterge cremenea puștii cu batista. Ai mai tras vreodată cu așa ceva?

— Sunt vânător.

— Slavă Domnului! urmă caporalul, oftând ușurat. Și, mai cu seamă, nu trage decât la comanda mea!

Fabricio era în culmea fericirii. „În sfârșit, o să mă lupt cu-adevărat, își spunea el, o să ucid un dușman! De dimineață, ghiulelele îmi șuierau pe la ureche, iar eu nu făceam altceva decât să mă expun ca să fiu omorât, treabă de păcălici". Se uita în toate părțile, mort de curiozitate. După o clipă, auzi câteva împușcături, foarte aproape de el. Dar întrucât nu primise ordinul să tragă, rămase liniștit în spatele copacului. Aproape că se înnoptase: i se părea că se află la *espère*, la vânătoare de urși, pe muntele Tramezzina, deasupra Griantei. Îi veni o idee de vânător: luă un cartuș din cartușieră și scoase glonțul. „Dacă îl văd, nu trebuie să-mi scape", și strecură și acest al doilea glonț pe țeava puștii. Auzi trăgându-se două focuri de pușcă chiar lângă copacul lui; în același timp, văzu un călăreț înveșmântat în albastru, care trecea în galop prin fața lui, îndreptându-se din stânga spre dreapta. „Nu e la trei pași, chibzui el, dar la distanța asta sunt sigur că îl nimeresc". Urmări călărețul cu capătul țevii lui și, în cele din urmă, apăsă pe trăgaci: călărețul se prăbuși, cu cal cu tot. Eroul nostru se credea la vânătoare; alergă vesel nevoie mare spre vânatul pe care îl doborâse. Îl atingea deja pe cel ce îi părea a fi muribund, când, cu o repeziciune de necrezut, doi cavaleriști prusaci se năpustiră asupra lui cu săbiile ridicate.

Fabricio o rupse la fugă prin pădure; ca să alerge mai iute, își aruncă arma. Cavaleriștii prusaci erau la doar trei pași de el când ajunse la un alt pâlc de stejari mici, groși cât brațul și drepți, de la marginea pădurii. Stejarii aceștia îi opriră o clipă pe călăreți, care trecură însă de ei și porniră din nou în urmărirea lui Fabricio, într-un luminiș. Din nou fură cât pe-aci să-l ajungă, dar acesta se strecură printre șapte-opt copaci bătrâni. În momentul acela, cinci sau șase gloanțe trase din fața lui aproape că îi pârliră fața. Lăsă capul în jos; când îl ridică, se trezi nas în nas cu caporalul.

— L-ai omorât pe al tău? îl întrebă caporalul Aubry.

— Da, dar mi-am pierdut pușca.

— Nu de puști ducem lipsă. Ești un boboc de ispravă, chiar dacă pari un papă-lapte; ai avut o zi plină... soldații ăștia i-au lichidat pe cei doi care te urmăreau și care veneau drept spre ei; eu nu-i vedeam. Acum însă trebuie s-o ștergem iute; regimentul trebuie să fie la un sfert de leghe și, pe deasupra, e un petic de câmpie unde putem fi prinși ca într-un clește.

Tot vorbind, caporalul mergea repede, în fruntea celor șase oameni ai lui. La două sute de pași mai încolo, intrând pe câmpul despre care vorbise acesta, dădură peste un general rănit, dus pe brațe de aghiotantul lui și de servitor.

— O să-mi dai patru oameni, îi spuse el cu voce stinsă caporalului, ca să mă transporte până la ambulanță, am piciorul rupt.

— Mai du-te-n..., tu și toți generalii tăi, îi răspunse caporalul. Astăzi l-ați trădat toți pe Împărat.

— Cum, zise generalul, cuprins de furie, îndrăznești să nu te supui ordinelor mele? Știi tu că eu sunt generalul conte de B..., comandantul diviziei voastre etc. etc. Și înșiră frază după frază. Aghiotantul se năpusti asupra soldaților. Caporalul îl împunse cu baioneta în braț, după care o luă din loc cu oamenii lui, iuțind pasul. „De i-aș vedea pe toți așa, repeta caporalul înjurând, cu brațele și picioarele frânte. Niște terchea-berchea! Vânduți cu toții Burbonilor și trădându-l pe Împărat". Fabricio asculta înfiorat această acuzație cumplită.

Pe la orele zece seara, mica trupă ajunse din urmă regimentul la intrarea într-un sat întins, cu o mulţime de uliţe foarte înguste, dar Fabricio observă că Aubry evita să se adreseze vreunui ofiţer. „Este cu neputinţă să înaintăm! ţipă scos din fire caporalul". Toate uliţele erau înţesate de infanterişti, de cavalerişti şi, mai cu seamă, de chesoane de artilerie şi de furgoane. Caporalul o apucă pe trei astfel de uliţe; după ce făcu douăzeci de paşi, trebui să se oprească — toată lumea ocăra şi zbiera.

— Încă vreun trădător care comandă! răcni caporalul. Dacă inamicului îi trece prin cap să înconjoare satul, ne înhaţă pe toţi, ca pe nişte câini de pripas. Trupă, după mine! ordonă el. Fabricio se uită: mai rămăseseră doar şase soldaţi cu caporalul. Printr-o poartă mare deschisă pătrunseră într-o vastă ogradă; din ea trecură într-un grajd, iar prin uşa mică a acestuia intrară într-o grădină. Se rătăciră un moment, învârtindu-se de colo-colo. Dar, în cele din urmă, trecând de un gard de nuiele, se pomeniră într-un lan mare de hrişcă. În mai puţin de jumătate de ceas, călăuziţi de strigătele şi de zgomotele confuze, ajunseră la drumul mare, de dincolo de sat. Şanţurile de pe margine erau pline de puşti abandonate; Fabricio alese una, dar drumul, deşi foarte larg, era atât de ticsit de fugari şi de şarete, încât într-o jumătate de oră, caporalul şi Fabricio de-abia dacă înaintaseră cinci sute de paşi. Se spunea că drumul acela ducea la Charleroi. Cum orologiul din sat bătea orele unsprezece, caporalul strigă:

— S-o luăm din nou peste câmp.

Mica lor trupă mai era alcătuită doar din trei soldaţi, caporalul şi Fabricio. Când fură la un sfert de leghe de drumul cel mare, unul dintre soldaţi spuse:

— Eu unul nu mai pot.

— Nici eu, zise un altul.

— Grozavă veste mi-ai dat! îl luă în râs caporalul. Toţi suntem la fel de deşelaţi, dar ascultaţi-mă pe mine şi o să vă fie bine. Văzu cinci sau şase copaci de-a lungul unui mic şanţ, în mijlocul unui lan mare de grâu. La copaci, le ordonă el oamenilor săi; odată ajunşi acolo, întindeţi-vă la pământ, le spuse el, şi mai ales nu faceți zgomot. Dar, înainte de a trage un pui de somn, cine are pâine?

— Eu, răspunse unul dintre soldați.

— Dă-mi-o! îi ceru caporalul, pe un ton dictatorial. Împărți pâinea în cinci bucăți și o luă pe cea mai mică. Cu un sfert de ceas înainte de a se face ziuă, zise el mestecând, vă veți trezi cu cavaleria inamică peste voi. Nu trebuie să vă lăsați măcelăriți. Unul singur e în pom, dacă dă năvală peste el cavaleria, pe câmpurile astea întinse, cinci, dimpotrivă, pot să scape. Rămâneți lângă mine uniți, nu trageți decât de aproape și mâine seară jur că o să fim cu toții la Charleroi. Caporalul îi trezi cu o oră înainte de răsăritul soarelui; îi puse să-și încarce din nou armele. Gălăgia de pe drumul cel mare continua și ținuse toată noaptea: era ca vuietul unui torent, auzindu-se în depărtare.

— Sunt ca niște oi care fug, îi spuse Fabricio caporalului, cu un aer nevinovat.

— Ține-ți gura, bobocule! îl muștrului indignat caporalul, iar cei trei soldați care alcătuiau întreaga sa armată îl priviră furioși foc, de parcă ar fi comis o blasfemie. Insultase națiunea.

„Na-ți-o bună!" își spuse eroul nostru. „Am remarcat deja asta la viceregele din Milano: ei nu fug, nu! Cu francezii ăștia nu este îngăduit să spui adevărul, atunci când le rănește orgoliul. Dar puțin îmi pasă de mutrele lor amenințătoare și o să-i fac să înțeleagă lucrul acesta". Continuau să meargă la cinci sute de pași de acest torent de fugari care acoperea șoseaua. După un ceas de mers, caporalul și trupa sa străbătură o câmpie ce ducea spre drum și unde își aveau culcușul o mulțime de soldați. Fabricio cumpără un cal destul de bun, care îl costă patruzeci de franci și, dintre toate săbiile lepădate în toate părțile, alese cu mare grijă o sabie lungă și dreaptă. „De vreme ce se spune că trebuie să împungem, asta mi se pare cea mai potrivită", chibzui el. Astfel echipat, își mână calul în galop și-l ajunse curând pe caporal, care o luase înainte. Se propti bine în scări, strânse cu mâna stângă teaca sabiei lui drepte și le zise celor patru francezi:

— Oamenii ăștia care fug pe șosea arată ca o turmă de oi... merg ca niște oi speriate.

Fabricio apăsă în zadar pe cuvântul *oaie*, camarazii lui nu-şi mai aminteau să fi fost deranjaţi de vorba asta buclucaşă, cu un ceas mai devreme. Aici se vedea una dintre deosebirile de caracter dintre un francez şi un italian: francezul este, fără îndoială, mai fericit din fire, trece peste întâmplările vieţii fără să poarte pică.

Nu vom ascunde faptul că Fabricio se simţi foarte mulţumit de sine după ce vorbi despre *oi*. Mergeau sporovăind de una şi de alta. După ce făcură vreo două leghe, caporalul, foarte mirat că nu zăreşte cavaleria inamică, îi spuse astfel lui Fabricio:

— Tu care eşti cavaleria noastră, galopează până la gospodăria de pe movila de colo şi întreabă-l pe gospodar dacă nu vrea să ne *vândă* ceva bucate. Spune-i limpede că suntem doar cinci. Dacă şovăie, dă-i cinci franci arvună din banii tăi, n-avea nici o grijă, o să luăm înapoi moneda cea albă după ce vom prânzi.

Fabricio se uită la caporal; îl văzu plin de o gravitate imperturbabilă, de parcă ar fi fost întruchiparea superiorităţii morale însăşi. Se supuse. Totul decurse exact aşa cum prevăzuse comandantul lor, doar că Fabricio insistă ca ţăranul să nu fie deposedat de cei cinci franci pe care îi dăduse.

— Banii sunt ai mei, le spuse el camarazilor lui, nu am plătit pentru masa voastră, am plătit pentru ovăzul pe care l-a dat calului meu.

Fabricio vorbea atât de stâlcit franţuzeşte, încât camarazilor lui li se păru că disting în cuvintele lui expresia unui aer de superioritate; se simţiră profund ofensaţi, iar în mintea lor încolţi ideea unui duel, către sfârşitul zilei; Fabricio, din contră, începea să simtă faţă de ei multă prietenie.

Mergeau de două ceasuri, fără să scoată o vorbă, când caporalul, privind spre şosea, strigă, înseninându-se la faţă:

— Uite regimentul!

Ajunseră curând lângă el, dar vai! în jurul drapelului pe care era ţesut vulturul, nu se aflau mai mult de două sute de suflete. Privirea ageră a lui Fabricio o zări, după puţină vreme, şi pe vivandieră: mergea apostoleşte, cu ochii roşii, smiorcăindu-se. În zadar se uită Fabricio în jur, după mica şaretă şi după Cocotte.

— Jefuite, pierdute, furate, strigă vivandiera, răspunzând ochilor întrebători ai eroului nostru.

Acesta, fără să rostească un cuvânt, descălecă, își luă calul de căpăstru și o îndemnă pe vivandieră:

— Urcă în șa.

Mult încercata femeie nu așteptă să i se mai zică o dată.

— Scurtează-mi scările, îi ceru ea.

Odată așezată bine pe cal, începu să-i depene lui Fabricio povestea tuturor nenorocirilor de peste noapte. După o istorisire nesfârșit de lungă, dar ascultată cu nesaț de eroul nostru care, la drept vorbind, nu înțelegea nimic, dar nutrea o caldă prietenie pentru vivandieră, aceasta adăugă:

— Și unde mai pui că cei care m-au jefuit, bătut, ruinat erau francezi...

— Cum așa? Nu dușmanul? exclamă Fabricio, cu o nevinovăție care-i făcea și mai fermecătoare frumoasa lui figură serioasă și palidă.

— Dar prostuț mai ești, sărmanul meu pui! spuse vivandiera, surâzând printre lacrimi; și, cu toate astea, ești dulce de tot.

— Și, așa cum îl vezi, și-a doborât prusacul, spuse caporalul Aubry care, în îmbulzeala generală, ajunsese, din întâmplare, de partea cealaltă a calului încălecat de cantinieră. Dar ține nasul pe sus... Fabricio avu o tresărire. Și cum te cheamă? continuă caporalul, căci, în sfârșit, dacă va fi un raport, vreau să te citez.

— Mă numesc Vasi, răspunse Fabricio, schimbându-se la față, adică *Boulot*, adăugă el repede, dându-și seama de greșeala făcută.

Boulot era numele proprietarului foii de drum pe care i-o înmânase temnicereasa din B...; în ajun o studiase cu atenție, în timpul mersului, căci începuse să cugete cât de cât și nu se mai minuna într-una de toate cele. În afara foii de drum a husarului Boulot, păstrase cu mare grijă pașaportul italienesc conform căruia putea pretinde că poartă nobilul nume de Vasi, de profesie negustor de barometre. Când caporalul îi reproșase că umblă cu nasul pe sus, fusese pe punctul de a-i replica: „Eu, umblu cu nasul pe sus! Eu, *marchesino* del Dongo, care am consimțit să port numele unui Vasi, negustor de barometre!"

În timp ce reflecta astfel, spunându-și: „Nu trebuie să uit că mă numesc Boulot, altfel pușcăria mă mănâncă", caporalul și cantiniera avură un schimb de cuvinte cu privire la el.

— Nu mă acuzați că sunt o curioasă, i se adresă cantiniera, încetând brusc să-l mai tutuiască; spre binele dumneavoastră, trebuie să vă pun câteva întrebări. Cine sunteți de fapt?

Fabricio nu răspunse imediat; considera că niciodată nu se va mai bucura de prieteni de încredere, cărora să le poată cere sfatul, și avea mare nevoie să fie sfătuit. „Vom pătrunde pe un teritoriu aflat în plin război și guvernatorul va vrea să știe cine sunt și voi înfunda închisoarea dacă voi lăsa să se vadă, prin răspunsurile mele, că nu cunosc pe nimeni în regimentul al patrulea de husari, a cărui uniformă o port!". În calitatea sa de supus al Austriei, Fabricio era conștient de importanța unui act de identitate. Membrii familiei sale, deși erau nobili și credincioși, deși aparțineau partidului la putere, fuseseră sâcâiți de peste douăzeci de ori în legătură cu pașapoartele lor, așa că nu fu deloc șocat de întrebarea pe care i-o pusese cantiniera. Dar întrucât, înainte de a răspunde, căuta cuvintele franțuzești cele mai nimerite, cantiniera, mânată de curiozitate, adăugă, ca să-i dezlege limba:

— Caporalul Aubry și cu mine o să-ți dăm sfaturile cele mai potrivite ca să ieși la liman.

— În privința asta, nu am nici o îndoială, răspunse, în cele din urmă, Fabricio; numele meu este Vasi, iar locul meu de obârșie este Genova; sora mea, vestită pentru frumusețea ei, s-a măritat cu un căpitan. Cum am doar șaptesprezece ani, a vrut să mă aducă lângă ea, să văd și eu Franța și să mă formeze un pic; întrucât nu am găsit-o la Paris, știind că este în această armată, am venit aici și am căutat-o pretutindeni, dar nu am reușit să dau de urma ei. Soldații, intrigați de accentul meu, m-au arestat. Pe atunci aveam bani; l-am uns pe jandarm și acesta mi-a dat o foaie de drum, o uniformă și mi-a spus: „Șterge-o și jură-mi că nu vei rosti niciodată numele meu".

— Cum îl chema? vru să știe cantiniera.

— Mi-am dat cuvântul, răspunse Fabricio.

— Are dreptate, îl susținu caporalul, jandarmul este o pramatie, dar camaradul nu trebuie să-i dezvăluie numele. Și cum îl chema pe căpitanul acela, bărbatul surorii tale? Dacă aș ști cum îl cheamă, am putea să-l căutăm.

— Teulier, căpitan în al patrulea de husari, răspunse eroul nostru.

— Și... zi așa, spuse caporalul cu destulă istețime. Înșelați de accentul tău străin, soldații te-au luat drept spion?

— Acesta este cuvântul blestemat! strigă Fabricio, cu ochii aprinși. Eu, care îl iubesc atât de mult pe Împărat și pe francezi! Și insulta aceasta mă doare cel mai tare.

— Nu este vorba de nici o insultă, în privința asta te înșeli; greșeala soldaților este cât se poate de firească, afirmă grav caporalul Aubry.

Și atunci îi explică cu multă pedanterie că în armată trebuie să aparții unui corp și să porți o uniformă; în caz contrar, este cât se poate de normal să fii luat drept spion. „Inamicul strecoară destui printre noi; toată lumea trădează în războiul ăsta". Lui Fabricio i se luă un văl de pe ochi; își dădu seama, pentru prima oară, că în tot ceea ce i se întâmplase în ultimele două luni, dreptatea nu fusese de partea lui.

— Dar trebuie ca micuțul să ne povestească totul, ceru cantiniera, a cărei curiozitate era din ce în ce mai aprinsă.

Fabricio se supuse. După ce sfârși, cantiniera îi zise, cu un aer grav, caporalului:

— După cum se vede, copilul ăsta nu este deloc militar; de-acum încolo o să avem parte de un război murdar, bătuți și trădați cum suntem. De ce și-ar zdrobi oasele *gratis pro Deo*?

— Și unde mai pui, zise caporalul, că nici măcar nu știe să-și încarce pușca, nici în doisprezece timpi, nici lăsat de capul lui. Eu i-am pus pe țeavă glonțul cu care l-a doborât pe prusac.

— Pe deasupra, își arată banii tuturor, adăugă cantiniera; o să rămână fără ei de îndată ce nu va mai fi cu noi.

— Primul subofițer de cavalerie care-i va ieși în cale o să-i confiște pentru sine, ca să aibă cine să-i achite păhărelul, ba poate că o să-l recruteze pentru inamic, căci toată lumea trădează. Primul venit îi va ordona să-l urmeze și el îl va urma; ar face mai bine să intre în regimentul nostru.

— Nu, nu, asta nu, domnule caporal, vă rog frumos! protestă energic Fabricio. E mai comod să mergi călare, iar dacă nu știu să încarc o pușcă, ai văzut că știu să stăpânesc un cal.

Fabricio se simți mândru de acest mic discurs. Nu vom reproduce lunga discuție care avu loc între caporal și cantinieră cu privire la de soarta sa. Aprinsa dezbatere era menită să-i hotărască viitorul. Fabricio observă că, în cursul discuției, oamenii aceștia de treabă repetară de două-trei ori toate episoadele aventurii sale: suspiciunile soldaților, jandarmul care-i vânduse foaia de drum și uniforma, modul în care ajunsese în ajun în escorta mareșalului, Împăratul zărit în galop și așa mai departe.

Cu o curiozitate de femeie, cantiniera revenea într-una asupra modului în care fusese deposedat de minunatul armăsar pe care-l cumpărase numai datorită iscusinței ei.

— Te-ai simțit înșfăcat de picioare, te-au trecut binișor pe deasupra cozii calului tău și te-au lăsat ușurel jos! „De ce să repetăm de atâtea ori, se întreba Fabricio, ceea ce cunoaștem toți trei atât de bine?" Încă nu știa că, în Franța, așa își limpezesc gândurile oamenii din popor.

— Câți bani ai? îl întrebă pe neașteptate cantiniera.

Fabricio nu ezită să îi răspundă; era sigur de noblețea sufletească a acestei femei: aceasta era partea frumoasă a Franței.

— Cu totul, să-mi fi rămas treizeci de napoleoni și opt sau zece scuzi de cinci franci.

— În cazul acesta, ai cale liberă! strigă cantiniera. Șterge-o din mijlocul acestei armate descumpănite; ieși pe margine și ia-o pe primul drumeag cât de cât croit pe care o să-l găsești acolo, la dreapta; îmboldește-ți strașnic calul, îndepărtându-te cât mai mult de convoaiele militare. Cu prima ocazie, cumpără-ți haine civile. Când vei fi la opt sau zece leghe și n-o să mai vezi soldați, ia poștalionul și du-te să te odihnești opt zile și să mănânci biftecuri într-un oraș ca lumea. Nu spune niciodată nimănui că ai fost în armată; o să te înhațe jandarmii ca dezertor; și, deși ești foarte dulce, nu ești destul de șmecher ca să-i păcălești pe jandarmi. De îndată ce vei fi îmbrăcat ca un burghez, rupe-ți foaia de drum în bucățele și ia-ți din nou numele tău adevărat; spune că te cheamă Vasi. Și de unde ar trebui să zică el că vine? îi ceru ea ajutorul caporalului.

— Din Cambrai sur l'Escaut: e un orășel pe cinste pricepi? Are o catedrală și-l are pe Fénelon[28].

— Ne-am înțeles, spuse cantiniera; să nu spui niciodată că ai fost pe câmpul de luptă, să nu sufli nici o vorbă despre B***, nici despre jandarmul care ți-a vândut foaia de drum. Când vei dori să te întorci la Paris, îndreaptă-te, mai întâi, spre Versailles, treci bariera Parisului prin partea aceea hoinărind, mergând cu pas de plimbare. Coase-ți napoleonii în nădragi; și, mai cu seamă, când ai de plătit ceva, nu scoate mai mulți bani decât ai nevoie. Ceea ce mă întristează este că o să te îmbrobodească, o să-ți șterpelească tot ce ai; și ce-o să te faci, odată rămas fără bani, tu care nu știi să te descurci?

Buna cantinieră o ținu încă multă vreme așa, turuind ca o moară stricată; caporalul o aproba dând din cap, întrucât nu avea posibilitatea să strecoare vreun cuvințel. Dintr-odată, toată mulțimea aceea care acoperea șoseaua iuți mai întâi pasul, după ce trecu micul șanț ce o mărginea în partea stângă, și o rupse la fugă, gonind de-i sfârâiau călcâiele.

— Cazacii! Cazacii! se striga din toate părțile.

— Ia-ți înapoi calul! țipă cantiniera.

— Ferească Sfântul! răspunse Fabricio. Galopează! E al tău. Vrei să-ți dau bani să-ți cumperi o altă trăsurică? Jumătate din ce-i al meu e al tău.

— Ia-ți calul înapoi, când îți spun! zbieră cantiniera furioasă foc, și se pregăti să descalece.

Atunci, Fabricio își trase sabia din teacă și îi strigă:

---

[28] François de Solignac, zis Fénelon (1651-1715), scriitor francez, precursor al iluminiștilor din secolul al XVIII-lea.

— Ține-te bine!

După care lovi armăsarul de două-trei ori cu latul sabiei, iar acesta porni în galop după fugari.

Eroul nostru privi șoseaua; adineaori, trei sau patru mii de indivizi zoreau pasul de-a lungul ei, îmbulzindu-se, înghesuiți ca niște țărani în urma unei procesiuni. După strigătul *cazacii*, nu se mai zărea nici țipenie de om; fugarii lepădaseră chipie, puști, săbii și restul. Fabricio, mirat, urcă pe un câmp din stânga șoselei, mai înalt cu douăzeci-treizeci de picioare; privi șoseaua și de-a dreapta și de-a stânga, se uită peste șes... nici urmă de cazaci. „Ciudați oameni, franțujii ăștia! Pentru că trebuie s-o apuc la dreapta, mai bine să pornesc la drum numaidecât, se gândi el. Este posibil ca toți oamenii ăștia să aibă un motiv pentru care să fugă în halul ăsta, un motiv pe care eu nu-l cunosc". Adună o pușcă de pe jos, verifică dacă era încărcată, pregăti praful de pușcă din amorsă, șterse cremenea, alese o cartușieră bine garnisită și privi, din nou, în toate părțile. Era singur, absolut singur, în mijlocul acestei câmpii odinioară atât de pline de oameni. Undeva, foarte departe, fugarii se mai zăreau încă, topindu-se în spatele copacilor, în goana mare. „Curios lucru!" își zise el; și, aducându-și aminte de manevra din ajun a caporalului, se duse să se așeze în mijlocul lanului de grâu. Nu se îndepărta, pentru că dorea să dea din nou ochii cu bunii săi prieteni, cantiniera și caporalul Aubry.

Întins în lanul de grâu, verifică și constată că, în loc de treizeci de napoleoni cum credea el, mai avea doar optsprezece; dar îi mai rămăseseră micile diamante pe care le pitise în căptușeala cizmelor de husar, dimineața, în odaia temniceresei din B***. Ascunse napoleonii cum se pricepu mai bine, tot reflectând adânc la această dispariție neașteptată. „Să fie un semn rău pentru mine?" se întrebă el. Principalul lui motiv de supărare era că nu-i adresase caporalului Aubry întrebarea: „Am luat parte, într-adevăr, la o bătălie?". I se părea că da și ar fi fost în culmea fericirii, dacă ar fi fost așa.

„Totuși, își zise el, am luat parte la ea purtând numele unui prizonier, aveam în buzunar foaia de drum a unui prizonier și, mai mult, eram îmbrăcat cu hainele lui! Iată ceea ce este fatal pentru viitor. Ce-ar fi zis abatele Blanès despre asta? Și unde mai pui că nefericitul Boulot a murit în închisoare! Toate astea nu prevestesc nimic bun: destinul mă va conduce din nou în temniță". Fabricio ar fi dat totul pe lume ca să știe dacă husarul Boulot era într-adevăr vinovat; cercetându-și amintirile, fu aproape convins că temnicereasa din B*** îi spusese că husarul fusese înhățat nu doar pentru niște tacâmuri de argint, ci și pentru că furase vaca unui țăran pe care, pe deasupra, îl și tăbăcise bine. Fabricio nu avea nici o îndoială că ar putea ajunge vreodată în închisoare pentru un delict asemănător cu acela al husarului Boulot. Se gândea la bunul său prieten, abatele Blanès; ce n-ar fi dat să se poată consulta cu acesta! Apoi își aduse aminte că nu-i mai scrisese mătușii lui de când părăsise Parisul. Biata Gina! o căină el în gând și avea deja lacrimi în ochi, când auzi în apropierea lui un mic zgomot; era un soldat care adusese la păscut, în lanul de grâu, trei cai cărora le scosese căpăstrul și care păreau morți de foame; îi ținea de frâul fără zăbale. Fabricio se înălță ca o potârniche și soldatul se sperie. Eroul nostru remarcă lucrul acesta și cedă, o clipă, plăcerii de a juca rolul de husar.

— Unul dintre caii aceștia e al meu, fir-aș al naibii! răcni el. O să te răsplătesc însă cu cinci franci pentru osteneala de a mi-l fi adus până aici.

— Îți bați joc de mine? se rățoi soldatul.

Fabricio se așeză în poziție de tragere și îl somă cu glas tunător:

— Lasă calul sau îți zbor creierii.

Soldatul avea pușca în banduliéră; săltă din umăr ca s-o apuce.

— Dacă faci cea mai mică mișcare, ești mort, zbieră Fabricio, sărindu-i în față.

— Ei bine! Dă-mi cei cinci franci și ia unul dintre cai, zise soldatul buimăcit, după ce aruncă o privire plină de părere de rău spre șosea, unde nu se zărea absolut nimeni. Fabricio, ținându-și pușca sus cu mâna stângă, îi aruncă trei monede de cinci franci cu dreapta.

— Descalecă sau ești mort... Pune-i zăbala celui negru și îndepărtează-te cu ceilalți doi... ! Te împușc dacă nu mă asculți.

Soldatul se lăsă cam greu, dar se supuse. Fabricio se apropie de cal și își trecu frâul în mâna stângă, fără să-l piardă din ochi pe soldatul care se îndepărta încet; când văzu că acesta ajunse la vreo cincizeci de pași, sări sprinten în șa. De-abia încălecase și căuta scara din dreapta cu piciorul, când auzi un glonț șuierându-i pe la ureche: era soldatul care, în sfârșit, reușise să tragă. Fabricio, scos din fire, se năpusti furios, în galop, spre soldatul care o luă la goană de-i scăpărau călcâiele și, în curând, îl văzu călare pe unul din cei doi cai, în galop. „Ei, s-a dus de-acum în afara bătăii puștii mele", își zise el cu năduf. Calul pe care tocmai îl cumpărase era magnific, dar părea lihnit de foame. Fabricio se întoarse pe drumul cel mare, unde nici acum nu se zărea țipenie de om; traversă și își mână calul la trap, spre un dâmb din stânga, unde spera să o regăsească pe cantinieră. Dar când ajunse în vârf, nu zări, la peste o leghe depărtare, decât câțiva soldați izolați. „E scris să n-o mai revăd niciodată", își spuse el suspinând. „Ce femeie cumsecade și de ispravă!" Călări până la o mică fermă ce se zărea în depărtare, în partea dreaptă a drumului. Fără să descalece și plătind în avans, ceru să i se dea ovăz calului care, de nemâncat ce era, se apucă să roadă ieslea. Un ceas mai târziu, Fabricio înainta la trap pe șosea, mereu cu vaga speranță de a o reîntâlni pe cantinieră sau, de nu, măcar pe caporalul Aubry. Mergând întruna și cercetând cu privirile în toate părțile, ajunse la un râu mlăștinos, peste care trecea un podeț de lemn, destul de îngust. Înainte de pod, în dreapta drumului, era o clădire izolată, purtând firma *La calul bălan*. „Aici voi lua prânzul", își spuse Fabricio. La capătul podețului se afla un ofițer de cavalerie cu brațul în eșarfă; era călare și arăta foarte trist. La trei pași de el, trei cavaleriști ajunși pedestrași își pregăteau pipele.

„Iată niște indivizi, își spuse Fabricio, care au aerul că vor să-mi cumpere calul și mai ieftin decât m-a costat". Ofițerul rănit și cei trei tovarăși ai săi îl priveau venind și păreau că-l așteaptă. „Ar fi mult mai înțelept din partea mea să nu trec peste podeț și s-o iau pe marginea drumului la dreapta, pe drumul pe care m-a sfătuit cantiniera s-o apuc, ca să scap din încurcătură... Da, își zise eroul nostru, dar dacă dau bir cu fugiții, mâine o să-mi fie rușine: de altfel, calul meu are picioare zdravene, iar cel al ofițerului este, probabil, obosit; dacă încearcă să mă dea jos, o iau la sănătoasa". Și, tot chibzuind astfel, Fabricio își strunea calul, făcându-l să înainteze cât mai încet cu putință.

— Fă-te încoace, husarule, îi strigă autoritar ofițerul.

Fabricio mai merse câțiva pași și se opri.

— Vreți să-mi luați calul? țipă el.

— Nici vorbă de-așa ceva. Vino aici.

Fabricio se uită la ofițer: avea mustăți albe și părea cel mai cinstit om din lume; batista care îi susținea brațul stâng era îmbibată de sânge, iar mâna lui dreaptă era, de asemenea, înfășurată într-o cârpă pătată cu roșu. „Cei rămași fără cai o să sară la frâul armăsarului meu", își spuse Fabricio, care de-acum era pățit. Dar, uitându-se mai de aproape, văzu că și aceștia erau răniți.

— În numele onoarei, i se adresă ofițerul care purta epoleți de colonel, rămâi aici, în văzul tuturor, și spune-le dragonilor, vânătorilor și husarilor pe care-i vei vedea că în hanul de colo se află colonelul Baron și că le ordon să vină să mi se alăture.

Bătrânul colonel părea copleșit de durere; îl cuceri de la primul cuvânt pe eroul nostru, care îi răspunse cu bun simț:

— Sunt prea tânăr, domnule, ca să vrea să mă asculte; îmi trebuie un ordin scris de dumneavoastră.

— Are dreptate, recunoscu colonelul, privindu-l cu luare-aminte. La Rose, scrie ordinul, tu mai ai încă o mână dreaptă.

Fără să scoată o vorbă, La Rose scoase din buzunar un mic carnet, scrise pe hârtia pergament câteva rânduri, desprinse foaia și i-o înmână lui Fabricio; colonelul îi repetă ordinul, adăugând că, după trei ore de gardă, va fi schimbat din post, așa cum se cuvine, de unul dintre cei trei cavaleriști răniți, care erau împreună cu el. Acestea fiind spuse, intră în han cu oamenii lui. Fabricio rămase pironit la capătul podețului, privind lung în urma lor — într-atât de mult îl impresionase suferința mută de pe chipurile întunecate ale celor trei personaje. „Parc-ar fi niște duhuri fermecate", își spuse el. În sfârșit, despături foaia și citi ordinul astfel conceput:

„*Colonelul Le Baron, din al 6-lea de dragoni, comandant al brigadei a doua din prima divizie de cavalerie, din al 14-lea corp de armată, ordonă tuturor cavaleriștilor, dragonilor, vânătorilor și husarilor să nu treacă podul cu nici un chip și să i se alăture la hanul La Calul bălan, de lângă pod, unde se află cartierul său general.*

*Dat la cartierul general de lângă podul Sfânta, pe 19 iunie 1915.*

*Pentru colonelul Le Baron, rănit la brațul drept, și din ordinul său, sergentul La Rose*".

Trecuse de-abia o jumătate de ceas de când Fabricio se afla de santinelă pe pod, când văzu venind șase vânători călare și trei pe jos; le comunică ordinul colonelului.

— Ne vom întoarce, îl asigurară patru dintre călăreți și trecură podul în galop.

Fabricio se adresă atunci celorlalți doi. În timpul discuției care începuse să se aprindă, cei trei fără cai trecuseră peste pod. Unul dintre vânătorii călare care rămăseseră pe loc ceru, în cele din urmă, să revadă ordinul și-l luă zicând:

— Îl duc să-l vadă și camarazii mei, care nu vor întârzia să revină; așteaptă-i liniștit. Și o luă din loc la galop; camaradul lui îl urmă. Toate acestea se petrecură cât ai clipi din ochi.

Fabricio, furios, îl chemă pe unul dintre soldații răniți care apăruse la una dintre ferestrele hanului *La Calul bălan*. Militarul acesta, pe umerii căruia Fabricio văzuse galoanele de sergent, coborî și îi strigă în timp ce se apropia:

— Sabia scoasă, așadar! Ești de pază.

Fabricio se supuse, după care îi zise:

— Au luat ordinul.

— Sunt supăraţi din pricina celor întâmplate ieri, zise celălalt mohorât. O să-ţi dau unul dintre pistoalele mele; dacă vor încerca din nou să încalce ordinul, trage în aer, o să vin sau poate chiar colonelul însuşi îşi va face apariţia.

Fabricio văzuse limpede un gest de surpriză din partea sergentului, când îl anunţase în legătură cu faptele de nesupunere ale vânătorilor; înţelese că era vorba de o insultă personală ce îi fusese adusă şi îşi făgădui ca, de acum încolo, să fie neînduplecat şi fără cruţare.

Înarmat cu pistolul de oblânc al sergentului, Fabricio îşi luă din nou postul în primire, plin de semeţie, când văzu venind spre el şapte husari călare; se aşeză în aşa fel încât să le taie calea; le aduse la cunoştinţă dispoziţia colonelului. Husarii se arătară contrariaţi, iar cel mai îndrăzneţ dintre ei încercă să treacă. Fabricio, urmând înţeleptul precept al prietenei sale, vivandiera, care îi spusese în ajun să nu spintece, ci să împungă, îşi îndreptă vârful sabiei lui mari şi drepte spre cel ce voia să încalce ordinul şi se prefăcu că vrea să o înfigă în el.

— Ah! Mormolocul ăsta vrea să ne omoare! răcniră husarii. Ca şi cum nu ne-ar fi ucis destul ieri. Îşi traseră cu toţii săbiile din teacă şi se năpustiră asupra lui Fabricio; acesta crezu că i-a sunat ceasul; dar îşi aduse aminte de gestul de surpriză al sergentului şi nu vru să fie dispreţuit din nou. Tot dând îndărăt pe podul lui, încerca să împungă cu vârful sabiei. Arăta atât de caraghios în timp ce se străduia să mânuiască cu mult sârg sabia lungă şi dreaptă, de cavalerist încercat, mult prea grea pentru el, încât husarii îşi dădură repede seama cu cine au de-a face; încercară atunci nu să-l rănească, ci să-i sfâşie veşmintele. Fabricio încasă astfel trei sau patru lovituri uşoare de sabie peste braţe. Cât despre el, mereu credincios sfatului cantinierei, îi împroşca cu o ploaie de lovituri date cu vârful, din tot sufletul. Din nefericire, una dintre aceste lovituri date cu vârful îl răni la mână pe unul dintre husari: mânios foc că fusese atins de un asemenea soldat, acesta ripostă cu o împunsătură adâncă, în partea de sus a corpului. De fapt, se alese cu rana aceasta din pricină că armăsarul eroului nostru, departe de a încerca să scape din încăierare, părea să-i placă, aruncându-se asupra agresorilor. Aceştia, văzând cum se prelinge sângele lui Fabricio pe braţul lui drept, se temură că au dus jocul prea departe şi, împingându-l spre parapetul stâng al podului, plecară în galop. De îndată ce se ivi un moment prielnic, Fabricio trase în aer un foc de pistol, pentru a-l avertiza pe colonel.

Patru husari călare şi doi pe jos, din acelaşi regiment ca şi ceilalţi, veneau spre pod şi se aflau încă la două sute de paşi, când răsună împuşcătura: urmăriseră cu mare atenţie scena de pe pod şi, imaginându-şi că Fabricio trăsese asupra camarazilor lor, cei patru călare ţâşniră spre el cu săbiile ridicate — era o adevărată şarjă de cavalerie. Colonelul Baron, alertat de focul de pistol, deschise uşa hanului şi se repezi pe pod în momentul în care husarii ajungeau acolo; le dădu chiar el ordinul de a se opri.

— Nu mai sunt colonei pe-aici, strigă unul dintre ei şi îşi îmboldi calul.

Colonelul, care tocmai se pornise să le tragă o săpuneală, se întrerupse exasperat şi, cu mâna dreaptă rănită, înşfăcă hăţul din stânga calului.

— Opreşte, soldat netrebnic! îi zise el husarului. Te ştiu, eşti din compania căpitanului Henriet.

— Ei bine! Să vină căpitanul să-mi comande! Comandantul Henriet a fost ucis ieri, adăugă rânjind. Du-te naibii!

Rostind aceste vorbe, vru să forţeze trecerea şi îl îmbrânci pe bătrânul colonel, care căzu în fund, pe pod. Fabricio, care se afla doi paşi mai încolo, dar cu faţa spre han, îşi îmboldi calul şi, în vreme ce pieptarul calului husarului îl aruncase la pământ pe colonel, care nu dăduse drumul frâului, Fabricio, indignat, îl lovi pe husar cu sabia. Din fericire, calul acestuia, simţindu-se tras spre pământ de frâul de care-l ţinea colonelul, sări într-o parte, în aşa fel încât lama lungă a sabiei de cavalerist a eroului nostru alunecă de-a lungul gulerului tunicii husarului şi-i trecu pe sub nas. Furios, husarul se întoarse şi lovi din toate puterile, spintecând mâneca uniformei lui Fabricio şi străpungându-i adânc braţul; eroul nostru se prăbuşi.

Unul dintre husarii fără cai, văzându-i pe cei doi apărători ai podului la pământ, profită de ocazie, sări în şaua calului lui Fabricio şi vru să şi-l însuşească, năpustindu-se în galop peste pod.

Sergentul, venind în goana mare dinspre han, îl văzuse pe colonelul lui trântit la pământ şi îl credea grav rănit. Alergă după calul lui Fabricio şi îşi înfipse sabia în şalele hoţului; acesta se prăbuşi. Husarii, nemaivăzând pe pod pe altcineva, în afară de sergentul rămas în picioare, trecură în galop şi o şterseră cât ai clipi din ochi. Cel care mergea pe jos o luă la picior, peste câmp.

Sergentul se apropie de răniţi. Fabricio se ridicase deja; nu se simţea foarte rău, dar pierdea mult sânge. Colonelul se ridică de jos mai încet; era buimăcit de căzătură, dar nu fusese rănit.

— Sufăr doar din pricina rănii vechi de la mână, îl linişti el pe sergent.

Husarul rănit de sergent trăgea să moară.

— Să-l ia naiba! strigă colonelul, dar — le zise el sergentului şi celorlalţi doi cavalerişti care sosiseră în fugă — gândiţi-vă la copilul ăsta nevinovat, care era să moară din prostia mea. O să rămân eu însumi pe pod, să încerc să-i opresc pe turbaţii ăştia. Duceţi-l pe tânăr la han şi pansaţi-i braţul; luaţi una din cămăşile mele.

## CAPITOLUL AL CINCILEA

Toată această întâmplare nu durase nici un minut; rănile lui Fabricio erau neînsemnate; îi legară braţul cu feşe confecţionate din cămaşa colonelului. Se gândiră să-i pregătească şi un pat la primul cat al hanului, dar Fabricio se împotrivi, spunându-i sergentului:

— Şi în vreme ce eu mă voi răsfăţa la primul cat, calul meu, care va sta în grajd, se va plictisi de unul singur şi va pleca cu alt stăpân.

— Nu gândeşte rău micuţul, pentru un recrut! exclamă admirativ sergentul şi îl instalară pe Fabricio pe o grămadă de paie proaspete, chiar de ieslea de care era legat calul.

Apoi, deoarece Fabricio se simţea tare slăbit, sergentul îi aduse o ulcică de vin cald şi schimbă câteva vorbe cu el. Câteva complimente incluse în această scurtă conversaţie îl înălţară pe eroul nostru în al nouălea cer.

Fabricio nu se trezi decât a doua zi în zori; caii nechezau îndelung şi făceau un zgomot asurzitor; grajdul era plin de fum. La început, Fabricio nu-şi dădu seama ce era cu zarva asta şi, încă nedezmeticit din somn, nu ştia nici pe lume se află. În cele din urmă, pe jumătate sufocat de fum, crezu că luase foc hanul; cât ai clipi din ochi, fu afară din grajd, pe cal. Înălţă privirea; fumul ieşea în trâmbe prin cele două ferestre de deasupra grajdului, iar acoperişul era învăluit într-un vârtej negru. În timpul nopţii, la hanul *La Calul bălan* sosiseră cam o sută de fugari; toţi răcneau şi suduiau. Cei cinci-şase pe care Fabricio îi văzu în preajma lui i se părură beţi criţă; unul dintre ei vru să-l oprească şi îi strigă: „Unde te duci cu calul meu?"

Când Fabricio ajunse la un sfert de leghe, întoarse calul — nimeni nu-l urmărea, clădirea era în flăcări. Fabricio văzu că se afla în apropierea podului, îşi aduse aminte de rana sa şi îşi simţi braţul strâns în feşe şi fierbinte. „Şi bătrânul colonel, ce s-o fi întâmplat cu el? Şi-a dat cămaşa ca să mi se bandajeze braţul". Eroul nostru era, în dimineaţa aceea, omul cel mai cu picioarele pe pământ din lume; cantitatea de sânge pe care o pierduse îl eliberase de latura romanescă a caracterului său.

„La dreapta, îşi comandase el, şi la drum". Şi-o luă domol de-a lungul râului care, după ce trecea pe sub pod, curgea în partea dreaptă a şoselei. Se gândi cu recunoştinţă la sfaturile bunei cantiniere. „Ce fire prietenoasă! îşi zise el. Ce caracter deschis".

După un ceas de drum, se simţi tare slăbit. „Ei drăcie, doar n-o să dau ochii peste cap! îşi zise el. Dacă leşin, o să-mi fure calul şi, poate, şi hainele, iar odată cu hainele, şi comoara". Nu mai avea putere să-şi mâne calul şi căuta să-şi menţină echilibrul în șa, când un țăran care întorcea pământul cu sapa pe un lot de la marginea drumului cel mare îi zări paloarea și veni să-i ofere un pahar cu bere și un coltuc de pâine.

— Cînd v-am văzut cu fața albă ca varul, m-am gândit că sunteți unul dintre răniții din bătălia cea mare! grăi țăranul. Niciodată nu picase un ajutor mai la țanc. În momentul în care Fabricio se porni să mestece bucata de pâine, ochii începuseră să-l supere când privea drept înainte. Când își mai reveni puțin, mulțumi. „Și unde mă aflu?" întrebă el. Țăranul îi aduse la cunoștință că la trei sferturi de leghe mai încolo se afla târgul Zonders, unde va fi foarte bine îngrijit. Fabricio ajunse în târgul respectiv, fără să-și dea prea bine seama ce se întâmplă cu el, spunându-și în fiecare clipă că o să pice de pe cal. Văzu o ușă mare deschisă și îi trecu pragul: era hanul *La Țesala*. De îndată, în întâmpinarea lui alergă prea buna jupâneasă, stăpâna casei, o femeie zdravănă: chemă ajutor cu un glas schimbat, gâtuit de milă. Două fete îl ajutară pe Fabricio să descalece; de-abia coborât din șa, își pierdu cunoștința. Fu chemat un chirurg și i se luă sânge. În ziua aceea și în cele care urmară, Fabricio nu știa prea bine ce-i făceau, căci dormea aproape întruna.

Împunsătura de sabie din coapsă se infectase și mustea de puroi. În rarele momente în care era conștient, cerea stăruitor gazdelor sale să aibă grijă de calul lui și repeta mereu că va plăti bine, ceea ce le ofensa pe preabuna stăpână a hanului și pe fiicele acesteia. Trecuseră cincisprezece zile de când era îngrijit într-un mod admirabil și începuse să se vindece și să se întremeze, când, într-o seară, băgă de seamă că salvatoarele lui erau tare tulburate. Curând, un ofițer german intră în camera lui: cele trei femei îi răspundeau într-o limbă pe care nu o înțelegea, dar își dădu imediat seama că se vorbea despre el; se prefăcu adormit. Puțin mai târziu, când aprecie că ofițerul ieșise din odaie, le chemă și le spuse:

— Nu-i așa că m-a trecut pe o listă și mă va lua prizonier? Gazda îl aprobă, cu lacrimi în ochi.

— Ei bine! Am bani în tunică! strigă el, ridicându-se din pat. Cumpărați-mi haine civile și, la noapte, voi pleca pe calul meu.

Mi-ați mai salvat o dată viața, găzduindu-mă în momentul în care era să mă prăbușesc pe stradă, doborât de moarte; scăpați-mă și de data asta, dându-mi posibilitatea să mă întorc la mama.

În clipa aceea, fiicele hangiței se puseră pe bocit; tremurau pentru soarta lui Fabricio și, cum de-abia înțelegeau franceza, se apropiară de patul lui, ca să-l iscodească. Discutară în flamandă cu mama lor; dar, în fiecare clipă, privirile lor înduioșate se întorceau spre eroul nostru; crezu că înțelege că fuga lor le putea compromite grav, dar că acceptau să își asume riscul. Le mulțumi cu căldură, împreunându-și mâinile. Un evreu din localitate le furniză toate piesele de îmbrăcat necesare, dar, când le aduse, pe la orele zece seara, domnișoarele își dădură seama, comparând haina cu tunica lui Fabricio, că trebuia mult strâmtată. Se puseră de îndată pe treabă, căci nu aveau vreme de pierdut. Fabricio le indică unde erau ascunși cei câțiva napoleoni din veșmintele lui și le rugă să îi coasă în straiele cele noi. Odată cu hainele, i se adusese și o pereche de cizme ce luceau de-ți luau ochii. Fabricio nu ezită să le roage pe bunele fete să cresteze cizmele, așa cum era obiceiul la husari, în locul pe care li-l arătă el, și pitiră micile lui diamante în căptușeala noilor încălțări.

Ca o ciudată urmare a pierderii de sânge și a stării de slăbiciune ce îi urmase, Fabricio uitase aproape cu totul limba franceză; se adresă în italiană gazdelor sale, care vorbeau într-un dialect flamand, în așa fel încât se înțelegeau aproape exclusiv prin semne. Când fetele, perfect dezinteresate, de altfel, văzură diamantele, entuziasmul lor pentru el nu mai cunoscu limite; îl crezură un prinț deghizat. Aniken, cea mai mică și cea mai naivă, fără să stea mult pe gânduri, îl sărută. În ceea ce-l privește pe Fabricio, acesta le considera șarmante; și, pe la miezul nopții, când medicul îi îngădui puțin vin, din cauza drumului pe care îl avea de parcurs, aproape că nu mai avea chef să plece. „Unde mi-ar putea fi mai bine decât aici?" spunea el. Totuși, pe la ceasurile două din noapte, se echipă. În momentul în care se pregătea să iasă din odaie, preabuna hangiță îl informă că ofițerul care, cu câteva ore mai devreme, venise să cerceteze hanul, îi confiscase armăsarul.

— Ah, canalia! strigă Fabricio, înjurând. Să furi de la un rănit! Nu era destul de filozof acest tânăr italian, să-și aducă aminte cât plătise el însuși pentru cal.

Aniken îi aduse la cunoștință, bocind întruna, că închiriaseră un cal pentru el; ar fi vrut să nu plece. Scena de rămas-bun fu plină de duioșie. Doi tineri voinici, rude cu buna hangiță, îl săltară pe Fabricio în șa; în timpul drumului îl sprijiniră, să nu cadă de pe cal, în vreme ce un al treilea preceda cu câteva sute de pași micul convoi, cercetând dacă nu se zărea cumva vreo patrulă suspectă. După două ceasuri de mers, făcură popas la o verișoară a patroanei de la hanul *La Țesala*. Cu toate rugămințile lui Fabricio, cei trei tineri din escorta lui nu vrură cu nici un chip să îl părăsească; susțineau sus și tare că știu mai bine ca oricine locurile de trecere din codru.

— Dar mâine-dimineață, când fuga mea va fi descoperită și când nu veți mai fi văzuți în localitate, absența mea vă va pune în pericol, le spuse Fabricio.

Porniră din nou la drum. Din fericire, când se făcu ziuă, câmpia era înecată într-o ceață compactă. Pe la opt dimineața ajunseră în apropierea unui mic târg. Unul dintre tineri se desprinse din grup și se duse să vadă dacă nu cumva caii de poștă fuseseră furați. Căpitanul de poștă avusese însă vreme să-i facă dispăruți și să facă rost de niște amărâte de gloabe deșelate rău, cu care își umpluse grajdul. Trimise să fie aduși doi cai din mlaștinile unde fuseseră ascunși și, trei ore mai târziu, Fabricio se urcă într-o micuță cabrioletă șubrezită, dar trasă de doi cai de poștă zdraveni. Își recăpătase cât de cât vlaga. Momentul despărțirii de cei doi tineri, neamuri cu hangița, fu cât se poate de patetic; în ruptul capului nu acceptară să primească bani, oricâte pretexte amabile folosise Fabricio.

— În starea în care vă aflați, domnule, aveți mai multă nevoie de ei decât noi, îi răspundeau întruna acești tineri de toată isprava. În cele din urmă plecară, cu epistole către gazdele sale, în care Fabricio, ceva mai voios în urma agitației de pe drum, le împărtășea tot ceea ce simțea pentru ele. Fabricio scrisese cu ochii

*Mănăstirea din Parma*

împăienjeniţi de lacrimi, iar în scrisoarea destinată micuţei Aniken, adia cu siguranţă boarea unei iubiri ce de-abia înmugurise.

În restul călătoriei nu se întâmplă nimic neobişnuit. Ajuns la Amiens, suferea mult din pricina împunsăturii din coapsă; chirurgului, medic de ţară, nu-i trecuse prin minte să deschidă rana, aşa că, în ciuda faptului că îi luase sânge de nenumărate ori, aceasta se obrintise. În cele cincisprezece zile petrecute de Fabricio în hanul din Amiens, găzduit de o familie linguşitoare şi lacomă, aliaţii invadară, iar adolescentul nostru se transformă atât de mult, încât părea un cu totul alt om, într-atât de adânc începuse să reflecteze la toate cele prin care trecuse. Rămase copil doar într-o singură privinţă: ceea ce văzuse fusese, cu adevărat, o bătălie? Şi, în al doilea rând, fusese bătălia de la Waterloo? Pentru prima oară în viaţa lui, se arătă interesat să citească; spera mereu să descopere în ziare sau în povestirile despre bătălie vreo descriere care să îi permită să recunoască locurile pe care le străbătuse în escorta mareşalului Ney, ca şi mai târziu, cu celălalt general. Pe timpul şederii lui la Amiens, le scrise aproape zilnic bunilor săi prieteni de *La Ţesala*. De îndată ce se vindecă, se duse la Paris; la hotelul în care locuise, îl aşteptau douăzeci de scrisori de la mama şi de la mătuşa lui, în care sărmanele femei îl implorau să se înapoieze cât mai grabnic cu putinţă. O ultimă scrisoare de la contesa Pietranera avea un ton misterios, care îl nelinişti foarte tare; răvaşul acesta îi risipi toate dulcile visări. Temător din fire, nu-i trebuia decât un singur cuvânt ca să se aştepte la cele mai mari nenorociri; imaginaţia lui se înfierbânta numaidecât şi îi zugrăvea aceste nenorociri până în cele mai mici şi mai înspăimântătoare detalii.

„*Fereşte-te să semnezi scrisorile pe care mi le scrii, ca să-mi dai veşti despre tine, îi cerea contesa. La întoarcere, nu veni imediat pe malul lacului Como: opreşte-te la Lugano, pe teritoriul elveţian*". Trebuia să sosească în acest mic oraş sub numele de Cavi; avea să-l găsească în hanul cel mai pricopsit din localitate pe valetul contesei, care îi va indica ce e de făcut. Mătuşa încheia cu următoarele cuvinte: „*Ascunde prin toate mijloacele posibile nebuniile pe care le-ai făcut și, mai cu seamă, nu păstra asupra ta nici un document scris sau tipărit; în Elveția vei fi înconjurat de prieteni din Sfânta Margareta*[29].

*Dacă voi dispune de suficienți bani, îi scria contesa, voi trimite un om de încredere la Geneva, la Hotelul Balanțelor, și atunci vei avea detalii pe care nu le pot divulga într-o scrisoare și pe care trebuie, totuși, să le afli înainte de sosirea ta aici. Dar, pentru numele lui Dumnezeu, nu mai zăbovi nici măcar o zi la Paris; vei fi recunoscut de spionii noștri".*

Imaginația lui Fabricio începu să țeasă cele mai întortocheate gânduri și, tot drumul, nu îi mai prii nimic, fiind incapabil de a mai face altceva decât să încerce să ghicească ce enigmă avea să-i dezvăluie iubita lui mătușă. De două ori, în timp ce străbătea Franța, fu arestat, din cauza acestor neplăceri, a pașaportului său italienesc și a ciudatei meserii de negustor de barometre, ce se potrivea ca nuca-n perete cu înfățișarea lui tinerească și cu brațul în eșarfă.

Ajuns, în cele din urmă, la Geneva, găsi un mesager al contesei, care îi aduse la cunoștință, din partea acesteia, că el, Fabricio, fusese denunțat poliției din Milano ca fiind trimis să-l întâlnească pe Napoleon, pentru a-i comunica propunerile decise de o vastă conspirație organizată în fostul regat al Italiei. Dacă nu acesta ar fi fost scopul călătoriei sale, spunea denunțul, la ce bun să ia un nume de împrumut? Mama lui căuta să dovedească adevărul, și anume:

1. că nu ieșise din Elveția;

2. că părăsise castelul pe neașteptate, după o dispută cu fratele său mai mare.

La auzul acestei relatări, Fabricio avu un sentiment de orgoliu. „Aș fi fost, își spuse el, umflându-se în pene, un soi de ambasador pe lângă Napoleon! Aș fi avut onoarea să-i vorbesc acestui

---

[29] Domnul Pellico a făcut acest nume cunoscut în Europa; este numele unei străzi din Milano, pe care se află palatul și închisorile poliției (n.a.).

mare om, de-ar fi fost să fie așa!" Își aminti că cel de-al șaptelea strămoș al său, nepotul celui ce sosise la Milano în suita lui Sforza, avusese cinstea de a fi fost sfârtecat de dușmanii ducelui, care îl surprinseseră pe când se ducea în Elveția pentru a face cunoscute preacinstitelor cantoane unele propuneri și pentru a recruta soldați. Vedea cu ochii minții stampa referitoare la acest fapt, cuprinsă în genealogia familiei. Fabricio, tot iscodindu-l pe valet, îl descoperi revoltat de un detaliu care, în cele din urmă, îi scăpă, în ciuda ordinului expres de a nu-l divulga, repetat de mai multe ori de contesă. Autorul denunțului către poliția din Milano nu era nimeni altul decât Ascanio, fratele lui mai mare. Cruda dezvăluire îl aduse pe eroul nostru în pragul nebuniei. De la Geneva, ca să ajungi în Italia, trebuie să treci prin Lausanne; vru să plece pe jos numaidecât, ca să străbată în felul acesta zece-douăzeci de leghe, deși diligența de la Geneva la Lausanne urma să plece peste două ceasuri. Înainte de a ieși din Geneva, se luă la harță, într-una din cafenelele deocheate din oraș, cu un tânăr care, zicea el, îl privea chiorâș. Nimic mai adevărat — tânărul genovez, flegmatic, rezonabil, cu gândul doar la bani, îl crezuse nebun; intrând, Fabricio aruncase priviri furibunde în toate părțile, apoi își răsturnase pe pantaloni ceașca de cafea pe care o comandase. În cearta care se iscase, primul gest al lui Fabricio fusese parcă desprins din recuzita secolului al XVI-lea: în loc să-l provoace la duel pe tânărul genovez, scoase pumnalul și se năpusti să-l înfigă în acesta. În clipa aceea de furie, Fabricio uitase tot ce învățase despre codul onoarei și se întorcea la instinctul său, mai exact la amintirile primei sale copilării.

Omul de încredere care îl aștepta la Lugano turnă gaz pe foc, dându-i noi amănunte și sporindu-i mânia. Cum Fabricio era iubit la Grianta, nimeni nu i-ar fi rostit numele și, fără binevoitoarea intervenție a fratelui său, toată lumea s-ar fi prefăcut că-l crede la Milano și niciodată absența sa nu ar fi atras atenția poliției din oraș.

— Fără îndoială, vameșii au semnalmentele Domniei Voastre, îi spuse emisarul, și, dacă o luăm pe drumul umblat, la frontiera regatului lombardo-venețian veți fi arestat.

Fabricio și oamenii lui cunoșteau până și cele mai neînsemnate poteci ale muntelui ce desparte Lugano de lacul Como: se deghizară în vânători, adică în contrabandiști, și, cum erau trei și destul de aprigi la înfățișare, vameșii care le ieșiră în cale nu se încumetară să facă altceva, decât să le dea binețe. Fabricio făcu în așa fel încât să ajungă la castel doar către miezul nopții; la ceasul acela, tatăl său și toți valeții lui pudrați dormeau duși. Coborî fără nici o greutate în șanțul adânc și pătrunse în castel prin ferestruica unei pivnițe; acolo era așteptat de mama și mătușa lui; curând sosiră în graba mare și surorile lui. Bucuria revederii era atât de mare, încât manifestările de afecțiune ținură vreme îndelungată, iar lacrimile cursără din belșug și de-abia începură să vorbească despre lucruri serioase, că primele licăriri ale zorilor sosiră să le avertizeze pe aceste ființe care se credeau nefericite că timpul zbura.

— Sper că fratele tău habar n-are că te-ai întors și nici nu va prinde de veste, îi declară doamna Pietranera. Am încetat să mai vorbesc cu el, de când cu faimoasa lui ispravă, din care cauză amorul lui propriu mi-a făcut onoarea să se arate lezat. În seara asta, la masă, am catadicsit să îl bag în seamă, aveam nevoie de un pretext ca să maschez bucuria nebună ce i-ar fi putut da de bănuit. Apoi, când am văzut că era mândru ca un păun de această pretinsă reconciliere, am profitat de buna lui dispoziție ca să-l fac să bea peste măsură și, cu siguranță, în momentul de față nu-i mai arde să stea la pândă, ca să-și continue îndeletnicirea de iscoadă.

— Trebuie să-l ascundem pe husarul nostru în apartamentul tău, fu de părere marchiza, nu-l putem lăsa să plece acum, nu suntem îndeajuns de stăpâne pe noi și trebuie să fim cu mintea limpede, ca să putem înfrunta teribila poliție din Milano.

Ideea marchizei fu pusă în aplicare, dar, în ziua următoare, marchizul și feciorul lui mai mare remarcară că marchiza era tot timpul în camera cumnatei sale. Nu vom insista să descriem vârtejul de pasiune și de veselie în care continuară să fie prinse ființele acestea atât de fericite. Inimile italienilor sunt mult mai zbuciumate decât ale noastre de suspiciunile și de ideile nebunești zămislite de imaginația lor febrilă, dar, în schimb, bucuriile lor sunt mai intense și mai durabile. În ziua cu pricina, marchiza și contesa își pierduseră cu desăvârșire mințile; Fabricio fu obligat s-o ia de la capăt cu toate poveștile lui: hotărâră, în cele din urmă, să meargă să-și ascundă bucuria comună la Milano, într-atât de dificil părea să se ferească pe mai departe de ochii iscoditori ai marchizului și ai odraslei lui, Ascanio.

Luară, așa cum obișnuiau, aceeași barcă a castelului, care le ducea de fiecare dată la Como; dacă ar fi procedat în mod diferit, ar fi însemnat să trezească mii de bănuieli, dar, ajunse în portul din Como, marchiza își aduse aminte că uitase la Grianta niște documente de maximă importanță: se grăbi să-i trimită pe vâslași înapoi, după ele, iar aceștia nu putuseră să facă nici o remarcă în ceea ce privește modul în care își petrecuseră doamnele timpul la Como. De-abia sosite, închiriară la întâmplare una dintre acele trăsuri care-și așteaptă clienții în vecinătatea acelui turn înalt din Evul Mediu, ce se înalță mai jos de intrarea în Milano. Plecară imediat, fără ca vizitiul să aibă timp să vorbească cu cineva. La un sfert de leghe de oraș, întâlniră un tânăr vânător pe care cele două doamne îl cunoșteau și care, săritor, cum nu erau însoțite de nici un bărbat, se oferi să le slujească drept cavaler până la porțile orașului Milano, spre care se îndrepta, vânând, și el. Totul era bine și frumos și doamnele ciripeau vesele, stând la taclale în chipul cel mai desfătător cu tânărul călător, când, la un cot pe care îl făcea drumul, pentru a da ocol fermecătoarei coline și pădurii din San-Giovanni, trei jandarmi în civil țâșniră și prinseră caii de hățuri.

— Ah! Soțul meu ne-a trădat! țipă marchiza și leșină.

Un sergent care rămăsese ceva mai în urmă se apropie de trăsură împleticindu-se și grăi cu un glas ce părea izvorât de-a dreptul dintr-o bute:

— Sunt mâhnit de misiunea pe care o am de îndeplinit, dar vă arestez, generale Fabio Conti.

Fabricio crezu că sergentul glumeşte pe socoteala lui, numindu-l *general*. „O să mi-o plăteşti", îşi spuse el; se uita la jandarmii în civil, pândind momentul favorabil în care să sară din trăsură şi s-o tulească pe câmp.

Contesa surâse la întâmplare, cred, şi apoi îi spuse sergentului:

— Dar, dragul meu sergent, cum poţi să-l iei pe copilul ăsta de şaisprezece ani drept generalul Conti?

— Nu sunteţi fiica generalului? o întrebă sergentul.

— Uitaţi-l pe tatăl meu, răspunse contesa, arătându-l pe Fabricio. Jandarmii izbucniră în hohote de râs.

— Arătaţi-mi paşapoartele şi nu mai discutaţi, se răsti sergentul, iritat de veselia generală.

— Doamnele nu-şi iau niciodată paşapoartele ca să meargă la Milano, replică sec şi metodic vizitiul. Dumneaei este doamna contesă Pietranera, iar dumneaei este marchiza del Dongo, îşi continuă el explicaţia.

Sergentul, buimăcit cu totul, trecu în faţa cailor, unde ţinu sfat cu oamenii lui. Consfătuirea dura de mai bine de cinci minute, când contesa Pietranera îi rugă pe acei domni să îngăduie ca trăsura să înainteze câţiva paşi, ca să fie trasă la umbră; zăduful era de neîndurat, deşi era de-abia unsprezece dimineaţa. Fabricio, căruia ochii îi fugeau în toate părţile, căutând o portiţă de scăpare, văzu ieşind de pe o potecă, de peste câmp, şi ajungând pe drumul mare, acoperit de colb, o fată de paisprezece-cincisprezece anişori, plângând sfioasă pe sub batista ei. Înainta pe jos, între doi jandarmi în uniformă, iar la trei paşi în urma ei, încadrat, de asemenea, de doi jandarmi, mergea un bărbat înalt şi slab, demn ca un prefect ce urma o procesiune.

— Unde i-aţi mai găsit şi pe-ăştia? întrebă sergentul, beat de-a binelea în clipa aceea.

— Fugind peste câmp, iar cât despre paşaport, nici vorbă.

Sergentul păru să-şi piardă capul cu totul; avea dinaintea lui cinci prizonieri, în loc de doi, cât îi trebuiau. Se îndepărtă câţiva paşi, lăsând doar un om care să-i păzească pe prizonieri şi un altul care să împiedice caii să înainteze.

— Rămâi, îi şopti contesa lui Fabricio, care sărise deja din trăsură, totul se va aranja.

Se auzi un jandarm strigând:

— Ce dacă? N-au paşapoarte, aşa că, orice-ar fi trebuie să-i umflăm.

Sergentul nu părea la fel de decis; numele contesei Pietranera îi dădea fiori, îl cunoscuse pe general şi nu era la curent cu moartea lui. „Generalul nu este omul care să nu se răzbune, dacă-i arestez soţia fără motiv", îşi spuse el.

În timpul acestei deliberări, ce se dovedi a fi lungă, contesa intră în vorbă cu fata care rămăsese în drumul colbuit, lângă caleaşcă; fu izbită de frumuseţea ei.

— Soarele o să vă facă rău, domnişoară; soldatul acesta de treabă, adăugă ea, vorbind de astă dată ca s-o audă jandarmul pus de pază în faţa cailor, se va milostivi de tine şi îţi va îngădui să urci în caleaşcă.

Fabricio, care bântuia în jurul trăsurii, se apropie ca să o ajute să urce. Fata se avântase deja pe treaptă, sprijinită de braţ de Fabricio când bărbatul plin de trufie, care se afla la şase paşi în urma trăsurii, strigă cu un glas îngroşat, în încercarea de a impune respect:

— Rămâi jos, nu te urca într-o trăsură ce nu-ţi aparţine.

Fabricio nu auzise ordinul; fetişcana, în loc să urce în caleaşcă, vru să coboare şi, cum Fabricio continua să o susţină, îi căzu în braţe. El surâse, ea se făcu roşie ca para focului; rămaseră o clipă astfel, uitându-se unul la altul, până când tânăra se desprinse din braţele lui.

„Ar fi o tovarăşă de închisoare fermecătoare, îşi spuse Fabricio; ce gânduri adânci sub bolta acestei frunţi! Ar şti să iubească!"

Sergentul se apropie cu un aer autoritar:

— Care dintre doamnele acestea se numeşte Clelia Conti?

— Eu, răspunse fata cu glas pierit.

— Iar eu, se înfoie bărbatul în vârstă, eu sunt generalul Fabio Conti, șambelan al Alteței Sale Serenisime monseniorul prinț al Parmei, și consider o necuviință ca un om de rangul meu să fie hăituit ca un bandit.

— Alaltăieri, pe când vă îmbarcați în portul Como, nu l-ați trimis la plimbare pe inspectorul de poliție care vă ceruse pașaportul? Ei bine! Astăzi, el vă împiedică să vă plimbați.

— Mă îndepărtasem deja cu barca mea, eram zorit, se apropia furtuna; un bărbat în civil mi-a strigat că trebuie să mă întorc în port, i-am spus cine sunt și mi-am văzut de drum.

— Iar în dimineața aceasta v-ați făcut nevăzut din Como?

— Un om cu poziția mea nu-și ia pașaportul când pleacă din Milano ca să vadă lacul. În dimineața asta, la Como, mi s-a spus că voi fi arestat la ieșire; am luat-o pe jos, împreună cu fiica mea, spre Milano; speram să găsesc pe drum o trăsură care să mă ducă în oraș, unde, în mod sigur, scopul primei mele vizite urma să fie depunerea unei reclamații adresate generalului comandant al provinciei.

Sergentului i se luă o piatră de pe inimă.

— Ei bine, generale, sunteți arestat și vă voi conduce la Milano. Dar dumneavoastră, cine sunteți dumneavoastră? îl întrebă el pe Fabricio.

— El este fiul meu, răspunse contesa, în locul acestuia; Ascanio, fiul generalului de divizie Pietranera.

— Fără pașaport, doamnă contesă? susură jandarmul, blând ca un mielușel.

— La vârsta lui, nu și-l ia niciodată; nu călătorește niciodată singur, este întotdeauna cu mine.

În timpul acestei discuții, generalul Conti, umflându-se în pene, făcea pe ofensatul în fața jandarmilor.

— Ia mai lasă vorba, i-o reteză unul dintre ei. Ești arestat, ajunge!

— Mai bine socotește-te fericit dacă îți vom da voie să închiriezi un cal de la vreun țăran; altfel, așa șambelan de Parma cum eşti, o să te târăşti pe jos, tăvălindu-te prin praf şi biciuit de razele nemiloase ale soarelui, în mijlocul cailor noştri.

Generalul începu să ocărască.

— Ţine-ţi gura, se zborşi jandarmul la el. Unde ţi-e uniforma de general? Aşa, orice terchea-berchea poate să spună că e general.

Generalul spumega de furie. În vremea asta, lucrurile mergeau mult mai bine în caleaşcă.

Contesa îi muştruluia pe jandarmi de parcă ar fi fost slujitorii ei. Îi dădu unuia dintre ei un scud şi-l trimise să aducă vin şi mai cu seamă apă proaspătă de la o căsuţă ce se zărea la două sute de paşi. Găsise răgazul de a-l calma pe Fabricio care voia să fugă cu orice preţ în pădurea ce acoperea colina.

— Am nişte pistoale pe cinste, zicea el.

Reuşi, cu chiu cu vai, să-l convingă pe generalul iritat să-şi lase fata să urce în trăsură. Cu această ocazie, generalul, care adora să vorbească despre el şi despre familia lui, le aduse la cunoştinţă celor două doamne că fiica lui avea doar doisprezece ani, era născută în 1803, pe 27 octombrie; dar toată lumea îi dădea paisprezece sau cincisprezece, într-atât era de isteaţă.

„Neam prost, spuneau ochii contesei către marchiză". Graţie contesei, totul se aranjă, după tratative ce duraseră mai bine de un ceas. Un jandarm care se nimeri să aibă treabă în oraşul vecin îi închirie generalului calul său, după ce contesa îl încredinţase: „Vei primi pentru asta zece franci". Sergentul-major plecă singur cu generalul; ceilalţi rămaseră la umbră, sub un copac, în tovărăşia a patru sticle de vin enorme, un soi de mici *damigene* pe care jandarmul trimis la căscioară le aduse de acolo, ajutat de un ţăran. Clelia Conti fu autorizată de falnicul şambelan să accepte, pentru a se întoarce la Milano, un loc în trăsura celor două doamne şi nimănui nu-i trecu prin minte să-l aresteze pe fiul bravului general conte Pietranera. După primele momente consacrate cuvintelor de politeţe, ca şi comentariilor asupra micului incident ce tocmai se încheiase, Clelia Conti remarcă nuanţa de entuziasm cu care o doamnă atât de frumoasă cum era contesa îi vorbea lui Fabricio; cu siguranţă, nu aceasta era mama lui. Atenţia îi fu captată mai cu seamă de repetatele aluzii la ceva eroic, îndrăzneţ şi primejdios în cel mai înalt grad, un lucru făptuit de tânăr cu puţină vreme în urmă; dar cu toată inteligenţa ei, tânăra Clelia nu putu ghici despre ce era vorba.

Se uita cu mirare la acest tânăr erou, în ochii căruia părea să ardă încă flacăra acţiunii. În ceea ce-l privea, era puţin cam tulburat de frumuseţea neobişnuită a acestei copile de doisprezece ani, pe care privirile lui o făceau să se îmbujoreze.

Cu o leghe înainte de sosirea în Milano, Fabricio spuse că se duce să-şi vadă unchiul şi îşi luă rămas-bun de la doamne.

— Dacă reuşesc, în cele din urmă, să ies din încurcătură, îi spuse el Cleliei, mă voi duce să văd frumoasele tablouri din Parma şi atunci vei binevoi să-ţi aduci aminte numele acesta: Fabricio del Dongo?

— Bravo! exclamă contesa. Iată cum ştii să te păstrezi incognito! Domnişoară, fii atât de bună şi nu uita că individul acesta dubios este fiul meu şi se numeşte Pietranera, şi nu del Dongo.

Seara, foarte târziu, Fabricio intră în Milano pe poarta *Renza*, ce ducea spre un loc de promenadă la modă. Trimiterea celor doi mesageri în Elveţia epuizase economiile cât se poate de neînsemnate ale marchizei şi ale surorii sale; din fericire, Fabricio mai avea câţiva napoleoni şi un diamant pe care se hotărî să îl vândă.

Cele două doamne erau iubite şi cunoşteau tot oraşul; personajele cele mai marcante din partidul austriac şi bigot merseră să pledeze în favoarea lui Fabricio în faţa baronului Binder, şeful poliţiei. Domnii aceştia nu reuşeau să priceapă, ziceau ei, cum putea fi luată în serios pozna unui adolescent necopt de şaisprezece ani, care, după o dispută cu fratele lui mai mare, părăseşte casa părintească şi-şi ia lumea-n cap.

— Meseria mea este să iau totul în serios, răspundea răbdător baronul Binder, om cu scaun la cap, ai cărui ochii trişti văzuseră multe. Pe vremea aceea, punea pe picioare acea vestită poliţie din Milano şi se angajase să prevină orice revoluţie asemănatoare celei din 1740, care îi alungase pe austrieci din Genova. Poliţia aceasta din Milano, devenită ulterior atât de celebră datorită arestării şi condamnării domnilor Pellico[30] şi Andryane[31], nu era neapărat crudă, ci aplica riguros şi implacabil nişte legi drastice.

Împăratul Francisc al II-lea[32] voia să insufle teroarea în rândurile italienilor, spirite atât de pline de cutezanţă.

— Daţi-mi, zi cu zi, le repeta baronul Binder protectorilor lui Fabricio, informaţii *dovedite* despre ceea ce a făcut tânărul marchesino del Dongo, să zicem... din momentul plecării din Grianta, pe 8 martie, până la sosirea lui, ieri seară, în acest oraş, unde stă ascuns într-una din odăile apartamentului mamei sale, şi sunt gata să-l consider cel mai de treabă şi cel mai zburdalnic tânăr din oraş. Dacă nu puteţi să-mi furnizaţi date precise despre felul în care şi-a petrecut timpul după plecarea din Grianta, atunci, oricât de nobilă ar fi familia din care se trage şi oricât de adânc ar fi respectul pe care îl am faţă de prietenii acestei familii, nu este de datoria mea să îl reţin? Şi nu trebuie să-l ţin arestat până când îmi oferiţi probe concrete că nu s-a deplasat în Franţa ca să-l întâlnească pe Napoleon, în calitate de mesager al câtorva nemulţumiţi ce ar putea să existe în Lombardia, printre supuşii Maiestăţii Sale imperiale şi regale? Remarcaţi, de asemenea, domnilor, că şi în cazul în care tânărul del Dongo izbuteşte să se justifice în această privinţă, se face totuşi vinovat de a fi călătorit în străinătate fără un paşaport eliberat în mod regulamentar şi, mai mult, sub un nume fals, folosindu-se cu bună ştiinţă de un act al unui lucrător de rând, adică al unui individ dintr-o clasă socială cu mult inferioară celei căreia îi aparţine.

Declaraţia aceasta, pe cât de îndreptăţită din punct de vedere al omului legii, pe atât de crudă, era însoţită de toate semnele de

---

[30] Silvio Pellico (1789-1854), scriitor italian condamnat pentru activitate conspirativă.

[31] Alexandre Philippe Andryane (1797-1863), revoluţionar de origine franceză, închis împreună cu Pellico la Spielberg, pentru aceeaşi vină.

[32] Francisc al II-lea (1768-1835), împărat al Austriei din 1804, a participat la coaliţia împotriva lui Napoleon.

deferență și respect cuvenite, pe care șeful de poliție le datora rangului înalt al marchizei del Dongo și al celorlalte personaje importante care veneau să intervină pentru ea.

La aflarea răspunsului baronul Binder, marchiza fu cuprinsă de disperare.

— Fabricio va fi arestat, strigă ea plângând, și, odată ajuns în închisoare, Dumnezeu știe când va ieși de acolo! Tatăl lui îl va renega.

Doamna Pietranera și cumnata ei se sfătuiră cu doi-trei prieteni intimi și, indiferent de părerea celorlalți, marchiza ținu neapărat ca fiul ei să plece chiar în noaptea următoare.

— Dar, vezi bine că baronul Binder știe că fiul tău se află aici; omul acesta nu are intenții rele.

— Nu, dar vrea să fie pe placul împăratului Francisc.

— Dar, dacă ar fi crezut că avansarea sa ar fi avut de profitat de pe urma aruncării lui Fabricio în închisoare, ar fi făcut-o deja; și ar fi o sfidare și o insultă la adresa lui, dacă l-am lăsa pe băiat să fugă.

— Dar, mărturisindu-ne că știe unde se află Fabricio, ne îndemna de fapt să-l facem scăpat. Nu, n-aș putea trăi repetându-mi din sfert în sfert de ceas: „Fiul meu ar putea ajunge între patru pereți!" Oricare ar fi ambiția baronului Binder, adăugă marchiza, consideră util pentru poziția sa personală în această țară să arate în mod ostentativ că înțelege să se poarte cu mănuși cu o persoană de rangul soțului meu și consider o dovadă în acest sens neașteptata sinceritate cu care ne-a declarat că știe de unde să-l ia pe Fabricio. Mai mult, baronul ne expune în detaliu, cu complezență, cele două contravenții de care este acuzat Fabricio, conform denunțului mârșavului lui frate; ne explică clar că aceste două contravenții sunt pedepsite cu închisoarea; nu ne spune oare, în felul acesta, că, dacă preferăm exilul, suntem libere să optăm pentru el?

— Dacă vei alege exilul, repeta mereu contesa, nu-l vom mai revedea niciodată.

Fabricio, prezent la toată această dezbatere furtunoasă, împreună cu unul dintre vechii prieteni ai contesei, acum consilier la tribunalul creat de austrieci, era întru totul de părere să o ia la sănătoasa. Şi, într-adevăr, chiar în seara aceea, ieşi din palat ascuns în trăsura ce le ducea la Teatrul Scala pe mama şi pe mătuşa lui. Vizitiul, de care se fereau, făcu popas la crâşma la care obişnuia să se dreagă cu un păhărel şi, în vreme ce lacheul, om de încredere, păzea caii, Fabricio, deghizat în ţăran, se strecură din trăsură şi ieşi din oraş. A doua zi dimineaţa trecu frontiera cu acelaşi noroc ca şi data trecută, iar câteva ore mai târziu era instalat pe o moşie pe care mama lui o avea în Piemont, în apropiere de Novara, chiar la Romagnano, locul unde fusese doborât Bayard[33].

Se poate uşor imagina cu câtă atenţie urmăriră cele două doamne, din loja lor, spectacolul. Veniseră aici doar pentru a se putea consulta cu mai mulţi prieteni, aparţinând partidului liberal, şi a căror apariţie la palatul del Dongo ar fi putut fi interpretată în mod defavorabil de poliţie. Acolo, în lojă, hotărâră să întreprindă un nou demers pe lângă baronul Binder. Nici nu putea fi vorba să i se ofere o sumă de bani magistratului acestuia, un om a cărui onestitate era mai presus de orice bănuială şi, de altfel, cele două doamne ajunseseră la fundul sacului, căci îl obligaseră pe Fabricio să ia tot ceea ce mai rămăsese de pe urma vânzării diamantului.

Era foarte important totuşi să afle care era hotărârea definitivă a baronului. Amicii contesei îi aduseră aminte de un anume canonic Borda, un tânăr cât se poate de amabil, care încercase să îi facă curte odinioară şi încă într-un mod destul de grosolan; văzând că nu are succes, denunţase generalului Pietranera prietenia ei cu Limercati — în consecinţă, fusese alungat ca un bădăran ce era. Or, în clipa de faţă, canonicul acesta era în

---

[33] Pierre du Terrail, senior de Bayard (1473-1524), vestit cavaler francez ucis de un foc de archebuză în războiul purtat de Franţa împotriva oraşului Milano.

fiecare seară partenerul de tarot[34] al baroanei Binder şi, fireşte, prieten la cataramă cu soţul.

Contesa luă hotărârea să se ducă în vizită la acest canonic, un demers extrem de penibil pentru ea. A doua zi dimineaţa, la prima oră, înainte ca acesta să apuce să plece de acasă, se înfiinţă la uşa lui şi ceru să fie anunţată.

Când unicul slujitor al canonicului rosti numele contesei Pietranera, omul fu atât de tulburat, încât, mai-mai să-şi piardă graiul, nu încercă să-şi îndrepte neorânduiala ţinutei de casă, un neglijeu foarte simplu, de altfel.

— Spune-i să intre şi du-te, îi spuse cu glas stins. Contesa intră; Borda se aruncă în genunchi la picioarele ei.

— Numai în felul acesta poate primi un biet nebun nefericit poruncile voastre, îi spuse el contesei care, în dimineaţa aceea, îmbrăcată în grabă şi fără să fie gătită aşa cum obişnuia să iasă în societate, era de un farmec irezistibil. Suferinţa adâncă pricinuită de exilul lui Fabricio, efortul pe care-l făcuse pentru a-şi impune să intre în casa unui om care se purtase mişeleşte cu ea, totul se concentrase în ochii ei, dând privirii o strălucire incredibilă.

— Numai în felul acesta pot primi poruncile voastre, strigă canonicul, căci este evident că aţi venit să-mi cereţi să vă fac un serviciu, altminteri n-aţi fi onorat cu prezenţa voastră sărmana casă a unui biet nebun; orbit odinioară de pasiune şi de gelozie, acesta s-a purtat cu dumneavoastră ca un laş, odată ce a văzut că nu putea să vă fie pe plac.

Cuvintele acestea erau sincere şi cu atât mai frumoase, cu cât acum canonicul se bucura de o mare putere. Contesa fu mişcată până la lacrimi; umilinţa şi teama îi îngheţaseră sufletul şi, într-o clipă, duioşia şi un pic de speranţă le luară locul. Din cât de nenorocită era, trecu, cât ai clipi din ochi, într-o stare vecină cu fericirea.

---

[34] Joc cu şaizeci şi opt de cărţi, mai lungi şi cu alte figuri decât cele obişnuite.

— Sărută-mi mâna, îi spuse ea canonicului, întinzându-i brațul, și ridică-te. (Se cuvine să știți că în Italia, a tutui pe cineva indică o prietenie adevărată, sinceră, la fel ca și un sentiment mai tandru.) Vin să-ți cer iertare pentru nepotul meu Fabricio. Iată adevărul gol goluț, de la cap la coadă, așa cum se cade să îl spui unui vechi prieten. La șaisprezece ani și jumătate a făcut o mare nebunie; eram la Grianta, pe malul lacului Como. Într-o seară, la șapte, am aflat, dintr-o barcă de pe lac, de debarcarea Împăratului în golful Juan. A doua zi dimineața, Fabricio a pornit-o spre Franța, după ce a luat pașaportul unuia dintre prietenii lui de rând, un negustor de barometre pe nume Vasi. Cum nu arată deloc ca un negustor de barometre, de-abia străbătu zece leghe în Franța, că, datorită înfățișării și felului său de a fi, a și fost înșfăcat; accesele lui de entuziasm într-o franceză stricată îl făcuseră suspect. După o vreme, a reușit să scape și să ajungă la Geneva; am trimis în întâmpinarea lui la Lugano...

— Adică la Geneva, o îndreptă canonicul, zâmbind.

Contesa își isprăvi povestea.

— Voi face pentru dumneavoastră tot ceea ce este omenește posibil, reluă, cu avânt, canonicul; mă pun cu totul la dispoziția voastră. Voi comite chiar și imprudențe, adăugă el. Spuneți-mi, ce trebuie să fac în momentul în care acest sărman salon va fi privat de această apariție celestă, care a făcut vâlvă în istoria existenței mele?

— Trebuie să te duci la baronul Binder și să-i spui că îl îndrăgești de când s-a născut, că l-ai văzut născându-se, când veneai pe la noi, și că, în sfârșit, în numele prieteniei ce ți-o poartă, îl implori să-și pună în mișcare toți spionii, să verifice dacă, înainte de plecarea sa din Elveția, Fabricio s-a văzut, fie și doar pentru câteva clipe, cu vreunul dintre liberalii aflați sub supravegherea lor. Și dacă baronul va fi bine informat, va vedea că este vorba aici doar de o greșeală iscată din neastâmpărul tinereții. Îți aduci aminte că, în frumosul meu apartament din palatul Dugnani, aveam stampele bătăliilor câștigate de Napoleon: nepotul meu a învățat să buchisească pe legendele acestor gravuri. Încă de când avea cinci anişori, bietul meu soţ îi explica toate aceste lupte; îi puneam pe cap coiful lui, iar copilul târa după el sabia lui mare. Ei bine! într-o bună zi, află că zeul bărbatului meu, Împăratul, s-a întors în Franţa; pleacă să i se alăture, ca un zăbăuc, dar nu reuşeşte. Întrebaţi-l pe baron ce pedeapsă vrea să dea pentru acest moment de nebunie.

— Am uitat un lucru, strigă canonicul, veţi vedea că nu sunt întru totul nedemn de iertarea pe care mi-aţi acorda-o. Uitaţi, spuse el, cotrobăind pe masă, printre hârtiile lui, iată denunţul acelui infam *col-torto* (ipocrit), uitaţi, e semnat *Ascanio Valserra del Dongo*, cel de la care a pornit toată tărăşenia; l-am luat ieri seară din birourile poliţiei şi m-am dus la Scala, sperând să găsesc pe cineva care stă de obicei în loja voastră, prin care să vi-l pot transmite. O copie a acestui document a ajuns de multă vreme la Viena. Iată duşmanul pe care trebuie să-l înfruntăm. Canonicul citi denunţul împreună cu contesa şi conveniră ca, în cursul zilei, să i-l trimită printr-un om de încredere. Contesa se întoarse cu sufletul plin de bucurie la palatul del Dongo.

— Este imposibil să găseşti un bărbat mai curtenitor decât acest fost *coţcar*, îi declară ea marchizei; în seara asta, la Scala, la unsprezece fără un sfert, după orologiul teatrului, îi vom expedia pe toţi cei din loja noastră, vom stinge lumânările, vom închide uşa, iar la unsprezece, canonicul în persoană va veni să ne spună ce a reuşit să facă. Este tot ceea ce am putut găsi mai puţin compromiţător pentru el.

Canonicul acesta era un suflet mare: nici nu-i trecu prin minte să lipsească de la întâlnire: la faţa locului, dovedi o bunăvoinţă fără margini şi o francheţe totală, aşa cum se întâmplă în ţările unde vanitatea nu domină celelalte sentimente. Faptul că o denunţase pe contesă soţului ei, generalul Pietranera, era una dintre marile remuşcări ale vieţii lui, iar acum găsise mijlocul de a scăpa de această remuşcare.

Dimineaţa, când contesa plecase de la el: „Iat-o că trăieşte cu nepotul ei", îşi spuse el cu amărăciune, căci vechea lui rană nu se închisese încă. „Semeaţă cum e, să vină la mine!... La moartea sărmanului Pietranera a respins cu oroare oferta mea de a o sluji, deşi îi fusese prezentată în modul cel mai politicos şi mai potrivit cu putinţă de colonelul Scotti, fostul ei amant. Frumoasa Pietranera să trăiască din 1500 de franci! adăuga canonicul, învârtindu-se agitat prin odaie. Apoi, să se ducă să locuiască în castelul Grianta, alături de acel îngrozitor de *secatore*[35], marchizul del Dongo!...Totul se explică acum! În fond, acest tânăr Fabricio este plin de farmec, înalt, bine făcut, mereu cu zâmbetul pe buze... şi, mai mult decât atât, are o privire încărcată de o dulce voluptate... un chip desprins, parcă, din Correggio[36], suspină înciudat canonicul.

Diferenţa de vârstă... nu este deloc prea mare... Fabricio, născut după intrarea francezilor, prin '98 mi se pare, iar contesa poate să aibă douăzeci şi şapte – douăzeci şi opt de ani. Nu există alta mai drăguţă, mai adorabilă; în ţara asta bogată în frumuseţi, le bate pe toate: Marini, Gherardi, Ruga, Aresi, Pietragrua, e mai presus de toate femeile acestea... Trăiau fericiţi, feriţi de ochii lumii, pe malul frumosului lac Como, când tânărului i s-a năzărit să plece în căutarea lui Napoleon... Se mai mai nasc şi în Italia oameni! Şi asta, orice s-ar întâmpla! Patrie scumpă!... Nu, continua inima aceasta măcinată de gelozie, altfel nu se poate explica resemnarea de a mucezi la ţară, înghiţindu-şi dezgustul de a vedea în fiecare zi, la fiecare masă, mutra respingătoare a marchizului del Dongo şi, pe deasupra, chipul livid al infamului *marchesino Ascanio*, care va fi şi mai rău decât tatăl său!... Ei, bine! O voi sluji cu credinţă. Cel puţin, voi avea plăcerea de a o vedea şi altfel decât prin lornetă".

Canonicul Borda le explică limpede celor două doamne cum stăteau lucrurile. De fapt, Binder era într-o dispoziţie cum nu se poate mai favorabilă; era încântat că Fabricio o ştersese înainte ca el să primească ordine de la Viena. Căci Binder nu dispunea

---

[35] Plicticos, pisălog. (în lb. it.)
[36] Antonio Allegri, zis Correggio (1489-1534), pictor italian din epoca Renaşterii.

de puterea de a hotărî singur, aştepta întotdeauna, deci şi în cazul acesta, dispoziţii; trimitea la Viena în fiecare zi copia exactă a tuturor informaţiilor, după care aştepta.

În timpul exilului său la Romagnano, Fabricio trebuia ca:

1. să nu lipsească în nici o zi de la liturghie, să-şi ia ca duhovnic un preot destoinic, devotat cauzei monarhiei, şi să nu-i mărturisească, în timpul spovedaniei, decât sentimente absolut ireproşabile;

2. să nu frecventeze nici o persoană considerată a fi un om de spirit şi, dacă vine vorba despre revoluţie, să se arate îngrozit, ca în faţa unui lucru ce nu este niciodată îngăduit;

3. să nu se lase văzut în cafenele, să nu citească alte jurnale decât gazetele oficiale din Torino şi Milano; în general, să manifeste o adevărată aversiune faţă de lectură, să nu citească nimic, mai cu seamă nici o lucrare tipărită după 1720, exceptând, cel mult, romanele lui Walter Scott;

4. în sfârşit, adăugă canonicul, niţel maliţios, să facă în mod ostentativ curte unei doamne frumoase de prin partea locului, de origine nobilă, bineînţeles; aceasta va dovedi că nu are firea sumbră şi răzvrătită a unui conspirator în faşă.

Înainte de culcare, contesa şi marchiza îi scriseră lui Fabricio două lungi epistole, în care-i înşirară, cu o nelinişte încântătoare, toate sfaturile date de Borda.

Lui Fabricio nu-i ardea de nici o conspiraţie; ţinea la Napoleon şi, în calitatea sa de nobil, se credea hărăzit să fie mai fericit decât oricare altul, iar pe burghezi îi găsea ridicoli. Nu mai deschisese o carte de când părăsise colegiul, iar acolo citise doar lucrări aranjate de iezuiţi. Se stabili la o oarecare distanţă de Romagnano, într-un magnific palat, una din capodoperele vestitului arhitect San-Micheli[37]; dar, de treizeci de ani, palatul nu mai fusese locuit, astfel încât ploua în toate încăperile şi nu se închidea nici o fereastră. Puse stăpânire pe caii administratorului, pe care-i călărea fără nici o jenă, cât era ziua de lungă; nu

---

[37] Arhitect italian (1484-1559).

scotea o vorbă şi medita. Sfatul de a-şi lua o amantă dintr-o familie *ultra* i se păru agreabil şi-l urmă întocmai. Alese ca duhovnic un tânăr preot intrigant, al cărui vis era să ajungă episcop (ca cel de la Spielberg[38]; dar făcea trei leghe pe jos şi se învăluia într-un mister pe care-l credea impenetrabil, ca să citească *Constituţionalul*[39], pe care-l considera sublim:

„E la fel de frumos ca Alfieri[40] şi Dante!", exclama el adesea. Fabricio semăna în această privinţă cu tineretul francez, acordând mult mai multă atenţie calului şi ziarului său, decât iubitei lui evlavioase şi conformiste. Dar în sufletul acesta naiv şi robust nu era încă loc pentru „imitarea celorlalţi", aşa că nu îşi făcu prieteni în societatea înstăritului târg Romagnano. Candoarea lui era luată drept aroganţă; nimeni nu ştia ce să creadă despre caracterul său. *E un mezin nemulţumit că nu e el primul născut,* decretă preotul.

## CAPITOLUL AL ŞASELEA

TREBUIE SĂ MĂRTURISIM cu toată sinceritatea că gelozia canonicului Borda nu era întru totul lipsită de temei; la întoarcerea lui din Franţa, Fabricio apăruse în ochii contesei ca un străin atrăgător, pe care, odinioară, îl cunoscuse îndeaproape. Dacă i-ar fi vorbit despre dragoste, l-ar fi iubit; nu resimţea ea deja, faţă de conduita şi de persoana lui, o admiraţie plină de entuziasm şi, ca să zicem aşa, fără margini? Dar Fabricio o îmbrăţişa cu o asemenea revărsare de nevinovată recunoştinţă şi de prietenie adevărată, încât şi-ar fi pierdut orice urmă de respect faţă de ea însăşi, dacă ar fi căutat un alt sentiment în această afecţiune aproape filială. „În definitiv, îşi spunea contesa, cei câţiva prieteni care

---

[38] A se vedea indiscretele, ciudatele *Memorii* ale domnului Andryane, amuzante ca o poveste, ce vor rămâne ca şi Tacit (n.a.).

[39] Ziar liberal francez.

[40] Vittorio Alfieri (1749-1803), poet italian, promotor al tragediei clasiciste în Italia.

m-au cunoscut acum şase ani, la curtea prinţului Eugen, mă pot socoti încă tânără şi chiar frumoasă, dar pentru el, eu sunt o femeie respectabilă... şi, dacă e s-o spun pe şleau, fără să mă gândesc la amorul meu propriu, o femeie în vârstă". Contesa se amăgea singură în ceea ce priveşte vârsta la care ajunsese, dar nu aşa cum o fac femeile de rând. „La anii lui, de altfel, adăuga ea, exagerezi un pic ravagiile timpului. Un om aflat la o vârstă mai înaintată..."

Contesa, care se plimba prin salonul ei, se opri în faţa unei oglinzi, apoi surâse. Trebuie să ştiţi că, de câteva luni, inima doamnei Pietranera fusese luată cu asalt într-un mod cât se poate de serios de un personaj ciudat. Puţin după plecarea lui Fabricio în Franţa, contesa, care fără să şi-o mărturisească în întregime, începuse deja să tânjească după el, căzuse într-o neagră melancolie. Nu mai avea nici o tragere de inimă pentru ceea ce făcea şi, dacă putem îndrăzni să ne exprimăm astfel, viaţa nu mai avea nici un gust. Îşi spunea că Napoleon, vrând să-şi apropie supuşi din Italia, îl va lua pe Fabricio ca aghiotant.

— E pierdut pentru mine! striga ea, plângând, n-o să-l mai revăd niciodată; o să-mi scrie, dar ce voi mai însemna eu pentru el, peste zece ani?

În această stare, cu sufletul răvăşit, făcu o călătorie la Milano; spera să afle acolo veşti mai proaspete despre Napoleon şi, cine ştie, în mod indirect, poate şi despre Fabricio. Fără să şi-o spună, firii acesteia active începea să-i fie lehamite de existenţa monotonă pe care o ducea la ţară. Nu sunt moartă, dar nici nu trăiesc, îşi spunea ea. În fiecare zi să dai ochii cu mutrele alea *date cu pudră*, fratele, nepotul Ascanio, valeţii! Ce farmec mai pot avea plimbările pe lac fără Fabricio?" Unica ei consolare şi-o găsea în prietenia ce o lega de marchiză. Dar, de o bucată de vreme, intimitatea aceasta cu mama lui Fabricio, mai în vârstă decât ea, care nu mai aştepta nimic de la viaţă, începea să-i fie mai puţin agreabilă.

Aceasta era situaţia deosebită în care se afla doamna Pietranera — odată plecat Fabricio, spera puţin de la viitor; inima ei avea nevoie de mângâiere şi de inedit. Ajunsă la Milano, se lăsă sedusă de operă, pe atunci la modă; se ducea să se închidă singură, ore în șir, la Scala, în loja generalului Scotti, vechiul ei prieten. Persoanele pe care căuta să le întâlnească pentru a primi informații despre Napoleon și oștile lui i se păreau vulgare, croite din topor. Întoarsă acasă, improviza la pian până la trei dimineața. Într-o seară, la Scala, în loja uneia dintre prietenele ei, la care se ducea să afle știri din Franța, îi fu prezentat contele Mosca, ministrul Parmei: era un om amabil și care vorbea despre Franța și despre Napoleon în așa fel încât dădea inimii ei noi motive de a spera sau de a se teme. În ziua următoare, se întoarse în loja aceasta: omul de spirit reveni și, pe tot timpul spectacolului, ea îi vorbi cu plăcere. De la plecarea lui Fabricio, nu mai petrecuse o seară atât de însuflețită. Bărbatul acesta care o amuza, contele Mosca della Rovere Sorezana, era pe vremea aceea ministrul de Război, Poliție și Finanțe al acelui celebru prinț al Parmei, Ernest al IV-lea, atât de vestit pentru severitatea sa, pe care liberalii o numeau cruzime. Mosca putea să aibă patruzeci – patruzeci și cinci de ani; cu chipul lui deschis, cu un mod firesc și vesel de a se purta, fără să-și dea importanță în nici un fel, te impresiona plăcut. Ar fi făcut o impresie și mai bună dacă o bizarerie a prințului său nu l-ar fi obligat să-și pudreze părul, drept garanție a bunelor sale sentimente politice. Cum teama de a șoca vanitatea nu prea există în Italia, se ajunge foarte repede la intimități. Dacă unul dintre interlocutori se simte ofensat, singura soluție este să se retragă și să nu-l mai revadă niciodată pe cel care l-a jignit.

— Pentru ce vă pudrați părul, conte? îl întrebă doamna Pietranera, a treia oară când îl întâlni. Pudră! Un bărbat ca dumneavoastră, amabil, încă tânăr și care a făcut războiul în Spania, cu noi!

— Păi, tocmai pentru că n-am furat nimic din această Spanie și trebuie să-mi câștig existența. Eram nebun după glorie, o vorbă de laudă din partea generalului francez Gouvion-Saint-Cyr[41], care ne comanda, era pe atunci totul pentru mine. La căderea lui

---

[41] Mareșal francez din armata lui Napoleon, autor al unor *Memorii* (1764-1830).

Napoleon, am aflat că, în vreme ce-mi tocam averea în slujba lui, tatăl meu, un om plin de imaginaţie şi care mă şi vedea general, îmi ridica un palat în Parma. În 1813 m-am trezit cu un palat mare şi neterminat pe cap, singura mea proprietate, şi cu o pensie, singurul meu venit.

— O pensie de 3500 de franci, ca soţul meu?

— Contele Pietranera era general de divizie. Pensia mea, un biet şef de escadron, n-a fost niciodată mai mare de 800 de franci şi încă n-am primit-o decât în momentul în care am ajuns ministru de finanţe.

Cum în lojă nu se afla decât doamna cu opinii foarte liberale căreia îi aparţinea aceasta, convorbirea continuă cu aceeaşi sinceritate. Întrebat, contele Mosca vorbi despre viaţa lui la Parma.

— În Spania, sub comanda generalului Saint-Cyr, înfruntam gloanţele pentru o decoraţie şi pentru o picătură de glorie, acum mă costumez ca un personaj de comedie, ca să trăiesc pe picior mare şi să câştig câteva mii de franci. Odată intrat în acest joc de şah, şocat de insolenţa superiorilor mei, am vrut să ocup unul dintre primele locuri; am reuşit, dar zilele mele cele mai fericite sunt acelea pe care, din când în când, pot să mi le petrec la Milano; aici, cred eu, inima armatei noastre italiene e încă vie.

Francheţea, *disinvoltura*[42] cu care vorbea acest ministru al unui prinţ atât de temut, aţâţă curiozitatea contesei; crezuse că va descoperi în spatele titlului său un om plin de importanţă, dar vedea un om stânjenit de însemnătatea postului său. Mosca îi promise că va face să-i parvină toate informaţiile din Franţa pe care va putea să le obţină; la Milano, lucrul acesta era o mare indiscreţie în luna care preceda Waterloo. Era vorba atunci, pentru Italia, de a fi sau a nu fi; toată lumea trăia într-o aşteptare încordată, spera sau se temea. În mijlocul acestei frământări generale, contesa făcu săpături, puse întrebări în dreapta şi-n stânga, căutând să afle cât mai multe despre omul acesta care

---

[42] Libertatea, felul nestânjenit (în lb. it.).

vorbea fără nici o reținere despre un post atât de râvnit și care era și singura lui sursă de venit.

Lucruri curioase și de o ciudățenie vrednică de tot interesul îi fuseră aduse la cunoștință doamnei Pietranera: contele Mosca della Rovere Sorezana, i se spuse, este pe punctul să devină prim-ministru și favorit declarat al lui Ranucio-Ernest al IV-lea, suveran absolut al Parmei și, pe deasupra, unul dintre cei mai bogați principi din Europa. Contele ar fi ajuns deja în această funcție supremă, dacă ar fi acceptat să adopte o atitudine mai serioasă; se spunea că principele îl dăscălea, adesea, în această privință.

— Ce-i pasă Alteței Voastre cum mă port, răspundea el slobod la gură, dacă-mi fac bine datoria?

Fericirea acestui favorit, se mai spunea, nu era lipsită de spini. Trebuia să fie pe placul unui suveran, om cu bun-simț și om de spirit, desigur, dar care, de când dobândise puterea absolută, părea să-și fi pierdut capul, fiind încercat, de pildă, de bănuieli demne de o muierușcă.

Ernest al IV-lea era curajos doar pe câmpul de luptă. Fusese văzut, în focul atâtor bătălii, cum conducea o coloană la atac, ca un brav conducător de oști; dar, după moartea tatălui său Ernest al III-lea, acesta, întors acasă, unde, din nefericire pentru el, fusese învestit cu o autoritate fără limite, începu să tune și să fulgere împotriva liberalilor și a libertății. Curând, i se năzări că supușii săi îl urăsc; în sfârșit, într-un moment de proastă dispoziție, osândi la spânzurătoare doi liberali, prea puțin vinovați, poate, îndemnat de un mizerabil pe nume Rassi, un soi de ministru de justiție.

Din clipa aceea fatală, viața principelui n-a mai fost aceeași; e torturat de bănuielile cele mai bizare. Încă nu a împlinit cincizeci de ani, dar frica l-a șubrezit în asemenea măsură, dacă se poate spune astfel, încât, cum pomenește de iacobini și de proiectele comitetului director de la Paris, capătă înfățișarea unui bătrân de optzeci de ani, bântuit de spaimele închipuite ale primei copilării. Favoritul său, Rassi, procuror general (sau mare judecător), n-are putere decât întreținând frica stăpânului lui și, de îndată ce simte că nu mai are trecere, se grăbește să-și recapete influența descoperind o nouă conspirație, dintre cele mai sumbre și mai iluzorii. Treizeci de imprudenți se reunesc ca să citească un număr din *Constituționalul*. Rassi îi declară conspiratori și îi trimite sub pază în acea faimoasă fortăreață a Parmei, spaima întregii Lombardii. Cum este foarte înaltă, de o sută optzeci de picioare, se spune, se zărește de departe în mijlocul acestei câmpii imense, iar aspectul închisorii, despre care se povestesc lucruri oribile, o face să fie, prin groaza ce o inspiră, regina întregii întinderi dintre Milano și Bolognia.

— Vă vine să credeți? îi spunea contesei un alt călător, că noaptea, la al treilea cat al palatului său, vegheat de optzeci de santinele care, din sfert în sfert de ceas, răcnesc o frază întreagă, Ernest al IV-lea tremură în odaia lui. Toate ușile sunt ferecate cu zece zăvoare, toate încăperile din jur, atât deasupra, cât și cele de dedesupt, sunt pline de soldați, și tot i-e frică de iacobini. Dacă vreo șipcă din parchet scârțâie, sare ca ars și-și înșfacă pistoalele, crezând că sub patul lui stă ascuns un liberal. De îndată, toate soneriile din palat încep să zbârnâie și un aghiotant se duce să-l trezească pe contele Mosca. Ajuns la castel, ministrul de poliție se abține să nege conspirația, din contră, singur cu principele și înarmat până-n dinți, cercetează toate ungherele apartamentului, caută pe sub paturi, într-un cuvânt, se dedă la o mulțime de acțiuni ridicole, vrednice de o bătrânică. Toate aceste măsuri de precauție i s-ar fi părut absolut degradante însuși principelui, în vremurile fericite în care se războia cu dușmanii și nu omorâse pe nimeni, decât pe câmpul de luptă. Cum nu e prost deloc, îi e rușine de aceste manevre; i se par caraghioase chiar în momentul în care recurge la ele, iar sursa imensului credit de care se bucură contele Mosca stă tocmai în felul în care face uz de întreaga lui abilitate, pentru ca principele să nu aibă vreodată de ce să roșească în prezența lui. El, Mosca, este acela care, în calitatea sa de ministru al poliției, insistă să se cotrobăie bine pe sub toate mobilele și, se spune la Parma, până și în cutiile contrabasurilor.

Iar principele este acela care se opune şi-şi ia peste picior ministrul pentru scrupulozitatea lui excesivă. „Este un pariu pe care l-am făcut, îi răspunde contele Mosca: gândiţi-vă la tot acel munte de sonete satirice sub care ne-ar îngropa iacobinii, dacă am lăsa să fiţi asasinat. Nu apărăm doar viaţa dumneavoastră, ci şi onoarea noastră". Dar se pare că principele se lasă păcălit doar pe jumătate, căci, dacă cineva, în oraş, îndrăzneşte să spună că în ajun cei de la castel au petrecut o noapte albă, procurorul general Rassi îl şi trimite pe autorul aceste glume proaste la fortăreaţă; şi, odată ajuns acolo, *la cucurigu*, cum spun cei din Parma, numai printr-un miracol şi-ar mai putea aduce aminte cineva de prizonier. Doar pentru că este militar de carieră, iar în Spania s-a salvat de douăzeci de ori din ambuscade cu pistolul în mână, principele îl preferă pe contele Mosca lui Rassi, deşi acesta e mult mai flexibil şi cu capul plecat. Soarta nefericiţilor prizonieri din fortăreaţă este pentru toată lumea o taină de nepătruns, aşa că pe socoteala lor se îndrugă verzi şi uscate. Liberalii pretind că, potrivit unei farse puse la cale cu cruzime de Rassi, temnicerii şi duhovnicii au primit ordinul de a-i convinge pe deţinuţi că, aproape în fiecare lună, unul dintre ei este trimis la moarte. În ziua aceea, întemniţaţilor le este permis să urce pe esplanada uriaşului turn, la o sută optzeci de picioare înălţime, şi de acolo să asiste la defilarea unui cortegiu în frunte cu spionul care joacă rolul amărâtului ce-şi trăieşte ultimele clipe.

Poveştile acestea şi alte douăzeci de acelaşi gen şi a căror autenticitate nu era mai mică o interesau profund pe contesă; a doua zi, îl descosea cu deamănuntul pe contele Mosca, îi cerea detalii, se distra copios pe seama lui. Îl găsea amuzant şi îi declara că, fără să-şi dea seama, este un monstru. Într-o zi, întorcându-se la hanul lui, contele îşi spuse: „Nu numai că această contesă Pietranera este o femeie încântătoare, dar, când îmi petrec seara în loja ei, reuşesc să uit anumite lucruri din Parma, a căror amintire îmi frânge inima". „Ministrul acesta, deşi lăsa impresia că nu ia viaţa în serios şi nu are altă grijă decât să orbească cu strălucirea lui societatea în care se afla, nu avea un suflet *à la française*, nu ştia *să-şi uite* supărările. Când avea la căpătâi un spin, era silit să-l frângă sau să-l tocească, înţepându-şi membrele ce-i zvâcneau". Cer iertare pentru fraza aceasta tradusă din italiană. A doua zi după această descoperire, contele găsi că, în ciuda treburilor pentru care venise la Milano, ziua i se părea nesfârşită; nu avea astâmpăr şi îşi istovi caii de la trăsură. Pe la şase seara, încălecă pentru a se duce spre *Corso*, căci nutrea oarecare speranţe de a o întâlni acolo pe doamna Pietranera; nu dădu de ea, aşa că îşi aduse aminte că la orele opt se deschidea Teatrul Scala. „Este posibil, îşi spuse el, ca la patruzeci şi cinci de ani împliniţi să fac nebunii de care ar roşi chiar şi un locotenent?" Din fericire, nimeni nu bănuia nimic. O şterse şi încercă să-şi piardă vremea plimbându-se pe străzile atât de frumoase din vecinătatea Scalei. De-a lungul lor sunt înşirate o mulţime de cafenele care, la ceasul acela, erau pline ochi; în faţa fiecăreia dintre ele, o puzderie de curioşi, aşezaţi comod pe scaune, în mijlocul străzii, se delectează cu câte o îngheţată şi bârfesc trecătorii. Contele era un trecător care nu putea scăpa neobservat; aşa că avu plăcerea să fie recunoscut şi acostat. Trei sau patru inoportuni, dintre aceia care nu pot fi repeziţi, profitară de această ocazie, ca să fie ascultaţi de un ministru atât de influent. Doi dintre ei îi înmânară petiţii; al treilea se mulţumi să-i dea sfaturi foarte lungi în ceea ce priveşte conduita sa politică.

„Nu dormi, îşi spuse el, când eşti atât de inteligent; nu te plimbi, când eşti atât de puternic". Se întoarse la teatru şi avu ideea de a închiria o lojă în rândul al treilea; de acolo, privirea sa se putea îndrepta, fără a fi remarcată de nimeni, spre loja din rândul al doilea, unde spera să o vadă sosind pe contesă. Două ceasuri grele de aşteptare nu i se părură prea lungi acestui îndrăgostit; sigur că nu poate fi văzut, se lăsa fericit în voia nebuniei sale. „Bătrâneţea, îşi spunea el, nu înseamnă, înainte de toate, să nu mai fii capabil de toate aceste copilării delicioase?"

În sfârşit, contesa apăru. Înarmat cu lorneta sa şi îmbătat de pasiune, o examina entuziasmat. „Tânără, strălucitoare, uşoară ca o pasăre, îşi spunea el, nu are nici douăzeci şi cinci de ani.

Frumusețea este cel mai neînsemnat dar al său — unde în altă parte poți găsi un suflet ca al ei, întotdeauna sincer, fără să acționeze vreodată *cu prudență*, care se lasă condus în întregime de impresiile de moment, care nu-și dorește decât să fie veșnic purtat spre altceva? Înțeleg nebuniile contelui Nani".

Contele găsea motive excelente pentru a fi nebun, atâta vreme cât nu se gândea decât la cucerirea fericirii ce-i stătea sub ochi. Dar nu descoperea unele la fel de bune atunci când lua în considerare vârsta la care ajunsese și grijile, uneori încărcate de tristețe, de care-i era plină viața. „Grație unui om abil, căruia frica i-a luat mințile, am situație frumoasă și mulți bani; dar dacă mâine mă zvârle afară, rămân bătrân și sărac, adică tot ce e mai vrednic de dispreț pe lumea asta; halal personaj de oferit contesei". Gândurile astea erau prea negre, așa că reveni la doamna Pietranera; nu se mai sătura s-o soarbă din priviri și, ca să se poată gândi mai bine la ea, nu se îndura să coboare în loja ei. „După cum tocmai mi s-a spus, nu și l-a luat pe Nani decât pentru a-i face în ciudă imbecilului de Limercati, care n-a vrut în ruptul capului să-l străpungă el cu sabia pe asasinul soțului ei sau să pună pe careva să-i dea o lovitură de pumnal. M-aș bate de douăzeci de ori pentru ea!" striga cu patimă. Se uita în fiecare clipă la orologiul teatrului care, cu cifrele lui strălucitoare, detașându-se pe un fond negru, avertiza, din cinci în cinci minute spectatorii că le este permis să intre într-o lojă prietenă. Contele își spunea: „N-o să zăbovesc mai mult de o jumătate de ceas în loja ei; sunt o cunoștință mult prea recentă, dacă depășesc măsura, voi atrage atenția și, datorită vârstei mele și mai ales mulțumită acestui blestemat de păr pudrat, aș arăta la fel de seducător precum Cassandre[43]".

Dar un gând neașteptat îl făcu să-și ia, în sfârșit, inima în dinți: „Dacă va pleca în vizită în altă lojă, asta ar fi o răsplată grozavă pentru zgârcenia cu care îmi drămuiesc această plăcere". Se ridică, gata să descindă în loja în care se zărea contesa, când,

---

[43] Personaj din comedia italiană, bătrân și ridicol.

deodată, aproape că nu mai avu chef să coboare acolo. „Ah! Frumos îți mai stă, strigă, râzând de el însuși, și se opri pe trepte. Ăsta-i un moment de veritabilă timiditate! De douăzeci și cinci de ani nu ai mai pățit așa ceva!"

Intră cu greu în lojă, aproape că trebui să facă un efort pentru a se convinge să pătrundă acolo și, profitând ca un om de spirit de starea în care se afla, nu căută defel să se arate dezinvolt sau spiritual, avântându-se în cine știe ce poveste amuzantă, ci, dimpotrivă, avu curajul să se arate timid și își folosi inteligența pentru a lăsa să i se ghicească tulburarea, fără a cădea în ridicol. „Dacă mă înțelege greșit, sunt pierdut pe vecie! Cum? Timid, cu părul ăsta acoperit de pudră și care, fără ajutorul acesteia, ar arăta cărunt? Dar, în sfârșit, asta e, așa că nu am de ce să fiu caraghios, decât dacă întrec măsura sau mă fălesc cu sfiala mea". Contesa se plictisise de atâtea ori la castelul din Grianta față-n față cu figurile pudrate ale fratelui, nepotului și ale altor câtorva vecini de-o teapă cu ei, fără sare și piper și lingăi pe deasupra, că nici nu-i trecu prin cap să acorde atenție coafurii noului ei adorator.

Inteligența contesei o feri ca o pavăză de un eventual acces de hilaritate la apariția contelui în pragul lojii; se arătă preocupată doar de știrile din Franța, pe care Mosca i le prezenta întotdeauna în particular — fără îndoială născocea.

Discutându-le cu el, ea îi remarcă în acea seară privirea, frumoasă și bună.

— Îmi închipui, îi spuse, că la Parma, în mijlocul sclavilor tăi, nu ai privirea asta blândă, asta ar strica totul și le-ar da o oarecare speranță că nu vor fi spânzurați.

Lipsa totală de ifose la un om care trecea drept primul diplomat al Italiei i se păru contesei un lucru deosebit; găsi, chiar, că avea farmec. În sfârșit, cum vorbea bine și inspirat, nu se arătă șocată că el socotise de cuviință să joace pentru o seară, și fără consecințe, rolul de curtezan.

Fu un pas mare de făcut și tare primejdios: din fericire pentru ministru, care, la Parma, nu avea de înfruntat cruzimea femeilor, contesa sosise de puțină vreme de la Grianta; mintea ei era încă ruginită de plictiseala traiului campestru. Uitase, parcă, să glumească; și toate lucrurile acestea care țineau de un mod de viață elegant și lejer căpătaseră în ochii ei un soi de aură de noutate care le făcea să fie sacre; nu era dispusă să-și bată joc de nimeni și de nimic, nici măcar de un îndrăgostit de patruzeci și cinci de ani și timid. Opt zile mai târziu, temeritatea contelui ar fi putut avea parte de o cu totul altă primire.

La Scala, există obiceiul de a avea grijă ca aceste mici vizite ce se fac dintr-o lojă în alta să nu dureze mai mult de douăzeci de minute; contele își petrecu întreaga seară în aceea în care avusese bucuria de a întâlni pe doamna Pietranera. „Este o femeie, își spunea el, care mă face să fiu din nou tânăr și nebun!" Dar simțea foarte bine pericolul. „Calitatea mea de pașă atotputernic la patruzeci de leghe de aici va face să-mi fie iertată această prostie? Mă plictisesc atât de tare la Parma!" Totuși, din sfert în sfert de ceas, își făgăduia să plece.

— Trebuie să mărturisesc, doamnă, îi declară el râzând contesei, că la Parma mor de plictiseală, și trebuie să-mi fie îngăduit să mă îmbăt de plăcere atunci când îmi iese în drum. Așa că, fără urmări și doar pentru o seară, îngăduie-mi să joc, pe lângă tine, rolul de îndrăgostit. Vai! Peste doar câteva zile voi fi departe de loja aceasta care mă face să uit de toate necazurile și chiar, vei spune tu, de orice urmă de politețe.

Opt zile după această vizită de pomină în loja de la Scala și în urma unor incidente a căror relatare ar putea părea, poate, fastidioasă, contele Mosca era îndrăgostit lulea, iar contesa se gândea deja că vârsta unui bărbat nu trebuia să constituie o piedică dacă, de altfel, îl găsești atrăgător. Aici ajunseseră, când Mosca fu rechemat la Parma printr-un curier. S-ar fi zis că principelui lui îi era frică să stea singur. Contesa se întoarse la Grianta; întrucât imaginația ei nu îl mai împodobea, locul acesta frumos i se părea pustiu. „Să mă fi atașat de omul acesta?" Mosca îi scrise și nu avu nimic de adăugat, căci absența îi secase izvorul tuturor gândurilor; scrisorile sale erau amuzante și, printr-o mică ciudățenie ce nu fu rău primită, pentru a evita comentariile marchizului del Dongo, care bombănea ori de câte ori avea de plătit taxe pentru transportul scrisorilor, trimitea curieri care le aduceau pe ale sale la poşta din Como, Lecco, Varese sau din cele mai mici şi încântătoare oraşe din împrejurimile lacului. Asta în încercarea de a obţine ca acelaşi curier să-i aducă şi răspunsul, ceea ce şi reuşi.

Curând, zilele în care sosea curierul deveniră adevărate evenimente pentru contesă; curierii aduceau flori, fructe, mici cadouri fără valoare, dar care o amuzau, ca şi pe cumnata ei. Amintirea contelui se amesteca cu ideea deosebitei lui puteri; contesa devenise curioasă în legătură cu tot ceea ce se spunea pe socoteala lui — chiar şi liberalii îi omagiau calităţile.

Principalul fapt care-i umbrea contelui reputaţia era acela că trecea drept şeful partidului *ultra* la curtea din Parma, în vreme ce partidul liberal avea în fruntea sa o intrigantă capabilă de orice — chiar şi să reuşească — marchiza Raversi, putred de bogată. Principele era cât se poate de atent ca, dintre acestea două, să nu descurajeze niciodată gruparea politică ce nu se afla la putere; ştia prea bine că stăpânul va fi întotdeauna el, chiar şi cu un ministru recrutat din salonul doamnei Raversi. Se dădeau la Grianta o mulţime de detalii în legătură cu aceste intrigi. Absenţa lui Mosca, pe care toată lumea îl prezenta ca pe un ministru de prima mână şi ca pe un om de acţiune, îi permitea contesei să nu se mai gândească la părul lui pudrat, simbol a tot ce este lent şi trist; era un amănunt lipsit de importanţă, una dintre obligaţiile de la curte, unde, de altfel, juca un rol atât de însemnat. „O curte, îi spunea contesa marchizei, este un lucru ridicol, dar amuzant; este un joc captivant, dar căruia trebuie să-i accepţi regulile. Cine s-a gândit vreodată să protesteze împotriva ridicolului regulilor whist[44]-ului? Şi totuşi, odată ce te obişnuieşti cu ele, este o plăcere să-ţi încui adversarul şi să-l faci marţ".

Contesa se gândea adesea la autorul atâtor scrisori amabile; ziua în care le primea era o zi agreabilă; se urca în barca ei şi se

---

[44] Joc de cărţi.

ducea să le citească înconjurată de priveliștea de pe malul lacului, la *Pliniana*, la *Belano* sau în pădurea Sfondrata. Scrisorile acestea păreau să o consoleze un pic în ce privește absența lui Fabricio. Cel puțin, nu putea să-i refuze contelui să fie îndrăgostit de ea; nu trecuse încă o lună și se gândea la el cu o prietenie plină de tandrețe. Din partea lui, contele Mosca aproape că era de bună credință când se oferea să-și dea demisia, să părăsească ministerul și să vină să trăiască împreună cu ea la Milano sau aiurea. „Am patru sute de mii de franci, adăuga el, ceea ce înseamnă o rentă de cincisprezece mii de livre". „Din nou o lojă, din nou cai și altele!" își spunea contesa; erau niște visuri plăcute. Se simțea din nou subjugată de frumusețea sublimă a personajelor de pe lacul Como. Se ducea să viseze pe malurile lui la această întoarcere la o viață strălucitoare și deosebită care, în ciuda tuturor aparențelor, redevenea posibilă pentru ea: se vedea pe Corso, la Milano, fericită și veselă, ca pe vremea viceregelui. „Tinerețea sau, cel puțin, viața activă ar reîncepe pentru mine!"

Uneori, imaginația ei aprinsă îi ascundea lucrurile, dar niciodată nu se amăgea cu bună știință, așa cum fac firile lașe. Era, îndeosebi, o femeie sinceră cu ea însăș: „Dacă sunt puțin cam în vârstă ca să mai fac nebunii, își spunea ea, pizma, care, ca și dragostea, își face iluzii, ar putea să-mi otrăvească șederea la Milano. După moartea soțului meu, sărăcia mea nobilă a avut succes, ca și refuzul a două mari averi. Bietul meu mic conte Mosca n-are nici a douăzecea parte din opulența pe care mi-o așterneau la picioare cei doi nerozi, Limercati și Nani. Pensia amărâtă de văduvă obținută cu atâtea eforturi, slujitorii concediați, vâlva stârnită, chițimia de la catul al cincilea, care aduna douăzeci de calești în poartă, toate acestea alcătuiau, odinioară, un spectacol aparte. Dar aș trece prin momente dezagreabile, oricât de abilă aș fi, dacă, fără să am altă avere decât pensia de văduvă, m-aș întoarce să trăiesc la Milano în meschina bunăstare burgheză pe care ar putea să ne-o asigure cele 15 000 de livre care i-ar rămâne lui Mosca după demisia sa. O obiecție serioasă, pe care pizma ar transforma-o într-o armă teribilă, o reprezintă faptul că, despărţit de soţie de multă vreme, contele este căsătorit. Aşa că, adio, frumosul meu teatru Scala! Adio, divinul meu lac Como".

În ciuda tuturor acestor previziuni, dacă ar fi avut cea mai mică avere, contesa ar fi acceptat oferta de demisie a lui Mosca. Se credea o femeie în vârstă şi se temea de dragoste; dar, ceea ce ar părea de neînchipuit de partea aceasta a Alpilor era că Mosca şi-ar fi dat demisia fără nici o umbră de regret. Cel puţin, acesta era lucrul de care izbuti să o convingă pe contesă. În toate epistolele lui, solicită cu o fervoare mereu în creştere o a doua întrevedere la Milano, care i se acordă. „Dacă ţi-aş jura că simt pentru tine o pasiune nebună, îi spuse într-o zi contesa, la Milano, ar însemna să te mint; aş fi nespus de fericită să pot iubi astăzi, la treizeci de ani, cu aceeaşi patimă ca odinioară, la douăzeci! Dar am văzut năruindu-se atâtea lucruri pe care le credeam eterne! Simt pentru tine cea mai tandră prietenie, încrederea mea în tine este nemăsurată şi, dintre toţi bărbaţii, tu eşti acela pe care îl prefer". Contesa se credea perfect sinceră; totuşi, spre sfârşit, declaraţia aceasta conţinea un mic neadevăr. Poate, dacă ar fi vrut, Fabricio ar fi domnit singur în inima ei. Dar, în ochii contelui Mosco, Fabricio era doar un copil; ajuns la Milano la trei zile după plecarea tânărului fără minte la Novarra, se grăbi să se ducă să vorbească în favoarea lui baronului Binder. Contele credea că, pentru cei exilaţi, nu există nici un remediu.

Nu plecase singur la Milano, îl avea în trăsură pe ducele Sanseverina-Taxis, un bătrânel mic şi drăgălaş de şaizeci şi opt de ani, încărunţit, foarte politicos, foarte manierat, colosal de bogat, dar nu suficient de nobil. Bunicul său fusese acela care făcuse milioane în calitate de persoană care avea, prin funcţia sa, monopolul perceperii impozitelor pe venituri în statul Parma. Tatăl său reuşise să fie numit ambasador al prinţului Parmei ca o consecinţă a următorului raţionament:

— Alteţa voastră îi dă 30 000 de franci trimisului ei la curtea ***, din care acesta de-abia dacă se descurcă, reprezentându-vă cât se poate de modest. Dacă binevoieşte să mă numească pe mine în postul acesta, aş accepta un salariu de 6 000 de franci.

Cheltuielile mele la curtea din *** nu vor coborî niciodată sub o sută de mii pe an, iar intendentul meu va depune în fiecare an 20 000 de franci la casa Afacerilor Străine ale Parmei. Cu suma aceasta, veți putea aduce pe lângă mine orice secretar de ambasadă veți dori, iar eu nu mă simt în nici un fel ofensat că sunt ținut departe de secretele diplomatice, dacă vor exista. Țelul meu este să dau strălucire numelui meu, încă necunoscut, printr-o funcție importantă în stat.

Actualul duce, fiul acelui ambasador, avusese stângăcia de a se arăta pe jumătate liberal și, de doi ani, era disperat. În timpul lui Napoleon, pierduse două-trei milioane, ca urmare a încăpățânării sale de a rămâne în străinătate și, cu toate acestea, de la restabilirea ordinii în Europa, nu reușise să obțină o anume decorație importantă ce împodobea portretul tatălui său; lipsa râvnitei medalii îl făcea să se stingă pe picioare.

În Italia, îndrăgostiții ajung într-un asemenea stadiu de intimitate, încât obstacolul orgoliului dispare. Așa că Mosca îi spuse cât se poate de firesc femeii pe care o adora:

— Am să-ți ofer două sau trei planuri în ceea ce privește viitorul nostru, toate destul de bine înjghebate; de trei luni încoace, nu visez decât la asta:

1. Îmi dau demisia și trăim ca doi adevărați burghezi la Milano, Florența, Neapole, unde vrei tu. Avem o rentă de cincisprezece mii de livre, indiferent de bunăvoința principelui, ce va dura mai mult sau mai puțin.

2. Accepți să vii în țara în care mă bucur de oarecare influență și cumperi un domeniu, *Sacca*, de exemplu, o reședință încântătoare, în mijlocul unei păduri ce domină cursul Padului; poți avea contractul de vânzare semnat în opt zile. Principele te va primi la curtea lui. Dar aici se ivește o mare piedică. Vei fi bine primită la acea curte; nimeni nu-și va îngădui să sufle în fața mea; de altfel, principesa se credea nefericită și i-am făcut, recent, câteva servicii, gândindu-mă la tine. Dar trebuie să-ți spun că există o mare problemă: principele este habotnic, iar eu, după cum bine știi, sunt cât se poate de căsătorit. De aici, un milion

de mici neplăceri. Tu eşti văduvă, un titlu frumos ce ar trebui schimbat cu un altul, şi tocmai acesta constituie obiectivul celei de-a treia propuneri pe care ţi-o fac.

S-ar putea găsi un nou soţ, deloc stânjenitor. Dar, în primul rând, ar trebui să fie foarte înaintat în vârstă, căci, de ce mi-ai refuza speranţa de a-l putea înlocui într-o bună zi? Ei bine! Am încheiat această ciudată afacere cu ducele Sanseverina-Taxis care, bineînţeles, nu ştie numele viitoarei ducese. Ştie doar că ea îl va face ambasador şi îi va dărui o mare decoraţie ce i-a fost conferită tatălui său şi a cărui lipsă îl face cel mai nenorocit om din lume. Altfel, ducele nu e cu totul imbecil: îşi comandă hainele şi perucile la Paris. Nu este deloc un om rău intenţionat, crede în modul cel mai serios cu putinţă că onoarea constă în a deţine o anume panglică şi îi este ruşine de averea lui. Cu un an în urmă, a venit să-mi propună să fondeze un spital, ca să câştige acea panglică; am râs de el, dar el nu a râs de mine când i-am propus o căsătorie. Prima mea condiţie a fost, se subînţelege, ca niciodată să nu mai calce prin Parma.

— Dar eşti conştient că ceea ce îmi propui este cu desăvârşire imoral? răspunse contesa.

— Cu nimic mai imoral decât ceea ce se face la curtea noastră şi la alte douăzeci. Puterea absolută are avantajul comod că sanctifică totul în ochii supuşilor; or, ce înseamnă să cazi în ridicol, dacă nimeni nu vede?

În următorii douăzeci de ani, politica noastră va consta în frica faţă de iacobini, şi ce mai frică! În fiecare an de-acum înainte, ne vom crede în ajunul lui '93. Vei asculta, sper, discursurile mele înălţătoare pe această temă, la recepţiile pe care le dau! E un spectacol de toată frumuseţea! Tot ceea ce va putea diminua un pic această frică va fi *absolut moral* în ochii nobililor şi bigoţilor. Şi, cum la Parma toată suflarea care nu este nobilă sau bigotă se află în închisoare sau îşi face bagajele să intre acolo, fii ferm convinsă că această căsătorie nu va părea ciudată la noi, decât în ziua în care voi cădea în dizgraţie. Aranjamentul acesta nu este o escrocherie, nimeni nu înşală pe nimeni, iată esenţialul, după părerea mea. Principele, a cărui protecţie este pentru noi o profesie și o marfă, a pus o singură condiție ca să-și dea consimțământul, ca viitoarea ducesă să fie de neam nobil. Anul trecut, postul meu mi-a adus, după toate socotelile, o sută șapte mii de franci; venitul meu trebuie să fi atins în total cifra de o sută cincizeci și două de mii; douăzeci de mii i-am depus la Lyon.

Ei, bine! Alege:

1. o viață pe picior mare, bogată, cu acești o sută douăzeci de mii de franci bani de cheltuială care, la Parma, fac cel puțin cât patru sute de mii la Milano; dar, cu această căsătorie prin care vei lua numele unui om acceptabil, pe care nu-l vei vedea decât o singură dată, la altar;

2. sau meschina existență burgheză cu cincisprezece mii de franci, la Florența sau Neapole, căci sunt întru totul de acord cu tine, prea ai fost admirată la Milano și vei fi persecutată, din invidie; poate că asta ar reuși în cele din urmă să ne irite.

Viața pe picior mare de la Parma va avea, sper, câteva nuanțe noi pentru tine, chiar dacă ochii tăi au văzut curtea principelui Eugen; ar fi cât se poate de înțelept din partea ta să o cunoști, înainte de a ni se trânti ușa în nas. Să nu crezi că încerc să te influențez. În ceea ce mă privește, m-am hotărât de mult: mai bine cu tine la catul al patrulea, decât bogat și singur.

Posibilitatea acestei stranii căsătorii fu dezbătută zilnic de cei doi îndrăgostiți. Contesa îl văzu, la balul Scalei, pe ducele Sanseverina-Taxis, care i se păru cât se poate de prezentabil. Într-una din ultimele lor conversații, Mosca rezumă astfel propunerea sa: „Trebuie să ne decidem, dacă vrem să ne petrecem restul vieții veseli și bine dispuși și dacă nu vrem să îmbătrânim înainte de vreme. Principele și-a dat aprobarea; Sanseverina este un personaj mai degrabă convenabil; posedă cel mai frumos palat din Parma și o avere imensă; are șaizeci și doi de ani și o pasiune nebună pentru marele ordin. Dar o mare pată i-a umbrit viața; a cumpărat odinioară, cu zece mii de franci, un bust al lui Napoleon, de Canova[45]. Al doilea păcat care îl va ucide, dacă nu îi vei veni în ajutor, este că i-a împrumutat douăzeci și cinci de napoleoni lui

---

[45] Sculptor italian (1757-1822).

Ferrante Palla, un nebun de pe meleagurile noastre, dar, într-o oarecare măsură, un geniu pe care, de atunci, l-am condamnat la moarte, din fericire în contumacie. Acest Ferrante n-a scris în toată viaţa lui decât două sute de versuri, dar versurile acestea sunt inegalabile; o să ţi le recit, sunt la fel de frumoase precum ale lui Dante. Principele îl trimite pe Sanseverina la curtea din \*\*\*, te ia de nevastă în ziua plecării şi, în cel de-al doilea an al călătoriei sale, căreia el îi va spune ambasadă, primeşte panglica fără de care nu concepe să trăiască. Vei avea în el un frate care nu-ţi va crea nici o neplăcere, va semna dinainte toate actele pe care i le voi pune în faţă; de altfel, îl vei vedea puţin sau deloc, după cum vei dori. Nu are nimic împotrivă să nu se arate deloc în Parma, unde bunicul lui perceptorul şi aşa-zisul său liberalism îl împiedică să-şi atingă scopul. Dimpotrivă, lucrul acesta îi convine de minune. Rassi, călăul nostru, pretinde că ducele a fost abonat în secret la *Constituţionalul*, prin intermediul lui Ferrante Palla, poetul, şi această calomnie a fost multă vreme un obstacol serios în ceea ce priveşte consimţământul principelui.

De ce ar fi oare vinovat istoricul care urmează întocmai, fără să omită nici cele mai mici detalii, firul povestirii? E vina lui dacă personajele, seduse de pasiuni pe care, din nefericire pentru el, nu le împărtăşeşte, se afundă în acţiuni profund imorale? Este adevărat că astfel de lucruri nu se mai fac într-o ţară în care unica pasiune ce a supravieţuit tuturor celorlalte este banul, instrument al vanităţii.

La trei luni după evenimentele relatate aici, ducesa Sanseverina-Taxis stârnea uimirea curţii din Parma prin amabilitatea şi bunăvoinţa ei, ca şi prin nobila seninătate a spiritului; casa era, fără termen de comparaţie, cea mai agreabilă din oraş. Se întâmplă ceea ce, de altfel, contele Mosca îi făgăduise stăpânului său — Ranucio-Ernest al IV-lea, principele domnitor, şi soţia sa, principesa, cărora le fu prezentată de două dintre cele mai de seamă doamne ale ţării, îi făcuseră ducesei o primire cu totul deosebită. Ducesa era curioasă să-l cunoască pe acest principe de care depindea soarta omului pe care îl iubea — ţinu cu tot dinadinsul să-i placă și reuși prea mult. Întâlni un bărbat înalt, dar cam greoi; părul, mustața, favoriții uriași erau de un blond frumos, după părerea curtenilor lui; în altă parte ar fi stârnit, din pricina culorii lor șterse, infama comparație cu niște fire de cânepă. În mijlocul unei fețe grosolane, se ițea, mic de tot, un nas aproape ca de femeie. Dar ducesa descoperi că, departe de a-ți sări în ochi, toate aceste semne de urâțenie puteau fi observate numai după o cercetare atentă a înfățișării sale. În ansamblu, părea un om de spirit și înzestrat cu un caracter ferm. Ținuta principelui era departe de a-i conferi măreția la care te așteptai; de multe ori, voia să se impună în fața interlocutorului său și atunci i se întâmpla să se tulbure din senin și, încurcat, se muta întruna de pe un picior pe altul. Altfel, Ernest al IV-lea avea o privire care-ți pătrundea până în adâncul sufletului și te domina; gesturile brațelor aveau noblețe, iar cuvintele îi erau măsurate și concise.

Mosca o prevenise pe contesă că principele avea, în cabinetul cel mare în care primea în audiență, un portret în picioare al lui Ludovic al XIV-lea și o foarte frumoasă masă, opera lui Scagliola din Florența. Găsi că asemănarea era frapantă; evident, încerca să imite privirea și vorbirea plină de noblețe a lui Ludovic al XIV-lea[46], și se sprijinea de masa lui *Scagliola* în așa fel încât să arate ca Iosif al II-lea[47].

Se așeză aproape imediat după cuvintele adresate ducesei, cu scopul de a-i da ocazia de a se folosi de taburetul ce se cuvenea rangului ei. La curtea aceasta, doar ducesele, prințesele și soțiile granzilor de Spania aveau voie să stea jos fără să fie poftite — celelalte femei nu o puteau face fără permisiunea principelui sau a principesei; și, pentru a marca diferența între ranguri, persoanele acestea auguste aveau întotdeauna grijă să lase să se scurgă un scurt interval, înainte de a îngădui doamnelor neducese să ia

---

[46] Rege al Franței (1638-1715).
[47] Împărat al Sfântului Imperiu Roman de națiune germană, între anii 1780-1790.

loc. Ducesa aprecie că, în anumite momente, principele exagera imitându-l pe Ludovic al XIV-lea: de exemplu, în felul său de a surâde cu bunătate, dând capul pe spate.

Ernest al IV-lea purta un frac la modă, adus de la Paris; în fiecare lună i se trimiteau, din acest oraş pe care îl detesta, un frac, o redingotă şi o pălărie. Dar, printr-un bizar amestec de costumaţie, asortase la fracul acesta nişte pantaloni roşii, o pereche de ciorapi de mătase şi pantofi montanţi, un model aşa cum se vede azi numai în portretele lui Iosif al II-lea.

O primi pe doamna Sanseverina plin de bunăvoinţă, îi spuse vorbe spirituale şi fine; dar ea remarcă din partea lui o oarecare reţinere.

— Şi ştii de ce? o întrebă retoric contele Mosca, la întoarcerea de la audienţă. Pentru că Milano este un oraş mai mare şi mai frumos decât Parma. I-a fost teamă că, dacă ţi-ar fi făcut primirea la care mă aşteptam şi la care mă lăsase să sper, ar fi avut aerul unui provincial căzut în extaz în faţa strălucirii unei frumoase doamne sosite din capitală. Fără îndoială, mai este contrariat de un lucru pe care nu cutez să ţi-l spun: la curtea lui, principele nu vede nici o femeie care s-ar putea întrece cu tine în *frumuseţe*. Acesta a fost ieri-seară, la ora culcării, unicul subiect al conversaţiei lui cu Pernicio, primul său valet, cu care mă înţeleg foarte bine. Prevăd o mică revoluţie în eticheta curţii; cel mai mare duşman al meu la curtea aceasta este un idiot pe nume Fabio Conti, un general. Imaginează-ţi un apucat care n-a fost pe front decât, poate, cel mult o zi în viaţa lui şi care nu se dă în lături să imite ţinuta lui Frederic cel Mare[48].

Mai mult, ţine să reproducă nobila afabilitate a generalului Lafayette[49] şi asta pentru că este capul partidului liberal de aici (Dumnezeu ştie ce liberali mai sunt şi ăştia!).

— Îl cunosc pe Fabio Conti, spuse ducesa; am avut plăcerea să fac cunoştinţă cu el în apropiere de Como, se ciondănea cu jandarmii.

---

[48] Frederic al II-lea (1712-1786), rege al Prusiei.
[49] Marie-Joseph Lafayette (1757-1834), general şi om politic francez.

Și-i relată contelui micul episod de care cititorii poate că-și mai aduc aminte.

— Într-o bună zi vei afla, stimată doamnă, dacă mintea ta va reuși să pătrundă în labirintul etichetei noastre, că domnișoarele nu apar la curte decât după căsătorie. Ei bine, în ceea ce privește superioritatea Parmei asupra tuturor celorlalte orașe, principele este însuflețit de un patriotism atât de fierbinte, încât pun rămășag că va găsi un mijloc de a face să fie prezentată micuța Clelia Conti, fiica lui Lafayette al nostru. Este, pe legea mea, fermecătoare și era socotită încă acum opt zile cea mai frumoasă făptură de pe meleagurile principelui.

Nu știu, continuă contele, dacă ororile pe care dușmanii suveranului le-au publicat pe socoteala lui au ajuns până la Grianta; au făcut un monstru din el, un căpcăun. Adevărul este că Ernest al IV-lea este înzestrat cu o mulțime de mici virtuți și s-ar putea adăuga că, dacă ar fi fost invulnerabil ca Ahile, ar fi continuat să fie un suveran desăvârșit. Dar, într-un moment de plictiseală și de furie, și poate și pentru a-l imita întru câtva pe Ludovic al XIV-lea — care a poruncit să i se taie capul nu mai știu cărui erou al Frondei[50], care a fost descoperit trăind liniștit și ferit de ochii lumii pe un domeniu de lângă Versailles, la cincizeci de ani după Frondă —, a pus să fie spânzurați, într-o bună zi, doi liberali.

Se pare că acești imprudenți se întâlneau în anumite zile ca să-l vorbească de rău pe principe și să implore Providența să aducă ciuma la Parma, scăpându-i astfel de tiran. Cuvântul *tiran* a fost dovedit. Rassi a numit asta conspirație; a cerut osânda cu moartea și a obținut-o, iar execuția unuia dintre ei, contele L..., a fost atroce. Asta s-a întâmplat înainte de numirea mea. Din momentul acesta fatal, adaugă contele, coborând glasul, principele este cuprins de accese de frică dezonorante pentru un om, dar care sunt unica sursă a puterii de care dispun. Fără această frică suverană, aș fi considerat un om prea iute, prea aprig la curtea aceasta care

---

[50] Mișcare a nobilimii feudale franceze împotriva absolutismului, între anii 1648-1653.

abundă în imbecili. Îţi poţi imagina că, înainte de a se culca, principele se uită pe sub paturile din apartamentul său şi cheltuieşte un milion, ceea ce la Parma face cât patru milioane la Milano, ca să aibă o poliţie bună? Iar tu, doamnă ducesă, îl ai în faţa ta pe şeful acestei teribile poliţii. Datorită poliţiei, adică datorită fricii, am ajuns ministru de război şi de finanţe; şi cum ministrul de interne este şeful meu cu numele, având în vedere că poliţia intră în atribuţiile sale, am obţinut ca portofoliul acesta să fie dat contelui Zurla-Contarini, un imbecil care munceşte din zori până-n noapte şi care îşi oferă plăcerea de a întocmi douăzeci şi patru de rapoarte pe zi. Tocmai am primit în această dimineaţă unul pe care contele Zurla-Contarini a avut satisfacţia să scrie, cu propria lui mână, numărul 20715.

Ducesa Sanseverina fu prezentată tristei principese a Parmei, Clara-Paolina, care, pentru că soţul ei avea o metresă, (o femeie destul de drăguţă, marchiza Balbi), se credea cea mai nefericită fiinţă din lume, ceea ce făcuse din ea, poate, cea mai plicticoasă. Ducesa se pomeni în faţa unei femei foarte înalte şi foarte slabe, care nu împlinise încă treizeci de ani şi arăta de cincizeci. O figură cu trăsături regulate şi nobile, ce ar fi putut fi considerată — deşi un pic sluţită de ochii mari şi rotunzi, cu care nu vedea prea bine — frumoasă, dacă principesa nu ar fi fost atât de neglijentă cu ea însăşi. O primi pe ducesă cu o timiditate atât de evidentă, încât câţiva curteni, duşmani ai contelui Mosca, îndrăzniră să spună că principesa părea să fie cea prezentată, iar ducesa, suverana. Ducesa, surprinsă, aproape că-şi pierduse capul, nu ştia ce să mai spună ca să se aşeze pe o poziţie inferioară aceleia pe care prinţesa însăşi şi-o atribuise. Pentru a o face să-şi vină puţin în fire pe această sărmană principesă, în fond nu lipsită de isteţime, ducesa nu găsi nimic mai bun decât să înceapă şi să dezvolte o amplă disertaţie asupra botanicii. Principesa era realmente o savantă în acest domeniu; avea nişte sere de toată frumuseţea, cu o mulţime de plante tropicale. Ducesa, încercând pur şi simplu să iasă din încurcătură, o cuceri pe veci pe principesa Clara-Paolina, care, pe cât de timidă şi de tulburată se arătase la începutul audienţei, pe atât de în largul ei se simţi spre sfârşitul acesteia, în aşa fel încât, împotriva tuturor regulilor de protocol, această primă întrevedere nu dură nici mai mult, nici mai puţin de cinci sferturi de oră. A doua zi, ducesa trimise să i se cumpere plante exotice şi începu să se dea mare amatoare de botanică.

Principesa îşi petrecea viaţa în compania venerabilului părinte Landriani, arhiepiscopul de Parma, om de ştiinţă, om de spirit chiar şi un om cu desăvârşire onest, dar care oferea un spectacol neobişnuit când şedea în scaunul lui îmbrăcat în catifea stacojie (cuvenit funcţiei sale), vizavi de fotoliul prinţesei, înconjurată de doamnele de onoare şi de celelalte doamne de companie. Bătrânul prelat cu plete albe era încă şi mai timid — dacă se poate aşa ceva — decât principesa; se vedeau în fiecare zi şi toate audienţele debutau printr-o tăcere de un lung sfert de ceas. Din această pricină, contesa Alvizi, una dintre cele două doamne de companie, devenise un soi de favorită, pentru că avea arta de a-i încuraja să-şi vorbească şi de a-i face să rupă tăcerea.

Pentru a încheia şirul prezentărilor, ducesa fu primită de Alteţa sa serenisimă prinţul moştenitor, un personaj mai înalt decât tatăl său şi mai sfios decât mama sa. Era tare la mineralogie şi avea şaisprezece ani. Se înroşi ca un rac când o văzu pe ducesă intrând şi se fâstâci atât de tare, încât nu izbuti să găsească nici un cuvânt pe care să i-l adreseze acestei frumoase doamne. Era un tânăr foarte arătos şi-şi petrecea viaţa cutreierând pădurile, cu ciocanul în mână. În momentul în care ducesa se ridică pentru a pune capăt acestei audienţe tăcute, prinţul moştenitor strigă:

— Dumnezeule! Ce frumoasă sunteţi!

Ceea ce nu păru de prea prost gust doamnei prezentate.

Marchiza Balbi, tânără femeie de douăzeci şi cinci de ani, ar fi putut să treacă, înainte cu doi-trei ani de sosirea la Parma a ducesei Sanseverina, drept modelul desăvârşit de *frumuseţe italienească*. Avea şi acum cei mai frumoşi ochi din lume şi ştia să facă pe mironosiţa ca nimeni alta; dar, văzută de aproape, pielea ei era brăzdată de un număr infinit de riduri fine, care făceau din marchiză un soi de tânără bătrână. Admirată de la o anumită distanţă, de exemplu la teatru, în loja ei, era încă o frumuseţe; iar cei de la parter considerau că principele are foarte mult bun gust. Acesta îşi petrecea toate serile la marchiza Balbi, dar adesea fără să deschidă gura şi plictiseala pe care o citea pe faţa principelui o făcuse pe biata femeie să se sfrijească de tot. Se credea de o subtilitate fără margini şi surâdea mereu maliţios; avea cei mai frumoşi dinţi din lume şi, tam-nisam, fără nici un rost, voia să dea de înţeles, printr-un zâmbet şiret, că intenţionează de fapt să spună cu totul altceva decât spuneau vorbele ei. Contele Mosca era de părere că tocmai zâmbetele acestea prefăcute şi neîntrerupte, în vreme ce, în sinea ei căsca de plictiseală, îi provocaseră aceste zbârcituri. Doamna Balbi intra în toate afacerile şi Statul nu făcea nici măcar o tranzacţie de o mie de franci, fără ca marchiza să nu se aleagă cu o *amintire* (acesta era cuvântul convenit la Parma, în asemenea ocazii). Circula zvonul că ar fi depus şase milioane de franci la o bancă din Anglia, dar averea ei, recent dobândită într-adevăr, se ridica în realitate, la doar un milion cinci sute de franci. Tocmai pentru a se feri de şiretlicurile ei şi pentru a nu o scăpa din ochi, se făcuse contele Mosca ministru de finanţe. Singurul simţământ al marchizei era spaima, travestită într-o avariţie dezgustătoare. „O să mor *săracă-lipită*", îi declara ea din când în când principelui, pe care vorbele acestea îl scoteau din fire. Ducesa observă că anticamera strălucind de ornamente aurite a palatului doamnei Balbi era luminată doar de-o biată lumânare scurgându-se pe o masă de marmură scumpă, iar uşile salonului ei se înnegriseră de degetele lacheilor.

— M-a primit, îi mărturisi ducesa prietenului ei, ca şi cum ar fi aşteptat de la mine o pomană de cincizeci de franci.

Şirul succeselor ducesei fu un pic întrerupt de primirea pe care i-o făcu cea mai afurisită femeie de la curte, celebra marchiză Raversi, o intrigantă unsă cu toate alifiile, care se afla la cârma partidului rival celui al contelui Mosca. Dintotdeauna, încercase să-l înlăture de la putere pe conte, iar de câteva luni, devenise și mai înverșunată, întrucât, fiind nepoata ducelui Sanseverina, se temea ca nu cumva noua ducesă să-i sufle, cu farmecul ei, o parte din moștenire. „Raversi nu trebuie subestimată, îi spunea contele prietenei lui, sunt atât de convins că e în stare de orice, încât m-am despărțit de soția mea numai pentru că se încăpățâna să și-l ia de amant pe cavalerul Bentivoglio, unul dintre prietenii lui Raversi". Doamna aceasta, înaltă și cu înfățișare de bărbat, cu părul negru ca pana corbului, remarcabilă prin diamantele cu care se împodobea încă de la primele ore ale zilei și prin roșul aprins în care-și colora obrajii, se declarase dinainte dușmanul ducesei și, primind-o la ea, avu grijă să-i declare numaidecât război. În scrisorile pe care i le trimitea de la ***, ducele părea atât de încântat de ambasada lui și mai cu seamă de perspectiva obținerii mult râvnitei panglici, încât familia lui se temea să n-o treacă în testament și pe soția sa, pe care o copleșea cu mici daruri. Raversi, deși deloc frumoasă de felul ei, îl avea ca amant pe contele Baldi, cel mai arătos bărbat de la curte: era o femeie care, îndeobște, reușea în tot ceea ce întreprindea.

Ducesa își respecta rangul. Palatul Sanseverina fusese întotdeauna unul dintre cele mai falnice palate din Parma, iar acum, cu ocazia ambasadei și a viitorului mare ordin, ducele cheltuia sume însemnate de bani pentru a-i spori măreția; ducesa însăși supraveghea lucrările.

Contele avusese dreptate: la puține zile după prezentarea ducesei, fu adusă la curte tânăra Clelia Conti, devenită între timp călugăriță cu venit. Pentru a para lovitura pe care această favoare ar fi putut părea că o dă autorității contelui, ducesa, invocând pretextul inaugurării grădinii sale, dădu o petrecere la care, datorită manevrelor ei subtile, Clelia, pe care o numea „tânăra mea prietenă de la lacul Como", fu proclamată regina serii. Monograma ei apăru ca din întâmplare pe marile draperii din salon. Tânăra, deși cam cufundată în gândurile ei, își aminti cu plăcere de mica întâmplare de pe malul lacului, evocând-o cu recunoștință. Se spunea despre ea că este foarte credincioasă și foarte iubitoare de singurătate. „Pun rămășag, susținea contele, că are destulă minte ca să-i fie rușine cu tatăl ei". Ducesa făcu din această tânără prietena ei; se simțea atrasă de ea, nu voia să pară geloasă și o lua să o însoțească la toate sindrofiile la care se ducea; în sfârșit, tactica ei era să încerce să potolească orice vrajbă iscată în jurul contelui.

Totul îi surâdea contesei: se bucura de traiul la curtea aceasta unde veșnic pluteau norii amenințători ai furtunii și avea impresia că viața ei începe din nou.

Nutrea o afecțiune sinceră pentru conte care, literalmente, era beat de fericire. Starea aceasta deosebită îl făcu să dobândească un sânge rece desăvârșit în tot ceea ce privea cariera lui. Așa că, la doar două luni de la venirea ducesei, obținu funcția și onorurile de prim-ministru, foarte apropiate de acelea care se aduc suveranului însuși. Contele îi putea cere orice suveranului său și cetățenii Parmei aveau să se convingă curând de lucrul acesta.

La sud-est și la zece minute de oraș se înalță acea faimoasă citadelă, atât de renumită în Italia, al cărei turn masiv, înalt de o sută optzeci de picioare, se zărește de foarte departe. Turnul acesta, construit după modelul mausoleului lui Adrian[51], de către Farnese, nepotul papei Paul al III-lea[52], pe la începutul secolului al XVI-lea, este atât de gros, încât, pe esplanada din vârful lui au putut fi ridicate un palat pentru guvernatorul citadelei și o nouă închisoare, numită „turnul Farnese". Temnița aceasta, înălțată în cinstea fiului cel mare al lui Ranucio-Ernest al II-lea, ajuns neprețuitul amant al mamei sale vitrege, trece drept una dintre cele mai frumoase clădiri din întreg ținutul. Ducesa se arătă curioasă să o vadă; în ziua vizitei ei la Parma, era o căldură înăbușitoare, iar sus, la înălțimea aceea, era răcoare, puteai respira în voie; se simțea atât de bine, încât petrecu acolo mai multe ceasuri. Se grăbiră să-i deschidă sălile turnului Farnese.

---

[51] Împărat roman, între anii 117-138.

[52] Familie de nobili italieni, foarte cunoscută de la jumătatea secolului al XII-lea; Alessandro Farnese (1468-1549), ales papă în anul 1534.

Pe esplanadă, ducesa dădu peste un pârlit de liberal închis acolo, care venise să se bucure de jumătatea de oră de plimbare, ce-i era acordată din trei în trei zile. Întoarsă la Parma şi încă nedeprinsă cu acea discreţie indispensabilă la curtea unui despot, îşi dădu drumul la gură şi vorbi despre deţinutul care-i spusese toată povestea lui. Partidul marchizei Raversi prelua relatarea ducesei şi o răspândi în stânga şi-n dreapta, nădăjduind din tot sufletul că, ajunsă la urechile principelui, acesta va fi scandalizat de o asemenea încălcare a codului nescris al celor din preajma sa. Într-adevăr, Ernest al IV-lea repeta frecvent că esenţialul este să acţionezi asupra imaginaţiei oamenilor. „*Pe viaţă* este o vorbă mare, spunea el, iar în Italia are un defect mai puternic ca oriunde în altă parte"; în consecinţă, în viaţa lui nu acordase o graţiere. Opt zile după vizita sa la fortăreaţă, ducesa primi o sentinţă de comutare a pedepsei în alb, semnată de principe şi de ministru. Prizonierul al cărui nume urma să îl scrie ea avea să obţină restituirea averii şi permisiunea de a-şi petrece tot restul vieţii în America. Ducesa trecu numele deţinutului cu care vorbise. Din nenorocire, acesta era mai curând un nevolnic, o fire slabă; în urma mărturisirilor lui, fusese osândit la moarte vestitul Ferrante Palla.

Caracterul excepţional al acestei graţieri consfinţea trecerea de care începea să se bucure ducesa la curte. Nu numai că fusese acceptată, dar poziţia sa în societate era una deosebită. Contele Mosca era nebun de bucurie, era o perioadă frumoasă a vieţii lui şi acest lucru avu o influenţă decisivă asupra destinului lui Fabricio. Acesta se afla tot la Romagnano, în vecinătatea Novarei, spovedindu-se, vânând, necitind deloc şi făcând curte unei femei de viţă nobilă, conform instrucţiunilor primite. Ducesa continua să fie şocată de această ultimă condiţie. Un alt semn — care însă pentru conte nu însemna nimic — era faptul că, deşi ducesa era de o sinceritate totală cu el în absolut toate chestiunile, gândind cu glas tare în prezenţa lui, despre Fabricio nu-i vorbea niciodată decât după ce-şi cântărea bine cuvintele.

— Dacă doreşti, îi zise într-o zi contele, îi voi scrie drăgălaşului tău frate de pe malul lacului Como şi îl voi obliga pe acest marchiz del Dongo, cu un pic de efort din partea mea şi a amicilor mei din \*\*\*, să obţină iertarea drăgălaşului tău Fabricio. Dacă este adevărat, cum m-aş feri să mă îndoiesc, că Fabricio este niţeluş mai răsărit decât tinerii care îşi plimbă armăsarii englezeşti pe străzile din Milano, ce viaţă poate fi asta, la optsprezece ani — să nu faci nimic, nici acum, nici în perspectivă?

Dacă cerul i-ar fi hărăzit o pasiune autentică pentru orice, fie şi pentru pescuitul cu undiţa, i-aş respecta-o; dar ce-o să facă la Milano după ce va fi iertat? Va călări pe un cal adus din Anglia, la cutare oră, iar la altă oră, din lipsă de altceva mai bun, se va duce la amanta lui, pe care o va iubi mai puţin decât îşi va iubi calul. Dar, dacă îmi dai poruncă, voi încerca să-i obţin genul acesta de viaţă nepotului tău.

— Eu l-aş vrea ofiţer, declară ducesa.

— L-ai sfătui pe un suveran să-l numească într-un post care, într-o zi, s-ar putea dovedi de oarecare importanţă, pe un tânăr care:

1. este susceptibil de entuziasm;

2. şi-a arătat entuziasmul pentru Napoleon, într-atât încât a fost în stare să plece pentru a îngroşa rândurile armatei sale la Waterloo? Încearcă să-ţi imaginezi în ce situaţie am fi azi cu toţii, dacă Napoleon ar fi biruit la Waterloo! Nu am mai avea, într-adevăr, de ce să ne mai temem de liberali, dar suveranii din tată-n fiu n-ar mai putea domni decât căsătorindu-se cu fiicele mareşalilor săi. În felul acesta, cariera militară a lui Fabricio ar fi ca viaţa unei veveriţe într-o cuşcă ce se învârte: mult zbucium inutil. Ar avea durerea să se vadă lăsat în urmă de toţi plebeii ce se vor arăta ascultători. Cea mai de preţ însuşire a unui tânăr în ziua de azi, adică vreme de cincizeci de ani de acum încolo, atâta timp cât ne va fi frică şi religia nu va fi restabilită, poate, este să nu fie susceptibil de entuziasm şi să nu strălucească prin inteligenţă.

M-am gândit eu la ceva care, însă, la început te va face să-mi sari în cap; iar din partea mea, va cere eforturi infinite, şi nu doar o zi; este o nebunie pe care vreau să o fac pentru tine. Dar, spune-mi dacă ştii, ce nebunie n-aş face eu pentru un surâs de-al tău.

— Ei bine? spuse ducesa.

— Ei bine, am avut ca arhiepiscopi la Parma trei membri din familia voastră. Ascanio del Dongo, cel care scria, în 16..., Fabricio, în 1699, şi un al doilea Ascanio, în 1740. Dacă Fabricio vrea să accepte demnitatea de prelat şi să se distingă prin virtuţi de prim ordin, îl fac episcop pe undeva, iar apoi episcop aici, dacă, totuşi, influenţa mea durează. Există un mare semn de întrebare: voi rămâne ministru suficient timp pentru a duce până la capăt acest frumos plan pentru a cărui înfăptuire sunt necesari cel puţin câţiva ani? Principele poate să moară sau poate să aibă proasta inspiraţie să mă concedieze. Dar în sfârşit, este singura modalitate de a face pentru Fabricio ceva demn de tine.

Discutară îndelung: ideea aceasta îi displăcea profund contesei.

— Dovedeşte-mi din nou, îi ceru ea contelui, că orice altă carieră este imposibilă pentru Fabricio.

Contele îi dovedi.

— Îţi pare rău pentru uniforma strălucitoare; dar, în privinţa asta, nu am ce face.

După o lună, răgazul cerut de ducesă pentru a reflecta, aceasta, suspinând, se declară de acord cu punctul de vedere plin de înţelepciune al contelui.

— Să călărească, dându-şi aere, pe un armăsar englezesc în cine ştie ce mare oraş, repeta contele, sau să îmbrăţişeze o carieră care nu se potriveşte cu originea lui; nu văd altă posibilitate. Din fericire, un gentilom nu se poate face nici doctor, nici avocat, iar secolul acesta aparţine avocaţilor.

Să nu uiţi niciodată, doamnă, repeta contele, că îi asiguri nepotului tău, care ar ajunge pe drumuri la Milano, o situaţie de care se bucură doar acei tineri de vârsta lui care sunt socotiţi cei mai înstăriţi. Odată obţinută graţierea, îi vei da cincisprezece, douăzeci, treizeci de mii de franci; nu contează, nici tu, nici eu nu avem de gând să facem economii.

Ducesa era sensibilă la glorie; nu voia ca Fabricio să fie un simplu mâncător de bani; reveni la planul amantului ei.

— Trebuie să remarci, îi spunea contele, că nu încerc să fac din Fabricio un preot exemplar, cum vezi atâţia. Nu! Este, înainte de toate, un mare senior; va putea rămâne cu desăvârşire ignorant, dacă asta-i va fi voia, şi nu va ajunge mai puţin episcop sau arhiepiscop, dacă principele continuă să mă considere un om util.

Dacă ordinele tale binevoiesc să transforme propunerea mea într-o decizie definitivă, adăugă contele, nu trebuie ca Parma să-l vadă pe protejatul nostru ca pe un tânăr cu un venit modest. Averea cu care îl vom înzestra noi ar sări în ochi, dacă ar apărea aici ca un simplu preot; nu trebuie să vină la Parma decât purtând ciorapi violeţi[53], şi într-o trăsură ca lumea.

Toată lumea va ghici atunci că nepotul tău trebuie să ajungă episcop şi nimeni nu va mai fi şocat. Dacă îmi vei da ascultare, îl vei trimite pe Fabricio să urmeze teologia şi să-şi petreacă trei ani la Neapole, la Academia Ecleziastică. În timpul vacanţelor, ar putea, dacă vrea, să se ducă să vadă Parisul şi Londra; dar nu se va arăta niciodată la Parma. Discursul contelui şi mai cu seamă interdicţia de la urmă o înfiorară pe contesă.

Trimise nepotului ei un curier şi îi dădu întâlnire la Piacenza. Mai trebuie spus că acest curier ducea, de asemenea, toţi banii şi toate paşapoartele necesare?

Ajuns primul la Piacenza, Fabricio alergă în întâmpinarea ducesei şi o îmbrăţişă cu atâta bucurie, încât o făcu să izbucnească în lacrimi. Fu fericită că Mosca nu era de faţă; de când începuse relaţia lor, era prima oară când simţea aşa ceva.

Fabricio fu adânc mişcat, iar apoi mâhnit de planurile pe care ducesa le făcuse pentru el; nutrise întotdeauna speranţa că, după ce aventura lui de la Waterloo va fi aplanată, va putea îmbrăţişa cariera militară. Un lucru o frapă pe contesă, întărind şi mai mult imaginea romanescă pe care şi-o formase despre nepotul ei;

---

[53] În Italia, tinerii protejaţi, sau tinerii învăţaţi devin *monsignore* şi *prelat*, ceea ce nu înseamnă episcop; poartă, atunci, ciorapi violeţi. Nu trebuie să depui jurământ pentru a fi *monsignore*, poţi să-ţi lepezi ciorapii violeţi şi să te căsătoreşti (n.a.).

acesta refuză categoric să bată cafenelele într-unul din marile oraşe ale Italiei.

— Imaginează-te pe *Corso*, la Florenţa ori Neapole, îl ispitea ducesa, pe un armăsar englezesc pursânge. Seara, o trăsură, un apartament cochet şi aşa mai departe. Insistă cu atât mai multă desfătare asupra descrierii acestui paradis vulgar, cu cât îl vedea pe Fabricio respingându-l cu dispreţ. „E un erou" îşi spunea ea.

— Şi, după zece ani de plăceri, ce o să fac? spunea Fabricio. Ce voi ajunge? Un tânăr răscopt, care trebuie să cedeze locul primului adolescent frumos ce-şi va face intrarea în societate, tot pe un pursânge englezesc.

La început, Fabricio nici nu vru să audă de biserică; mai bine pleca la New York şi se făcea cetăţean şi soldat republican în America.

— Ce eroare din partea ta! De război tot n-ai avea parte şi te-ai întoarce tot la viaţa de cafenea, doar că, de data asta, fără eleganţă, fără muzică, fără amoruri, replică ducesa. Crede-mă, atât pentru mine, cât şi pentru tine, viaţa ta în America ar fi tare tristă. Îi vorbi despre cultul *zeului dolar*, despre respectul pe care trebuie să îl porţi omului de pe stradă, care, prin votul lui, decide totul. Reveniră la cariera preoţească.

— Înainte să-ţi sară ţandăra, îl rugă ducesa, încearcă să înţelegi ce vrea contele de la tine: nici pomeneală să fii un biet preot, mai mult sau mai puţin exemplar şi virtuos, ca abatele Blanès. Adu-ţi aminte de unchii tăi, arhiepiscopii Parmei; reciteşte ce scrie despre vieţile lor în suplimentul la genealogia familiei. Înainte de toate, un om cu numele tău se cuvine să fie un mare senior, nobil, generos apărător al dreptăţii, hărăzit să se afle în fruntea ordinului său... şi care să nu facă în toată viaţa lui decât o singură ticăloşie, iar aceasta să-i fie de mare folos.

— Aşadar, toate iluziile mele s-au dus pe apa sâmbetei, spuse Fabricio, suspinând adânc. Groaznic sacrificiu! Mărturisesc că nu m-am gândit la aversiunea faţă de entuziasm şi inteligenţă, pe care o vor manifesta de acum înainte despoţii, chiar dacă acestea sunt puse în slujba lor.

— Gândeşte-te că o proclamaţie, un capriciu al inimii îl aruncă pe omul entuziast în partidul opus celui pe care l-a servit toată viaţa!

— Eu, entuziast! repeta Fabricio. Stranie acuzaţie! Eu care nici măcar nu sunt în stare să mă îndrăgostesc.

— Cum aşa? exclamă contesa.

— Când am onoarea de a face curte unei frumuseţi, chiar dacă e de neam ales şi cucernică, nu mă gândesc la ea decât atunci când o văd.

Mărturisirea aceasta făcu o impresie ciudată asupra contesei.

— Îţi cer o lună, urmă Fabricio, ca să-mi iau rămas-bun de la doamna C... din Novara şi, ceea ce e mai dificil, de la toate castelele din Spania pe care le-am clădit de-a lungul vieţii mele. Îi voi scrie mamei, care va avea bunătatea să vină să mă vadă la *Belgirato*, pe malul piemontez al lacului Maggiore, şi, în a treizeci şi una zi de acum încolo, voi sosi la Parma, incognito.

— Fereşte-te să faci aşa ceva! strigă ducesa. Nu voia ca Mosca să o vadă vorbind cu Fabricio.

Aceleaşi personaje se revăzură la Piacenza; de data asta, contesa era foarte agitată. Asupra curţii se abătuse furtuna; partidul marchizei Raversi era aproape de izbândă; era posibil ca Mosca să fie înlocuit de generalul Fabio Conti, şeful a ceea ce se numea la Parma *partidul liberal*. Cu excepţia rivalului care creştea în ochii principelui, ducesa îi povesti lui Fabricio totul. Ea puse din nou în discuţie şansele lui de a-şi clădi o carieră aşa cum plănuiseră, chiar şi în cazul în care ar fi fost lipsiţi de protecţia atotputernică a contelui.

— Fie, îmi voi petrece trei ani din viaţă la Academia Ecleziastică din Neapole, strigă Fabricio; dar pentru că, înainte de toate, trebuie să fiu un tânăr gentilom, iar tu nu mă vei constrânge să trăiesc ca un seminarist virtuos, şederea aceasta la Neapole nu mă înfricoşează, căci o voi duce cam ca la Romagnano — societatea de acolo începuse să mă vadă ca pe un iacobin. În timpul exilului meu, am descoperit că nu ştiu nimic, nici măcar latina, nici măcar ortografia. Aveam de gând s-o iau de la capăt cu educația la Novara, așa că voi studia bucuros teologia la Neapole; este o știință complicată.

Ducesa fu încântată.

— Dacă vom fi alungați, îi spuse ea, vom veni să te vedem la Neapole. Dar, de vreme ce accepți să te numeri printre cei cu ciorapi violeți, contele, care cunoaște bine Italia actuală, mi-a încredințat un gând de-al lui pentru tine. Poți să crezi sau să nu crezi ceea ce vrea el să te învețe, *dar să nu faci niciodată nici o obiecție*. Închipuie-ți că ți se cere să-ți însușești regulile whist-ului — ai putea ridica obiecții în ceea ce privește regulile acestui joc de cărți? I-am spus contelui că ești credincios și s-a arătat fericit; este un lucru de folos, atât pe lumea asta, cât și pe lumea cealaltă. Dar, dacă ai credință în Dumnezeu, nu trebuie să cazi în vulgaritatea de a vorbi cu oroare despre Voltaire[54], Diderot[55], Raynal[56] și despre toți acei descreierați de francezi, precursori ai celor două camere. Numele lor să fie cât mai rar pe buzele tale; dar, în sfârșit, când trebuie, vorbește despre domnii aceștia cu o ironie calmă — sunt niște oameni ale căror teorii au fost de multă vreme respinse și ale căror atacuri nu mai au nici o importanță. Să crezi orbește în ceea ce ți se va spune la Academie. Gândește-te că vor fi unii care vor lua notă, cu scrupulozitate, de toate obiecțiile tale; ți se va ierta o mică aventură galantă, dacă vor fi complicații, dar nu și o îndoială — cu vârsta, dispar aventurile și sporesc îndoielile. Aplică principiul acesta și în fața tribunalului căinței. Vei primi o scrisoare de recomandare către un episcop factotum al cardinalului arhiepiscop al Neapolelui; doar lui trebuie să-i mărturisești escapada ta în Franța și prezența ta, pe 18 iunie, în împrejurimile Waterloo-ului. De altfel, nu te

---

[54] François-Marie Arouet, zis Voltaire (1694-1778), scriitor și filozof francez.

[55] Denis Diderot (1713-1784), scriitor, filozof și teoretician de artă francez.

[56] Guillaume Raynal (1713-1796), istoric francez, adept al filozofiei Luminilor.

lungi, relatează cât mai sumar acest episod, mărturisește-l doar, pentru ca să nu ți se poată reproșa că l-ai omis: erai atât de tânăr la vremea respectivă!

A doua recomandare pe care ți-o face contele, prin mine, este următoarea: dacă îți trece prin minte un argument sclipitor, o replică zdrobitoare care ar putea schimba cursul unei discuții, nu ceda tentației de a ieși în evidență, abține-te și taci, oamenii care se pricep vor ști să-ți citească inteligența în ochi. Vei avea destulă vreme să-ți arăți deșteptăciunea atunci când vei fi episcop.

Fabricio își făcu intrarea în Neapole într-o trăsură modestă, însoțit de patru slujitori, milanezi de treabă, trimiși de mătușa lui. După un an de studiu, nimeni nu spunea despre el că ar fi un om de spirit; era privit ca un mare senior studios, foarte generos, dar un pic cam libertin.

Anul acesta, destul de amuzant pentru Fabricio, avea să fie îngrozitor pentru ducesă. Ducele fu, de două-trei ori, la un pas de catastrofă; principele, mai sperios ca oricând, pentru că în anul acela se îmbolnăvise, credea că, dându-l afară, va scăpa și de mârșăvia execuțiilor de dinaintea numirii contelui ca ministru. Rassi era de-acum marele preferat, la care nu ar fi renunțat pentru nimic în lume. Necazurile contelui o făcură pe ducesă să i se dedice cu trup și suflet; nici nu se mai gândea la Fabricio. Pentru a salva aparențele în cazul eventualei lor retrageri, contesa Sanseverina descoperi dintr-odată că aerul Parmei, un pic cam umed, într-adevăr — ca de altfel în întreaga Lombardie —, nu pria deloc sănătății sale. În sfârșit, după intervale de dizgrație care merseră până acolo încât contele, așa prim-ministru cum era, petrecu uneori douăzeci de zile la rând fără să-și vadă stăpânul în particular, Mosca birui; făcu în așa fel încât generalul Fabio Conti, așa-zisul liberal, să fie numit în funcția de guvernator al citadelei unde erau întemnițați liberalii judecați de Rassi.

— Dacă generalul va fi indulgent cu prizonierii săi, îi spunea Mosca prietenei lui, va fi dizgrațiat ca un iacobin pe care ideile sale politice îl fac să uite de îndatoririle de comandant de închisoare; dacă se va arăta sever și necruțător — și mi se pare că va înclina în partea asta —, va înceta să mai fie şeful propriului său partid, ridicându-şi împotrivă toate familiile care au pe câte unul dintre ai lor în temniţa din turn. Bietul om ştie să se arate pătruns de respect în apropierea principelui; la nevoie, îşi schimbă costumul de patru ori pe zi; poate discuta o chestiune de etichetă; dar nu este o minte capabilă să urmeze drumul dificil prin care s-ar putea salva; şi, în orice caz, eu sunt acolo.

A doua zi după numirea generalului Fabio Conti, ce punea capăt crizei ministeriale, se află că Parma urma să aibă un ziar ultramonarhic!

— Câte dispute se vor isca în jurul acestui ziar! spunea ducesa.

— Ziarul acesta, a cărui strălucită idee este, poate, capodopera vieţii mele, răspundea râzând contele, mă va obosi în asemenea măsură, încât voi sfârşi prin a mă retrage, lăsându-i — fără voia mea, în aparenţă — pe ultrafuribunzi la cârma lui. Am fixat lefuri mari pentru postul de redactor. Posturile acestea îmi vor fi solicitate din toate părţile: treaba asta ne va face să pierdem o lună-două, în aşa fel încât riscurile pe care mi le asum vor fi uitate. Gravele personaje P. şi D. se numără, deja, printre solicitatori.

— Dar ziarul acesta este de o absurditate revoltătoare.

— Pe asta mă bazez şi eu, replica Mosca. Prinţul îl va parcurge în fiecare dimineaţă şi va admira doctrina mea, a celui care l-a fondat. În ceea ce priveşte detaliile, va fi de acord cu ele sau va fi şocat; din ceasurile dedicate treburilor de stat, iată că îi voi răpi două. Ziarul va fi consacrat afacerilor, dar atunci când vor apărea reproşurile serioase, în opt-zece luni va fi în întregime în mâna ultrafuribunzilor. Tocmai partidul care îmi încurcă socotelile va fi acela tras la răspundere; în fond, prefer o sută de astfel de absurdităţi atroce, decât să văd un singur om spânzurat. Cine îşi mai aduce aminte de o absurditate atroce, la doi ani după apariţia numărului respectiv al ziarului oficial? În schimb, fiii şi familia spânzuratului îmi vor purta o ură ce nu se va stinge atâta vreme cât voi trăi şi poate că îmi va scurta, chiar, viaţa.

Ducesa, în permanență pasionată de ceva, în permanență activă, niciodată lipsită de o preocupare, avea mai mult spirit decât toată curtea Parmei la un loc; dar era lipsită de răbdarea și detașarea trebuincioase pentru a duce la bun sfârșit o intrigă. Reușise, totuși, în cele din urmă, să pătrundă în lumea mereu în fierbere a diverselor coterii, urmărindu-le cu patimă interesele; începuse, chiar, să se bucure de încrederea principelui. Clara-Paolina, principesa domnitoare, înconjurată de onoruri, dar prizonieră a unei etichete de mult ieșite din uz, se considera cea mai nefericită femeie. Ducesa Sanseverina se dădu bine pe lângă ea, căutând să-i arate că nu era deloc atât de nenorocită pe cât se credea. Trebuie știut că principele se vedea cu soția lui doar la ora mesei: cina dura treizeci de minute și principele își petrecea săptămâni întregi fără să-i adreseze o vorbă Clarei-Paolina. Doamna Sanseverina se strădui să schimbe lucrurile; îl amuza pe principe, cu atât mai mult cu cât știuse să-și conserve în totalitate independența. Chiar să fi vrut, ceea ce nu era cazul, nu ar fi putut să nu rănească pe vreunul dintre netoții care roiau la curtea aceea. Tocmai această lipsă desăvârșită de tact făcea să fie detestată de gloata de curteni, conți sau marchizi cu toții, beneficiind în general de câte o rentă de cinci mii de livre. Ea își dădu seama încă din primele zile de pericolul ce o amenința și acționă în consecință, dedicându-se exclusiv încercării de a intra în grațiile suveranului și ale soției acestuia, care avea o influență totală asupra principelui moștenitor. Ducesa știa cum să îi fie pe plac suveranului, îl distra și profita de atenția deosebită pe care o acorda celor mai neînsemnate vorbe ale ei, ca să-i ridiculizeze pe curtenii care o urau. De când cu prostiile pe care Rassi îl determinase să le facă — și prostiile ce se lasă cu sânge nu se mai pot îndrepta —, prințul era uneori speriat și deseori plictisit, iar sufletul său era măcinat de o tristă invidie; simțea că nu se amuză deloc și devenea sumbru atunci când i se părea că-i vede pe alții amuzându-se; fericirea altora îl făcea să vadă roșu în fața ochilor.

— Trebuie să ne ascundem dragostea, îi spuse ducesa prietenului ei; și îl făcu pe principe să creadă că nu era nici pe departe atât de îndrăgostită de conte, un bărbat, de altfel, demn de toată stima.

Descoperirea aceasta îi luminase Alteţei Sale întreaga zi, umplându-l de fericire. Din când în când, ducesa lăsa să-i scape câteva vorbe despre planurile ei de a-şi acorda, în fiecare an, o vacanţă de câteva luni, cu scopul de a colinda prin Italia, pe care n-o cunoştea deloc: urma să viziteze Neapole, Florenţa, Roma. Or, nimic pe lumea aceasta nu-l putea întrista mai mult pe principe, decât o astfel de aparentă dezertare; era una dintre slăbiciunile sale cele mai evidente — demersurile ce puteau fi interpretate şi imputate ca o manifestare a dispreţului pentru oraşul lui capitală îi sfâşiau inima. Simţea că nu-i stă în puteri să o reţină pe doamna Sanseverina, iar doamna Sanseverina era de departe femeia cea mai strălucitoare din Parma. Lucru unic — având în vedere lenea italienilor —, lumea bună îşi părăsea reşedinţele de la ţară, ca să asiste la *joile* ei; zilele acestea erau o adevărată desfătare, căci, aproape întotdeauna, ducesa avea ceva nou şi picant. Principele murea de poftă să fie de faţă la una dintre aceste sărbători; dar cum să facă? Să meargă în vizită ca un simplu particular, aşa ceva nu se mai pomenise până acum, nici pe vremea tatălui lui, nici în timpul domniei sale!

Până într-o seară de joi, ploioasă şi friguroasă; în fiecare clipă, la urechile ducelui ajungeau huruitul trăsurilor ce treceau prin piaţa palatului, îndreptându-se spre doamna Sanseverina. Îşi ieşi brusc din fire; alţii se distrau, iar el, principele suveran, ce se cuvenea să se amuze mai mult decât oricine altcineva pe lumea asta, murea de plictiseală! Îşi chemă iute aghiotantul, dar fu nevoit să aştepte până când o duzină de oameni de încredere fură înşiruiţi, pentru a asigura paza de-a lungul străzii ce ducea de la palatul Alteţei Sale la palatul Sanseverina. În sfârşit, după un ceas ce i se păru principelui un veac, în timpul căruia fu gata-gata de cel puţin douăzeci de ori să sfideze pumnalele şi să pornească la drum ca un zăpăcit, fără nici o măsură de siguranţă, apăru în primul salon al doamnei Sanseverina. Trăsnetul să fi căzut în mijlocul acelei încăperi, şi n-ar fi produs o mai mare uimire.

Într-o clipită, pe măsură ce principele înainta, în saloanele acelea pline de zumzet se aşternea o linişte înmărmurită; toţi ochii, aţintiţi asupra principelui, se făcuseră mari şi rotunzi, aproape să iasă din orbite. Curtenii păreau să-şi fi pierdut cumpătul, doar ducesa nu se arătă deloc surprinsă. Când, în cele din urmă, îşi recăpătară graiul, principala preocupare a tuturor celor de faţă fu să găsească un răspuns la această importantă întrebare: ducesa fusese avertizată de această vizită ori fusese luată pe nepregătite, ca toată lumea?

Principele se distră pe cinste şi, în scena ce urmează, vom putea aprecia caracterul impetuos al ducesei, ca şi puterea deplină ce o dobândise asupra lui, prin aluzii vagi, strecurate cu dibăcie, la o posibilă plecare.

Despărţindu-se de principe, care îi adresa cuvintele cele mai amabile, îi trecu prin minte o idee cât se poate de îndrăzneaţă, pe care nu se sfii să i-o împărtăşească, cât se poate de firesc, de parcă ar fi fost vorba de un lucru dintre cele mai obişnuite.

— Dacă Alteţa Voastră Serenisimă ar vrea să adreseze principesei trei sau patru dintre aceste fraze măgulitoare cu care mă copleşeşte, m-ar face, cu siguranţă, mult mai fericită decât spunându-mi aici cât sunt de frumoasă. Întrucât n-aş vrea, pentru nimic în lume, ca principesa să vadă cu ochi răi deosebita trecere de care mă bucur pe lângă Alteţa Voastră.

Principele o ţintui cu privirea şi replică pe un ton sec:

— După câte ştiu, sunt liber să mă duc unde-mi place.

Ducesa roşi.

— Nu voiam, turui ea pe nerăsuflate, decât să o împiedic pe Alteţa Voastră să facă un drum inutil, căci *joia* aceasta este ultima; voi pleca să-mi petrec câteva zile la Bologna ori la Florenţa.

Când se întoarse în saloanele ei, toată lumea era convinsă că se află în culmea gloriei, fără să ştie că îndrăznise să facă ceea ce nimeni nu-şi amintea să fi cutezat cineva vreodată să facă la curtea Parmei. Îi făcu un semn contelui, care se ridică de la masa lui de whist şi o urmă într-un salonaş bine luminat, dar pustiu.

— Ceea ce ai făcut este o mare îndrăzneală, îi spuse el; eu nu te-aş fi sfătuit. Dar, cum în inimile foarte îndrăgostite, adăugă el râzând, fericirea sporeşte dragostea, iar tu vei pleca mâine dimineaţă, eu te voi urma mâine seară. Voi fi nevoit să întârzii din pricina acelei nefericite corvezi a Ministrului de Finanţe, cu care am făcut prostia să mă împovărez, dar în patru ceasuri bine folosite, se pot încheia o mulţime de socoteli. Să ne întoarcem, dragă prietenă, la oaspeţii tăi şi să ne fudulim, în deplină libertate şi fără nici o reţinere, cu ministerul nostru; s-ar putea să fie ultima reprezentaţie pe care o dăm în această urbe. Dacă se va crede sfidat, omul acesta va fi capabil de orice; va spune că a vrut *să dea un exemplu.* După ce va pleca toată lumea, ne vom gândi la un mijloc de a te baricada în casă pe tot timpul nopţii; cel mai cuminte lucru ar fi, poate, să pleci numaidecât la casa ta din Sacca, în apropierea Padului, care are avantajul că se află la doar o jumătate de oră depărtare de statele austriece.

Iubirea şi amorul propriu al ducesei cunoscură un moment de deliciu; îl privi pe conte şi ochii ei se umplură de lacrimi. Un ministru atât de puternic, înconjurat de această mulţime de curteni care îl copleşeau cu omagii la fel cu acelea pe care le adresau principelui însuşi, să lase totul pentru ea, ba încă şi cu atâta nepăsare!

La întoarcerea în salon, era nebună de bucurie. Toată lumea se prosterna în faţa ei.

„Cât de mult o transformă bucuria pe ducesă, şoşoteau, din toate părţile, curtenii, nici n-o mai recunoşti. În sfârşit, creatura aceasta romană cu nasul pe sus catadicseşte să aprecieze, totuşi, favoarea enormă de care se bucură din partea suveranului!"

Spre sfârşitul serii, contele se apropie de ea:

— Trebuie să-ţi dau o veste.

Imediat, persoanele în mijlocul cărora se afla se îndepărtară de ea, risipindu-se care încotro.

— Principele, întorcându-se la palat, continuă contele, a cerut să fie primit la soţia sa. Îţi dai seama ce surpriză! „Am venit, îi spuse el, să te pun la curent cu serata de la Sanseverina, unde am fost şi eu şi mi-am petrecut, într-adevăr, timpul într-un mod cât se poate de agreabil. Ea a fost aceea care m-a rugat să-ţi vorbesc în amănunt despre felul în care a aranjat acel vechi palat afumat". După care s-a așezat și a început să-i descrie pe rând fiecare dintre saloanele sale.

A stat peste douăzeci și cinci de minute cu nevastă-sa, care plângea de bucurie; cu toată inteligența ei, n-a putut găsi cuvintele potrivite pentru a susține conversația pe un ton lejer, așa cum dorea Alteța Sa.

Principele acesta nu avea deloc suflet rău, orice ar fi zis liberalii din Italia. Într-adevăr, poruncise să fie aruncați în închisoare un număr destul de însemnat dintre ei, dar o făcuse din teamă și repeta uneori, ca pentru a se consola de anumite amintiri: „Mai bine îl răpui tu pe diavol, decât să te răpună el pe tine". În ziua ce urmă seratei despre care tocmai am vorbit, era vesel nevoie mare — făcuse două lucruri bune: se dusese la una dintre acele faimoase serate de joi și stătuse de vorbă pe îndelete cu soția lui; la masă, îi vorbi din nou. Pe scurt, joia cu pricina, petrecută în saloanele ducesei Sanseverina, produse o asemenea revoluție în interiorul familiei princiare, încât toată Parma începu să vuiască; Raversi fu consternată, iar bucuria ducesei fu dublă: reușise să se dovedească utilă amantului ei, iar acesta se arăta mai îndrăgostit ca niciodată.

— Și toate astea datorită unei idei imprudente ce mi-a trecut prin minte! îi mărturisea contelui. Bineînțeles că la Roma ori la Neapole m-aș bucura de mai multă liberate, dar aș mai putea găsi, oare, acolo, un joc atât de captivant? Nu, sunt sigură de asta, dragul meu conte, iar tu mă faci să mă simt fericită.

## CAPITOLUL AL ȘAPTELEA

ISTORIA URMĂTORILOR PATRU ANI ai poveștii noastre e alcătuită din astfel de mici episoade de la curte, la fel de insignifiante ca acela pe care tocmai l-am relatat. În fiecare primăvară, marchiza venea, cu fiicele ei, fie la palatul Sanseverina, fie la moșia de la Sacca, de la malul Padului, să stea două luni departe de viața întunecată de la castelul soțului ei; petreceau clipe deosebit de plăcute și îl evocau pe Fabricio; dar contele nu acceptă niciodată să-i permită acestuia să vină în vizită la Parma. Ducesa și ministrul se văzură, într-adevăr, obligați de câteva ori să intervină pentru a corija unele erori datorate vârstei, dar în general Fabricio se arăta destul de cuminte, străduindu-se să respecte linia de conduită ce îi fusese impusă: să arate ca un mare senior care studiază teologia și care nu se bizuie pe originea lui pentru a înainta în carieră. La Neapole începuse să fie pasionat de studiul Antichității în asemenea măsură, încât făcea săpături arheologice; pasiunea aceasta o înlocuise, aproape cu totul, pe aceea pentru cai. Își vânduse bidiviii și armăsarii englezești, ca să poată continua să sape la Misena, unde dăduse peste un bust al lui Tiberiu[57], încă tânăr, ce își ocupase locul printre cele mai de soi relicve ale antichității. Descoperirea acestui bust se dovedi a fi aproape cea mai mare plăcere de care avu parte la Neapole. Avea un suflet prea nobil ca să încerce să-i imite pe ceilalți tineri și, de exemplu, ca să încerce să joace, cu o anumită seriozitate, rolul îndrăgostitului. Desigur, nu ducea lipsă de aventuri, dar acestea erau fără consecințe și, în ciuda vârstei sale, se putea spune despre el că nu cunoscuse încă dragostea și că nu se îndrăgostise niciodată; poate de aceea era atât de iubit. Nimic nu îl împiedica să acționeze cu cel mai desăvârșit sânge-rece, căci, pentru el, o femeie tânără și drăguță era la fel ca orice femeie tânără și drăguță; doar că ultima pe care o cunoștea i se părea cea mai plină de vino-ncoace. Una dintre doamnele cele mai admirate din Neapole făcuse adevărate nebunii pentru el în ultimul an al șederii lui acolo, ceea ce mai întâi îl încântase, pentru ca, în cele din urmă, să îl exaspereze și să îl sâcâie la culme, în așa fel încât una dintre bucuriile plecării sale a fost să scape de atențiile fermecătoarei ducese A... Lucrul acesta se petrecu în 1821, când, trecându-și în mod satisfăcător examenele, directorul său de studii — sau preceptorul — primi o

---

[57] Tiberius Claudius Nero, împărat roman (14-37).

decoraţie în formă de cruce şi un cadou, iar el porni spre Parma, pentru a vedea, în sfârşit, oraşul la care visase atât de mult. Era de-acum *monsignore* şi avea patru cai la trăsură; la staţia de poştă de dinainte de Parma nu-şi mai luă decât doi şi, odată ajuns în oraş, ceru să se oprească în faţa bisericii San-Giovanni. Acolo se afla fastuosul monument al arhiepiscopului Ascanio del Dongo, fratele străbunicului său, autorul *Genealogiei latine*. Se rugă la mormânt, apoi ajunse pe jos la palatul ducesei, care îl aştepta câteva zile mai târziu. Era o grămadă de lume în salonul ei, dar curând, aceştia îi lăsară singuri.

— Ei bine! Eşti mulţumit de mine? o întrebă el, aruncându-i-se în braţe; datorită ţie, am petrecut patru ani destul de fericiţi la Neapole, în loc să mă plictisesc la Novara cu metresa mea autorizată de poliţie.

Ducesa nu-şi revenea din uimire — dacă l-ar fi văzut trecând pe stradă, nu l-ar fi recunoscut; îl considera, ceea ce de fapt şi era, unul dintre cei mai frumoşi din întreaga Italie; chipul lui, în special, era fermecător. Îl trimisese la Neapole cu înfăţişarea unuia gata oricând să intre într-o belea şi să-şi frângă gâtul; cravaşa de care nu se despărţea niciodată părea să facă parte inerentă din fiinţa lui; acum, în faţa străinilor, avea aerul cel mai nobil şi mai stăpânit, iar în particular împrăştia întreaga înflăcărare a primei lui tinereţi. Era un diamant care-şi păstrase strălucirea şi după ce fusese şlefuit. Nu trecuse un ceas de la sosirea lui Fabricio, când apăru şi contele Mosca; venea un pic prea devreme. Tânărul îi vorbi atât de frumos despre crucea acordată preceptorului său şi îşi exprimă via lui recunoştinţă pentru alte binefaceri despre care nu îndrăznea să pomenească pe faţă, dând dovadă de un tact desăvârşit, încât, de la prima ochire, ministrul îl aprecie favorabil.

— Nepotul acesta, îi spuse el foarte încet ducesei, e făcut să ocupe toate funcţiile înalte la care te gândeşti să îl înalţi cu timpul. Totul mergea de minune, până când ministrul, foarte mulţumit de Fabricio, atent până atunci doar la faptele şi gesturile acestuia, îşi întoarse privirile spre ducesă şi constată că aceasta avea o uitătură ciudată. „Tânărul acesta lasă o impresie deosebită", îşi spuse el. Era o reflecţie amară; contele atinsese vârsta primejdioasă de *cincizeci* de ani, un cuvânt mult prea crud, a cărui semnificaţie n-o poate înţelege decât un bărbat îndrăgostit la nebunie. Era cât se poate de bun, cât se poate de vrednic de a fi iubit, în ciuda severităţii sale de ministru. Dar, în ochii lui, cuvântul acesta crud, *cincizeci*, aşternea un văl negru asupra întregii sale vieţi şi ar fi putut să-l înrăiască şi faţă de sine însuşi. De cinci ani, de când o convinsese pe ducesă să vină la Parma, aceasta îi dăduse adesea motive să fie gelos, în special în prima perioadă, însă nu-i oferise niciodată ocazia de a se plânge în mod real. Credea chiar — şi avea dreptate — că, doar pentru a pune stăpânire mai tare pe inima lui, recursese la aceste aparente favoruri acordate câtorva tineri de la curte. Ştia sigur, de pildă, că refuzase avansurile principelui care, cu această ocazie, chiar lăsase să-i scape câteva vorbe memorabile, pline de învăţăminte.

— Dar dacă aş accepta omagiile Alteţei Voastre, îi spuse râzând ducesa, cum aş mai îndrăzni să mă înfăţişez în faţa contelui?

— Aş fi aproape la fel de încurcat ca şi dumneata. Iubitul meu conte! Prietenul meu! Dar ar fi o încurcătură uşor de evitat, m-am gândit deja şi ştiu cum să fac: contele ar fi trimis la fortăreaţă şi pus acolo la păstrare pentru tot restul vieţii.

În momentul sosirii lui Fabricio, ducesa se simţi atât de fericită, încât nu se gândi la efectul pe care expresia ochilor săi l-ar putea produce asupra contelui. Or efectul acesta se dovedi profund, iar bănuielile fără remediu.

Fabricio fu primit de principe la două ceasuri după sosire; ducesa, prevăzând impresia favorabilă pe care această audienţă neaşteptată avea să o lase publicului, o solicita de două luni: favoarea aceasta îl scotea în evidenţă pe Fabricio încă din prima clipă. Se folosise de pretextul că nepotul ei nu făcea decât să treacă prin Parma, în drum spre mama sa, ce se afla în Piemont. În clipa în care un mic şi fermecător bileţel din partea ducesei sosi să-i dea de ştire principelui că Fabricio se afla la dispoziţia lui, Alteţa Sa se plictisea. „O să dau cu ochii, îşi zise el, de un mic sfânt nerod, cu o figură insipidă sau vicleană". Comandantul garnizoanei îl informase deja despre prima vizită la mormântul unchiului, arhiepiscopul. Principele văzu însă intrând un tânăr înalt, pe care, dacă nu ar fi avut ciorapii violeți, l-ar fi luat drept un june ofițer.

Această mică surpriză îi alungă oboseala: „Iată un pezevenghi, își spuse el, pentru care mi se vor cere Dumnezeu știe ce hatâruri, toate cele ce-mi stau în puteri, pesemne. De-abia a descins, trebuie să fie emoționat, ia să ne jucăm noi puțin de-a politica iacobină, să vedem ce hram poartă".

După primele cuvinte amabile de introducere, principele își începu asaltul asupra lui Fabricio:

— Ei bine! *Monsignore*, i se adresă el, este poporul din Neapole fericit? Își iubește regele?

— Alteță Serenisimă, răspunse Fabricio fără să clipească, admiram, trecând pe stradă, ținuta perfectă a soldaților din diversele regimente ale Maiestății Sale regele; lumea bună este respectuoasă cu stăpânirea, așa cum se cuvine; iar în ceea ce îi privește pe cei din clasele inferioare, trebuie să mărturisesc că niciodată în viața mea nu am admis să-mi vorbească despre altceva decât despre munca pentru care îi plătesc.

— La naiba! își spuse principele. Ce *afurisit*! Iată o păsărică tare bine crescută! Se vede mâna Sanseverinei. Prins în joc, încercă în fel și chip să-l tragă de limbă în legătură cu acest subiect deocheat. Însuflețit de primejdie, tânărul avu norocul să găsească răspunsuri admirabile: „Este o insolență să-ți afișezi dragostea față de regele tău, spuse el, ceea ce îi datorezi este doar o supunere oarbă". Atâta tact aproape că îl scoase din fire pe suveran. „S-ar părea că ne-am pricopsit cu un om de spirit, sosit de la Neapole, dar mie nu-mi plac cei de teapa asta; un om de spirit, oricât s-ar călăuzi el după bunele principii și chiar de ar fi de bună credință, sfârșește întotdeauna prin a fi, într-un fel sau altul, văr primar cu Voltaire ori Rousseau".

Principele se simțea oarecum sfidat de manierele atât de ireproșabile și de răspunsurile inatacabile ale tânărului abia scăpat din colegiu; ceea ce prevăzuse nu se adeverea deloc. Într-o clipită, adoptă un ton cumsecade și, ajungând până la marile principii ale societății și ale cârmuirii, debită, adaptându-le circumstanțelor, câteva fraze din Fenelon[58], pe care în copilărie fusese pus să le învețe pe dinafară, pentru audiențele publice.

— Principiile acestea îți vor stârni uimirea, tinere, îi spuse el lui Fabricio (îl numise *monsignore* la începutul întrevederii și avea de gând să i se adreseze la fel la despărțire, dar, în cursul conversației, considera mai abil din partea lui să îl interpeleze folosind un apelativ mai cald, mai prietenos, mai favorabil întorsăturilor patetice); principiile acestea îți vor stârni uimirea, tinere, căci trebuie să mărturisesc că nu seamănă defel cu *pelteaua absolutistă* (acesta fu cuvântul) pe care o poți citi în fiecare zi la gazeta mea oficială... Dar, Doamne Dumnezeule, ce-ți vorbesc eu ție? Probabil că cei ce scriu în ziarul acesta îți sunt cu desăvârșire necunoscuți.

— Îi cer iertare Alteței Voastre Serenisime; nu numai că citesc ziarul Parmei, care mi se pare destul de bine scris, dar consider, la fel ca și el, că tot ceea ce s-a făcut de la moartea lui Ludovic al XIV-lea, adică din 1715, este totodată o crimă și o prostie. Cea mai de preț menire a omului pe pământ este mântuirea și nu pot exista două moduri de a aborda acest subiect, iar fericirea aceasta trebuie să dureze o veșnicie. Cuvintele *libertate, dreptate, fericire a celor mulți* sunt infame și nelegiuite: dau conștiințelor deprinderea de a discuta și de a se îndoi. O cameră a deputaților *este neîncrezătoare* în ceea ce oamenii aceia numesc un *minister*. Odată ce a contractat acest obicei fatal al *suspiciunii*, omul ajunge să suspecteze totul: nu va mai avea încredere nici în Biblie, nici în poruncile Bisericii, nici în tradiție și așa mai departe; în clipa aceea, este pierdut. Chiar dacă, totuși — ceea ce este cu desăvârșire fals și criminal de spus — neîncrederea aceasta în autoritatea principilor *unși de Dumnezeu* te-ar face fericit în cei douăzeci-treizeci de ani de viață pe care fiecare

---

[58] Vezi nota 28.

dintre noi îi poate pretinde, ce înseamnă o jumătate de secol sau chiar un secol întreg, comparat cu o veşnicie de suplicii?

Se vedea, după felul în care vorbea Fabricio, că acesta încerca să-şi potrivească gândurile în aşa fel încât interlocutorul său să le poată sesiza cu cea mai mare uşurinţă; era limpede că nu recita o lecţie învăţată pe dinafară.

Curând, suveranul nu se mai învrednici să polemizeze cu tânărul acesta al cărui mod de a se purta, simplu şi grav, îl stânjenea.

— Adio, *monsignore*, i-o retează el brusc, văd că tinerii au parte de educaţie excelentă la Academia Ecleziatică din Neapole şi este natural ca, atunci când aceste bune precepte sunt însuşite de o minte atât de aleasă, rezultatele obţinute să fie strălucitoare. Adio! Şi îi întoarse spatele.

„Nu i-am plăcut deloc animalului ăstuia", îşi spuse Fabricio.

„Acum rămâne să vedem, îşi spuse principele, de îndată ce rămase singur, dacă tânărul acesta chipeş este în stare să se arate pasionat de ceva; în cazul acesta, ar fi desăvârşit... Ar fi putut oare altcineva să repete cu mai mult spirit lecţiile mătuşii sale? Mi se pare că o aud vorbind pe dânsa; dacă ar izbucni aici o revoluţie, ea ar fi aceea care ar redacta «Monitorul», ca odinioară San-Felice[59] la Roma! Dar San-Felice, în ciuda celor douăzeci şi cinci de ani ai ei şi a frumuseţii sale, a fost un pic spânzurată! Aviz femeilor cu prea multă minte!"

Considerându-l pe Fabricio învăţăcelul mătuşii sale, principele se înşela; oamenii deştepţi care se nasc pe tron sau în preajmă îşi pierd repede fineţea şi tactul; suprimă, în jurul lor, libertatea conversaţiei, ce li se pare grosolană; vor să vadă numai măşti şi pretind că pot aprecia frumuseţea acestor chipuri false. Nostim e că se socotesc plini de diplomaţie. În cazul acesta, de pildă, Fabricio credea aproape în tot ceea ce l-am auzit spunând; este

---

[59] Marchiza de San Felice (1768-1800), susţinătoare a republicii instaurate la Neapole în 1799, condamnată la spânzurătoare şi executată, după reinstaurarea monarhiei la Neapole.

adevărat, însă, că nu se gândea nici de două ori pe lună la aceste mari principii. Avea gusturi vii, avea spirit, dar avea și credință.

Gustul libertății, moda și cultul *fericirii celor mulți*, de care se legase pătimaș veacul al nouăsprezecelea, erau în ochii lui doar o *erezie* ce avea să treacă la fel ca toate celelalte, dar după ce avea să ucidă o mulțime de suflete, așa cum ciuma ce se abate într-un ținut ucide o mulțime de trupuri. Și, cu toate acestea, Fabricio citea cu desfătare gazetele franțuzești și ajungea chiar să comită și imprudențe, ca să și le procure.

Fabricio se întoarse cu totul năucit de la audiența sa de la palat și îi povesti mătușii lui diverse atacuri ale principelui.

— Trebuie, îi spuse aceasta, să i te înfățișezi de îndată părintelui Landriani, bunul nostru arhiepiscop. Du-te pe jos, urcă încetișor scările; nu fă multă gălăgie în anticameră; dacă te vor lăsa să aștepți, cu atât mai bine, de o mie de ori cu atât mai bine! Într-un cuvânt, fii *apostolic*.

— Pricep, zise Fabricio, omul nostru e un Tartuffe[60].

— Pentru nimic în lume, este însăși virtutea.

— Chiar și după ce a făcut, continuă mirat Fabricio, o dată cu osândirea la moarte a contelui Palanza?

— Da, dragul meu, chiar și după ceea ce a făcut; tatăl arhiepiscopului nostru era doar funcționar la Ministerul de Finanțe, un mic burghez, iată cum se explică totul. Monseniorul Landriani este un om cu o minte ascuțită, cuprinzătoare, profundă; este sincer și prețuiește virtutea. Sunt convinsă că, dacă un împărat Decius[61] ar învia vreodată, el ar îndura martiriul ca și acel Poliecte[62], din opera pe care am văzut-o săptămâna trecută. Iată partea frumoasă a medaliei, dar există și un revers: de îndată ce

---

[60] Personaj din piesa cu același nume de Molière, devenit simbolul ipocriziei.

[61] Împărat roman între anii 249-251, prigonitor al creștinilor (N.T.).

[62] Ofițer roman convertit la creștinism, martirizat în Armenia, în jurul anului 259. Polyeute, eroul principal din tragedia cu același nume, de Pierre Corneille, l-a inspirat pe compozitorul italian Donizetti la crearea operei *Poliuto* sau *Martirii*.

se află în prezența suveranului sau doar a prim-ministrului, este orbit de atâta măreție, se fâstâcește, roșește; îi este materialmente imposibil să spună nu. De aici, lucrurile pe care le-a făcut și care i-au creat această crudă reputație în întreaga Italie; dar ceea ce nu se știe este că, atunci când vocea opiniei publice l-a lămurit în ceea ce privește procesul contelui Palanza, și-a impus, drept penitență, să trăiască doar cu pâine și apă vreme de treisprezece săptămâni încheiate, tot atâtea săptămâni câte litere sunt în numele *Davide Palanza*. Avem la curtea aceasta un netrebnic isteț nevoie mare, pe nume *Rassi*, mare judecător sau procuror general, care, de când cu moartea contelui Palanza, l-a vrăjit pe părintele Landriani. În vremea penitenței de treisprezece săptămâni, contele Mosca, din milă, dar puțin și din răutate, îl invita la masă o dată și chiar de două ori pe săptămână; bunul arhiepiscop, ca să nu-l supere, mânca la fel ca toți ceilalți. Ar fi considerat ca o dovadă de nesupunere și de iacobinism dacă ar fi să-ți afișezi penitența pentru o acțiune aprobată de suveran. Dar se știa că, pentru fiecare masă la care datoria sa de supus fidel îl obliga să se împărtășească, deopotrivă cu toată lumea, din aceleași bucate, își impunea o penitență de două zile de pâine și apă.

Monseniorul Landriani, spirit superior, învățat de prim ordin, are o singură slăbiciune — *vrea să fie iubit*; așa că arată-te înduioșat când îl privești, iar la cea de-a treia vizită, îndrăgește-l cu adevărat. Asta, adăugată originii tale, îl va face să te adore numaidecât. Nu-ți manifesta surprinderea dacă, la plecare, te va conduce până la scară, încearcă să pari obișnuit cu această purtare; este un om născut să stea în genunchi în fața celor din neam nobil. În rest, fii simplu, apostolic, fără scăpărări de inteligență, fără strălucire, fără replici prompte; dacă nu îl sperii, îi va face plăcere să te aibă în preajmă; gândește-te că ideea de a te numi marele său vicar trebuie să vină de la el. Contele și cu mine vom fi surprinși, și chiar supărați, de această avansare prea rapidă — lucrul acesta este esențial vizavi de suveran.

Fabricio alergă la arhiepiscop: printr-o șansă deosebită, valetul bunului prelat, puțin cam tare de ureche, nu auzi numele *del*

*Dongo*; anunţă un tânăr preot, Fabricio. Arhiepiscopul se afla împreună cu un preot cu moravuri nu tocmai exemplare, pe care îl chemase ca să-l mustre. Tocmai începuse să-l muştruluiască, ceea ce îi era extrem de penibil şi nu voia să-şi întristeze inima prea multă vreme cu astfel de lucruri; aşadar îl făcu să aştepte trei sferturi de oră pe nepotul marelui arhiepiscop Ascanio del Dongo.

Cum am putea zugrăvi părerea de rău, scuzele şi disperarea lui când, după ce îl conduse, la despărţire, pe preot până la a doua anticameră şi după ce, întrebându-l, în trecere, pe cel ce aştepta, *cu ce îi putea fi de folos*, ochii îi căzură pe ciorapii violeţi şi auzi numele Fabricio del Dongo? Întâmplarea i se păru atât de nostimă eroului nostru, încât, încă de la această primă vizită, îndrăzni să-i sărute mâna sfântului prelat, într-o izbucnire de tandreţe. Trebuia să-l auzi pe arhiepiscop repetând în culmea disperării:

— Un del Dongo să aştepte la uşa mea!

Se socoti obligat, pentru a se scuza, să-i depene de-a fir a păr toată povestea preotului, greşelile lui, răspunsurile lui etc.

„Este oare posibil, se întreba Fabricio, întorcându-se la palatul Sanseverina, ca acesta să fie omul care a grăbit execuţia sărmanului conte Palanza?"

— Ce crede Excelenţa Voastră? i se adresă râzând contele Mosca, de îndată ce îl văzu apărând în pragul salonului contesei (contele nu voia ca Fabricio să îi spună Excelenţă).

— Mă simt ca picat din cer, nu cunosc deloc caracterul oamenilor: aş fi pus rămăşag, dacă nu aş fi ştiut cine este, că omul acesta nu poate nici măcar să se uite atunci când se taie un pui de găină.

— Şi ai fi câştigat, continuă contele; dar când se află în faţa principelui sau chiar doar în faţa mea, nu se poate împotrivi. De fapt, pentru a-l impresiona de-a binelea, trebuie să am marele colan galben petrecut pe deasupra tunicii; în frac, m-ar contrazice, aşa că port întotdeauna uniforma, atunci când îl primesc. Nu noi suntem chemaţi să distrugem prestigiul puterii, gazetele franţuzeşti fac treaba asta destul de bine şi destul de repede, aşa că nu va mai trece multă vreme până când se va duce cu totul de râpă; de-abia dacă se va menţine *mania respectării* pe tot parcursul existenţei noastre, dar tu, tu, nepoate, vei supravieţui respectului. Vei fi om cu adevărat!

Lui Fabricio îi plăcea foarte mult să se afle în compania contelui: era primul om superior care catadicsea să-i vorbească sincer, fără să joace teatru; împărtăşeau, de altfel, o pasiune comună, aceea a antichităţilor şi a săpăturilor arheologice.

În ceea ce-l priveşte pe conte, acesta era flatat de atenţia cu care tânărul îi sorbea vorbele; dar exista, însă, o obiecţie capitală: Fabricio ocupa un apartament în palatul Sanseverina, îşi petrecea viaţa cu ducesa şi avea inocenţa de a lăsa să se vadă că intimitatea aceasta îl făcea fericit, iar Fabricio avea nişte ochi şi un ten de o frăgezime care te aduceau la disperare.

De multă vreme, Ranucio-Ernest al IV-lea, care întâlnea rar o femeie pe care să nu o poată îndupleca, era iritat de faptul că virtutea contesei, binecuvântată la curte, nu făcuse o excepţie în favoarea lui. După cum am văzut, inteligenţa şi prezenţa de spirit a lui Fabricio îl şocaseră încă din prima zi. Nu văzu cu ochi buni prietenia deosebită pe care el şi mătuşa lui şi-o arătau fără nici o stavilă; plecă urechea cu mare atenţie la bârfele curtenilor săi care nu mai conteneau. Sosirea acestui tânăr şi trecerea deosebită de care se bucura încă de la sosire stârniră, vreme de o lună, uimirea întregii curţi, constituind principalul subiect de discuţie; drept pentru care principelui îi veni o idee.

Exista în garda lui un simplu soldat care bea vinul ca pe apă, putea să soarbă găleţi întregi şi nimeni nu îl văzuse vreodată beat; individul acesta îşi petrecea viaţa în cârciumi şi îi raporta direct suveranului care era starea de spirit a trupei. Carlone era complet lipsit de educaţie, altminteri, de multă vreme ar fi fost înaintat în grad. Consemnul său era să se afle zilnic în faţa palatului, când marele orologiu bătea miezul zilei. Prinţul se duse el însuşi, puţin înainte de ora fixată, să aranjeze într-un anume fel oblonul de la una din ferestrele de la mezanin, alături de încăperea unde Alteţa Sa obişnuia să se îmbrace. Se întoarse la mezanin puțin după ce orologiul bătu ora douăsprezece; soldatul se afla acolo. Principele avea în buzunar o foaie de hârtie și o călimară și îi dictă soldatului următorul bilet:

„Excelența Voastră are o minte foarte ageră — nimeni nu poate contesta faptul acesta — și, grație acestei deosebite agerimi de spirit, este statul nostru atât de bine guvernat. Dar, dragul meu conte, asemenea mari izbânzi sunt întotdeauna însoțite de un pic de invidie și tare mă tem să nu se râdă nițeluș pe socoteala voastră, dacă perspicacitatea dumitale nu te ajută să ghicești că un anume tânăr chipeș a avut norocul să inspire, fără să vrea, poate, o dragoste dintre cele mai ciudate. Acest fericit muritor are, după câte se spune, doar douăzeci și trei de ani și, dragă conte, ceea ce complică lucrurile este că atât dumneata cât și eu am depășit cu mult dublul acestei vârste. Seara, de la o oarecare distanță, contele este șarmant, scânteietor, om de spirit, plăcut cât se poate; dar dimineața, în intimitate — ca să vorbim pe șleau —, noul venit are poate mai mult farmec. Or, noi femeile avem o mare slăbiciune pentru această frăgezime a tinereții, mai ales când am trecut de treizeci de ani. Nu se vorbește oare deja despre oploșirea acestui simpatic adolescent la curtea noastră, prin numirea sa într-o funcție înaltă? Și cine este, oare, persoana care îi vorbește cu insistență despre acest subiect, Excelenței Voastre?"

Prințul înșfăcă scrisoarea și îl răsplăti pe soldat cu doi scuzi. Dându-i banii, îi spuse cu un aer morocănos:

— Asta în afara soldei; și... gura cusută, dacă răsuflă ceva, pușcăria te mănâncă, o să am grijă să putrezești în cele mai umede temnițe subterane din fortăreață. În birou, suveranul avea o colecție de plicuri cu adresele majorității celor de la curtea sa, scrise de mâna aceluiași soldat despre care se știa că ar fi analfabet, și care nu-și scria, niciodată, nici măcar rapoartele către poliție: Alteța Sa îl alese pe cel care se potrivea.

Câteva ceasuri mai târziu, contele Mosca primi o scrisoare prin poștă; ora la care ar fi putut ajunge fusese calculată cu grijă și, în momentul în care factorul — care fusese văzut intrând cu o scrisorică în mână — ieși din palatul ministerului, Mosca fu chemat la Alteţa Sa. Niciodată favoritul nu păruse atât de măcinat de tristeţe; ca să se desfete în voie, suveranul îi strigă când îl văzu:

— Simt nevoia să mă destind pălăvrăgind cu prietenul, şi nu lucrând cu ministrul. Am o migrenă îngrozitoare şi, pe deasupra, sunt copleşit de gânduri negre.

Mai trebuie să descriem cumplita stare de spirit în care se afla primul-ministru, contele Mosca della Rovere, în clipa în care primi permisiunea de a se despărţi de augustul său stăpân? Ranucio-Ernest al IV-lea stăpânea perfect arta de a tortura o inimă şi am putea să-l comparăm aici, fără să comitem o prea mare nedreptate, cu un tigru căruia îi place să se joace cu prada lui.

Contele porunci să fie dus acasă în galop; strigă, trecând ca un fulger, să nu fie lăsată să pătrundă nici măcar o muscă, dărămite un suflet de om, ceru să i se transmită *asistentului* de serviciu că e liber (gândul că o fiinţă umană este silită să dea ascultare glasului său îi era odios) şi alergă să se ferece în galeria cea mare, cu tablouri. Acolo, în sfârşit, putu să se lase pradă furiei; acolo îşi petrecu seara, pe întuneric, fără să aprindă luminile, învârtindu-se de colo-colo, ca scos din minţi. Încerca să-şi domolească zbuciumul inimii, pentru a-şi concentra toată atenţia şi toată forţa interioară asupra hotărârii pe care urma să o ia. Sfâşiat de o nelinişte care i-ar fi trezit milă chiar şi celui mai înverşunat duşman al său, îşi spunea: „Omul pe care îl detest trăieşte sub acelaşi acoperiş cu ducesa şi îşi petrece toate clipele cu ea. Ar trebui, oare, să încerc să o fac să vorbească pe una dintre slujnicele ei? Nimic mai primejdios. Le plăteşte regeşte! Toate o adoră! (Şi cine, Doamne Dumnezeule, nu o adoră?) Iată întrebarea, urmă el, spumegând de mânie: Să o las să ghicească gelozia care mă mistuie, sau să nu-i vorbesc despre ea?

Dacă tac, nu se vor ascunde de mine. O cunosc bine pe Gina, este o femeie impulsivă; purtarea ei este imprevizibilă chiar şi pentru ea; dacă îşi impune să joace un rol prestabilit, se încurcă; întotdeauna, în momentul în care trece la fapte, e străfulgerată de o idee pe care o pune în practică plină de frenezie, ca şi cum ar fi cea mai inspirată din lume şi care strică totul.

Dacă nu suflu o vorbă despre martiriul meu, nu se vor ascunde de mine şi voi putea fi la curent cu tot ceea ce se petrece...

Da, dar vorbind, dau naştere unei alte serii de evenimente, fac să se nască tot felul de gânduri... Poate că îl îndepărtează (contele răsuflă adânc) — în cazul acesta, aproape că am câştigat partida; dacă, totuşi, va suferi pe moment, mă voi pricepe să o liniştesc... E normal să sufere... Îl iubeşte ca pe un fiu, de cincisprezece ani. Asta este toată speranţa mea: *ca pe un fiu...* dar nu l-a mai văzut de când a zbughit-o la Waterloo; dar de când s-a întors la Neapole, este un alt bărbat, mai ales pentru ea. *Un alt bărbat*, repeta el, turbat de furie, iar bărbatul acesta este fermecător; are, îndeosebi, acel aer naiv şi tandru şi acei ochi surâzători, care îţi făgăduiesc atâta fericire! Iar ducesa nu este deloc obişnuită să vadă astfel de ochi la curtea aceasta!... Aici, sărmana de ea are parte doar de priviri morocănoase sau sarcastice. Eu însumi, adâncit în treburile mele, supravieţuind doar prin influenţa pe care o exercit asupra unui om care ar vrea să mă acopere de ridicol, ce fel de privire ar trebui să am, de cele mai multe ori? Ah! Oricâtă grijă aş avea, privirea mea este, pesemne, adesea mai bătrână decât mine! Veselia mea nu este, întotdeauna, vecină cu ironia?... Mai mult, aş putea zice — aici trebuie să fiu sincer cu mine —, veselia mea nu lasă să se întrevadă, ca ceva aflat foarte la îndemână, puterea absolută şi răutatea? Nu îmi spun, uneori, mie însumi, mai ales când cineva mă scoate din fire: pot face tot ceea ce vreau? Şi chiar adaug o prostie: sunt mai fericit decât alţii, pentru că posed ceea ce alţii nu au: puterea absolută în trei sferturi din lucruri... Ei bine! Să fim drepţi: obiceiul de a gândi astfel îmi strică, mai mult ca sigur, surâsul... Îmi dă un aer egoist... mulţumit de sine... Iar surâsul lui este atât de încântător! Respiră fericirea nepăsătoare a primei tinereţi şi o împrăştie în jur".

Din nefericire pentru conte, în seara aceea vremea era caldă, atmosfera era înăbuşitoare, vestitoare de furtună; într-un cuvânt, era vorba despre vremea aceea care, pe acele meleaguri, te face să iei hotărâri drastice, definitive, irevocabile. Cum să vă fac să înțelegeți toate raționamentele, toate chipurile de a privi ceea ce i se întâmpla care, timp de trei ceasuri ucigătoare, îl chinuiră pe omul acesta pătimaș? Până la urmă, se hotărî să fie prevăzător, datorită — exclusiv — următoarei înlănțuiri de argumente: „Cred că mi-am pierdut mințile; îmi închipui că judec, dar am încetat să judec; mă răsucesc, doar ca să găsesc o poziție mai puțin dureroasă, trec — fără să o văd — pe lângă cine știe ce rezolvare definitivă. De vreme ce sunt orbit de această durere excesivă, trebuie să mă conformez acelei reguli, aprobate de toți oamenii cu scaun la cap, numită *prudență*.

De altfel, odată ce am pronunțat cuvântul fatal *gelozie*, rolul meu va fi trasat pe vecie. Din contră, dacă nu scot o vorbă astăzi, voi putea vorbi mâine, rămân stăpân pe situație". Criza era prea puternică, contele ar fi înnebunit, dacă ar mai fi durat. Se simți ușurat pentru câteva clipe și își concentră atenția asupra scrisorii anonime. De unde putea să vină? Trecu în revistă tot felul de nume, cântărindu-l pe fiecare în parte și reușind, în felul acesta, să-și mai ostoiască suferința. La final, își aminti sclipirea de răutate din ochii suveranului, atunci când acesta îi spuse, spre sfârșitul audienței:

— Da, scumpule prieten, trebuie să cădem de acord că plăcerile și preocupările funcției celei mai înalte, chiar și cele ale puterii fără margini, nu sunt nimic pe lângă fericirea intimă pe care o dau relațiile de tandrețe și de dragoste. Înainte de a fi principe, sunt om, și când am bucuria de a iubi, metresa mea se adresează omului, și nu principelui.

Contele făcu o apropiere între acest moment de mulțumire șireată și o anume frază din scrisoare: „*Grație adâncii voastre înțelepciuni, este statul nostru atât de bine guvernat*". „Fraza aceasta îi aparține principelui, exclamă el, nici un curtezan nu ar fi riscat să facă o asemenea imprudență; scrisoarea este a Alteței Sale!"

Odată dezlegată această enigmă, mica bucurie provocată de plăcerea de a fi ghicit fu curând alungată de cruda apariție a farmecelor lui Fabricio în mintea chinuită a contelui. O greutate enormă se prăvăli din nou peste inima nefericitului ministru. „Ce importanţă are din partea cui vine scrisoarea anonimă? strigă el furios. Faptul pe care mi-l denunţă nu continuă, oare, să existe? Capriciul acesta ar putea să-mi schimbe viaţa, adăugă, de parcă ar fi vrut să se scuze că este atât de scos din minţi. În primul moment, dacă îl iubeşte într-un anume fel, va pleca cu el la Belgirato, în Elveţia, în cine ştie ce colţ pierdut de lume. Ea este bogată şi, de altfel, chiar de-ar fi să trăiască doar din câţiva ludovici pe an, ce-i pasă? Nu mi-a mărturisit ea — şi n-au trecut mai mult de opt zile de atunci — că palatul ei, atât de bine aranjat, atât de magnific, o plictiseşte, nu-i mai spune nimic? Sufletul acesta atât de tânăr are, într-una, nevoie de ceva nou! Şi cât de firesc i se înfăţişează această nouă fericire! Se va lăsa în voia ei, înainte de a cântări pericolele, înainte de a se gândi să mă compătimească! Iar eu sunt, totuşi, atât de nefericit!" strigă contele, izbucnind în plâns.

Îşi jurase să nu se ducă la prinţesă în seara aceea, dar nu se putu ţine de cuvânt; niciodată ochii lui nu fuseseră atât de însetaţi să o vadă. Pe la miezul nopţii, îşi făcu apariţia în apartamentul contesei; o găsi singură, cu nepotul ei. La zece îi expedie pe toţi şi ceru să se închidă uşa.

La vederea intimităţii tandre dintre cele două fiinţe şi a bucuriei naive a ducesei, contele se pomeni, pe neaşteptate, în faţa unei cumplite dileme! Pe parcursul lungii deliberări din galeria de tablouri, nu se gândi ce atitudine să adopte pentru a-şi ascunde gelozia.

Neştiind la ce pretext să recurgă, pretinse că în seara aceea îl găsise pe principe mai pornit ca niciodată împotriva lui, că i-a contrazis toate aserţiunile şi aşa mai departe. Avu dureroasa surpriză să constate că ducesa de-abia dacă-l ascultă, fără să acorde nici o atenţie acestei întâmplări care, în ajun încă, ar fi provocat comentarii nesfârşite din partea ei. Contele îl privi pe Fabricio: niciodată această figură lombardă nu i se păruse mai plină de firesc şi mai încărcată de nobleţe! Fabricio se arătă mai interesat decât ducesa de încurcăturile pe care le relata contele.

„Realmente, își spuse el, chipul acesta îmbină o nesfârșită bunătate cu o anume bucurie naivă și tandră, care este irezistibilă. Pare să zică: doar dragostea și bucuria pe care ți le dăruiește ea sunt singurele lucruri serioase de pe lumea asta. Și totuși, atunci când se ajunge la un anumit detaliu care solicită inteligența, privirea îi scapără și te uimește, rămâi uluit.

Totul este simplu pentru el, pentru că totul este văzut de sus. Doamne Dumnezeule, cum să combați un asemenea inamic? Și, în definitiv, ce ar fi viața mea fără dragostea Ginei? Cu cât deliciu pare să guste încântătoarele vorbe de duh ale acestui spirit atât de tânăr și care, pentru o femeie, trebuie să pară unic în lume".

O idee atroce îl săgetă dintr-o dată, de parcă ar fi fost apucat de crampe: „Să-l înjunghii aici, în fața ei, și să mă omor și eu după aceea?"

Dădu un ocol prin odaie, de-abia ținându-se pe picioare, dar strângând cu mâna mânerul pumnalului. Nici unul dintre cei doi nu se sinchisea de ceea ce ar fi putut face contele. Spuse că se duce să dea o poruncă lacheului său — nici măcar nu-l auziră; ducesa râdea cu duioșie de o vorbă pe care Fabricio tocmai i-o spusese. Contele se apropie de o lampă din primul salon și cercetă dacă vârful pumnalului era bine ascuțit. „Trebuie să fiu amabil cu tânărul acesta, iar purtarea mea trebuie să fie fără cusur", își spuse întorcându-se și apropiindu-se de ei.

Simțea că își pierde mințile; i se păru că, aplecându-se unul spre celălalt, se sărutau acolo, sub ochii lui. „Este imposibil să o facă în prezența mea, își spuse el, am luat-o razna. Trebuie să mă calmez; dacă încep să fiu dezagreabil, ducesa e în stare, într-o răbufnire de orgoliu, să-l urmeze la Belgirato; iar acolo sau în timpul călătoriei, o vorbă spusă la întâmplare ar putea să dea un nume simțământului pe care îl au unul față de celălalt; și apoi, într-o clipă, toate consecințele ce ar decurge de aici...

Singurătatea ar face vorba aceasta hotărâtoare și, de altfel, o dată ce ducesa ar fi departe de mine, ce soartă aș avea eu? Și dacă, după ce aș trece peste multele piedici ce mi le-ar așterne în cale principele, mi-aș arăta figura bătrână și acră la Belgirato, ce rol aș putea juca în mijlocul acestor oameni nebuni de fericire?

Chiar și aici, nu sunt altceva decât un *terzo incomodo*" (acest frumos grai italienesc este în întregime făcut pentru a exprima dragostea!). *Terzo incomodo* (un al treilea de față, a cărui prezență incomodează!). Ce suferință pentru un om de spirit să joace rolul acesta execrabil, și să nu fie în stare să se ridice și să plece!

Contele se afla într-o asemenea stare, încât era cât pe-aci să izbucnească, sau, cel puțin, să-și trădeze chinurile, căci fața îi era crispată de suferință. Cum, învârtindu-se de colo-colo prin salon, ajunse în apropierea ușii, ieși repede, strigând în urmă cu un glas ce voia să pară bun și apropiat:

— La revedere, v-am lăsat! „Trebuie să evit o vărsare de sânge", își spuse el.

A doua zi după această seară îngrozitoare, petrecută când cu trecerea în revistă a avantajelor lui Fabricio, când sfâșiat de cea mai necruțătoare gelozie, contelui îi veni ideea să ceară să fie chemat un tânăr valet de-al lui; omul acesta îi făcea curte unei tinere pe nume Chékina, una dintre cameristele ducesei și favorita ei. Din fericire, tânărul slujitor era o fire cât se poate de așezată, avară chiar, și-și dorea un post de portar la unul dintre așezămintele publice din Parma. Contele îi porunci să o facă să vină numaidecât pe Chékina, metresa lui. Tânărul se supuse și, un ceas mai târziu, contele apăru pe neașteptate în odaia în care se găsea fata, împreună cu iubitul ei. Contele îi sperie pe amândoi cu cantitatea de aur pe care le-o dărui, apoi îi adresă aceste cuvinte bietei Chékina care tremura ca varga:

— Ducesa se culcă cu *Monsignore*?

— Nu, răspunse fata, hotărându-se; în sfârșit, după un moment de tăcere — nu *încă*, dar el îi sărută adesea mâinile doamnei, în glumă, e drept, dar cu pasiune.

Mărturisirea aceasta fu completată de o sută de răspunsuri la tot atâtea întrebări furibunde ale contelui; patima lui neliniștită îi făcu, în curând, pe acești sărmani oameni să câștige în mod meritat banii pe care li-i aruncase; sfârși prin a crede ceea ce i se spunea și fu mai puțin nefericit.

— Dacă, vreodată, ducesa va avea cea mai vagă bănuială în legătură cu această conversație, îi declară el Chékinei, o să-ți trimit drăguţul douăzeci de ani la păstrare, în fortăreaţă, şi n-o să-l mai revezi decât atunci când va avea părul alb.

Şi uite aşa trecură câteva zile, pe parcursul cărora Fabricio, la rândul lui, îşi pierdu toată voioşia.

— Te asigur, îi spunea el ducesei, contele Mosca mă antipatizează.

— Cu atât mai rău, îi răspundea ea oarecum iritată.

Dar nu acesta era adevăratul motiv al neliniştii ce făcuse să se risipească voioşia lui Fabricio. "Situaţia aceasta în care m-a adus pur şi simplu întâmplarea devine absolut insuportabilă", îşi zicea el. Sunt convins că niciodată nu ar aduce vorba despre aşa ceva, s-ar înfiora să rostească un cuvânt prea semnificativ, s-ar simţi ca în pragul unui incest. Dar dacă într-o seară, la capătul unei zile pline de imprudenţe şi de nebunii, şi-ar face un examen de conştiinţă şi ar crede că eu aş fi putut ghici preferinţa pe care pare să o aibă pentru mine, cum voi apărea oare, atunci, în ochii ei? Exact ca în *casto Giusseppe* (proverb italian, aluzie la relaţia ridicolă dintre Iosif şi nevasta eunucului Putifar)

"Să o fac să priceapă, printr-o frumoasă confidenţă, că nu sunt susceptibil de o dragoste serioasă? Nu cred că sunt capabil să enunţ acest fapt în aşa fel încât să nu semene ca două picături de apă cu o impertinenţă. Îmi rămâne doar soluţia de a inventa o pasiune mistuitoare lăsată la Roma, datorită căreia sunt obligat să mă întorc acolo pentru douăzeci şi patru de ore: ar fi o decizie înţeleaptă, dar cere un efort considerabil! Ar mai putea fi ceva: o legătură nedemnă de rangul meu, aici, la Parma, ceea ce ar putea displăcea; dar orice este de preferat rolului groaznic al bărbatului care nu vrea să ghicească. Această ultimă stratagemă ar putea, este adevărat, să-mi pericliteze viitorul; ar trebui, purtându-mă cu prudenţă şi cumpărând discreţia, să reduc pericolul, în aşa fel încât să nu-mi compromit cariera". Ceea ce era dureros în toate aceste gânduri era faptul că, realmente, Fabricio o iubea pe ducesă mai mult decât pe oricare altă fiinţă în lume. "Trebuie să fii cu adevărat netot, îşi spunea el cu furie, ca să te temi atât de evident!" Lipsit de abilitatea de a ieşi din această încurcătură, deveni posomorât şi abătut. „Ce s-ar alege de mine, Doamne Dumnezeule, dacă m-aş certa cu singura fiinţă de pe lumea asta pentru care nutresc o afecţiune atât de pătimaşă?" Pe de altă parte, Fabricio nu se putea hotărî să strice o fericire atât de încântătoare printr-un cuvânt indirect. Poziţia în care se afla era atât de plină de farmec! Prietenia intimă cu o femeie atât de amabilă şi de frumoasă era atât de plină de desfătări! În ceea ce priveşte aspectele prozaice ale vieţii, protecţia ei îl plasa într-o situaţie foarte agreabilă la curtea aceea, ale cărei intrigi complicate — graţie ei, care i le explica — îl amuzau ca o piesă de teatru! „Dar, în orice moment, trăsnetul s-ar putea abate asupra mea!" îşi spunea el. Serile acestea atât de vesele, atât de încărcate de tandreţe, petrecute aproape numai între patru ochi cu o femeie atât de seducătoare, dacă ele ar trebui să se îndrepte spre ceva mai bun, atunci ea îşi va închipui că poate găsi în mine un amant şi îmi va cere să fiu pasionat şi pătimaş, iar eu nu îi voi putea oferi niciodată altceva decât prietenia cea mai caldă, dar fără dragoste; natura m-a lipsit de acest soi de nebunie sublimă. Câte reproşuri n-am avut de înghiţit din cauza aceasta! Parcă o aud pe ducesa de A\*\*\*, iar mie nici nu îmi păsa de ducesă! Îşi va închipui că nu o pot iubi pe ea, în vreme ce eu, de fapt, nu pot iubi; nu va accepta niciodată să mă înţeleagă. Adesea, în urma unei anecdote despre viaţa de la curte, povestite de ea cu acea graţie, cu acea vioiciune pe care doar ea singură le posedă pe lumea asta, atât de necesare, de altfel, pentru educaţia mea, îi sărut mâinile şi, câteodată, obrazul. Ce s-ar întâmpla dacă mâna aceasta mi-ar strânge-o pe-a mea într-un anume fel?"

Fabricio pătrundea în fiecare zi în casele cele mai respectabile şi mai puţin vesele din Parma. Dând ascultare sfaturilor abile ale ducesei, făcea o curte savantă celor doi principi, tatăl şi fiul, principesei Clara-Paolina şi monseniorului arhiepiscop. Avea succese, dar acestea nu-l fereau deloc de spaima de moarte de a nu se certa, cumva, cu ducesa.

## CAPITOLUL AL OPTULEA

AȘA CĂ, ÎN MAI PUȚIN DE O LUNĂ de la sosirea sa la curte, Fabricio trecea prin toate chinurile prin care trece un curtezan, iar prietenia intimă, ce reprezenta fericirea vieții lui, îi era, în felul acesta, otrăvită. Într-o seară, frământat de toate aceste gânduri, ieși din salonul ducesei, în care prea avea aerul unui amant triumfător; hoinărind fără nici o știință prin oraș, trecu prin fața teatrului și, văzând lumină înăuntru, intră. Era o imprudență gratuită din partea unui slujitor al lui Dumnezeu, pe care, de altfel, își propusese să o evite la Parma, care, la urma urmei, era doar un orășel cu patruzeci de mii de locuitori. Este adevărat însă că, încă din primele zile, renunțase la costumația sa oficială; seara, când nu se învârtea printre cei sus-puși, era înveșmântat simplu, în negru, ca un om în doliu.

La teatru, ceru o lojă în rândul al treilea, ca să nu fie văzut; se juca *Hangița*, de Goldoni. Cerceta, preocupat, arhitectura sălii: de-abia dacă-și întorcea ochii spre scenă. Dar publicul, numeros, izbucnea în râs în fiecare clipă; Fabricio își aruncă privirile spre tânăra actriță care juca rolul hangiței și o găsi nostimă. Uitându-se mai atent, i se păru deosebit de drăguță și, mai cu seamă, plină de naturalețe: era o fetișcană naivă, care râdea ea prima de replicile hazoase pe care i le punea în gură Goldoni și care se arăta cât se poate de uimită atunci când le rostea. Întrebă cum se numește și i se răspunse: *Marietta Valserra*.

„Ah, se gândi el, mi-a luat numele, ce ciudat..." În ciuda intențiilor sale, nu părăsi teatrul decât după ce se isprăvi reprezentația. Se întoarse și a doua zi; trei zile după aceea, avea adresa *Mariettei Valserra*.

Chiar în seara zilei în care și-o procurase, cu suficientă dificultate, constată că Mosca se poartă deosebit de frumos cu el. Sărmanul amant gelos, care făcea toate eforturile să se mențină în limitele prudenței, pusese iscoade pe urmele tânărului, iar escapada acestuia de la teatru îl bucură nespus. Cum am putea descrie plăcerea resimțită de conte când, în ziua imediat următoare aceleia în care reușise să fie atât de amabil cu Fabricio, află că acesta — ce-i drept, pe jumătate deghizat într-o redingotă albastră cu poale lungi — urcase până în mizerabilul apartament pe care Marietta Valserra îl ocupa la al patrulea cat al unei case vechi din spatele teatrului? Fericirea și entuziasmul lui aproape că nu mai cunoscură margini, atunci când i se aduse la cunoștință că Fabricio se prezentase sub o identitate falsă și că avusese onoarea de a provoca gelozia unei oarecare lichele pe nume Giletti, care în orașe juca roluri de mâna a treia, cum ar fi cele de obscur valet, iar în cătune dansa pe sârmă. Acest nobil ibovnic al Mariettei îl împroșcă pe Fabricio cu injurii și amenință că o să-l omoare.

Trupele de operă sunt formate de un *impresario*, care angajează de pe unde apucă artiștii pe care își poate permite să-i plătească sau pe cei pe care îi găsește liberi, iar trupa astfel înjghebată rămâne împreună un sezon sau cel mult două. Regula aceasta nu se aplică, însă, în ceea ce privește *companiile comice*; tot alergând din oraș în oraș și schimbându-și reședința la două-trei luni, ele nu alcătuiesc, mai puțin, o familie ai cărei membri se iubesc sau se urăsc între ei. Există în aceste companii perechi statornice pe care, uneori, *craii* din orașele în care trupa urmează să joace reușesc cu greu să le separe. Este exact ce i se întâmpla și eroului nostru: micuța Marietta îl iubea de ajuns de mult, dar îi era îngrozitor de frică de Giletti, care se pretindea unicul ei stăpân și, în consecință, o supraveghea îndeaproape. Se lăuda pe unde apuca că o să-i facă de petrecanie *monsignorelui*, căci îl urmărise pe Fabricio și reușise să-i descopere identitatea. Respectivul Giletti era de departe ființa cea mai pocită de pe lumea asta și cea mai nepotrivită pentru hârjonelile dragostei: lung cât o prăjină, era slab ca un țâr, ciupit de vărsat de vânt și, colac peste pupăză, privind cam cu un ochi spre făină și unul spre slănină. Altfel, deprins cu toate trucurile meseriei, își făcea în mod obișnuit intrarea în culise, unde erau adunați camarazii săi, făcând o roată, adică rotindu-se sprijinit pe mâini și pe picioare sau recurgând la cine știe ce alt *număr* de senzație. Triumfa în rolurile în care actorul trebuia să apară cu chipul acoperit de făină și să dea sau să primească un șir infinit de lovituri de baston. Acest demn rival al lui Fabricio avea o leafă de treizeci și doi de franci pe lună și se considera un om înstărit.

Contele Mosca avu senzația că se întoarce de pe lumea cealaltă, atunci când observatorii săi îi confirmară exactitatea tuturor acestor detalii. Se arătă din nou amabil: apăru, mai vesel și mai fermecător ca niciodată, în salonul ducesei, ferindu-se să-i sufle o vorbă despre mica aventură ce îl făcuse să învie din morți. Avu grijă chiar să ia toate măsurile de prevedere necesare pentru ca ea să fie informată de tot ceea ce se petrecea cât mai târziu cu putință. În sfârșit, avu curaj să asculte de glasul rațiunii, care îi striga în zadar, de o lună de zile, că, de fiecare dată când steaua unui amant pare că începe să apună, amantul în cauză trebuie să pornească într-o călătorie.

O afacere importantă îl solicită la Bolognia unde, de două ori pe zi, curierii cabinetului îi aduceau mult mai puține hârtii oficiale din birourile sale, decât vești despre amorurile micuței Marietta, despre mânia teribilului Giletti și despre demersurile lui Fabricio.

Unul dintre agenții contelui ceru să se reia de mai multe ori *Arlechin schelet și plăcintă*, unul dintre triumfurile lui Giletti (unde acesta iese din plăcintă în momentul în care rivalul său Brighella începe să mănânce din ea și îl ia la ciomăgeală); fu un pretext pentru a-i strecura o sută de franci. Giletti, înglodat în datorii, evită să sufle vreo vorbă despre această pomană picată din ceruri, dar deveni mândru ca un cocoș.

Capriciul lui Fabricio se transformă într-un acces de amor propriu (la vârsta lui, grijile îl făcuseră să aibă *capricii*!). Vanitatea îl făcea să se ducă la spectacol; micuța juca bine și îl amuza; la ieșirea din teatru, era îndrăgostit pentru o oră. Contele reveni la Parma atunci când îi ajunse la urechi informația conform căreia Fabricio se afla, cu adevărat în pericol; Giletti, care fusese dragon în vestitul regiment de dragoni Napoleon, vorbea cât se poate de serios atunci când afirma că îl va ucide pe Fabricio și, în consecinţă, lua măsuri pentru a-şi pierde ulterior urma în Romagna. Dacă cititorul nostru este foarte tânăr, va fi scandalizat de admiraţia noastră pentru această frumoasă trăsătură de caracter. Şi totuşi, nu se poate spune că efortul eroic al contelui de a se întoarce la Bolognia — superbă dovadă de virtute — ar fi fost mic, căci, în sfârşit, dimineaţa, faţa lui era ofilită, iar Fabricio era atât de proaspăt, atât de senin la chip! Cine s-ar fi gândit să-i reproşeze moartea lui Fabricio, petrecută în timpul absenţei sale şi datorată unui motiv atât de prostesc? Dar contele era unul dintre acele suflete rare care este veşnic chinuit de remuşcări dacă, neavând prilejul să facă o faptă bună, nu o face; de altfel, nu putea suporta ideea de a o vedea pe ducesă tristă, şi asta din pricina lui.

O găsi, la sosirea lui, tăcută şi posomorâtă. Iată ce se întâmplase: Chékina începuse să-şi facă scrupule şi, judecând importanţa greşelii ei după suma enormă pe care o primise pentru a o comite, se îmbolnăvise de supărare. Într-o seară, ducesa, care ţinea la ea, urcă până în odaia ei. Tânăra nu putu să reziste acestei dovezi de bunătate; izbucni în lacrimi, vru să-i restituie stăpânei ei ceea ce-i mai rămăsese din banii cu care fusese plătită şi, în cele din urmă, avu curajul să-i mărturisească totul, relatându-i întocmai întrebările contelui şi răspunsurile pe care le dăduse ea la aceste întrebări. Ducesa alergă spre lampă şi o stinse, apoi îi spuse micuţei Chékina că o iartă, dar cu condiţia să nu sufle o vorbă nimănui despre această scenă ciudată. „Sărmanul conte, adăugă ea, aparent indiferentă, se teme de ridicol; toţi bărbaţii sunt aşa".

Ducesa se grăbi să coboare la ea. De-abia se încuie în camera ei, că o şi podidi plânsul; considera absolut îngrozitoare ideea de a face dragoste cu Fabricio, la naşterea căruia asistase. Şi totuşi, ce voia să însemne purtarea ei? Aceasta fusese prima cauză a negrei melancolii în care o găsi cufundată contele; la întoarcerea acestuia, fu cuprinsă de adevărate accese de iritare, dar nu numai din pricina lui, ci şi din a lui Fabricio; ar fi vrut să nu-i mai vadă nici pe unul, nici pe celălalt. Era necăjită de postura ridicolă în care se afla Fabricio față de micuța Marietta; căci contele îi mărturisise totul, ca un adevărat îndrăgostit, incapabil să respecte un secret. Nu se putea obișnui cu această nenorocire; idolul ei avea un defect; în cele din urmă, într-un moment de prietenie afectuoasă, îi ceru contelui sfatul; pentru acesta, fu o clipă delicioasă și o frumoasă recompensă pentru gândul onest ce îl făcuse să se întoarcă la Parma.

— Nimic mai simplu! îi spuse râzând contele; tinerii vor să aibă toate femeile, după care, a doua zi, nu se mai gândesc la ele. Nu ar trebui să se ducă la Belgirato, să o vadă pe marchiza del Dongo? Ei bine! Să se ducă. În timpul absenței lui, voi ruga trupa comică să-și arate în altă parte talentele, voi plăti cheltuielile de deplasare; dar curând îl vom vedea îndrăgostit de prima femeie drăguță ce-i va ieși în cale; e normal, nici nu aș vrea să îl văd altfel... Dacă e necesar, cere-i marchizei să-i scrie. Ideea aceasta, dată cu un aer nepăsător, fu o adevărată rază de lumină pentru ducesă, căreia îi era frică de Giletti. Seara, contele anunță ca din întâmplare că există un curier care, mergând la Viena, urma să treacă prin Milano; trei zile după aceea, Fabricio primea o scrisoare de la mama lui. Plecă negru de supărare că nu reușise, din cauza geloziei lui Giletti, să profite de excelentele intenții ale micuței Mariette, asupra cărora primise toate asigurările printr-o *mammacia*, o femeie bătrână, care-i ținea loc de mamă.

Fabricio se întâlni cu mama lui și cu una dintre surori la Belgirato, un cătun piemontez ceva mai răsărit, așezat pe malul drept al lacului Maggiore; malul stâng aparține orașului Milano și, în consecință, Austriei. Lacul acesta, paralel cu lacul Como, coborând, ca și acesta, de la nord către sud, este situat la aproximativ douăzeci de leghe mai la apus. Aerul munților, aspectul maiestuos și liniștit al acestui lac superb, ce i-l amintea pe cel în apropierea căruia își petrecuse copilăria, totul contribui la transformarea supărării lui Fabricio — vecine cu mânia — într-o dulce melancolie. Amintirea ducesei îi deștepta, acum, o tandrețe infinită; i se părea că, de departe, o iubea cum nu iubise niciodată o femeie; nimic nu ar fi fost mai greu decât să trăiască despărțit pentru totdeauna de ea și, în această dispoziție în care se afla, dacă ducesa ar fi catadicsit să recurgă la cea mai neînsemnată cochetărie — de exemplu opunându-i un rival —, i-ar fi cucerit cu siguranță inima. Dar, departe de a lua o hotărâre atât de decisivă, își făcea cele mai vii reproșuri pentru că nu renunța să îl urmeze cu gândul pe tânărul călător. Se dojenea cu asprime pentru ceea ce încă numea un capriciu, ca și cum ar fi fost un fapt blamabil; își dublă atențiile și drăgălășeniile față de conte, care, sedus de atâtea favoruri, nu mai asculta de glasul rațiunii, care îi prezicea o a doua călătorie la Bologna.

Marchiza del Dongo, presată de pregătirile pentru nunta fiicei sale celei mari, pe care o mărita cu un duce din Milano, nu reuși să-i acorde fiului ei mult iubit mai mult de trei zile; niciodată nu i se păruse mai duios și mai iubitor. În mijlocul melancoliei ce pusese din ce în ce mai intens stăpânire pe sufletul lui, eroul nostru fu săgetat de o idee bizară și chiar ridicolă. Să îndrăznim să spunem că voia să îl consulte pe abatele Blanès? Bătrânul acesta cumsecade era însă absolut incapabil să înțeleagă zbuciumul unei inimi hărțuite de pasiuni puerile, aproape egale în intensitate; i-ar fi trebuit, de altfel, opt zile numai ca să îl facă să întrevadă toate interesele pe care Fabricio era obligat să le menajeze la Parma. Dar, gândindu-se să-i ceară sfatul, Fabricio regăsea prospețimea senzațiilor de pe vremea când avea șaisprezece ani. Dar cine ar crede? Fabricio intenționa să-i ceară părerea nu numai în calitate de om înțelept, ci și de prieten absolut devotat; scopul acestui drum și sentimentele pe care le-a trăit eroul nostru în cele cincizeci de ceasuri cât dură el sunt atât de absurde, că, fără îndoială, ar fi de preferat, în interesul povestirii, să le trecem sub tăcere. Mă tem ca nu cumva credulitatea lui Fabricio să îl priveze de simpatia cititorului; dar, ce să-i faci, așa era el, de ce am alege să îl flatăm pe el mai degrabă decât pe altul? Doar nu i-am flatat nici pe contele Mosca, nici pe principe.

Fabricio, așadar — pentru că trebuie să spunem totul —, Fabricio își conduse mama până în portul Laveno, de pe malul stâng al lacului Maggiore, malul austriac, unde acesta coborî la ceasurile nouă seara. (Lacul este considerat teritoriu neutru şi celor care coboară pe uscat nu li se cere paşaportul.) Dar de-abia se lăsă noaptea, că debarcă şi el pe acelaşi mal austriac, în mijlocul unei pădurici ce înaintează până în mijlocul valurilor. Închiriase o *sediola*, un fel de cabrioletă ţărănească rapidă, cu numai două locuri, cu ajutorul căreia putea să urmeze, la o distanţă de cincizeci de paşi, trăsura mamei sale; era deghizat în slujitor al *casei del Dongo* şi nici unul dintre numeroşii angajaţi ai poliţiei sau ai vămii nu avusese ideea să-i ceară paşaportul. La un sfert de leghe de Como, unde marchiza şi fiica ei urmau să înnopteze, o luă pe o potecă la stânga, care, dând ocol târgului Vico, se întâlnea în cele din urmă cu un drumeag recent deschis chiar pe marginea lacului. Era miezul nopţii şi Fabricio putea spera că nu va da peste nici un jandarm. Pâlcurile de copaci din pădurea pe care o străbătea îşi desenau conturul negru al frunzişului pe un cer înstelat, dar umbrit de o ceaţă uşoară. Apele şi cerul erau învăluite într-o linişte adâncă, şi sufletul lui Fabricio se lăsa cotropit de această frumuseţe sublimă; se opri, apoi se aşeză pe o stâncă ce înainta pe luciul lacului, formând un soi de mic promontoriu. Liniştea desăvârşită era tulburată doar de câte-un val plăpând, venit la intervale regulate, să-şi dea ultima suflare pe plajă. Fabricio avea o inimă de italian — îmi cer iertare pentru acest cusur al lui; meteahna consta, mai cu seamă, în următoarele: nu era orgolios decât din când în când, iar simpla prezenţă a frumuseţii divine ce îl înconjura îl înduioşa până la lacrimi, ogoindu-i puţin necazurile. În timp ce şedea pe stânca izolată, fără grija de a se feri de agenţii de poliţie, protejat de noaptea grea şi de liniştea vastă, lacrimi binecuvântate îi înecară ochii şi găsi acolo momentele cele mai fericite pe care le trăise de multă vreme.

Hotărî să nu-i spună minciuni ducesei şi asta pentru că, în clipa aceea, o iubea până la adoraţie; îşi jură să nu-i mărturisească niciodată că *o iubeşte*; niciodată nu va rosti în preajma ei cuvântul *dragoste*, pentru că pasiunea ce purta numele acesta era străină de simţămintele lui. În revărsarea entuziastă de generozitate şi de virtute care făcea fericirea lui în momentul acela, luă hotărârea să-i spună totul cu prima ocazie: inima lui nu cunoscuse niciodată pârjolul iubirii. Odată luată această decizie curajoasă, se simţi ca eliberat de o povară enormă. „Ea îmi va spune, poate, câteva vorbe despre Marietta, îşi răspunse, plin de veselie, lui însuşi".

Căldura înăbuşitoare ce domnise în timpul zilei începea să fie domolită de briza dimineţii. Deja, licărirea încă palidă a zorilor lăsa să se întrezărească vârfurile Alpilor, ridicându-se la vest şi la răsărit de lacul Como. Siluetele lor, albite de omăt chiar şi în luna iunie, se conturează pe albastrul limpede al unui cer veşnic senin la acele înălţimi ameţitoare. Un şir al Alpilor înaintează spre sud, spre fericita Italie, separând versanţii lacului Como de cei ai lacului Gardo. Fabricio urmărea cu privirea toate acele şiraguri de creste ale acelor munţi sublimi, în timp ce lumina zorilor creştea, dând la iveală văile ce le despart, argintând fuioarele de ceaţă uşoară ce se depănau din adâncul genunilor.

De câteva clipe, Fabricio o pornise din nou la drum; trecu de colina ce formează peninsula Durini şi, în sfârşit, în faţa ochilor lui apăru clopotniţa cătunului Grianta, în care se urcase de atâtea ori pentru a cerceta bolta înstelată, împreună cu abatele Blanès. „Cât de neştiutor eram pe vremea aceea! Nu puteam înţelege, îşi spunea, nici măcar latina aceea ridicolă din tratatele de astrologie pe care le răsfoia dascălul meu şi cred că le respectam mai cu seamă pentru că, pricepând doar câteva cuvinte, pe ici, pe colo, imaginaţia mea se străduia să le confere un sens cât mai romantic cu putinţă".

Încetul cu încetul, reveria sa luă alt curs. „Exista, oare, ceva real în această ştiinţă? De ce ar fi altfel decât celelalte? Un anumit număr de imbecili, dar şi de oameni abili stabilesc între ei că ştiu *mexicana*, de exemplu; în această calitate, se impun atât societăţii care îi respectă, cât şi guvernelor care îi plătesc. Sunt copleşiţi cu favoruri tocmai pentru că n-au minte, iar puterea nu are de ce să se teamă că aceştia ar reuşi să ridice popoarele, înflăcărându-le cu ajutorul unor sentimente generoase! Iată-l, de pildă, pe părintele Bari, căruia Ernest al IV-lea tocmai i-a acordat o pensie de patru mii de franci, cât și crucea ordinului său, doar pentru că a tălmăcit nouăsprezece versuri dintr-un ditiramb grecesc!

Dar, Doamne Dumnezeule, am eu dreptul să consider toate aceste lucruri ridicole? Tocmai eu mă plâng? își spuse brusc, oprindu-se din drum. Oare nu aceeași cruce a primit-o recent și guvernatorul meu din Neapole?" Fabricio încercă un adânc sentiment de dezgust; nobilul elan de puritate ce-i făcuse odinioară inima să-i tresalte se preschimbă în plăcerea josnică de a fi părtaș la un furt. „Ei bine! își zise el cu ochii stinși ai un om nemulțumit de sine, de vreme ce, prin naștere, am dreptul de a profita de aceste abuzuri, ar fi o mare prostie din parte mea să nu o fac; dar nu trebuie să mă apuc să le blamez în public". Raționamentul acesta nu era lipsit de justețe; dar Fabricio se prăbuși de pe acele culmi amețitoare ale fericirii sublime pe care se simțise înălțat cu un ceas în urmă. Ideea privilegiului ofilise planta aceea atât de delicată numită fericire.

„Dacă nu trebuie să crezi în astrologie, reluă el, încercând să se gândească la altceva, dacă știința aceasta este — ca trei sferturi din disciplinele care nu sunt exacte — practicată de o adunătură de nătărăi entuziaști și de ipocriți vicleni, plătiți de cei pe care îi slujesc, cum se face că mă gândesc atât de frecvent și cu atâta intensitate la acea întâmplare nefericită? Pe vremuri am ieșit din închisoarea din B***, dar cu veșmintele și foaia de drum a unui soldat întemnițat pentru o cauză dreaptă".

Raționamentul lui Fabricio nu reuși niciodată să se dezvolte mai departe; se învârtea de o sută de ori în jurul dificultăților, fără să izbutească să le depășească. Era încă prea tânăr; în clipele sale de tihnă, sufletul lui se desfăta absorbind senzațiile produse de întâmplările romanești pe care imaginația era întotdeauna gata să i le ofere. Era foarte departe de a-și folosi timpul analizând cu răbdare particularitățile reale ale lucrurilor, pentru a ajunge, în cele din urmă, la cauze. Realitatea i se părea încă insipidă și infectă. „Sunt de acord că nu e plăcere să o contempli, dar, în cazul ăsta, nu trebuie să o judeci. Nu trebuie, mai ales, să respingi ceea ce nu cunoşti".

Aşa se face că, fără a fi lipsit de inteligenţă, Fabricio nu putea să-şi dea seama că semicredinţa sa în semne prevestitoare era, pentru el, o religie, o credinţă înrădăcinată adânc în mintea lui, încă de la intrarea sa în viaţă. Să se gândească la această credinţă însemna să simtă cu adevărat şi să fie fericit. Aşa că se încăpăţâna să afle cum ar putea fi aceasta o ştiinţă *dovedită*, reală, în genul geometriei, de pildă. Căuta cu ardoare, săpând în memoria sa, toate împrejurările în care semnele observate de el nu fuseseră adeverite de evenimentul fericit sau nefericit pe care păreau să-l prevestească. Dar, tot considerând că urmează un raţionament şi se îndreaptă spre adevăr, atenţia sa zăbovea bucuroasă în preajma cazurilor în care prevestirea fusese confirmată pe deplin de accidentul fericit sau nefericit pe care părea să-l anunţe, iar sufletul i se umplea de respect şi de duioşie; ar fi simţit o repugnanţă de neînvins pentru fiinţa ce i-ar fi negat premoniţiile, în special dacă ar fi făcut-o cu ironie.

Fabricio mergea fără să-şi dea seama de distanţa parcursă şi ajunsese cam în acest punct cu raţionamentele lui lipsite de forţă când, înălţând capul, zări zidul grădinii tatălui său. Zidul acesta, ce susţinea o terasă frumoasă, se ridica la peste patruzeci de picioare deasupra drumului, în dreapta. Un brâu de pietre cioplite îl încingea sus de tot, în dreptul balustradei, conferindu-i un aspect monumental. „Nu arată rău, îşi spuse fără nici un entuziasm Fabricio, arhitectura este de calitate, aproape în stil roman"; îşi aplica proaspetele sale cunoştinţe legate de antichitate. Apoi, întoarse dezgustat capul; severitatea tatălui său şi mai cu seamă denunţul fratelui lui Ascanio, la întoarcerea sa din călătoria în Franţa, îi reveniră în minte.

„Denunţul acesta a stat la originea vieţii mele actuale; pot să-l urăsc pe acest frate denaturat, pot să-l dispreţuiesc, dar, în sfârşit, el mi-a schimbat destinul. Ce aş fi devenit, odată alungat la Novara, unde omul de afaceri al tatălui meu îmi suporta cu greu prezenţa, dacă mătuşa mea nu ar fi trăit cu un demnitar puternic? Dacă s-ar fi întâmplat ca mătușa aceasta să aibă un suflet uscat și meschin, în locul sufletului ei tandru și pasionat? Dacă nu m-ar fi iubit cu un soi de entuziasm care mă uimește? Unde aș fi fost acum, dacă ducesa ar fi avut firea fratelui ei, marchizul del Dongo?"

Asaltat de aceste crude amintiri, Fabricio înaintă cu pași nesiguri; ajunse la marginea șanțului, exact vizavi de fațada magnifică a castelului. De-abia dacă se obosi să arunce o privire asupra acelui măreț edificiu înnegrit de vreme. Limbajul încărcat de noblețe al arhitecturii îl lăsa rece; amintirea fratelui și a tatălui său înăbușea în sufletul lui orice pornire spre frumos, era atent doar să se mențină în gardă în eventualitatea prezenței unor dușmani ipocriți și periculoși. Privi o clipă, dar cu un dezgust accentuat, spre mica fereastră a camerei în care locuise înainte de 1815, la al treilea cat. Caracterul tatălui său spulberase farmecul tuturor amintirilor din prima copilărie. „N-am mai intrat acolo, se gândea el, din ziua de 7 martie, la opt seara. Am ieșit să mă duc să iau pașaportul lui Vasi și, a doua zi, frica de spioni m-a făcut să-mi grăbesc plecarea. Când m-am întors, după călătoria din Franța, n-am mai avut timp să urc, chiar doar să-mi revăd gravurile, și asta din pricina denunțului fratelui meu".

Fabricio își întoarse capul cu oroare. Abatele Blanès are peste optzeci și trei de ani, își spuse el cu tristețe, aproape că nu mai vine la castel, după câte mi-a povestit sora mea; infirmitățile bătrâneții își spun cuvântul. Sufletul lui atât de drept și de nobil s-a închistat din pricina vârstei. Dumnezeu știe de câtă vreme n-a mai urcat în clopotnița lui! Mă voi ascunde în beci, după butoaie, sau îndărătul teascului, până în momentul în care se va trezi; nu mă voi duce să tulbur somnul bunului bătrân; probabil că nici nu mai știe cum arăt; șase ani înseamnă mult la vârsta lui! Voi găsi doar mormântul unui prieten! Și este o adevărată copilărie, adaugă el, să vin aici, să înfrunt dezgustul pe care mi-l provoacă vederea castelului tatălui meu!"

Fabricio intră atunci în mica piață a bisericii; cu o uimire ce s-a prefăcut repede în entuziasm, găsi, la al doilea cat al străvechii clopotniţe, fereastra îngustă şi lungă, luminată de micul felinar al abatelui Blanès. Abatele avea obiceiul să şi-l lase aici, urcând în cuşca de scânduri ce alcătuia observatorul său, pentru ca lumina lui să nu-l împiedice să citească pe planisferă. Această hartă a cerului era întinsă pe un vas mare de lut ars, ce fusese odinioară domiciliul unui portocal din grădina castelului. La gura vasului răzbea licărirea celei mai modeste lămpi din lume, ce ardea înăuntru, iar o ţevuşcă de tablă conducea fumul în exterior, umbra ţevuştii indicând nordul pe hartă. Toate amintirile acestea ale unor lucruri atât de simple îl făcură să-şi simtă sufletul inundat de o emoţie adâncă, umplându-l de fericire.

Aproape fără să-şi dea seama, îşi vârî degetul în gură, emiţând un mic fluierat jos şi scurt, care altădată era semnalul lui de trecere. Numaidecât auzi trăgându-se de mai multe ori frânghia care, din vârful observatorului, desfereca zăvorul de la uşa acestuia. Năvăli pe scări, cu inima zbătându-i-se în piept; îl găsi pe abate încremenit în fotoliul lui din lemn, la locul obişnuit, cu ochii lipiţi de luneta îngustă a unui teodolit de perete. Cu mâna stângă, abatele îi făcu semn să nu-l întrerupă din cercetarea sa; o clipă mai târziu, notă o cifră pe o carte de joc, apoi, răsucindu-se în fotoliu, îşi desfăcu braţele spre eroul nostru, care se aruncă plângând la pieptul lui. Abatele Blanès era adevăratul lui tată.

— Te aşteptam, spuse abatele Blanès, după primele izbucniri de efuziune şi de tandreţe. Abatele îşi făcea meseria de învăţat sau, cum se gândea adesea Fabricio, cine ştie ce semn astrologic îi anunţase, din întâmplare, sosirea lui?

— Acum va veni şi pentru mine clipa morţii, spuse abatele Blanès.

— Cum aşa? strigă Fabricio, zăpăcit de emoţie.

— Da, continuă abatele, serios dar deloc trist: la cinci luni şi jumătate sau la şase după ce te-am revăzut, viaţa mea, atingând culmea fericirii, se va stinge.

*Come face al mancar dell'alimento*
(precum opaiţul, când i se termină undelemnul). Înainte de momentul suprem, voi petrece, probabil, două sau trei luni fără

să vorbesc, după care voi fi primit la pieptul Tatălui nostru ceresc — dacă va considera că mi-am făcut datoria în postul în care m-a pus de veghe.

Eşti sfârşit de oboseală, emoţia te îndeamnă la somn. De când am început să te aştept, am pus la păstrare o pâine şi o sticlă de rachiu, în lada mea cu instrumente. Încearcă să te întremezi puţin şi caută să prinzi destule puteri ca să mă mai asculţi câteva clipe. Stă în puterea mea să-ţi spun câteva lucruri înainte ca întunericul nopţii să fie alungat de lumina zilei ce va să vină; acum îmi sunt mai limpezi decât îmi vor fi, poate, mâine. Căci, copilul meu, suntem întotdeauna slabi şi trebuie să ţinem seama de această slăbiciune. S-ar putea ca mâine, omul bătrân, omul terestru din mine să fie prins cu pregătirile dinaintea morţii, iar mâine seară, la ceasurile nouă, tu trebuie să pleci.

Fabricio îl asculta în tăcere, aşa cum făcea de obicei.

— Aşadar, reluă bătrânul, este adevărat că, atunci când ai încercat să vezi Waterloo, ai dat, mai întâi, peste o temniţă?

— Da, părinte, răspunse mirat Fabricio.

— Ei bine, se potriveşte de minune, pentru că, avertizat de glasul meu, sufletul tău se poate pregăti pentru o temniţă mult mai grea, mult mai cumplită! Probabil că vei scăpa de ea doar printr-o crimă, dar, slavă Cerului, nu vei comite tu această crimă. Nu săvârşi niciodată un omor, oricât de ispitit ai fi să o faci; mi se pare că întrezăresc că va fi vorba de un nevinovat care îţi uzurpă drepturile. Dacă vei rezista ispitei violente ce va părea îndreptăţită de legile onoarei, viaţa ta va fi foarte fericită în faţa oamenilor şi potrivit de fericită în faţa înţeleptului, adaugă el, după ce reflectă o clipă; vei muri la fel ca mine, fiul meu, aşezat pe un jilţ de lemn, departe de orice lux, dezamăgit de opulenţă şi, la fel ca mine, fără să-ţi faci reproşuri grave.

Acum, de vreme ce am terminat de vorbit despre viitor, nu mai am de adăugat nimic cu adevărat important. În zadar am încercat să întrezăresc cât vei sta în această temniţă; să fie vorba de şase luni, de un an, de zece ani? N-am reuşit să-mi dau seama; se pare că undeva am făcut o greşeală, iar Cerul a vrut să mă pedepsească, lăsându-mă în întunericul acestei incertitudini. Am desluşit, doar că după temniţă, dar nu ştiu dacă exact în momentul ieşirii, se va întâmpla ceea ce numesc eu o crimă, dar din fericire cred că pot fi sigur că nu va fi comisă de tine. Dacă vei avea slăbiciunea să te amesteci în această crimă, tot restul calculelor mele nu va fi decât un lung şir de erori. Atunci nu vei muri cu pacea în suflet, aşezat într-un jilţ şi înveşmântat în alb.

Rostind aceste vorbe, abatele Blanès încercă să se ridice; abia atunci îşi dădu seama Fabricio cât de ascuţiţi sunt colţii timpului şi cât de adânc pot muşca; bătrânului îi trebui mai mult de un minut să se scoale şi să se întoarcă spre el, care îl lăsă, fără să intervină şi să încerce să îl ajute, nemişcat şi tăcut. Abatele îi întinse braţele şi Fabricio îl strânse de mai multe ori la piept, cu infinită tandreţe. După care reluă, cu tonul şugubăţ din vremurile lui bune:

— Încearcă să-ţi faci un culcuş printre uneltele mele; ca să-ţi fie somnul mai dulce, ia şubele mele; vei găsi mai multe — şi de mare preţ —, ne-a cadorisit cu ele ducesa Sanseverina, acum patru ani. Mi-a cerut să-ţi prezic viitorul şi să-i comunic rezultatul, m-am ferit să o fac, dar, chiar dacă nu i-am dat ascultare, am păstrat blănurile şi frumosul teodolit trimis în dar. Orice deconspirare a unei predicţii constituie o infracţiune, o încălcare a regulilor, şi există pericolul de a schimba cursul evenimentelor, iar în cazul acesta, întreaga noastră ştiinţă se năruie ca un castel de nisip clădit de nişte copii. De altfel, aş fi avut să-i spun câteva vorbe pe şleau acestei ducese mereu atât de frumoase. Apropo, încearcă să nu te sperii în somn de dangătul clopotelor, care vor face un zgomot înfundat când vor bate mesa de la ora şapte; mai târziu, la catul inferior, vor pune în mişcare şi clopotul cel mare, care îmi zgâlţâie toate instrumentele. Astăzi este Sfântul Giovita, mucenic şi soldat. Ştii, cătunul nostru, Grianta, are acelaşi sfânt protector ca şi marele oraş Brescia, ceea ce, incidental, l-a făcut şi pe ilustrul meu maestru, Giacopo Marini din Ravena, să se înşele într-un mod cât se poate de amuzant. De mai multe ori, Sfinţia Sa mi-a prezis că sunt sortit unei cariere ecleziastice dintre cele mai frumoase, credea că voi fi preotul magnificei biserici din Brescia; am ajuns paroh într-un sătuc de şapte sute de fumuri! Dar totul s-a potrivit de minune. Mi-am dat seama — nu sunt nici zece ani de atunci — că, dacă aş fi slujit în biserica din Brescia, destinul m-ar fi aruncat în temniţă pe una dintre colinele Moraviei, la Spielberg. Mâine îţi voi aduce tot soiul de bucate alese, şterpelite de la praznicul pe care-l dau pentru toţi preoţii din împrejurimi, care vin să cânte la mesa cea mare. Ţi le voi aduce jos, dar nu căuta să mă vezi, nu coborî ca să intri în posesia acestor bunătăţi decât atunci când vei auzi că am ieşit din cameră. Nu trebuie să mă vezi la lumina zilei şi, cum mâine soarele va apune de-abia la şapte şi douăzeci şi şapte de minute, nu voi veni să te îmbrăţişez decât pe la ceasurile opt şi va trebui să pleci cât timp minutele se socotesc alături de nouă, adică înainte să bată de zece. Ai grijă să nu fii zărit la ferestrele clopotniţei: jandarmii au semnalmentele tale şi sunt, într-o oarecare măsură, sub comanda fratelui tău, care este un tiran vestit. Marchizul del Dongo e din ce în ce mai şubred, adăugă Blanès cu tristeţe, şi, dacă te-ar revedea, poate că ţi-ar da ceva cu mâna lui. Dar astfel de avantaje, pătate de necinste, nu sunt pentru un om ca tine, a cărui putere va sta, într-o bună zi, în integritatea sa morală. Marchizul îşi detestă băiatul, pe Ascanio, şi tocmai acestui fiu îi vor reveni cele cinci sau şase milioane pe care le posedă. Asta este dreptatea. La moartea lui, tu vei avea o rentă de patru mii de franci şi cincizeci de coţi de postav negru, pentru hainele cernite ale slujitorilor tăi.

## CAPITOLUL AL NOUĂLEA

SUFLETUL LUI FABRICIO ERA EXALTAT de discursul părintelui, de profunda atenţie cu care îl urmărise şi de oboseala extremă în care se afla. Se perpeli multă vreme, iar somnul îi fu bântuit de vise — presimţiri, poate, ale viitorului; dimineaţa, la zece, se deşteptă brusc — clopotniţa se zgâlţâia din temelii, în vreme ce un vuiet asurzitor năvălea de afară. Sări din pat îngrozit, convins că a venit sfârşitul lumii, apoi se crezu în închisoare; îi trebui o vreme până să se dezmeticească şi să recunoască dangătul clopotului celui mare, pus în mişcare de patruzeci de oameni într-u slava marelui Sfânt Giovita, deşi ar fi fost de ajuns şi zece.

Fabricio căută un loc potrivit, de unde să vadă fără să fie văzut; constată că, de la marea înălţime la care se afla, putea vedea ca în palmă în grădinile din jur şi chiar în curtea interioară a castelului tatălui său. Îl uitase. Ideea acestui tată ajuns la capătul vieţii îi modifica toate sentimentele. Distingea chiar şi vrăbiile care căutau firimituri de pâine pe balconul cel mare din dreptul sufrageriei. „Sunt, desigur, descendentele celor pe care le îmblânzeam pe vremuri", îşi zise el. Balconul acela, ca toate celelalte balcoane ale palatului, era plin de o mulţime de portocali în vase de pământ, mai mari sau mai mici. Priveliştea îl înduioşă; aspectul curţii interioare, împodobite astfel cu umbre apăsate şi puternic conturate de soarele arzător, era cu adevărat grandios.

Starea de slăbiciune a tatălui său îi revenea mereu în minte, îl obseda, nu îi dădea pace. „Dar este chiar ciudat, îşi spunea el, tata are doar treizeci şi cinci de ani mai mult ca mine; treizeci şi cinci şi cu douăzeci şi trei nu fac decât cincizeci şi opt!" Ochii lui, aţintiţi asupra ferestrelor camerei acestui om sever, pe care nu-l iubise niciodată, se umpluseră de lacrimi. Brusc se cutremură şi sângele îi îngheţă în vene, căci i se păru că-şi zăreşte tatăl traversând o terasă înţesată cu portocali, ce se afla la acelaşi nivel cu odaia sa; dar nu era decât unul dintre valeţi. Dintr-odată, un roi de fete învestmântate în alb, răsărit ca din senin chiar sub clopotniţă, se împrăştie pe străzile pe care urma să treacă procesiunea, aşternând pe caldarâm covoare de flori roşii, albastre şi galbene. Dar exista un spectacol care făcea ca inima lui Fabricio să tresalte şi mai tare: din clopotniţă, privirile îi alunecaseră peste cele două braţe ale lacului, pe o distanţă de mai multe leghe, şi priveliştea aceea sublimă îl făcu, în curând, să le uite pe toate celelalte; deştepta în el simţăminte mult mai înălţătoare. Toate amintirile din copilărie, strânse la un loc, năvăliră în sufletul lui; ziua aceea pe care o petrecu închis într-o clopotniţă fu, poate, una dintre cele mai fericite din viaţa lui.

Fericirea îl înălţă pe o treaptă a cugetării destul de străină firii lui; el, atât de tânăr, îşi contempla viaţa de parcă ar fi ajuns la sfârşitul ei. „Trebuie să mărturisesc, îşi spuse, în cele din urmă, după mai multe ceasuri de delicioasă reverie, că, de când mă aflu la Parma, n-am mai cunoscut acea bucurie liniştită şi deplină de care aveam parte la Neapole, când galopam pe drumurile de la Vomero sau când alergam pe malurile Misenei. Toţi curtenii aceia veninoşi, prinşi într-un hăţiş de intrigi şi interese, mi-au turnat şi mie venin în suflet... Dar nu-mi face nici o plăcere să urăsc, cred chiar că ar fi o jalnică satisfacţie pentru mine să-mi umilesc duşmanii, dacă i-aş avea, dar n-am... Ba, stai puţin, îşi spuse deodată, îl am ca duşman pe Giletti... Iată ceva cu adevărat ciudat; mulţumirea pe care aş avea-o dacă l-aş vedea pe omul acesta atât de pocit ducându-se la toţi dracii ar fi mult mai puternică decât sentimentul, mult mai anost, ce mă lega de micuţa Marietta... Deşi ea însemna pentru mine mult mai mult decât ducesa A\*\*\* pe care eram obligat să o iubesc la Neapole, pentru că apucasem să-i declar că sunt îndrăgostit de ea. Doamne Dumnezeule! De câte ori nu m-am plictisit de moarte în timpul lungilor întâlniri pe care mi le acorda această frumoasă ducesă; nimic asemănător în cămăruţa dărăpănată ce-i servea şi de bucătărie, în care micuţa Marietta m-a primit de două ori, şi doar două minute de fiecare dată.

Ei, Doamne Dumnezeule! Ce mănâncă oamenii ăştia? Ţi se face milă! Ar fi trebuit să le fac, ei şi *mammaciei*, o pensioară de trei biftecuri, plătibile zilnic... Micuţa Marietta, adăugă el, mă făcea să uit de gândurile negre pe care mi le stârnea vecinătatea Curţii.

Poate că n-aş fi făcut rău să ajung un stâlp de cafenea, cum zicea ducesa; pare să încline în partea asta şi are mult mai multă minte decât mine. Graţie binefacerilor ei sau poate doar cu ajutorul acelei rente de patru mii de franci şi al acelui fond de patruzeci de mii plasat la Lyon, pe care mi-l hărăzeşte mama, aş avea întotdeauna un cal și câțiva scuzi cu care să fac săpături și să-mi pot înjgheba un birouaș. De vreme ce se pare că nu mi-e sortit să mă bucur de o mare iubire, acestea vor fi mereu, pentru mine, marile izvoare ale fericirii; aș vrea, înainte să mor, să apuc să mă duc să mai văd o dată câmpul de luptă de la Waterloo și să încerc să recunosc pajiștea pe care am fost tras, cu atâta veselie, din șa și pus la pământ. Odată săvârșit acest pelerinaj, m-aș întoarce adesea pe malul acestui lac sublim; nimic mai frumos nu se poate vedea pe lumea asta, cel puțin așa simte inima mea. La ce bun să caut fericirea atât de departe, când ea se află aici, sub ochii mei?

Ah! își spuse Fabricio, ca o obiecție, poliția mă alungă de pe malul lacului Como, dar sunt mai tânăr decât cei care conduc acțiunile acestei poliții. Aici, adăugă el râzând, cu siguranță că nu am cum să dau peste o ducesă de A\*\*\*, dar pot da peste una din micuțele de acolo, care potrivesc florile pe pavaj, și, de fapt, aș iubi-o la fel de mult. Ipocrizia mă îngheață chiar și în dragoste, iar marile noastre doamne mizează pe efecte mult prea sublime. Napoleon le-a inoculat ideea moralei și a statorniciei.

Drace!" exclamă brusc, retrăgându-și repede capul de la fereastră, ca și cum i-ar fi fost frică să nu fie recunoscut, deși se afla în umbra jaluzelei enorme de lemn, ce ferea clopotnița de ploaie, „iată că își face intrarea o formațiune de jandarmi în ținută de gală". Într-adevăr, zece jandarmi, dintre care patru subofițeri, apăruseră în susul străzii principale. Sergentul îi aliniei din o sută în o sută de pași, de-a lungul traseului pe care urma să îl parcurgă procesiunea. „Aici, toată lumea mă cunoaște; dacă mă vede cineva, n-am de făcut mai mult de un pas de pe malul lacului Como până la Spielberg, unde îmi vor lega de fiecare picior câte un lanț de o sută zece livre: și ce durere pentru ducesă!"

Fabricio avu nevoie de două-trei minute ca să-și aducă aminte că, în primul rând, se afla la o înălțime de peste patruzeci de picioare, că locul în care se afla era relativ întunecos, că ochii celor care ar fi putut să-l vadă erau orbiți de strălucirea soarelui și că, în sfârșit, aceștia se plimbau pe străzi căscând gura la casele ce tocmai fuseseră văruite în cinstea hramului sfântului Giovita. În ciuda unor raţionamente atât de clare, sufletul de italian al lui Fabricio l-ar fi oprit să se mai bucure de vreo plăcere, dacă n-ar fi interpus între el şi jandarmi o bucată de pânză veche, pe care o bătu în cuie în tocul ferestrei, făcând în prealabil două găuri pentru ochi.

Clopotele făceau aerul să vibreze de zece minute; procesiunea veni din biserică şi *mortarettele* se făcură auzite. Fabricio întoarse capul şi recunoscu mica esplanadă prevăzută cu un parapet, ce domina lacul unde, de atâtea ori în copilărie, se expusese pericolului ca aceste *mortaretti* să i se descarce între picioare, motiv pentru care, în zilele de sărbătoare, maică-sa avea grijă să-l ţină mai mult pe lângă ea.

Trebuie să ştiţi că respectivele *mortaretti* (sau mici mortiere) nu sunt altceva decât nişte ţevi de puşcă retezate în aşa fel încât să nu depăşească o lungime de patru degete; din această pricină, ţăranii adună cu sârg ţevile de puşcă pe care, după 1796, politica Europei le-a semănat din belşug pe şesurile Lombardiei. Odată scurtate astfel, ţevile acestea mititele sunt încărcate ochi, aşezate pe pământ în poziţie verticală şi de-a lungul lor este presărată o dâră de praf de pulbere; sunt aliniate pe trei rânduri ca un batalion, în număr de două-trei sute, pe un amplasament aflat în vecinătatea lacului pe unde urmează să treacă procesiunea. Atunci când se apropie sfintele daruri, cineva aprinde dâra de pulbere şi atunci izbucneşte un val de rafale, cele mai inegale şi cele mai ridicole din lume; femeile înnebunesc de fericire. Nimic nu este mai vesel decât răpăitul acestor *mortaretti* auzite de departe, pe lac, îndulcit de clipocitul apei. Zgomotul acesta ciudat, ce îi bucurase de atâtea ori copilăria, alungă ideile un pic prea serioase de care era asaltat eroul nostru; se duse să caute luneta astronomică cea mare a abatelui, o instală, îşi lipi ochii de ea şi îi putu recunoaşte pe majoritatea bărbaţilor şi femeilor care urmau procesiunea. Multe dintre încântătoarele fetiţe pe care Fabricio le lăsase la vârsta de unsprezece-doisprezece ani erau de-acum femei superbe, în floarea celei mai viguroase tinereţi;

privindu-le, eroul nostru simţi cum îi renaşte curajul; ca să le poată vorbi, i-ar fi înfruntat fără nici o teamă pe cei mai fioroşi jandarmi.

După ce procesiunea trecu şi intră în biserică, printr-o uşă laterală pe care Fabricio nu o putea zări, căldura deveni înăbuşitoare, chiar şi în înaltul clopotniţei; locuitorii se întoarseră la casele lor şi o linişte deplină se aşternu peste sat. Mai multe bărci se umplură de ţăranii care se întorceau la Bellagio, Menaggio şi alte sate de pe malul lacului; Fabricio auzea, distinct, fiecare lovitură de vâslă; amănuntul acesta atât de simplu îl încânta până la extaz; bucuria din acele clipe era plămădită din toată nefericirea şi stinghereala pe care le afla în labirintul vieţii complicate de la Curte. Cât de mulţumit ar fi fost în momentul acela să poată străbate o leghe pe întinderea lacului aceluia minunat, atât de liniştit, în oglinda căruia se răsfrângea atât de limpede adâncimea cerului! Auzi deschizându-se uşa de jos a clopotniţei — era bătrâna slujnică a abatelui Blanès, care aducea un coş mare; de-abia se stăpâni să nu-i vorbească. „Nutreşte pentru mine aceeaşi prietenie ca şi stăpânul ei, îşi spunea el, şi, de altfel, diseară la nouă plec; oare să nu fie în stare să păstreze un secret, mai ales dacă o pun să jure, vreme de câteva ceasuri? Dar, se gândi Fabricio, asta ar însemna să îmi supăr prietenul! Aş putea să-l compromit, să-i creez neplăceri din partea jandarmilor!" Aşa că o lăsă pe Ghita să plece fără să-i vorbească. Se ospătă pe cinste, după care se întinse puţin, cu gândul să aţipească preţ de doar câteva minute; se trezi de-abia la opt şi jumătate seara — abatele Blanès îl scutura de braţ, iar afară se lăsase întunericul.

Blanès era extrem de obosit, arăta cu cincizeci de ani mai bătrân ca în ajun. Nu-i mai vorbi de lucruri serioase; aşezat în fotoliul lui de lemn, îi ceru lui Fabricio: „Îmbrăţişează-mă". Îl luă de mai multe ori în braţe. „Moartea — spuse el în cele din urmă — care va pune capăt vieţii acesteia atât de lungi nu va fi atât de grea ca despărţirea de acum. Am o pungă pe care i-o voi lăsa în păstrare Ghitei, cu porunca de a lua din ea pentru nevoile ei, dar şi cu aceea de a-ţi da ceea ce rămâne, dacă vei veni vreodată să îi ceri. O ştiu eu, potrivit acestor recomandări, ar fi în stare, ca să facă economie pentru tine, să nu-şi cumpere carne nici de patru ori pe an, dacă nu-i vei da ordine precise în sensul acesta. S-ar putea, prin cine ştie ce nefericită întâmplare, să ajungi la sapă de lemn, aşa că obolul bătrânului prieten îţi va fi de folos. Nu te aştepta la nimic bun de la fratele tău, doar la fapte atroce, şi încearcă să câştigi bani printr-o activitate care să te facă util societăţii. Prevăd nişte furtuni ciudate; e posibil ca, în cincizeci de ani, lumea să nu-i mai accepte pe cei leneşi. Mama şi mătuşa ta s-ar putea să nu mai fie, surorile tale trebuie să se supună soţilor lor... Du-te, du-te! Fugi! strigă Blanès alertat, căci auzise un mic pocnet în orologiu, anunţând că urma să bată de ora zece; nu fu nici măcar de acord să-i îngăduie lui Fabricio să îl îmbrăţişeze pentru ultima oară.

— Grăbeşte-te, grăbeşte-te, îl îndemnă el zorit; vei avea nevoie de cel puţin un minut ca să cobori scara. Ai grijă să nu cazi, ar fi un semn cumplit.

Fabricio se năpusti pe scări şi, ajuns în piaţă, începu să alerge. De-abia ajunsese în faţa castelului tatălui său, că orologiul se porni să bată; fiecare dintre cele zece bătăi răsuna în pieptul lui, făcându-l să se simtă tulburat într-un mod cât se poate de ciudat. Se opri să reflecteze sau mai degrabă să se lase pradă sentimentelor înflăcărate ce i le inspira edificiul acesta atât de impunător, pe care îl judecase cu atâta răceală în ajun. Se deşteptă din visare, la auzul unor paşi; ridică ochii şi se văzu între patru jandarmi. Avea două pistoale excelente, cărora le reînnoise amorsele în timp ce se ospăta; micul zgomot pe care îl făcuse atunci când le armase atrase atenţia unuia dintre jandarmi, care fu pe punctul de a-l aresta. Îşi dădu seama de pericolul în care se afla şi se gândi să tragă primul; era de datoria lui, căci ar fi fost singurul mod în care ar fi putut face faţă celor patru oameni bine înarmaţi. Din fericire, jandarmii, care aveau misiunea de a evacua cârciumile din jur, nu se dovediseră insensibili la ofertele politicoase ale amabililor patroni, de a se drege cu câte un păhărel, aşa că nu se grăbiră să-şi facă datoria. Fabricio o luă la sănătoasa cât îl ţineau picioarele. Jandarmii schiţară şi ei câţiva paşi, alergând şi strigând: „Stai pe loc! Stai pe loc!" După care piaţa se afundă din nou în tăcere. La trei sute de paşi mai încolo, Fabricio se opri să-şi tragă sufletul. „Zgomotul pistoalelor mele era gata-gata să mă piardă; pe bună dreptate ducesa ar fi putut să-mi spună, dacă mi-ar mai fi fost dat vreodată să-i revăd frumoşii ochi, că mintea mea se complace să contemple ceea ce se va întâmpla peste zece ani şi uită să privească ceea ce se întâmplă în jurul meu în clipa de faţă". Fabricio se înfioră, gândindu-se la pericolul pe care tocmai îl evitase; grăbi pasul şi, curând, nu se putu opri să nu o ia la goană, ceea ce nu era prea prudent din partea lui, căci se făcu remarcat de mai mulţi trecători în drum spre casele lor. Nu-şi puse capăt goanei decât atunci când ajunse pe munte, la peste o leghe de Grianta, şi chiar şi după ce se opri, se simţi năpădit de sudori reci, gândindu-se la Spielberg.

„Ce spaimă am tras!" îşi zise cu glas tare, dar, auzindu-se vorbind de unul singur, se cam ruşină, mai ales că spusese ceea ce spusese. „Dar nu-mi zice oare mătuşa mea că lucrul de care am cea mai mare nevoie este să învăţ să mă iert pe mine însumi? Mă compar întotdeauna cu un model perfect, care de fapt nu există. Ei bine! îmi iert frica, pentru că, pe de altă parte, eram hotărât să îmi apăr libertatea şi, cu siguranţă, cei patru n-ar fi rămas cu toţii în picioare, ca să mă ducă la închisoare. Ceea ce fac eu în momentul de faţă, adaugă el, nu corespunde deloc teoriei militare; în loc să mă retrag rapid, după ce mi-am atins obiectivul, dând, poate, alarma în rândul inamicului, mă amuz cu o fantezie mai ridicolă, se pare, decât toate predicţiile abatelui meu".

Într-adevăr, în loc să se retragă pe traseul cel mai scurt şi să ajungă pe malul lacului Maggiore, unde îl aştepta barca lui, făcu un ocol enorm, ducându-se să-şi viziteze *copacul*. Cititorul îşi aduce poate aminte de dragostea pe care o purta Fabricio unui castan plantat de mama lui cu douăzeci şi trei de ani înainte. „Ar fi o faptă demnă de fratele meu, îşi spuse el, să fi tăiat copacul acesta; dar cei de teapa lui nu simt lucrurile delicate; nu cred că i-a dat prin minte. Și, de altfel, nici nu ar fi un semn rău", adăugă cu fermitate. Două ore mai târziu, se opri înmărmurit: niște oameni răi sau o furtună rupseseră una dintre ramurile principale ale tânărului copac, iar aceasta spânzura uscată. Fabricio o tăie cu respect, cu ajutorul pumnalului său, după care netezi tăietura, pentru ca apa să nu poată pătrunde în trunchi. Apoi, deși timpul era atât de prețios pentru el, căci zorile erau aproape, petrecu un ceas încheiat afânând pământul în jurul copacului iubit. După ce săvârși toate aceste nebunii, o luă la picior pe drumul ce ducea spre lacul Maggiore. Una peste alta, nu se simțea deloc trist, căci copacul crescuse frumos, mai viguros ca niciodată; în cinci ani se înălțase încă o dată pe atât. Ramura frântă reprezenta doar un accident fără consecințe; odată retezată, nu-i mai dăuna arborelui, ba chiar avea să fie mai zvelt, de vreme ce crengile urmau să pornească mai de sus.

Fabricio nu apucase să străbată o leghe, când o fâșie de un alb strălucitor vesti, spre răsărit, piscurile muntelui *Resegon di Lek*, celebru în întreg ținutul. Drumul pe care mergea se umpluse de țărani, dar în loc să se supună regulilor militare, Fabricio se lăsa copleșit de priveliștea când sublimă, când mișcătoare a acestor păduri din vecinătatea lacului Como. „Sunt, poate, cele mai frumoase din lume; nu cele mai *aducătoare de parale*, cum s-ar zice în Elveția, ci cele care vorbesc cel mai mult sufletului". Să asculți graiul lor în situația în care se afla Fabricio, expus atenției domnilor jandarmi lombardo-venețieni, era o adevărată copilărie. „Mă aflu la o jumătate de leghe de graniță, își spuse el în cele din urmă, voi da peste vameșii și peste jandarmii care își fac rondul de dimineață; costumul acesta de postav fin li se va părea suspect, îmi vor cere pașaportul, or pașaportul acesta are înscris în literele lui un nume sortit închisorii; iată-mă aflat în plăcuta împrejurare de a comite o crimă. Dacă, potrivit regulii, jandarmii merg câte doi, nu pot aștepta cuminte să trag doar atunci când unul dintre ei va încerca să mă prindă de guler; e de ajuns să mă rețină o clipă și ajung la Spielberg". Fabricio, înspăimântat mai cu seamă de gândul acesta, că va fi obligat să deschidă primul focul, poate, asupra unui fost oștean al unchiului său, contele Pietranera, alergă să se ascundă în trunchiul scorburos al unui castan uriaș; tocmai își schimba capsele pistoalelor, când auzi un om înaintând prin pădure și cântând foarte bine o minunată arie din *Mercadante*, pe atunci la modă în Lombardia.

„Ăsta-i semn bun!" își spuse Fabricio. Aria aceasta pe care o asculta cu religiozitate îi domoli ușoara enervare ce începea să se amestece în raționamentele sale. Scrută cu atenție drumul larg, pe ambele sensuri, și nu zări pe nimeni. „Cântărețul vine pe vreo scurtătură", își zise el. Aproape în aceeași clipă, văzu un valet dichisit, îmbrăcat după moda englezească, călare pe un cal de suită care înainta la pas și ținând de frâu un cal de rasă de toată frumusețea, poate un pic prea slab.

„Ah! Dacă aș gândi ca Mosca, cugetă Fabricio, atunci când repetă că pericolele la care este expus un om sunt întotdeauna și măsura drepturilor pe care le are asupra vecinului lui, i-aș zbura creierii acestui valet și, odată urcat în șaua calului celui slab, nu mi-ar mai păsa de toți jandarmii din lume. De-abia când aș ajunge la Parma, aș trimite niște bani omului acestuia sau văduvei sale... dar ar fi o mârșăvie!"

## CAPITOLUL AL ZECELEA

TOT ȚINÂNDU-ȘI MORALĂ, Fabricio se năpusti pe drumul mare ce leagă Lombardia de Elveția: în locul acela, se afla la cinci sau șase picioare deasupra pădurii. „Dacă omul meu se sperie, își spuse Fabricio, o și zbughește în galop și mă lasă plantat aici, ca un nătărău". Exact atunci se afla la zece pași de valetul care nu mai cânta, amuțise; văzu în ochii lui că era cuprins de teamă. Fără să se fi hotărât încă ce să facă, Fabricio porni într-un salt și înșfăcă animalul cel slab de dârlogi.

— Prietene, i se adresă valetului, nu sunt un hoț la drumul mare, căci voi începe prin a-ți da douăzeci de franci, dar mă văd obligat să îți iau cu împrumut armăsarul; aș fi omorât, dacă n-aș șterge-o de aici imediat. Îi am pe urmele mele pe cei patru frați Riva, vânătorii aceia renumiți, de care nu se poate să nu fi auzit; tocmai m-au surprins în iatacul surorii lor, am sărit pe fereastră și iată-mă! Au pornit după mine prin pădure, cu puști și cu câini. M-am ascuns în castanul ăsta gros și scorburos, pentru că l-am văzut pe unul dintre ei trecând drumul; câinii lor o să-mi ia urma! O să încalec pe armăsarul tău și o să galopez până voi ajunge la o leghe de lacul Como; mă duc la Milano să cad în genunchi în fața viceregelui. O să-ți las calul la poștă, cu doi napoleoni pentru tine, dacă te învoiești de bunăvoie. Dacă te împotrivești, te împușc cu pistolul ăsta. Dacă, după ce am plecat, pui jandarmii pe urmele mele, vărul meu, bravul conte Alari, scutier al împăratului, va avea grijă să-ți rupă oasele.

Fabricio născocea acest discurs pe măsură ce-l rostea pe tonul cel mai pașnic.

— De altfel, continuă el râzând, numele meu nu este deloc un secret; sunt *marchesino* Ascanio del Dongo, iar castelul meu se află în apropiere, la Grianta. Haide, zise el, ridicând glasul, dă drumul calului! Valetul, stupefiat, tăcea mâlc. Fabricio își trecu pistolul în mâna stângă, înhăță căpăstrul pe care celălalt i-l lăsă, sări în șa și porni în galop. Când ajunse la trei sute de pași, își dădu seama că uitase să-i dea cei douăzeci de franci promiși; se opri. Pe drum, nici țipenie de om, doar valetul care venea în galop după el; îi făcu semn cu batista să înainteze și, când văzu că se afla la cincizeci de pași de el, azvârli în drum un pumn de monede, după care o luă din nou din loc. Îl văzu pe valet de departe, adunând sârguincios bănuții de argint. „Iată un om cu adevărat rezonabil, își zise râzând Fabricio, nici o vorbă de prisos". Înainta iute; pe la miezul zilei se opri într-o gospodărie răzlețită și își reluă călătoria câteva ceasuri mai târziu. La două dimineața, se afla pe malul lacului Maggiore: curând, își zări barca legănându-se pe apă și aceasta veni la semnalul stabilit. Nu văzu nici un țăran căruia să-i încredințeze calul; nobilul animal își recăpătă libertatea, iar trei ceasuri după aceea era la

Belgirato. Acolo, ieșit de pe teritoriul inamic, își îngădui o clipă de odihnă; era nespus de bucuros, reușise perfect. Să îndrăznim să dezvăluim adevăratele motive ale bucuriei sale? Copacul lui se înălțase frumos, iar duioșia pe care o aflase în brațele abatelui Blanès îi înviorase sufletul. „Crede oare abatele cu adevărat în toate prorocirile pe care mi le-a făcut?" se întreba el; „sau, cum fratele meu mi-a creat reputația unui iacobin, a unui om care nu are nici o credință și care nu ascultă de nici o lege, capabil de orice, a vrut doar să mă ferească de ispita de a-i sparge capul cine știe cărui animal care mi-ar juca o festă?" Peste două zile, Fabricio era la Parma, unde îi amuză strașnic pe ducesă și pe conte, narându-le, cu lux de amănunte — așa cum făcea mereu — toată călătoria.

La sosire, Fabricio îl găsi pe portar, ca și pe toți slujitorii palatului Sanseverina, în mare doliu.

— Ce pierdere am suferit? o întrebă el pe ducesă.

— Omul acela admirabil care era soțul meu s-a stins la Baden. Mi-a lăsat palatul acesta, așa cum era convenit, dar, în semn de bună prietenie, a adăugat și un legat de trei sute de mii de franci, ce îmi dă multă bătaie de cap; nu vreau să renunț la această dispoziție testamentară în favoarea nepoatei lui, marchiza Raversi, care mă sâcâie zi de zi cu tot felul de feste murdare. Tu, care te pricepi, va trebui să-mi găsești un sculptor bun; voi înălța în memoria ducelui un monument de trei sute de mii de franci. Contele începu să înșire anecdote pe seama marchizei Raversi.

— În zadar am încercat să o iau cu binișorul, nu am reușit să o îmbunez cu nici un chip, spuse ducesa. În ceea ce-i privește pe nepoții ei, i-am făcut pe toți colonei ori generali. În schimb, nu trece o lună să nu-mi trimită cine știe ce scrisoare abominabilă — am fost obligată să-mi iau un secretar care să citească epistolele de soiul ăsta.

— Iar scrisorile acestea anonime sunt cel mai mic păcat al lor, interveni contele Mosca; au o adevărată manufactură de insinuări infame. De douăzeci de ori aș fi putut să aduc toată clica asta în faţa tribunalului, iar Excelenţa Voastră îşi poate da seama, adăugă el — adresându-se lui Fabricio — că judecătorii mei ar fi obţinut condamnarea.

— Ei bine! Asta mă întristează, replică Fabricio cu o naivitate de-a dreptul comică pentru unul ce cunoştea năravurile de la Curte, mi-ar fi plăcut să-i văd condamnaţi de nişte magistraţi, în afara oricărei influenţe.

— Ai putea să-mi faci plăcerea, tu care călătoreşti pentru a te instrui, să-mi dai şi mie adresa unor asemenea magistraţi, le-aş scrie înainte de a mă duce la culcare.

— Dacă aş fi ministru, absenţa unor judecători oneşti mi-ar răni amorul-propriu.

— Dar mi se pare, nu se lăsă contele, că Excelenţa Voastră, care îi preţuieşte atât de mult pe francezi şi care, chiar nu de mult, le-a oferit sprijinul braţului său invincibil, uită în momentul acesta una dintre maximele lor de căpătâi: „Mai bine îl răpui tu pe diavol, decât să te răpună el pe tine". Aş vrea să văd cum aţi cârmui aceste minţi înflăcărate care citesc toată ziua *Istoria Revoluţiei Franţei*, cu judecători care i-ar achita pe cei pe care îi acuz eu. Ar ajunge să nu-i condamne pe coţcarii cei mai evident vinovaţi şi s-ar crede nişte adevăraţi Brutuşi. Dar vreau să-ţi fac o mustrare: sufletul tău delicat nu simte nici o remuşcare cu privire la acel armăsar un pic costeliv, pe care l-ai lăsat de izbelişte pe malul lacului Maggiore?

— Am în vedere, răspunse Fabricio cu cea mai mare seriozitate, să-i restitui ceea ce îi datorez stăpânului calului, achitând cheltuielile de afişaj şi toate celelalte pe care le avea, dacă îi va fi restituit de ţăranii care îl vor găsi; voi citi din scoarţă în scoarţă gazeta din Milano, pentru a da peste anunţul unui cal pierdut; i-am reţinut cu exactitate semnalmentele.

— Este cu adevărat *primitiv*, îi spuse contele ducesei. Şi ce s-ar fi întâmplat cu Excelenţa Voastră, continuă el râzând, dacă atunci când galopa de mama focului pe acest cal împrumutat, acesta şi-ar fi frânt picioarele? Ar fi ajuns la Spielberg şi toată trecerea de care mă bucur de-abia dacă ar fi reuşit să mai uşureze cu vreo treizeci de ocale greutatea lanțurilor atârnate de gleznele sale. Ți-ai fi petrecut în acea stațiune de odinioară vreo zece anișori; gleznele ți s-ar fi umflat și cangrenat, iar atunci ți le-ar fi tăiat pur și simplu!

— Ah! Pentru numele lui Dumnezeu, nu împinge prea departe povestea asta tristă, strigă ducesa cu lacrimi în ochi. Uite-l că s-a întors...

— Și nu mă bucur mai puțin decât tine, poți fi convinsă de asta, replică ministrul serios, dar, în sfârșit, de ce nu mi-a cerut copilul acesta lipsit de inimă un pașaport pe un nume convenabil, dacă voia să pătrundă în Lombardia? Cum aș fi auzit de aventura lui, aș fi plecat de îndată la Milano, iar prietenii pe care îi am pe acele meleaguri ar fi acceptat imediat să închidă ochii și să constate că jandarmeria lor a arestat un supus al principelui din Parma. Povestea călătoriei tale este sprințară, amuzantă, trebuie să mărturisesc, spuse în continuare contele, adoptând un ton mai puțin sinistru; ieșirea ta din pădure la drumul mare îmi place destul de mult; dar, între noi fie vorba, de vreme ce valetul acela avea viața ta în mâinile lui, aveai tot dreptul să i-o iei pe a sa. Îi vom clădi Excelenței Voastre o carieră strălucitoare, cel puțin așa mi-a poruncit doamna aici de față, și cred că nici cei mai aprigi dușmani ai mei nu m-ar putea acuza vreodată că nu m-am supus poruncilor sale. Ce tristețe de moarte ne-ar fi cuprins, atât pe ea, cât și pe mine, dacă, în această cursă cu obstacole, armăsarul cel costeliv s-ar fi poticnit! Aproape că ar fi fost mai bine, adăugă contele, să-ți fi frânt gâtul.

— Ești deosebit de tragic în seara asta, prietene, spuse ducesa cuprinsă de fiori.

— Asta pentru că suntem înconjurați de evenimente tragice, replică contele, la fel de tulburat; aici nu suntem în Franța, unde totul se sfârșește printr-un cântec sau printr-o condamnare de un an-doi, și fac într-adevăr o greșeală vorbindu-vă despre toate acestea pe un ton glumeț. Ah! micuțul meu nepot, presupun că voi reuși să te fac episcop, căci, în mod sigur, nu pot începe cu arhiepiscopia Parmei, așa cum ține morțiș doamna ducesă aici prezentă; în episcopia aceea, unde vei fi departe de poveţele noastre înţelepte, spune-mi puţin, care-ţi va fi politica?

— Să-l răpun pe diavol înainte să mă răpună el pe mine, cum foarte bine zic prietenii mei francezii, răspunse fără să stea pe gânduri Fabricio, aprinzându-se la faţă; să păstrez cu orice preţ, chiar de-a fi să mă folosesc de pistol, poziţia pe care mi-aţi obţinut-o. Am citit în genealogia neamului del Dongo povestea acelui strămoş al nostru care a ridicat castelul de la Grianta. Spre sfârşitul vieţii sale, bunul lui prieten Galéas, duce al Milanului, îl trimite în recunoaştere la una dintre fortăreţele noastre de pe malul lacului; exista ameninţarea unei noi invazii a elveţienilor. „Ar trebui, totuşi, să-i scriu câteva rânduri politicoase comandantului", îi spuse ducele Milanului la despărţire; le scrise şi îi încredinţă scurtul răvaş, apoi i-l ceru ca să-l sigileze: „Aşa ar fi şi mai cuviincios din partea mea", spuse principele. Vespasian del Dongo porni la drum, dar, în timp ce naviga pe lac, îşi aminti o veche poveste grecească, căci era un învăţat; deschise scrisoarea preabunului său stăpân şi găsi în interior ordinul adresat comandantului cetăţii, de a-l ucide de îndată ce i se va înfăţişa. Doar că Sforza, prea atent la cruda farsă pe care i-o juca strămoşul nostru, lăsase un spaţiu între ultimul rând şi semnătura sa; Vespasian del Dongo intercală în acel interval ordinul de a fi recunoscut ca guvernator al tuturor castelelor de pe malul lacului şi suprimă începutul scrisorii. Ajuns şi recunoscut în fortăreaţă, îl azvârli pe comandant într-un puţ, îi declară război lui Sforza şi, după câţiva ani, îşi schimbă fortăreaţa pe acele moşii imense ce au constituit averea tuturor ramurilor familiei noastre şi care, într-o bună zi, îmi vor aduce şi mie o rentă de patru mii de livre.

— Vorbeşti ca un academician, se extazie râzând contele; este o adevărată lovitură de maestru tot ceea ce ne-ai povestit tu acum, dar din păcate, doar la zece ani o dată poţi avea ocazia de-a face astfel de lucruri năstruşnice. O fiinţă pe jumătate lipsită de judecată, dar atentă, prudentă tot timpul, are adesea plăcerea de a-i pune la pământ pe oamenii plini de imaginaţie.

Doar datorită unei imaginații prea bogate a ajuns Napoleon să se predea prevăzătorului *John Bull*, în loc să încerce să cucerească America. John Bull[63], în prăvălia lui, s-a prăpădit de râs citindu-i epistole în care îl cita pe Temistocle.

De când lumea, nevrednicii Sancho Pança i-au biruit, în cele din urmă, pe sublimii Don Quijote. Dacă accepți să nu întreprinzi nimic extraordinar, sunt sigur că vei fi un episcop foarte respectat, dacă nu foarte respectabil. Totuși, îmi mențin observația — Excelența Voastră a dat dovadă de nesăbuință în afacerea cu armăsarul, a fost la un pas de închisoarea pe viață.

Cuvântul acesta îl făcu pe Fabricio să tresară. Să fie vorba despre închisoarea de care sunt amenințat? Să fie vorba despre crima pe care nu trebuie să o comit? Precizările lui Blanès, de care își bătea joc în ceea ce privește caracterul lor profetic, căpătau în ochii lui importanța unor prorociri veritabile.

— Ei bine? Ce s-a întâmplat cu tine? îl iscodi intrigată ducesa. Contele te-a făcut să te cufunzi în gânduri negre.

— Sunt iluminat de un nou adevăr și, în loc să se revolte împotriva lui, spiritul meu îl adoptă. Așa este, am fost foarte aproape de o condamnare pe viață. Dar valetul acela englez era atât de drăgălaș în costumul lui englezesc! Ar fi fost mare păcat să-i iau viața!

Ministrul fu încântat de aerul lui cumințel.

— E bine în toate privințele, spuse el, uitându-se la ducesă. Trebuie să-ți declar, prietene, că ai făcut o cucerire, poate cea mai prețioasă dintre toate.

„Ah, își spuse Fabricio, urmează o glumă legată de micuța Marietta". Se înșela; contele adăugă:

— Nevinovăția ta *evanghelică* i-a mers drept la inimă venerabilului nostru arhiepiscop, părintele Landriani. Într-o bună zi vom face din tine un mare vicar și ceea ce face farmecul acestei glume este că cei trei actuali mari vicari, oameni merituoși, sârguincioși, dintre care doi erau, cred, mari vicari, înainte de a

---

[63] Poreclă ironică dată englezilor: în limba engleză, *bull* = taur.

te fi născut tu, vor cere printr-o frumoasă epistolă adresată arhiepiscopului să fii în fruntea lor. Domnii aceștia își vor argumenta cererile evocând în primul rând însușirile tale deosebite și apoi faptul că ești strănepotul vestitului arhiepiscop Ascanio del Dongo. Când am aflat de respectul pe care îl poartă calităților tale, l-am numit de îndată căpitan pe nepotul celui mai vechi în funcție dintre vicarii generali; era locotenet de pe vremea când mareșalul Suchet[64] asedia Tarragona.

— Du-te chiar acum, în ținuta asta neprotocolară, să-i faci o vizită de curtoazie arhiepiscopului tău, îi spuse, pe un ton de comandă, ducesa. Povestește-i despre căsătoria surorii tale; când va afla că va fi ducesă, te va găsi și mai apostolic. În rest, prefă-te că ignori tot ceea ce ți-a destăinuit contele în legătură cu viitoarea ta numire.

Fabricio alergă la palatul arhiepiscopal; se arătă simplu și modest, având o conduită pe care o adopta cu mare ușurință; dimpotrivă, trebuia să facă eforturi pentru a juca rolul de mare senior. Tot ascultând istorisirile un pic cam lungi ale părintelui Landriani, își zicea: „Ar fi trebuit oare să trag cu pistolul în valetul care ținea de frâu calul cel costeliv?" Rațiunea îi spunea da, dar simțirea lui nu se putea obișnui cu imaginea însângerată a frumosului tânăr prăbușindu-se din șa, desfigurat.

„Temnița aceasta care m-ar fi înghițit, dacă armăsarul s-ar fi poticnit, este oare temnița care mă pândește, conform atâtor proorciri?"

Întrebarea era de cea mai mare importanță pentru el, așa că arhiepiscopul fu încântat de atenția concentrată cu care părea să-l asculte.

---

[64] Louis-Gabriel Suchet, duce d'Albufera (1772-1826), aflat în fruntea armatei lui Napoleon în timpul ocupării localității spaniole Tarragona.

## CAPITOLUL AL UNSPREZECELEA

DUPĂ CE IEȘI DE LA ARHIEPISCOP, Fabricio o porni zorit spre locuința micuței Marietta; auzi de departe vocea gravă a lui Giletti, care comandase vin și se desfăta împreună cu sufleorul și tăietorii de mucuri, prietenii lui. *Mammacia*, pe post de mamă, fu singura care răspunse la semnalul său.

— De când n-ai mai trecut pe la noi, s-au întâmplat tot felul de lucruri, strigă ea: doi-trei actori de-ai noștri sunt acuzați că au sărbătorit printr-o orgie ziua marelui Napoleon, iar mica noastră trupă, pasămite iacobină, a primit ordinul să părăsească statul Parma, așa că... trăiască Napoleon! Dar ministrul, după cum se zice, ne-ar fi miluit cu ceva. Este sigur că Giletti are bani; nu știu cu cât s-a pricopsit, dar l-am văzut cu un pumn de gălbiori. Marietta a primit cinci monede de la directorul nostru, cheltuieli de călătorie, ca să ajungă la Mantova și la Veneția, iar eu, una. Ea e încă îndrăgostită de tine, dar îi e frică de Giletti: acum trei zile, la ultima reprezentație pe care am dat-o, ținea morțiș să-i facă felul; i-a ars două palme zdravene și, ceea ce e îngrozitor, i-a făcut bucăți șalul cel bleu. Dacă i-ai da altul, ai fi un băiat de treabă, am spune că l-a câștigat la loterie. Tambur-majorul carabinierilor conduce mâine un exercițiu, vei găsi ora afișată la toate colțurile de stradă. Vino să ne vezi; dacă Giletti pleacă la asalt și ne dă de înțeles că va rămâne mai multă vreme afară, voi ieși la fereastră și îți voi face semn să urci. Încearcă să ne aduci ceva drăguț și Marietta te va iubi la nebunie.

Coborând scara întortocheată a acelei magherniţe, Fabricio era plin de remușcări: „Nu m-am schimbat deloc, toate hotărârile mele înțelepte luate pe malul lacului, când priveam viața cu un ochi filozofic, s-au risipit ca suflate de vânt. Sufletul meu hoinărea spre alte zări, a fost doar un vis ce s-a topit în fața crudei realități; acum ar cam fi momentul să trec la fapte", se dojenea și se îndemna el, în timp ce se întorcea la palatul Sanseverina, pe la ceasurile unsprezece din noapte. Dar în zadar căuta să afle în el curajul de a vorbi cu acea sublimă sinceritate, ce i se păruse atât de firească în noaptea petrecută pe malul lacului Como. „O s-o tulbur și o s-o necăjesc pe cea la care țin mai mult ca la oricine pe lumea asta; dacă vorbesc, voi părea un jalnic comediant; nu-mi doresc cu adevărat ceva decât în anumite clipe de exaltare".

— Contele se poartă nemaipomenit cu mine, îi declară el ducesei, după ce îi relată pe larg vizita sa la arhiepiscop; apreciez cu atât mai mult purtarea lui, cu cât îmi dau seama că nu mă prea înghite; în consecință, se cuvine ca modul meu de a mă comporta să fie cât se poate de corect în ceea ce-l privește. Există acele săpături arheologice de la Sanguigna, pentru care, se pare, a făcut o pasiune nebună, dacă stăm să judecăm după călătoria pe care a întreprins-o alaltăieri; a mers douăsprezece leghe, într-un galop turbat, ca să petreacă două ceasuri cu muncitorii lui. Dacă se vor găsi fragmente de statuete în templul antic căruia tocmai i-a descoperit fundația, se teme să nu-i fie furate; aș vrea să-i propun să mă duc să stau treizeci și șase de ore la *Sanguigna*. Mâine, pe la cinci, trebuie să mă întâlnesc din nou cu arhiepiscopul; aș putea să plec seara, ca să profit pe drum de răcoarea nopții.

Ducesa nu-i răspunse imediat.

— S-ar spune că nu faci altceva decât să cauți pretexte pentru a sta cât mai departe de mine, îi zise ea în cele din urmă, cu nespusă duioșie; de-abia te-ai întors de la Belgirato și găsești din nou un motiv să pleci.

„Iată fericita ocazie de a-i spune ce am pe suflet, își zise Fabricio. Dar, pe malul lacului, nu prea eram în toate mințile, nu mi-am dat seama, în înflăcărarea acelor clipe de sinceritate, că micul meu compliment se sfârșește printr-o impertinență. Era vorba să-i mărturisesc: nutresc pentru tine cea mai adâncă prietenie, dar inima mea nu e capabilă să iubească. Asta nu însemna, însă, că i-aș fi declarat: îmi dau seama că mă iubești, dar ai grijă, nu îți pot împărtăși sentimentele? Dacă este îndrăgostită de mine, ducesa s-ar putea supăra că am ghicit ce se petrece în sufletul ei, iar dacă simte pentru mine doar o simplă prietenie, atunci ar fi revoltată de neobrăzarea mea... astfel de ofense nu se iartă cu nici un chip".

În timp ce trecea în revistă aceste importante gânduri, Fabricio, fără să-și dea seama, se învârtea prin salon, grav și plin de sine, ca un om care vede nenorocirea la doar zece pași de el.

Ducesa nu-și putea lua ochii de la el; nu mai era copilul ce se născuse sub ochii ei, nu mai era nepotul care nu-i ieșea niciodată din cuvânt — era un bărbat serios, de care ar fi fost atât de plăcut să se lase iubită. Se ridică de pe divanul pe care era așezată și i se aruncă în brațe, pradă unei emoții violente:

— Vrei să scapi de mine? îl întrebă ea.

— Nu, răspunse el, cu aerul semeț al unui împărat roman, dar aș vrea să nu-mi pierd cumpătul.

Vorbele acestea erau susceptibile de diverse interpretări; Fabricio nu avu curajul de a merge mai departe și de a-și asuma riscul de a o răni pe femeia aceea adorabilă. Era prea tânăr, prea sensibil, gata să se lase târât de vârtejul emoțiilor; nu avu prezența de spirit de a găsi o frază amabilă, prin care să poată exprima ceea ce simțea. Într-o pornire firească și fără să mai asculte de glasul rațiunii, o cuprinse în brațe pe femeia aceea încântătoare și o acoperi cu sărutări. Exact atunci se auzi zgomotul trăsurii contelui, intrând în curte, și, aproape în aceeași clipă, acesta își făcu intrarea în salon; părea foarte agitat.

— Inspiri pasiuni cât se poate de ciudate, îi zise el lui Fabricio care, auzind aceste cuvinte, se cam pierdu cu firea.

În această seară, arhiepiscopul a beneficiat — continuă el — de audiența pe care Alteța Sa Serenisimă i-o acordă în fiecare joi; prințul tocmai mi-a povestit că arhiepiscopul, extrem de tulburat, a debutat cu un discurs învățat pe dinafară și foarte savant, din care, la început, prințul nu a priceput nimic. Landriani a sfârșit prin a declara că pentru biserica din Parma era important ca *Monsignore* Fabricio del Dongo să fie numit primul ei vicar general și, în consecință, de îndată ce va avea douăzeci și patru de ani împliniți, *adjunctul său* cu *drept de succesiune*.

Propunerea asta m-a cam speriat, trebuie să mărturisesc, căci denotă o oarecare pripeală și m-am temut de o reacție acidă din partea principelui. Dar s-a uitat la mine râzând și mi-a grăit în franceză: „Aici se simte mâna ta, domnule!"

„Pot să jur în faţa lui Dumnezeu şi a Alteţei Voastre, am protestat eu cât se poate de onctuos, că habar n-aveam de formula *dreptul de succesiune*". Am spus, de altfel, adevărul, repetând ceea ce afirmasem aici, în faţa voastră, acum câteva ceasuri; am adăugat, plin de ardoare, că pe viitor m-aş socoti copleşit de favorurile Alteţei Sale dacă s-ar milostivi să-mi confere, pentru început, o mică episcopie. Probabil că principele a dat crezare spuselor mele, căci a considerat să mă absolve de orice responsabilitate: „Asta este o afacere oficială între arhiepiscop şi mine, dumneata nu ai nici un amestec; Landriani mi-a adresat un soi de raport lung cât o zi de post şi destul de anost, la capătul căruia mi-a făcut o propunere formală; i-am răspuns cât se poate de sec că cel în cauză este foarte tânăr şi, mai cu seamă, de-abia sosit la Curtea mea; că aproape că aş avea aerul că mă achit de cine ştie ce datorie faţă de Împărat, deschizând perspectiva unei atât de înalte funcţii odraslei unuia dintre marii săi ofiţeri din regatul lombardo-veneţian. Arhiepiscopul a negat, afirmând că nimeni nu făcuse o recomandare de acest gen. Era o adevărată prostie să-mi declare aşa ceva chiar *mie*; am fost surprins de o asemenea gafă din partea unui om atât de destoinic; dar întotdeauna este dezorientat atunci când mi se adresează, iar în seara asta s-a arătat mai tulburat ca niciodată, ceea ce m-a făcut să mă gândesc că îşi dorea foarte tare lucrul acesta. I-am replicat că ştiam mai bine decât el că nu există nici o intenţie la nivel înalt în favoarea lui del Dongo, că nimeni de la Curte nu-i neagă calităţile, că nu se vorbeşte prea rău despre moravurile lui, dar că mă temeam că ar fi cam prea entuziast şi că îmi făgăduisem să nu numesc în posturi însemnate astfel de firi exaltate, în privinţa cărora un principe nu poate fi sigur de nimic. Atunci, a continuat Alteţa Sa, a trebuit să suport un discurs aproape la fel de lung ca şi primul; plin de patos, arhiepiscopul mi-a făcut elogiul entuziasmului casei lui Dumnezeu. Nepriceputule, l-am certat eu în gând, ai început să o iei razna, compromiţi o numire aproape acordată; trebuia să se oprească şi să-mi mulţumească plin de efuziune. Nici vorbă: îşi vedea mai departe de predică, plin de o cutezanță ridicolă; căutam un răspuns care să nu fie prea defavorabil micului del Dongo; l-am găsit și era destul de potrivit, după cum poți judeca și singur: „Monseniore, i-am spus, Pius al VII-lea a fost un mare papă și un mare sfânt; dintre toți suveranii, a fost singurul care a îndrăznit să-i spună *nu* tiranului care-și dorea Europa la picioarele sale! Ei bine! Sfinția sa era capabil de entuziasm, ceea ce l-a făcut, pe vremea când era episcop de Imola, să scrie vestita lui Pastorală *a cetățeanului cardinal* Chiaramonti[65], în favoarea Republicii Cisalpine".

Sărmanul meu arhiepiscop a rămas perplex și, ca să-i sporesc perplexitatea, i-am zis, cu un aer cât se poate de serios: „Adio, Monseniore, îmi voi lua un răgaz de douăzeci și patru de ore, ca să reflectez la propunerea dumitale". Bietul om a adăugat câteva cuvinte de implorare destul de neinspirate și destul de inoportune, după formula de despărțire pe care o rostisem. „Acum, conte Mosca della Rovere, îți revine sarcina de a-i comunica ducesei că nu vreau să tărăgănez douăzeci și patru de ore un lucru ce i-ar putea fi agreabil; ia loc acolo și scrie-i arhiepiscopului aprobarea ce pune capăt întregii tărășenii". Am scris-o, a semnat-o, după care mi-a spus: „Du-o chiar acum ducesei". Iată aprobarea, doamnă, mi-a oferit pretextul de a avea bucuria să vă revăd în această seară.

Ducesa parcurse încântată prețiosul document. În timpul lungii istorisiri a contelui, Fabricio avusese tot timpul să-și revină: nu se arătă câtuși de puțin surprins de acest incident, ci luă lucrurile ca un mare senior veritabil, care crede întotdeauna că toate aceste extraordinare avansări, toate aceste daruri ale destinului i se cuvin în mod cât se poate de firesc, în vreme ce pe un burghez l-ar fi făcut să-și piardă mințile de bucurie; își exprimă recunoștința, dar pe un ton rezervat și în termeni rezonabili, după care, la urmă, îi spuse contelui:

---

[65] Barnaba-Luigi-Gregorio Chiaramonti a fost ales papă în 1800, sub numele de Pius al VII-lea. Pentru că a refuzat să adere la blocul continental, Napoleon, după ce a cucerit Roma, în 1808, a confiscat posesiunile papale.

— Un bun curtean trebuie să ştie să-i linguşească pe cei mari; v-aţi exprimat temerea că ar fi posibil ca muncitorii dumneavoastră de la Sanguigna să fure fragmentele de statuete antice pe care le-ar putea, eventual, descoperi. Mie îmi plac mult săpăturile arheologice; dacă binevoiţi să îmi permiteţi, m-aş repezi să văd ce fac. Mâine seară, după cuvintele de mulţumire la palat şi la arhiepiscopie, voi porni spre Sanguigna.

— Dar poţi ghici, îl întrebă ducesa pe conte, de unde vine pasiunea aceasta subită a arhiepiscopului pentru Fabricio?

— Nu am nevoie să ghicesc; marele vicar, al cărui frate este acum căpitan, îmi spunea ieri: „Părintele Landriani pleacă de la acest principiu sigur, că titularul este superior prelatului ajutor, şi este în al nouălea cer că are un del Dongo sub ordinele sale şi că acesta îi este obligat. Tot ceea ce scoate în evidenţă originea nobilă a lui Fabricio îi sporeşte mulţumirea lăuntrică; să ai un asemenea vlăstar ca aghiotant! În al doilea rând, monseniorul Fabricio îi este pe plac, nu se simte stingher în faţa lui; în sfârşit, de zece ani nutreşte o ură instinctivă faţă de episcopul de Piacenza, care-şi susţine sfidător pretenţia de a-i urma în jilţul Parmei şi care, pe deasupra, mai e şi băiat de morar. Tocmai în perspectiva acestei viitoare succesiuni, episcopul de Piacenza a stabilit relaţii foarte strânse cu marchiza Raversi, iar în momentul de faţă, relaţiile acestea îl fac pe arhiepiscop să tremure pentru succesul planului său favorit, acela de a avea un del Dongo în statul său major şi de a-i da ordine".

A treia zi, dis-de-dimineaţă, Fabricio supraveghea săpăturile de la Sanguigna, vizavi de Colorno (care este un fel de Versailles al principilor Parmei); săpăturile se întindeau de-a lungul câmpiei, în apropierea şoselei ce duce de la Parma la podul de la Casal-Maggiore, primul oraş din Austria. Muncitorii străpungeau şesul săpând o tranşee lungă, cu o adâncime de opt picioare şi cât se poate de îngustă; scopul era descoperirea, paralel cu străvechea cale romană, a ruinelor unui al doilea templu, care, după câte spuneau localnicii, ar fi existat încă în Evul Mediu. În ciuda ordinelor principelui, mulţi ţărani nu vedeau cu ochi buni șanțurile acestea lungi ce le străbăteau proprietățile. Orice li s-ar fi spus, își imaginau că se căuta o comoară, așa că prezența lui Fabricio era cât se poate de oportună, ca o garanție împotriva iscării unei mici răzmerițe. Nu se plictisea deloc, urmărea săpăturile cu pasiune; din când în când se mai descoperea o medalie și nu voia să le acorde muncitorilor răgazul de a se înțelege între ei și de a o face dispărută.

Ziua era frumoasă, putea să fie cam șase dimineața; împrumutase o flintă veche cu un singur foc și trase după câteva ciocârlii una dintre ele, rănită, se prăbuși pe șosea; pornit în urmărirea ei, Fabricio zări de departe o trăsură ce venea dinspre Parma, îndreptându-se spre granița cu Casal-Maggiore. Tocmai își reîncărcase arma când, pe măsură ce trăsura, mai mult decât hodorogită, se apropia foarte încet, o recunoscu pe micuța Marietta; de-o parte și de alta îi avea pe lunganul de Giletti și pe femeia în vârstă pe care o făcea să treacă drept mama ei.

Giletti își închipui că Fabricio se proțăpise astfel în mijlocul drumului, cu o pușcă în mână, ca să-l insulte și poate chiar să i-o răpească pe micuța Marietta. Arătându-se bărbat, sări numaidecât din trăsură — în mâna stângă avea ditamai pistolul, acoperit însă de rugină, iar în mâna dreaptă ținea o sabie rămasă în teacă, de care se servea atunci când repertoriul trupei impunea să i se încredințeze vreun rol de marchiz.

— Ah, tâlharule! răcni el. Ce bine-mi pare să te întâlnesc aici, la o leghe de frontieră. O să-ți fac felul: aici nu mai ești protejat de ciorapii tăi violeți.

Fabricio se uita galeș la micuța Marietta și nu se sinchisea de amenințările gelosului Giletti, când, brusc, se pomeni cu țeava pistolului mâncat de rugină la trei degete de pieptul lui; avu vreme doar să lovească pistolul, folosindu-se de pușca lui ca de o bâtă; pistolul se descarcă, dar nu răni pe nimeni.

— Oprește, idiotule, urlă Giletti către *vetturino*[66]. În același timp, reuși să apuce cu multă îndemânare de capătul armei

---

[66] „Birjar", în original în limba italiană (N.T.).

adversarului său, ținând-o îndepărtată de trupul lui; amândoi trăgeau de pușcă, fiecare din toate puterile. Giletti, mult mai puternic, își muta mâinile pe țeavă, schimbându-și-le una după alta și apropiindu-se tot mai mult de trăgaci, când Fabricio, pentru a-l împiedica să se folosească de ea, trase. Observase bine mai înainte că extremitatea țevii se afla la mai mult de trei degete de umărul lui Giletti; glonțul îi șuieră acestuia pe la ureche. Vlăjganul se pierdu o clipă, asurzind, dar își veni în fire imediat.

— Ah! Ai vrut să-mi zbori creierii, canalie! S-a zis cu tine! Cu o iuțeală de necrezut, Giletti trase din teacă sabia de marchiz și țâșni spre Fabricio. Acesta nu mai avea nici o armă, așa că era sigur că i-a sunat ceasul.

O luă la goană spre trăsură, care se opri la vreo zece pași în spatele lui Giletti; întoarse la stânga și, înșfăcând arcul trăsurii, o ocoli iute, trecând foarte aproape de portiera din dreapta. Giletti, care se năpustise după el cu toată iuțeala picioarelor lui lungi și care nu avusese ideea să se prindă de arcuri, făcu mai mulți pași înainte, fără să se poată opri. În momentul în care Fabricio trecea pe lângă portiera deschisă, o auzi pe Marietta șoptindu-i:

— Ai grijă de tine; o să te omoare. Ține!

În aceeași clipă, Fabricio văzu căzându-i la picioare un soi de cuțit lung de vânătoare; se aplecă să-l culeagă, dar, în aceeași clipă, fu lovit în umăr de sabia lui Giletti. Ridicându-se, se trezi la șase degete de dușmanul său, care îl pocni cu furie, în plină față, cu mânerul sabiei; izbitura fu atât de puternică, încât îl zăpăci cu totul pe Fabricio; în clipa aceea, aproape că era să fie ucis. Din fericire pentru el, Giletti era prea aproape ca să-l poată străpunge. Venindu-și în fire, Fabricio o luă la fugă, alergând cât îl țineau picioarele; din goană, scoase din teacă cuțitul de vânătoare, după care se răsuci repede și se pomeni la trei pași de Giletti, care îl urmărea. Acesta era în plin avânt, iar Fabricio lovi cu cuțitul; Giletti, cu spada întinsă, avu vreme să devieze puțin lama, al cărei vârf i se înfipse în obraz, în pometele stâng. Trecu foarte aproape de Fabricio, care simți o împunsătură în coapsă — era șișul lui Giletti, pe care acesta apucase să-l desfacă. Fabricio făcu un salt în dreapta; se întoarse şi, în sfârşit, cei doi adversari se aflau la distanţa potrivită pentru luptă.

Giletti ocăra ca un apucat.

— Ah! O să-ţi retez beregata, nemernic afurisit, repeta el în fiecare secundă.

Lui Fabricio i se tăiase respiraţia şi nu putea să scoată un sunet; lovitura în obraz îl făcea să sufere cumplit, iar nasul îi sângera abundent; pară mai multe lovituri de sabie cu cuţitul lui şi dădu, la întâmplare, mai multe lovituri cu piciorul, fără să-şi dea seama prea bine ce face; avea impresia nedesluşită că ia parte la o luptă cu spectatori. Ideea aceasta îi fusese sugerată de prezenţa lucrătorilor care, în număr de douăzeci şi cinci-treizeci, formaseră un cerc în jurul combatanţilor, dar ţinându-se la o distanţă respectabilă, căci cei doi se fugăreau şi se năpusteau unul asupra celuilalt.

Lupta părea să mai scadă din intensitate; loviturile nu se mai succedau cu aceeaşi rapiditate, atunci când Fabricio îşi spuse: „După cât de tare mă doare faţa, cred că m-a desfigurat". Gândul acesta îl făcu să turbeze de furie, aşa că sări asupra inamicului cu vârful cuţitului de vânătoare îndreptat spre el. Vârful pătrunse în partea dreaptă a pieptului lui Giletti şi ieşi înspre umărul stâng; în aceeaşi clipă, sabia acestuia străpunse, cât era de lungă, braţul lui Fabricio, undeva mult deasupra cotului, dar alunecă pe sub piele, aşa că se alese cu o rană superficială.

Giletti se prăbuşise; în momentul în care Fabricio înainta spre el, cu ochii ţintă la mâna stângă, în care ţinea şişul, mâna aceea se desfăcu maşinal şi lăsă să-i scape arma.

„Pramatia a dat ortul popii", îşi zise înfrigurat Fabricio; îi cercetă chipul — lui Giletti începuse să-i gâlgâie sângele pe gură. Fabricio alergă la trăsură.

— Ai o oglindă? îi strigă el Mariettei. Albă ca varul, Marietta îl privea fără să poată scoate o vorbă. Bătrâna deschise cu mult sânge-rece un săculeţ de mână verde şi-i întinse lui Fabricio o oglinjoară cu mâner, nu mai mare de-o palmă. Tânărul se privi în ea, pipăindu-şi faţa: „Ochii sunt teferi, constată uşurat; ăsta e deja mare lucru". Îşi examină dinţii, scăpaseră întregi.

Atunci, de ce sufăr atât de tare? se întrebă, nedumirit, cu jumătate de voce.

— Asta pentru că partea de sus a obrazului a fost zdrobită între straja sabiei lui Giletti şi osul pe care îl avem cu toţii acolo. Obrazul îţi este îngrozitor de umflat şi de învineţit; pune-ţi numaidecât lipitori şi o să-ţi treacă cât ai clipi din ochi.

— Ah! Să vină atunci lipitorile, zise râzând Fabricio şi îşi recăpătă de îndată întreaga stăpânire de sine.

Văzu că lucrătorii îl înconjuraseră pe Giletti şi se uitau la el, fără să cuteze însă să îl atingă.

— Ajutaţi-l! le strigă el. Scoate-ţi-i haina... Voia să continue, dar, ridicând capul, zări la trei sute de paşi pe şosea, înaintând cu pas mărunt spre locul faptei, cinci-şase oameni.

„Sunt, fără doar şi poate, jandarmi, îşi spuse, alarmat şi, cum a fost curmată o viaţă de om, mă vor aresta şi voi avea onoarea să-mi fac o intrare de pomină în Parma. Ce mai poveste pentru curtenii prieteni cu Raversi, care o detestă pe mătuşă-mea".

De îndată, iute ca un fulger, le zvârli lucrătorilor uluiţi toţi banii pe care-i avea în buzunar, după care se aruncă în trăsură.

— Împiedicaţi-i pe jandarmi să mă urmărească, le strigă el lucrătorilor, şi o să vă fac bogaţi, spuneţi-le că sunt nevinovat, că omul acela *m-a atacat, cu gândul să mă omoare*.

— Iar tu, zise el către *vetturino*, mână-ţi caii în galop, o să ai de la mine patru napoleoni de aur dacă treci Padul[67] înainte ca oamenii aceia să mă poată ajunge.

— Nici o grijă! îi răspunse *vetturino*. Dar nu vă fie frică: oamenii aceia merg pe jos şi e de ajuns să-mi mân căluţii la trap şi-i las mult în urmă.

Eroul nostru fu şocat de cuvântul „frică", rostit de surugiu: realmente îi fusese o frică de moarte, după lovitura de strajă pe care o primise peste faţă.

---

[67] Pad (Po), fluviu în nordul Italiei, cu o lungime de 652 de kilometri, izvorând din Alpii vestici şi vărsându-se în Marea Adriatică printr-o deltă cu şase braţe, după ce străbate o câmpie joasă, primind numeroşi afluenţi din Alpi şi Apenini.

— Am putea, în schimb, să dăm peste jandarmi călări, mai zise prudent *vetturino*, cu gândul la cei patru napoleoni, iar cei care ne urmăresc le pot striga să ne oprească.

Ceea ce voia să zică era „Pregătiți-vă armele..."

— Ah! Ce viteaz ești, abățelul meu! se entuziasmă Marietta, îmbrățișându-l pe Fabricio.

Bătrâna privea cu capul scos în afară, prin fereastra portierei. După puțină vreme, și-l trase îndărăt.

— Nu vă urmărește nimeni, domnule, îi spuse lui Fabricio, liniștită și senină de parcă ar fi ieșit la plimbare, și nici în față nu se vede țipenie de om pe drum. Știți cât de scrupuloși sunt slujbașii poliției austriece: dacă vă văd venind astfel, în galop, pe digul de pe malul Padului, o să vă aresteze fără doar și poate.

Fabricio se aplecă pe fereastra portierei și cercetă împrejurimile.

— La trap, îi ceru el vizitiului. Ce pașapoarte aveți? o întrebă pe bătrână.

— Trei în loc de unul, răspunse aceasta; fiecare dintre ele ne-a costat patru sute de franci: nu e o nenorocire pentru niște sărmani actori ambulanți care umblă de colo-colo, cât e anul de lung? Iată pașaportul domnului Giletti, artist dramatic, ăsta o să fiți dumneavoastră; iată cele două pașapoarte ale noastre, al Mariettinei și al meu. Dar toți banii noștri erau în buzunarul lui Giletti, ce-o să se întâmple cu noi?

— Cât? întrebă laconic Fabricio.

— Patruzeci de monede frumușele de câte cinci franci, răspunse bătrâna.

— Adică șase și niște mărunțiș, interveni râzând Marietta. Nu vreau ca abățelul meu să fie păcălit.

— Nu este cât se poate de firesc, domnule, urmă bătrâna, fără să-și piardă defel cumpătul, să încerc să vă ușurez de treizeci și patru de monede de câte cinci franci? Ce sunt treizeci și patru de astfel de bănuți pentru Domnia Ta? Dar noi, noi am rămas fără protector; cine se va mai îngriji să avem un acoperiș deasupra capului, cine se va mai tocmi cu *vetturini* atunci când vom călători şi cine va mai băga în sperieţi toată lumea, ferindu-ne de necazuri şi de nepoftiţi? Giletti nu era el Făt-Frumos, dar era băiat de treabă şi te puteai înţelege cu el şi, dacă micuţa asta n-ar fi fost atât de bleagă, încât să i se aprindă călcâiele după dumneata, Giletti n-ar fi bănuit niciodată nimic şi ne-aţi fi dat bani frumoşi.

Fabricio fu mişcat; scoase punga şi îi dădu câţiva napoleoni bătrânei.

— După cum vezi, îi atrase el atenţia, îmi mai rămân doar cincisprezece, aşa că, de acum înainte e inutil să mai încerci să mă storci.

Mica Marietta îi sări de gât, iar bătrâna se repezi să-i sărute mâinile. Trăsura continua să înainteze la trap. Când se zăriră de departe barierele galbene cu dungi negre, ce anunţau teritoriul austriac, bătrâna îi spuse lui Fabricio:

— Ai face mai bine să treci graniţa pe jos, cu paşaportul lui Giletti în buzunar; noi o să ne oprim o clipă, sub pretextul de a ne face un pic toaleta. Şi, de altfel, vameşii ne vor controla bagajele. Dumneata, dacă vrei să mă asculţi, vei străbate Casal-Maggiore cu un pas nepăsător, ca unul care nu are nimic pe suflet; intră chiar în cârciumă şi dă pe gât un pahar de rachiu; odată ajuns în afara cătunului, ia-o la picior. Poliţia e cu ochii-n patru ca nicăieri în altă parte, pe pământ austriac; va afla curând că a fost ucis un om; călătoreşti cu un paşaport care nu este al tău, nu e nevoie de mai mult ca să încasezi doi ani de puşcărie. Ia-o spre Pad la dreapta, ieşind din sat, închiriază o barcă şi refugiază-te la Ravenna sau la Ferrara; ieşi cât mai repede din statele austriece. Cu doi ludovici, vei putea să-ţi cumperi un alt paşaport de la vreun vameş, acesta ţi-ar fi fatal; nu uita că l-ai ucis pe cel al cărui nume e scris în el.

Apropiindu-se pe jos de podul plutitor din Casal-Maggiore, Fabricio recitea cu atenţie actul de identitate al lui Giletti. Eroului nostru i se făcuse inima cât un purice, căci îşi aducea aminte cât se poate de exact tot ceea ce îi spusese contele Mosca despre pericolul la care era expus la reintrarea pe teritoriul austriac; or, vedea, la două sute de paşi în faţa lui, podul înfricoşător ce urma să-i permită accesul în ţara aceea, a cărei capitală era, pentru el, Spielberg-ul. Dar n-avea altă cale. Ducatul Modena, care mărgineşte la sud statul Parma, îi extrăda pe fugari conform unei convenţii exprese; frontiera statului care se întinde în munţii dinspre Genova era prea departe; rămânea doar Austria, pe malul stâng al Padului. Înainte de a exista timpul necesar pentru ca cineva să scrie autorităţilor austriece şi să le solicite să-l reţină, urmau să treacă cel puţin treizeci şi şase de ore sau chiar două zile. După ce cugetă bine la toate aceste lucruri, Fabricio îşi arse cu vârful trabucului propriul său paşaport; era mai bine pentru el să treacă drept un vagabond pe teritoriu austriac, decât Fabricio del Dongo, care s-ar fi putut să fie percheziţionat.

Indiferent de repulsia cu totul firească de a-şi încredinţa viaţa paşaportului nefericitului Giletti, documentul cu pricina prezenta dificultăţi materiale: înălţimea lui Fabricio era de cel mult cinci picioare şi cinci degete, şi nu de cinci picioare şi zece degete, cum era menţionat în paşaport; el avea aproape douăzeci şi patru de ani şi părea mai tânăr, Giletti avea treizeci şi nouă. Trebuie să mărturisim că eroul nostru se plimbă mai bine de o jumătate de oră pe partea opusă digului de pe Pad, în vecinătatea podului plutitor, înainte de a se decide să coboare. „Ce l-aş sfătui să facă pe un altul care s-ar afla în locul meu?" îşi zise el, în cele din urmă. „Evident, să treacă: e primejdios să rămân în statul Parma; oricând pot trimite un jandarm în urmărirea unuia care a ucis un om, chiar dacă s-ar fi aflat în legitimă apărare". Fabricio îşi trecu în revistă, scrupulos, conţinutul buzunarelor sale, rupse toate hârtiile şi păstră doar batista şi cutia cu trabucuri; era important să scurteze cercetarea la care urma să fie supus. Se gândi la o teribilă întrebare ce i s-ar fi putut pune şi la care nu găsea decât răspunsuri nepotrivite; avea să declare că se numeşte Giletti, iar toată lenjeria lui era marcată cu iniţialele F. D.

După cum se vede, Fabricio era unul dintre acei nefericiţi torturaţi de propria lor închipuire; este defectul pe care îl au, în general, oamenii de spirit din Italia. Un soldat francez înzestrat cu un curaj egal sau inferior s-ar fi prezentat să treacă podul imediat, fără să se gândească dinainte la vreo dificultate; dar şi-ar fi păstrat întreaga stăpânire de sine, în vreme ce Fabricio era departe de a fi stăpân pe sine când, la capătul podului, un omuleţ înveşmântat în gri îi ceru:

— Intraţi în postul de poliţie, pentru verificarea paşaportului.

Camera avea pereţii murdari şi găuriţi de o puzderie de cuie de care atârnau pipele şi pălăriile jegoase ale funcţionarilor. Biroul mare din lemn de brad, în spatele căruia erau ascunşi cu toţii, era pătat de cerneală şi vin; două-trei registre groase, legate în piele verde, erau împestriţate, de asemenea, cu pete de toate culorile, iar muchiile paginilor erau înnegrite de degete. Pe registrele aşezate grămadă unul peste altul se aflau aşezate trei coroane de laur superbe, ce slujiseră în ajun pentru una dintre sărbătorile Împăratului.

Fabricio fu izbit de toate aceste detalii şi simţi o strângere de inimă; plătea, acum, pentru opulenţa din cochetul său apartament din palatul Sanseverina. Era obligat să intre în biroul acesta jegos şi să se arate inferior; urma să îndure calvarul unui interogatoriu.

Amploaiatul care întinsese o mână galbenă după paşaportul lui era pipernicit şi oacheş; purta la cravată o podoabă ieftină şi strălucitoare de alamă. „Burghezul ăsta e prost dispus", îşi zise Fabricio; pe măsură ce lua cunoştinţă de conţinutul paşaportului, personajul părea excesiv de surprins; lectura dură mai bine de cinci minute.

— Aţi avut un accident, i se adresă el, în cele din urmă, străinului, indicând, din priviri, bărbia acestuia.

— *Vetturino* ne-a răsturnat pe digul Padului.

După care se aşternu din nou liniştea, iar amploaiatul continua să îl sfredelească necruţător cu privirea.

„M-am ars, îşi zise Fabricio, o să-mi spună că regretă, dar trebuie să-mi comunice o veste proastă, că sunt arestat". Tot soiul de idei smintite se ciocneau în capul înfierbântat al eroului nostru, care, în acel moment, nu numai că nu era în apele lui, dar nici nu mai judeca logic. De exemplu, se gândi să o şteargă pe uşa biroului, care rămăsese deschisă: „Îmi scot hainele, mă arunc în

Pad şi, fără îndoială, voi putea să-l trec înot pe malul celălalt. Oriunde aş ajunge, tot ar fi mai bine decât la Spielberg". Funcţionarul de poliţie îl privea fix, în vreme ce el îşi calcula şansele de succes ale unei asemenea aventuri; amândoi aveau nişte mutre nemaipomenite. Prezenţa pericolului îl transformă până şi pe omul cel mai banal într-un geniu, îl aşază, ca să spunem aşa, deasupra lui însuşi; omului cu imaginaţie îi inspiră romane — îndrăzneţe, este adevărat, dar adesea absurde.

Trebuia să vedeţi privirea indignată a eroului nostru, sub ochiul scrutător al acelui funcţionar de poliţie, împodobit cu bijuteriile lui de alamă. „Dacă îl omor, îşi zise Fabricio, aş fi condamnat la douăzeci de ani de muncă silnică sau la moarte, ceea ce este, oricum, mai puţin înfiorător decât la Spielberg, cu câte un lanţ de o sută douăzeci de livre la fiecare picior şi opt uncii de pâine pe zi, şi asta vreme de douăzeci de ani; n-aş mai ieşi la lumină decât la patruzeci şi patru de ani". Logica lui Fabricio ignora că, de vreme ce îşi arsese paşaportul, nimic nu-l putea face pe funcţionarul de poliţie să bănuiască faptul că în faţa lui îl are pe rebelul Fabricio del Dongo.

După cum se poate constata, eroul nostru era suficient de înspăimântat; ar fi fost şi mai mult, dacă ar fi putut afla gândurile ce îl zbuciumau pe slujbaşul din faţa lui. Omul acesta era un prieten al lui Giletti; vă daţi seama cât de mirat a fost el să vadă paşaportul acestuia în mâinile unui necunoscut; prima lui intenţie fu să ceară arestarea lui, după care îşi zise că, poate, Giletti îşi vânduse paşaportul acestui tânăr chipeş care, după câte se pare, făcuse cine ştie ce boroboaţă la Parma. „Dacă îl reţin, îşi spuse el, îl dau de gol pe Giletti; se va descoperi cu uşurinţă că şi-a vândut paşaportul. Pe de altă parte, însă, ce vor spune şefii mei, dacă o să verifice, că eu, amic cu Giletti, i-am vizat paşaportul pentru o altă persoană?"

Funcţionarul se ridică şi, după ce îşi înăbuşi un căscat, îi spuse lui Fabricio:

— Aşteptaţi, domnule. Apoi, dintr-un obicei de poliţist, adăugă: „Există o dificultate".

În sinea lui, Fabricio își zise: „Se pare că n-am încotro. Trebuie s-o iau la sănătoasa".

Într-adevăr, slujbașul ieși din birou, lăsând ușa deschisă, iar pașaportul rămăsese pe masa de brad. „Pericolul este evident; ar trebui să-mi iau pașaportul și să trec încetișor podul — îi voi zice jandarmului, dacă mă întreabă, că am uitat să-mi vizez pașaportul la comisariatul de poliție din ultima localitate de pe teritoriul Parmei prin care am trecut". Fabricio avea deja pașaportul în mână, când, spre nespusa lui uimire, îl auzi pe conțopistul cu bijuterii de alamă zicând:

— Pe legea mea, nu mai pot; mă înăbuș de atâta zăduf; mă duc la cafenea să-mi iau aperitivul. Intră în birou când îți termini pipa; e un pașaport de vizat. Străinul e acolo.

Fabricio, care tocmai ieșea cu pas de pisică, se pomeni față-n față cu un tânăr frumușel, care spunea ca și cum ar fi fredonat:

— Ei bine, să vizăm pașaportul, să punem parafa. Unde dorește domnul să meargă?

— La Mantova, Veneția și Ferarra.

— Ferarra să fie, aprobă funcționarul, fluierând; se înarmă cu o ștampilă, imprimă viza cu cerneală albastră pe pașaport, scrise rapid cuvintele Mantova, Veneția și Ferarra în spațiul rămas alb, apăsă și învârti de mai multe ori mâna prin aer, semnă și își înmuie din nou tocul în cerneală pentru parafă, pe care o execută cât se poate de lent, cu o minuțiozitate extremă. Fabricio urmărea toate mișcările înfloriturilor acestei pene; slujbașul își contempla satisfăcut parafa, adăugă încă cinci-șase și, în sfârșit, îi înmână pașaportul lui Fabricio, urându-i, cât se poate de simplu:

— Drum bun, domnule.

Fabricio se îndepărtă cu un pas căruia încerca să-i disimuleze rapiditatea, când se simți prins de brațul stâng; instinctiv, duse mâna la pumnal și, dacă nu s-ar fi aflat într-un loc populat, ar fi făcut poate o prostie. Omul care-i atinsese brațul, văzându-l atât de speriat, îi zise, sub formă de scuză:

— Dar l-am strigat pe domnul de trei ori, fără să-mi răspundă; domnul are ceva de declarat la vamă.

— N-am la mine decât batista; merg aici, foarte aproape, ca să vânez la una dintre rudele mele.

Ar fi dat din colț în colț dacă i s-ar fi cerut să declare numele rudei respective. Din pricina arșiței de neîndurat și a emoțiilor prin care trecea, Fabricio era ud până la piele, de parcă ar fi căzut în apele Padului. „Între comedianți nu-mi lipsește curajul, dar vameșii împopoțonați cu bijuterii de alamă îmi bagă frica în oase; iată un subiect demn de un sonet comic pentru ducesă".

De-abia intrat în Casal-Maggiore, Fabricio o apucă la dreapta, pe o uliță desfundată, ce cobora spre Pad.

„Aș avea mare nevoie, își zise el, de ajutorul lui Bachus[68] și al lui Ceres[69], și intră într-o *locantă*, la ușa căreia spânzura o zdreanță de cârpă cenușie, înfiptă într-un băț; pe cârpa aceea era înscris cuvântul *Trattoria*[70]. Un cearșaf de in, ajuns ca vai de el, prins în două inele de lemn foarte subțiri și coborând până la trei picioare de pământ, punea intrarea *Trattoriei* la adăpost de razele nemiloase ale soarelui. Acolo, o femeiușcă plină de vino-ncoace și pe jumătate dezbrăcată îl primi pe eroul nostru cu respect, ceea ce îi făcu cea mai mare plăcere; se grăbi să-i spună că murea de foame. În vreme ce femeia îi pregătea prânzul, intră un bărbat cam la treizeci de ani, fără să salute; brusc, se ridică de pe banca pe care se trântise, ca unul care cunoștea locurile, și îi zise lui Fabricio:

— *Eccellenza, la riverisco* (Excelență, am onoarea).

Fabricio era tare vesel în momentul acela și, în loc să-și facă gânduri negre, îl întrebă râzând:

— Dar de unde naiba o cunoști tu pe Excelența mea?

— Cum se poate? Vai de mine, Excelența voastră nu îl recunoaște pe Lodovico, unul dintre surugiii doamnei ducese Sanseverina? La Sacca, reședința de la țară unde mergeam în fiecare an, mă apuca mereu fierbințeala; i-am cerut doamnei să-mi dea ce mi se cuvenea și m-am retras. Iată-mă bogat; în

---

[68] Zeul vinului, la romani.
[69] Zeița agriculturii, la greci.
[70] „Ospătărie", în italiană, în original în text.

locul pensiei de doisprezece galbeni pe an, la care aveam, oricum, dreptul, doamna mi-a zis că, pentru a-mi da răgazul de a-mi compune sonetele, căci sunt poet în *limba vulgară*[71], îmi dăruieşte douăzeci şi patru de galbeni, iar domnul conte mi-a spus că, dacă vreodată mă voi simţi nemulţumit, să vin la dânsul. Am avut cinstea să-l duc pe *Monsignore* într-o cursă, atunci când, ca un bun creştin ce este, s-a dus să se reculeagă la mănăstirea Velleja.

Fabricio se uită mai cu luare-aminte la omul acela şi îl recunoscu un pic. Era unul dintre cei mai cocheţi vizitii ai casei Sanseverina: acum, când se chivernisise, după cum declara el, avea ca unice veşminte doar o cămaşă grosolană şi ruptă şi nişte izmene negre de stambă ordinară, ce de-abia dacă-i ajungeau până la genunchi; o pereche de galenţi şi o pălărie prăpădită îi completau costumaţia. Iar pe deasupra, nu se mai bărbierise de două săptămâni. Fabricio purtă cu el o conversaţie ca de la egal la egal, fără nici un fel de ifose, în timp ce îşi devora omleta; crezu că Lodovico îi dă de înţeles că este ibovnicul gazdei. Îşi termină prânzul rapid, după care îi şopti lui Lodovico:

— Am o vorbă cu tine.

— Excelenţa Voastră poate să vorbească pe şleau şi de faţă cu ea, este o femeie de toată isprava, zise Lodovico, învăluind-o într-o privire galeşă.

— Ei bine, prieteni, reluă Fabricio fără nici o ezitare, am intrat într-o mare belea şi am nevoie de ajutorul vostru. În primul rând, nu e vorba de politică; am ucis, pur şi simplu, un om care voia să mă asasineze pentru că eram în vorbă cu iubita lui.

— Bietul băiat! exclamă femeia.

— Excelenţa Voastră poate conta pe mine! strigă ex-vizitiul cu ochii sticlind de cel mai viu devotament; unde vrea să meargă Excelenţa sa?

— La Ferarra. Am paşaport, dar aş prefera să nu am de-a face cu jandarmii, care s-ar putea să fi fost informaţi de ceea ce s-a întâmplat.

---

[71] Adică în limba vorbită, nu în aceea a textelor literare.

— Când l-aţi trimis pe ăla pe lumea cealaltă?
— În dimineaţa asta, la şase.
— Excelenţa Voastră n-are sânge pe haine? îl întrebă precaută birtăşiţa.

— La asta mă gândeam şi eu, îi întări spusele iubitul ei, vizitiul; şi, de altfel, postavul acestor haine este prea fin — nu se văd prea multe costume la fel în cătunele noastre, lucrul acesta va atrage atenţia; voi cumpăra nişte ţoale de la un negustor evreu pe care-l ştiu bine. Excelenţa Voastră e cam de statura mea, dar mai subţire.

— Pentru Dumnezeu, nu-mi mai zice Excelenţă, o să dăm de bănuit.

— Da, Excelenţă, răspunse surugiul ieşind din birt.

— Ei! Ei! Stai aşa! strigă Fabricio în urma lui. Şi banii? Întoarce-te!

— De ce vorbiţi despre bani? se arătă ofensată birtăşiţa. Are la el şaizeci şi cinci de sunători şi toţi bănuţii ăştia sunt la dispoziţia dumneavoastră. Eu însămi, adăugă ea, scăzând vocea, am patruzeci de taleri, pe care vi-i ofer din toată inima; nu ai întotdeauna bani la tine când se întâmplă asemenea accidente.

Intrând în *Trattoria*, Fabricio îşi scosese surtucul, din pricina căldurii.

— Aveţi o vestă care s-ar putea să ne pricinuiască necazuri, dacă intră cineva; *stofa asta englezească* sare în ochi. Îi dădu fugarului nostru o vestă neagră de pânză, care aparţinea soţului ei. Un tânăr înalt intră printr-o uşă interioară. Era îmbrăcat cu o oarecare eleganţă.

— Acesta este soţul meu, zise femeia. Pietro-Antonio, se adresă ea bărbatului, domnul este un prieten al lui Lodovico — i s-a întâmplat un accident în dimineaţa asta, de partea cealaltă a fluviului, şi doreşte să ajungă la Ferarra, ca să iasă din încurcătură.

— Ei! O să-l trecem, spuse soţul pe un ton foarte politicos, avem barca lui Carlo-Giuseppe.

Din pricina unei alte slăbiciuni a eroului nostru — pe care o vom mărturisi la fel de firesc cum am relatat şi frica lui din biroul de poliție de la capătul podului — îl podidiră lacrimile; era profund înduioșat de devotamentul fără margini al acestor țărani. Se gândea, de asemenea, la bunătatea caracteristică a mătușii sale; ar fi vrut să poată fi zâna cea bună a acestor oameni. Lodovico intră, încărcat cu un pachet.

— Luați-vă rămas-bun de la celălalt, îi spuse soțul pe un ton prietenos.

— Nu e vorba despre asta, zise Lodovico foarte îngrijorat; a început să se vorbească despre dumneavoastră, oamenii au băgat de seamă că ați șovăit, înainte de a intra la noi pe *vicolo*[72], furișându-vă de pe strada principală, ca un om care încearcă să se ascundă.

— Urcați repede în cameră, îl îndemnă soțul.

Camera aceea, foarte spațioasă și foarte frumoasă, avea în locul sticlei de la ferestre pânză cenușie; înăuntru erau patru paturi, lat fiecare de șase picioare și înalt de cinci.

— Iute! Iute! îl zori Lodovico; e un tăntălău de jandarm nou-venit, care voia să-i facă ochi dulci frumoasei de jos și căruia i-am prezis că, atunci când va patrula pe stradă, s-ar putea să dea peste un glonț rătăcit. Dacă acest câine aude vorbindu-se de Excelența Voastră, va vrea să ne joace o festă și va încerca să vă aresteze, pentru a pune *Trattoria* Theodolindei într-o lumină proastă.

Ia te uită! continuă Lodovico, dând cu ochii de cămașa pătată de sânge a lui Fabricio și de rănile pansate cu batiste, acel *porco* s-a apărat, așadar? Iată un motiv de o sută de ori mai puternic ca să fiți arestat; și eu n-am cumpărat cămașă. Deschise, fără fasoane, dulapul soțului și-i dădu una dintre cămășile de acolo eroului nostru care, curând, fu îmbrăcat ca un burghez cu stare de la țară. Lodovico desprinse un năvod atârnat de perete, îndesă hainele lui Fabricio în coșul în care se pune peștele, coborî în goană și ieși repede pe o ușă din spate; Fabricio îl urmă.

---

[72] „Ulicioară", în italiană, în original în text (N.T.).

— Theodolinda, strigă el, trecând pe lângă birt, ascunde ce e în odaia de sus, ne ducem să aşteptăm sub sălcii; şi tu, Pietro-Antonio, trimite-ne iute o barcă, plătim regeşte.

Lodovico îl trecu pe Fabricio peste mai bine de douăzeci de şanţuri. Peste şanţurile mai late erau aşternute şipci foarte lungi şi foarte elastice, ce slujeau drept punţi; Lodovico le trăgea de-o parte, după ce treceau. Ajunşi la ultimul canal, împinse grăbit şipca.

— Să ne tragem acum sufletul! Câinele ăla de jandarm are de făcut peste două leghe, ca să pună gheara pe Excelenţa Voastră. Sunteţi alb ca varul, dar n-am uitat sticluţa cu rachiu.

— Pică la ţanc: rana de la coapsă începe să se facă simţită; şi, de altfel, am tras o spaimă pe cinste în postul de poliţie de la capătul podului.

— Cred şi eu, îl aprobă din toată inima Lodovico. O cămaşă plină de sânge cum aveţi dumneavoastră... nici nu-mi dau seama cum de aţi îndrăznit să intraţi într-un asemenea loc. Cât priveşte rănile, mă pricep la ele; o să vă duc într-un loc răcoros, unde o să puteţi trage un pui de somn, preţ cam de un ceas. Barca o să vină să vă caute — dacă putem face rost de o barcă, dacă nu, după ce vă veţi întrema un pic, vom mai face două leghe, până la moară, de unde voi putea lua eu însumi o barcă. Excelenţa Voastră ştie mai bine decât mine — doamna va fi disperată, când va afla de accident; i se va aduce la cunoştinţă că sunteţi rănit de moarte, poate chiar că l-aţi ucis mişeleşte pe celălalt. Marchiza Raversi nu va scăpa ocazia de a răspândi cele mai murdare zvonuri, care s-ar putea să o necăjească pe doamna. Excelenţa Voastră i-ar putea scrie.

— Şi cum să fac să ajungă scrisoarea mea la ea?

— Băieţii de la moara la care mergem câştigă douăsprezece parale pe zi — într-o zi şi jumătate sunt la Parma; aşadar, patru franci pentru călătorie, doi franci şi jumătate pentru tocitul pingelelor; dacă drumul ar fi făcut pentru un om de rând, ca mine, ar fi şase franci, dar, cum vor fi în serviciul unui senior, le voi da doisprezece.

Când ajunseră la locul de popas, într-o pădure de arini şi sălcii, deasă şi răcoroasă, Lodovico o porni, cale de un ceas, să caute hârtie şi cerneală. „Doamne Dumnezeule, ce bine mă simt aici, îşi spuse Fabricio! Rămas bun, destin! Nu voi ajunge în vecii vecilor arhiepiscop".

La întoarcere, Lodovico îl găsi dormind adânc şi nu se îndură să-l trezească. Barca nu sosi decât spre asfinţit; de îndată ce Lodovico o zări ivindu-se în depărtare, îl sculă pe Fabricio, care scrise două scrisori.

— Excelenţa Voastră ştie mai bine decât mine, zise Lodovico, cu un aer întristat, şi tare mă tem că îi voi displăcea, în adâncul inimii sale, dacă voi adăuga un anumit lucru.

— Nu sunt atât de lipsit de minte pe cât crezi tu, răspunse Fabricio, şi, orice ai spune, vei rămâne întotdeauna în ochii mei un slujitor credincios al mătuşii mele şi un om care a făcut tot ce i-a stat în putinţă ca să mă scoată dintr-o mare încurcătură.

Au fost necesare şi alte proteste pentru ca, în cele din urmă, Lodovico să se decidă să vorbească şi când, după atâta codeală, luă această decizie, începu printr-o introducere ce dură mai bine de cinci minute. Fabricio simţi că îşi pierde răbdarea, după care îşi spuse: „Care să fie cauza? Orgoliul nostru, de bună seamă, de care omul acesta a avut tot timpul să se convingă, de la înălţimea caprei sale". Devotamentul lui Lodovico îl făcu, în fine, să vorbească pe şleau.

— Cu cât l-ar plăti marchiza Raversi pe curierul pe care îl veţi trimite la Parma, ca să pună mâna pe cele două scrisori? Sunt scrise de mâna dumneavoastră şi, în consecinţă, constituie probe judiciare împotriva Excelenţei Voastre. O să mă luaţi drept un curios indiscret, iar în al doilea rând, va fi, poate, o mare ruşine să punem sub ochii doamnei ducese scrisul meu necioplit de birjar; dar în sfârşit, gândul la siguranţa dumneavoastră mă face să deschid gura, chiar dacă veţi crede că îmi iau nasul la purtare. Nu ar putea Excelenţa Voastră să-mi dicteze cele două scrisori? Atunci, eu voi fi singurul care ar putea să intre la apă, şi încă foarte puţin; aş spune, la nevoie, că mi-aţi ieşit în cale, în mijlocul unui câmp, cu o călimară de corn într-o mână şi cu ditamai revolverul în cealaltă, şi m-aţi somat să scriu.

— Dă-mi mâna, dragul meu Lodovico, exclamă Fabricio, şi, pentru a-ţi dovedi că nu vreau să am nici un secret faţă de un asemenea prieten, copiază scrisorile astea două, aşa cum sunt.

Lodovico îşi dădu seama de toată însemnătatea acestui semn de încredere şi fu extrem de mişcat, dar cum vedea barca apropiindu-se cu repeziciune, îi spuse lui Fabricio:

— Scrisorile ar fi isprăvite mai curând, dacă Excelenţa Voastră ar vrea să-şi dea osteneala să mi le dicteze.

Odată încheiate scrisorile, Fabricio scrise un A şi un B pe ultimul rând şi, pe un mic petic de hârtie, pe care apoi îl mototoli, adăugă în franceză: *Croyez A et B*[73]. Curierul trebuia să ascundă această bucată mototolită de hârtie undeva, în hainele lui.

Când barca ajunse aproape de ei, Lodovico îi strigă pe vâslaşi cu nişte nume care nu erau ale lor; aceştia nu răspunseră şi acostară la cinci sute de stânjeni mai jos, uitându-se în toate părţile, să vadă dacă nu fuseseră observaţi de vreun vameş.

— Sunt la ordinele dumneavoastră, îi zise Lodovico lui Fabricio. Vreţi să duc eu însumi scrisorile la Parma? Vreţi să vă însoţesc la Ferrara?

— Să mă însoţeşti la Ferrara ar fi un serviciu pe care aproape că nu îndrăzneam să ţi-l cer. Va trebui să debarc şi să încerc să intru în oraş fără să-mi arăt paşaportul. Pot să-ţi spun că mi-e silă să călătoresc sub numele lui Giletti şi nu văd pe altcineva decât pe tine în stare să-mi cumperi un alt paşaport.

— De ce nu mi-aţi spus asta la Casal-Maggiore? Ştiu o iscoadă care mi-ar fi procurat un paşaport pe cinste, şi încă nici prea scump, cu patruzeci-cincizeci de franci.

Unul dintre cei doi marinari, care se născuse pe malul drept al Padului şi, în consecinţă, nu avea nevoie de paşaport ca să se deplaseze la Parma, se oferi să ducă el scrisorile. Lodovico, care

---

[73] „Aveţi încredere în A şi B".

știa să mânuiască vâslele, ținu morțiș să ducă barca împreună cu celălalt.

— Coborând pe firul apei, spuse el, vom da peste mai multe bărci înarmate, aparținând poliției, dar voi ști eu cum să mă feresc din calea lor.

De mai mult de zece ori se văzură nevoiți să se pitească printre niște insulițe aflate la nivelul apei, încărcate de sălcii. De trei ori coborâră pe uscat, pentru a lăsa să treacă luntrea lor goală pe dinaintea ambarcațiunilor poliției. Lodovico profită de aceste lungi răgazuri, ca să-i recite mai multe dintre sonetele sale. Sentimentele erau destul de puternice, dar parcă înăbușite de modul de exprimare, și nu meritau osteneala de a fi puse în versuri; partea nostimă era că acest ex-vizitiu avea pasiuni vii și un fel de a vedea lucrurile plin de vioiciune și pitoresc; devenea rece și banal de îndată ce se apuca de scris. „Este exact contrariul a ceea ce vedem astăzi în lumea bună, gândi Fabricio; acum știm să exprimăm orice, cu cele mai alese cuvinte, dar inimile noastre nu au nimic de spus". Își dădu seama că cea mai mare plăcere pe care ar putea să i-o facă acestui slujitor credincios ar fi să corecteze greșelile de ortografie din sonetele sale.

— Toți râd de mine când le arăt caietul, mărturisi Lodovico, dar dacă Excelența Voastră ar binevoi să-mi dicteze fiecare cuvânt, literă cu literă, invidioșii nu ar mai avea ce să zică: nu în ortografie stă geniul.

Abia în a treia zi, la adăpostul nopții, reuși Fabricio să debarce în deplină siguranță, într-o pădure de arini, cu o leghe înainte de a ajunge la *Ponte Lago Oscuro*. Toată ziua următoare rămase ascuns într-un lan de cânepă, iar Lodovico merse înaintea lui la Ferrara; închirie acolo o locuință modestă, la un evreu sărman, care pricepu pe dată că era rost de câștigat bani buni, dacă știa să-și țină gura. Seara, după asfințit, Fabricio intră în Ferrara pe spinarea unui căluț cam firav; avea mare nevoie de acest mijloc de locomoție, căci, pe drum, rana de la lovitura de cuțit primită în coapsă, începuse să-i ardă, iar rana din umăr, de la lovitura de sabie încasată de la Giletti la începutul încleștării, se inflamase și-i dădea fierbințeli.

## CAPITOLUL AL DOISPREZECELEA

EVREUL, PROPRIETARUL LOCUINȚEI, găsi un chirurg discret care, înțelegând la rândul lui că cei care-i solicitau ajutorul erau tocmai buni de jumulit, îi declară lui Lodovico că era obligat de propria *conștiință* să facă un raport către poliție, referitor la plăgile tânărului căruia el, Lodovico, îi spunea „frate".

— Legea este clară, adăugă, este cât se poate de evident că fratele dumitale nu s-a rănit singur, cum îndrugă el, căzând de pe o scară, în momentul în care ținea în mână un cuțit cu lama foarte ascuțită.

Lodovico îi răspunse sec preacinstitului chirurg că, dacă îndrăznea să cedeze în fața sugestiilor conștiinței sale, avea să-i facă cinstea, înainte de a părăsi Ferrara, de a se năpusti asupra lui exact cu un cuțit ascuțit ca acela, în mână. Când îi relată acest incident lui Fabricio, tânărul îl dezaprobă cu asprime, dar nu mai era nici o clipă de pierdut, trebuia să spele putina cât mai degrabă. Lodovico îi spuse că voia să-l scoată pe fratele lui la aer; se duse după o trăsură și prietenii noștri ieșiră din casă ca să nu se mai întoarcă niciodată. Cititorul va considera, fără doar și poate, nesfârșit de lungi descrierile tuturor acestor demersuri impuse de lipsa unui pașaport: preocuparea pentru asemenea lucruri nu mai există în Franța, dar în Italia, și mai cu seamă în proximitatea Padului, toată lumea nu vorbește decât despre pașapoarte. Odată ieșiți din Ferrara fără a întâmpina vreo opreliște, ca pentru a face o plimbare, Lodovico renunță la trăsură, după care se întoarse în oraș pe o altă poartă și reveni să-l ia pe Fabricio cu o *sediola*[74] pe care o închiriase pentru o cursă de douăsprezece leghe. Ajunși aproape de Bologna, prietenii noștri cerură să fie duși peste câmp, pe drumul ce duce de la Florența la Bologna. Rămaseră peste noapte în cel mai mizerabil han pe care-l putuseră descoperi și, a doua zi, cum Fabricio se simțea în stare să meargă puțin, intrară în Bologna ca niște oameni plecați la plimbare. Pașaportul lui Giletti fusese ars: moartea

---

[74] „Cabrioletă", în italiană, în original în text.

comediantului era, probabil, cunoscută de-acum și era mai puțin primejdios să fie arestați ca niște inși fără pașaport, decât ca niște inși având asupra lor pașaportul unui om asasinat.

Lodovico cunoștea la Bologna doi-trei slujitori la case mari; stabiliră să intre în legătură cu ei. Le spuse că, venind de la Florența și călătorind împreună cu fratele lui, acesta, deoarece voia să mai doarmă, îl lăsase să plece singur cu o oră înainte de răsăritul soarelui. Urmau să se întâlnească în satul în care el, Lodovico, avea să se oprească pentru a se adăposti pe timpul ceasurilor de caniculă. Dar Lodovico, văzând că fratele său nu mai vine, se hotărâse să o pornească înapoi, pe urmele lui; îl găsise rănit cu o piatră și de mai multe lovituri de cuțit și, pe deasupra, jefuit de niște indivizi care îi căutaseră gâlceavă. Fratele acesta era un băiat drăguț, se pricepea să poarte de grijă cailor și să-i călărească, știa să scrie și să citească și ar fi vrut să-și găsească o slujbă la o casă mare. Lodovico își rezervă dreptul de a adăuga, la momentul potrivit, că, după ce-l doborâseră pe Fabricio, jefuitorii plecaseră luând cu ei și boccelușa în care se aflau atât rufăria, cât și pașapoartele lor.

La sosirea în Bologna, Fabricio, simțindu-se zdrobit de oboseală și neîndrăznind să tragă la vreun han, fără pașaport, intră în imensa biserică San-Petronio. Îl învălui o răcoare nespus de plăcută; curând, simți cum revine la viață. „Ingrat ce sunt, își spuse el brusc, intru într-o biserică doar ca să mă așez și să mă odihnesc, ca într-o cafenea!" Căzu în genunchi și-i mulțumi Domnului, plin de efuziune, pentru felul evident în care îl ocrotise de când avusese nenorocul să îl ucidă pe Giletti. Pericolul care-l făcea, încă, să se înfioare era eventualitatea de a fi recunoscut la postul de poliție din Casal-Maggiore. „Cum, se gândea el, să nu-și dea seama slujbașul acela, ai cărui ochi erau atât de bănuitori și care mi-a buchisit pașaportul de trei ori în șir, literă cu literă, că nu măsor cinci picioare și zece degete în înălțime, că nu am treizeci și opt de ani, că nu am obrajii ciupiți de vărsat? Cât de fierbinte trebuie să îți mulțumesc, o, Dumnezeul meu! Și a trebuit să întârzii până în clipa aceasta, pentru a-mi așterne nimicnicia la picioarele tale! Orgoliul meu a vrut să creadă că faptul de a fi scăpat de Spielberg, care deja își căsca botul să mă înghită, se datora unei simple și omenești prudențe!"

Fabricio petrecu mai bine de un ceas în starea aceasta de reculegere și de înduioșare, înconjurat de nesfârșita bunătate divină. Lodovico se apropie de el fără să fie auzit și se așeză în fața lui. Fabricio, care-și ascunsese fața în palme, înălță capul și credinciosul lui slujitor îi văzu obrajii scăldați în lacrimi.

— Întoarce-te după un ceas, îi zise cam cu asprime Fabricio.

Lodovico îi iertă tonul răstit, căci își dădu seama că îl surprinsese într-un moment delicat, de căință și smerenie. Fabricio recită de mai multe ori cei șapte psalmi ai pocăinței, pe care-i știa pe de rost; zăbovi îndelung asupra acelor versete care aveau legătură cu situația sa de acum.

Fabricio îi ceru iertare Domnului pentru multe lucruri, dar — ceea ce era remarcabil — nu-i trecu prin minte să includă printre erorile sale și planul de a deveni arhiepiscop, doar pentru că Mosca era prim-ministru și considera rangul acesta și viața deosebită pe care o presupunea cât se poate de cuvenite pentru nepotul ducesei. Și-l dorise, fără patimă, e drept, dar în sfârșit, se gândise la el exact ca la un post de ministru sau ca la gradul de general. Nu-i trecuse prin minte că a lui conștiință ar fi putut să fie antrenată în acest plan al ducesei. Aceasta era o trăsătură caracteristică doctrinei religioase pe care o datora învățăturii primite de la iezuiții milanezi. Doctrina aceasta *îți suprimă cutezanța de a te gândi la lucruri neobișnuite* și interzice adesea *examenul de conștiință*, ca pe cel mai mare dintre păcate; este un pas spre protestantism. Pentru a afla care îți este vina, trebuie să-ți întrebi preotul sau să consulți lista păcatelor, așa cum se află ea tipărită în cărțile intitulate *Pregătire pentru Taina Pocăinței*. Fabricio putea înșira ca pe apă lista păcatelor, formulată în limba latină, pe care și-o însușise la Academia Ecleziastică din Neapole. Prin urmare, recitând lista aceasta și ajungând la articolul „crimă", se acuzase cu înverșunare în fața lui Dumnezeu că a ucis un om, dar aflându-se în legitimă apărare. Trecuse repede și fără să le acorde cea mai mică atenţie peste diversele articole relative la păcatul de *simonie* (să ajungi, cu ajutorul banilor la demnităţile ecleziastice). Dacă i s-ar fi propus să dea o sută de ludovici ca să devină prim mare vicar al arhiepiscopiei Parmei, ar fi respins dezgustat ideea aceasta, dar, cu toate că nu era lipsit de inteligenţă şi, în special, de logică, nu-i trecu nici măcar o singură clipă prin minte că trecerea de care se bucura contele Mosca, folosită în favoarea sa, reprezintă o *simonie*. Aceasta constituie izbânda educaţiei iezuite: să-ţi insufle deprinderea de a nu lua în seamă lucruri limpezi ca lumina zilei. Un francez, crescut în mediul dominat de dogma interesului personal şi de reflexul ironiei de la Paris, ar fi putut, fără să fie de rea-credinţă, să îl acuze pe Fabricio de ipocrizie chiar în momentul în care eroul nostru îşi deschidea sufletul în faţa lui Dumnezeu, cu cea mai deplină sinceritate şi cu cea mai profundă cucernicie.

Fabricio nu ieşi din biserică decât după ce îşi pregăti spovedania pe care îşi propunea să o facă a doua zi; îl găsi pe Lodovico aşezat pe treptele vastului peristil de piatră care se ridica în piaţa cea mare din faţa bisericii San-Petronio. Aşa cum după furtună aerul este mai curat, sufletul lui Fabricio era acum liniştit, fericit şi parcă împrospătat.

— Mă simt foarte bine, aproape că nici nu mă mai dor rănile, îi mărturisi el lui Lodovico. Dar, înainte de toate, trebuie să îţi cer iertare; ţi-am răspuns tăios atunci când ai venit să-mi vorbeşti în biserică; îmi făceam examenul de conştiinţă. Ei bine! Cum stăm?

— Totul merge strună: am reţinut o odaie, ce-i drept, deloc potrivită pentru Excelenţa Voastră, la nevasta unuia dintre prietenii mei, care este foarte nurlie şi intim legată de unul dintre principalii agenţi de poliţie. Mâine mă voi duce să declar cum că ni s-au furat paşapoartele — declaraţia aceasta va fi crezută în bună parte, dar voi plăti expedierea scrisorii pe care poliţia o va adresa biroului de la Casal-Maggiore, ca să afle dacă există în cătunul acela numitul Lodovico San Micheli, care are un frate, Fabricio, în slujba doamnei ducese Sanseverina, la Parma. Totul s-a sfârşit, *siamo a cavallo* (proverb italian: suntem salvaţi).

Fabricio căpătase, brusc, un aer foarte serios: îl rugă pe Lodovico să îl aştepte o clipă, intră din nou în biserică aproape în fugă, şi de-abia ajunse înăuntru, că se şi prăbuşi în genunchi; sărută cu umilinţă dalele de piatră. „Este un miracol, Doamne, strigă el, cu lacrimi în ochi: când ai văzut sufletul meu gata să intre pe făgaşul datoriei, m-ai izbăvit. Doamne Dumnezeule! Este posibil ca, într-o bună zi, să fiu ucis cine ştie cum: aminteşte-ţi, în clipa morţii mele, de starea în care se află sufletul meu acum". Cuprins de cea mai vie bucurie, Fabricio recită din nou cei şapte psalmi ai pocăinţei. Înainte de a ieşi, se apropie de o bătrână aşezată în faţa unei Madone mari, în dreptul unui triunghi de fier aşezat vertical pe un piedestal din acelaşi material. Marginile acelui triunghi erau presărate de nenumăraţi ţepi destinaţi să susţină lumânărelele pe care smerenia credincioşilor le aprindea dinaintea vestitei Madone a lui Cimabue[75].

Când Fabricio se apropie, erau aprinse doar şapte lumânări; îşi gravă această scenă în memorie, cu intenţia de a reflecta la ea mai târziu, în voie.

— Cât costă lumânările? o întrebă el pe femeie.

— Doi bani bucata.

Într-adevăr, nu erau mai groase decât nervura unei pene şi n-aveau nici măcar un picior lungime.

— Câte lumânări mai pot fi aşezate pe sfeşnic?

— Şaizeci şi trei, de vreme ce sunt deja aprinse şapte.

„Ah! cugetă Fabricio, şaizeci şi trei şi cu şapte fac şaptezeci: acesta este încă un detaliu care trebuie reţinut". Achită lumânările, le aşeză el însuşi pe primele şapte şi le aprinse, îngenunche pentru a-i fi primită ofranda şi-i spuse bătrânei, ridicându-se:

— Asta pentru că *am primit iertarea*.

— Mor de foame, îi zise Fabricio lui Lodovico, când i se alătură.

— Să nu intrăm într-o crâşmă, mai bine să mergem la locuinţa pe care v-am închiriat-o. Stăpâna casei se va duce să

---

[75] Este vorba despre icoana *Fecioarei*, aparţinând pictorului şi arhitectului florentin Giovanni-Gualtieri Cimabue (1240-1301).

cumpere cele de trebuinţă pentru prânz; va ciupi vreo douăzeci de bănuţi şi va fi cu atât mai mult legată de noul ei chiriaş.

— Asta înseamnă să rabd de foame încă un ceas, observă Fabricio, râzând senin ca un copil, şi se năpusti într-o cârciumă vecină cu San-Petronio. Spre marea lui surprindere, îl zări la o masă de lângă cea la care se aşezaseră pe Pepe, prim valet al mătuşii sale, chiar acela care, odinioară, venise după el până la Geneva. Fabricio îi făcu semn să nu se dea de gol; apoi, după ce mâncă repede, cu acelaşi surâs fericit rătăcindu-i pe buze, se ridică; Pepe îl urmă şi, pentru a treia oară, eroul nostru intră în San-Petronio. Din discreţie, Lodovico rămase să se învârtă prin piaţă.

— Ei! Doamne Dumnezeule! *Monsignore!* Cum sunt rănile? Doamna ducesă este îngrozitor de neliniştită: o zi întreagă v-a crezut mort, lăsat de izbelişte pe cine ştie ce ostrov de pe Pad. O să-i trimit un curier chiar acum. Încerc să vă dau de urmă de şase zile încheiate, dintre care trei mi le-am petrecut la Ferrara, umblând din han în han.

— Ai un paşaport pentru mine?

— Am trei, diferite: unul cu numele şi titlurile Excelenţei Voastre, al doilea doar cu numele Domniei Voastre, iar al treilea sub un nume de împrumut, Giuseppe Bossi; fiecare paşaport are o dublă destinaţie, după cum Excelenţa Voastră doreşte să se îndrepte spre Florenţa sau spre Modena. Este vorba doar despre o plimbare în afara oraşului. Domnul conte ar fi încântat să trageţi la *del Pelegrino*, hangiul de acolo e prieten cu el.

Fabricio, având aerul că rătăceşte fără nici o ţintă, o luă spre naosul din dreapta, până la locul unde ardeau lumânările sale; privirile i se aţintiră asupra Madonei lui Cimabue, apoi îi zise lui Pepe, îngenunchind: „Trebuie să aduc, o clipă, mulţumiri Domnului". Pepe îl imită. La ieşirea din biserică, Pepe băgă de seamă că Fabricio îi dădu o monedă de douăzeci de franci primului om sărman care-i ceru de pomană; cerşetorul acela izbucni în chiote de recunoştinţă, ceea ce asmuţi pe urmele fiinţei caritabile roiuri de milogi de toate soiurile, dintre aceia care împodobesc îndeobşte piaţa San-Petronio. Toţi voiau să aibă partea lor din napoleon. Femeile, încercând disperate să-şi facă drum prin gloata care îl înconjura, se năpustiră asupra lui Fabricio, somându-l să declare că dăduse napoleonul ca să fie împărțit între toți săracii Domnului. Pepe, fluturându-şi bastonul cu măciulie de aur, le ordonă să înceteze şi să-l lase pe Excelența sa în pace.

— Ah! Excelență, se porniră şi mai abitir muierile, cu o voce şi mai ascuțită, dăruiți atunci un napoleon de aur pentru femeile sărace!

Fabricio iuți pasul, dar muierile se ținură după el, zbierând, şi o puzderie de pomanagii, năvălind de pe toate ulițele, iscară un soi de mică răzmeriță. Toată această gloată, îngrozitor de jegoasă şi de energică, implora:

— *Excelență!*

Fabricio avu mult de furcă până să scape din îmbulzeală; scena aceasta îl făcu să coboare cu picioarele pe pământ „Am ceea ce merit, îşi zise el cu năduf, m-am amestecat cu calicimea".

Două pomanagioaice îl urmăriră până la poarta Saragossa, prin care ieşi din oraş; Pepe le alungă, amenințându-le serios cu bastonul şi azvârlindu-le câteva monede. Fabricio urcă încântătoarea colină *San-Michele in Bosco*, dădu ocol, dincolo de ziduri, unei părți din oraş, o apucă pe o potecă, ajunse la cinci sute de paşi de drumul Florenței, după care se întoarse în Bologna şi-i înmână solemn funcționarului de poliție un paşaport în care semnalmentele sale erau notate cât se poate de exact. Conform respectivului paşaport, era Giuseppe Bossi, student în teologie. Fabricio remarcă o mică pată de cerneală roşie, căzută ca din întâmplare în josul foii, în colțul din dreapta. Două ceasuri mai târziu, avea pe urmele lui o iscoadă, din cauza titlului de *Excelență* cu care i se adresase însoțitorul său, în fața golănimii din piața bisericii San-Petronio, deşi în paşaportul său nu era menționat nici unul dintre titlurile care îi dau unui om dreptul de a fi numit Excelență de către slujitorii săi.

Fabricio văzu iscoada, dar nu-i păsă deloc; nu se mai gândea nici la paşapoarte, nici la poliție şi se amuza de toate ca un copil. Pepe, care primise poruncă să rămână în preajma lui, văzând cât de bine se simţea cu Lodovico, preferă să ducă el veşti atât de bune ducesei. Fabricio scrise două scrisori foarte lungi persoanelor care îi erau dragi; apoi avu ideea să compună o a treia epistolă, adresată venerabilului arhiepiscop Landriani. Misiva aceasta avu un efect miraculos — conţinea o descriere cât se poate de exactă a luptei cu Giletti. Bunul arhiepiscop, înduioşat până la lacrimi, nu pierdu ocazia de a se duce să i-o citească principelui, care se arătă dornic să-l asculte, destul de curios să vadă cum încearcă acest tânăr *monsignore* să scuze o crimă destul de înspăimântătoare. Graţie numeroşilor prieteni ai marchizei Raversi, principele, laolaltă cu întreg oraşul Parma, credea că Fabricio fusese ajutat de douăzeci-treizeci de flăcăi vânjoşi de la ţară, pentru a-i face de petrecanie unui amărât de comediant, care avusese insolenţa de a se certa cu el pentru micuţa Marietta. La curţile despoţilor, primul intrigant abil dictează *adevărul*, aşa cum moda dictează la Paris.

— Dar, ce naiba! îi spuse principele arhiepiscopului; astfel de lucruri îl pui pe altul să le facă; dar să le faci tu însuţi... nu asta e uzanţa. Şi apoi, nu ucizi un biet actoraş ca Giletti, îl cumperi.

Fabricio habar n-avea de ce se întâmpla la Parma. În realitate, era vorba de a vedea dacă moartea acestui comediant care, pe când trăia, câştiga treizeci şi doi de franci pe lună, urma să provoace căderea guvernului ultra şi a şefului său, contele Mosca.

Aflând de asasinarea lui Giletti, principele, agasat de aerele de independenţă pe care şi le dădea ducesa, ordonase procurorului general Rassi să trateze tot acest proces ca şi cum ar fi fost judecat un liberal. Fabricio, pe de altă parte, considera că un om de rangul lui este mai presus de lege; nu lua în calcul că, în ţările unde numele mari nu sunt pedepsite niciodată, intriga este atotputernică, chiar şi atunci când se unelteşte împotriva lor. Îi vorbea adesea lui Lodovico despre deplina lui nevinovăţie, care avea să fie proclamată curând; argumentul lui suprem — nu era vinovat!

La care, într-o bună zi, Lodovico îi dădu următoarea replică:

— Nu înţeleg de ce Excelenţa Voastră, care este atât de deştept şi de învăţat, îşi dă osteneala să-mi spună toate lucrurile acestea mie, slujitorul său credincios. Excelența Voastră se folosește de prea multe ocolișuri, lucrurile astea sunt bune de spus în public sau în fața unui tribunal.

„Omul acesta mă crede un asasin și, totuși, nu ține mai puțin la mine", își zise Fabricio, ca picat din cer.

Trei zile după plecarea lui Pepe, fu foarte mirat să primească o scrisoare voluminoasă, închisă cu o panglică de mătase, ca pe timpul lui Ludovic al XIV-lea, și adresată *Excelenței sale reverendisime, monsignorului Fabricio del Dongo, prim mare vicar al diocezei de Parma, canonic* etc.

„Dar oare sunt eu, încă, toate acestea?" se întrebă, râzând.

Epistola arhiepiscopului Landriani era o capodoperă de logică și limpezime; avea nu mai puțin de nouăsprezece pagini mari și povestea foarte bine tot ceea ce se întâmplase la Parma, în urma decesului lui Giletti.

„*O armată franceză comandată de mareșalul Ney și îndreptându-se spre Parma n-ar fi produs un efect mai teribil, îi spunea bunul arhiepiscop; cu excepția ducesei și a mea, toată lumea crede că ți-a făcut plăcere să îl ucizi pe histrionul Giletti. Chiar dacă ți s-a întâmplat această nenorocire, este unul dintre acele lucruri care se sting cu două sute de ludovici și cu o absență de șase luni; dar, profitând de acest incident, Raversi vrea să-l dea jos pe Mosca. Nu pentru cumplitul păcat de a fi ucis te blamează lumea, ci numai pentru nesăbuința, mai degrabă, de a nu fi recurs la un bulo (un soi de fanfaron subaltern). Îți traduc aici, în termeni clari, discursurile de care sunt asaltat, căci, de când cu nenorocirea aceasta, pe veci deplorabilă, îmi fac drum, în fiecare zi, în trei dintre cele mai respectabile case din oraș, ca să am ocazia de a te apăra în public. Și cred că niciodată nu am folosit într-un scop mai binecuvântat puțina elocință cu care Providența a binevoit să mă înzestreze*".

Lui Fabricio parcă i se luase o ceață de pe ochi; frecventele răvașe ale ducesei, respirând cea mai pătimașă prietenie, nu suflau un cuvințel despre toate acestea. Ducesa îi jura că va părăsi Parma pentru totdeauna, dacă el nu se întorcea curând, triumfător, în oraș. „*Contele va face pentru tine*, îi spunea ea în scrisoarea care o acompania pe aceea a episcopului, *tot ceea ce va fi omenește cu putință. În ceea ce mă privește, mi-ai schimbat caracterul cu această frumoasă ispravă a ta; am ajuns acum la fel de avară ca bancherul Tombone; mi-am concediat toți lucrătorii, ba mai mult, i-am dictat contelui inventarul averii mele, care s-a dovedit a fi mult mai puțin considerabilă decât credeam. După moartea bravului conte Pietranera, pe care, în paranteză fie spus, mai degrabă ar fi trebuit să îl răzbuni, în loc să te iei la harță cu un individ de teapa lui Giletti, am rămas cu două sute de livre rentă și cinci mii de franci datorii. Îmi amintesc, între altele, că atunci când m-am întors de la Paris, aveam două duzini și jumătate de conduri de atlas alb și doar o singură pereche de pantofi de stradă. Aproape că m-am hotărât să iau cele trei sute de mii de franci pe care mi le-a lăsat ducele, pe care voiam să le folosesc în întregime ca să-i ridic un monument funerar magnific. În rest, marchiza Raversi este principalul tău dușman și, în consecință, și al meu; dacă te plictisești singur la Bologna, nu trebuie să-mi spui decât un singur cuvânt și voi fi lângă tine. Iată alte patru ordine de plată etc. etc."*

Ducesa nu-i dezvăluia nimic lui Fabricio despre opinia celor din Parma în legătură cu aventura prin care trecuse; intenția ei era, înainte de toate, să îl consoleze și, în orice caz, moartea unei creaturi ridicole cum fusese Giletti nu i se părea de natură a-i fi reproșată în mod serios unui del Dongo. „Câți Giletti n-au trimis pe lumea cealaltă strămoșii noștri, fără să-i treacă nimănui prin cap să-i tragă la răspundere!"

Fabricio, nespus de mirat, întrevedea pentru prima oară adevărata față a lucrurilor, așa că se puse să pitrocească epistola arhiepiscopului. Din nefericire, corespondentul lui îl credea mai informat decât era în realitate. Fabricio înțelese că triumful marchizei Raversi se datora, în cea mai mare parte, faptului că nu puteau fi găsiți martorii *de visu* ai acelei încleștări fatale. Valetul care adusese primul vestea la Parma se afla la hanul din cătunul Sanguigna, atunci când evenimentul avusese loc; micuța Marietta și bătrâna care îi slujise de mamă dispăruseră, de parcă le-ar fi înghițit pământul, iar marchiza îl cumpărase pe *vetturino* care mânase trăsura, influențându-i depozițiile în mod hotărâtor.

„*Deși procedura este învăluită într-un mister de nepătruns*, îi scria bunul arhiepiscop, *în stilul lui ciceronian, și este condusă de procurorul general Rassi, pe care doar calitatea de bun creștin mă poate împiedica să-l vorbesc de rău, dar care și-a clădit cariera înverșunându-se împotriva sărmanilor acuzați, ca un câine de vânătoare împotriva iepurelui; deși Rassi, îți spun eu, a cărui turpitudine și venalitate depășesc orice închipuire și, deci, și pe a ta, a fost însărcinat cu instruirea procesului de un principe iritat, am putut să citesc cele trei depoziții, absolut îngrozitoare, ale acelui vetturino. Printr-un noroc chior, nenorocitul se contrazice. Și aș adăuga — pentru că îți vorbesc ție, vicarul meu general, celui care va veni după mine la cârma diocezei — că l-am convocat pe preotul parohiei în care domiciliază această oaie rătăcită. Îți voi spune, preaiubitul meu fiu, dar sub taina spovedaniei, că preotul acela știe deja, de la nevasta acelui vetturino, câți galbeni a primit acesta de la marchiza Raversi; nu aș îndrăzni să afirm că marchiza i-ar fi cerut să te calomnieze, dar faptul ar putea fi dovedit. Banii i-au fost înmânați, din însărcinarea marchizei, de un nenorocit de preot care se ocupă de afaceri cam necurate, căruia am fost obligat să-i interzic pentru a doua oară să slujească în biserică. Nu te voi plictisi cu relatarea altor demersuri la care, în mod cert, te așteptai de la mine și care, de altfel, intră în îndatoririle mele. Un canonic, colegul tău de la catedrală, care, de altfel, își amintește uneori prea mult de puterea de influență pe care i-o conferă bunurile familiei sale, al căror unic moștenitor este, prin mila lui Dumnezeu, și-a permis să spună, în casa domnului conte Zurla, ministrul de interne, că socotește această bagatelă ca și dovedită împotriva ta* (vorbea despre asasinarea nefericitului de Giletti), *așa că l-am chemat la mine în cabinet și acolo, în prezența celorlalți trei vicari generali ai mei, a duhovnicului nostru și a celor doi preoți care se aflau în sala de așteptare, l-am rugat să ne comunice nouă, fraților săi, elementele care se aflau la baza convingerii sale nestrămutate în vinovăția unuia dintre colegii săi de la catedrală; nefericitul n-a fost în stare decât să îndruge câteva argumente prea puțin concludente. Toată lumea s-a ridicat împotriva lui şi, deşi eu am crezut de cuviinţă să adaug doar câteva cuvinte, a izbucnit în lacrimi şi ne-a luat drept martori ai recunoaşterii complete a greşelii lui, drept care i-am promis, în numele meu şi al tuturor celor de faţă, că nu vom vorbi niciodată despre ceea ce s-a discutat în cursul acelei întrevederi, cu condiţia, totuşi, de a-şi cheltui întreaga energie pentru a corecta falsa impresie creată de discursurile proferate de el în ultimele cincisprezece zile.*

*Nu-ţi voi repeta, iubitul meu fiu, ceea ce ştii probabil de multă vreme, şi anume că, din cei treizeci şi patru de ţărani voinici angajaţi de contele Mosca pentru săpăturile sale arheologice şi pe care Raversi pretinde că i-ai tocmit ca să te ajute la săvârşirea asasinatului, treizeci şi doi se aflau în şanţ, ocupaţi cu munca lor, atunci când ai înşfăcat cuţitul de vânătoare şi te-ai folosit de el ca să-ţi aperi viaţa, împotriva omului care te-a atacat prin surprindere. Doi dintre ei, care se aflau afară din şanţ, le-au strigat celorlalţi: «Îl omoară pe monsenior!» Numai strigătul acesta îţi dovedeşte nevinovăţia. Ei bine! Procurorul general Rassi susţine că oamenii aceştia doi nu sunt de găsit; mai mult, s-a dat de urma a opt dintre cei care săpau în şanţ; la primul lor interogatoriu, şase au declarat că au auzit strigătul «Îl omoară pe monsenior!» Am aflat, din surse indirecte, că la al cincilea interogatoriu, care a avut loc aseară, cinci au afirmat că nu îşi mai amintesc bine dacă au auzit cu urechile lor strigătul sau dacă le-a pomenit despre el unul dintre tovarăşii lor. Am dat ordin să se afle domiciliul acestor muncitori terasieri, iar preoţii lor îi vor face să priceapă că, dacă pentru câţiva galbeni nu spun adevărul, vor fi osândiţi la muncile iadului".*

Bunul arhiepiscop se pierdea în detalii, după cum se poate observa din cele mai sus relatate. Apoi adăuga, slujindu-se de limba latină:

„*Toată afacerea asta reprezintă nici mai mult, nici mai puţin decât o tentativă de schimbare a guvernului. Dacă vei fi condamnat, poţi fi osândit doar la muncă silnică pe viaţă sau la moarte, în care caz voi interveni declarând, de la înălţimea jilţului meu arhiepiscopal, că ştiu că eşti nevinovat, că pur şi simplu te-ai apărat împotriva unui tâlhar şi că, în sfârşit, ţi-am interzis să te întorci la Parma, atâta vreme câ* duşmanii tăi vor avea câştig de cauză. Îmi propun chiar să-l stigmatizez, aşa cum merită, pe procurorul general; ura împotriva acestui om este atât de comună, la fel pe cât este de rară stima pentru caracterul său. Dar în sfârşit, în ajunul zilei în care acest procuror general va pronunţa acea sentinţă atât de nedreaptă, ducesa Sanseverina va părăsi oraşul şi poate chiar şi statul Parma; în cazul acesta, nu există nici o îndoială că Mosca îşi va da demisia. Atunci, foarte probabil, generalul Fabio Conti va ajunge la cârma guvernului, iar marchiza Raversi va triumfa. Punctul slab în toată afacerea asta a ta este că nici un om destoinic nu a fost însărcinat să conducă demersurile necesare pentru a-ţi scoate la iveală nevinovăţia şi pentru a dejuca tentativele de corupere a martorilor. Contele crede că el este cel care joacă rolul acesta, dar e un prea mare senior, ca să se coboare la anumite mărunţişuri; în plus, în calitatea sa de ministru al poliţiei, a fost obligat să dea, în primele momente, cele mai severe ordine împotriva ta. În sfârşit — voi cuteza oare să o spun? —, *suveranul nostru atotputernic te crede vinovat sau cel puţin simulează lucrul acesta şi aduce o oarecare acreală în afacerea respectivă*". (Cuvintele corespondente pentru *suveranul nostru atotputernic* şi *simulează lucrul acesta* erau scrise în greceşte şi Fabricio îi fu nespus de recunoscător arhiepiscopului că îndrăznise să le scrie. Tăie cu un briceag rândul acela şi-l distruse pe loc).

Citind scrisoarea, Fabricio se întrerupse de douăzeci de ori; era înfierbântat de elanurile celei mai vii recunoştinţe; răspunse pe dată, printr-o scrisoare de opt pagini. Adesea fu obligat să-şi tragă capul deoparte, pentru ca lacrimile să nu i se prelingă pe foaia de hârtie. A doua zi, când se pregătea să sigileze această scrisoare, socoti tonul în care fusese compusă prea monden. „O s-o scriu în latineşte, îşi zise el, aşa i se va părea mai potrivită demnului arhiepiscop. Dar încercând să construiască frumoase şi lungi fraze latineşti, după pilda lui Cicero, îşi aduse aminte că, odată, arhiepiscopul, vorbindu-i despre Napoleon, îl numea afectat Buonaparte; într-o clipă îi dispăru toată emoţia care, în ajun, îl făcuse să lăcrimeze. „O, rege al Italiei, strigă el, acea credinţă pe care atâţia alţii ţi-au jurat-o pe când trăiai, eu ţi-o voi păstra şi după moartea ta! Ţine la mine, fără îndoială, pentru că eu sunt un del Dongo, iar el, fiu de burghez". Pentru ca frumoasa lui epistolă în italieneşte să nu fi fost scrisă în zadar, făcu câteva mici modificări şi i-o trimise contelui Mosca.

În aceeaşi zi, Fabricio se întâlni pe stradă cu Marietta; ea se îmbujoră de fericire şi îi făcu semn să o urmeze, fără să intre în vorbă cu ea. Se retrase iute la adăpostul unei galerii susţinute de coloane, pustii la ceasul acela, îşi trase şi mai mult broboada de dantelă neagră, care, după obiceiul locului, îi acoperea capul, în aşa fel încât să nu fie recunoscută, după care, întorcându-se brusc, îi zise lui Fabricio:

— Cum se face că umbli aşa slobod pe străzi?

Fabricio îi spuse toată povestea.

— Doamne Dumnezeule! Erai la Ferrara! Şi eu care te-am căutat peste tot! Află că m-am certat cu bătrâna, pentru că voia să mă ducă la Veneţia, unde ştiam foarte bine că n-o să te duci niciodată, pentru că eşti pe lista neagră a austriecilor. Mi-am vândut colierul meu de aur, ca să pot veni la Bologna — aveam eu o presimţire că o să am bucuria să te întâlnesc; bătrâna a sosit şi ea, la două zile în urma mea. Aşa că nu-ţi voi cere să vii la noi, o să-ţi ceară iar bani, iar mie o să-mi fie ruşine de neruşinarea ei. Am trăit cât se poate de decent din acea zi fatală pe care o ştii şi n-am cheltuit nici măcar un sfert din ceea ce ne-ai dat. Nu aş vrea să vin în vizită la tine la hanul *Pelegrino*, m-ar vedea prea mulţi. Caută să închiriezi o cămăruţă pe o stradă lăturalnică, iar la *Ave Maria* (la căderea nopţii) te voi aştepta aici, sub acest portic. Acestea fiind zise, se îndepărtă în grabă.

# CAPITOLUL AL TREISPREZECELEA

TOATE IDEILE SERIOASE SE RISIPIRĂ la apariţia surprinzătoare a acestei drăgălaşe făpturi. Pentru Fabricio începu, la Bologna, o viaţă veselă, sub un cer fără nori. Predispoziţia aceasta naivă de a se bucura de tot ceea ce umplea existenţa se lăsa ghicită şi în scrisorile pe care i le adresa ducesei; în asemenea măsură, încât aceasta se cam îmbufnă. De-abia dacă Fabricio remarcă lucrul acesta; doar că notă prescurtat pe cadranul ceasului său: când îi scriu D., să nu zic niciodată *când eram prelat, când eram om al bisericii; asta o supără*. Cumpărase doi căluți de care era foarte mulțumit: îi înhăma la o caleașcă de închiriat, de fiecare dată când micuța Marietta dorea să meargă să se desfete admirând una dintre încântătoarele priveliști din împrejurimile Bolognei. Aproape în fiecare seară, o ducea la *Cascada Reno*. La întoarcere, zăboveau la amabilul Crescentini, care se credea un pic tatăl Mariettei.

„Pe legea mea! Dacă asta e viața de cafenea care mi se părea atât de ridicolă pentru un om de oarecare valoare, am greșit când am respins-o", își zicea Fabricio. Uita că nu mergea niciodată la cafenea, decât ca să citească gazeta „Constituționalul" și că, absolut necunoscut de lumea bună din Bologna, satisfacerea orgoliului nu făcea deloc parte din fericirea lui de acum. Când nu era cu micuța Marietta, îl găseai la Observator, unde urma un curs de astronomie; profesorul se împrietenise cu el și Fabricio îi împrumuta caii lui duminica, să iasă să se fălească, împreună cu soața, pe *Corso* de pe *Montagnola*.

Detesta să vadă pe cineva nefericit din pricina lui, oricât de puțin demnă de respect ar fi fost persoana respectivă. Marietta nu voia cu nici un preț ca el să dea ochii cu bătrâna; dar, într-o zi, când ea era la biserică, urcă la *mamaccia*, care se înroși la față de furie când îl văzu intrând. „Este momentul să fiu un adevărat del Dongo", își zise Fabricio.

— Cât câștigă Marietta pe lună, când joacă? strigă el cu aplombul cu care un tânăr care se respectă intră, la Paris, în balconul de la Bouffes[76]?

— Cincizeci de galbeni.

— Minți, ca de obicei; spune-mi adevărul sau, martor mi-e Dumnezeu, n-o să vezi o para chioară.

---

[76] Bouffes Parisiens, teatru de operetă.

— Ei bine, câștiga douăzeci și doi de galbeni cu trupa noastră, la Parma, când am avut ghinionul să ne ieși în cale. Eu câștigam doisprezece galbeni și fiecare îi dădeam lui Giletti, protectorul nostru, câte o treime din câștig. Drept care, aproape în fiecare lună, Giletti îi făcea un cadou Mariettei; cadoul acela făcea cam doi galbeni.

— Iar minți; tu primeai doar patru galbeni. Dar dacă ești bună cu Marietta, te angajez, ca și cum aș fi un *impresario*; în fiecare lună vei primi doisprezece galbeni pentru tine și douăzeci și doi pentru ea; dar dacă o văd cu ochii roșii de plâns, te-ai lins pe bot.

— Te dai mare. Ei bine! Generozitatea ta ne aduce la sapă de lemn, îi răspunse furioasă bătrâna. Pierdem orice *aviamento* (clientela). Când se va abate asupra noastră uriașa nenorocire de a ne vedea lipsite de protecția Excelenței Voastre, nu ne va mai lua nici o trupă, toate vor fi completate, iar noi n-o să mai găsim nici un angajament și, mulțumită dumitale, vom crăpa de foame.

— Du-te la naiba! zise Fabricio, ieșind.

— Nu acolo o să mă duc, bădăran afurisit! O să mă duc glonț la poliție, să se afle acolo că ești un *monsignore* care și-a lepădat sutana și că te cheamă Giuseppe Bossi tot așa cum mă cheamă și pe mine.

Fabricio coborâse deja câteva trepte, când urcă înapoi.

— Mai întâi că poliția știe mai bine decât tine care este adevăratul meu nume; dar dacă îndrăznești să mă torni, dacă faci această ticăloșie, îi spuse el cât se poate de grav, Lodovico o să aibă grijă de tine și o să te alegi nu cu șase lovituri de cuțit în hoitul tău bătrân, ci cu douăsprezece, și vei zăcea șase luni pe un pat de spital, fără tutun.

Bătrâna se albi la față și se repezi la mâna lui Fabricio, pe care încercă să o sărute.

— Primesc cu recunoștință să ne porți de grijă, Mariettei și mie. Pari atât de cumsecade, încât am crezut că ești un nătăfleț. Gândește-te bine la asta, și alții ar putea face aceeași greșeală ca și mine. Te povățuiesc să te porți, în mod obișnuit, mai vădit ca un mare senior. După care adăugă, cu o nerușinare demnă de toată admiraţia: „Cugetă la sfatul meu şi dăruieşte-ne, Mariettei şi mie, două paltoane din acea trainică şi frumoasă stofă englezească ce se găseşte de vânzare la prăvălia aia mare din piaţa San-Petronio".

Dragostea drăgălaşei Marietta îi oferea lui Fabricio tot farmecul unei dulci prietenii, ceea ce îl făcea să se gândească la fericirea de acelaşi gen pe care ar fi putut-o găsi alături de ducesă.

„Dar nu este un lucru cât se poate de ciudat, îşi spunea el câteodată, că nu sunt capabil de acea pasiune exclusivă şi înflăcărată căreia ei îi spun iubire? Printre relaţiile amoroase pe care întâmplarea mi le-a scos în cale, la Novara sau la Neapole, am întâlnit eu oare vreodată o femeie a cărei prezenţă, chiar în primele zile, să o prefer unei plimbări călare pe un armăsar falnic şi necunoscut? Ceea ce se numeşte iubire, adăuga el, să fie, aşadar, încă o minciună? Iubesc, desigur, aşa cum mi-e foame la ora şase! Oare din pornirea aceasta puţin cam vulgară să fi ţesut mincinoşii aceia iubirea lui Othelo, iubirea lui Tancredo[77]? Sau sunt eu altfel plămădit decât ceilalţi oameni? Să fie lipsit sufletul meu de această patimă? De ce oare? Ar fi un destin ciudat".

La Neapole, Fabricio întâlnise, mai ales în ultima vreme, femei care, mândre de deosebita lor frumuseţe şi de poziţia pe care o ocupau în înalta societate adoratorii pe care îi sacrificaseră pentru el, pretinseseră să-l ţină în frâu. De îndată ce simţise asta, Fabricio o rupsese cu ele, în modul cel mai scandalos şi mai rapid. „Or, îşi spunea el, dacă mă las vreodată în voia plăcerii — fără îndoială — foarte vii de a mă juca de-a dragostea cu această frumoasă femeie care este ducesa Sanseverina, sunt exact ca acel franţuz distrat care, într-o zi, a omorât găina cu ouăle de aur. Ducesei îi datorez singura bucurie pe care am simţit-o născându-se dintr-un sentiment de tandreţe, prietenia faţă de ea este viaţa mea; şi, de altfel, fără ea, ce-aş fi? Un biet exilat condamnat să trăiască de pe o zi pe alta într-un castel năruit din

---

[77] Personaj din „Ierusalimul eliberat", de Torquato Tasso, şi din tragedia cu acelaşi nume a lui Voltaire.

împrejurimile Novarei. Îmi aduc aminte că toamna, când se pornea să toarne cu găleata, eram obligat, seara, să mă feresc cu o umbrelă de picăturile ce cădeau din cerul de deasupra patului meu. Călăream pe caii administratorului, care îmi îngăduia lucrul acesta din respect pentru *sângele meu albastru* (poziţia mea sus-pusă), dar începuse să se cam sature de şederea mea acolo, mult prea îndelungată, după părerea lui; tatăl meu îmi alocase o rentă de o mie două sute de franci şi se credea osândit la muncile iadului pentru că dăduse unui iacobin un codru de pâine. Sărmana mea mamă şi surorile mele se lipseau de rochii, pentru ca eu să pot face mici cadouri iubitelor mele. Soiul acesta de generozitate îmi frângea inima. Şi, în plus, începea să mi se bănuiască sărăcia, iar nobilimea tânără din vecinătate de-abia aştepta să-şi arate compasiunea. Mai devreme sau mai târziu, cineva ar fi lăsat să transpară dispreţul lui pentru un iacobin calic şi oropsit de soartă, căci, în ochii acelor oameni, aşa eram. Atunci aş fi dat şi aş fi încasat câteva lovituri zdravene de sabie, care m-ar fi aruncat drept în fortul Fenestrelles, sau aş fi fost nevoit să mă refugiez din nou în Elveţia, tot cu o rentă de o mie două sute de franci pe an. Am fericirea de a-i datora ducesei faptul că am scăpat de toate neajunsurile; mai mult, ea simte pentru mine imboldurile de prietenie pe care ar trebui să le simt eu.

În locul acestei existenţe ridicole şi meschine, ce ar fi făcut din mine un animal trist, un bou, locuiesc de patru ani într-un oraş mare şi am o trăsură nemaipomenită, ceea ce m-a împiedicat să cunosc pizma şi toate celelalte simţăminte josnice ale unui provincial. Mătuşa asta a mea, din cale afară de amabilă, mă bombăne într-una că nu iau destui bani de la bancher. Vreau eu, oare, să-mi iau adio pe veci de la această viaţă de invidiat? Vreau eu să-mi pierd singura prietenă pe care o am pe lume? Ar fi suficient să proferez o minciună, ar fi suficient să-i declar acestei femei încântătoare şi poate unice, de care mă simt legat prin cea mai înflăcărată prietenie, *Te iubesc*, eu care n-am habar ce înseamnă adevărata dragoste. Ea îşi va petrece ziua incriminându-mă pentru lipsa acelor elanuri pe care nu le cunosc. Marietta, în schimb, care nu citește în inima mea și care ia o mângâiere drept o pornire sufletească, crede că sunt nebun după ea și se consideră cea mai fericită dintre femei.

În realitate, am simțit puțin acea înclinație duioasă, căreia i se spune, cred, dragoste, doar pentru acea micuță Aniken de la hanul din Zonders, în apropierea graniței cu Belgia".

Cu regret, va trebui să facem loc aici uneia dintre cele mai urâte acțiuni a lui Fabricio: în mijlocul acestui trai tihnit, un nenorocit de acces de vanitate puse stăpânire pe inima lui și îl duse foarte departe. În același timp cu el, se afla la Bologna faimoasa Fausta F\*\*\*, fără discuție, una dintre cele mai mari cântărețe ale vremii noastre și, poate, cea mai năbădăioasă femeie care s-a văzut vreodată. Excelentul poet Burati, din Veneția, îi dedicase un sonet satiric care, atunci, se afla atât pe buzele principilor, cât și ale celor din urmă ștrengari de la colț de stradă.

„Vrea și nu vrea, adoră și detestă în aceeași zi, e mulțumită doar în nestatornicie, disprețuiește tot ceea ce lumea prețuiește, în vreme ce lumea e nebună după ea, Fausta are aceste cusururi și nenumărate altele, încă. Așa că, ferește-te de șarpele acesta. Dacă îți iese în cale, nesăbuitule, nu-i lua în seamă toanele. Dacă vei avea fericirea să o auzi, vei uita de tine însuți, iar dragostea va face din tine, într-o clipă, ceea ce a făcut, odinioară, Circe din oamenii lui Ulise".

Pentru moment, această regină a frumuseții se afla sub vraja uriașilor favoriți și a nu mai puțin enormei insolențe a tânărului conte M\*\*\*, într-atât încât nu părea deloc deranjată de abominabila lui gelozie. Fabricio îl zărise pe conte pe străzile Bolognei și fusese șocat de aerul de superioritate cu care punea stăpânire pe caldarâm și catadicsea să-și arate în public grațioasa făptură. Junele era putred de bogat, credea că totul îi este permis și, cum datorită acestor *prepotenze* fusese amenințat de mai multe ori, nu mai ieșea în lume decât sub pavăza a opt-zece *buli* (un soi de asasini plătiți), îmbrăcați în livreaua casei sale, pe care-i adusese de pe domeniul lui din vecinătatea Bresciei. Privirile lui Fabricio le întâlniseră, de două-trei ori, pe cele ale teribilului conte, când întâmplarea făcu să o audă pe Fausta. Fu uimit de dulceaţa îngerească a glasului ei: nu îşi imagina ceva asemănător; îi dădu senzaţia unei fericiri supreme, în contrast absolut cu *placiditatea* vieţii lui din clipa aceea. „Să fi sosit, oare, şi pentru mine, ceasul dragostei?" se întrebă el. Foarte dornic să încerce acest sentiment şi, de altfel, amuzat de posibilitatea de a-l sfida pe acel conte M*** a cărui mutră era mai fioroasă decât aceea a oricărui *tambur-major*, eroul nostru nu se putu stăpâni şi recurse la copilăria de a trece mult prea des prin faţa palatului Tanari, pe care contele M*** îl închiriase pentru Fausta.

Într-o zi, pe înserate, Fabricio, încercând să se facă remarcat de Fausta, fu salutat de hohotele zgomotoase de râs ale *bulilor* contelui, care se aflau la poarta palatului Tanari. Alergă acasă, se înarmă până-n dinţi şi trecu din nou prin faţa palatului. Fausta, ascunsă după persienele de la odaia ei, aştepta această întoarcere şi ţinu seama de ea. M***, gelos pe întreg pământul, deveni gelos în mod special pe domnul Giuseppe Bossi şi, mânios la culme, se porni să-l bombardeze cu tot felul de ameninţări ridicole; la care, în fiecare dimineaţă, eroul nostru făcea să-i parvină un răvaş ce conţinea doar aceste cuvinte:

„Domnul Giuseppe Bossi distruge insectele supărătoare şi domiciliază la *Pelegrino, pe via Larga*, la numărul 79".

Contele M***, obişnuit cu respectul pe care i-l asigurau peste tot averea lui enormă, *sângele său albastru* şi bravura celor douăzeci şi trei de slujitori, nu vru să priceapă cu nici un chip limbajul acestui bileţel.

Fabricio îi trimise altele şi Faustei; M*** plantă o iscoadă în preajma acestui rival care, poate, nu displăcea; mai întâi, află adevăratul lui nume, iar apoi că pe moment nu se putea arăta la Parma. La câteva zile după aceea, contele M***, fioroşii *buli*, minunaţii săi cai şi Fausta plecară la Parma.

A doua zi, Fabricio, prins în joc, îi urmă. În zadar îl mustră, dându-se de ceasul morţii, preabunul Lodovico; Fabricio îl trimise la plimbare, iar Lodovico, el însuşi foarte curajos, îl admiră; de altfel, călătoria aceasta îl aducea aproape de drăgălaşa ibovnică pe care o avea la Casal-Maggiore. Prin grija lui Lodovico, opt-zece foşti soldaţi din regimentul lui Napoleon intrară la domnul Giusseppe Bossi, pasămite ca slugi. „Atâta vreme, îşi spuse Fabricio — săvârşind nebunia de a o urma pe Fausta —, cât nu iau legătura nici cu ministrul de poliţie, contele Mosca, nici cu ducesa, mă expun doar pe mine. Îi voi spune mai târziu mătuşii mele că am pornit în căutarea dragostei, sentimentul acela înălţător pe care nu l-am încercat niciodată. Fapt este că mă gândesc la Fausta chiar şi atunci când e departe de mine... Dar iubesc doar amintirea vocii ei sau chiar sunt îndrăgostit de ea?" Lăsând baltă cariera ecleziastică, Fabricio îşi împodobi faţa cu nişte favoriţi şi cu o mustaţă aproape la fel de impunătoare ca şi cea a contelui M\*\*\*, ceea ce îl făcu întrucâtva greu de recunoscut. Îşi stabili cartierul general nu la Parma — ar fi fost prea imprudent —, ci într-un sat din împrejurimi, înconjurat de păduri, pe drumul spre Sacca, unde se afla reşedinţa mătuşii sale. Urmând sfaturile lui Lodovico, în sat, Fabricio se dădu drept valetul unui mare senior englez, un original care cheltuia o sută de mii de franci pe an pentru a-şi oferi desfătarea vânătorii şi care avea să sosească în scurtă vreme din largul lacului Como, unde era reţinut de o altă activitate, la fel de plăcută: pescuitul peştilor. Din fericire, micul, dar încântătorul palat pe care îl închiriase contele M\*\*\* pentru Fausta era situat la marginea de sud a oraşului Parma, exact pe drumul spre Sacca, iar ferestrele acesteia dădeau spre frumoasele alei umbrite de copaci avântaţi spre cer, care se întind pe sub turnul înalt al cetăţii. Fabricio nu era deloc cunoscut în cartierul acesta pustiu; puse să fie urmărit contele M\*\*\* şi, într-o zi când acesta de-abia plecase de la măiastra cântăreaţă, avu îndrăzneala să se arate pe stradă în plină zi. E drept, călare pe un armăsar focos şi straşnic împăunat. Nişte muzicanţi ambulanţi, dintre cei de care Italia e plină, mulţi dintre ei fiind chiar excelenţi, îşi postaseră contrabaşii sub balconul Faustei: după un mic preludiu, cântară destul de curăţel o cantată în cinstea ei. Fausta se arătă la fereastră, şi observă cu uşurinţă un tânăr foarte cuviincios care, oprit călare în mijlocul străzii, mai întâi o salută politicos, după care începu să-i arunce nişte priviri cât se poate de sugestive. În costumul din cale-afară de englezesc al lui Fabricio, acesteia nu-i fu greu să îl recunoască pe autorul înflăcăratelor răvaşe ce-i amânaseră plecarea la Bologna. „Iată o fiinţă ciudată, îşi zise ea, bag de seamă că s-ar putea să o îndrăgesc. Am o sută de ludovici puşi de-o parte, aş putea să-l dau naibii pe afurisitul ăsta de conte M\*\*\*. La urma urmei, n-are nici un haz şi nici nu-l duce capul prea departe, singura latură întrucâtva amuzantă în ceea ce-l priveşte este înfăţişarea fioroasă a gărzilor lui".

A doua zi, Fabricio, care aflase că în fiecare dimineaţă, pe la ceasurile unsprezece, Fausta se ducea să asculte slujba în centrul oraşului, în aceeaşi biserică San-Giovanni, unde se afla mormântul arhiepiscopului *Ascanio del Dongo*, fratele bunicului său, îndrăzni să o urmeze. Realitatea este că Lodovico îi procurase o straşnică perucă englezească, de un roşu aprins. Legat de culoarea acesteia, care era şi aceea a flăcărilor ce-i pârjoleau inima, compuse un sonet pe care Fausta îl găsi încântător; o mână necunoscută avusese grijă să i-l lase pe pian. Acest mic asediu ţinea de mai bine de opt zile şi Fabricio fu obligat să constate că nu făcea progrese reale; Fausta se încăpăţâna să nu-l primească. Era din cale-afară de ciudat, şi de aceea — după cum avea să mărturisească ulterior — îi era frică de el. Pe Fabricio nu-l mai reţinea decât o fărâmă din speranţa că s-ar fi putut să sosească şi pentru el ceasul în care să cunoască ceea ce se cheamă *dragostea*, dar începuse să-şi piardă răbdarea.

— Domnule, haideţi să o luăm din loc, repeta Lodovico, nu sunteţi nici pe departe îndrăgostit; aveţi un sânge rece şi un bun-simţ care pot scoate din minţi pe oricine. De altfel, nu progresaţi deloc; să lăsăm ruşinea la o parte şi s-o luăm la sănătoasa. Fabricio era gata-gata să renunţe, când află că Fausta urma să cânte în salonul ducesei Sanseverina: „Poate că vocea aceasta sublimă va sfârşi prin a-mi aprinde inima", îşi zise el; şi cuteză să se introducă, deghizat, în palatul unde toţi ochii îl cunoşteau. Vă puteţi da seama de emoţia ducesei când, deodată, spre sfârşitul concertului, remarcă un om în costum de vânător, stând în picioare lângă uşa salonului celui mare; înfăţişarea acestuia îi amintea de cineva. Îl căută pe contele Mosca, care abia atunci îi împărtăşise marea şi cu adevărat incredibila nebunie a lui Fabricio. Pentru el, era perfect: dragostea aceasta pentru o altă femeie decât ducesa îl încânta în mod deosebit. Gentleman desăvârşit, atunci când nu făcea politică, Mosca se călăuzea după acel precept potrivit căruia nu-şi putea afla fericirea decât atunci când, la rândul ei, ducesa era fericită.

— Îl voi salva de el însuşi, îşi linişti el prietena; îţi dai seama cât de bucuroşi ar fi prietenii noştri, dacă ar fi arestat în acest palat! Dar am aici, cu mine, peste o sută de oameni la dispoziţia mea şi de aceea am pus să ţi se ceară cheile castelului celui mare de apă. Pare a se fi îndrăgostit nebuneşte de Fausta, dar până acum n-a reuşit să i-o smulgă contelui M***, care îi asigură acestei zăpăcite o existenţă de regină.

Fizionomia ducesei trăda durerea cea mai crâncenă: Fabricio nu era, aşadar, decât un uşuratic, absolut incapabil de un sentiment serios de afecţiune.

— Şi să nu vină să ne vadă! Asta n-o să i-o pot ierta niciodată, zise ea, în cele din urmă. Iar eu care îi scriu în fiecare zi la Bologna!

— Apreciez foarte mult discreţia aceasta, îi dădu replica Mosca. Nu vrea să ne compromită, amestecându-ne în aventura lui, şi va fi amuzant să-l auzim povestind-o.

Fausta era mult prea împrăştiată ca să-şi poată ascunde gândurile: a doua zi după concertul la care îşi cântase toate ariile cu privirile aţintite spre tânărul înalt, îmbrăcat în vânător, îi vorbi contelui M*** despre un adorator necunoscut.

— Unde îl vezi? răcni contele mânios.

— Pe stradă, la biserică, răspunse Fausta, luată pe nepregătite.

Imediat avu intenţia să-şi îndrepte imprudenţa sau, cel puţin, să îndepărteze orice indiciu ce i-ar fi putut aminti acestuia de Fabricio: se avântă într-o descriere nesfârşită a unui tânăr lung cât o prăjină, cu părul ca morcovul, cu ochi albaştri; era, fără doar şi poate, vreun englez foarte bogat şi foarte stângaci sau vreun prinţişor. La acest cuvânt, contele M***, pe care deşteptăciunea nu-l dădea afară din casă, îşi închipui — lucru cât se poate de măgulitor, care-i gâdilă orgoliul — că rivalul acesta nu era altul decât prinţul moştenitor al Parmei. Acest sărman tânăr melancolic, păzit de cinci-şase dascăli, subdascăli, preceptori etc. etc., care nu-l lăsau să iasă decât după ce ţineau consiliu, arunca priviri pofticioase spre toate femeile mai de Doamne ajută de care îi era îngăduit să se apropie. La concertul ducesei, rangul său îl aşezase undeva în faţa auditoriului, pe un jilţ izolat, la trei paşi de ispititoarea Fausta iar privirile lui îl şocaseră de mai multe ori pe contele M***. Această răbufnire de delicioasă vanitate, să aibă rival un prinţ, o amuză nespus pe Fausta, care îşi făcu o plăcere din a o confirma printr-o mulţime de detalii, picurate cu prefăcută naivitate.

— Obârşia ta, îl iscodi ea pe conte, este la fel de veche ca şi aceea a neamului Farnesilor, din care se trage acest tânăr?

— Ce vrei să spui? La fel de veche! Eu nu am bastarzi în familie[78].

Întâmplarea făcu ca niciodată contele să nu se vadă în voie cu pretinsul său rival; ceea ce, în opinia lui, îi confirma ideea măgulitoare că vrăjmaşul lui era un prinţ. Într-adevăr, când nu avea de ce să vină la Parma, Fabricio stătea ferit prin pădurile dinspre Sacca şi pe malurile Padului. Contele M*** se ţinea mult mai mândru, dar, în acelaşi timp, era şi mult mai prevăzător de când nutrea convingerea că se află în situaţia de a-şi disputa inima Faustei cu un prinţ; o rugă cât se poate de stăruitor să se poarte în chipul cel mai reţinut cu putinţă. După ce căzu în genunchi la picioarele ei, ca un amant gelos şi pătimaş ce era, îi

---

[78] Pietro Lodovico, primul suveran din familia Farnese, atât de vestit datorită calităţilor sale, a fost, după cum se ştie, feciorul din flori al Sanctităţii Sale Papa Paul al III-lea.

declară cât se poate de răspicat că onoarea sa nu putea îngădui ca ea să se lase păcălită de tânărul principe.

— Dă-mi voie, nu m-aş lăsa amăgită de el nici dacă l-aş iubi, dar până acum n-am văzut nici un prinţ la picioarele mele.

— Dacă îi vei face cumva pe plac, continuă contele, privind-o de sus, poate nu mă voi putea răzbuna pe principe, dar, cu siguranţă, mă voi răzbuna! Şi ieşi încuind uşile, una după alta.

Dacă Fabricio ar fi apărut în clipa aceea, i-ar fi cucerit inima.

— Dacă ţii la viaţa ta, îi zise el seara, despărţindu-se de ea după spectacol, fă în aşa fel încât să nu aflu vreodată că tânărul principe a intrat în casa ta. Lui, din păcate, nu pot să-i fac nimic, fir-ar să fie! Dar nu mă face să-mi aduc aminte că, în schimb, tu eşti la cheremul meu.

— Ah! Micuţul meu Fabricio! strigă Fausta. Dacă aş şti de unde să te iau!

Orgoliul rănit îl poate mâna departe pe un tânăr bogat şi înconjurat încă din leagăn de linguşitori. Patima oarbă pe care contele M*** o nutrise, odinioară, pentru Fausta se trezi din nou, cu furie; nu fu deloc deranjat de primejdioasa perspectivă de a se lupta cu fiul unic al suveranului său; ba nici măcar nu-i trecu prin minte să încerce să-l vadă pe prinţul acela sau măcar să pună să fie urmărit. Întrucât nu putea să-l atace altfel, M*** se gândi să-l pună într-o situaţie ridicolă. „Voi fi izgonit pe veci din Parma, îşi spuse el. Şi ce dacă?" Dacă ar fi căutat să cerceteze poziţia inamicului, contele M*** ar fi aflat că tânărul prinţ nu ieşea niciodată fără să nu fie înconjurat de trei-patru moşnegi, paznici agasanţi ai etichetei, şi că singura plăcere ce îi era îngăduită pe lumea aceasta era mineralogia. Micul palat ocupat de Fausta, unde societatea veselă a Parmei se aduna buluc, era ţinut zi şi noapte sub observaţie. M*** ştia, ceas cu ceas, ce făcea ea şi mai cu seamă ce făceau cei din jurul ei. Dar — ceea ce era demn de laudă în toate măsurile de precauţie luate de acest gelos — femeia aceea atât de capricioasă nu avu nici cea mai mică bănuială despre această înăsprire a supravegherii, la care era supusă. Rapoartele tuturor agenţilor îl informau pe contele M\*\*\* că un bărbat foarte tânăr, purtând o perucă roşie, apărea foarte des sub ferestrele Faustei, dar deghizat întotdeauna altfel. „Evident, acesta este prinţişorul, îşi zise contele M\*\*\*, altfel de ce şi-ar da atâta osteneală să se deghizeze? Şi, la naiba, un bărbat ca mine nu e făcut să-i cedeze. Fără uzurpările republicii Veneţiei, aş fi şi eu prinţ suveran".

În ziua de *San-Stefano*, rapoartele spionilor căpătară o culoare mai sumbră; păreau să arate că Fausta începea să se încline în faţa insistenţelor necunoscutului. „Pot să plec pe dată cu femeia aceasta, îşi spuse M\*\*\*. Dar cum? La Bologna am fugit de del Dongo, aici aş fugi de un prinţ! Dar ce şi-ar spune domnişorul acesta? Ar putea să creadă că a reuşit să mă sperie! Şi, la naiba!" Mai crunt era că nu putea să-şi arate în ochii Faustei, pe care o ştia atât de ironică, gelozia, ar fi însemnat să râdă de el. În ziua de *San-Stefano*, aşadar, după ce-şi petrecuse cu ea un ceas şi fusese primit cu o drăgălăşenie care i se păruse culmea făţărniciei, se despărţi de ea pe la unsprezece, ca să o lase să se ducă să asculte slujba la biserica San-Giovanni. Contele M\*\*\* se întoarse acasă, se îmbrăcă în costumul negru, ponosit, al unui student la teologie şi alergă la San-Giovanni, unde ochi un loc ferit, în spatele unuia dintre mormintele ce împodobesc a treia capelă din dreapta; vedea tot ce se petrecea în biserică, pe sub braţul unui cardinal reprezentat în genunchi pe mormântul său; statuia umbrea partea din spate a capelei şi îl ascundea atât cât trebuie. Curând, o văzu sosind pe Fausta, mai strălucitoare ca niciodată; veşmintele şi podoabele ei îţi luau ochii şi era urmată de un cortegiu de douăzeci de adoratori, aparţinând celei mai sus-puse societăţi; surâdea, iar bucuria îi lumina ochii şi-i înflorea buzele. „E limpede ca lumina zilei, îşi zise nefericitul gelos, că se aşteaptă să-l întâlnească aici pe omul iubit, pe care nu l-a putut vedea de multă vreme, poate, din cauza mea. Brusc, fericirea cea mai vie păru să scapere în ochii Faustei. „Mi-a sosit rivalul", îşi spuse M\*\*\* şi furia sa de bărbat rănit în amorul propriu nu mai cunoscu margini. „Ce figură jalnică fac aici, în pereche cu un tânăr prinţ ce se travesteşte!" Dar oricât se strădui, nu reuşi să-l descopere pe acel rival pe care ochii săi scormonitori îl căutau în toate părţile.

În fiecare clipă, Fausta, după ce îşi plimba privirile prin toate colţurile bisericii, sfârşea prin a şi le aţinti, scânteind de văpăile dragostei şi de lumina fericirii, asupra ungherului întunecos în care se pitise M\*\*\*. Celor săgetaţi de Cupidon, dragostea are obiceiul să le exagereze nuanţele cele mai nevinovate, trăgând din ele concluziile cele mai ridicole; bietul M\*\*\* sfârşi prin a se convinge că Fausta îl zărise, că, în ciuda manevrelor lui, îşi dăduse seama de apriga lui gelozie, că voia să i-o reproşeze şi, în acelaşi timp, să îl consoleze prin aceste priviri atât de duioase.

Mormântul cardinalului, îndărătul căruia M\*\*\* îşi alesese postul de observaţie, era cu patru-cinci picioare mai sus de pardoseala de marmură a bisericii San-Giovanni. Slujba pentru care venise lumea luă sfârşit pe la unu, majoritatea credincioşilor plecară şi Fausta îi pofti pe *frumoşii* oraşului să o lase singură, sub pretext că vrea să se roage; rămase îngenuncheată pe locul ei, cu ochii din ce în ce mai galeşi şi mai strălucitori, pironiţi asupra lui M\*\*\*. De când în biserică rămăseseră puţine persoane, privirile sale nu-şi mai dădeau osteneala să dea ocol întregii incinte, înainte de a se opri, sclipind de fericire, asupra statuii cardinalului. „Câtă delicateţe!", îşi spunea contele M\*\*\*, crezându-se privit. În cele din urmă, Fausta se ridică şi ieşi brusc, după ce făcu câteva semne ciudate cu mâinile.

M\*\*\*, ameţit de dragoste şi aproape vindecat de nebuneasca lui gelozie, ieşi din ascunzătoare, pregătindu-se să-şi ia zborul spre palatul iubitei lui, ca să-i mulţumească de mii şi mii de ori, când, trecând prin faţa mormântului cardinalului, zări un tânăr învesmântat în negru; această fiinţă funestă stătuse îngenuncheată până atunci în dreptul epitafului monumentului, în aşa fel încât privirile amantului gelos, care îl căutaseră peste tot, trecuseră pe deasupra capului lui, fără să-l vadă.

Tânărul se ridică, făcu iute câţiva paşi şi fu înconjurat de îndată de şapte-opt personaje cam din topor, cu înfăţişări ciudate, care păreau să fie în slujba lui. M\*\*\* se năpusti pe urmele lui, dar, fără multă zarvă, fu oprit în locul de trecere pe care-l formează tamburul[79] de lemn de la uşa de la intrare de haidamacii care-l protejau pe rivalul lui; când, în cele din urmă, ajunse pe stradă, în spatele lor, mai apucă să vadă doar cum se închide portiera unei trăsuri cam hodorogite la care, printr-un contrast bizar, erau înhămaţi doi armăsari focoşi şi care, cât ai clipi, dispăru din faţa ochilor lui gata-gata să-i iasă din orbite, de uimit ce era.

Se întoarse acasă gâfâind de furie; curând, sosiră şi observatorii săi, care-i raportară sec că, în ziua aceea, amantul misterios, deghizat în preot, îngenuncheasе cucernic lângă un mormânt aşezat la intrarea unei capele întunecoase din biserica San-Giovanni. Fausta rămăsese în biserică până ce aceasta se golise, iar atunci îşi făcuse anumite semne cu necunoscutul; ea părea să-şi fi făcut, de câteva ori, cruce. M*** alergă la necredincioasa-i iubită — pentru întâiaşi dată, ea nu putu să-şi ascundă tulburarea; povesti cu naivitatea prefăcută a unei femei îndrăgostite — că, aşa cum făcea de obicei, se dusese la San-Giovanni, dar că nu îl zărise pe bărbatul care se ţinea după ea. La vorbele acestea, M***, întărâtat din cale-afară, o făcu în fel şi chip, îi relată ceea ce văzuse cu ochii lui şi, cum îndrăzneala minciunilor sporea o dată cu intensitatea acuzaţiilor, apucă pumnalul şi se năpusti asupra ei.

Fără să-şi piardă câtuşi de puţin calmul, Fausta îi spuse:

— Ei bine! Toate aceste lucruri de care te plângi sunt cât se poate de adevărate, dar am încercat să ţi le ascund pentru ca nu cumva, nesăbuit cum eşti, să cloceşti cine ştie ce planuri smintite de răzbunare, care să ne piardă pe amândoi; căci, ţi-o spun clar şi răspicat, omul care nu-mi dă pace cu insistenţele lui este, după cum cred eu, unul dintre cei care sunt deprinşi să nu afle nici o oprelişte în calea dorinţelor lor, cel puţin nu în ţara aceasta. După ce îi atrase atenţia, cu multă dibăcie, că, la urma urmei,

---

[79] Tambur, spaţiu amenajat la intrarea într-o clădire, de regulă cu uşă pivotantă, pentru a proteja interiorul de aerul din exterior şi pentru a împiedica formarea curenţilor de aer în timpul deschiderii uşilor.

M\*\*\* nu avea nici un drept asupra ei, Fausta sfârși prin a declara că, probabil, nu va mai merge la biserica San-Giovanni. M\*\*\* era îndrăgostit până peste urechi, și, cum în inima tinerei femei, prudenței i se alătură și un pic de cochetărie, se simți dezarmat. Îi trecu prin gând să părăsească Parma; prințișorul, oricât de puternic ar fi fost, nu avea cum să pornească pe urmele lui sau, dacă venea după el, n-ar fi fost decât egalul său. Dar orgoliul îi aminti din nou că plecarea aceasta ar fi părut o fugă și contele M\*\*\* își interzise să se mai gândească la ea.

„Nu știe de micul meu Fabricio, își zise, peste măsură de încântată, cântăreața. Acum putem să ne batem joc de el după pofta inimii".

Fabricio, care habar n-avea că fericirea dăduse peste el, găsind a doua zi ferestrele cântăreței închise și nezărind-o nicăieri, consideră că gluma se cam îngroșase. Începu să-și facă scrupule. „În ce situație îl pun pe sărmanul conte Mosca, pe el, ditamai ministrul poliției! O să se creadă că este complicele meu, am venit în țara asta să-i distrug cariera! Dar dacă renunț la un plan urmărit atâta vreme, ce va zice ducesa când îi voi povesti despre încercările mele amoroase?"

Într-o seară, când, gata să abandoneze partida, își făcea morală astfel, dând târcoale pe sub copacii înalți ce despărțeau palatul Faustei de cetățuie, observă că era urmărit de un spion de statură foarte mică; în zadar încercă să se descotorosească de el luând-o de pe o stradă pe alta, ființa aceea microscopică părea lipită de el. Ajuns la capătul răbdării, alergă pe o străduță dosnică, ce se întindea de-a lungul Parmei, unde se aflau la pândă oamenii lui; la un semn al lui tăbărâră pe bietul spion de-o șchioapă, care căzu în genunchi în fața lor: era *Bettina*, subreta Faustei. După trei zile de neliniște și de recluziune, deghizată în bărbat, ca să scape de pumnalul contelui M\*\*\*, de care ea și stăpâna ei aveau mare teamă, venise să-i comunice lui Fabricio că era iubit cu pasiune și că era așteptat cu ardoare; dar cea care ardea de dorul lui nu se mai putea arăta la biserica San-Giovanni. „Era și timpul, își zise Fabricio, trăiască asiduitatea!"

Micuța cameristă era dulce foc, ceea ce îl trezi pe Fabricio din visările lui morale. Ea îi aduse la cunoștință că atât locul de promenadă, cât și toate străzile pe care trecuse în seara aceea erau strașnic păzite, fără să se vadă, de iscoadele lui M***. Închiriaseră odăi la parter sau la primul cat și, pitiți în spatele obloanelor, muți ca peștii, urmăreau tot ceea ce se petrecea pe strada în aparență pustie, trăgând cu urechea la tot ceea ce se vorbea.

— Dacă iscoadele acestea mi-ar fi recunoscut vocea, zise micuța Bettina, aș fi fost înjunghiată fără milă la întoarcerea mea acasă, și poate că, odată cu mine, și stăpâna mea.

Spaima aceasta o făcea încântătoare în ochii lui Fabricio.

— Contele M***, continuă ea, fierbe de mânie și doamna știe că este în stare de orice... M-a însărcinat să vă spun că ar vrea să fie la o sută de leghe de aici, împreună cu dumneavoastră!

Îi povesti atunci scena din ziua de San-Stefano și furia lui M***, care nu scăpase nici o privire și nici un semn de iubire pe care Fausta, nebună după Fabricio, i le adresase acestuia. Contele își scosese pumnalul din teacă, o înșfăcase de păr și, dacă nu ar fi avut prezență de spirit, s-ar fi zis cu ea.

Fabricio o duse pe Bettina într-un mic apartament pe care îl avea în apropiere. Îi povesti că era din Torino, fiu al unui personaj de seamă care, pentru moment, se afla la Parma, ceea ce îl obliga să se poarte cât mai reținut. Bettina îi răspunse, râzând, că era mult mai mare senior decât voia să pară. Eroului nostru îi trebui ceva timp până să priceapă că fermecătoarea copilă îl lua, nici mai mult, nici mai puțin decât însuși prințul moștenitor. Fausta începea să fie speriată și să îl iubească pe Fabricio; luase hotărârea de a nu-i rosti numele în fața cameristei, vorbindu-i despre prinț. Fabricio sfârși prin a-i mărturisi drăgălașei copile că ghicise adevărul. „Dar dacă numele meu va fi făcut cunoscut, adăugă el, cu toată marea mea pasiune pentru stăpâna ta, pe care am dovedit-o de atâtea ori, mă voi vedea silit să încetez să o mai văd și, de îndată, miniștrii tatălui meu, oamenii aceștia răutăcioși și ridicoli, pe care într-o bună zi îi voi destitui, nu vor pierde ocazia de a-i cere să părăsească țara pe care, până acum, a înfrumusețat-o cu prezența ei".

Spre dimineață, Fabricio elaboră, împreună cu micuța cameristă, mai multe planuri de întâlnire cu stăpâna ei; ceru să fie chemat Lodovico și un alt om al său, foarte dibaci, care se puseră de acord cu Bettina, în vreme ce el îi scria Faustei scrisoarea cea mai năstrușnică, cea mai extravagantă cu putință; situația permitea toate exagerările unei tragedii și Fabricio nu făcu nici o economie în această privință. Se despărți de-abia în zori de micuța subretă, de-a dreptul fermecată de manierele prințului.

Rămăsese stabilit ca acum, când Fausta se înțelesese cu iubitul ei, acesta să nu mai treacă pe sub ferestrele micului palat decât atunci când putea fi primit, iar atunci va exista un semnal. Dar Fabricio, îndrăgostit de Bettina și crezându-se aproape de un deznodământ fericit în ceea ce o privea pe Fausta, nu mai avu răbdare să stea cuminte în satul lui, la două leghe de Parma. A doua zi, spre miezul nopții, veni călare, însoțit de o strașnică escortă, să cânte sub ferestrele Faustei o arie pe atunci la modă, căreia îi schimbase cuvintele. „Nu așa procedează domnii amorezi?" se întrebă.

De când Fausta își manifestase dorința de a-l întâlni, lui Fabricio, toată această vânătoare i se părea prea lungă. „Nu, n-o iubesc, își zicea el, cântând cam lălăit, de altfel, sub ferestrele micului palat; Bettina mi se pare de o sută de ori preferabilă Faustei, în iatacul ei aș vrea să fiu primit în clipa aceasta". Sătul până la urmă de atâta cântat, Fabricio o luă înapoi spre locul său temporar de reședință, când, la cinci sute de pași de palatul Faustei, cincisprezece-douăzeci de oameni se năpustiră asupra lui, patru dintre ei înșfăcară hățurile armăsarului său, iar alți doi îi prinseră brațele. Lodovico și *bravi-i* lui fură atacați la rândul lor, dar se salvară trăgând câteva focuri de pistol. Totul se petrecuse fulgerător: cincizeci de oameni cu făclii în mâini apăruseră pe stradă ca din pământ. Toți aceștia erau înarmați până-n dinți. Fabricio sărise de pe cal, cu toată împotrivirea celor care îl țineau; încercă să găsească o portiță de scăpare și reuși chiar să îl rănească pe unul dintre cei care îi strângeau braţele ca într-o menghină, dar fu foarte uimit când îl auzi pe omul acela zicându-i pe tonul cel mai respectuos cu putinţă:

— Alteţa Voastră îmi va face o pensie frumuşică pentru rana aceasta, ceea ce va fi mult mai bine pentru mine, decât dacă aş săvârşi crima de lezmaiestate, trăgând sabia împotriva principelui meu.

„Iată pedeapsa cuvenită pentru neghiobia mea, îşi zise Fabricio, m-am osândit pentru un păcat pentru care nu mai aveam nici o tragere de inimă".

De-abia se stinse această foarte scurtă luptă, că mai mulţi lachei în livrea, scoşi ca din cutie, apărură cu o lectică aurită, pictată cu semne bizare: era una dintre acele lectici groteşti pe care le folosesc mascaţii în timpul carnavalului. Şase oameni cu pumnale în mâini o rugară pe Alteţa Sa să urce într-însa, zicându-i că aerul rece al nopţii ar putea să-l facă să răguşească; i se adresau cu cea mai aleasă politeţe, titlul de „prinţ" era repetat în fiecare clipă, aproape strigându-l. Cortegiul îşi începu defilarea. Fabricio numără pe stradă peste cincizeci de oameni cu făclii aprinse. Să fi fost ora unu noaptea; toată lumea ieşise la ferestre, ceremonia avea loc cu o oarecare solemnitate. „Mă temeam de lovituri de pumnal din partea contelui M***, îşi spuse Fabricio; iată că se mulţumeşte să-şi bată joc de mine, nu-l credeam cu atâta gust. Dar e într-adevăr convins că are de-a face cu un prinţ. Dacă află că nu sunt decât Fabricio, Dumnezeu să mă păzească de loviturile de dagă"[80].

După ce zăbovi timp îndelungat sub ferestrele Faustei, alaiul celor cincizeci de oameni cu făclii şi al celor douăzeci de oameni înarmaţi luă la rând cele mai frumoase palate din oraş. Majordomi, aşezaţi de-o parte şi de alta a lecticii, o întrebau din când în când pe Alteţa Sa dacă avea poruncă de dat. Fabricio nu-şi pierduse sângele rece, căci la lumina tremurătoare a torţelor îi zărea pe Lodovico şi pe oamenii lui urmând cortegiul atât cât era

---

[80] Dagă, pumnal cu lama scurtă şi lată.

cu putință. Fabricio își spunea: „Lodovico are doar opt-zece oameni și nu îndrăznește să pornească la atac". Din interiorul lecticii, Fabricio vedea foarte bine că oamenii însărcinați cu această glumă proastă erau înarmați până în dinți. Se prefăcea că glumește cu majordomii puși, chipurile, la dispoziția lui. După mai bine de două ceasuri de marș triumfal, observă că urmau să treacă pe la capătul străzii pe care se afla palatul Sanseverina.

Când ajunseră în acel punct, deschise iute portiera din față, sări peste unul din bețe, îl culcă la pământ cu o lovitură de pumnal pe unul dintre valeții care voia să-i îndrepte torța spre față, încasă o lovitură de dagă în umăr; un al doilea valet îi pârli barba cu torța lui aprinsă și, în sfârșit, eroul nostru ajunse la Lodovico, căruia îi strigă „*Ucide-i! Ucide-i pe toți cei cu torțe!*" . Lodovico împrăștie lovituri de sabie în dreapta și în stânga și îl eliberă de cei doi oameni care se încăpățânau să îl urmărească. Fabricio ajunse în fugă până la poarta palatului Sanseverina; împins de curiozitate, portarul deschise portița înaltă de trei picioare, decupată în aceea mai mare, și se uita năuc la puhoiul de făclii. Fabricio intră dintr-un salt și închise în urma lui acea ușă în miniatură; fugi prin grădină și se făcu nevăzut printr-o poartă ce dădea pe o străduță lăturalnică. Un ceas mai târziu, se afla în afara orașului; dimineața trecea granița statului Modena și era în siguranță. Seara intra în Bologna. „Ce escapadă vijelioasă! își spuse el, și nici măcar n-am apucat să dau ochii cu aleasa inimii mele". Se grăbi să scrie două scrisori de scuze, una contelui și alta ducesei, scrisori prudente, care, zugrăvind doar ceea ce se petrecea în inima lui, l-ar fi putut compromite, dacă ar fi căzut în mâinile unui dușman. „Eram îndrăgostit de dragoste, îi scria el ducesei; am făcut tot ceea ce este omenește cu putință ca s-o cunosc, dar se pare că natura m-a văduvit de o inimă cu care să iubesc și să fiu melancolic; nu mă pot înălța deasupra simplei plăceri vulgare etc. etc.".

E greu de imaginat vâlva stârnită în Parma de această aventură. Misterul în care era învăluită ațâța și mai mult curiozitatea, căci o mulțime de oameni văzuseră făcliile și lectica. Dar cine era personajul acela care fusese luat pe sus şi faţă de care cei care îl capturaseră se arătau atât de deferenţi? A doua zi, nici unul dintre personajele sus-puse nu lipsea din oraş.

Oamenii de rând care locuiau pe strada de unde evadase prizonierul spuneau că văzuseră un cadavru, dar dimineaţa, atunci când locuitorii îndrăzniseră să iasă din casele lor, nu găsiseră alte urme ale luptei decât bălţile de sânge de pe caldarâm. Peste douăzeci de mii de curioşi veniră să viziteze strada în timpul zilei. Oraşele Italiei sunt deprinse cu spectacolele cele mai ciudate, dar întotdeauna ştiu *de ce* şi *cum*. Ceea ce şocă Parma, în această împrejurare, fu faptul că, la o lună chiar după aceea, când lumea încetă să mai vorbească numai despre plimbarea cu torţe, datorită prudenţei contelui Mosca, nimeni nu reuşise să ghicească numele rivalului care voise să i-o răpească pe Fausta contelui M***. Amantul acesta gelos şi vindicativ îşi luase tălpăşiţa încă de la începutul faimoasei plimbări. Ducesa se prăpădi de râs aflând de mica nedreptate pe care ducele se văzu obligat să o comită, pentru a pune capăt definitiv curiozităţii prinţului care, altfel, ar fi putut ajunge la numele lui Fabricio.

În ultimul timp, putea fi zărit prin Parma un învăţat venit din nord, ca să scrie o istorie a Evului Mediu; cerceta manuscrisele din biblioteci, iar contele dispusese să i se elibereze toate autorizaţiile necesare. Dar savantul acesta, încă foarte tânăr, se dovedea irascibil; i se năzărea, de pildă, că toată suflarea Parmei căta să îşi bată joc de el. Este adevărat că ştrengarii de pe stradă îl cam luaseră la ochi, zădărâţi de uriaşa hălăciugă de un roşu aprins, podoabă capilară de care era foarte mândru. Învăţatului acestuia i se părea că, la hanul la care descinsese, era tras pe sfoară, cerându-i-se preţuri umflate pentru toate cele, aşa că nu plătea nici cel mai mic fleac fără să consulte, mai întâi, ghidul unei anume doamne Starke, care ajunsese la a douăzecea ediţie doar pentru că indica englezilor prudenţi cât costă, într-o călătorie, un curcan, un măr, un pahar cu lapte etc. etc.

Chiar în seara zilei în care Fabricio îşi făcuse plimbarea silită prin oraş, învăţatul cu coamă roşie deveni furios la hanul lui şi scoase din buzunar niște *mici pistolașe*, ca să-l pună la punct pe *cameriere*[81], acesta cerându-i nici mai mult, nici mai puțin decât doi bănuți pentru o piersică amărâtă. Îl arestară, căci portul *pistolașelor* era o mare crimă!

Cum savantul acela irascibil era înalt și slab, contele avu, a doua zi dimineața, ideea de a-l face să treacă, în ochii principelui, drept nesăbuitul care, încercând să o răpească pe Fausta contelui M***, fusese făcut de râs. La Parma, portul pistoalelor de buzunar este pedepsit cu trei ani de muncă silnică: dar pedeapsa aceasta n-a fost aplicată niciodată. După cincisprezece zile de închisoare, în timpul cărora savantul nu se văzuse decât cu un avocat care-l băgase în sperieți cu legile atroce îndreptate de lașii, becisnicii și poltronii aflați la putere împotriva purtătorilor de arme ascunse, un alt avocat îi făcu o vizită și-i relată plimbarea impusă de contele M*** unui rival rămas necunoscut.

„Poliția nu vrea să-i mărturisească principelui că n-a putut afla cine este acel rival: declarați că ați vrut să-i intrați în grații Faustei, că cincizeci de tâlhari v-au răpit pe când cântați sub fereastra ei, că, timp de un ceas, ați fost plimbat într-o lectică fără să vi se vorbească altfel, decât cu cea mai desăvârșită bunăcuviință. Declarația aceasta n-are nimic umilitor, vi se cere doar un cuvânt. De îndată ce îl veți rosti, veți scoate poliția din încurcătură, ea vă va îmbarca într-o trăsură de poștă și vă va conduce la frontieră, unde vă va spune rămas bun".

Savantul rezistă timp de o lună; de două sau de trei ori, principele fu pe punctul să ceară să fie adus la Ministerul de Interne, unde să asiste la interogatoriul său. Dar în cele din urmă nu se mai gândi la asta, atunci când istoricul, sătul de toate, se hotărî să recunoască și fu condus la graniță. Principele era pe deplin convins că rivalul contelui M*** avea o claie de păr roșu.

La trei zile după plimbare, pe când cântărea, împreună cu fidelul Lodovico, posibilitățile de a-l găsi pe contele M***, Fabricio, care se ascunsese la Roma, află că și acesta, de asemenea, se

---

[81] „Ospătar", în limba italiană, în original în text.

refugiase într-un sat uitat de lume din creierul munților, pe drumul spre Florența. Contele avea cu el doar trei *buli*; a doua zi când se întorcea de la plimbare, fu răpit de opt oameni mascați, care se dădură, în fața lui, drept zbiri ai poliției din Parma. Îl duseră, după ce-l legară la ochi cu o fâșie de pânză neagră, într-un han aflat la două leghe mai sus pe munte, unde fu tratat cu toată considerația cuvenită și unde îl aștepta o masă îmbelșugată. Fu servit cu cele mai bune vinuri din Italia și Spania.

— Sunt, așadar, prizonier de stat? întrebă contele.

— Pentru nimic în lume! îi răspunse cât se poate de politicos Lodovico, mascat. Ați ofensat un simplu particular, punând să fie plimbat într-o lectică; mâine dimineață intenționează să se bată în duel cu dumneavoastră. Dacă îl omorâți, veți găsi doi cai zdraveni, bani și locuri de popas pregătite pe drumul spre Geneva.

— Cum îl cheamă pe fanfaronul ăsta? întrebă iritat contele.

— Se numește *Bombacio*. Vă puteți alege armele și martorii, cât se poate de loiali, doar trebuie ca unul dintre voi doi să moară.

— Este, deci, un asasinat! strigă înspăimântat contele M\*\*\*.

— Doamne păzește! Este pur și simplu un duel pe viață și pe moarte cu tânărul pe care l-ați plimbat pe străzile Parmei în miez de noapte și care ar rămâne cu obrazul pătat dacă v-ar lăsa să trăiți în bună pace. Unul dintre voi este de prisos pe lumea aceasta, așa că străduiți-vă să îl ucideți; veți avea săbii, pistoale, spade, toate armele ce au putut fi procurate în câteva ceasuri, căci a trebuit să ne grăbim. Poliția din Bologna este foarte zeloasă, așa cum poate știți; și nu trebuie să împiedice acest duel, absolut necesar pentru onoarea tânărului de care v-ați bătut joc.

— Dar dacă tânărul acesta este un prinț...

— Este un simplu particular, ca și dumneavoastră, și chiar mult mai puțin bogat decât dumneavoastră, dar vrea să se bată pe viață și pe moarte și vă va sili să vă bateți, vă avertizez.

— Nu mă tem de nimic pe lumea asta! strigă M\*\*\*.

— Este ceea ce adversarul dumneavoastră dorește cu toată patima, replică Lodovico. Mâine, dis-de-dimineață, pregătiți-vă să vă apăraţi viaţa; veţi fi atacat de un om care are toate motivele să fie furios foc şi care nu vă va cruţa. Vă repet că aveţi dreptul să vă alegeţi arma; şi faceţi-vă testamentul.

În ziua următoare, pe la ceasurile dimineţii, contelui M\*\*\* i se servi micul-dejun, după care uşa de la camera în care era închis se deschise larg şi fu poftit în curtea unui han de ţară; curtea era împrejmuită de un gard viu şi de ziduri destul de înalte, iar porţile erau ferecate cu grijă.

Într-un colţ, pe o masă de care contele M\*\*\* fu invitat să se apropie, se aflau câteva sticle cu vin şi rachiu, două pistoale, două săbii, două spade, coli de hârtie şi cerneală; vreo douăzeci de ţărani se buluciseră la ferestrele hanului care dădeau în curte.

Contele le cerşi mila.

— Vor să mă asasineze! strigă el. Salvaţi-mi viaţa.

— Vă înşelaţi! Sau vreţi să înşelaţi, îi strigă, la rândul lui, Fabricio, care se afla în colţul opus al curţii, lângă o masă încărcată de arme; se înveşmântase în haine de mort, iar faţa îi era ascunsă de una dintre acele măşti de sârmă care se găsesc în sălile de arme.

— Vă rog, adăugă Fabricio, să luaţi masca de sârmă care se află lângă dumneavoastră, apoi înaintaţi spre mine cu o sabie sau înarmat cu pistoale; aşa cum vi s-a spus ieri-seară, vă puteţi alege arma.

Contele M\*\*\* ridica nenumărate obiecţii şi părea că nu are nici un chef să se bată; Fabricio, în ceea ce îl privea, se temea că poliţia ar fi putut da buzna, deşi se aflau în munţi, la cinci leghe greu de străbătut de Bologna. În cele din urmă, începu să-i adreseze adversarului său insultele cele mai groaznice; avu bucuria de a-l scoate din ţâţâni pe contele M\*\*\*, care înşfăcă o sabie şi porni spre Fabricio. Lupta începu cam alene.

După câteva minute, fuseră întrerupţi de o mare zarvă. Eroul nostru simţise că se aruncă în vâltoarea unei acţiuni care ar fi putut fi pentru el, toată viaţa, un motiv de reproşuri sau, cel puţin, de acuzaţii calomnioase. Îl expediase pe Lodovico în sate, să-i recruteze martori. Acesta le dădu bani unor străini care lucrau într-o pădure din vecinătate; veniseră în goană, răcnind, crezând că este vorba despre omorârea unui duşman al omului care îi plătise. Ajunşi la han, Lodovico le ceru să caşte bine ochii şi să vadă dacă vreunul dintre tinerii care se băteau se purta cu viclenie şi obţinea avantaje ilicite.

Confruntarea, întreruptă o clipă de zbieretele ţăranilor, întârzia să reînceapă; Fabricio îl insultă din nou pe înfumuratul conte.

— Domnule conte, îi strigă el, când eşti obraznic, trebuie să fii şi curajos. Îmi dau seama cât de greu vă este să fiţi aşa, vă place mai mult să-i plătiţi pe oamenii care sunt curajoşi.

Contele, atins din nou în amorul-propriu, îi strigă că frecventase multă vreme sala de arme a faimosului Battistino din Neapole, şi că o să îl facă să îşi plătească scump neobrăzarea; furia acestuia fiind stârnită din nou, în sfârşit, acesta se bătu cu destulă îndârjire, ceea ce nu îl împiedică deloc pe Fabricio să-i aplice o foarte frumoasă lovitură de sabie în piept, trimiţându-l să zacă la pat câteva luni bune.

Lodovico, dându-i rănitului primele îngrijiri, îi şopti la ureche:

— Dacă denunţaţi acest duel la poliţie, voi pune să fiţi înjunghiat chiar pe patul de suferinţă.

Fabricio fugi la Florenţa; cum la Bologna stătuse ascuns, toate scrisorile de reproş ale ducesei le primi de-abia la Florenţa; aceasta nu-i putea ierta că venise la concertul său şi nu încercase să-i vorbească. Fabricio rămase încântat de scrisorile contelui Mosca — respirau o prietenie sinceră şi sentimentele cele mai nobile. Ghici că Mosca scrisese la Bologna, în aşa fel încât să îndepărteze bănuielile ce ar fi putut apăsa asupra lui în legătură cu duelul; poliţia îşi făcu pe deplin datoria, constatând că doi străini se luptaseră cu sabia, în faţa a peste treizeci de ţărani, în mijlocul cărora se afla, spre sfârşitul luptei, şi preotul satului, care făcuse eforturi zadarnice să-i despartă pe duelgii. Cum numele de Giuseppe Bossi nu fusese rostit, Fabricio îndrăzni să se întoarcă la Bologna, mai convins ca niciodată că soarta îl osândise să nu cunoască în veci latura nobilă şi intelectuală a dragostei, așa că își făcu plăcerea de a-i explica îndelung acest lucru ducesei; se săturase de existența lui solitară și dorea așadar cu ardoare să trăiască din nou încântătoarele seri petrecute odinioară alături de conte și de mătușa lui. „N-am mai gustat, de atunci, din desfătările unei plăcute companii..."

„*M-am plictisit atât de mult de dragostea pe care țineam morțiș să mi-o dăruiesc și de Fausta, îi scria el ducesei, încât, dacă acum, capriciile ei mi-ar fi încă favorabile, nu aș face douăzeci de leghe pentru a o soma să-și țină făgăduiala; așa că nu există temerea, cum spui tu, că m-aș putea duce până la Paris, unde văd că a debutat cu un succes nebun. Aș face, însă, oricâte leghe ar fi nevoie, ca să petrec o seară alături de tine și de conte, atât de bun cu prietenii lui*".

# PARTEA A DOUA

*„Prin strigătele ei necontenite, republica aceasta ne-ar împiedica să ne bucurăm de cea mai straşnică dintre monarhii".*

Mănăstirea din Parma, cap. XIII

## CAPITOLUL AL PAISPREZECELEA

PE CÂND FABRICIO ERA ÎN CĂUTAREA DRAGOSTEI, într-un cătun din vecinătatea Parmei, procurorul Rassi, care habar n-avea că-l are atât de aproape, continua să se ocupe de cazul lui ca şi cum ar fi fost vorba de un liberal: simulând că nu găseşte martori sau, mai degrabă, intimidând martorii apărării; şi, în sfârşit, după o lucrătură de toată frumuseţea, de aproape un an, şi la două luni după revenirea lui Fabricio la Bologna, marchiza Raversi, beată de bucurie, vesti public, în salonul ei, că în ziua următoare, sentinţa ce fusese pronunţată de o oră împotriva micului Dongo va fi înfăţişată prinţului, pentru a o semna, iar acesta o va aproba. Câteva minute mai târziu, afirmaţia adversarei sale ajunse la urechile ducesei.

„Asta înseamnă că agenţii contelui nu-şi fac datoria cum se cuvine! gândi ea; chiar în dimineaţa asta, credea că sentinţa nu va fi dată în mai puţin de opt zile. Poate că nu va fi chiar atât de mâhnit să-l ştie departe de Parma pe tânărul meu mare vicar; dar, adăugă ea fredonând, o să-l vedem înapoi şi, într-o bună zi, va fi arhiepiscopul nostru".

Ducesa îşi agită clopoţelul.

— Adună toate slugile în încăperea din faţă, îi porunci ea valetului său, chiar şi pe bucătari; du-te să iei, de la comandantul garnizoanei din oraş permisul necesar pentru patru cai de poştă şi ai grijă ca, în mai puţin de o jumătate de ceas, să fie înhămaţi la landoul meu. Toate femeile din casă se apucară să facă bagajele, iar ducesa se îmbrăcă în grabă într-un costum de voiaj, totul fără să-i sufle contelui măcar un cuvinţel; gândul de a-l pune un pic pe jar o umplea de bucurie.

„Prieteni, se adresă ea slugilor adunate, am aflat că sărmanul meu nepot va fi condamnat în contumacie, pentru că a avut îndrăzneala să-şi apere viaţa împotriva unui bezmetic furios; Gilleti era acela care voia să-l omoare. Fiecare dintre voi a putut să vadă ce fire blândă şi inofensivă este Fabricio. Indignată la culme de această nedreptate cumplită, plec în Franţa: vă las tuturor leafa pe zece ani. Dacă vi se întâmplă vreo nenorocire, scrieţi-mi, şi atâta vreme cât voi avea un ţechin, se va găsi ceva şi pentru voi".

Ducesa, ce gândea aia făcea, aşa că, la ultimele ei cuvinte, slugile izbucniră în lacrimi; ea însăşi avea ochii umezi; adăugă, cu vocea tremurând de emoţie:

— Rugaţi-vă lui Dumnezeu pentru mine şi pentru monseniorul Fabricio del Dongo, prim mare vicar al eparhiei noastre, care, mâine-dimineaţă va fi condamnat la galere sau, ceea ce ar fi o prostie mai mică, la pedeapsa cu moartea.

Plânsetele slugilor se înteţiră şi, treptat, se preschimbară în strigăte aproape de răzvrătire; ducesa urcă în caleaşcă şi ceru să fie dusă la palatul principelui. În ciuda orei nepotrivite, solicită o audienţă generalului Fontana, aghiotantul de serviciu; nu era în ţinuta de gală în care se vine la curte, ceea ce îl lăsă pe aghiotant cu gura căscată. În ceea ce îl priveşte pe principe, acesta nu se arătă deloc surprins şi încă şi mai puţin supărat de această cerere de audienţă.

„O să vedem nişte ochi frumoşi înecaţi în lacrimi, îşi spuse el, frecându-şi mâinile. Vine să-mi ceară să-i iert nepotul; în sfârşit, frumuseţea aceasta trufaşă se va umili în faţa mea! Era de-a dreptul insuportabilă, cu aerele ei de independenţă! Ochii ei atât de grăitori păreau să-mi zică mereu, la cel mai neînsemnat lucru care o contraria: Neapole sau Milano ar fi un oraș mult mai primitor decât târgușorul acesta, mica voastră Parmă! Într-adevăr, nu domnesc peste Neapole sau Milano, dar, în sfârșit, iată că această mare doamnă vine să îmi ceară ceva care depinde doar de mine și pe care arde să-l obțină; întotdeauna m-am gândit că sosirea acestui nepot va face să-mi vină apa la moară".

În vreme ce surâdea, legănat de aceste gânduri și de aceste plăcute presupuneri, principele se plimba prin spațiosul lui cabinet, la ușa căruia generalul Fontana încremenise în poziția de drepți, țeapăn ca un răcan la prezentarea armelor. Văzând cum îi străluceau principelui ochii și aducându-și aminte de costumul de voiaj al ducesei, se gândi că monarhia se duce de râpă.

Uimirea lui nu mai avu margini, când îl auzi pe principe zicându-i:

— Roag-o pe doamna contesă să aștepte un mic sfert de oră.

Aghiotantul făcu stânga-mprejur, ca un răcan la paradă.

Prințul surâse din nou. „Fontana nu e obișnuit, își zise el, să o vadă pe mândra ducesă pusă să aștepte: expresia mirată din momentul în care îi va vorbi despre *micul sfert de ceas de așteptare* va pregăti trecerea la emoționantele lacrimi la care va fi martor cabinetul acesta". Micul sfert de ceas se dovedi a fi un deliciu pentru principe; se plimba cu pași hotărâți și egali, *domnea*. „Este vorba aici de a nu spune nimic care să nu fie cu desăvârșire potrivit acestei împrejurări; oricare ar fi sentimentele mele față de ducesă, nu trebuie să uit nici o clipă că este una dintre cele mai de seamă doamne de la Curtea mea. Cum le vorbea, oare, Ludovic al XIV-lea fiicelor sale, prințeselor, când se întâmpla să fie nemulțumit de purtarea lor?" Și privirile îi zăboviră asupra portretului marelui suveran.

Partea nostimă a lucrurilor era că principele nu se gândi nici un moment să se întrebe dacă îl va ierta pe Fabricio și cum ar face-o. În sfârșit, după douăzeci de minute, credinciosul Fontana se înfățișă din nou în pragul ușii, dar fără să spună nimic.

— Ducesa Sanseverina poate să intre! strigă teatral principele.

„Încep să curgă lacrimile", îşi zise el şi, de parcă s-ar fi pregătit pentru un asemenea spectacol, îşi scoase batista.

Niciodată nu fusese ducesa atât de sprintenă şi de frumoasă; nu-i dădeai nici douăzeci şi cinci de ani.

Văzând-o că de-abia atingea covorul cu paşii ei mărunţi şi iuţi, uşoară ca un fulg, bietul aghiotant mai că-şi pierdu minţile.

— Cer de mii de ori iertare Alteţei Voastre Serenisime, vorbi ducesa cu glasul ei subţirel, vioi şi vesel, că mi-am îngăduit libertatea de a mă prezenta într-o ţinută nu tocmai potrivită, dar Alteţa Voastră m-a obişnuit într-adevăr cu bunăvoinţa sa, încât îndrăznesc să sper că mă va ierta şi de data aceasta.

Ducesa grăia tărăgănat, pentru a avea răgaz să-şi admire opera — efectul vorbelor ei fusese nimicitor; mutra pe care-o făcuse principele merita pictată; pe faţa acestuia se putea citi, accentuată de poziţia capului şi a braţelor, uimirea cea mai adâncă, alături de o rămăşiţă din semeţia cu care o primise. Principele rămăsese ca trăsnit; cu glasul lui piţigăiat, scotea din când în când ţipete ascuţite, de-abia reuşind să articuleze:

— *Cum aşa? Cum aşa?*

După ce-şi isprăvi curtenitorul discurs, ducesa, ca din respect pentru Alteţa Sa, îi lăsă acestuia tot timpul pentru a găsi un răspuns. După care adăugă:

— Îndrăznesc să sper că Alteţa Sa Serenisimă va binevoi să nu acorde atâta importanţă acestei ţinute necuviincioase; dar, vorbind astfel, ochii săi poznaşi aruncau scântei atât de strălucitoare, încât principele nu mai reuşi să-i înfrunte şi îşi ridică privirile în tavan, ceea ce la el era semn sigur că se afla în mare încurcătură.

— *Cum aşa? Cum aşa?* behăi el din nou. Apoi avu norocul să găsească o frază: Doamnă ducesă, aşezaţi-vă; împinse el însuşi fotoliul spre dânsa, şi chiar cu oarecare gingăşie. Ducesa nu rămase insensibilă la acest semn de politeţe, îşi moderă impetuozitatea din priviri.

— *Cum aşa? Cum aşa?* repetă iarăşi principele, foindu-se în fotoliul lui în care, s-ar fi zis, nu-şi putea afla o poziţie stabilă.

— Vreau să profit de răcoarea din timpul nopții ca să mă aștern la drum și, cum absența mea s-ar putea să fie de mai lungă durată, n-am vrut să mă despart de meleagurile peste care domnește Alteța Sa Serenisimă fără să-i mulțumesc pentru amabilitatea pe care, de cinci ani încoace, a binevoit să mi-o arate. La aceste cuvinte, prințul, care înțelese, în sfârșit, păli: văzându-se înșelat în previziunile sale, cel mai mult suferea omul de lume care era; apoi luă un aer de măreție, demn întru totul de portretul lui Ludovic al XIV-lea, pe care-l avea sub ochi.

„Bravo, îl felicită în gând ducesa, iată ce înseamnă, cu adevărat, un bărbat".

— Și care este motivul acestei plecări pe nepusă masă? întrebă el, pe un ton destul de degajat.

— Plănuisem de multă vreme călătoria aceasta, răspunse ducesa, și o mică ofensă adusă *Monsignorului* del Dongo, care mâine va fi osândit la moarte sau la muncă silnică, mă face să îmi grăbesc plecarea.

— Și în ce oraș vă duceți?

— La Neapole, cred.

Ridicându-se, adăugă:

— Nu-mi mai rămâne decât să-mi iau rămas-bun de la Alteța Voastră Serenisimă și să-i mulțumesc cu umilință pentru bunăvoința sa *din trecut*.

Venise vremea *să plece* și o făcea cu atâta hotărâre, că principele își dădu numaidecât seama că, în două secunde, totul se va sfârși; știa că, după scandalul plecării, nici o împăcare nu ar mai fi fost cu putință; ducesa nu era femeia care să revină asupra deciziilor sale.

Alergă după ea.

— Dar știți bine, doamnă ducesă, îi spuse el prinzându-i mâna, aici ați fost întotdeauna prețuită și n-a depins decât de dumneavoastră ca prietenia pe care v-o port să capete un alt nume. A fost comisă o crimă, nimeni nu poate nega; am încredințat instruirea procesului celor mai de ispravă judecători ai mei...

La aceste vorbe, ducesa își ieși cu totul din fire; orice urmă de respect și chiar de urbanitate dispăru într-o clipită: femeia ultragiată ieși limpede la suprafață, adresându-se unei ființe pe care o știa de rea-credință. Îi răspunse cu cea mai aprigă mânie, și chiar cu dispreț, rostind răspicat fiecare cuvânt:

— Părăsesc definitiv regatul Alteței Voastre Serenisime, ca să nu mai aud niciodată de procurorul fiscal Rassi și de alți asasini infami care l-au condamnat la moarte pe nepotul meu, ca pe atâția alții; dacă Alteța Voastră Serenisimă nu vrea să picure un sentiment de amărăciune în aceste ultimele clipe pe care le petrec în preajma unui principe politicos și spiritual, atunci când nu este înșelat, îl rog, cu cea mai mare umilință, să nu îmi mai pomenească de judecătorii aceia mârșavi care se vând pentru o mie de galbeni sau pentru panglica unei decorații.

Patosul și mai cu seamă convingerea cu care fuseseră spuse toate acestea îl făcură pe prinț să tresară; se temu, o clipă, ca demnitatea sa să nu fie lezată de o acuzație și mai directă, dar, în cele din urmă, senzația pe care o încercă se dovedi a fi una de plăcere: avea toată admirația pentru ducesă; întreaga ei făptură era, în clipa aceea, de o sublimă frumusețe. „Doamne Dumnezeule! Cât de frumoasă poate să fie, își spuse extaziat principele; o astfel de femeie nu poate fi decât iertată, s-ar putea să nu existe alta ca ea în întreaga Italie... Ei bine! Dacă mă străduiesc puțin, n-ar fi, poate, imposibil ca într-o zi să mi-o fac amantă. Ce diferență între această făptură și păpușa aceea de marchiză Balbi, care, pe deasupra, mai și fură în fiecare an cel puțin trei sute de mii de franci sărmanilor mei supuși... Dar am auzit eu bine? «Să-l condamne pe nepotul meu, ca și pe atâția alții?»" Atunci, izbufni mânia și, cu o trufie demnă de un suveran, după o scurtă tăcere, principele spuse:

— Și ce ar trebui făcut pentru ca doamna să nu mai plece?

— Ceva ce nu vă stă în putere, replică ducesa cu ironia cea mai amară și cu disprețul cel mai puțin disimulat de care era în stare.

Prințul fierbea de mânie, dar datora ocupației sale de suveran absolut forța de a rezista primului impuls. „Femeia aceasta trebuie să fie a mea, își spuse el, îmi sunt dator cu asta, apoi o s-o fac să moară de umilință... Dacă iese din acest cabinet, n-o s-o mai revăd niciodată". Dar, turbat de mânie şi de ură cum era în clipa aceea, unde să găsească vorbele care să poată în acelaşi timp satisface ceea ce-şi datora lui însuşi şi împiedica hotărârea ducesei de a pleca de la curte? „Nu poţi, îşi zise el, nici repeta, nici ridiculiza vreun gest" şi se duse să se aşeze între ducesă şi uşa cabinetului său. Puţin timp după aceea, auzi pe cineva râcâind la această uşă.

— Cine-i idiotul, răcni el din adâncul bojocilor, cine-i idiotul care vine să-şi arăte mutra nătângă?

Sărmanul general Fontana îşi arătă faţa galbenă şi totalmente răvăşită şi, cu înfăţişarea unui om aflat în agonie, rosti cu glas împleticit următoarele cuvinte:

— Excelenţa sa contele Mosca solicită onoarea de a fi primit.
— Să intre! urlă principele.

Şi, pe când Mosca saluta:

— Ei bine! îi zise el, iat-o pe doamna ducesă Sanseverina, care vrea să plece din Parma chiar în clipa asta, ca să se stabilească la Neapole şi care, colac peste pupăză, îmi mai şi spune obrăznicii.

— Cum aşa? zise, la rândul lui, Mosca, albindu-se şi el la faţă.
— Ce? Vrei să spui că nu cunoşteai planul acesta de plecare?
— Nu ştiu nimic despre una ca asta. Am lăsat-o pe doamna, la ora şase, veselă şi mulţumită.

Cuvintele acestea produseră un efect incredibil asupra principelui. Mai întâi, îi arătă că spunea adevărul şi că nu era complicele acestei fantezii a contesei. „În cazul acesta, o voi pierde pentru totdeauna; plăcerea şi răzbunarea, totul se spulberă în acelaşi timp. La Neapole, va compune epigrame, împreună cu nepotul ei Fabricio, despre marea mânie a micului principe al Parmei". O privi pe ducesă; în inima ei răscolită, furia se lupta cu cel mai violent dispreţ; ochii îi erau aţintiţi, în clipa aceea, asupra contelui Mosca, şi conturul atât de fin al acestei frumoase guri exprima cel mai amar dispreţ. Întreaga ei faţă spunea „Curtezan josnic!" „Aşadar, gândi principele, după ce o privi cu luare-aminte, am pierdut şi acest mijloc de a o ţine pe loc. Chia în momentul acesta, dacă iese din acest cabinet, este pierdută pentru mine, Dumnezeu ştie ce va istorisi despre judecătorii mei la Neapole... Şi, cu această inteligenţă şi forţă de persuasiune pe care i le-a dăruit cerul, se va face crezută de toţi. Îi voi datora reputaţia unui tiran ridicol, care se trezeşte noaptea, să se uite sub pat..." Atunci, printr-o manevră dibace şi ca şi cum ar fi încercat să se plimbe ca să-şi mai astâmpere zbuciumul, se postă din nou în dreptul uşii cabinetului; contele se afla la trei paşi în dreapta lui, palid, tras la faţă, distrus, tremurând atât de tare, încât fu nevoit să se sprijine de spătarul fotoliului pe care şezuse ducesa la începutul audienţei, pe care principele, într-un moment de furie, îl împinse cât colo. Contele era îndrăgostit. „Dacă pleacă, mă duc după ea, îşi spunea el, dar mă va vrea oare în preajma ei? Aceasta-i întrebarea".

La stânga principelui, ducesa, în picioare, cu braţele încrucişate şi adunate pe piept, îl privea sfidător; o paloare adâncă luase locul culorilor vii care, odinioară, însufleţeau capul acesta sublim.

Prinţul, spre deosebire de celelalte două personaje, se împurpurase la faţă şi arăta îngrijorat; mâna sa stângă se juca într-un mod convulsiv cu crucea marelui colan pe care îl purta atârnat pe sub surtuc; cu mâna dreaptă, îşi mângâia bărbia.

— Ce e de făcut? îl întrebă el pe conte, fără să ştie prea bine ce face şi supunându-se obişnuinţei de a-l consulta întotdeauna.

— Ca să spun adevărul, habar n-am, Alteţă Serenisimă, spuse el cu aerul unui om care-şi dă ultima suflare. De-abia reuşi să-şi rostească răspunsul. Tonul vocii lui îi oferi principelui prima consolare pe care şi-o află mândria sa rănită în timpul acestei audienţe, iar această mică bucurie îl ajută să găsească o frază cât se poate de bine venită pentru amorul său propriu.

— Ei bine! declară el, tot eu sunt cel mai cu judecată dintre noi trei; voi face abstracţie de rangul meu. Voi vorbi *ca un prieten* şi, adăugă el cu un cât se poate de reuşit surâs de condescendenţă, aidoma lui Ludovic al XIV-lea în vremurile lui bune, *ca un prieten care vorbeşte unor prieteni*. Doamnă ducesă, continuă el, ce trebuie făcut ca să renunţaţi la această hotărâre intempestivă?

— Ca să spun drept, nici eu nu ştiu, răspunse cu un oftat adânc ducesa, nici eu nu ştiu, într-atât am ajuns să detest Parma. Nu exista nici o intenţie de epigramă în vorbele sale, se vedea că sinceritatea însăşi vorbea prin gura ei.

Contele avu o mişcare de iritare; sufletul lui de curtezan era scandalizat: îi adresă principelui o privire imploratoare. Demn şi netulburat, principele lăsă să treacă un moment, după care grăi către conte:

— Văd că încântătoarea voastră prietenă şi-a pierdut cu desăvârşire capul; este cât se poate de explicabil, *îşi adoră* nepotul.

Şi, întorcându-se spre ducesă, adăugă, cu aerul cel mai galant din lume şi adoptând în acelaşi timp tonul cu care citezi o replică dintr-o comedie:

— *Ce se poate face să fii pe placul acestor ochi frumoşi?*

Ducesa avusese răgazul să chibzuiască; răspunse răspicat şi rar, ca şi cum ar fi dictat un *ultimatum*:

— Alteţa Voastră să-mi scrie o graţioasă scrisoare, aşa cum numai ea ştie să scrie; îmi va spune că, nefiind deloc convinsă de vinovăţia lui Fabricio del Dongo, prim mare vicar al arhiepiscopului, nu va semna cu nici un chip sentinţa, atunci când îi va fi prezentată, şi că această procedură nedreaptă nu va avea nici o urmare în viitor.

— Cum aşa, *nedreaptă*? răcni principele, înroşindu-se până în albul ochilor şi mâniindu-se iar.

— Şi asta nu e totul! replică ducesa, cu o semeţie romană. *Încă din seara asta* — şi adăugă ea, uitându-se la pendulă, este deja unsprezece şi un sfert — Alteţa Sa Serenisimă o va înştiinţa pe marchiza Raversi că o sfătuieşte să se retragă la moşie, ca să scape de oboseala cu care s-a împovărat, pesemne, după un anume proces despre care pomenea în primele ceasuri ale serii, în salonul său.

Principele se învârtea furios prin cabinet, ca un leu în cuşcă.

— S-a mai văzut vreodată o asemenea femeie? strigă el. Nu-mi poartă pic de respect.

Ducesa răspunse în chipul cel mai graţios:

— Nici prin cap nu mi-a trecut să nu-i arăt respectul cuvenit Alteţei Sale Serenisime. Alteţa Sa a avut nesfârşita îngăduinţă de a spune că grăieşte *ca un prieten unor prieteni*. De altfel, n-am nici un chef să rămân la Parma, adăugă ea, aruncând o privire dispreţuitoare contelui.

Privirea aceasta îl făcu pe principe, până atunci indecis, să se hotărască; deşi cuvintele acestea păreau să aibă greutatea unui angajament, puţin se sinchisea el de cuvinte.

Mai deliberă puţin, dar, în cele din urmă, contele Mosca se apucă să scrie graţiosul răvaş solicitat de contesă. Omise fraza „*Această procedură nedreaptă nu va avea nici o urmare în viitor*". „Este suficient, îşi zise contele, că principele promite că nu va semna sentinţa ce-i va fi prezentată". Semnând, principele îi mulţumi din ochi.

Contele făcu o mare greşeală; principele era istovit de atâta hărţuială şi ar fi semnat orice; credea că făcuse faţă cu brio situaţiei şi toată tărăşenia se rezuma, pentru el, doar la atât. „Dacă ducesa pleacă, în mai puţin de opt zile, viaţa la Curte nu va mai avea nici un haz". Contele observă că stăpânul lui corectă data, punând-o pe cea din ziua următoare. Se uită la pendulă, pentru a da dovadă de exactitate, în numele bunei guvernări. Cât priveşte exilul marchizei Raversi, totul merse strună; principelui îi făcea o plăcere deosebită să-şi exileze supuşii.

— Generale Fontana! strigă el, întredeschizând uşa.

Generalul apăru, atât de uimit şi atât de curios, încât ducesa şi contele schimbară o privire înveselită, iar privirea aceea aduse pacea între ei.

— Generale Fontana, spuse principele, vei urca în trăsura mea care aşteaptă sub colonadă[82]; te vei duce la marchiza Raversi, vei cere să fii anunţat; dacă e în pat, vei adăuga că vii din partea mea şi, ajuns la budoarul ei, vei zice exact aceste cuvinte şi nu altele: „Doamnă marchiză Raversi, Alteţa Sa Serenisimă vă porunceşte să plecaţi, mâine, înainte de ceasurile opt dimineaţa,

---

[82] Şir de coloane care formează un ansamblu arhitectonic.

la castelul vostru din Velleja; Alteța Sa vă va da de știre când veți putea reveni în Parma".

Principele căută privirea ducesei care, fără să-i mulțumească, așa cum se așteptase, îi făcu o reverență cât se poate de respectuoasă și ieși iute.

— Ce femeie! exclamă principele, întorcându-se spre contele Mosca.

Acesta, peste măsură de încântat de exilul marchizei Raversi, care îi facilita toate acțiunile sale în calitatea de ministru, vorbi vreme de o jumătate de ceas ca un curtezan desăvârșit; voia să împace amorul-propriu al principelui și nu plecă decât atunci când reuși să-l convingă că istoria anecdotică a lui Ludovic al XIV-lea nu cuprindea o pagină mai frumoasă decât aceea pe care tocmai o oferise viitorilor săi istorici.

Ajunsă acasă, ducesa trase ușa după ea și ceru să nu fie deranjată de nimeni, nici chiar de conte. Voia să rămână singură cu ea însăși, să-și dea seama puțin cam ce idee ar trebui să-și facă despre scena ce de-abia avusese loc. Acționase la întâmplare și pentru a-și face plăcere în clipa aceea; dar, oricât de departe ar fi mers, lăsându-se în voia capriciilor ei, cu nici un chip nu ar mai fi dat înapoi. Recăpătându-și sângele-rece, nu-și făcu nici o imputare, cu atât mai puțin nu se căi și nu-și simți conștiința încărcată: acesta era caracterul căruia îi datora faptul de a fi, la treizeci și șase de ani, cea mai strălucitoare femeie de la Curte.

În clipa aceea, visa la ceea ce ar fi putut să-i ofere Parma, ca să-i îndulcească viața, ca și cum s-ar fi întors dintr-o lungă călătorie, într-atât de tare crezuse, vreme de câteva ceasuri, cu cea mai mare fermitate, că avea să părăsească acest oraș pentru totdeauna.

„Sărmanul conte, ce mutră a făcut când a aflat de plecarea mea de față cu principele... La drept vorbind, este un om cumsecade și cu o inimă cum puține sunt! Ar fi dat naibii ministerul lui, numai ca să fie cu mine... Dar, în același timp, cinci ani la rând nu a avut să-mi reproșeze nici o infidelitate. Câte femei duse la altar ar putea spune la fel domnului și stăpânului lor?

Trebuie să admit că nu-şi dă aere, nu face pe preţiosul şi nu-mi inspiră dorinţa de a-l înşela; în faţa mea, pare mereu că se ruşinează de puterea lui... Avea o figură tare caraghioasă în prezenţa domnului şi stăpânului său; dacă ar fi aici, mai că l-aş săruta... Dar pentru nimic în lume, nu m-aş pune să distrez un ministru care şi-a pierdut portofoliul, este o boală care se vindecă doar atunci când mori şi... de care se moare. Ce nenorocire să fii ministru de tânăr! Trebuie să-i scriu, e un lucru pe care trebuie să-l ştie oficial, înainte de a se răci cu stăpânul lui... Dar era să uit de bunii mei slujitori".

Ducesa sună. Femeile din casă erau, în continuare, ocupate să facă bagajele; trăsura fusese trasă la adăpostul porticului[83] şi o încărcau de zor; toate slugile care nu aveau treabă de făcut se strânseseră în jurul trăsurii, cu lacrimi în ochi. Chékina, singura care avea permisiunea să pătrundă în iatacul ducesei în ocazii deosebite ca aceasta, îi aduse la cunoştinţă toate detaliile.

— Pofteşte-i pe toţi sus, spuse ducesa; îndată trecu în sala de aşteptare.

— Mi s-a promis, le spuse ea, că sentinţa de condamnare a nepotului meu nu va fi semnată de *monarh* (aşa se vorbeşte în Italia); îmi amân călătoria; vom vedea dacă duşmanii mei se vor bucura de destulă trecere ca să schimbe această hotărâre.

După o scurtă tăcere, slugile începură să strige:

— Trăiască doamna contesă!

Mica adunare slobozi apoi un ropot de aplauze furtunoase.

Ducesa, care ajunsese deja în odaia de alături, reapăru ca o actriţă chemată la scenă, schiţă o mică plecăciune plină de graţie, mulţumind pentru ovaţii, şi spuse:

— *Prieteni, vă mulţumesc.*

Dacă ar fi rostit un singur cuvânt, cu toţii, în clipa aceea, ar fi pornit în iureş spre palat, la atac. Făcu semn unui surugiu, fost contrabandist şi om de încredere, care o urmă.

---

[83] Galerie deschisă, susţinută de o colonadă, care se întinde de-a lungul unei clădiri, în jurul unei grădini sau al unei pieţe.

— Te îmbraci ca un țăran înstărit, îi spuse ea, ieși din Parma cum știi tu, închiriezi o *sediola* și te duci cât mai iute cu putință la Bologna. Intri în Bologna ca unul aflat la plimbare, prin poarta dinspre Florența, și îi înmânezi lui Fabricio, care se află la *Peregrino*, un pachet pe care o să ți-l dea Chékina. Fabricio se ascunde sub numele de Giuseppe Bossi; nu cumva să-l dai de gol din greșeală, nu arăta că-l cunoști, s-ar putea ca dușmanii mei să pună iscoade pe urmele tale. Fabricio te va trimite înapoi în câteva ore sau în câteva zile: mai ales când te vei întoarce, să fii cu cea mai mare băgare de seamă, nu cumva să-l trădezi.

— Ah! Oamenii marchizei Raversi! strigă surugiul. Să vină! Și dacă doamna ducesă poruncește, o să le facem de petrecanie.

— Va veni, poate, și ziua aceea! Dar nu cumva să faci ceva și să-mi ieși din vorbă!

Ducesa voia să-i trimită lui Fabricio o copie după răvașul principelui; nu putu să reziste însă plăcerii de a-l amuza și vru să adauge un bilet cu câteva vorbe despre scena cu prilejul căreia obținuse răvașul; biletul acela deveni o scrisoare de zece pagini. Trimise, din nou, după surugiu.

— Nu poți să pleci, îi spuse ea, înainte de ora patru, când se deschid porțile.

— Mă gândeam să trec prin canalul mare de scurgere, mi-ar ajunge apa până la bărbie, dar aș răzbi...

— Nu, se împotrivi ducesa, nu vreau ca din pricina mea să se îmbolnăvească unul dintre cei mai de nădejde slujitori ai mei. Știi pe cineva din casa monseniorului arhiepiscop?

— Al doilea vizitiu este prietenul meu.

— Iată o scrisoare pentru sfântul părinte; furișează-te fără zgomot în palat, cere să vorbești cu valetul lui; nu vreau ca monseniorul să fie sculat din somn. Dacă s-a închis deja în odaia lui, rămâi peste noapte în palat și, cum are obiceiul să se scoale o dată cu găinile, mâine dimineață la patru, roagă să fii primit din partea mea, înfățișează-te sfântului arhiepiscop, cere-i binecuvântarea, înmânează-i pachetul acesta și ia scrisorile pe care ți le va da, poate, pentru Bologna.

Ducesa îi trimitea arhiepiscopului chiar originalul răvaşului principelui; cum răvaşul se referea la primul său mare vicar, îl ruga să îl depună la arhiva arhiepiscopiei, unde spera ca domnii mari vicari şi canonici, colegi ai nepotului ei, vor fi bucuroşi să ia cunoştinţă de cuprinsul lui; totul sub rezerva celui mai desăvârşit secret.

Ducesa îi scria monseniorului Landriani cu o familiaritate menită să-l măgulească şi să-l încânte pe acest burghez cumsecade; numai semnătura singură se întindea pe trei rânduri; scrisoarea, cât se poate de amicală, era încheiată astfel: *Angelina – Cornelia – Isota Valserra del Dongo, ducesă Sanseverina.*

„N-am mai iscălit aşa, cred, îşi spuse râzând ducesa, de la contractul meu de căsătorie cu răposatul duce; dar astfel de oameni nu ţi-i apropii decât cu acest gen de artificii — în ochii burghezimii, caricatura trece drept frumuseţe". Nu-şi putu isprăvi seara fără să nu dea curs tentaţiei de a adresa o scrisoare zeflemitoare sărmanului conte; îl anunţa oficial, pentru a-i fi de folos *la cârma guvernului,* zicea ea, *în raporturile sale cu capetele încoronate,* că nu se simţea în stare să ţină companie unui ministru nedemn. „Ţi-e frică de principe, când n-o să poţi să-l mai vezi, îţi va fi frică de mine?" Ceru ca scrisoarea să-i fie trimisă de îndată.

De partea lui, a doua zi dimineaţă, la orele şapte, principele îl convocă de urgenţă pe contele Zurla, ministrul de interne.

— Din nou, îi spuse el, dă ordinele cele mai severe tuturor podestaţilor[84] să îl aresteze pe numitul Fabricio del Dongo. Am fost înştiinţat că s-ar putea să cuteze să se arate din nou pe teritoriul nostru. Întrucât fugarul se află la Bologna, unde pare să sfideze hotărârea tribunalului statului Parmei, de a fi dat în urmărire judiciară, să trimiţi imediat zbiri care îl cunosc personal: 1° în cătunele de pe drumul de la Bologna la Parma, 2° în împrejurimile castelului Sanseverina, la Sacca, şi ale casei sale de la Castelnovo, 3° în jurul castelului contelui Mosca. Nutresc

---

[84] Podestat: primar, guvernator în Italia acelor vremuri.

nădejdea, domnule conte, că înalta dumitale înțelepciune te va ajuta să ferești ordinele primite de la suveranul dumitale de ochii indiscreți ai contelui Mosca. Află că țin foarte mult ca numitul Fabricio del Dongo să fie reținut.

De îndată ce ministrul ieși, pe o ușă secretă se prelinse îndoit din șale și ploconindu-se la fiecare pas procurorul general Rassi. Fizionomia acelui netrebnic merita pictată; era pe măsura mârșăviei rolului său: în vreme ce ochii-i clipeau repede și zvâcnit, arătând că era conștient de meritele sale, siguranța de sine arogantă, exprimată de rânjetul lui, arăta că știa să înfrunte disprețul.

Cum personajul acesta va avea de acum încolo o influență destul de mare asupra destinului lui Fabricio, se cuvine să spunem câteva vorbe despre el. Era înalt, avea ochi frumoși și inteligenți, dar fața îi era ciupită de vărsat; în ceea ce privește deșteptăciunea, era mai mult decât ager la minte; toată lumea era de acord că știința dreptului nu avea nici un secret pentru el, dar mai cu seamă știa să se descurce, ieșea basma curată din orice împrejurare. Oricât de încurcat ar fi fost un proces, găsea cu ușurință și pe dată căile, cât se poate de bine fundamentate juridic, de a ajunge la condamnare sau achitare; era mai cu seamă maestru în tertipurile meseriei de procuror.

Omul acesta, pentru care cei mai mari suverani l-ar fi invidiat pe principele Parmei, avea o singură pasiune: să se bage pe sub pielea personajelor de soi și să le distreze cu giumbușlucuri. Puțin îi păsa că marele om aflat în fața lui râdea de ceea ce spune sau chiar de persoana lui, sau făcea glume revoltătoare pe seama doamnei Rassi; dacă acesta râdea și îl trata familiar, era fericit. Uneori, principele, nemaiștiind cum să se amuze pe socoteala lui, îi trăgea picioare în spate; dacă îl durea, Rassi începea să bocească. Dar instinctul de bufon era atât de puternic la el, că îl vedeai, în fiecare zi, preferând salonul unui ministru care îl ridiculiza, propriului său salon, în care domnea despotic peste toate robele țării. Rassi își crease, mai ales, o poziție aparte — până și nobilului celui mai insolent îi era imposibil să-și îngăduie să îl umilească; modul său de a se răzbuna pentru jignirile pe care le înghiţea toată ziua era de a turna totul principelui de la care dobândise privilegiul de a-i spune absolut orice. Este adevărat că, de multe ori, răspunsul era o palmă răsunătoare şi dureroasă, dar nu se formaliza deloc. Prezenţa acestui mare judecător îl distra pe principe în momentele sale de proastă dispoziţie, căci atunci îl amuza să-l insulte. După cum se vede, Rassi era foarte aproape de tipul curteanului desăvârşit: fără onoare şi fără supărare.

— Mai întâi de toate, să-ţi ţii gura, îi strigă principele, fără să se mai obosească să îl salute, ca un mojic, el care era atât de politicos cu toată lumea. Când a fost dată sentinţa?

— Ier-dimineaţă, Alteţă Serenisimă.

— Câţi judecători au semnat-o?

— Toţi cinci.

— Şi pedeapsa?

— Douăzeci de ani de temniţă, aşa cum mi-a cerut Alteţa Voastră Serenisimă.

— Osânda cu moartea ar fi revoltat, spuse principele, ca şi cum ar fi vorbit cu sine însuşi. Ce păcat! Ce efect ar fi avut asupra acelei femei! Dar este un del Dongo, iar numele acesta se află la loc de cinste în Parma, din cauza celor trei arhiepiscopi care au fost numiţi aproape unul după altul... Douăzeci de ani, spui?

— Da, Alteţă Serenisimă, întări procurorul Rassi, tot în picioare şi tot îndoit din şale, după ce, în prealabil, îşi va cere iertare în mod public în faţa portretului Alteţei Voastre Serenisime; pe deasupra, post cu pâine şi apă în fiecare vineri şi în fiecare ajun de mare sărbătoare, de vreme ce *impietatea celui în cauză este cunoscută de toată lumea*. Asta pentru viitor şi pentru a pune capăt carierei sale.

— Scrie, porunci principele.

„Alteţa Sa Serenisimă, binevoind să plece urechea, cu bunătate, la umilele rugăminţi ale marchizei del Dongo, mama vinovatului, şi ale ducesei Sanseverina, mătuşa sa — *care au arătat că, la momentul crimei, fiul şi nepotul lor era foarte tânăr şi, de altfel, tulburat de pasiunea mistuitoare pentru nevasta nefericitului Giletti* — s-a înduplecat, în ciuda repulsiei inspirate de o asemenea crimă, să comute *pedeapsa la care a fost condamnat Fabricio del Dongo în aceea de doisprezece ani de temniţă".*

— Dă-mi să semnez.

Principele semnă şi puse data din ajun; apoi, restituindu-i sentinţa lui Rassi, îi spuse:

— Scrie imediat sub semnătura mea: „Ducesa Sanseverina, aruncându-se din nou în genunchi la picioarele Alteţei Sale, prinţul a permis ca, în fiecare joi, condamnatul să aibă dreptul la o oră de plimbare pe platforma turnului pătrat, denumit popular Farnese".

— Semnează, îi ordonă principele şi, mai ales, gura cusută, orice ai auzi vorbindu-se prin oraş. Îi vei comunica ilustrului consilier De Capitani, care a votat pentru doi ani de fortăreaţă şi care a mai şi perorat în favoarea acestei opinii caraghioase, că îl sfătuiesc să citească legile şi regulamentele. Încă o dată, să nu sufli o vorbă. Bună seara.

Procurorul Rassi făcu trei plecăciuni adânci, cu multă încetineală, pe care principele nici nu le observă.

Scena aceasta avea loc la şapte dimineaţa. Câteva ceasuri mai târziu, vestea exilului marchizei Raversi se răspândi prin oraş şi prin cafenele; toată lumea nu vorbea decât despre acest eveniment de seamă. Exilul marchizei alungă din Parma, pentru câtva timp, implacabilul duşman al oraşelor mici şi al curţilor mărunte, plictiseala. Generalul Fabio Conti, care se visase ministru, pretextă un atac de gută şi, câteva zile la rând, nu mai scoase nasul din cetăţuia lui. Burghezia şi — apoi — gloata traseră concluzia din ceea ce se întâmpla, că era limpede că principele hotărâse să-i dea arhiepiscopia Parmei Monsignorului del Dongo. Cunoscătorii în ale politicii, de prin cafenele, merseră chiar până într-acolo încât pretinseră că părintelui Landriani, actualul arhiepiscop, i se ceruse să-şi născocească o boală şi să-şi prezinte demisia; avea să i se acorde, în schimb, un important venit din regia tutunului, în privinţa asta nu încăpea nici o îndoială: zvonul acesta ajunsese până la urechile arhiepiscopului, care se alarmă foarte tare şi, drept urmare, vreme de câteva zile, campania sa în favoarea eroului nostru bătu un pic pasul pe loc. Două luni mai târziu, incredibila ştire putea fi citită în paginile gazetelor pariziene, cu mica modificare, însă, că cel care urma să fie făcut arhiepiscop era contele Mosca, nepotul ducesei Sanseverina.

În castelul său de la Velleja, marchiza Raversi era furibundă; dar nu era o muieruşcă oarecare, dintre acelea care au sentimentul că se răzbună ocărându-şi duşmanii cum le vine la gură. Încă a doua zi după căderea ei în dizgraţie, cavalerul Riscara, împreună cu alţi trei prieteni, se prezentară în faţa principelui la porunca marchizei şi îi cerură permisiunea să se ducă în vizită la castel. Alteţa îi primi pe aceşti domni cu o desăvârşită curtoazie şi sosirea lor la Velleja fu o mare mângâiere pentru marchiză. Înainte de sfârşitul celei de-a doua săptămâni de surghiun, avea treizeci de oaspeţi în castelul ei, toţi aceia pe care guvernul liberal urma să-i ungă demnitari. În fiecare seară, marchiza convoca un consiliu în toată regula, la care participau cei mai bine informaţi dintre ei. Într-una din zile, în care primise o mulţime de scrisori din Parma şi Bologna, se retrase devreme; subreta favorită îl introduse mai întâi pe amantul în funcţie, contele Baldi, un tânăr foarte arătos, dar şi foarte tont, şi mai târziu pe cavalerul Riscara, predecesorul lui: acesta era un omuleţ negru şi la chip, şi la suflet, care, după ce debutase ca repetitor de geometrie la colegiul nobililor din Parma, se vedea acum consilier de stat şi cavaler al mai multor ordine.

— Am bunul obicei, le spuse marchiza celor doi, să nu arunc niciodată nici o hârtie şi ce bine-mi prinde! Iată, nouă scrisori pe care Sanseverina mi le-a scris cu diferite ocazii. Veţi pleca amândoi la Genova, veţi căuta, printre ocnaşi, un ex-notar, pe numele lui Burati, ca marele poet veneţian, sau Durati. Dumneata, domnule conte Baldi, aşază-te la biroul meu şi scrie ceea ce o să-ţi dictez eu.

„*Mi-a venit o idee şi de aceea îţi scriu aceste câteva rânduri. Mă duc la căsuţa mea de lângă Castelnovo; dacă vrei să vii să petreci douăsprezece ore cu mine, voi fi tare fericită. Nu există, mi se pare, nici un pericol prea mare, norii încep să se risipească. Opreşte-te, totuşi, înainte de a intra în Castelnovo; vei da, pe drum, peste unul din oamenii mei — toţi şi-ar da şi cămaşa de pe ei pentru tine. Vei păstra, bineînţeles, pentru această scurtă călătorie, numele de Bossi. Se spune că ţi-ai lăsat barbă, ca cel mai straşnic călugăr capucin, deşi la Parma n-ai fost văzut decât cu înfăţişarea decentă a unui mare vicar".*

— Pricepi, Riscara?

— Perfect, dar călătoria la Genova este un lux inutil; cunosc un om în Parma, care — este adevărat — nu a ajuns încă la ocnă, dar nici nu mai are mult. Va imita de minune scrisul Sanseverinei.

La aceste cuvinte, frumoşii ochi albaştri ai contelui Baldi se făcură mari cât roata carului — de-abia acum înţelesese.

— Dacă îl cunoşti pe acest onorabil personaj căruia îi prezici un viitor atât de promiţător, zise marchiza Raversi, înseamnă că, la rândul lui, te cunoaşte şi el; iubita lui, duhovnicul lui, prietenul lui ar putea fi cumpăraţi de Sanseverina. Prefer să amân această mică glumă cu două-trei zile, decât să risc. Plecaţi în două ceasuri, ca doi mieluşei cuminţi ce sunteţi, nu daţi ochii cu nimeni altcineva la Genova şi întoarceţi-vă repede.

Cavalerul Riscara o şterse chicotind şi vorbind pe nas, ca un actor comic:

— *Trebuie să ne facem bagajele*, zicea el, alergând într-un mod caraghios.

Voia să-l lase pe Baldi singur cu doamna.

Cinci zile mai târziu, Riscara i-l aduse marchizei pe Baldi al ei, zdrobit tot; pentru a scurta drumul cu şase leghe, trecuse muntele călare pe un catâr; se jura că n-o să-l mai pună nimeni să facă astfel de *călătorii periculoase*. Contele îi înmână marchizei trei exemplare din scrisoarea pe care i-o dictase şi cinci-şase alte scrisori cu acelaşi scris, compuse de Riscara şi care le-ar fi putut fi de folos mai târziu. Una dintre aceste scrisori cuprindea câteva glume de tot hazul pe socoteala spaimelor din timpul nopţii ale principelui, precum şi a jalnicei slăbiciuni a amantei lui, marchiza Balbi, despre care se spunea că lasă o urmă ascuţită de vătrai pe pernele berjerei[85] după ce lua, doar o clipă, loc într-însa. Ai fi jurat că toate aceste scrisori fuseseră scrise de mâna doamnei Sanseverina.

— Acum nu am nici o îndoială, zise marchiza, că prietenul de inimă, că Fabricio se află la Bologna sau în împrejurimi...

— Sunt bolnav, strigă contele Baldi, întrerupând-o. Să mă scutiți de această a doua călătorie, sau, cel puțin, lăsați-mă să mă odihnesc câteva zile, ca să mă dreg!

— O să vă pledez cauza, spuse Riscara; se ridică și se apropie de marchiză, să-i vorbească la ureche.

— Liniștește-te, nu mai pleci, îi spuse marchiza lui Baldi, pe un ton cam disprețuitor.

— Mulțumesc, răsuflă ușurat contele. Îi venise inima la loc.

Într-adevăr, Riscara urcă singur în poștalion. Se afla acolo de-abia de două zile, când îi zări, într-o trăsură, pe Fabricio și pe micuța Maria.

„La naiba! își spuse el, se pare că viitorul nostru arhiepiscop nu se jenează deloc; ar trebui să i se aducă la cunoștința ducesei, ar fi, desigur, încântată".

Riscara nu avu altceva de făcut decât să îl urmărească pe Fabricio, ca să afle unde locuiește; a doua zi dimineață, acesta primi prin curier scrisoarea de fabricație genoveză; i se păru un pic cam scurtă, dar nu avu nici cea mai vagă bănuială. Gândul de a-i revedea pe conte și pe ducesă îl făcu să nu mai țină seama de nimic. Cu toate protestele lui Lodovico, se aruncă, beat de fericire, într-o trăsură de poștă și porni în galop. Habar n-avea că era urmărit la mică distanță de cavalerul Riscara, care, ajungând la șase leghe de Parma, la poșta de dinainte de Castelnovo, avu plăcerea să vadă o mare îmbulzeală în piața din fața închisorii locale; îl duceau pe sus pe eroul nostru, recunoscut la poștă pe când își schimba calul, de doi zbiri aleși și trimiși de contele Zurla.

Ochișorii cavalerului Riscara sticlii de bucurie; verifică răbdător, cu o minuțiozitate exemplară, tot ceea ce se întâmplase în sătucul acela, după care îi expedie o scrisoare marchizei Raversi.

---

[85] Fotoliu larg și adânc.

Apoi, în timp ce hoinărea pe străzi, prefăcându-se că vrea să viziteze biserica, o construcţie curioasă, şi să vadă un tablou al lui Permegiano[86], despre care fusese informat că ar exista prin partea locului, se întâlni în cele din urmă cu podestatul care se grăbise să iasă în întâmpinarea unui consilier de stat, pentru a-i prezenta omagiile sale. Riscara se arătă mirat că acel conspirator pe care avusese norocul să-l aresteze nu fusese trimis de îndată la fortăreaţa din Parma.

— Există temerea, adăugă rece Riscaro, ca numeroşii lui prieteni, care îl căutau alaltăieri pentru a-l ajuta să treacă dincolo de graniţele statelor Alteţei Sale Serenisime, să-i atace pe jandarmi; rebelii aceia sunt în număr de zece-cincisprezece, cu toţii călare.

Cu aerul unuia care văzuse multe la viaţa lui, podestatul îl linişti, zicându-i:

— *Intelligenti pauca!*[87]

## CAPITOLUL AL CINCISPREZECELEA

Două CEASURI MAI TÂRZIU, sărmanul Fabricio, încătuşat şi priponit cu ditamai lanţul de *sediola* cu care urma să fie transportat, porni spre citadela din Parma, vegheat de opt jandarmi. Aceştia primiseră ordinul de a le cere tuturor colegilor lor staţionaţi în cătunele pe care avea să le străbată alaiul să li se alăture; podestatul însuşi însoţea această captură de soi. Pe la patru după-amiaza, *sediola*, escortată de toţi jandarmii din Parma şi de alţii treizeci, traversă frumosul loc de promenadă, trecu prin faţa micului palat în care, cu câteva luni mai înainte, locuise Fausta şi, în cele din urmă, se prezentă la poarta exterioară a cetăţii,

---

[86] Girolamo-Francesco-Maria Mazzuoli, zis Parmegiano, pictor italian (1504-1540).
[87] „Pentru cel ce înţelege, puţine cuvinte". Variantă a lui *Sapienti satis*, „pentru cel înţelept e de ajuns". Terenţiu, Phormio, act. III, scena 3,8: „Unui om inteligent, nu-i trebuie multe explicaţii".

chiar în clipa în care generalul Fabio Conti şi fiica sa se pregăteau să iasă. Trăsura guvernatorului se opri înainte de a ajunge la podul mobil, ca să lase să intre *sediola* în care se afla Fabricio; generalul strigă de îndată să se închidă porţile cetăţii, coborî şi se îndreptă grăbit spre biroul de la intrare, să vadă un pic despre ce era vorba. Nu mică îi fu surpriza când dădu cu ochii de Fabricio, care anchilozase cu totul, legat de *sediola* un drum atât de lung; patru jandarmi îl înşfăcaseră şi îl duceau spre biroul de înregistrare.

„Aşadar, îşi spuse vanitosul guvernator, îl am în puterea mea pe faimosul Fabricio del Dongo, despre care se spune că, de aproape un an de zile, societatea din Parma jurase să se preocupe în exclusivitate".

De douăzeci de ori îl întâlnise generalul pe Fabricio la Curte, la palatul ducesei ori aiurea, dar se feri să arate că l-ar recunoaşte; îi era teamă să nu se compromită.

— Să i se alcătuiască, răcni el către intendentul închisorii, un proces-verbal cât se poate de amănunţit, referitor la predarea deţinutului de către vrednicul podestat din Castelnovo.

Barbone, conţopistul închisorii, un personaj înfricoşător atât din pricina volumului bărbii ce-i acoperea faţa, cât şi a înfăţişării sale marţiale, luă un aer şi mai important ca de obicei, de ai fi zis că e un temnicer neamţ. Şi cum credea că ştie că ducesa Sanseverina fusese mai cu seamă aceea care îl împiedicase pe stăpânul lui, guvernatorul, să devină ministru de război, fu de o neruşinare şi mai mare ca de obicei faţă de prizonier, adresându-i-se cu *voi*[88], ceea ce în Italia reprezintă formula cu care te adresai slugilor.

— Sunt prelat al Sfintei Biserici Romane, îi spuse dârz Fabricio, şi mare vicar al acestei dioceze; şi de n-ar fi decât obârşia mea, tot aş merita să fiu tratat cu toată consideraţia.

— De unde să ştiu eu? replică intendentul cu obrăznicie. Dovedeşte-ţi afirmaţiile cu diplome care să-ţi dea dreptul la

---

[88] „Tu", în italiana veche.

aceste titluri cât se poate de respectabile. Fabricio nu avea cum să aibă asupra lui acele diplome, aşa că nu răspunse.

Generalul Fabio Conti, în picioare lângă intendentul său, îl urmărea cum scrie, fără să ridice privirea spre prizonier, ca să nu fie obligat să declare că era cu adevărat Fabricio del Dongo.

Brusc, Clélia Conti, care aştepta în trăsură, auzi o gălăgie cumplită în corpul de gardă.

Intendentul Barbone, făcând o descriere lungă şi foarte amănunţită a persoanei prizonierului, îi ordonă să-şi descheie surtucul şi cămaşa, ca să poată verifica şi constata numărul şi starea rănilor cu care se alesese în urma confruntării cu răposatul Giletti.

— Nu pot, zise surâzând amar Fabricio; mă aflu în imposibilitatea de a mă supune ordinelor domnului, cătuşele mă împiedică!

— Cum aşa? exclamă generalul cu prefăcută naivitate. Prizonierul mai are încă mâinile în cătuşe?! În interiorul fortăreţei! E împotriva regulamentului, numai dacă nu există un ordin *ad hoc*[89], scoateţi-i cătuşele!

Fabricio îi aruncă o privire. „Ce mai iezuit! gândi el. De un ceas se uită cum mă chinui cu cătuşele astea, şi acum face pe miratul".

Cătuşele îi fură scoase de jandarmi; tocmai aflaseră că Fabricio era nepotul ducesei Sanseverina şi se grăbiră să-i arate o politeţe mieroasă, care contrasta cu grosolănia intendentului; acesta păru iritat şi-i spuse lui Fabricio, care rămăsese nemişcat:

— Haide-odată! Grăbeşte-te! Arată-mi loviturile pe care le-ai primit de la bietul Giletti, înainte de a-l fi asasinat.

Fabricio se repezi la el şi îi arse o palmă atât de zdravănă, încât Barbone se prăvăli de pe scaunul lui, drept la picioarele generalului. Jandarmii îl prinseră pe Fabricio de braţe şi el rămase nemişcat; generalul însuşi, împreună cu doi jandarmi de lângă el, se repeziră să-l ridice pe intendent, a cărui faţă sângera abundent. Doi jandarmi care se aflau mai departe alergară să

---

[89] „Anume", în latineşte, în original în text.

închidă ușa biroului, ca nu cumva prizonierul să încerce să evadeze. Brigadierul care îi comanda se gândi că tânărul del Dongo nu avea cum să fugă, de vreme ce se afla totuși în incinta închisorii; cu toate acestea, pentru orice eventualitate, se apropie de fereastră, ca să împiedice dezordinea, dar și dintr-un instinct de jandarm. Vizavi de fereastra aceea, la doi pași, se afla oprită trăsura generalului — Clélia se ghemuise în interiorul ei, ca să nu fie martoră la trista scenă ce se petrecea; când auzi larma, privi afară.

— Ce se petrece? îl întrebă ea pe brigadier.

— Domnișoară, este tânărul Fabricio del Dongo, care l-a pocnit peste bot pe nerușinatul de Barbone!

— Ei! Cum așa? El este cel adus acum? Îl închid?

— De bună seamă, răspunse brigadierul; pentru că e de neam înalt, îi facem o primire pe măsură. Credeam că domnișoara e la curent.

Clélia nu se mai dezlipi de portiera trăsurii; când jandarmii din jurul mesei se îndepărtau un pic, îl putea zări pe prizonier.

„Cine-ar fi crezut, gândea ea, că îl voi revedea pentru prima oară de când l-am întâlnit pe drumul de pe malul lacului Como în această tristă împrejurare?... Mi-a întins mâna, să mă ajute să urc în caleașca mamei lui... Era deja cu ducesa! Oare erau îndrăgostiți unul de celălalt încă de pe atunci?"

Trebuie să-i aducem cititorului la cunoștință că, în partidul liberal, condus de marchiza Raversi și de generalul Conti, toată lumea se prefăcea a crede că între Fabricio și ducesă exista o legătură amoroasă. Contele Mosca, pe care îl detestau, era — de vreme ce, după părerea lor, juca rolul de încornorat — obiectul unor veșnice glume.

„Așadar, își spuse în sinea ei Clélia, iată-l prizonier și încă prizonier al dușmanilor ei! Contele Mosca, în fond, înger de-ar fi, tot va fi încântat de captura aceasta".

Un hohot de râs răsunător se făcu auzit din corpul de gardă.

— Giacopo, îl întrebă ea pe brigadier, cu vocea tremurându-i de emoție, ce se întâmplă?

— Generalul l-a întrebat răspicat pe arestat de ce l-a lovit pe Barbone. Monsignorul Fabricio a răspuns sec: „M-a făcut *asasin*, să arate titlurile și diplomele care-l autorizează să mă numească astfel". Și toți râd.

Un temnicer care știa să scrie îl înlocui pe Barbone. Clélia îl văzu pe acesta cum iese, ștergându-și cu batista fața fioroasă, șiroind de sânge. Înjura ca un păgân:

— Afurisitul ăsta de Fabricio, spunea el ridicând glasul, n-o să moară decât de mâna mea. O să i-l fur călăului etc. etc.

Se oprise între fereastra biroului și trăsura generalului, ca să se uite la Fabricio, iar sudalmele lui se înteţeau.

— Vezi-ţi de drum, îi zise brigadierul; nu se înjură în halul ăsta în fața unei domnișoare.

Barbone înălță capul, ca să vadă cine se afla în trăsură, și ochii săi îi întâlniră pe cei ai Cléliei, căreia-i scăpă un țipăt de spaimă; nu văzuse niciodată o expresie mai feroce. „Îl va ucide pe Fabricio, să-l previn pe don Cesare". Don Cesare era unchiul ei, una dintre cele mai respectate fețe bisericești din oraș; generalul Conti, fratele lui, obținuse pentru el postul de econom și prim preot al închisorii.

Generalul se urcă din nou în trăsură.

— Vrei să te întorci în apartament? o întrebă el pe fiica sa. Sau mă aștepți, poate ceva mai mult, în curtea palatului? Trebuie să mă duc să-i raportez suveranului tot ce s-a întâmplat.

Fabricio ieși din birou, escortat de trei jandarmi; îl duceau în celula ce-i fusese repartizată. Clélia privea prin portieră, prizonierul era foarte aproape de ea.

În clipa aceea, îi răspunse tatălui ei cu aceste cuvinte:

— O *să te urmez*.

Fabricio, auzindu-le rostite chiar lângă el, își ridică ochii și întâlni privirea fetei. Fu izbit, în special, de expresia ei de profundă melancolie. „Cât de frumoasă s-a făcut, gândi el, de la întâlnirea noastră din apropiere de Como! Cât de adânci și grei de gânduri îi sunt ochii!... Pe bună dreptate e asemuită cu ducesa. Ce chip de înger!" Barbone, cumplitul intendent care nu se așezase lângă trăsură fără un scop anume, îi opri cu un gest pe cei trei jandarmi care îl conduceau pe Fabricio și, dând ocol prin spate, pentru a ajunge la portiera lângă care se afla generalul, îl întrebă pe acesta:

— Întrucât deținutul s-a manifestat violent în interiorul fortăreței, n-ar trebui, conform articolului 157 din regulament, să i se pună cătușele vreme de trei zile?

— Du-te naibii! răcni generalul, pe care arestarea aceasta îl punea în mare încurcătură. Trebuia să se poarte cu mare băgare de seamă, încât să nu-i calce pe nervi nici pe ducesă, nici pe contele Mosca. Și de altfel, cum avea să ia contele Mosca această afacere? În fond, moartea unui Giletti era o bagatelă, doar intrigile o umflaseră peste măsură.

În timpul acestui scurt dialog, Fabricio arăta superb în mijlocul jandarmilor: avea, într-adevăr, înfățișarea cea mai mândră și cea mai nobilă; trăsăturile lui fine și delicate, ca și surâsul de dispreț ce-i rătăcea pe buze făceau un încântător contrast cu mutrele ca din topor ale străjerilor lui. Dar toate acestea alcătuiau, ca să spunem așa, doar aspectul exterior al ținutei sale; era fermecat de frumusețea cerească a Cléliei, iar ochii îi trădau întreaga uimire. Ea, cufundată în gânduri, nu se gândise să-și retragă capul din dreptul portierei; o salută, zâmbind ușor, în chipul cel mai respectuos cu putință, apoi, după o clipă, îi spuse:

— Mi se pare, domnișoară, că pe vremuri, în apropierea unui lac, am mai avut onoarea să vă întâlnesc, atunci, ca și acum, în compania jandarmilor.

Clélia roși și se fâstâci atât de tare, încât nu fu în stare să îngaime nici o vorbă drept răspuns. „Câtă distincție, între aceste ființe grosolane!" își spuse ea în momentul în care îi vorbise Fabricio. Mila adâncă și, am spune, duioșia de care fusese cuprinsă îi răpiseră prezența de spirit necesară pentru a putea spune ceva; își dădu seama de tăcerea ei și se îmbujoră și mai tare. În clipa aceea, se trăgeau cu putere zăvoarele de la poarta cea mare a fortăreței; trăsura Excelenței Sale nu aștepta, oare, de cel puțin un minut? Zgomotul fu atât de asurzitor sub acea boltă, încât, chiar dacă Clélia ar fi găsit un răspuns, Fabricio nu ar fi avut cum s-o audă.

Dusă de caii care o porniseră în galop imediat ce trecuseră de podul mobil, Clélia își spuse: „Probabil că i-am părut tare prostuță!" Apoi, brusc, adăugă: „Nu numai prostuță; își va închipui că am un suflet josnic, va fi crezut că nu i-am răspuns la salut pentru că el este deținut, iar eu, fiica guvernatorului".

Pe tânăra fată, care avea un suflet ales, gândul acesta o aduse la disperare. „Ceea ce face ca purtarea mea să fie și mai josnică, adăugă ea, este că odinioară, când ne-am întâlnit pentru prima dată, *tot în compania jandarmilor,* cum a spus el, eu eram prizonieră, iar el m-a ajutat, scăpându-mă dintr-un foarte mare bucluc... Da, trebuie să recunosc, purtarea mea este fără cusur, am reușit să fiu mojică și ingrată. Vai! Bietul tânăr! Acum, că se află la ananghie, toată lumea o să-i întoarcă spatele. Nu-mi spunea el, atunci: «O să vă mai aduceți aminte de numele meu, la Parma?» Cât de mult trebuie să mă disprețuiască acum! O vorbă politicoasă este atât de ușor de rostit! Sinceră să fiu, purtarea mea față de el a fost atroce. Odinioară, fără generozitatea mamei lui, care s-a oferit să mă primească în caleașca ei, aș fi fost silită să mă târăsc prin colb, în urma jandarmilor, sau, și mai rău, să mă aburc pe crupa calului, în spatele unuia dintre ei; atunci tatăl meu era cel arestat, iar eu eram fără apărare. Da, purtarea mea este fără cusur! Și cât de adânc trebuie să fi simțit toate acestea o ființă ca el! Ce contrast între înfățișarea lui plină de noblețe și purtarea mea. Câtă măreție! Cât sânge-rece! Înconjurat de josnicii lui dușmani, arăta ca un adevărat erou! Acum înțeleg pasiunea ducesei: de vreme ce arată astfel într-o împrejurare atât de tristă și care ar putea avea urmări dezastruoase, cum trebuie să fie atunci când este fericit și împăcat sufletește!"

Caleașca guvernatorului închisorii zăbovi mai bine de un ceas și jumătate în curtea palatului și, totuși, atunci când generalul coborî din cabinetul principelui, Cléliei nu i se păru că stătuse prea mult.

— Ce a hotărât Alteța Sa? îl întrebă Clélia.

— Din gură a spus: „închisoarea"! Dar, din priviri: „moartea"!
— Moartea! Doamne Dumnezeule! exclamă Clélia.
— Ei! Liniștește-te! o repezi generalul. Ce prost sunt să-i răspund unui copil!

În vremea asta, Fabricio urca cele trei sute optzeci de trepte ce duceau în Turnul Farnese, noua închisoare construită pe platforma cea mare, la o înălțime amețitoare. Nu se gândi nici măcar o singură dată, în mod limpede, la marea schimbare ce tocmai se petrecuse în viața lui. „Ce privire! își spunea el. Cât de multe se puteau citi în ochii ei! Ce milă adâncă! Avea aerul să spună: soarta unui om e urzită din atâtea nenorociri! Nu vă lăsați copleșit de ceea ce vi se întâmplă! Nu suntem oare aici, pe pământ, ca să fim nefericiți? Cum rămăseseră ochii ei frumoși ațintiți asupra mea, chiar și atunci când caii se avântaseră cu atâta tropot pe sub boltă!"

Fabricio uitase cu desăvârșire să fie nefericit.

Clélia își însoți tatăl în mai multe saloane; la începutul serii, nimeni nu aflase, încă, vestea despre arestarea *marelui vinovat*, căci acesta avea să fie numele pe care i-l dădură curtenii, două ceasuri mai târziu, sărmanului tânăr nesăbuit.

În seara aceea, lumea observă că figura Cléliei era mai însuflețită ca de obicei; or vioiciunea, emoția de a lua parte la ceea ce o înconjura, era tocmai ceea ce-i lipsea acestei fete frumoase. Când frumusețea îi era comparată cu aceea a ducesei, aerul acesta al ei de a nu se lăsa impresionată de nimic, felul acesta de a pluti, parcă, pe deasupra tuturor lucrurilor, făceau ca balanța să se încline în favoarea rivalei sale. În Anglia, în Franța, țări ale vanității, lumea ar fi fost probabil cu totul de altă părere. Clélia Conti era o tânără încă prea suplă pentru a putea fi asemuită cu frumoasele siluete din pânzele lui Guido[90]; nu vom ascunde faptul că, potrivit canoanelor frumuseții grecești, i s-ar fi putut reproșa acestui chip trăsăturile un pic marcate — de exemplu, buzele ei gingașe erau puțin cam prea cărnoase.

---

[90] Guido Reni (1575-1642), pictor italian.

Farmecul aparte al acestui chip strălucind de grația naivă și de blândețea îngerească a sufletului celui mai nobil era că, deși de cea mai aleasă și mai rară frumusețe, nu semăna în nici un fel cu capetele statuilor grecești. Ducesa, dimpotrivă, avea cam prea mult din frumusețea *cunoscută* a tiparelor eline, iar capul ei cu adevărat lombard amintea de surâsul voluptos și de tandra melancolie a chipeșelor Irodiade ale lui Leonardo da Vinci. Pe cât era ducesa de scânteietoare, strălucind de inteligență și de malițiozitate, pe cât de înverșunată se năpustea, dacă se poate spune așa, asupra subiectelor care, în vâltoarea conversației, ajungeau în fața ochilor sufletului ei, pe atât era Clélia de calmă și greu de stârnit, fie din dispreț pentru ceea ce o înconjura, fie din nostalgie pentru cine știe ce himeră absentă. Mult timp se crezuse că va sfârși prin a îmbrățișa viața religioasă. La douăzeci de ani, balurile îi erau nesuferite și, dacă își însoțea tatăl, o făcea doar ca să nu se arate neascultătoare și să nu dăuneze intereselor carierei sale.

„Îmi va fi deci imposibil, repeta prea adesea firea practică a generalului, deși cerul m-a blagoslovit cu o asemenea fiică, cea mai frumoasă fată din statele suveranului nostru și cea mai virtuoasă, să profit în vreun fel pentru a urca pe scara ierarhică și socială! Viața mea este prea izolată; dacă n-ar fi ea, singura ființă pe care o am pe lume, aș putea zice că trăiesc singur ca un cuc; ar trebui să am în spate o familie care să mă susțină și care să-mi facă intrarea într-un anumit număr de saloane, unde meritele mele și mai cu seamă însușirile mele de om de stat să fie temeliile de nezdruncinat ale oricărui raționament politic. Ei bine! fiica mea, atât de frumoasă, atât de înțeleaptă, atât de pioasă, încruntă din sprâncene de îndată ce un tânăr bine înfipt pe-aici încearcă să-i facă puțină curte. Odată îndepărtat pretendentul respectiv, se înseninează la față, e, chiar, aproape veselă, până când se ivește un alt pețitor. Cel mai frumos bărbat de la Curte, contele Baldi, și-a încercat norocul, dar i-a displăcut; i-a urmat omul cel mai avut din statele Alteței Sale, marchizul Crescenzi, dar ea pretinde că ar nenoroci-o".

„Hotărât lucru, bombănea alteori generalul, ochii fetei mele sunt mai frumoşi decât ai ducesei, şi asta mai ales pentru că, în anumite ocazii, rare, e drept, oglindesc o gândire mult mai profundă; dar când, oare, te poţi cufunda în aceste ape adânci într-un salon, unde ar avea, într-adevăr, cine s-o vadă? Niciodată, doar la plimbare, când e singură cu mine şi se lasă înduioşată, de exemplu, de cine ştie ce cerşetor schilod. Păstrează-ţi privirea aceasta sublimă, o rog eu câteodată, pentru saloanele în care vom apărea diseară. Da' de unde: atunci când catadicseşte să iasă cu mine în lume, figura ei nobilă şi pură capătă expresia cam sfidătoare şi deloc încurajatoare a supunerii pasive".

După cum se vede, generalul făcea tot ce-i stătea în putinţă ca să-şi dobândească un ginere convenabil, dar spunea adevărul.

Curtenii care nu au la ce să se uite, atunci când privesc în sufletul lor, sunt în schimb foarte atenţi la ceea ce-i înconjoară: băgaseră de seamă ca ducesa zăbovea cu plăcere lângă Clélia şi încerca să-i dezlege limba doar atunci când tânăra nu avea puterea să se smulgă din dulcile ei reverii şi să se prefacă interesată de ceea ce se petrecea în preajmă. Clélia avea părul blond cenuşiu, scoţându-i în evidenţă, printr-un efect foarte delicat, coloritul fin al obrajilor, în general puţin prea palizi. Doar forma frunţii i-ar fi putut releva, unui observator atent, că aerul acesta atât de nobil, atitudinea aceasta mai presus de graţiile ieftine ţineau de o profundă atitudine de ignorare. Era absenţa oricărei urme de interes pentru ceva, şi nu imposibilitatea de a fi atras de ceva. De când tatăl ei ajunsese guvernatorul fortăreţei, Clélia se simţea fericită sau, cel puţin, la adăpost de necazuri, în apartamentul ei aflat atât de sus. Numărul înspăimântător de trepte pe care trebuia să le urci pentru a ajunge la palatul guvernatorului, situat pe esplanada turnului celui mare, îndepărta vizitele sâcâitoare, şi Clélia, din acest motiv pur material, se putea bucura de libertatea de care ar fi avut parte într-o mănăstire; la atât de rezuma, de altfel, idealul de fericire pe care, într-o vreme, se gândise să-l ceară vieţii religioase. Simţea că se înfioară numai când se gândea că ar trebui să-şi pună scumpa ei singurătate şi gândurile ei cele mai intime la dispoziția unui tânăr pe care titlul de soț l-ar fi autorizat să-i tulbure toată această viață interioară. Dacă prin singurătate nu reușise să atingă fericirea, cel puțin ajunsese să evite senzațiile prea dureroase.

În ziua în care Fabricio fu condus la fortăreață, ducesa o întâlni pe Clélia la serata ministrului de interne, contele Zurla; toată lumea făcea cerc în jurul ei: în seara aceea, frumusețea Cléliei era mai presus de cea a ducesei. Ochii tinerei căpătaseră o expresie atât de profundă, încât erau chiar mai grăitori decât ar fi fost de dorit: se puteau citi în ei și milă, și indignare, și mânie. Veselia și vorbele de duh ale ducesei păreau să o facă pe Clélia să trăiască clipe de durere și chiar de groază.

„Cum are să se mai tânguie și cum are să mai geamă sărmana femeie, își spunea ea, când are să afle că amantul ei, tânărul acela cu un suflet atât de ales și cu o înfățișare atât de nobilă, a fost aruncat în temniță! Și aceste priviri ale suveranului care îl trimit la moarte! O, putere absolută, când vei înceta să apeși asupra Italiei? O, suflete venale și josnice! Iar eu sunt fiica unui temnicier! Și nu am dezmințit în nici un fel această nobilă însușire, atunci când nu am binevoit să-i răspund lui Fabricio! Și, odinioară, el a fost binefăcătorul meu! Ce-o gândi despre mine acum, singur în celulă, cu opaițul lui?" Revoltată de acest gând, Clélia contemplă cu o privire dezgustată candelabrele ce scăldau în lumină saloanele ministrului de interne.

„Niciodată, se șușotea printre curtenii ce formaseră un cerc în jurul celor două frumuseți la modă, căutând să se amestece în conversația lor, niciodată nu și-au vorbit cu atâta însuflețire și, în același timp, cu un aer atât de intim". Ducesa, mereu atentă să îndepărteze furtunile stârnite de conte, plănuia cine știe ce căsătorie sus-pusă în favoarea Cléliei? Ipoteza aceasta era susținută și de un fapt care nu mai fusese observat până atunci de ochii ageri ce vegheau pretutindeni la Curte: privirile tinerei erau mai aprinse și, dacă putem spune așa, mai înflăcărate decât ale ducesei. Aceasta din urmă era, dinspre partea ei, uimită și, putem zice, spre cinstea ei, încântată de noua strălucire pe care o descoperea în tânăra singuratică; de un ceas o privea cu o plăcere pe care rareori o simțise la vederea unei rivale. „Dar ce se întâmplă oare? se întreba ducesa; Clélia n-a fost niciodată atât de frumoasă și, aș zice, atât de fremătătoare: oare să-i fi grăit inima?... Dar, în cazul ăsta, este cu siguranță o dragoste nefericită, există o durere surdă în adâncul acestei însuflețiri cu totul neobișnuite... Dar dragostea nefericită nu are grai! Să fie vorba de încercarea de a chema la ordine un nestatornic, printr-un succes monden?" Și ducesa îi privea cu atenție pe tinerii care le înconjurau. Nu zărea nicăieri un chip pe care să se citească ceva mai deosebit, mereu aceeași fatuitate, mai mult sau mai puțin mulțumită de sine. „Dar e ceva ce-mi scapă, își spunea ducesa, iritată că nu putea ghici. Unde e contele Mosca, cu mirosul lui de copoi? Nu, nu mă înșel. Clélia mă privește lung, ca și cum aș fi ținta unui interes aparte pentru ea. Să-și fi băgat coada aici tatăl ei, pacostea aia bătrână? Credeam că sufletul acesta nobil și fraged nu e în stare să se murdărească, amestecându-se în afaceri bănești. Vrea, oare, generalul Fabio Conti să-i facă lui Mosca o cerere de mare însemnătate pentru el?"

Pe la zece, un prieten al ducesei se apropie de ea și-i șopti ceva la ureche; ea se albi la față. Clélia îi luă mâna și îndrăzni să i-o strângă.

— Îți mulțumesc... Acum am înțeles... Ai un suflet mare! spuse cu greu ducesa; de-abia avu puterea să rostească aceste puține cuvinte. Îi adresă o mulțime de zâmbete stăpânei casei, care se ridică să o conducă până la ușa ultimului salon: onoarea aceasta le era rezervată doar prințeselor de sânge și se afla, în ochii ducesei, într-un crud contrast cu situația în care se găsea. Așa că îi surâse din nou contesei Zurla, dar, deși se străduia din răsputeri, nu putu să scoată o vorbă.

Ochii Cléliei se umplură de lacrimi, văzând-o pe ducesă în timp ce străbătea saloanele acelea în care roia societatea cea mai aleasă a Parmei. „Ce se va întâmpla cu biata femeie, se întrebă ea, când va rămâne singură în trăsura ei? Ar fi o indiscreție din partea mea să mă ofer să o însoțesc! Nu îndrăznesc... Ce alinare ar fi pentru sărmanul prizonier, aruncat în cine ştie ce hrubă îngrozitoare, doar cu opaiţul lui, să ştie totuşi că este atât de iubit! În ce singurătate cumplită l-au azvârlit! Şi noi, noi stăm aici, în saloanele acestea sclipitoare! Ce ruşine! Există oare o cale de a-i trimite un bilet? Dumnezeule mare! Ar însemna să-l trădez pe tata, situaţia lui este atât de delicată, între cele două tabere! Ce s-ar întâmpla cu el, dacă şi-ar atrage ura înverşunată a ducesei, care îl are la degetul mic pe primul-ministru care taie şi spânzură în trei sferturi din afacerile Curţii?!! Pe de altă parte, principele se interesează tot timpul de ceea ce se petrece la fortăreaţă şi nu glumeşte deloc în privinţa asta, frica te face crud... În orice caz, Fabricio (Clélia nu-i mai spunea domnul del Dongo) e mult mai demn de a fi compătimit!... În ceea ce-l priveşte, e vorba de cu totul altceva, decât de pericolul de a pierde o funcţie bănoasă!... Şi ducesa!... Ce patimă mistuitoare e dragostea!... Şi totuşi, toţi mincinoşii de pe lumea asta vorbesc despre ea ca despre un izvor al fericirii! Femeile bătrâne sunt privite cu milă, pentru că nu se mai pot bucura de dragoste sau nu mai pot inspira! Niciodată nu voi uita ceea ce tocmai am văzut — ce transformare bruscă! Cum s-au umbrit, cum s-au stins ochii ducesei, atât de luminoşi, atât de vii până atunci, după cuvintele funeste şoptite de marchizul N! Probabil că Fabricio merită să fie iubit!"

Apăsată de aceste gânduri grave, care o acaparaseră cu totul, Clélia se simţea şi mai dezgustată ca de obicei de complimentele care continuau să roiască în jurul ei. Ca să scape de ele, se apropie de o fereastră deschisă, pe jumătate ascunsă de o perdea de tafta; spera că nimeni nu va avea îndrăzneala de a o urma în acel loc retras. Fereastra dădea spre o mică oranjerie[91], acoperită doar iarna. Clélia sorbea cu nesaţ mireasma florilor de portocali şi plăcerea aceasta părea să-i mai domolească zbuciumul... „Mi s-a părut deosebit de distins, dar să inspiri o asemenea pasiune unei femei atât de remarcabile! A avut onoarea să nu accepte

---

[91] Seră în care se cultivă portocali.

omagiile principelui; dacă ar fi binevoit să vrea, ar fi putut să fie regina Parmei... Tata spune că pasiunea suveranului mergea atât de departe, încât s-ar fi căsătorit cu ea, dacă ar fi devenit vreodată liber!... Şi dragostea aceasta pentru Fabricio durează de atâta vreme... Au trecut cinci ani de când i-am întâlnit lângă lacul Como!... Da, cinci ani, îşi spuse ea, după o clipă de gândire. Am fost impresionată încă de atunci, când atâtea lucruri treceau nebăgate în seamă de ochii mei de copil! Cât de mult păreau să-l admire pe Fabricio cele două doamne!..."

Clélia observă, încântată, că nici unul dintre cei doi tineri care îi vorbeau cu atâta curtenie nu îndrăznise să se apropie de balcon. Unul dintre ei, marchizul Crescenzi, făcuse câţiva paşi în direcţia ei, după care se oprise lângă o tablă de joc. „Dacă aş avea, cel puţin, îşi zise ea, sub mica mea fereastră de la palatul fortăreţei, singura care are umbră, nişte portocali la fel de minunaţi ca aceştia, gândurile mele ar fi mai puţin triste! Dar singura privelişte sunt enormele blocuri de piatră ale *Turnului Farnese*... Ah! strigă ea, făcând o mişcare bruscă, probabil că acolo l-au dus! Cât de nerăbdătoare sunt să vorbesc cu Don Cesare! Se va arăta mai puţin sever decât generalul. Tatăl meu nu-mi va spune, cu siguranţă, nimic, când ne vom întoarce acasă, dar voi afla totul prin don Cesare... Am bani, aş putea cumpăra câţiva portocali care, plantaţi sub fereastră, în dreptul cuştii păsărilor, mă vor împiedica să văd zidul gros al *Turnului Farnese*. Cât de odios îmi va fi de acum înainte, când îl cunosc pe unul dintre cei pe care-i ţine departe de lumina zilei!... Da, este a treia oară când îl văd; o dată la curte, la balul dat în cinstea zilei de naştere a prinţesei; astăzi, înconjurat de trei jandarmi, în vreme ce acel oribil Barbone cerea să i se pună cătuşele, şi, în sfârşit, lângă lacul Como... Sunt cinci ani de atunci, ce zvăpăiat părea! Cum se uita la jandarmi şi ce priviri cu tâlc îi mai aruncau mama şi mătuşa lui! Cu siguranţă, exista o taină între ei, ceva numai de ei ştiut; cu timpul, m-am gândit că şi lui îi era frică de jandarmi..." Clélia tresări. „Dar cât de neştiutoare eram. Fără îndoială, încă de pe atunci, ducesa era atrasă de el... Cum ne-a făcut el să râdem, după câteva momente, când doamnele acestea, în ciuda faptului că erau evident preocupate, s-au obişnuit puţin cu o prezenţă străină!... Iar în seara asta am fost în stare să nu-i răspund!... O, naivitate şi sfiiciune! Cât de mult semănaţi, uneori, cu tot ceea ce este mai rău! Şi sunt astfel la douăzeci de ani trecuţi!... Aveam toată dreptatea să mă gândesc la schit; într-adevăr, sunt făcută doar pentru recluziune! «O adevărată fată de temnicier», trebuie că şi-a zis el în sinea lui. Mă dispreţuieşte şi, de îndată ce îi va putea scrie ducesei, îi va vorbi despre lipsa mea de consideraţie, iar ducesa mă va crede o fetiţă cât se poate de făţarnică; căci, în sfârşit, în seara asta şi-a putut închipui că o compătimesc din tot sufletul pentru nenorocirea ei".

Clélia observă că se apropia cineva, cu scopul vădit de a veni lângă ea, la balconul de fier al acelei ferestre; se simţi contrariată, deşi îşi făcea reproşuri; visările din braţele cărora era smulsă nu erau lipsite de o oarecare dulceaţă.

„Iată un nepoftit pe care o să-l primesc aşa cum se cuvine".

Întoarse capul cu o privire trufaşă, când zări figura timidă a arhiepiscopului, care se apropia de balcon cu paşi furişaţi. „Preasfântul, se gândi Clélia, nu ştie să se poarte în lume; de ce vine să tulbure o biată fată ca mine? Liniştea e tot ceea ce am". Îl salută cu respect, dar, de asemenea, cu mândrie, când prelatul îi spuse:

— Domnişoară, aţi aflat oribila veste?

Ochii tinerei fete căpătară, pe dată, o altă expresie; dar urmând instrucţiunile de o sută de ori repetate ale tatălui ei, răspunse cu un aer neştiutor, pe care privirea ei îl contrazicea categoric.

— Nu ştiu nimic, monseniore.

— Primul meu mare vicar, sărmanul Fabricio del Dongo, care este la fel de vinovat ca mine de moartea tâlharului acela de Giletti, a fost ridicat de poliţie la Bologna, unde trăia sub numele fals de Giuseppe Bossi; a fost întemniţat în fortăreaţa voastră; a fost adus *legat în lanţuri* de trăsura în care se afla. Un soi de temnicier, Barbone pe numele lui, graţiat pe vremuri, după ce şi-a ucis unul dintre fraţi, a vrut să se răzbune pe Fabricio, dar tânărul meu prieten nu este deloc omul care să înghită o insultă. Şi-a culcat la pământ infamul adversar, drept care a fost coborât într-o hrubă, la douăzeci de picioare adâncime, după ce i s-au pus cătuşe.

— Nu, fără cătuşe.
— Ah! Aşadar ştiţi ceva! strigă arhiepiscopul, iar trăsăturile bătrânului pierdură ceva din expresia de profundă descurajare de până atunci. Dar, înainte de toate, oricine va putea să se apropie de balconul acesta şi să ne întrerupă, aşa că o să te rog un lucru: vrei să ai bunătatea să-i înmânezi dumneata, personal, lui don Cesare inelul meu pastoral?

Tânăra luă inelul, dar rămase încurcată, căci nu ştia unde să-l pună, ca nu cumva să-l piardă.

— Pune-l în degetul cel mare, o sfătui arhiepiscopul; şi i-l potrivi chiar el. Pot să fiu sigur că-i vei da inelul?
— Da, monseniore.
— Îmi promiţi că vei păstra secretul în legătură cu ceea ce voi adăuga acum, chiar dacă nu vei găsi de cuviinţă să fii de acord cu cererea mea?
— Da, monseniore, răspunse tânăra fată care începuse să tremure în faţa aerului încruntat şi serios pe care îl luase brusc bătrânul...

„Respectabilul nostru arhiepiscop, îşi zise ea, nu-mi poate da decât ordine demne de el şi de mine".

— Spune-i lui don Cesare că i-l recomand pe fiul meu adoptiv: ştiu că zbirii care l-au luat pe sus nu i-au dat răgazul să-şi ia breviarul[92], aşa că îl rog pe don Cesare să-i dea exemplarul lui, iar dacă monseniorul, unchiul dumitale, binevoieşte să trimită pe cineva mâine la arhiepiscopie, mă oblig să înlocuiesc cartea dată de el lui Fabricio. Îl rog, de asemenea, pe don Cesare să-i dea lui Fabricio şi inelul de pe această mână atât de frumoasă.

---

[92] Carte care cuprinde rugăciunile pe care preoţii şi călugării catolici trebuie să le rostească la anumite ore din zi.

Arhiepiscopul fu întrerupt de generalul Fabio Conti, care venise să-și ia fata, pentru a o conduce la trăsură; avu loc o scurtă conversație în răstimpul căreia prelatul nu se arătă lipsit de dibăcie. Fără să amintească în nici un fel de noul prizonier, manevră în așa fel discuția, încât discursul său să fie împănat cu anumite maxime morale și politice. Ca de exemplu: există momente de cumpănă în viața unei Curți, care decid pentru multă vreme destinul celor mai însemnate personaje; ar fi o mare imprudență să schimbi în *ură personală* o stare de dizgrație politică, care este adeseori rezultatul cât se poate de simplu al unor poziții opuse.

Lăsându-se un pic purtat de amărăciunea adâncă provocată de o arestare atât de neprevăzută, ajunse până acolo, încât afirmă că se cuvine cu siguranță să-ți menții poziția pe care ai dobândit-o, dar că ar fi o nesăbuință să atragi asupra ta ura cea mai înverșunată, pretându-te la anumite lucruri care nu se uită niciodată.

Când generalul se văzu, în sfârșit, în trăsură, împreună cu fiica sa, îi spuse acesteia:

— Vorbele astea se pot numi amenințări... amenințări adresate unui om de rangul meu!

Vreme de douăzeci de minute, tatăl și fiica nu mai schimbară alte cuvinte.

Primind inelul pastoral de la arhiepiscop, Clélia își făgăduise să-i vorbească tatălui ei, când vor fi în trăsură, despre micul serviciu pe care i-l solicitase prelatul. Dar, după cuvântul „amenințări", rostit cu furie, fu convinsă că tatăl ei ar fi împiedicat-o să se achite de acest comision; acoperi cu mâna stângă inelul, strângându-l cu pasiune. Cât dură drumul de la Ministerul de Interne până în incinta fortăreței, se întrebă dacă nu cumva săvârșea o crimă de neiertat, șovăind să-i mărturisească tatălui ei ceea ce se întâmplase. Era foarte supusă, foarte timorată, și inima ei, atât de liniștită de obicei, bătea să-i spargă pieptul; dar în cele din urmă, strigătul „Cine-i", al santinelei aflate pe meterezele din spatele porții, răsună, la apropierea trăsurii, înainte ca biata Clélia să fi găsit cuvintele potrivite pentru a-și convinge tatăl să

Mănăstirea din Parma

nu o refuze, într-atât îi era teamă că va fi refuzată! Urcând cele trei sute de trepte ce duceau la palatul guvernatorului, Clélia, cu toate frământările ei, nu găsi nimic.

Se grăbi să-i vorbească unchiului ei, care o muștrului și refuză să se amestece în această poveste.

## CAPITOLUL AL ȘAISPREZECELEA

— EI BINE, strigă generalul, zărindu-l pe fratele său, don Cesare, acum să te ții, ducesa o să cheltuiască o sută de mii de galbeni ca să-și bată joc de mine și să-l scape pe prizonier.

Dar pentru moment suntem siliți să-l lăsăm pe Fabricio în temnița lui din vârful cetățuii Parmei; e bine păzit și o să-l regăsim tot acolo, puțin schimbat, poate. Înainte de toate, o să ne ocupăm de Curte, unde intrigile foarte complicate și mai cu seamă patimile unei femei nefericite îi vor hotărî soarta. Urcând cele trei sute nouăzeci de trepte ale închisorii sale din *Turnul Farnese*, sub ochii guvernatorului, Fabricio, care se temuse atât de mult de clipa aceasta, ajunse la concluzia că nu avea vreme să se gândească la nenorocirea lui.

Întorcându-se acasă după serata de la contesa Zurla, ducesa își expedie cu un gest subretele; apoi, prăvălindu-se îmbrăcată pe pat, strigă:

— *Fabricio se află la cheremul dușmanilor lui și poate, din cauza mea, îl vor otrăvi!*

Cum să descrii momentul de disperare ce urmă acestei expuneri de situații, trăit de o femeie atât de puțin rezonabilă, atât de sensibilă la primul impuls și care, fără să și-o mărturisească, era îndrăgostită până peste urechi de tânărul prizonier? Urmară țipete nearticulate, răbufniri de mânie, mișcări convulsive, dar nici o lacrimă. Le îndepărtase pe cameriste tocmai pentru a și le ascunde, credea că o să izbucnească în hohote de plâns de îndată ce va rămâne singură, dar lacrimile, această primă ușurare a marilor dureri, nu au vrut să vină. Furia, indignarea, sentimentul de inferioritate față de prinț mușcaseră prea adânc din sufletul ei mândru.

„Cât de umilită am fost!", se plângea ea în fiecare clipă. Nu numai că și-au bătut joc de mine, dar acum, viața lui Fabricio atârnă de un fir de păr! Și nu am cum să mă răzbun! Stai așa, prințul meu! M-ai doborât, fie! Stă în puterea ta să o faci și îmi merit soarta! Dar și eu pot să-ți iau viața. Vai! Sărmane Fabricio, la ce ți-ar fi de folos? Câtă deosebire față de ziua în care am vrut să părăsesc Parma! Și totuși, pe atunci mă credeam nefericită... Eram atât de oarbă! Sfărâmam toate tabieturile unei vieți agreabile. Vai! Fără să-mi dau seama, provocam un eveniment ce avea să-mi hotărască soarta! Dacă Mosca n-ar fi dat ascultare sentimentelor sale josnice de curtean lingușitor și n-ar fi suprimat cuvintele *nedreaptă procedură* din acel bilet fatal pe care mi-l acordase vanitatea principelui, am fi fost salvați. Am avut norocul, mai mult decât dibăcia, trebuie să recunoaștem, de a-i pune la încercare amorul său propriu, în legătură cu scumpa lui Parma. Atunci amenințam că plec! Atunci eram liberă! O, Doamne, acum sunt sclavă! Iată-mă țintuită în această cloacă mârșavă, iar Fabricio e pus în lanțuri în cetățuie, care, pentru atâția oameni de merit, a însemnat anticamera morții! Și nu-l mai pot ține la respect pe tigrul acesta, speriindu-l că-i părăsesc vizuina!

Are mult prea multă minte ca să nu simtă că nu mă voi îndepărta niciodată de turnul infam unde zace în lanțuri inima mea. Acum, orgoliul lui rănit îi poate sugera ideile cele mai bizare; cruzimea lor neobișnuită nu va face decât să-i stimuleze uimitoarea vanitate.

Dacă revine la vechile lui replici de galanterie fadă, dacă îmi zice:

«Primiți omagiile umilului vostru sclav, sau Fabricio piere...» Ei bine! Îmi voi aminti de străvechea poveste a Iuditei[93]. Da, dar

---

[93] Aluzie la un pasaj din Vechiul Testament. Pentru a-și salva orașul, Iudita îi taie capul generalului Holofern, din armata regelui asirian Nabucodonosor, în timpul asediului cetății Betulia.

dacă asta n-ar însemna pentru mine decât să mă sinucid, pentru Fabricio ar fi un asasinat; nătângul de prinț moștenitor și ticălosul călău Bossi îl vor spânzura ca pe complicele meu".

Ducesa începu să geamă; dilema aceasta din care nu vedea nici o ieșire îi tortura inima nefericită. Mintea ei tulburată nu vedea nici o altă probabilitate în viitor. Vreme de zece minute, se zbuciumă ca o nebună; în cele din urmă, un somn ca de plumb înlocui, pentru puțin timp, această stare oribilă, căci era sleită de puteri. Câteva minute mai târziu, se deșteptă brusc și se trezi întinsă pe pat; i se părea că, în prezența ei, principele voia să ceară să i se taie capul lui Fabricio. Ce priviri rătăcite arunca ducesa în jurul ei! Când, în sfârșit, se convinse că nici principele, nici Fabricio nu se aflau în încăpere, se prăbuși din nou în pat, gata să-și piardă cunoștința. Se simțea atât de slăbită, încât nu mai avea puterea să-și schimbe poziția. „Dumnezeule! Dacă aș putea să mor! își spuse ea. Dar câtă lașitate din partea mea, să-l las singur pe Fabricio într-o asemenea clipă! Mi-am pierdut mințile... Haide, să nu ocolim adevărul: să cercetăm cu sânge rece situația îngrozitoare în care, parcă, mi-a făcut plăcere să ajung. Ce nesăbuință sinistră! Să vin să mă stabilesc la Curtea unui monarh absolut! A unui tiran care își cunoaște toate victimele! Fiecare ocheadă a lor i se pare o sfidare la adresa puterii lui! Vai! Nici contele, nici eu nu ne-am dat seama de asta, atunci când eu am plecat din Milano: mă gândeam la grațiile unei Curți amabile; ceva inferior, este adevărat, dar ceva în genul zilelor frumoase de pe vremea prințului Eugen!

Nu ne închipuiam nici pe departe ce înseamnă autoritatea unui despot care își cunoaște din vedere toți supușii. Forma exterioară a despotismului este aceeași ca ale altor guvernări: există, de exemplu, judecători, dar aceștia sunt niște Rassi; monstrul acesta nici n-ar clipi, dacă principele i-ar porunci să-și ucidă tatăl... I-ar face de petrecanie fără nici un scrupul, afirmând că își face datoria... Să-l corup pe Rassi! Nefericita de mine! Cu ce? Ce-aș putea să-i ofer? O sută de mii de franci, poate! Se spune că, dat fiind prilejul ultimei lovituri de pumnal de care cerul, în mânia lui față de această țară nenorocită, l-a scăpat teafăr și nevătămat, principele i-ar fi trimis zece mii de țechini de aur într-o casetă! De altfel, cu ce sumă ar putea fi cumpărat? Sufletul acesta plămădit din glod, care n-a văzut niciodată altceva decât dispreț în ochii oamenilor, are acum plăcerea de a citi în ei teama și chiar respectul; ar putea deveni ministrul justiției. De ce nu? Atunci, trei sferturi din locuitori vor fi slugile lui preaplecate și vor tremura în fața lui, arătându-i aceeași supunere oarbă pe care o arată el principelui.

De vreme ce nu pot să fug din acest loc dezgustător, măcar să-i fiu de folos lui Fabricio. Dacă trăiesc singură, retrasă, disperată, cum aș putea să-l ajut? Haide, *mișcă, femeie nenorocită*! Fă-ți datoria; ieși în lume, prefă-te că nu te mai gândești la Fabricio... Să mă prefac că te-am uitat, îngerul meu!"

La aceste cuvinte, o podidi plânsul; în sfârșit, ducesa putea să plângă. După un ceas acordat slăbiciunii omenești, văzu, cu un pic de satisfacție, că gândurile încep să i se limpezească.

„Dacă aș avea covorul fermecat, își spuse ea, să-l răpesc pe Fabricio din cetățuie și să mă refugiez cu el pe cine știe ce alte meleaguri binecuvântate, unde să nu ni se poată da de urmă, la Paris, de pildă... Am trăi, la început, din cele două sute de franci pe care omul de afaceri al tatălui lui mi-i trimite cu o regularitate atât de plăcută. Aș putea să adun o sută de mii de franci din rămășițele averii mele!" Imaginația ducesei trecea în revistă, cu momente de inexprimabil deliciu, toate detaliile vieții pe care ar duce-o la trei sute de leghe de Parma. „Acolo, își spunea ea, ar putea intra în armată sub un nume de împrumut... Înrolat într-un regiment de bravi francezi, tânărul Valserra ar face, curând, să se vorbească despre el; în sfârșit, ar fi fericit".

Aceste imagini însorite stârniră un al doilea șuvoi de lacrimi, dar acestea erau lacrimi de bucurie. Așadar, fericirea exista încă undeva! Starea aceasta dură multă vreme; sărmanei femei îi era groază să se întoarcă la contemplarea crudei realități, căreia trebuia să îi facă față. Într-un târziu, când vârfurile copacilor din grădina ei începură să fie scăldate în lumina zorilor, se hotărî.

„În câteva ceasuri, îşi spuse ea, voi fi pe câmpul de luptă; va trebui să acţionez, căci dacă mi se întâmplă ceva neplăcut, dacă principelui îi trece prin cap să-mi arunce câteva vorbe despre Fabricio, nu sunt sigură că aş putea să-mi păstrez sângele rece. Trebuie, aşadar, aici şi acum, *să iau măsuri.*

Dacă sunt declarată criminală de stat, Rassi pune mâna pe tot ce se află în palatul acesta; pe întâi a acestei luni, contele şi cu mine am ars, conform uzanţei, toate hârtiile de care poliţia ar fi putut profita, iar el e ministrul poliţiei, iată partea nostimă. Am trei diamante de o oarecare valoare: mâine, Fulgenzio, fostul meu barcagiu de la Grianta, va pleca la Geneva, ca să le pună la adăpost. Şi dacă vreodată Fabricio scapă (Ajută-mă, Doamne! Şi îşi făcu semnul crucii), în nemăsurata lui laşitate, marchizul del Dongo va considera un păcat să ajuţi un om urmărit de un principe legitim; atunci va avea, cel puţin, diamantele mele, din care să-şi poată duce zilele. Să-i dau papucii contelui... după tot ceea ce s-a întâmplat, mi-ar fi imposibil să mai rămân singură cu el între patru pereţi... Bietul om! Nu e deloc rău la suflet; dar e slab. Firea lui mediocră nu se ridică la înălţimea noastră. Sărmane Fabricio! De ce nu poţi să fii, doar pentru o clipă, aici, cu mine, să ne sfătuim asupra pericolelor ce planează asupra noastră?

Prudenţa meticuloasă a contelui mi-ar ţine în loc toate planurile şi, de altfel, nu trebuie, dacă mă distrug pe mine, să îl distrug şi pe el. Căci de ce nu m-ar zvârli şi pe mine în temniţă vanitatea acestui tiran? I-ar fi atât de uşor de dovedit că şi eu am conspirat... Dacă m-ar arunca în fortăreaţa lui şi dacă aş putea, cu ajutorul aurului, să vorbesc cu Fabricio, chiar dacă doar pentru o clipă, cu cât curaj am merge împreună la moarte! Dar să lăsăm de-o parte nălucirile astea; Rassi al lui l-ar sfătui să scape de mine otrăvindu-mă; prezenţa mea pe străzi, urcată într-o şaretă, ar putea impresiona sensibilitatea scumpilor lui supuşi... Dar ce naiba, iar fabulez! Vai! Se cuvine să-i fie iertate aceste nebunii unei sărmane femei, a cărei soartă e atât de tristă, în realitate! Singurul lucru adevărat din toate astea este că principele nu mă va trimite la moarte; dar nimic mai uşor pentru el, decât să mă trimită la închisoare și să mă lase să zac acolo; va pune să fie pitite într-un colț al palatului meu tot soiul de hârțoage suspecte, așa cum a făcut și în cazul nefericitului L... Atunci, trei judecători nu prea ticăloși, căci vor dispune de ceea ce se cheamă *dovezi incontestabile*, și o duzină de martori mincinoși vor fi de ajuns. Pot fi, deci, osândită la moarte, întrucât am conspirat, iar principele, în infinita lui clemență, având în vedere că odinioară am avut onoarea de a fi primită la Curtea lui, îmi va comuta pedeapsa în zece ani de fortăreață. Dar eu, pentru a nu mă dezice de caracterul meu violent, care i-a făcut pe marchiza Raversi și pe ceilalți dușmani ai mei să toarne atâtea gogoși, mă voi otrăvi vitejește. Cel puțin, publicul va avea bunătatea să o creadă; dar pun rămășag că Rassi și-ar face apariția în celula mea, aducându-mi galant, din partea principelui, un flaconaș cu stricnină ori opiu de Perugia.

Da, trebuie să mă despart cât mai ostentativ de conte, căci n-aș vrea să-l târăsc într-un dezastru, odată cu mine, ar fi o infamie, bietul de el m-a iubit cu atâta candoare! Prostia mea a fost să cred că unui curtean pursânge îi mai poate rămâne atâta simțire, încât să mai fie capabil să iubească. Foarte probabil, principele va găsi un pretext pentru a mă arunca în închisoare; se va teme să nu corup opinia publică, în ceea ce îl privește pe Fabricio. Contele este om de onoare; într-o clipă va face ceea ce cutrele de la Curte, în uimirea lor nemărginită, vor numi o nebunie — se va retrage de la Curte. Am sfidat autoritatea principelui în seara când l-am somat să scrie biletul, mă pot aștepta la orice din partea orgoliului lui rănit: un om care s-a născut principe poate uita, vreodată, ceea ce l-am făcut eu să simtă în seara aceea? De altfel, despărțit de mine, contele îi poate fi mai util lui Fabricio. Dar dacă Mosca, pe care hotărârea mea îl va aduce la disperare, se va răzbuna?... Iată, de exemplu, o idee care nu i-ar veni niciodată; el n-are sufletul cu desăvârșire josnic al stăpânului lui: contele ar putea, gemând, să contrasemneze un decret infam, dar are onoare. Și, apoi, pentru ce să se răzbune? Pentru că, după ce l-am iubit cinci ani, fără să aduc cea mai mică ofensă dragostei lui, îi spun: «Dragă conte, am avut fericirea să te iubesc: ei bine, flacăra aceasta s-a stins. Nu te mai iubesc! Dar te cunosc până în adâncul inimii, îți voi păstra o stimă profundă și vei rămâne, veșnic, cel mai bun prieten al meu.»

Ce-ar putea răspunde un om de lume unei declarații atât de sincere?

O să-mi iau un nou amant, cel puțin așa va crede lumea. Acelui amant îi voi spune: «În fond, principele are dreptate să pedepsească nesăbuința lui Fabricio; dar de ziua sa, grațioasa noastră Maiestate îi va reda libertatea». În felul acesta, câștig șase luni. Noul amant, ales din spirit de precauție, ar putea fi acest judecător vândut, acest călău netrebnic, acest Rassi... s-ar simți înnobilat și, de fapt, i-aș oferi intrarea în lumea bună. Iartă-mă, scumpul meu Fabricio! Un astfel de efort este dincolo de puterile mele! Cum?! Monstrul ăsta, pătat încă de sângele contelui P., și al lui D.! Aș leșina de silă în clipa în care s-ar apropia de mine sau, mai degrabă, aș înșfăca un cuțit și i l-aș înfige în inima lui ticăloasă. Nu-mi cere lucruri imposibile!

Da, să uit de Fabricio! Și nici cea mai vagă umbră de mânie împotriva principelui. Să revin la veselia mea obișnuită, care vă părea și mai plăcută sufletelor acestora infecte, în primul rând pentru că li se va părea că mă supun de bunăvoie suveranului lor; în al doilea rând, pentru că, departe de a-mi bate joc de ei, voi fi atentă să scot la iveală micile și drăgălașele lor merite; de exemplu, îl voi complimenta pe contele Zurla pentru frumusețea penei albe de la pălărie, care tocmai i-a sosit de la Lyon printr-un curier și de care este atât de mândru.

Să-mi aleg un amant din partidul lui Raversi... Dacă Mosca pleacă, acesta va fi partidul la putere. Cel care va domni asupra cetățuii va fi un amic al marchizei, căci Fabio Conti va ajunge în guvern. Cum va putea principele, om de spirit, obișnuit cu modul de lucru plin de farmec și de finețe al contelui, să colaboreze cu boul ăsta, cu acest rege neîncoronat al proștilor, care, toată viața lui, a avut o singură problemă: soldații Alteței Sale trebuie să poarte pe pieptul tunicii șapte sau opt nasturi? Bestiile astea care mă pizmuiesc atât de tare sunt marea primejdie pentru tine, scumpul meu Fabricio! Bestiile astea ne vor hotărî soarta, ție și mie! Așa că, nici vorbă nu poate fi ca Mosca să-și dea demisia! Trebuie să rămână, oricâte umilințe ar fi să îndure! Își închipuie mereu că cel mai mare sacrificiu pe care l-ar putea face un prim-ministru ar fi să-și dea demisia; și, de fiecare dată când se privește în oglindă — și oglinda îi spune că îmbătrânește —, îmi oferă acest sacrificiu. Așadar, despărțire definitivă, da! Iar împăcare, numai în cazul în care nu ar exista altă cale de a-l împiedica să plece. Desigur, îmi voi lua rămas-bun de la el în modul cel mai prietenesc cu putință, deși, după omiterea cuvintelor *procedură nedreaptă* din biletul principelui, dictată doar de instinctul lui de sforar bătrân, simt că, pentru a-l ierta, am nevoie de cel puțin câteva luni în care să nu-l văd în fața ochilor. În seara aceea decisivă, nu aveam nevoie de mintea lui; trebuia doar să scrie ceea ce îi dictam eu, n-avea decât să scrie acele cuvinte pe care le *obținusem* datorită caracterului meu! Deprinderile lui de curtean cu suflet mic l-au trădat. A doua zi, nu a declarat că n-a putut să-și facă principele să semneze o absurditate, că ar fi fost nevoie de *un act de grațiere*. Ei, Doamne! De la asemenea oameni, acești monștri orgolioși și ranchiunoși cum sunt cei din neamul Farnese, iei ce apuci."

La gândul acesta, toată furia ducesei izbucni din nou.

„Principele m-a înșelat, își spuse ea, și cu câtă lașitate... Omul acesta nu are nici o scuză: are minte, finețe, judecată; doar patimile lui sunt josnice. Contele și cu mine am remarcat asta de douăzeci de ori, nu devine agresiv decât atunci când își închipuie că a fost ofensat. Ei bine! Crima lui Fabricio este absolut străină de politică, este o crimă măruntă, cum se comit o sută în statele acestea binecuvântate, iar contele mi-a jurat că a cerut să i se dea informațiile cele mai exacte și că, potrivit acestora, Fabricio este nevinovat. Acel Giletti nu era lipsit de curaj: văzându-se la doi pași de graniță, a fost dintr-odată tentat să scape de un rival care plăcea".

Ducesa se opri multă vreme să întoarcă pe toate fețele posibilitatea ca Fabricio să fie socotit vinovat; nu pentru că ar fi văzut în asta un păcat prea mare: un gentilom de rangul nepotului ei să se apere de impertinenţa unui histrion! dar, în disperarea ei, începea să-şi dea seama vag că va fi obligată să se bată pentru a dovedi nevinovăţia lui Fabricio.

„Nu, îşi zise ea în cele din urmă, iată o dovadă decisivă: Fabricio este la fel ca sărmanul Pietranera, e plin mereu de arme, în toate buzunarele, or în ziua aceea, n-avea asupra lui decât o amărâtă de flintă cu un singur foc, şi încă şi aceea împrumutată de la unul dintre muncitorii lui.

Îl urăsc pe principe pentru că m-a înşelat, şi m-a înşelat în modul cel mai mârşav; după biletul lui de iertare, a pus ca bietul băiat să fie luat pe sus din Bologna etc. Dar o să plătească el pentru asta, cu vârf şi îndesat!" Pe la cinci dimineaţa, ducesa, zdrobită de acest lung acces de disperare, îşi sună cameristele; acestea începură să ţipe. Văzând-o culcată pe pat îmbrăcată, cu şiragul de diamante la gât, albă la faţă ca cearşaful pe care zăcea, cu ochii închişi, li se păru că se află întinsă pe năsălie. Câteva lacrimi i se scurgeau, din când în când, pe obrajii parcă lipsiţi de viaţă; dintr-un semn al ei, cameristele înţeleseră că voia să fie dezbrăcată şi pregătită de culcare.

De două ori după serata de la ministrul Zurla, contele se prezentase la domiciliul ducesei: refuzat de fiecare dată, îi scrise că dorea să-i ceară un sfat pentru el însuşi: „Se cuvenea să rămână în funcţie, după afrontul pe care îndrăzniseră să i-l aducă?" Contele adăuga: „Tânărul este nevinovat, dar chiar dacă ar fi fost vinovat, era firesc să fie arestat fără să mă prevină pe mine, protectorul lui declarat?"

Ducesa luă cunoştinţă de această scrisoare de-abia a doua zi.

Contele nu avea virtute; se poate, chiar, adăuga că ceea ce înţelegeau liberalii prin *virtute* (a căuta fericirea celor mulţi) i se părea o înşelătorie; se credea îndreptăţit să caute, înainte de toate, fericirea contelui Mosca della Rovere; dar era un om de onoare şi perfect sincer, atunci când vorbea despre demisia lui. Nu o minţise niciodată pe ducesă; aceasta, de altfel, nu dădu nici o atenţie scrisorii sale. Hotărârea ei, o hotărâre foarte dureroasă, fusese luată: *să se prefacă a-l uita pe Fabricio*; după acest efort, totul îi era indiferent.

A doua zi pe la prânz, contele, care trecuse de zece ori pe la palatul Sanseverina, fu în sfârșit primit; văzând-o, încremeni... „Își arată anii! își spuse el. Și ieri era atât de sclipitoare!... Atât de tânără!... Toată lumea îmi spune că, în timpul lungii ei conversații cu Clélia Conti, arăta tot atât de tânără ca aceasta, ba chiar mult mai seducătoare".

Vocea, inflexiunile, tonul ducesei erau la fel de ciudate ca și întreaga ei înfățișare. Glasul ei, lipsit de orice urmă de pasiune, de orice urmă de interes și căldură, îl făcu pe conte să pălească; îi aduse aminte de felul în care, cu puține luni în urmă, unul dintre prietenii lui, aflat pe patul de moarte, voise să-și ia rămas-bun de la el, după sacrament[94].

După câteva minute, ducesa fu în stare să îi vorbească. Îl privi și ochii ei rămaseră stinși.

— Să ne despărțim, dragul meu conte, îi spuse ea cu un glas slab, dar rostind limpede fiecare cuvânt, pe care se silea să și-l facă amabil. Să ne despărțim, trebuie! Cerul mi-e martor că, vreme de cinci ani, purtarea mea față de tine a fost ireproșabilă. Mi-ai dăruit o viață plină de strălucire, în locul plictiselii de care aș fi avut parte la castelul Grianta; fără tine, aș fi dat ochii cu bătrânețea, câțiva ani mai devreme... În ceea ce mă privește, singura mea preocupare a fost să încerc să te fac să-ți găsești fericirea. Și tocmai pentru că țin la tine, îți propun această despărțire *à l'amiable*[95], cum se spune în Franța.

Contele nu înțelegea și ea se văzu nevoită să îi repete de mai multe ori. Sângele îi fugi din obraji și, căzând în genunchi lângă patul ei, se descărcă de tot ceea ce uimirea fără margini și, apoi, disperarea cea mai vie îl puteau face să spună pe un om de spirit îndrăgostit nebunește. De mai multe ori, se oferi să își dea demisia și să-și urmeze prietena într-un loc retras, la mii de leghe de Parma.

---

[94] Nume dat, în religia catolică, fiecăreia dintre cele șapte taine bisericești.

[95] „În termeni amicali", în franceză, în original în text.

— Îndrăzneşti să îmi vorbeşti de plecare, iar Fabricio este aici! strigă ea în cele din urmă, ridicându-se pe jumătate. Dar cum îşi dădu seama că numele lui Fabricio îl impresionase neplăcut pe conte, adăugă, după un moment de linişte, strângându-i uşor mâna:

— Nu, dragă prietene, nu îţi voi spune că te-am iubit cu acea pasiune şi cu acea înflăcărare pe care nu le mai simţi, cred, după treizeci de ani, şi am lăsat de mult în urmă această vârstă. Ţi se va spune că l-am iubit pe Fabricio, ştiu că s-a bârfit despre noi la Curtea asta veninoasă. (Ochii îi fulgerară pentru prima oară, în decursul acestei conversaţii, rostind cuvântul *veninoasă*.) Îţi jur înaintea lui Dumnezeu şi pe viaţa lui Fabricio că niciodată nu s-a petrecut între el şi mine nici cel mai mic lucru la care să nu fi putut asista şi o a treia persoană. Nu îţi voi spune nici că îl iubesc exact cum ar face-o o soră; îl iubesc din instinct, ca să zic aşa. Iubesc în el curajul lui atât de firesc şi atât de deplin, de care se poate spune că nu-şi dă seama nici el însuşi; îmi amintesc că genul acesta de admiraţie a început după întoarcerea lui de la Waterloo. Era un copil încă, deşi avea şaptesprezece ani; marea lui grijă era să ştie dacă participase într-adevăr la bătălie şi, în caz că *da*, dacă putea afirma că se luptase, el care nu mersese la atac nici împotriva unei baterii, nici împotriva unei coloane inamice. Tocmai cu prilejul discuţiilor grave pe care le-am purtat, împreună, asupra acestui important subiect, am început să întrevăd în el o fiinţă cu totul deosebită. Sufletul lui ales mi se dezvăluia treptat; ce de minciuni iscusite ar fi înşirat, în locul lui, un tânăr bine crescut! În sfârşit, dacă el nu e fericit, nici eu nu pot fi fericită. Fraza asta descrie perfect starea mea sufletească; dacă nu este, chiar, adevărul, cel puţin aşa îl văd eu.

Contele, încurajat de acest ton franc şi intim, avu impulsul să-i sărute mâna; ea şi-o retrase cu un soi de dezgust.

— Mi-a trecut vremea, îi spuse ea, sunt o femeie de treizeci şi şapte de ani, am ajuns în pragul bătrâneţii, îi resimt deja toate descurajările şi poate chiar mă aflu în vecinătatea morţii. Clipa aceasta este înfricoşătoare, după câte se spune, şi totuşi mi se pare că o doresc. Mă încearcă cel mai cumplit simptom al bătrâneții: nenorocirea asta îngrozitoare mi-a răpus inima, nu mai pot iubi. Nu mai văd în tine, scumpul meu conte, decât umbra cuiva care mi-a fost drag. Mai mult, doar recunoștința mă face să îți vorbesc astfel.

— Ce-o să se întâmple cu mine? repeta contele. Cu mine, care simt că sunt legat de tine printr-o pasiune mai mare decât aceea din primele zile, când te vedeam la *Scala*!

— Să-ți mărturisesc un lucru, dragă prietene, mă plictisește să vorbesc despre dragoste, ba chiar mi se pare indecent. Haide, zise ea, încercând să surâdă, dar în zadar, curaj! Fii om inteligent, om cu judecată, om capabil să facă față în orice împrejurare. Fii cu mine ceea ce ești cu adevărat în ochii celor cărora nu le pasă: omul cel mai iscusit și cel mai mare politician pe care l-a dat Italia, de secole.

Contele se ridică și se plimbă în tăcere câteva clipe.

— Imposibil, dragă prietenă, îi spuse el în cele din urmă: sunt sfâșiat de patima cea mai mistuitoare, iar tu îmi ceri să fac apel la rațiune. Nu mai există rațiune pentru mine!

— Să nu mai vorbim despre pasiune, te rog, i-o reteză ea sec și fu pentru prima oară, după două ore de conversație, când vocea ei căpătă o inflexiune oarecare.

Contele, el însuși disperat, încercă să o consoleze.

— M-a înșelat, strigă ea, fără să răspundă în nici un fel la motivele de speranță pe care i le dădea contele, *el* m-a înșelat în chipul cel mai laș! Și paloarea ei dispăru pentru o clipă, risipită de un val de sânge, dar chiar și în acel moment de zvâcnire, contele observă că n-avea puterea să-și ridice brațele.

„Dumnezeule mare! Să fie cu putință? se gândi el. Să fie doar suferindă? Dar, în cazul acesta, e vorba de începutul unei boli foarte grave".

Atunci, măcinat de îngrijorare, îi propuse să îl consulte pe celebrul Razori, primul doctor al Parmei și al întregii Italii.

— Vrei, așadar, să-i ofer unui străin plăcerea de a cunoaște toată amploarea disperării mele?... Să fie acesta sfatul unui trădător sau al unui prieten?

Şi îi aruncă o privire stranie.

„Asta este, îşi spuse el disperat, nu mă mai iubeşte! Şi mai mult, nu mă mai socoteşte printre oamenii de onoare obişnuiţi".

— Trebuie să-ţi spun, adăugă contele vorbind precipitat, că am vrut, înainte de orice, să aflu amănunte despre arestarea care ne-a adus la disperare şi... lucru ciudat! Nu ştiu încă nimic precis; am pus să fie întrebaţi jandarmii de la postul din apropiere, l-au văzut pe prizonier sosind pe drumul dinspre Castelnovo şi au primit ordinul să escorteze sediola. L-am trimis iarăşi, de îndată, acolo pe Bruno, omul meu pe cât de zelos, pe atât de devotat, pe care îl cunoşti; are ordin să meargă din popas în popas şi să afle unde şi cum a fost arestat Fabricio.

Când auzi rostindu-se numele lui Fabricio, contesa fu cuprinsă de o uşoară convulsie.

— Iartă-mă, prietene, îi spuse ea contelui, când reuşi în sfârşit să vorbească; amănuntele astea mă interesează foarte mult, spune-mi totul, fă-mă să înţeleg cele mai mici detalii.

— Ei bine, doamnă, reluă contele, încercând să adopte un ton ceva mai degajat, cu intenţia de a o distra puţin, mă bate gândul să trimit un mesager de încredere, care să-i transmită lui Bruno ordinul de a împinge cercetările până la Bologna; s-ar putea ca de acolo să-l fi săltat din cuibuşor pe tânărul nostru prieten. De când datează ultima scrisoare?

— De marţi, de acum cinci zile.

— A fost deschisă la poştă?

— Nu există nici o urmă. Trebuie să-ţi spun că a fost scrisă pe hârtie de cea mai proastă calitate; adresa e mâzgălită de o mână cam neştiutoare de femeie, iar această adresă este a unei bătrâne spălătorese, neam cu una dintre cameristele mele. Spălătoreasa crede că este vorba despre o poveste de dragoste, iar Chékina îi achită poşta, fără nimic în plus.

Contele, care vorbea acum întocmai ca un om de afaceri, încerca să descopere, discutând cu ducesa, care ar fi putut fi ziua răpirii de la Bologna. De-abia atunci îşi dădu seama, el care de obicei avea atâta tact, că acesta era tonul pe care trebuia să susțină discuția. Amănuntele acestea o interesau pe nefericita femeie și păreau să o distreze. Dacă n-ar fi fost îndrăgostit, contele ar fi avut ideea aceasta, atât de simplă, încă de la intrarea în odaie.

Ducesa îl expedie, ca să poată trimite, cât mai urgent, noi ordine credinciosului Bruno.

Cum își puseră în treacăt întrebarea pe ce cale să afle dacă sentința fusese dată înainte de momentul în care principele semnase biletul adresat ducesei, aceasta profită, cu un soi de grabă, de ocazie, ca să-i spună contelui:

— Nu o să-ți reproșez deloc că ai omis cuvintele *procedură nedreaptă*, în biletul pe care tu l-ai scris, iar el l-a semnat, a fost instinctul de curtean care ți-a dictat acest lucru; fără să-ți dai seama, ai preferat interesul stăpânului tău, aceluia al prietenei tale. Ai pus acțiunile tale în slujba mea, dragul meu conte, și asta de multă vreme, dar nu-ți stă în putere să-ți schimbi firea; ai mari calități pentru a fi ministru, dar ai și instinctul acestei îndeletniciri. Suprimarea cuvântului *nedreaptă* m-a distrus; dar, departe de mine gândul de a-ți reproșa acest lucru în vreun fel, a fost o greșeală a instinctului, și nu a voinței.

Ia aminte, adăugă ea, schimbând tonul și devenind brusc autoritară, că nu sunt prea mâhnită, că nu am nici cea mai mică dorință să plec de aici, că sunt plină de respect față de principe. Iată ceea ce ai tu de zis și iată ceea ce vreau eu să îți zic: cum intenționez ca pe viitor să mă port așa cum cred eu de cuviință, fără să dau socoteală nimănui, vreau să mă despart de tine amical, ca o bună și veche prietenă. Imaginează-ți că am șaizeci de ani; femeia tânără din mine a murit, flacăra s-a stins, nu mai pot iubi. Dar aș fi și mai nenorocită decât sunt, dacă ți-aș amărî viața. Ar putea intra în planurile mele să-mi iau un amant tânăr de ochii lumii și nu aș vrea să te văd întristat. Îți pot jura pe fericirea lui Fabricio — și se opri o jumătate de minut după ce rosti acest nume — că niciodată nu te-am înșelat, și asta vreme de cinci ani de zile. E mult, adăugă ea. Se forța să surâdă; obrajii ei atât de palizi se însuflețiră, dar buzele îi rămaseră lipite. Îți pot jura, chiar, că niciodată n-am avut nici intenţia, nici dorinţa. Acestea fiind, de-acum, bine stabilite, e timpul să pleci.

Copleşit de disperare, contele ieşi din palatul Sanseverinei: o vedea pe ducesă ferm hotărâtă să se despartă de el, iar el nu mai fusese îndrăgostit niciodată atât de nebuneşte. Acesta este un lucru asupra căruia sunt obligat să revin frecvent, căci, în afara Italiei, ar fi greu de crezut. Ajungând acasă, expedie nu mai puţin de şase curieri diferiţi, pe drumurile spre Castelnovo şi Bologna. „Dar asta nu e totul, îşi spuse nefericitul conte, principele ar putea avea fantezia să ceară ca sărmanul copil să fie executat, şi asta numai ca să se răzbune pe felul în care i-a vorbit ducesa în ziua în care l-a silit să semneze nenorocitul acela de bilet. Am simţit că ducesa depăşea o limită dincolo de care nu trebuie să treci niciodată şi, pentru a îndrepta lucrurile, am făcut nemaipomenita gogumănie de a suprima expresia *procedură nedreaptă*, singurele cuvinte care îl obligau pe suveran... Dar, la naiba! Pot fi, oare, oamenii aceştia obligaţi prin ceva? Aceasta a fost, fără îndoială, cea mai mare greşeală a vieţii mele, am lăsat în voia sorţii tot ceea ce îmi e mai scump pe lume: acum trebuie să dreg tot ce-am stricat, folosindu-mă de toată energia şi iscusinţa mea; dar dacă, în cele din urmă, nu obţin nimic, chiar renunţând un pic la demnitatea mea, îl las baltă pe omul acesta, cu visele lui de politică înaltă şi cu fumurile lui de a se proclama rege constituţional al Lombardiei. O să vedem cum o să mă înlocuiască... Fabio Conti nu e decât un prost, talentul lui Rassi se reduce la a trimite legal la spânzurătoare un supus care nu e pe placul stăpânirii".

Odată ce adoptă hotărârea nestrămutată de a renunţa la minister dacă măsurile luate împotriva lui Fabricio aveau să depăşească pe acelea ce ţin de simpla detenţie, contele îşi spuse: „Dacă un capriciu iscat de orgoliul rănit al omului acestuia, înfruntat cu atâta nesăbuinţă m-a costat fericirea, cel puţin îmi rămâne onoarea... Apropo, dacă nu îmi mai pasă de portofoliul meu, pot să-mi îngădui o sută de acţiuni care, chiar în dimineaţa asta, mi s-ar fi părut de neimaginat. De exemplu, vreau să încerc tot ceea ce este omeneşte posibil pentru evadarea lui Fabricio...

Doamne Dumnezeule! exclamă contele, făcând ochii nemăsurat de mari, de parcă ar fi dat norocul peste el, ducesa nu mi-a vorbit despre evadare, să fi fost nesinceră pentru prima oară în viaţa ei, iar ruptura să nu fie decât dorinţa ca eu să îl trădez pe principe? În cazul ăsta, s-a făcut!"

În ochii contelui se aprinsese din nou privirea aceea neiertătoare şi sarcastică, cu care îşi culca la pământ duşmanii.

„Preaamabilul nostru procuror Rassi este plătit de stăpânul lui ca să ne facă de râs în Europa, dar nu este omul care să refuze să fie plătit şi de mine, ca să trădeze secretele acestuia. Animalul ăsta are o ibovnică şi un duhovnic, dar ibovnica este mult prea mahalagioaică, încât să-i pot vorbi; gură slobodă cum e, toate precupeţele din vecinătate ar şti a doua zi ce-am discutat".

Contele, trezit din nou la viaţă de acest licăr de speranţă, o şi luase la picior spre catedrală; uimit de sprinteneala mersului său, deşi atât de cătrănit, surâse:

„Ce înseamnă, îşi spuse el, să nu mai fii ministru!"

Catedrala, ca multe biserici din Italia, folosea şi ca loc de trecere dintr-o stradă în alta; contele zări de departe pe unul dintre marii vicari ai arhiepiscopului, care tocmai traversa naosul.

— De vreme ce tot ne-am întâlnit, îi zise el, veţi avea bunătatea să feriţi guta mea de oboseala crâncenă de a urca până la monseniorul arhiepiscop. I-aş rămâne nespus de îndatorat, dacă ar binevoi să coboare până la sacristie.

Arhiepiscopul se arătă încântat de acest mesaj, căci avea să-i spună ministrului o mulţime de lucruri în legătură cu Fabricio. Dar ministrul ghici că toate acestea erau doar vorbe goale şi nu vru să-şi plece urechea la ele.

— Ce soi de om este Dugnani, vicarul de la San-Paolo?

— O minte mărginită şi o ambiţie nemărginită, răspunse arhiepiscopul, puţine scrupule şi o sărăcie lucie, căci avem şi vicii.

— Pentru numele lui Dumnezeu, monseniore! exclamă ministrul. Dar ştiu că te pricepi să zugrăveşti oamenii, de parcă ai fi Tacit; şi se despărţi de preasfântul râzând. De-abia ajuns înapoi la minister, puse să fie chemat abatele Dugnani.

— Ai în grijă conştiinţa preabunului meu prieten, procurorul general Rassi — oare nu are nimic să-mi zică?

Şi, fără alte vorbe şi fasoane, îl trimise pe Dugnani la plimbare.

## CAPITOLUL AL ŞAPTESPREZECELEA

CONTELE SE CONSIDERA ca şi plecat din minister.

„Ia să vedem, îşi spuse el, câţi cai îmi voi putea permite după căderea în dizgraţie, căci aşa va fi numită retragerea mea. Contele se apucă să-şi preţuiască avutul: intrase în minister cu optzeci de mii de franci în buzunar; spre marea lui mirare, averea lui actuală nu se ridica nici la cinci sute de mii de franci: asta însemna o rentă de cel mult douăzeci de mii de livre. Trebuie să recunosc că sunt un mare tăntălău! Nu e burghez în Parma care să nu creadă că am o rentă de cinci sute de mii de livre; iar principele, în privinţa asta, e mai burghez decât oricine. Când mă vor vedea trăgând targa pe uscat, vor zice că mă pricep grozav să-mi ascund averea. La naiba! strigă el, dacă mai sunt ministru încă trei luni, o să-mi dublez venitul". Socoti că ar fi o idee potrivită să-i scrie despre asta ducesei şi o îmbrăţişă cu entuziasm; dar, pentru a face iertată o scrisoare, având în vedere termenii în care se aflau, o umplu cu cifre şi calcule. „Vom avea o rentă de doar douăzeci de mii de livre, îi scrise el, ca să trăim toţi trei la Neapole, Fabricio, tu şi cu mine. Fabricio şi cu mine vom avea un singur cal de călărie amândoi".

De-abia terminase scrisoarea, când îi fu anunţat procurorul general Rassi — îl primi cu o aroganţă care friza impertinenţa.

— Cum, domnule, îi zise el, ai pus să fie ridicat, la Bologna, un conspirator pe care eu îl protejez, ba, mai mult, vrei să-i iei gâtul, iar mie nu-mi spui nimic! Ştii măcar numele celui care mă va înlocui? E generalul Conti sau chiar dumneata?

Rassi înlemnise; era prea puţin obişnuit cu felul de a fi al celor din lumea bună, ca să poată ghici dacă Mosca vorbea serios sau nu; se făcu roșu la față ca un rac și bolborosi ceva de neînțeles. Contele îl privea jubilând, cum nu știa pe unde să scoată cămașa.

Brusc, Rassi se dezmetici și strigă cu o perfectă stăpânire de sine, de parcă ar fi fost Figaro, prins în flagrant de Almaviva[96]:

— Pe cinstea mea, domnule conte, nu o să-mi îngădui să umblu cu cioara vopsită cu Excelența Voastră: ce-mi dați ca să vă răspund la toate aceste întrebări așa cum aș face-o dacă mi le-ar pune duhovnicul meu?

— Crucea ordinului San-Paolo (marele ordin al Parmei) sau bani, dacă îmi vei oferi ocazia să ți-i dăruiesc.

— Prefer crucea ordinului San-Paolo, pentru că mă înnobilează.

— Cum așa, dragă procurorule, sărmana noastră nobilime se mai bucură de considerația ta?

— Dacă aș fi fost născut nobil, răspunse Rassi, cu toată obrăznicia meseriei lui, rudele oamenilor pe care i-am trimis la spânzurătoare m-ar fi urât, dar nu m-ar fi disprețuit.

— Ei bine! Te voi scăpa de dispreț, vindecă-mă de neștiință. Ce ai de gând să faci cu Fabricio?

— Pe legea mea, principele este foarte încurcat; se teme că, sedus de frumoșii ochi ai Armidei[97], iertați-mi acest limbaj un pic cam colorat, acestea sunt chiar vorbele suveranului; se teme că, sedus de acei foarte frumoși ochi care l-au săgetat chiar și pe el, să nu-l lăsați baltă, căci nu vă are decât pe dumneavoastră pentru treburile Lombardiei. Vă voi spune chiar, adăugă Rassi, coborând vocea, că vi se oferă o ocazie rarisimă să vă rotunjiți veniturile, iar asta merită din plin crucea pe care mi-o veți acorda. Principele vă va dărui, ca recompensă națională, o moșie frumușică în valoare de șase sute de mii de franci, pe care ar rupe-o din

---

[96] Personaje din comediile lui Beaumarchais „Bărbierul din Sevilla" și „Nunta lui Figaro".

[97] Aluzie la „Ierusalimul eliberat", capodopera poetului italian Torquato Tasso (1544-1595). Armida îl reține, prin vrăjile ei, pe Renato departe de armatele cruciaților, în grădinile fermecate.

domeniile sale, sau o gratificație de trei sute de mii de franci aur, dacă veți consimți să nu interveniți în cazul Fabricio del Dongo, sau cel puțin, să nu-i vorbiți despre el în public.

— Mă așteptam la ceva mai bun, răspunse contele; să-l las în plata Domnului pe Fabricio înseamnă să o rup definitiv cu ducesa.

— Ei bine! Asta este și părerea principelui: fapt este că e îngrozitor de pornit împotriva doamnei ducese, între noi fie vorba, și se teme că, drept despăgubire pentru despărțirea de această preaamabilă doamnă, acum că ați rămas văduv, să nu-i cereți mâna verișoarei sale, bătrâna prințesă Isota, care are doar cincizeci de ani.

— A ghicit! strigă contele. Stăpânul are mintea cea mai pătrunzătoare de pe întreg cuprinsul Parmei. Nimic nu-i scapă!

Niciodată nu i-ar fi trecut contelui prin minte ideea trăsnită de a o lua de soție pe bătrâna prințesă; nimic n-ar fi fost mai puțin potrivit pentru un om pe care ceremoniile de la Curte îl plictiseau de moarte.

Începu să se joace cu tabachera, pe tăblia de marmură a unei măsuțe de lângă fotoliul pe care ședea. Rassi văzu în acest gest, care trăda o oarecare ezitare, perspectiva unei victorii; îi luciră ochii.

— Din suflet vă rog, domnule conte, strigă el, dacă Excelența Voastră binevoiește să accepte sau moșia de șase sute de mii de franci, sau recompensa bănească, să nu vă luați alt intermediar în afară de mine. Mă voi face luntre și punte, adăugă el, coborând vocea, să vă obțin mărirea recompensei bănești sau chiar să vi se adauge o pădure destul de însemnată la proprietatea de pe domeniu. Dacă Excelența Voastră ar binevoi să adauge un pic de blândețe și de cumpătare în felul său de a-i vorbi principelui despre mucosul pe care l-am băgat la zdup, s-ar putea ca moșia ce vi s-ar oferi în semn de recunoștință națională să fie preschimbată în ducat. Îi repet, însă, Excelenței Voastre: pentru moment, principele n-o poate suferi pe ducesă, dar e foarte stânjenit și chiar în asemenea măsură, încât uneori am crezut că există un motiv ascuns, pe care nu îndrăzneşte să mi-l mărturisească. În fond, da, ar putea fi vorba aici de o adevărată mină de aur, căci v-aş vinde secretele sale cele mai intime, cu atât mai uşor cu cât lumea mă crede duşmanul dumneavoastră de moarte. În definitiv, dacă este mânios pe ducesă, este, de asemenea, de părere, ca noi toţi, de altfel, că doar Excelenţa Voastră poate duce la bun sfârşit demersurile secrete legate de milanez. Îmi îngăduiţi să repet textual vorbele suveranului? îl întrebă Rassi, din ce în ce mai aţâţat. Există adesea un anumit înţeles în aşezarea cuvintelor, pe care nici o traducere n-ar reuşi să-l reproducă şi aţi putea întrezări lucruri care mie îmi scapă.

— Îngădui orice, zise contele, continuând, cu un aer distrat, să lovească în marmura măsuţei cu tabachera lui de aur, îngădui orice şi îţi voi fi recunoscător.

— Daţi-mi, în afară de cruce, scrisori de nobleţe transmisibilă şi voi fi mai mult decât mulţumit. Când îi vorbesc principelui despre înnobilare, acesta îmi răspunde: „Un netrebnic ca tine, nobil! Asta ne-ar mai lipsi! Ar trebui să ne lăsăm de meserie şi să închidem prăvălia mâine; nimeni n-ar mai vrea să se înnobileze la Parma". Ca să revenim la afacerea milanezului, principele mi-a spus, nu-s nici trei zile de atunci: „Doar vulpea asta bătrână se pricepe să tragă cum trebuie sforile în chestiunea noastră; dacă îl alung sau dacă o urmează pe ducesă, pot să spun adio visului meu de a mă vedea, într-o bună zi, conducătorul liberal şi adorat al întregii Italii".

La aceste cuvinte, contele răsuflă uşurat: „Fabricio nu va muri", îşi spuse el.

În viaţa lui nu reuşise Rassi să ajungă la o discuţie atât de intimă cu primul-ministru: aproape că-i venea să facă tumbe de bucurie, se vedea gata să se poată descotorosi de numele de Rassi, ajuns sinonim, la Parma, cu tot ceea ce era mai josnic şi mai murdar; norodul le spunea Rassi câinilor turbaţi; nu de mult, câţiva soldaţi ajunseseră la duel, numai pentru că unul dintre camarazii lor îi blagoslovise cu numele de Rassi. În sfârşit, nu trecea săptămână fără ca numele acesta blestemat să nu fie pomenit într-un afurisit de sonet. Fiul lui, un tânăr și nevinovat școlar de șaisprezece ani, era izgonit din cafenele, de îndată ce i se afla numele.

Amintirea usturătoare a tuturor acestor *plăceri* datorate funcției sale îl făcu să comită o imprudență.

— Am o moșie, îi spuse el contelui, apropiindu-și scaunul de fotoliul ministrului, se numește Riva, aș vrea să fiu baron de Riva.

— De ce nu? zise ministrul.

Rassi nu-și mai încăpea în piele de bucurie.

— Ei bine, domnule conte, o să-mi îngădui să fiu indiscret — voi cuteza să ghicesc care vă este țelul: râvniți la mâna prințesei Isota, este o ambiție nobilă. O dată ce vă înrudiți cu stăpânul nostru sunteți ferit de orice eventuală neplăcere din partea lui, l-ați redus la tăcere. Nu vă voi ascunde că ideea acestei căsătorii îl scoate din fire; dacă vă veți încredința cauza unei persoane abile și *bine plătite*, nu cred că trebuie să vă pierdeți speranța, s-ar putea să aveți sorți de izbândă.

— Eu, dragul meu baron, îmi pierdusem orice nădejde; tăgăduiesc dinainte orice vorbe ai putea spune în numele meu; dar, în ziua în care dorința mi se va împlini, iar această ilustră alianță îmi va îngădui să dobândesc o atât de înaltă poziție în stat, îți voi oferi 300.000 de franci din banii mei sau îl voi sfătui pe principe să-ți acorde acel semn de prețuire pe care l-ai prefera în locul banilor.

Toată această conversație i se pare cititorului lungă: totuși, l-am scutit de mai mult de jumătate; ea s-a prelungit încă două ceasuri. Rassi ieși de la conte nebun de fericire; contele rămase cu mari speranțe de a-l salva pe Fabricio și mai hotărât ca oricând să nu-și dea niciodată demisia. Considera că trecerea de care se bucura pe lângă suveran avea nevoie să fie revigorată prin prezența la putere a unor oameni de teapa lui Rassi sau a generalului Conti; murea de plăcere, întrevăzând o posibilitate de a se răzbuna pe principe.

„N-are decât s-o facă pe ducesă să plece, strigă el, dar în cazul ăsta, să fiu al naibii dacă nu va trebui să renunțe la gândul de a fi rege constituțional al Lombardiei".

(Era o himeră ridicolă: principele avea multă minte, dar visase atât de mult la ea, încât o îndrăgise la nebunie).

În culmea entuziasmului, contele alergă la ducesă, să-i relateze discuția cu procurorul. Găsi ușa ei închisă pentru el; portarul aproape că nu îndrăzni să-i spună că primise acest ordin chiar din gura stăpânei sale.

Contele se întoarse la palatul ministerului, copleșit de tristețe. Afrontul pe care-l suferise îi umbrise cu totul bucuria pricinuită de discuția avută cu confidentul suveranului.

Nemaiavând nici o tragere de inimă să facă ceva, rătăcea abătut prin galeria de tablouri, când, un sfert de ceas mai târziu, primi un bilet conceput astfel:

*„De vreme ce este adevărat, dragul și bunul meu prieten, că nu mai suntem decât prieteni, nu trebuie să vii să mă vezi mai mult de trei ori pe săptămână. În cincisprezece zile, vom rări aceste vizite, mereu atât de scumpe inimii mele, la două pe lună. De vrei să-mi fii pe plac, fă cât mai multă vâlvă în jurul acestui soi de ruptură; dacă vrei să te răscumperi pentru toată dragostea ce ți-am arătat-o odinioară, alege-ți o nouă prietenă. Cât despre mine, am gânduri mari în ceea ce privește distracția și amuzamentul: intenționez să ies mult în lume, poate că voi găsi un bărbat deștept care să mă facă să-mi uit necazurile. Fără îndoială, în calitate de prieten, vei rămâne primul în inima mea; dar nu mai vreau să se spună că faptele mele sunt dictate de înțelepciunea dumitale; vreau, mai ales, să se știe bine că am pierdut orice brumă de influență asupra deciziilor tale. Într-un cuvânt, dragă conte, crede-mă că vei rămâne mereu prietenul meu cel mai de preț, dar niciodată altceva. Nu păstra, te rog, nici o speranță de întoarcere, totul s-a isprăvit. Bizuie-te, întotdeauna, pe prietenia mea".*

Era prea mult pentru curajul bietului conte: ticlui o epistolă către principe, de toată frumusețea, în care își dădea demisia din toate funcțiile, și o adresă ducesei, cu rugămintea să o facă să ajungă la palat.

Foarte repede, își primi demisia înapoi, ruptă în patru, iar într-un loc rămas liber, ducesa binevoise să scrie: *„Nu, de o mie de ori nu!"*

Ar fi greu de descris disperarea sărmanului ministru.

„Are dreptate, recunosc, își spunea el în fiecare clipă; omiterea expresiei *procedură nedreaptă* a fost o groaznică nenorocire; va duce, poate, la moartea lui Fabricio, iar aceasta, la a mea. Cu moartea în suflet, contele, care nu voia să se mai arate la palatul principelui înainte de a fi chemat, scrise, cu mâna sa, acel *motu proprio*[98] care îl numea pe Rassi cavaler al ordinului San-Paolo și care îi conferea acea mult râvnită noblețe transmisibilă; contele adăugă un raport de o jumătate de pagină, în care îi expunea suveranului rațiunile de stat ce determinaseră această măsură. Simți un soi de voluptate melancolică să facă două frumoase copii după aceste acte și să le trimită ducesei.

Se pierdea în presupuneri, încerca să ghicească care va fi viitorul femeii pe care o iubea, cum înțelegea să trăiască de acum încolo. „Nici chiar ea nu știe, își spunea el, un singur lucru e în afară de orice îndoială, că, pentru nimic în lume, nu va abdica de la hotărârile pe care mi le-a anunțat". Ceea ce făcea nenorocirea lui și mai mare era faptul că nu putea să o învinovățească de nimic. „Mi-a făcut favoarea să mă iubească, iar acum își retrage dragostea, din pricina unei greșeli, este drept, involuntare, dar care poate avea consecințe îngrozitoare; nu am nici un drept să mă plâng". A doua zi dimineață, contele află că ducesa reîncepuse să iasă în lume — apăruse în ajun, seara, în toate casele care primeau. Ce s-ar fi întâmplat cu el dacă s-ar fi întâlnit cu ea în același salon? Cum să-i fi vorbit? Pe ce ton? Și cum să nu-i vorbească?

Ziua cu pricina avea să fie o zi funebră; se răspândi zvonul că Fabricio urma să fie executat, orașul era cutremurat. Se adăuga că, luând în considerare originea lui nobilă, prințul binevoise să hotărască să i se taie capul.

---

[98] „Din îndemn propriu" (lat.), în original, în text. A întreprinde ceva *motu proprio* = din proprie inițiativă; act voluntar făcut în deplină libertate. Folosit, de regulă, în legătură cu anumite acte oficiale emise de papă.

— Eu sunt acela care îl ucid, își spuse contele; nu pot pretinde să o mai revăd vreodată pe ducesă.

În ciuda acestui raționament destul de simplu, nu se putu împiedica să nu treacă de trei ori prin fața porții castelului Sanseverina; este adevărat, ca să nu fie remarcat, se duse pe jos. În disperarea lui, avu chiar curajul să îi scrie. Trimise de două ori după Rassi; procurorul general nu se prezentă. „Pungașul m-a trădat", își zise contele.

În ziua următoare, trei vești însemnate iscau vâlvă în societatea înaltă din Parma, ba chiar și în rândurile burgheziei. Condamnarea lui Fabricio la moarte era mai sigură ca niciodată și, fapt complet straniu, ducesa nu se arăta prea disperată. După toate aparențele, regretele după tânărul ei amant erau destul de moderate; totuși, profita cu o artă infinită de paloarea provocată de o indispoziție destul de gravă, survenită în același timp cu arestarea lui Fabricio. Burghezii recunoșteau cu ușurință în aceste detalii inima de piatră a unei înalte doamne de la Curte. Din decență, însă, și ca o jertfă adusă Manilor[99] lui Fabricio, rupsese legătura cu contele Mosca.

— Câtă imoralitate! strigau janseniștii[100] din Parma.

Dar, ducesa – de necrezut! părea dispusă să plece urechea la complimentele celor mai arătoși tineri de la Curte. Toată lumea remarcase, între alte lucruri ciudate, că fusese deosebit de veselă

---

[99] Mani, în mitologia romanilor și a vechilor popoare italice, suflete ale morților, socotite divinități ocrotitoare ale căminului, invocate în inscripțiile monumentelor funerare și sărbătorite în luna februarie prin jertfe, ofrande și libații.

[100] Jansenism, curent social-religios apărut la mijlocul secolului al XVII-lea în Franța, pe baza învățăturii teologului olandez Cornelius Jansen, latinizat Jansenius (1585-1683). Propovăduia o morală foarte austeră, în felul puritanilor englezi. Centrul jansenismului a fost, cu începere din 1636, mănăstirea Port-Royal, unul dintre iluștrii săi reprezentanți fiind marele filozof Blaise Pascal. O comunitate jansenistă de dimensiuni reduse, condusă de episcopul de Utrecht, există și astăzi, în Olanda.

într-o conversaţie cu contele Baldi, actualul amant al lui Raversi, şi că glumiseră mult pe seama deselor lui drumuri la castelul Velleja. Mica burghezie şi norodul erau indignate de osândirea lui Fabricio la moarte, pe care toţi aceşti oameni de treabă o puneau pe socoteala geloziei contelui Mosca. Societatea de la Curte se ocupa şi ea, de asemenea, mult de conte, dar numai ca să-l ia în râs.

A treia dintre cele trei veşti însemnate pe care le-am anunţat nu era alta, într-adevăr, decât demisia contelui; toată lumea îşi bătea joc de un amant ridicol care, la vârsta de cincizeci şi şase de ani, sacrifica o poziţie magnifică din pricina tristeţii de a fi părăsit de o femeie fără inimă şi care, de multă vreme, îi prefera un tânăr. Doar arhiepiscopul avu mintea sau mai degrabă inima de a ghici că onoarea îi interzicea contelui să rămână prim-ministru într-un stat în care stăpânirea se hotărâse să-i ia capul, fără să-l consulte, unui tânăr care era protejatul său. Vestea demisiei contelui avu efectul de a-l vindeca de gută pe generalul Fabio Conti; cum s-a întâmplat, vom arăta la timpul potrivit, atunci când vom vorbi despre felul în care îşi petrecea vremea în temniţă bietul Fabricio, în vreme ce tot oraşul încerca să afle data la care va fi decapitat.

În ziua următoare, contele se pomeni cu Bruno, omul de încredere pe care îl trimisese la Bologna; Mosca se înduioşă în momentul în care acesta pătrunse în biroul său; văzându-l, îşi aduse aminte de starea fericită în care se afla când îl trimisese la Bologna, aproape împăcat cu ducesa. Bruno venea de la Bologna, unde nu reuşise să descopere nimic; nu îl găsise pe Lodovico, pe care podestatul din Castelnovo îl pusese la păstrare în închisoarea din satul lui.

— O să te trimit din nou la Bologna, îi spuse contele lui Bruno: ducesa vrea să se bucure de trista plăcere de a afla toate amănuntele legate de nenorocirea lui Fabricio. De-te la brigadierul de jandarmi care comandă postul din Castelnovo...

Dar nu! strigă contele, întrerupându-se; pleacă, în clipa asta chiar, în Lombardia şi împarte bani, bani mulţi, tuturor oamenilor noștri de legătură. Scopul meu este să obțin de la toți acești oameni rapoarte cât mai încurajatoare. Înțelegând care îi era misiunea, Bruno începu să scrie scrisori de acreditare; în vreme ce îi dădea ultimele instrucțiuni, contele primi o scrisoare absolut prefăcută, de la început până la sfârșit, dar foarte bine ticluită; ai fi zis că e vorba de un prieten care îi scrie prietenului lui, ca să-i ceară un serviciu. Prietenul care scria nu era nimeni altul decât principele. Auzind vorbindu-se de anumite planuri de retragere, îl implora pe prietenul lui, contele Mosca, să păstreze funcția de ministru; i-o cerea în numele prieteniei și al *primejdiilor ce pândeau patria*; i-o poruncea în calitate de stăpân al lui. Adăuga că, întrucât regele din *** tocmai îi pusese la dispoziție două colane ale marelui ordin din țara sa, pe unul îl păstra, iar pe celălalt i-l trimitea scumpului lui conte Mosca.

— Animalul ăsta e nenorocirea mea! strigă contele turbat de furie, în fața unui Bruno stupefiat, crede că mă poate seduce cu aceleași fraze ipocrite pe care le-am potrivit împreună, ca să prindem în capcană cine știe ce prost.

Refuză ordinul care i se oferea și, în scrisoarea de răspuns, vorbi despre starea sa de sănătate, care nu îi lăsa decât prea puține speranțe în ceea ce privește posibilitatea de se mai putea achita multă vreme de grelele sarcini ministeriale. Contele își ieșise din fire. O clipă mai târziu, fu anunțat procurorul Rassi, pe care îl trată ca pe un sclav.

— Ei bine! De vreme ce te-am făcut nobil, începi să te porți ca un nerușinat! De ce n-ai venit ieri să-mi mulțumești, așa cum era de datoria ta și așa cum cerea buna creștere, domnule supraveghetor?

Rassi era deasupra oricăror insulte; pe tonul acesta era primit zilnic de principe; dar voia să fie baron și se dezvinovăți cu multă iscusință. Nimic nu era, de altfel, mai ușor.

— Principele m-a ținut ieri țintuit de un scaun, cât a fost ziua de lungă; n-am putut să ies din palat. Alteța Sa m-a pus să copiez cu scrisul meu infect de procuror o sumedenie de acte diplomatice atât de fără nici un chichirez și atât de stufoase, încât cred că, de fapt, singurul lui țel era să mă țină prizonier. Când, în sfârșit, am putut să plec, pe la cinci după-amiaza, mort de foame, mi-a poruncit să mă duc direct acasă și să nu ies în timpul serii. Într-adevăr, am zărit două iscoade ale lui, bine cunoscute de mine, dând târcoale pe strada mea, până la miezul nopții. În dimineața asta, de îndată ce am putut, am comandat o trăsură care m-a adus până la ușa catedralei. Am coborât din trăsură foarte încet, apoi, luând-o la picior, am străbătut naosul și iată-mă. Excelența Voastră este, în clipa de față, omul căruia doresc pe lumea asta, să-i fiu pe plac cu cea mai mare înflăcărare.

— Iar eu, domnule caraghios, nu pot fi păcălit cu toate aceste povești, mai mult sau mai puțin bine însăilate. Ai refuzat să îmi vorbești despre Fabricio alaltăieri; ți-am respectat scrupulele și jurământul de a păstra secretul, cu toate că jurămintele nu sunt făcute pentru o ființă de teapa ta, decât ca să fie încălcate. Astăzi vreau adevărul! Ce e cu zvonurile astea ridicole despre condamnarea la moarte a acestui tânăr ca asasin al comediantului Giletti?

— Nimeni nu o poate informa mai bine pe Excelența Voastră despre aceste zvonuri, de vreme ce eu însumi le-am răspândit, la porunca principelui; și dacă mă gândesc bine, probabil că tocmai pentru a mă împiedica să vă aduc la cunoștință acest incident, m-a ținut ieri toată ziua prizonier. Principele, care nu mă crede prost, nu putea să nu bănuiască faptul că o să vin să vă aduc decorația mea și că o să vă implor să-mi prindeți panglica la butonieră.

— Treci la subiect! strigă primul-ministru. Și fără fraze!

— Fără îndoială că principele ardea de dorința de a avea la mână o sentință de osândire la moarte împotriva domnului del Dongo, dar, așa cum fără îndoială știți, nu are decât o condamnare de douăzeci de ani la galere, comutată de el chiar în ziua următoare de după pronunțarea sentinței, în doisprezece ani de fortăreață, cu post negru în fiecare vineri și alte maimuțăreli religioase.

— Tocmai pentru că știam de această condamnare la închisoare, am fost înspăimântat de zvonurile despre o apropiată execuție, răspândite în oraș; îmi amintesc de moartea contelui Palanza, atât de bine ascunsă de tine.

— Atunci ar fi trebuit să capăt crucea! strigă Rassi, fără să se piardă deloc cu firea; trebuia să bat fierul cât e cald, atâta vreme cât îl aveam la mână pe omul care dorea această moarte. Am fost un nătărău atunci și, înarmat cu această experiență, îndrăznesc să vă sfătuiesc să nu mă imitați, astăzi.

Această comparație i se păru de prost gust interlocutorului său, care fu nevoit să se stăpânească să nu-i dea câteva picioare în spate.

— Mai întâi, continuă acesta cu logica unui jurisconsult și cu siguranța deplină a unui om pe care nici o insultă nu-l poate ofensa, mai întâi, nu poate fi vorba de execuția numitului Dongo. Principele nu va cuteza! Timpurile s-au schimbat mult! Și, în sfârșit, eu, nobil și sperând, prin dumneavoastră, să devin baron, nu aș participa la așa ceva. Or doar de la mine, după cum bine știe Excelența Voastră, poate primi ordine călăul și, vă jur, cavalerul Rassi nu va da niciodată un asemenea ordin împotriva domnului del Dongo.

— Și ai proceda cât se poate de înțelept, spuse contele, străpungându-l cu privirea.

— Să lămurim lucrurile! reluă Rassi, cu un surâs. Eu sunt răspunzător doar pentru morțile oficiale și, dacă domnul del Dongo moare de o colică, să nu mi-o puneți mie în spinare! Principele e pornit împotriva Sanseverinei (cu trei zile înainte, Rassi ar fi zis „ducesa", dar, ca tot orașul, știa de ruptura cu primul-ministru); contele fu izbit de suprimarea titlului într-o asemenea gură și vă dați seama ce plăcere îi făcu; îi aruncă lui Rassi o privire încărcată de ura cea mai vie. „Îngerul meu! își spuse apoi, nu pot să-ți arăt dragostea mea, decât supunându-mă orbește poruncilor tale".

— Îți voi mărturisi, se adresă el procurorului, că nu acord un prea mare interes diverselor capricii ale doamnei ducese; totuși, întrucât ea mi l-a prezentat pe acest dubios Fabricio, care ar fi făcut bine să rămână la Neapole și să nu vină aici să ne încurce socotelile, țin să nu moară în timpul ministeriatului meu, și-ți dau cuvântul meu că vei fi baron în primele opt zile de după ieşirea lui din închisoare.

— În cazul acesta, domnule conte, voi fi baron de-abia peste doisprezece ani, căci principele este furios, iar ura sa împotriva ducesei este atât de aprigă, încât caută să şi-o ascundă.

— Alteţa-Sa este mult prea bună! Ce nevoie are să-şi ascundă ura, de vreme ce primul său ministru n-o mai ocroteşte pe ducesă? Numai că nu vreau să fiu acuzat de mârşăvie şi, cu atât mai puţin, de gelozie: eu am făcut-o pe ducesă să vină în ţara asta şi, dacă Fabricio moare în închisoare, nu vei fi baron, vei fi poate înjunghiat. Dar să lăsăm fleacurile: fapt este că mi-am făcut socoteala averii mele; de-abia dacă am ajuns la o rentă de douăzeci de mii de livre, drept care am de gând să-mi cer demisia, cu umilinţă, marelui nostru suveran. Nutresc o oarecare speranţă să fiu folosit de către regele Neapolelui: acest mare oraş îmi va oferi distracţiile de care am atâta nevoie în clipa de faţă şi pe care nu pot să le găsesc într-o văgăună cum este Parma; voi rămâne doar dacă îmi veţi obţine mâna prinţesei Isota etc. etc.; conversaţia fu nesfârşită în acest sens.

Cum Rassi se ridica să plece, contele îi spuse pe un ton cât se poate de indiferent:

— Ştii că s-a spus că Fabricio nu s-a purtat cinstit cu mine, în sensul că era unul dintre amanţii ducesei; nu accept acest zvon şi, ca să-l dezmint, vreau să faci în aşa fel încât punga aceasta să ajungă la Fabricio.

— Dar, domnule conte, zise Rassi speriat, cântărind punga din priviri, pare să fie o sumă enormă, iar regulamentul...

— Pentru tine, dragul meu, poate să pară enormă, urmă contele, cu cel mai suveran dispreţ: un burghez ca tine, când îi trimite bani unui prieten aflat în închisoare, crede că se ruinează dacă îi dă zece ţechini. Eu, eu *vreau* ca Fabricio să primească aceşti şase mii de franci şi, mai cu seamă, castelul să nu afle nimic despre acest serviciu.

Cum Rassi, înspăimântat, voia să-i replice, contele îi închise nerăbdător uşa în nas.

„Oamenii ăștia, își spuse el, nu văd puterea decât în spatele insolenței". Acestea fiind zise, marele ministru se consacră unei acțiuni atât de ridicole, încât ne simțim puțin stingheriți să v-o aducem la cunoștință; alergă să ia din biroul lui un portret în miniatură al ducesei și îl acoperi cu sărutări pătimașe. „Iartă-mă, îngerul meu, striga el, dacă nu l-am aruncat pe fereastră cu mâinile mele pe bădăranul ăsta care a îndrăznit să vorbească despre tine cu o nuanță de familiaritate, dar dacă mă port cu atâta prisos de răbdare, o fac doar ca să-ți dau ascultare! Și n-o să-l cruț eu, așteaptă și o să vezi!"

După o conversație îndelungată cu portretul, contele, care își simțea inima moartă în piept, avu ideea unei acțiuni ridicole, căreia i se dedică grăbindu-se copilărește. Îmbrăcă uniforma de gală și, cu pieptul plin de decorații, se duse să-i facă o vizită bătrânei prințese Isota; în viața lui nu se prezentase la reședința ei, decât cu ocazia Anului Nou. O găsi înconjurată de o puzderie de câini și gătită cu toate podoabele, chiar și cu diamantele, de parcă s-ar fi pregătit să meargă la Curte. Întrucât contele își mărturisi teama de a fi tulburat planurile Alteței Sale, care, probabil, urma să iasă, Alteța îi răspunse ministrului că o prințesă de Parma avea, față de ea însăși, datoria de a arăta întotdeauna astfel. Pentru prima oară de la nenorocirea sa, contele avu un moment de bună dispoziție. „Am făcut bine că am venit aici, își spuse el, și chiar astăzi trebuie să-mi fac declarația". Prințesa se simțea încântată să vadă sosind la ea un om atât de renumit pentru inteligența lui și, pe deasupra, și prim-ministru; sărmana fată bătrână nu era deloc obișnuită cu astfel de vizite. Contele începu printr-o introducere abilă, referitoare la imensa distanță care îi separă, întotdeauna, pe membrii unei familii domnitoare, de un simplu gentilom.

— Trebuie făcută o precizare, spuse prințesa: fiica unui rege al Franței, de pildă, nu are nici o speranță să poarte vreodată coroana; dar lucrurile nu stau astfel la curtea Parmei. De aceea, noi, cele din familia Farnese, trebuie să păstrăm o anumită demnitate în ținuta noastră, iar eu, o biată prințesă, așa cum mă vedeți, nu pot spune că ar fi cu totul imposibil ca, într-o bună zi, să fiți primul meu ministru.

Ideea aceasta, neașteptată și năstrușnică, îi dărui sărmanului conte o a doua clipă de desăvârșită bună dispoziție.

Pe când ieșea de la prințesa Isota, care se îmbujorase toată, auzindu-l pe primul-ministru mărturisindu-și pasiunea, acesta se întâlni cu unul dintre furierii palatului — principele cerea să-l vadă cât mai urgent.

— Sunt bolnav, răspunse ministrul, încântat să-i facă o mojicie principelui său.

„Ah! Ah! Mă scoți din sărite, strigă el cu furie, și mai vrei să te și slujesc! Dar află, principe, că în secolul nostru nu mai ajunge să fi fost învestit cu putere de către providență, îți trebuie multă minte și un caracter ales, ca să fii despot".

După ce îl expedie pe furierul palatului, foarte scandalizat de perfecta sănătate a bolnavului, contele găsi amuzant să se ducă să-i vadă pe cei doi oameni de la Curte, care aveau cea mai mare influență asupra generalului Fabio Conti. Ceea ce îl făcea pe ministru, mai cu seamă, să se înfioare răpindu-i tot curajul, era faptul că guvernatorul cetățuii era acuzat că s-ar fi descotorosit, odinioară, de un căpitan, dușmanul său personal, dându-i *aquetta*[101] de Perugia.

Contele știa că, de opt zile, ducesa împărțise sume uriașe ca să-și câștige oameni de încredere în interiorul citadelei, dar, după părerea lui, existau puțini sorți de izbândă; toți ochii erau, încă, prea deschiși. Nu-i vom povesti cititorului toate tentativele de corupție întreprinse de această femeie nefericită: era disperată, chiar și slujită de agenți de toate soiurile și pe deplin devotați. Dar există, poate, doar o singură slujbă de care cei ce o îndeplinesc se achită perfect, la micile curți ale despoților, paza deținuților politici. Aurul ducesei nu avu alt efect, decât concedierea a opt-zece slujbași de toate gradele din personalul închisorii.

---

[101] Otravă celebră.

## CAPITOLUL AL OPTSPREZECELEA

ASTFEL, DEȘI DEDICAȚI TRUP ȘI SUFLET cauzei prizonierului, ducesa și ministrul nu reușiseră să facă mare lucru. Principele era mânios, iar Curtea, ca și opinia publică, se ridicară împotriva lui Fabricio, încântate că i se întâmplase o nenorocire; prea îi mergeau toate din plin. Cu tot aurul împrăștiat cu amândouă mâinile, ducesa nu putuse face un pas în incinta citadelei. Nu trecea zi de la Dumnezeu, fără ca marchiza Raversi sau cavalerul Riscara să nu aibă de făcut o nouă comunicare generalului Fabio Conti. Îl țineau strâns, folosindu-se de slăbiciunea lui.

Așa cum am spus, Fabricio fu condus mai întâi la *palatul guvernatorului*, o clădire mică și cochetă, construită în secolul trecut, după planurile lui Vanvitelli. Acesta o așezase la o înălțime de o sută optzeci de picioare, pe platforma imensului turn rotund. De la ferestrele acestui palat în miniatură, izolat pe spinarea enormului turn, precum cocoașa unei cămile, Fabricio putea zări șesul neted ca-n palmă și, hăt departe, Alpii; urmărea cu privirea, la picioarele cetățuii, cursul Parmei, un soi de torent care, după ce cotea la dreapta, la patru leghe de orașul cu același nume, se ducea să se verse în Pad. Dincolo de malul stâng al acestui fluviu, formând un șir de mari pete albe, pe întinderea câmpurilor înverzite, ochiul său fermecat zărea deslușit fiecare pisc din zidul uriaș pe care îl alcătuiesc Alpii în nordul Italiei. Vârfurile acestea, acoperite de zăpezi veșnice, chiar și în august, îți dăruiesc un semn amintind de răcoare, în mijlocul acestor câmpii dogoritoare; privirea poate surprinde cele mai mici detalii și, totuși, ele se află la peste treizeci de leghe de fortăreața Parmei. Perspectiva atât de generoasă oferită de cochetul palat al guvernatorului era știrbită, într-un colț, la miazăzi, de *Turnul Farnese*, în care se pregătea în grabă o odaie pentru Fabricio. Așa cum lectorul își amintește, poate, acest al doilea turn a fost înălțat pe platforma turnului celui mare, în onoarea unui principe moștenitor care, cu totul opus lui Hipolit[102],

---

[102] Fedra, în mitologia greacă, fiica regelui Minos al Cretei și a reginei Pasifae, sora Ariadnei și soția lui Teseu (Tezeu). S-a îndrăgostit de fiul ei

fiul lui Tezeu, nu rămăsese deloc rece la avansurile tinerei sale mame vitrege. Principesa muri după câteva ceasuri; fiul principelui nu-și recăpătă libertatea decât șaptesprezece ani mai târziu, când se urcă pe tron, la moartea tatălui său. Acest *Turn Farnese*, unde fu urcat, după trei sferturi de oră, Fabricio, foarte urât în exterior, se ridica la o înălțime de cincizeci de picioare deasupra turnului celui mare și era prevăzut cu o mulțime de paratrăsnete. Principele, nemulțumit de soția sa care pusese să se construiască această temniță ce se vedea din toate părțile, a avut ciudata pretenție de a-și convinge supușii că ea exista de multă vreme; de aceea, a poruncit să fie numită *Turnul Farnese*. Era oprit să se vorbească despre această construcție, deși, din toate părțile orașului Parma și de pe câmpiile învecinate, se zăreau limpede zidarii care potriveau fiecare dintre blocurile de piatră ce alcătuiau acest edificiu pentagonal. Pentru a dovedi că era veche, fu așezat deasupra ușii, cu o lățime de două picioare și o înălțime de patru, un magnific basorelief ce îl reprezenta pe Alessandro Farnese[103], celebrul general, în timp ce-l silea pe Henric al IV-lea să se îndepărteze de Paris.

Acest *Turn Farnese*, cu o vedere atât de frumoasă, avea un parter lung de cel puțin patruzeci de picioare, larg pe măsură și înțesat de coloane scunde și voluminoase, căci încăperea aceasta exagerat de vastă nu număra mai mult de cincisprezece picioare în înălțime. Era ocupată de corpul de gardă, iar din centrul ei se înălța o scară în spirală, răsucindu-se în jurul uneia dintre coloane; era o scară mică de fier, foarte ușoară, largă de doar

---

vitreg, Hipolit, care însă a respins-o. Ca să se răzbune, l-a acuzat că a vrut s-o seducă. Blestemat de tatăl său, Hipolit a căzut pradă mâniei lui Poseidon, iar Fedra, chinuită de remușcări, s-a sinucis. Legenda Fedrei i-a inspirat pe Sofocle, Euripide, Seneca, la fel ca și pe Racine.

[103] Cel mai cunoscut reprezentant al familiei Farnese, familie de nobili italieni, care a stăpânit, din 1545 până în 1731, ducatele Parma și Piacenza. A trăit între anii 1545-1592 și a fost duce de Parma, conducător de oști și om politic, guvernator al Țărilor de Jos (1578-1592) în numele lui Filip al II-lea, regele Spaniei. În 1590, intrând în Franța, l-a obligat pe Henric al IV-lea să oprească asediul asupra Parisului.

două picioare şi construită în filigran. Pe această scară, tremurând sub greutatea temnicerilor care îl escortau, Fabricio ajunse în somptuoasele încăperi, înalte de douăzeci de picioare, ce alcătuiau primul cat. Aceste camere minunate fuseseră odinioară mobilate cu cel mai mare lux, pentru tânărul principe, care îşi petrecuse aici cei mai frumoşi şaptesprezece ani din viaţa sa. Pe una din laturile apartamentului, se construise, pentru noul prizonier, o capelă fastuoasă; pereţii şi bolta erau îmbrăcaţi în întregime în marmură neagră; coloane negre, de asemenea, şi de un rar rafinament se înşiruiau de-a lungul pereţilor negri, fără să îi atingă, iar pereţii aceştia erau împodobiţi cu o mulţime de capete de mort din marmură albă, de dimensiuni colosale, elegant sculptate şi aşezate pe două oase încrucişate.

„Iată, într-adevăr, o plăsmuire a urii care nu poate ucide, îşi spuse Fabricio, şi ce idee afurisită să-mi fie arătate toate astea?"

O scară de fier în filigran, foarte uşoară, ridicată tot în jurul unei coloane, ducea la al doilea cat al închisorii şi în camerele de la acest al doilea cat, înalte cam de cincisprezece picioare, îşi arăta, de un an de zile, generalul Fabio Conti geniul. Mai întâi, sub conducerea lui, se puseseră zăbrele zdravene la ferestrele acestor odăi în care locuiseră, pe vremuri, slugile prinţului şi care erau la peste treizeci de picioare de dalele de piatră ce alcătuiau platforma marelui turn rotund. În aceste camere, toate cu două ferestre, se ajungea printr-un coridor întunecos, aflat în centrul clădirii; şi în acest coridor foarte îngust, Fabricio remarcă trei uşi de fier succesive din bare enorme, ridicându-se până în tavan. Datorită planurilor tuturor acestor frumoase născociri, schiţe şi şabloane, generalul a fost primit în audienţă de către stăpânul său vreme de doi ani, în fiecare săptămână. Un conspirator găzduit într-una dintre aceste odăi nu s-ar fi putut plânge că este tratat într-un mod inuman şi, totuşi, n-ar fi putut să intre în legătură cu nimeni şi nici să facă nici cea mai mică mişcare, fără să nu fie auzit. Generalul ceruse să se pună în fiecare cameră nişte bârne, ca un soi de bănci înalte de trei picioare, iar aceasta era născocirea lui capitală, aceea care îi dădea dreptul să aspire la postul de ministru de poliție. Pe aceste bănci se construise o colibă din scânduri, foarte răsunătoare, înaltă de zece picioare și care atingea zidul doar în dreptul ferestrelor. Pe celelalte trei laturi fusese lăsat un mic spațiu de patru picioare, între zidul închisorii, construit din blocuri uriașe de piatră, și pereții de scândură ai colibei. Pereții aceștia, alcătuiți din patru perechi de scânduri de nuc, stejar și brad, erau fixați zdravăn, cu piroane de fier și cu nenumărate cuie.

Într-una din odăile acestea, construite în urmă cu un an, și capodoperă a generalului Fabio Conti, botezată cu frumosul nume de *Supunere oarbă*, fu introdus Fabricio. Se repezi la ferestre; priveliștea care se zărea de la aceste ochiuri zăbrelite era superbă: un singur colțișor al orizontului era ascuns, spre nord-vest, de acoperișul cochetului palat, cu doar două caturi, al guvernatorului; parterul era ocupat de birourile statului major și mai întâi, privirile lui Fabricio fură atrase de o fereastră de la al doilea cat, unde se aflau, în niște colivii drăgălașe, o puzderie de păsări de tot felul. Fabricio se amuză ascultându-le cântând și luându-și rămas-bun de la ultimele raze ale soarelui în asfințit, în vreme ce temnicerii se învârteau în jurul lui. Fereastra aceea cu păsări nu se afla la mai mult de douăzeci și cinci de picioare de una dintre ale sale, cu cinci sau șase picioare mai jos, în așa fel încât le putea contempla în voie.

Era o seară cu lună și, atunci când Fabricio intră în celula lui, ea tocmai se înălța maiestuoasă în zare, spre dreapta, deasupra lanțului Alpilor, către Treviso. Era doar opt și jumătate și, la celălalt capăt al orizontului, strălucirea roșie-portocalie a apusului desena perfect conturile muntelui Viso și ale celorlalte vârfuri ale Alpilor, ce urcau de la Nisa spre muntele Cenis și Torino; uitând de nenorocirea lui, Fabricio se lăsă cucerit de această priveliște sublimă.

„Așadar, în lumea aceasta încântătoare trăiește Clélia Conti! Cu firea ei meditativă și serioasă, cu siguranță că se bucură de peisajul acesta mai mult ca oricine altcineva; te afli aici precum în singurătatea munților, la sute de leghe de Parma".

De-abia după ce petrecu mai bine de două ceasuri la fereastră, admirând orizontul acesta ce vorbea sufletului lui şi lăsându-şi adesea privirile să zăbovească pe cochetul palat al guvernatorului, Fabricio strigă brusc: „Dar cum să fie aceasta o închisoare? Acesta să fie locul de care m-am temut atât?" În loc să găsească la fiecare pas motive de dezgust şi de încrâncenare, eroul nostru se lăsa vrăjit de farmecele închisorii.

Deodată, o zarvă cumplită îl coborî brutal cu picioarele pe pământ: camera lui din lemn, asemănătoare cu o cuşcă şi mai ales, foarte zgomotoasă, era zgâlţâită din temelii; lătrături şi chiţăituri ascuţite se adăugau acestui tărăboi cât se poate de straniu. „Cum aşa? îşi zise Fabricio. Să pot scăpa atât de iute!" O clipă mai târziu, râdea cu atâta poftă cum, poate, nu mai râsese în viaţa lui. Din ordinul generalului, fusese urcat în turn, în acelaşi timp cu temnicerii, un câine englezesc, negru în cerul gurii, însărcinat cu paza prizonierilor însemnaţi şi care trebuia să-şi petreacă noaptea în spaţiul atât de ingenios amenajat în jurul curţii lui Fabricio. Câinele şi temnicerul trebuiau să se culce în intervalul de trei picioare creat între dalele de piatră ale pardoselii şi podeaua de lemn pe care deţinutul nu putea face un singur pas, fără a fi auzit.

Or, la sosirea lui Fabricio, încăperea numită *Supunere oarbă* era deja locuită de o sută de şobolani enormi care, acum, începură să fugă în toate părţile. Câinele, un soi de prepelicar cu păr lung, corcit cu foxterier, nu era deloc arătos, în schimb se arăta foarte destoinic. Îl legaseră de pardoseala din dale de piatră, sub podeaua camerei de lemn; când simţi cum mişună şobolanii pe lângă el, se zbătu cu atâta putere, încât reuşi să-şi tragă capul din zgardă; atunci se încinse acea luptă pe viaţă şi pe moarte, a cărei hărmălaie îl trezi pe Fabricio din visele lui mai puţin triste. Şobolanii care reuşiseră să scape de primele muşcături se refugiaseră în camera de lemn, iar câinele urcă după ei cele şase trepte ce duceau de pe pardoseala de piatră în gheretă lui Fabricio. În acel moment, începu o gălăgie de-a dreptul înspăimântătoare: gheretă era zgâlţâită din ţâţâni. Fabricio râdea ca un nebun, îi curgeau lacrimile de atâta râs; temnicerul Grillo, hohotind şi el, închisese uşa; câinele, alergând după şobolani, nu era stingherit de nici o mobilă, căci camera era absolut goală; salturile câinelui vânător erau stânjenite doar de soba de fier dintr-un ungher. După ce câinele îşi răpuse toţi duşmanii, Fabricio îl chemă, îl mângâie şi reuşi să-i intre în voie. „Dacă mă va vedea vreodată sărind peste un zid, îşi zise el, nu mă va lătra". Dar strategia aceasta plină de rafinament era doar o pretenţie lipsită de orice temei din partea lui: în starea de spirit în care se afla, se simţea fericit să se joace cu noul lui prieten. Printr-o ciudăţenie la care nu era capabil să reflecteze, o bucurie tainică îi stăpânea adâncul sufletului.

După ce osteni să se tot hârjonească cu câinele, Fabricio îl întrebă pe temnicier:

— Cum te cheamă?

— Grillo, gata să o slujesc pe Excelenţa Voastră în tot ceea ce este îngăduit de regulament.

— Ei bine! Dragul meu Grillo, un anume Giletti a tăbărât asupra mea şi a vrut să mă ucidă la drumul mare, m-am apărat şi l-am omorât; i-aş face de petrecanie şi astăzi, dacă aş fi silit să o fac, dar asta nu înseamnă că nu vreau să duc o viaţă veselă, atâta vreme cât îţi voi fi oaspete. Cere aprobarea şefilor şi du-te să ceri lenjerie de la palatul Sanseverina; pe deasupra, adu-mi cât poţi de mult *tămâios de Asti*.

Era un vin spumos destul de bun, produs în Piemont[104], patria lui Alfieri[105], foarte apreciat, mai ales de acea categorie de băutori căreia îi aparţin temnicerii. Opt sau zece dintre aceşti domni erau ocupaţi să transporte în camera de lemn a lui Fabricio câteva piese de mobilier antic, foarte aurite, luate din apartamentul principelui, de la primul cat. Cu toţii primiră în cugetul lor, cu smerenie, elogiul adus licorii de Asti. Oricât se străduiră,

---

[104] Regiune din nord-vestul Italiei, pe cursul superior al Padului.
[105] Vittorio Alfieri (1749-1803), creator al tragediei clasice italiene.

găzduirea lui Fabricio în această primă noapte lăsa mult de dorit, dar el nu părea tulburat decât de lipsa unui *tămâios* pe cinste.

— Pare să fie băiat de treabă... declarară temnicerii plecând... Şi e de dorit un singur lucru... domnii noştri să-l lase să primească bani.

Când rămase singur şi-şi mai veni în fire după atâta tărăboi, Fabricio se întrebă, privind zarea larg deschisă, de la Treviso până la muntele Viso, lanţul atât de întins al Alpilor, piscurile acoperite de zăpadă şi stelele:

„E cu putinţă ca aceasta să fie închisoarea? Şi încă prima noapte în închisoare? Îmi dau seama de ce se simte atât de bine Clélia Conti în această singurătate aeriană; aici te afli la o mie de leghe deasupra meschinăriilor şi răutăţilor care ne mănâncă sufletul acolo, printre oameni. Dacă păsările de aici, de sub fereastra mea, îi aparţin, înseamnă că o s-o văd... Va roşi, oare, când mă va zări?" Întorcând pe faţă şi pe dos această gravă problemă, prizonierul îşi găsi somnul la un ceas foarte înaintat din noapte.

În ziua următoare, prima petrecută în închisoare şi în cursul căreia nu-şi ieşi din fire nici măcar o singură dată, Fabricio nu avu altceva de făcut decât să converseze cu Fox, câinele englez; Grillo, temnicerul, se arăta şi acum foarte amabil, dar pe muteşte, căci un ordin recent îi interzicea să intre în vorbă cu prizonierul, şi nu adusese nici lenjerie, nici tămâios.

„O voi vedea, oare, pe Clélia? se întrebă Fabricio, de îndată ce se trezi. Sunt păsările acestea ale ei?" Păsările începuseră să ciripească şi să cânte, iar la înălţimea aceea era singurul zgomot ce se putea auzi în văzduh. Liniştea adâncă de care era înconjurat la acea înălţime era o senzaţie cu totul nouă şi, în acelaşi timp, deosebit de plăcută pentru Fabricio; asculta fermecat gânguritul atât de viu cu care vecinele sale, păsările, întâmpinau ziua. „Dacă sunt ale ei, va apărea într-o clipă în camera aceea, acolo, sub fereastra mea". Şi tot cercetând şirurile uriaşe ale Alpilor, în faţa cărora citadela Parmei părea să se ridice ca un avanpost, privirile sale se întorceau în fiecare clipă la minunatele colivii din lemn de lămâi și acaju, care, împodobite cu gratii aurite, se înălțau în mijlocul încăperii luminoase ce le adăpostea, care părea ea însăși o colivie mai mare. Ceea ce Fabricio nu avea să afle decât mai târziu era faptul că încăperea aceea era singura de la catul al doilea al palatului care avea umbră de la ceasurile unsprezece până la patru; era ferită de turnul Farnese.

„Cât de mare va fi supărarea mea, își spuse Fabricio, dacă, în locul chipului celest și gânditor pe care îl aștept și care va roși, poate, un pic dacă mă va zări, o să văd apărând fața umflată a vreunei slujnice de rând care a primit, prin procură, sarcina de a îngriji păsările. Dar dacă o văd pe Clélia, va binevoi ea oare să mă privească? Pe legea mea, trebuie să comiți indiscreții ca să fii remarcat; situația în care mă aflu trebuie să-mi ofere unele avantaje; suntem, de altfel, amândoi singuri aici și atât de departe de lume! Eu sunt un prizonier, în aparență, ceea ce generalul Conti și ceilalți ticăloși consideră a fi unul dintre subordonații lor... Dar ea are atâta inteligență sau, mai bine zis, atâta suflet, așa cum presupune contele, că, poate, după cum zice el, disprețuiește meseria tatălui ei; de aici vine întreaga ei melancolie! Nobil motiv de tristețe! Dar, la urma urmei, nu s-ar zice deloc că sunt un străin pentru ea. Cu câtă grație plină de modestie m-a salutat ieri seară! Îmi aduc foarte bine aminte cum, cu ocazia întâlnirii noastre de lângă Como, i-am spus: «Într-o zi voi veni să văd frumoasele voastre tablouri de la Parma, poate că nu vei uita numele acesta, Fabricio del Dongo...» L-o fi uitat? Era atât de tânără pe atunci!...

Dar apropo, își spuse mirat Fabricio, întrerupându-și brusc firul gândurilor, am uitat să mă înfurii. Sunt eu unul dintre acei mare viteji, așa cum a dat antichitatea câteva pilde lumii? Sunt eu un erou, fără să știu? Cum? Eu care mă temeam atât de mult de închisoare, mă aflu acum în ea și nu-mi amintesc să mă întristez! S-ar putea zice că frica de dinainte a fost de o sută de ori mai cumplită decât răul de acum. Cum așa?! Trebuie să mă gândesc, ca să fiu îndurerat de o întemnițare care, după spusele abatelui Blanès, ar putea dura zece luni sau, la fel de bine, zece ani? Să fie oare de vină, că nu simt durerea pe care ar trebui să o încerc, uimirea cu care privesc tot ceea ce mă înconjoară? Poate că această stare de bună dispoziţie, independentă de voinţa mea şi atât de nepotrivită, se va spulbera dintr-o dată, poate că, într-o clipă, voi fu cuprins de neagra deznădejde de care ar trebui să fiu stăpânit.

În tot cazul, e de mai mare mirarea să fii la închisoare şi să trebuiască să faci un efort de gândire, ca să fii trist! Pe legea mea, revin la presupunerea de mai înainte, poate că sunt înzestrat cu un caracter puternic".

Reveriile lui Fabricio fură întrerupte de tâmplarul cetăţuii, care venea să ia măsura ferestrelor, ca să le pună *abajururi*; era pentru prima oară când închisoarea aceasta era folosită şi uitaseră să o desăvârşească, aducând aceste accesorii esenţiale.

„Aşadar, îşi spuse Fabricio, de acum încolo voi fi lipsit de această privelişte sublimă" şi încercă să se întristeze în această privinţă.

— Dar cum aşa? se revoltă el brusc, vorbindu-i tâmplarului. N-o să mai văd păsărelele astea drăgălaşe?

— Ah! Păsărelele domnişoarei! Ce mult ţine la ele! zise acel om, ce părea plin de bunătate. Ascunse! Dispărute! Nu vor mai fi! Nici ele, nici toate celelalte!

Tâmplarului îi era interzis să discute cu prizonierul, la fel de strict ca şi temnicerului, dar omului acestuia i se făcuse milă de tinereţea deţinutului; îi aduse la cunoştinţă că aceste obloane enorme, montate la cele două ferestre şi îndepărtându-se de perete pe măsură ce se ridicau, erau destinate să le lase ostaticilor doar priveliştea cerului.

— Se face asta pentru moralul celor întemniţaţi, îi destăinui el, ca să sădească şi să sporească în sufletele lor o tristeţe bine venită, care să-i îndrepte pe calea cea bună. Generalul, adăugă tâmplarul, a mai născocit ceva, să scoată geamurile şi să pună în loc hârtie unsă cu ulei.

Fabricio se arătă încântat de tonul epigramatic al acestei conversaţii, foarte rar întâlnit în Italia.

— Aş vrea tare mult să am şi eu o pasăre, să-mi ţină de urât, îmi plac la nebunie, cumpără-mi una de la camerista domnişoarei Conti.

— Cum?! exclamă tâmplarul; o cunoaşteţi, aşadar, de vreme ce îi rostiţi atât de bine numele!

— Cine n-a auzit vorbindu-se despre această celebră frumuseţe? Dar am avut onoarea să o întâlnesc de mai multe ori, la Curte.

— Sărmana domnişoară se plictiseşte de moarte aici, o căină tâmplarul. Îşi pierde vremea cu păsările astea. În dimineaţa asta, a cerut să i se cumpere doi portocali de toată frumuseţea, care au fost aşezaţi, la porunca ei, la poarta de sub fereastra dumneavoastră; dacă nu ar fi cornişa[106], i-aţi putea zări.

Existau, în răspunsul acesta, cuvinte preţioase pentru Fabricio, aşa că găsi un mod onorabil de a-i strecura nişte bani.

— Săvârşesc două greşeli deodată, în ziua aceasta: stau la taifas cu Excelenţa Voastră şi primesc bani. Poimâine, când mă voi întoarce pentru *abajururi*, o să am o pasăre în buzunar şi, dacă nu voi fi singur, mă voi preface că mi-a scăpat. Totodată, dacă pot, o să vă aduc şi o carte de rugăciuni, pesemne că suferiţi tare mult la ceasul rugăciunilor, că nu o aveţi.

„Aşadar, îşi spuse Fabricio, de îndată ce rămase singur, păsările sunt ale ei, dar peste două zile n-o să le mai văd". La gândul acesta, ochii i se umbrîră. Dar în cele din urmă, spre nespusa lui bucurie, după o aşteptare atât de lungă şi atâtea priviri scrutătoare, către amiază o zări pe Clélia venind să-şi îngrijească păsările. Fabricio înlemni, ţinându-şi respiraţia; era în picioare, lipit de zăbrelele uriaşe de la fereastra lui, la foarte mică distanţă de ea. Observă că, deşi nu ridica ochii spre el, mişcările îi erau stinghere, ca ale unei persoane ce se ştie privită. Chiar să fi vrut, biata fată nu avea cum să uite surâsul atât de fin pe care îl văzuse rătăcind pe buzele deţinutului atunci când era adus de jandarmi de la corpul de gardă.

---

[106] Partea superioară, proeminentă şi ornamentată a zidului unei clădiri, pe care se sprijină acoperişul acesteia.

Deşi, după toate aparenţele, îşi supraveghea mişcările cu cea mai mare atenţie, în momentul în care se apropie de fereastra odăii cu păsări, roşi foarte tare. Primul gând al lui Fabricio, lipit de gratiile de la fereastra sa, fu să facă gestul copilăresc de a lovi uşor în ele, producând un mic zgomot, apoi, numai gândul la această lipsă de delicateţe îl făcu să se înfioare. „Aş merita ca, opt zile la rând, să-şi trimită camerista să aibă grijă de păsări". La Neapole sau la Novara nu i-ar fi trecut prin minte un asemenea gând.

O urmărea cu ardoare din ochi: „Cu siguranţă, îşi spunea, o să plece fără să binevoiască să arunce măcar o singură privire spre această sărmană fereastră, şi totuşi, se află chiar în faţa ei! Dar, întorcându-se din fundul odăii în care Fabricio, graţie faptului că se afla mai sus, putea să-şi plimbe în voie privirile, Clélia nu se putu stăpâni să nu tragă cu coada ochiului spre el, în timp ce mergea, şi fu de ajuns pentru ca Fabricio să se creadă îndreptăţit să o salute. „Nu suntem, oare, singuri pe lume aici?" îşi zise, ca să-şi dea curaj. La acest salut, tânăra rămase nemişcată şi îşi coborî privirile; apoi Fabricio o văzu ridicându-şi-le, foarte încet; şi, foarte desluşit, făcând un efort de voinţă, îl salută pe prizonier cu gestul cel mai grav şi mai *distant* cu putinţă, dar nu putu să impună tăcere ochilor ei; fără să-şi dea seama, probabil, aceştia exprimară, pentru o clipă, mila cea mai vie. Fabricio observă că se împurpurase atât de tare, încât roşeaţa coborâse iute până pe umeri, de pe care îşi îndepărtă, din cauza căldurii din încăpere, şalul de dantelă neagră. Privirea involuntară cu care Fabricio răspunse salutului ei spori tulburarea tinerei. „Cât de fericită ar fi biata femeie, îşi spuse ea, gândindu-se la ducesă, dacă l-ar putea vedea aşa cum îl văd eu".

Fabricio avu o uşoară nădejde că ar putea să o salute şi la plecare; dar, ca să evite acest nou semn de politeţe, Clélia purcese la o retragere savantă, în trepte, din colivie în colivie, ca şi cum, la urmă, ar fi trebuit să hrănească păsările cele mai apropiate de uşă. În sfârşit, ieşi; Fabricio rămase nemişcat, privind uşa prin care tocmai dispăruse. Era alt om.

Din clipa aceea, singura lui preocupare fu să facă în aşa fel încât să continue să o vadă, chiar şi atunci când aveau să pună acel oribil *abajur* în dreptul ferestrei ce dădea spre palatul guvernatorului.

În ajun, seara, îşi impusese plicticoasa şi îndelungata operaţie de a-şi ascunde cea mai mare parte din aurul pe care îl avea asupra sa în mai multe dintre găurile de şobolan ce îi împodobeau odaia de lemn. „În seara asta trebuie să-mi pitesc ceasul. N-am auzit eu, oare, spunându-se că, înarmat cu răbdare şi cu un arc ştirbit de ceasornic, poţi tăia lemnul şi chiar fierul? Aş putea, deci, să tai *abajurul*, ca şi cum m-aş sluji de un ferăstrău în miniatură". Pitirea ceasului, operaţie care dură două ore bătute pe muchie, nu i se păru o treabă prea lungă; se gândea la diferite metode de a-şi atinge scopul şi îşi inventaria cu meticulozitate cunoştinţele în materie de tâmplărie. „Dacă mă pricep cum să fac, îşi spunea el, aş putea să tai un soi de cep în scândura de stejar a *abajurului*, în partea care se va sprijini de pervazul ferestrei; o să scot şi o să pun la loc cepul ăsta, după împrejurări; o să-i dau tot avutul meu lui Grillo, ca să treacă cu vederea aceste manevre". De-acum înainte, toată fericirea lui Fabricio era legată de posibilitatea de a executa această trebuşoară, nu se mai gândea la nimic altceva. „Dacă reuşesc să o văd doar, sunt fericit... Nu... se contrazise apoi, după ce se gândi mai bine. Trebuie să vadă şi ea, de asemenea, că o văd". Toată noaptea avu capul plin de tot felul de născociri în ale tâmplăriei şi nu se gândi, poate, nici măcar o singură dată la Curtea Parmei, la mânia principelui şi la altele de acest fel. Trebuie să mărturisim, cu atât mai mult, că nu se gândi nici la durerea în care era cufundată ducesa. Aşteptă cu nerăbdare să se facă ziuă, dar tâmplarul nu mai reveni. Aparent, trecea drept un liberal în închisoare; avură grijă să-i trimită pe unul aspru din fire, care nu răspunse altfel decât printr-un mârâit respingător şi de rău augur la toate vorbele agreabile pe care Fabricio, chinuindu-şi mintea, încerca să i le adreseze. Câteva dintre numeroasele tentative ale ducesei de a înfiripa o corespondenţă cu Fabricio fuseseră depistate de droaia de agenți ai marchizei Raversi și, în consecință, generalul Fabio Conti era zilnic avertizat, înspăimântat și rănit în amorul propriu. La fiecare opt ceasuri, cei șase soldați de gardă din sala mare, cea cu o sută de coloane, de la parter, erau schimbați; pe deasupra, guvernatorul puse câte un temnicer de pază la fiecare a treia ușă de fier de pe coridor, iar sărmanul Grillo, singurul care îl vedea pe prizonier, fu osândit să nu iasă din turnul Farnese decât o dată la opt zile, ceea ce îl scoase din fire. Își împărtăși amarul lui Fabricio, care avu inspirația să-i răspundă doar atât:

— Mai multă *tămâioasă de Asti*, prietene, și îi dădu bani.

— Ei bine! Chiar și gologanii care ne scapă de toate necazurile, șușoti Grillo indignat, cu o voce atât de coborâtă, încât deținutul de-abia îl putea auzi, ni se interzice să-i luăm și ar trebui să-i refuz, dar îi iau; de altfel, sunt bani pierduți: nu pot să vă zic nimic, despre nimic. Haide, pesemne că ați făcut-o lată de tot, nu se poate altfel, de vreme ce toată cetățuia e cu susul în jos din pricina Excelenței Voastre; strașnicele uneltiri ale doamnei ducese au și lăsat trei dintre noi pe drumuri.

„*Abajurul* va fi gata înainte de amiază?" Aceasta fu marea întrebare care făcu să bată inima lui Fabricio în tot răstimpul acelei lungi dimineți; număra toate sferturile de ceas bătute de orologiul citadelei. În sfârșit, când bătură cele trei sferturi de ceas de după ora unsprezece, *abajurul* nu sosise încă; Clélia apăru din nou, ca să hrănească păsările. Cruda necesitate îl făcuse pe Fabricio să-și sporească într-atât îndrăzneala, iar amenințarea de a nu o mai vedea i se părea într-atât de mai presus de orice, încât cuteză, uitându-se la Clélia, să schițeze cu degetul semnul crestării oblonului. Este adevărat că, de îndată ce zări acel gest, considerat în închisoare a fi unul de răzvrătire, îl salută doar pe jumătate și se retrase.

„Ei, cum așa? își spuse uimit Fabricio, este oare atât de naivă, încât să ia drept o familiaritate ridicolă un semn dictat de necesitatea cea mai imperioasă? Voiam să o rog să binevoiască mereu, în timp ce vede de păsările ei, să arunce, din când în când, câte o privire spre fereastra închisorii, chiar dacă aceasta va fi mascată de un oblon enorm de lemn; voiam să o fac să înţeleagă că voi face tot ceea ce va fi omeneşte posibil, ca să izbutesc s-o zăresc. Dumnezeule mare! Oare mâine, din pricina acestui gest indiscret, nu se va mai arăta?" Temerea aceasta care tulbură somnul lui Fabricio se adeveri întru totul; a doua zi, Clélia nu apăruse încă la orele trei, moment în care isprăviră de pus cele două *abajururi* uriaşe, în faţa ferestrelor lui Fabricio; diversele piese ale acestora fuseseră înălţate, pornind de la esplanada turnului celui mare, cu ajutorul unor corzi şi al unor scripeţi prinşi pe dinafară de zăbrelele de fier ale ferestrelor. E adevărat că ascunsă îndărătul unei persiene din apartamentul ei, Clélia urmărise cu sufletul strâns toate mişcările lucrătorilor; văzuse foarte bine cât de cumplit de neliniştit era Fabricio, dar nu avusese curajul de a nu respecta promisiunea pe care o făcuse.

Clélia era o mică fanatică a liberalismului; în adolescenţă, luase în serios toate propunerile liberaliste pe care le auzea în cercurile în care se învârtea tatăl ei, preocupat doar să-şi croiască un drum în înalta societate; de aici pornise dispreţul şi chiar sila faţă de caracterul flexibil al celor de la Curte: de unde antipatia pentru instituţia căsătoriei. De la sosirea lui Fabricio, era torturată de remuşcări: „Iată, îşi spunea ea, că inima mea nedemnă începe să fie de partea celor care vor să-mi trădeze tatăl! Îndrăzneşte să-mi facă gestul de a cresta o uşiţă!... Dar, adăugă de îndată, zdrobită de durere, tot oraşul vorbeşte de apropiata lui moarte! Chiar mâine poate fi ziua fatală! Cu monştrii care ne guvernează, orice poate fi posibil! Câtă blândeţe, câtă seninătate plină de eroism în ochii aceştia care, poate, se vor închide pentru totdeauna! Dumnezeule! Cât de înspăimântată trebuie să fie ducesa! După câte se spune, e disperată! M-aş duce să înfig un pumnal în inima principelui, ca viteaza Charlotte Corday[107]".

---

[107] Charlotte Corday (1768-1793), revoluţionară franceză ce a fost ghilotinată pentru asasinarea lui Marat.

În cea de a treia zi a sa de închisoare, Fabricio fu tot timpul turbat de furie, numai din pricină că nu o văzuse reapărând pe Clélia.

„Aşa-mi trebuie, măcar să-i fi spus c-o iubesc", striga el; căci făcuse această descoperire. „Nu, nu din măreţie sufletească sfidez închisoarea şi fac profeţia lui Blanès mincinoasă, nu sunt un erou. Mă gândesc, fără voie, la privirea blândă şi plină de milă în care m-a învăluit Clélia atunci când jandarmii m-au luat de la corpul de gardă; privirea aceea a făcut să se şteargă toată viaţa mea de până acum. Cine mi-ar fi spus că voi întâlni nişte ochi atât de blânzi într-un asemenea loc? Şi încă în momentul în care vederea mi-era murdărită de mutra lui Barbone şi de aceea a domnului guvernator general? Cerul şi-a deschis porţile, lăsând să coboare una dintre făpturile lui printre aceste fiinţe josnice. Şi cum să faci să nu iubeşti frumuseţea şi să nu încerci să o revezi? Nu, nu din măreţie sufletească privesc cu nepăsare toate micile ofense pe care sunt silit să le înghit cu duiumul aici, în închisoare". Imaginaţia lui Fabricio, trecând iute în revistă toate posibilităţile, ajunse la aceea de a fi pus în libertate. „Fără îndoială, prietenia ducesei va face adevărate minuni pentru mine. Ei bine! Nu-i voi mulţumi pentru această libertate decât din vârful buzelor; locurile acestea nu sunt deloc dintre acelea în care să te întorci! Odată ieşit din închisoare, despărţiţi de societatea din care facem parte fiecare, n-o s-o mai văd aproape niciodată pe Clélia! Şi, la urma urmei, ce rău mi-ar putea face închisoarea? Dacă Clélia ar binevoi să nu mă copleşească cu mânia ei, ce aş mai putea cere de la viaţă".

În seara aceleiaşi zile în care n-o găsise pe frumoasa lui vecină, avu o idee nemaipomenită: cu crucea de fier a mătăniilor care se împart tuturor deţinuţilor la intrarea lor în închisoare, începu, cu succes, să străpungă *abajurul*. „S-ar putea să fie o imprudenţă din partea mea, se mustră el, înainte de a începe. N-au spus tâmplarii, în faţa mea, că mâine vor fi înlocuiţi de vopsitori? Ce vor zice când vor găsi abajurul găurit? Dar dacă nu comit această imprudenţă, mâine n-o s-o pot vedea! Cum aşa?

Să stau, din vina mea, o zi fără s-o văd? Şi încă după ce s-a despărţit de mine supărată". Imprudenţa lui Fabricio fu recompensată; după cincisprezece ceasuri de trudă, o zări pe Clélia şi, culmea fericirii, cum credea că el nu o vede, rămase multă vreme nemişcată, cu privirea aţintită asupra acelui *abajur* imens; avu tot timpul să citească în ochii ei semnele celei mai duioase compătimiri. Spre sfârşitul vizitei, îşi neglijă în mod evident îndatoririle faţă de păsări, ca să rămână minute în şir nemişcată, cu privirile rătăcind dincolo de fereastră. Se simţea răvăşită sufleteşte; se gândea la ducesă, a cărei teribilă nenorocire îi insuflase atâta milă şi, totuşi, începea să o urască. Nu înţelegea nimic din adânca melancolie ce-o acoperise ca un văl greu şi des şi era supărată pe ea însăşi. De două-trei ori în cursul acestei vizite, Fabricio îşi pierdu răbdarea şi încercă să zgâlţâie oblonul; i se părea că nu putea fi fericit atâta timp cât nu-i putea arăta Cléliei că o vede. „Totuşi, îşi spunea el, dacă ar şti că mi-e atât de uşor să o zăresc, timidă şi rezervată cum e, fără îndoială că s-ar feri de privirile mele".

Fu mult mai fericit a doua zi (din ce nimicuri efemere îşi ţese dragostea fericirea!): în timp ce ea contempla cu tristeţe *abajurul* imens, el reuşi să facă să treacă, prin deschizătura pe care o cioplise cu crucea de fier, o mică bucată de tablă şi îi făcu semne pe care ea negreşit că le înţelesese, cel puţin în sensul că voiau să spună: „Sunt aici şi vă văd".

În zilele următoare, Fabricio fu pândit de ghinion. Încercă să smulgă din acel coşcogeamite oblon o bucată de scândură, mare cât palma, pe care s-o poată mânui după vrere şi care să-i îngăduie să vadă şi să fie văzut, adică să vorbească, cel puţin prin semne, despre ceea ce se petrecea în sufletul lui; dar se întâmplă că zgomotul micului ferăstrău cât se poate de primitiv, pe care-l meşterise din arcul ceasornicului pe care-l zimţase cu crucea, îl pusese serios pe gânduri pe Grillo, care, drept urmare, petrecea ceasuri întregi în celula sa. Avu, într-adevăr, impresia că severitatea Cléliei părea să scadă pe măsură ce sporeau piedicile materiale în calea oricărei posibilităţi de comunicare între prizonier și lumea din afară; Fabricio observă cât se poate de clar că ea nu se mai prefăcea că-și lasă ochii în jos sau că se uită la păsări, atunci când el încerca să-și facă simțită prezența, atrăgându-i atenția cu firul lui plăpând de sârmă; avu plăcerea să vadă că nu întârzia niciodată și intra în odaia păsărilor chiar în clipa când băteau cele trei sferturi de oră și își îngădui chiar aroganța de a se crede motivul acelei exemplare punctualități. De ce? Ideea aceasta nu pare rezonabilă, dar dragostea observă nuanțe care scapă ochiului indiferent și trage din ele concluzii nesfârșite. De exemplu, de când Clélia nu-l mai vedea pe prizonier, aproape imediat după ce intra în încăperea cu colivii, își înălța privirile spre fereastra acestuia. Era în acele zile sinistre, în care nu mai exista nimeni în Parma care să mai aibă vreo îndoială că Fabricio va fi executat cât de curând; doar el nu aflase încă. Dar gândul acesta cumplit nu-i dădea pace Clélei și cum ar fi putut să-și mai facă reproșuri pentru că i-ar fi arătat un prea mare interes lui Fabricio? Avea să piară! Pentru cauza libertății! Căci era mult prea absurd să pui moartea unui del Dongo pe seama unei lovituri de spadă, date unui histrion. Este adevărat că acest tânăr amabil era legat de o altă femeie! Clélia era profund nefericită și, fără să-și mărturisească prea limpede genul de interes pe care i-l purta, își spunea: „desigur, dacă va fi executat, voi fugi la mănăstire și, cât voi trăi, n-o să mai apar în societatea asta de la Curte, mi-e silă de ea. Niște asasini mieroși!"

În cea de-a opta zi de închisoare a lui Fabricio, avu, într-adevăr, de ce să se rușineze: se uita fix, cufundată în gândurile ei triste, la *abajurul* ce ascundea fereastra prizonierului; în ziua aceea, Fabricio nu dăduse, încă, nici un semn de viață. Brusc, o bucată de abajur, puțin mai mare decât un lat de palmă, fu desprinsă de el; o privi șăgalnic și îi văzu ochii, în timp ce o salutau. Nu putu rezista acelei încercări neașteptate; se întoarse iute spre păsările ei și începu să le hrănească. Dar tremura atât de tare, încât vărsă apa pe care le-o împărțea, iar Fabricio putea vedea deslușit cât de tulburată era; nu mai putu suporta situația aceasta și luă hotărârea de a scăpa fugind în casă.

Fabricio trăi cel mai fericit moment din viața lui. Cu ce entuziasm ar fi refuzat, în clipa aceea, libertatea, dacă i-ar fi fost oferită!

Ziua următoare fu o zi neagră pentru ducesă. Toată lumea din oraș era sigură că lui Fabricio îi sunase ceasul; Clélia nu avu tristul curaj de a-i arăta o asprime ce nu se afla în inima ei, așa că petrecu o oră și jumătate printre colivii, uitându-se la toate semnele pe care i le făcea el și, adesea, răspunzându-i sau cel puțin arătându-i interesul cel mai viu și cel mai sincer; din când în când, îl părăsea ca să-și ascundă lacrimile. Cochetăria ei de femeie simțea limpede imperfecțiunea limbajului folosit; dacă și-ar fi vorbit, în câte feluri diferite n-ar fi putut încerca să afle care era natura sentimentelor pe care le avea Fabricio pentru ducesă! Clélia aproape că nu-și mai putea face nici o iluzie, o ura pe doamna Sanseverina.

Într-o noapte, Fabricio ajunse să se gândească mai serios la mătușa lui: fu nespus de mirat, de-abia îi mai recunoscu imaginea; amintirea pe care o păstra despre ea se schimbase total; pentru el, la ora aceea, ducesa avea cincizeci de ani.

— Dumnezeule mare! exclamă el entuziasmat, cât de inspirat am fost că nu i-am spus că o iubesc!

Ajunsese până acolo încât aproape că nu mai putea înțelege cum de i se păruse atât de frumoasă. Sub acest raport, pentru că niciodată nu-și imaginase că pune suflet în dragostea lui pentru ea, impresia de schimbare era mult mai puțin intensă în ceea ce o privea pe micuța Marietta, și asta în vreme ce, de multe ori, crezuse că sufletul lui aparține, în întregime, ducesei. Ducesa A... și Marietta i se păreau acum două porumbițe al căror unic farmec izvora din fragilitatea și din inocența lor, în vreme ce imaginea sublimă a Cléliei Conti, ce-l cotropise cu totul, îl făcea câteodată să se simtă înspăimântat. Își dădea bine seama că fericirea veșnică a vieții lui avea să depindă de fiica guvernatorului închisorii și că stătea în puterea ei să-l facă cel mai nefericit dintre oameni. În fiecare zi, era îngrozit la gândul că, printr-un capriciu independent de voința lui, viața aceasta ciudată și fermecătoare pe care o avea în preajma ei s-ar fi putut curma brusc; lucrul acesta ar fi fost, pentru el, mai rău decât moartea; primele două luni de închisoare fuseseră, totuşi, cele mai pline de bucurii din viaţa lui.

Era epoca în care, de două ori pe săptămână, generalul Fabio Conti îi spunea principelui:

— Pot să-mi dau cuvântul de onoare Alteţei Voastre că prizonierul del Dongo nu vorbeşte cu nimeni şi-şi petrece viaţa împovărat de cea mai apăsătoare tristeţe sau îşi caută uitarea în somn.

Clélia venea de două-trei ori pe zi să-şi vadă păsările, uneori doar pentru câteva clipe: dacă n-ar fi iubit-o atât de mult, Fabricio ar fi observat numaidecât că este iubit, dar avea mari îndoieli în această privinţă. Clélia ceruse să i se aducă un pian în odaia cu păsări. Tot izbind clapele, pentru ca sunetul instrumentului să-i poată justifica prezenţa şi să distragă atenţia caraulelor care se plimbau pe sub ferestre, răspundea, din ochi, întrebărilor lui Fabricio. La o singură întrebare nu răspundea niciodată, ba chiar, când se simţea încolţită, scăpa cu fuga şi nu se mai arăta cât era ziua de lungă; atunci când semnele lui Fabricio indicau sentimente a căror mărturisire era greu să nu o înţelegi: aici era de neclintit.

Aşa că, deşi pus la poprire într-o cuşcă deloc încăpătoare, Fabricio avea o viaţă plină, dedicată în întregime dezlegării unei unice şi capitale probleme: „Mă iubeşte, oare?" Rezultatul a mii de observaţii, veşnic reînnoite, dar mereu contestate, era acesta: „Toate gesturile ei conştiente spun nu, dar ceea ce răzbate involuntar din privirile ei pare să spună că începe să simtă o oarecare prietenie pentru mine".

Clélia spera din tot sufletul să nu se ajungă niciodată la o mărturisire şi, pentru a îndepărta pericolul acesta, respinse, cu o furie excesivă, o rugăminte pe care Fabricio i-o adresase în repetate rânduri. Sărăcia mijloacelor folosite de sărmanul prizonier pentru a se exprima ar fi trebuit, credea el, să-i inspire mai multă milă Cléliei. Voia să corespondeze cu ea prin litere, aşa că îşi scrisese în palmă cu un cărbune, o preţioasă descoperire făcută în sobă; ar fi alcătuit cuvintele literă cu literă, succesiv.

Născocirea aceasta ar fi sporit posibilitățile de comunicare, în sensul că i-ar fi permis să facă mărturisiri precise. Fereastra lui se afla la o depărtare de vreo douăzeci și cinci de picioare de aceea a Cléliei; ar fi însemnat să aibă prea mult noroc să poată vorbi pe deasupra capetelor santinelelor ce patrulau prin fața palatului guvernatorului. Fabricio se îndoia că este iubit; dacă ar fi avut o oarecare experiență în ale dragostei, nu ar mai fi fost nici un dubiu, dar, până atunci, nici o femeie nu fusese stăpână pe inima lui. Nu avea, de altfel, nici o bănuială în ceea ce privește un secret pe care, dacă l-ar fi aflat, ar fi fost cuprins de cea mai neagră deznădejde; se vorbea foarte mult despre căsătoria Cléliei Conti cu marchizul Crescenzi, omul cel mai bogat de la Curte.

## CAPITOLUL AL NOUĂSPREZECELEA

Gândurile de mărire ale generalului Fabio Conti, exaltate până la nebunie de buclucurile în care intrase, la mijlocul carierei, primul-ministru Mosca și care păreau să-i prevestească prăbușirea, îl incitară pe acesta să-i facă scene violente fiicei sale; îi repeta, fără încetare, pe un ton ridicat, că avea să-i distrugă viitorul, dacă nu se hotăra, în sfârșit, să-și aleagă un soț; era vremea, la douăzeci de ani trecuți, să ia o hotărâre; starea aceasta de crudă izolare în care încăpățânarea ei prostească îl îngropase trebuia curmată o dată pentru totdeauna etc. etc.

Mai ales pentru a se sustrage acestor necontenite accese de furie, se refugiase, la început, Clélia în odaia cu păsări; nu se putea ajunge aici decât pe o scăriță de lemn foarte incomodă, iar guta reprezenta, în această împrejurare, un obstacol serios pentru general.

De câteva săptămâni, sufletul Cléliei era atât de zbuciumat, știa atât de puțin ce-și dorea cu adevărat, încât, fără să-și dea propriu-zis cuvântul tatălui ei, aproape că se lăsase înduplecată. Într-unul din desele lui accese de mânie, generalul răcnise la ea că o va trimite să moară de urât în cea mai tristă mănăstire din

Parma şi că o va lăsa să se perpelească acolo până când va binevoi să ia o hotărâre.

— Ştii bine că familia noastră, deşi este atât de veche, nu are o rentă mai mare de şase mii de livre, în vreme ce averea marchizului Crescenzi se ridică la mai mult de o sută de mii de galbeni pe an. Toată lumea de la Curte este de acord în ceea ce priveşte blândeţea caracterului său; niciodată nu a dat cuiva prilejul să se plângă; este un bărbat tare arătos, tânăr, foarte bine văzut de principe, aşa că eu zic că trebuie să fii nebună de legat, ca să-l respingi. Dacă refuzul acesta ar fi fost primul, treacă-meargă, mai-mai că aş fi putut suporta, dar iată că sunt cinci-şase partide — şi încă dintre cele mai de soi de la Curte — cărora le-ai întors spatele, ca o micuţă lipsită de minte ce eşti. Şi ce se va alege de tine, mă rog, dacă voi ieşi la pensie şi voi rămâne doar cu jumătate de soldă? Ce bucurie pentru duşmanii mei să mă vadă zvârlit la un al doilea cat oarecare, tocmai pe mine, despre care s-a zvonit de atâtea ori că voi ajunge în guvern! Nu, la dracu! A trecut destulă vreme de când bunătatea mă face să joc rolul unui Cassandre[108].

Oferă-mi un singur argument valabil împotriva bietului marchiz Crescenzi, care are bunătatea de a se fi îndrăgostit de tine, de a vrea să te ia de soţie fără dotă şi de a vrea să-ţi fixeze o rentă de treizeci de mii de livre, cu care aş putea să mă cazez cum se cuvine; vorbeşte-mi ca o fiinţă rezonabilă sau... la dracu! Te vei mărita cu el în două luni..."

Un singur lucru din tot acest discurs o izbise pe Clélia, ameninţarea că va fi trimisă la mănăstire şi, în consecinţă, îndepărtată de citadelă chiar în momentul în care viaţa lui Fabricio părea să atârne de un fir de păr, căci nu trecea lună fără ca zvonul morţii sale apropiate să nu se împrăştie din nou prin oraş şi la Curte. Orice raţionament ar fi făcut, nu se putea hotărî să se expună unui asemenea risc: să fie despărţită de Fabricio chiar

---
[108] Vezi nota nr. 43.

în momentul în care tremura pentru viața lui! Ar fi fost, după părerea ei, cel mai mare rău, cel puțin, cel mai nemijlocit.

Ceea ce nu însemna că inima ei, chiar de n-ar fi fost îndepărtată de Fabricio, ar fi putut nutri vreo speranță de fericire; îl credea iubit de ducesă și era sfâșiată de o gelozie de moarte. Avea veșnic întipărite în minte atuurile acestei femei admirate de toată lumea. Rezerva extremă pe care și-o impunea față de Fabricio, limbajul semnelor în care îl ferecase, de teamă să nu comită vreo indiscreție, toate păreau să se fi contopit, pentru a o lipsi de posibilitatea de a se lămuri în ceea ce privește purtarea lui față de ducesă. Așa că, în fiecare zi, o chinuia mai tare cumplita nenorocire de a avea o rivală în inima lui Fabricio și în fiecare zi îndrăznea tot mai puțin să înfrunte pericolul de a-i da ocazia să-i spună tot adevărul despre ceea ce se petrecea în inima lui. Dar ce încântare ar fi fost să-i asculte destăinuirea, să-l audă mărturisindu-și, fără nici o prefăcătorie, sentimentele! Ce bucurie pentru Clélia să poată alunga groaznicele bănuieli ce-i otrăveau viața!

Fabricio era nestatornic; la Neapole, avea faima de a-și schimba cu destulă ușurință amantele. În ciuda restricțiilor impuse unei domnișoare admise la Curte, Clélia, fără să pună vreodată întrebări, ascultând doar cu atenție, învățase să cunoască reputația de care se bucurau tinerii ce-i cerușeră, succesiv, mâna. Ei bine! Fabricio, comparat cu toți acești tineri, era cel mai ușuratic în relațiile lui sentimentale. Se afla în închisoare, se plictisea, îi făcea curte singurei femei cu care putea vorbi. Ce putea fi mai simplu? Ce putea fi mai *comun*? Acest lucru o întrista adânc pe Clélia. Dacă totuși, printr-o dezvăluire completă, ar fi aflat că Fabricio n-o mai iubește pe ducesă, ce încredere ar fi putut să aibă în cuvintele lui? Iar dacă s-ar fi bizuit, până la urmă, pe sinceritatea vorbelor lui, ce încredere ar fi putut să aibă în statornicia sentimentelor lui? Și în sfârșit, pentru a-i da lovitura de grație și a o aduce pe culmile disperării, nu era Fabricio foarte avansat în cariera ecleziastică? Nu era el în pragul legământului veșnic? Nu-l așteptau, în viața pentru care se pregătea, cele mai mari demnități? „Dacă mi-a rămas cea mai palidă licărire de bun-simț, își spunea nefericita Clélia, n-ar trebui să fug? N-ar trebui să-mi implor tatăl să mă trimită în cine știe ce mănăstire aflată cât mai departe? Dar tocmai teama de a fi îndepărtată de cetățuie și închisă într-o mănăstire îmi dictează conduita! Cât de bicisnică sunt! Teama aceasta mă obligă să disimulez, mă silește la o minciună atât de hidoasă și de dezonorantă ca aceea de a mă preface că accept curtea pe care mi-o face, în mod public și asiduu, marchizul Crescenzi".

Clélia era o fire absolut rezonabilă, niciodată nu-și pierdea judecata și cumpătul, în viața ei nu avusese să-și reproșeze vreo nechibzuință, or comportarea sa în această împrejurare era culmea nesăbuinței: vă puteți da seama cât de mare îi era suferința!... Chinurile prin care trecea erau cu atât mai crâncene, cu cât nu-și făcea nici o iluzie. Îndrăgea un bărbat care era iubit nebunește de cea mai frumoasă femeie de la Curte, de o femeie care, în atâtea privințe, îi era superioară ei, Cléliei! Și, chiar dacă bărbatul acesta ar fi fost liber, nu era capabil de o legătură serioasă, în vreme ce ea, așa cum o simțea prea bine, nu putea avea decât o singură dragoste în viața ei.

Clélia venea, așadar, în fiecare zi în odaia cu păsări, cu inima zbuciumată de cele mai cumplite remușcări; adusă în locul acesta parcă fără voia ei, neliniștea își schimba obiectul și devenea mai puțin aprigă, remușcările dispăreau pentru câteva clipe; pândea, cu inima bătând să-i spargă pieptul, momentele în care Fabricio putea desprinde acel soi de *vasistas*[109] cioplit de el în uriașul oblon ce-i masca fereastra. Adesea, prezența temnicerului Grillo în camera sa îl împiedica să comunice prin semne cu prietena lui.

Într-o seară, pe la ceasurile unsprezece, Fabricio auzi în cetățuie niște zgomote cât se poate de stranii: noaptea, întinzându-se pe fereastră și scoțând capul pe *vasistas*, reușea să distingă zgomotele puțin mai puternice pe care le făcea scara cea mare,

---

[109] Ferestruică, ochi (într-o ușă, fereastră).

numită *scara celor trei sute de trepte*, care ducea din prima curte în interiorul turnului rotund, la esplanada din blocuri de piatră pe care fuseseră construite palatul guvernatorului şi închisoarea Farnese, în care se afla.

Pe la mijlocul ei, la o înălţime de o sută optzeci de trepte, scara aceasta trecea din partea dinspre sud a unei curţi vaste, în partea dinspre nord; acolo se afla o punte de fier, foarte uşoară şi foarte strâmtă, în mijlocul căreia fusese pus un paznic. Acesta era schimbat din şase în şase ore şi era obligat să se ridice, să se facă mic şi să se dea într-o parte, pentru ca să se poată trece pe puntea pe care o păzea, singura cale de acces spre palatul guvernatorului şi Turnul Farnesse. Ajungea să răsuceşti de două ori un arc a cărui cheie guvernatorul o purta veşnic la el, ca să cobori iute puntea de fier în curte, la o adâncime de peste o sută de picioare; odată luată această simplă măsură de precauţie, cum alte scări nu mai existau în toată cetăţuia şi cum, în fiecare miez de noapte, un sergent îi aducea guvernatorului, într-un cabinet în care se intra prin camera sa, frânghiile de la toate fântânile, acesta rămânea complet inaccesibil în palatul său şi, în acelaşi timp, era cu neputinţă ca cineva să pătrundă în Turnul Farnese. Ceea ce, de altfel, Fabricio remarcase perfect încă de la intrarea sa în cetăţuie şi ceea ce Grillo, căruia, ca toţi temnicerii, îi plăcea să se laude cu temniţa lui, îi explicase de mai multe ori. Astfel încât nu exista nici o speranţă de a putea evada. Totuşi, îşi aducea aminte de o maximă a abatelui Blanès: „Amantul se gândeşte mai des să ajungă la iubita lui, decât soţul să-şi păzească nevasta; prizonierul se gândeşte mai des să evadeze, decât temnicerul să ferece uşa; aşadar, oricare ar fi obstacolele, amantul şi prizonierul trebuie să izbândească".

În seara aceea, Fabricio auzea foarte limpede un mare număr de oameni trecând peste puntea de fier, botezată *puntea sclavului*, pentru că, odinioară, un sclav dalmat reuşise să scape, aruncându-l pe paznicul de pe punte în curte.

„Pare că vor să ridice pe cineva, poate că au venit după mine, să mă ducă la spânzurătoare; dar poate că se iscă o învălmăşeală și trebuie să profit de ea". Își înșfăcă armele și începu deja să-și scoată galbenii de pe unde îi pitise, când, brusc, se opri:

— Ciudată creatură mai e și omul, exclamă el, zău așa! Ce-ar zice un spectator invizibil, văzând pregătirile mele? Oare, din întâmplare, vreau să fug? Ce s-ar alege de mine a doua zi după ce aș ajunge la Parma? N-aș face tot ce-aș putea, ca să mă aflu din nou în preajma Cléliei? Dacă am ocazia, mai bine să profit de ea ca să mă strecor în palatul guvernatorului, poate că i-aș putea vorbi Cléliei; poate că, în tulburarea asta, voi cuteza să-i sărut mâna. Generalul Conti, foarte suspicios din fire și nu mai puțin vanitos, își păzește palatul cu cinci santinele, câte una în fiecare colț al clădirii și a cincea la poartă, dar, din fericire, afară e întuneric beznă".

Cu pași de lup, Fabricio se duse să vadă ce fac temnicerul Grillo și câinele său: temnicerul dormea buștean, într-o piele de bou atârnată cu patru funii de podeaua de bârne a celulei și înconjurată de o plasă grosolană; câinele Fox miji ochii, se ridică, se întinse și se apropie legănat de Fabricio, cerșind o mângâiere.

Prizonierul nostru urcă pâș-pâș înapoi cele șase trepte ce duceau în gheretă lui; zgomotul devenise atât de puternic la baza Turnului Farnese și, mai cu seamă, în dreptul porții, încât se temu ca nu cumva să se trezească Grillo. Fabricio, înarmat până-n dinți, gata de acțiune, se credea destinat, în noaptea aceea, unor aventuri de pomină, când, deodată, auzi acordurile de început ale celei mai frumoase simfonii din lume: era o serenadă cântată în onoarea generalului sau a fiicei sale. Începu să râdă în hohote: „Iar eu, care mă gândeam deja să mă slujesc de daga mea! Ca și cum o serenadă n-ar fi un lucru mult mai obișnuit decât ridicarea unui deținut, cerând prezența a optzeci de persoane într-o închisoare, sau decât o revoltă!" Muzica era minunată și Fabricio, care nu se mai bucurase de o asemenea plăcere de atâtea săptămâni, se lăsă dezmierdat de ea; îl înduioșă până la lacrimi; în entuziasmul lui, îi adresa frumoasei Clélia discursurile cele mai irezistibile. Dar în ziua următoare, la prânz, o găsi pătrunsă de o melancolie atât de sumbră, albă ca varul la față, aruncându-i niște priviri în care citea, uneori, atâta mânie, încât nu se simți îndreptățit să o întrebe despre serenadă; se temu să nu fie nepoliticos.

Clélia avea de ce să fie tristă, era o serenadă pe care i-o dedicase marchizul Crescenzi; un demers atât de public aproape că echivala cu anunțul oficial al căsătoriei lor. Până în ziua serenadei și chiar și în ziua cu pricina, până la nouă seara, Clélia opusese rezistența cea mai înverșunată, dar avusese slăbiciunea să cedeze la amenințarea, făcută de furiosul ei tată, de a fi trimisă imediat la mănăstire.

„Cum? N-o să-l mai văd! își spuse ea, plângând. În zadar rațiunea ei adăugase: N-o să mai dau niciodată ochii cu ființa care, oricum, mă va face nefericită în toate privințele, nu-l voi mai vedea pe amantul ducesei, nu-l voi mai vedea pe bărbatul ușuratic căruia i se știau zece amante la Neapole, toate trădate, nu-l voi mai vedea pe acel tânăr ambițios, care, dacă va supraviețui sentinței ce apasă asupra lui, va intra în rândurile bisericii. Ar fi oare o crimă din partea mea, dacă m-aș mai uita la el atunci când va fi în afara zidurilor închisorii, iar nestatornicia firii lui mă va feri de ispită? Căci ce însemn eu pentru el? Un pretext de a-și petrece într-un mod mai puțin anost câteva ceasuri din fiecare zi de închisoare". În timp ce îl tot ocăra astfel, Clélia își aduse aminte de surâsul ce-i înflorise în colțul gurii, uitându-se la jandarmii ce-l înconjurau, în timp ce ieșea din cancelaria închisorii, ca să urce în turnul Farnese. Ochii i se umplură de lacrimi: „Dragă prietene, ce n-aș face pentru tine! Mă vei duce la pieire, știu, asta e soarta mea; oricum, mă distrug și singură, într-un mod atroce, asistând diseară la acea cumplită serenadă; dar mâine, la prânz, îți voi zări din nou ochii!"

Și iată că tocmai a doua zi după ce Clélia făcuse sacrificii atât de mari pentru tânărul prizonier pe care îl iubea cu o patimă mistuitoare, iată că tocmai în ziua ce urmă aceleia în care, deși îi văzuse toate metehnele, jertfindu-i întreaga ei viață, Fabricio fu disperat de răceala ei. Dacă, folosindu-se doar de limbajul imperfect al semnelor, ar fi mâhnit-o cât de puțin, Clélia nu s-ar fi putut opri să nu izbucnească în plâns, iar Fabricio ar fi obținut mărturisirea a tot ceea ce simțea ea pentru el; dar îi lipsea îndrăzneala, se temea ca de moarte să nu cumva s-o supere, căci putea să-l pedepsească într-un chip mult prea aspru. Altfel spus, Fabricio nu avea nici un fel de experiență în ceea ce privește genul de emoție încercat de o femeie atunci când iubește; era un sentiment pe care nu avusese cum să-l trăiască, nici măcar în cea mai palidă nuanță a sa. Îi trebuiră opt zile, după episodul serenadei, pentru ca prietenia lui cu Clélia să se așeze din nou în aceeași matcă. Biata fată se ascundea în spatele unei severități prefăcute, murind de frică să nu se trădeze, iar lui Fabricio i se părea că, în fiecare zi, e tot mai puțin binevoitoare cu el.

Într-o zi — trecuseră aproape trei luni de când Fabricio era întemnițat —, fără nici o legătură cu lumea din afară, dar fără să se simtă, totuși, nefericit, Grillo rămăsese până dimineața târziu în camera lui. Fabricio nu știa cum să-l concedieze, era în culmea deznădejdii; în sfârșit, bătuse deja jumătate de ceas după miezul zilei, când putu, în sfârșit, să deschidă cele două mici trape înalte de un picior, pe care le tăiase în blestematul de oblon.

Clélia era în picioare, la fereastra odăii cu păsări; trăsăturile ei crispate exprimau cea mai neagră disperare. De-abia îl zări pe Fabricio, că îi și făcu semn că totul e pierdut: se repezi la pian și, prefăcându-se că interpretează un recitativ dintr-o operă pe atunci la modă, îi spuse în fraze întretăiate, din pricina zbuciumului și a spaimei de a nu fi înțeleasă de santinelele ce se plimbau pe sub fereastră:

„Dumnezeule mare! Ești încă în viață? Mulțumesc Cerului! Barbone, temnicerul acela pe care l-ai pedepsit pentru neobrăzarea lui în ziua în care ai fost adus aici, dispăruse, nu se mai afla în citadelă; altăieri seara s-a întors și de ieri am toate motivele să cred că încearcă să te otrăvească. Se tot învârte prin bucătăria particulară a palatului, de unde ți se trimite mâncarea. Nu știu nimic sigur, dar camerista mea crede că personajul acesta atroce nu vine în bucătăriile palatului decât cu scopul de a-ți lua viața. Muream de neliniște când am văzut că nu apari, credeam c-ai murit. Abține-te de la orice hrană, până ce-ți dau, din nou, de veste; o să fac imposibilul să-ți trimit puțină ciocolată. În orice caz, în seara asta, la nouă, dacă Dumnezeu, în bunătatea lui, te va ajuta să găsești o sfoară sau dacă reușești să împletești o panglică din rufele tale, las-o să coboare de la fereastra ta deasupra portocalilor, voi lega de ea o frânghie pe care o vei trage la tine; cu ajutorul acestei frânghii, îți voi trimite pâine și ciocolată".

Fabricio păstrase cu sfințenie bucățica de cărbune pe care o găsise în soba din camera lui; se grăbi să profite de tulburarea Cléliei și scrise în palmă un șir de litere a căror îmbinare forma următoarele cuvinte:

„Te iubesc și viața n-are preț pentru mine, decât pentru că te pot vedea; trimite-mi, neapărat, hârtie și creion!"

Așa cum se așteptase Fabricio, groaza cumplită care se citea pe chipul Cléliei o împiedică să întrerupă conversația după atât de îndrăznețul „te iubesc"; se mulțumi să se arate foc de supărată. Fabricio avu inspirația să adauge: „Din pricina vântului care suflă cu putere astăzi, aud foarte prost sfaturile pe care ai bunăvoința să mi le dai cântând, sunetul pianului îți acoperă vocea. Ce este, de exemplu, cu otrava despre care îmi vorbești?"

La aceste cuvinte, tânăra fată fu din nou cuprinsă de spaimă; începu să deseneze în grabă, cu cerneală, litere mari pe niște pagini smulse dintr-o carte și Fabricio înflori de bucurie când văzu în sfârșit stabilindu-se, după trei luni de frământări, mijlocul de comunicare pe care îl solicitase în van. Nu avu intenția să renunțe la micul șiretlic ce îi reușise atât de bine, aspira să scrie, în continuare, scrisori, așa că, în fiecare clipă, se prefăcea că nu înțelege bine literele schițate de Clélia.

Ea fu obligată să părăsească odaia cu păsări, ca să alerge la tatăl ei; se temea, mai mult ca de orice, să nu vină să o caute; firea lui bănuitoare n-ar fi fost deloc mulțumită de imediata vecinătate a ferestrei odăii cu păsări cu *abajurul* ce o masca pe aceea a deținutului. Clélia însăși avusese ideea, câteva momente mai devreme, când absența lui Fabricio o făcuse să moară de neliniște, că ar putea arunca o pietricică învelită într-o bucățică de hârtie în partea superioară a *abajurului*; dacă norocul voia ca, în clipa aceea, temnicierul însărcinat cu paza lui Fabricio să nu se afle în celula acestuia, ar fi fost un mijloc sigur de comunicare.

Prizonierul nostru se grăbi să împletească un soi de panglică din lenjeria lui; şi seara, puţin după nouă, auzi limpede nişte lovituri uşoare în lăzile cu portocali de sub fereastra lui; lăsă să alunece panglica ce îi aduse înapoi o sfoară subţire, foarte lungă, cu ajutorul căreia trase sus, mai întâi o provizie de ciocolată, iar apoi, spre marea lui satisfacţie, un sul de hârtie şi un creion. În zadar întinse din nou frânghia, nu mai primi nimic; se părea că santinelele se apropiaseră de portocali. Dar era beat de bucurie. Se grăbi să-i scrie Cléliei o scrisoare nesfârşită şi, de îndată ce o isprăvi, o legă de frânghie şi o coborî. Mai mult de trei ceasuri aşteptă să fie luată şi, de mai multe ori, o luă ca să facă modificări. „Dacă nu-mi citeşte scrisoarea în seara asta, când este încă îngrozită la gândul că aş putea fi otrăvit, s-ar putea ca mâine dimineaţă să respingă cu hotărâre ideea de a primi o scrisoare".

Adevărul este că fiica generalului nu putuse să refuze invitaţia tatălui ei de a ieşi împreună. Fabricio bănui lucrul acesta, auzind, pe la ceasurile douăsprezece şi jumătate noaptea, huruitul trăsurii; învăţase să cunoască pasul cailor. Cât de mare îi fu bucuria când, la câteva minute după ce îl auzise pe guvernator traversând esplanada şi pe santinele prezentându-i armele, simţi cum zvâcneşte frânghia al cărei capăt nu încetase să îl ţină răsucit în jurul braţului. De celălalt capăt era prinsă o greutate mare; două mici smucituri îi dădură semnalul să o tragă. Se chinui destul de tare să treacă pachetul de o cornişă mult ieşită în afară, ce se afla chiar sub fereastra sa.

Obiectul pe care îl ridicase cu atâta trudă era o carafă plină cu apă, învelită într-un şal. Cu câtă desfătare acoperi tânărul acesta, care trăia de atâta amar de vreme într-o singurătate desăvârşită, şalul acela cu cele mai fierbinţi sărutări. Dar mijloacele noastre sunt prea sărace ca să putem descrie emoţia de care fu copleşit, atunci când descoperi un petic de hârtie, prins de şal cu un ac de păr.

„*Bea doar apa pe care ți-am trimis-o, hrănește-te numai cu ciocolată; mâine voi face tot ce îmi stă în puteri ca să ai puțină pâine, o voi însemna peste tot cu niște cruciulițe desenate cu cerneală. Este cumplit ceea ce îți voi spune, dar trebuie să afli, se pare că Barbone a primit sarcina să te otrăvească. Cum de nu ți-ai dat seama că subiectul pe care l-ai atins în scrisoarea scrisă cu creionul nu îmi va fi, cu nici un chip, pe plac? Dacă nu ar fi cumplita primejdie care ne amenință, nici nu ți-aș mai scrie. Tocmai am văzut-o pe ducesă, se simte bine, ca și contele, dar a slăbit îngrozitor. Nu îmi mai scrie despre subiectul respectiv. Vrei să mă superi?"*

Clélia avusese nevoie de multă tărie de caracter, ca să aștearnă pe hârtie penultima frază. Toată lumea pretindea, în societatea de la Curte, că ducesa Sanseverina se arăta deosebit de prietenoasă cu contele Baldi, bărbatul acela atât de chipeș, fostul prieten al marchizei Raversi. Ceea ce se știa sigur era faptul că se certase la cuțite, în modul cel mai scandalos, cu marchiza, care, vreme de șase ani, îi fusese ca o mamă și-i făcuse un rost, introducându-l în lumea bună.

Clélia se văzuse obligată să compună din nou răvașul, întrucât în prima redactare răzbătea ceva din noile legături de dragoste pe care gura lumii le punea pe seama ducesei.

— Câtă josnicie din partea mea! strigase ea. Să o vorbesc de rău, în fața lui Fabricio, pe femeia pe care o iubește!...

A doua zi, cu mult înainte de revărsatul zorilor, Grillo se furișă ca o umbră în camera lui Fabricio, lăsă un pachet destul de greu și se topi la fel de discret cum apăruse, fără să scoată un singur sunet. Pachetul conținea o pâine destul de mare, împodobită peste tot cu cruciulițe făcute cu pana muiată în cerneală! Fabricio le acoperi cu sărutări; era îndrăgostit. Lângă pâine se afla un fișic înfășurat în mai multe foi groase de hârtie, șase mii de franci aur. În sfârșit, Fabricio găsi o frumoasă carte de rugăciuni, nou-nouță: o mână al cărei scris începuse să-l cunoască înșirase pe margine următoarele cuvinte:

„*Otravă! Bagă de seamă la apă, vin și la toate celelalte; hrănește-te cu ciocolată, încearcă să-i dai să mănânce câinelui tot ceea ce ți se aduce la masă. Caută să nu te trădezi, dacă va bănui că te fereşti, duşmanul va încerca altfel. Fără greşeli, pentru numele lui Dumnezeu! Fără imprudenţe!"*

Fabricio se grăbi să distrugă răvaşul cu rândurile dragi, ce ar fi putut să o compromită pe Clélia, şi să smulgă un mare număr de pagini din cartea de rugăciuni, din care făcu o sumedenie de litere; fiecare slovă era desenată aşa cum se cuvine, cu cărbune pisat, diluat în vin. Toate erau gata uscate atunci când, la douăsprezece fără un sfert, Clélia apăru la doi paşi în spatele ferestrei odăii cu păsări. „Marea afacere, îşi spuse Fabricio, ar fi să consimtă să folosim sistemul acesta". Din fericire, se dovedi că avea să-i spună multe tânărului prizonier, despre tentativa de otrăvire: un câine al femeii de serviciu murise pentru că gustase dintr-un fel de mâncare ce-i era destinat. Clélia, departe de a aduce vreo obiecţie în ceea ce priveşte folosirea alfabetelor improvizate, meşterise unul de toată frumuseţea, cu cerneală. Conversaţia cu litere desenate, destul de incomodă la început, nu dură mai puţin de un ceas şi jumătate, adică atâta vreme cât putu rămâne Clélia în odaia cu păsări. De două-trei ori, Fabricio îşi îngădui lucruri interzise — ea nu îi răspundea şi se ducea, o clipă, să-şi vadă de păsări.

Fabricio o făcuse să-i promită că seara, când îi va trimite apă, îi va aduce şi unul dintre alfabetele scrise de ea cu cerneală, care se desluşea mult mai bine. Nu pierdu ocazia să-i scrie o scrisoare foarte lungă, în care avu mare grijă să nu pomenească nimic despre dragoste, cel puţin nu într-un mod ce ar fi putut-o ofensa. Stratagema îi reuşi, scrisoarea fu acceptată.

A doua zi, în cursul dialogului cu ajutorul literelor, Clélia nu îi făcu nici un repros; îi aduse la cunoştinţă că pericolul de a fi otrăvit nu mai era atât de mare: Barbone fusese atacat şi aproape omorât în bătaie de băieţii care făceau curte fetelor de la bucătărie; probabil că nu va mai îndrăzni să calce pe acolo. Clélia îi mărturisi că, pentru el, cutezase să fure contra-otrava de la tatăl ei; i-o trimitea: esenţial era să se abţină de la orice aliment cu un gust mai ciudat.

Clélia îl descususe amănunţit pe don Cesare, fără să poată însă descoperi de unde proveneau cei şase mii de franci aur primiţi de Fabricio; în tot cazul, era un semn foarte bun, severitatea nu mai era atât de strictă.

Întâmplarea cu otrava se dovedi deosebit de avantajoasă pentru eroul nostru; cu toate acestea, nu reuşi cu nici un chip să obţină nici cea mai neînsemnată mărturisire în care să cuprindă o cât de mică aluzie la dragostea ei, dar trăia fericirea de a se afla cu Clélia într-o adevărată intimitate. În fiecare dimineaţă, de multe ori şi seara, aveau o lungă discuţie cu ajutorul literelor desenate; în fiecare zi, la ceasurile nouă din noapte, Clélia accepta o scrisoare lungă din partea lui Fabricio, ba câteodată îi şi răspundea cu câteva cuvinte. Îi trimitea gazeta şi câteva cărţi; în sfârşit, Grillo fusese în asemenea măsură îmbunat, încât îi aducea deţinutului pâinea şi vinul zilnic, înmânate lui de camerista Clélia. Temnicerul Grillo ajunsese la concluzia că guvernatorul închisorii nu era de acord cu acei oameni care îl tocmiseră pe Barbone să-l otrăvească pe tânărul *monsignore* şi se simţea foarte în largul lui, ca altfel toţi camarazii săi, căci prin închisoare începuse să umble o zicală: „E de ajuns să-l vezi la faţă pe *monsignorul* del Dongo, ca să te alegi cu câţiva gologani".

Fabricio devenise foarte palid; lipsa absolută de mişcare dăuna sănătăţii lui; în afară de asta, era fericit cum nu fusese niciodată-n viaţa lui. Tonul conversaţiilor dintre el şi Clélia era intim, câteodată plin de voioşie. Singurele momente din viaţa Cléliei în care nu era asaltată de presimţiri funeste şi de remuşcări erau cele petrecute în compania lui.

Într-o zi, avu imprudenţa să-i spună:

— Îţi admir delicateţea, pentru că sunt fata guvernatorului închisorii, nu-mi vorbeşti niciodată despre dorinţa de a-ţi redobândi libertatea!

— Asta fiindcă nici prin cap nu-mi trece să am o dorinţă atât de absurdă, îi răspunse Fabricio. Odată reîntors la Parma, cum te-aş mai putea vedea? Viaţa mi s-ar părea insuportabilă, dacă n-aş mai putea să-ţi împărtăşesc toate gândurile mele... nu, nu chiar toate gândurile mele, fiindcă nu îmi este îngăduit. Dar în sfârşit, în ciuda asprimii tale, să trăiesc fără să te văd în fiecare zi ar însemna pentru mine o osândă mult mai mare decât să trăiesc în închisoare! În viaţa mea n-am fost mai fericit!... Nu e caraghios să vezi că fericirea mă aştepta în temniţă?

— Ar fi multe de zis în privinţa asta, răspunse Clélia pe un ton devenit, brusc, excesiv de serios, aproape glacial.

— Cum aşa?! exclamă Fabricio, foarte alarmat. Sunt oare în pericol să-mi pierd acel locşor atât de mic pe care mi l-am câştigat în inima ta şi care este singura mea bucurie pe lumea asta?

— Da, îi răspunse ea, am toate motivele să cred că eşti lipsit de onestitate faţă de mine, deşi, de altfel, în societate eşti socotit un bărbat foarte curtenitor; dar nu vreau să ating subiectul acesta astăzi.

Această ciudată înfruntare stingheri mult conversaţia lor şi, în câteva rânduri, şi ei, şi lui, li se umeziră ochii.

Procurorul general Rassi aspira, în continuare, să-şi schimbe numele; se săturase până peste cap de cel pe care şi-l făcuse şi ţinea morţiş să ajungă baron de Riva. Contele Mosca, de partea lui, se străduia din răsputeri, făcând uz de toată abilitatea de care era în stare, să-i consolideze acestui judecător vândut patima pentru baronie, după cum căuta, în acelaşi timp, să înteţească, în sufletul principelui, speranţa nebunească de a se proclama rege constituţional al Lombardiei. Erau singurele mijloace pe care reuşise să le născocească, pentru a întârzia moartea lui Fabricio.

Principele îi spunea lui Rassi:

— Cincisprezece zile de deznădejde şi cincisprezece zile de nădejde — numai dacă ne ţinem de acest tratament, aplicat cu răbdare, vom reuşi să frângem cerbicia acestei femei atât de trufaşe; numai alternând blândeţea cu asprimea, ajungi să îmblânzeşti caii cei mai năravaşi. Fii fără îndurare!

Într-adevăr, din cincisprezece în cincisprezece zile, se răspândea la Parma un nou zvon vestind apropiata moarte a lui Fabricio. Prevestirile acestea o cufundau pe nefericita ducesă în cea mai cumplită disperare. Neclintită în hotărârea de a nu-l târî pe conte în prăbuşirea ei, îl vedea doar de două ori pe lună; dar era pedepsită pentru cruzimea sa faţă de bietul ministru, prin crizele periodice de sumbră deznădejde ce-i sfâşiau viaţa. În zadar contele Mosca, stăpânindu-şi crâncena gelozie stârnită de insistenţele contelui Baldi, bărbatul acela atât de chipeş, îi scria ducesei, când nu putea să o vadă, şi îi aducea la cunoştinţă toate informaţiile pe care le datora zelului viitorului baron de Riva; Sanseverina ar fi avut nevoie, pentru a putea rezista zvonurilor cumplite ce circulau fără încetare pe seama lui Fabricio, să-şi petreacă tot timpul cu un om foc de deştept şi peste măsură de inimos, ca Mosca; platitudinea lui Baldi, lăsând cale liberă gândurilor ei, o făcea să ducă o viaţă cumplit de zbuciumată, iar contele nu putea ajunge să-i comunice motivele sale de speranţă.

Folosindu-se de diverse pretexte destul de ingenioase, ministrul acesta reuşise să-l facă pe principe să accepte ca arhiva tuturor intrigilor foarte complicate, prin intermediul cărora Ranucio-Ernest al IV-lea nutrea speranţa ultranebunească de a ajunge rege constituţional al Lombardiei, să fie adăpostită pe aceste frumoase meleaguri, în chiar inima ţării, în apropiere de Sarono, în castelul unor prieteni ai săi.

Peste douăzeci de asemenea documente deosebit de compromiţătoare erau scrise de mâna principelui sau iscălite de el şi, în cazul în care viaţa lui Fabricio ar fi fost serios ameninţată, contele avea de gând s-o anunţe pe Maiestatea Sa că avea să predea aceste hârtii unei mari puteri care, cu o singură vorbă, putea să-l distrugă.

Contele credea că poate fi sigur de baronul de Riva, se temea doar de otravă; tentativa lui Barbone îl alarmase foarte tare, într-o asemenea măsură încât se hotărâse să rişte o acţiune ce părea a fi a unui om care nu mai judecă. Într-o dimineaţă, se prezentă la poarta închisorii şi ceru să fie chemat generalul Fabio Conti, care coborî până pe bastionul de deasupra intrării; acolo, plimbându-se prieteneşte cu el, nu se sfii să-i declare, după o mică introducere dulce-acrişoară şi cât se poate de potrivită:

— Dacă Fabricio moare într-un mod suspect, s-ar putea ca moartea aceasta să-mi fie atribuită mie; lumea ar spune că am făcut-o din gelozie şi m-aş vedea pus într-o situaţie îngrozitor de ridicolă, pe care sunt hotărât să n-o accept. Aşadar, ca să nu mi se întâmple aşa ceva, dacă Fabricio piere de-o boală, *te omor cu mâna mea.* Poţi fi sigur de asta!

Generalul Conti îi dădu un răspuns frumos ticluit, perorând despre vitejia sa, dar căutătura contelui îi rămase bine întipărită în minte.

La puţine zile după aceea, de parcă s-ar fi înţeles cu contele, procurorul general Rassi îşi permise o imprudenţă cât se poate de neobişnuită la un asemenea om. Dispreţul public legat de numele lui, ajuns de pomină în rândurile gloatei, îl îmbolnăvea, de când avea speranţa întemeiată de a se lepăda de el. Îi adresă generalului Fabio Conti o copie a sentinţei care îl condamna pe Fabricio la doisprezece ani de cetăţuie. Potrivit legii, acest lucru ar fi trebuit făcut chiar a doua zi după întemniţarea lui Fabricio; dar ceea ce era, într-adevăr, uimitor la Parma, în această împărăţie a măsurilor luate în taină, era faptul că justiţia îşi îngăduise un asemenea demers fără ordinul expres al suveranului. Şi chiar aşa şi era, cum să mai ai speranţa că poţi spori, din cincisprezece în cincisprezece zile, groaza ducesei, îmblânzind astfel acest caracter trufaş, după cum cerea porunca principelui, dacă o copie oficială a sentinţei ieşise din cancelaria justiţiei? În ajunul zilei în care primise plicul oficial al procurorului general Rassi, generalul Fabio Conti află că intendentul Barbone fusese snopit în bătaie pe când se întorcea, puţin cam târziu, în citadelă; de unde trase concluzia că nici nu mai putea fi vorba, într-un anume loc, de a se descotorosi de Fabricio. Şi, dintr-o prudenţă care îl salvă pe Rassi de consecinţele imediate ale nesăbuinţei sale, nu-i suflă o vorbă principelui, la prima audienţă pe care o obţinuse, despre copia oficială a sentinţei prizonierului, transmisă acestuia. Din fericire pentru liniştea bietei ducese, contele descoperise că tentativa stângace a lui Barbone fusese doar iniţiativa unei răzbunări personale şi ceruse ca intendentul să primească răsplata cuvenită, despre care s-a şi vorbit.

Fabricio rămase plăcut surprins când, după o sută treizeci şi cinci de zile de temniţă, într-o cuşcă destul de strâmtă, bunul preot al închisorii, don Cesare, veni să-l caute într-o joi, ca să-l ia la plimbare pe donjonul[110] Turnului Farnese. Nu trecură nici zece minute până când lui Fabricio, amețit de aerul de afară, i se făcu rău.

Don Cesare se folosi de acest incident pentru a-i acorda o plimbare de o jumătate de oră în fiecare zi. Bunăvoința aceasta se dovedi a fi o mare greșeală; ieșirile acestea frecvente îl făcură pe eroul nostru să-și recapete forțele, de care curând abuză.

Urmară mai multe serenade; intransigentul guvernator le accepta doar pentru că o legau de marchizul Crescenzi pe fiica lui Clélia, de a cărei fire se temea; simțea vag că nu există nici un punct de contact între ea și el și îi era frică, nu cumva să facă vreo faptă necugetată. Ar fi putut să fugă la mănăstire și atunci ar fi rămas dezarmat. Pe deasupra, era terorizat de gândul că muzica aceasta, ale cărei sunete puteau pătrunde până în tainițele cele mai ferecate, rezervate celor mai recalcitranți liberali, să nu conțină anumite semnale. De asemenea, muzicanții înșiși îl îngrijorau, așa că, de îndată isprăvită serenada, erau încuiați în încăperile mari din partea de jos a palatului guvernamental, folosite în timpul zilei ca birouri pentru statul major, și nu li se dădea drumul decât a doua zi dimineața târziu. Guvernatorul însuși, postat pe *puntea sclavului*, supraveghea perchiziționarea lor și le reda libertatea numai după ce le repeta de mai multe ori că îl va spânzura pe loc pe cel care ar avea îndrăzneala să facă cel mai neînsemnat serviciu vreunui deținut. Și se știa că, de teama de a nu cădea în dizgrație, și-ar fi ținut cuvântul, așa că marchizul Crescenzi se vedea nevoit să-și plătească triplu muzicanții scandalizați să-și petreacă o noapte în pușcărie.

Tot ceea ce ducesa izbuti să obțină, cu mare greutate, de la unul dintre ei, luptându-se cu lașitatea și nevolnicia acestuia, fu să-i dea o scrisoare, pe care să i-o înmâneze guvernatorului. Scrisoarea îi era adresată lui Fabricio; în ea se deplângea fatalitatea

---

[110] Turnul principal, în general al unui castel medieval.

care făcea ca, de cinci luni de când se afla în închisoare, prietenii lui din exterior să nu mai poată comunica, în nici un fel, cu el.

Intrând în cetățuie, muzicantul înduplecat se aruncă la picioarele generalului Fabio Conti și îi mărturisi pe nerăsuflate că un preot pe care nu îl cunoștea insistase atât de mult să-i încredințeze o scrisoare domnului del Dongo, încât nu îndrăznise să îl refuze; dar credincios îndatoririlor sale, se grăbea să o predea Excelenței Sale.

Excelența Sa se arătă deosebit de flatată: cunoștea resursele de care dispunea ducesa și se temea grozav să nu fie înșelat de ea. În marea lui bucurie, se duse glonț la principe, să-i prezinte scrisoarea. Acesta fu încântat.

— Fermitatea administrației mele a reușit, așadar, să mă răzbune! Femeia aceasta cu nasul pe sus suferă de cinci luni! Dar, într-una din zilele astea, o să pregătim un eșafod, iar în mintea ei înfierbântată, își va închipui, firește, că este destinat micului del Dongo.

## CAPITOLUL AL DOUĂZECILEA

ÎNTR-O NOAPTE, pe la ceasurile unu, Fabricio, aplecat pe fereastră, scosese capul prin deschizătura cioplită în *abajur* și contempla stelele și priveliștea nesfârșită de care te poți bucura de la înălțimea *Turnului Farnese*. Privirile sale, rătăcind pe șesurile dinspre Padul inferior și Ferrante, remarcară din întâmplare o luminiță excesiv de mică, dar destul de puternică, ce părea să vină din vârful unui turn. „Lumina aceasta nu poate fi zărită de pe câmp, își spuse Fabricio, grosimea turnului împiedică să fie văzută de jos; trebuie să fie vreun semnal pentru cineva de departe". Brusc, observă că licărirea apărea și dispărea la intervale foarte apropiate. Probabil, o fată care-i vorbește iubitului ei din satul vecin. Numără nouă clipiri succesive: „Este un I, își spuse el". Într-adevăr, I este a noua literă a alfabetului. Urmară, după o pauză, paisprezece clipiri: „Acesta este un N". Apoi, din nou după o pauză, o singură clipire: „Este un A; cuvântul este *Ina*".

Cât de bucuros și de uimit fu când clipirile succesive, mereu despărțite de mici pauze, completară următoarele cuvinte:

*INA PENSA A TE.*

Evident: Gina se gândește la tine!
Răspunse imediat, prin clipiri succesive cu lampa lui, în dreptul *vasistasului* meșterit de el:

*FABRICIO TE IUBEȘTE!*

Corespondența continuă până la ziuă. Noaptea aceasta era cea de-a o sută șaptezeci și treia de când se afla în captivitate și i se aduse la cunoștință că de patru luni i se trimiteau aceste semnale în fiecare noapte. Dar toată lumea putea să le zărească și să le priceapă, așa că stabiliră, încă de acum, prescurtări: trei clipiri, urmând foarte iuți una după alta, o indicau pe ducesă; patru, pe principe; două, pe contele Mosca; două clipiri rapide urmate de două lente voiau să zică *evadare*. Căzură de acord ca pe viitor să folosească vechiul alfabet *alla Monaca*, în care, ca să nu fie ghiciți de indiscreți, schimbau numărul obișnuit al literelor și le dădeau unele arbitrare; A, de exemplu, purta numărul 10; B, numărul 3, ceea ce vrea să spună că trei eclipse succesive ale lămpii înseamnă B, zece eclipse succesive, A etc.; un moment de întuneric face despărțirea cuvintelor. Își dădură întâlnire pentru noaptea următoare, la unu, iar în noaptea următoare, ducesa se urcă în acel turn ce se afla la un sfert de leghe de oraș. Ochii i se umplură de lacrimi când zări semnalele făcute de Fabricio, pe care îl crezuse mort de atâtea ori. Îi transmise, prin semnalele făcute cu lampa: „*Te iubesc, curaj, sănătate, nu-ți pierde speranța! Fă exerciții în camera ta, vei avea nevoie de toată forța brațelor tale*". „Nu l-am mai văzut, își spuse ducesa, de la concertul Faustei, când a apărut la ușa salonului meu, îmbrăcat în vânător. Cine mi-ar fi putut zice, pe atunci, ce soartă ne era hărăzită!"

Ducesa puse să i se facă lui Fabricio semnale ce anunțau că, în curând, va fi eliberat *PRIN BUNĂTATEA PRINCIPELUI* (semnalele acestea puteau fi înțelese); apoi începu să-i spună lucruri drăgăstoase, luând ea însăși lampa; nu se putea smulge de lângă el! Doar mustrările lui Lodovico, care, pentru că îi fusese de folos lui Fabricio, devenise factotum-ul ei, o determinară, în cele din urmă, când se lumină de ziuă, să întrerupă niște semnale care ar fi atras privirile vreunei persoane răuvoitoare. Vestea, de mai multe ori repetată, a apropiatei eliberări, îl cufundă pe Fabricio într-o adâncă tristețe. A doua zi, remarcând lucrul acesta, Clélia comise imprudența de a-l întreba care era cauza.

— Sunt pe punctul să o nemulțumesc foarte tare pe ducesă.

— Dar ce ți-ar putea cere, ca s-o refuzi? strigă Clélia, moartă de curiozitate.

— Vrea să ies de aici, îi răspunse el, iar eu n-o să consimt niciodată.

Clélia nu putu să continue, îl privi și izbucni în plâns. Dacă i-ar fi vorbit de aproape, poate că atunci ar fi obținut mărturisirea sentimentelor de care nu era sigur, ceea ce îl făcea, adesea, să se simtă adânc descurajat; își dădea seama cât se poate de limpede că, fără dragostea Cléliei, viața lui n-ar fi fost decât un șir de chinuri amare sau de plictiseli de neîndurat. I se părea că nu mai merita să trăiască doar pentru a regăsi acele plăceri pe care le apreciase atât de mult înainte de a cunoaște iubirea și, deși sinuciderea nu era încă la modă în Italia, se gândise la ea ca la o eventualitate, dacă soarta îl despărțea de Clélia.

A doua zi primi de la ea o scrisoare foarte lungă.

*„Trebuie să cunoști, prietene, adevărul: de când te afli aici, la Parma, s-a crezut de multe ori că ți-a sunat ceasul. Este drept că ai fost condamnat la doar doisprezece ani de fortăreață; dar, din nefericire, nu există nici o îndoială că o ură atotputernică nu contenește să te hărțuiască și de douăzeci de ori am tremurat ca nu cumva otrava să pună capăt vieții tale. Profită, deci, de toate mijloacele cu putință de a ieși de aici. Vezi că pentru tine îmi încalc îndatoririle cele mai sfinte; dă-ți seama de iminența pericolului din lucrurile pe care risc să ți le spun și care sunt atât de nepotrivite în gura mea. Dacă trebuie cu orice preț, dacă nu există nici o altă scăpare, fugi! Fiecare*

clipă pe care o petreci în această fortăreață îți poate pune viața în cel mai mare pericol; gândește-te că la Curte există un partid pe care perspectiva crimei nu-l va opri niciodată să-și atingă scopurile. Și nu vezi că toate planurile acestui partid sunt, într-una, dejucate de inteligența superioară a contelui Mosca? Or a fost descoperită o metodă sigură de a-l exila din Parma, disperarea ducesei. Iar disperarea aceasta nu poate fi provocată, mai mult ca sigur, de moartea unui anume tânăr prizonier? Numai întrebarea aceasta care este fără răspuns trebuie să te facă să-ți dai seama în ce situație te afli. Îmi vorbești de prietenia ta pentru mine; gândește-te, mai întâi, câte obstacole de neînlăturat se opun ca sentimentul acesta să capete o oarecare trăinicie între noi. Ne-am întâlnit în tinerețea noastră, ne-am întins o mână de ajutor într-o perioadă nefericită; soarta m-a așezat în acest loc al severității, ca să-ți alin suferința; dar îmi voi face reproșuri veșnice dacă anumite iluzii pe care nimic nu le îndreptățește și nu le va îndreptăți niciodată te vor face să nu profiți de toate ocaziile posibile de a-ți feri viața de un pericol atât de cumplit. *Sufletul meu nu-și mai află pacea de când am săvârșit cruda imprudență de a schimba cu tine câteva semne de caldă prietenie. Dacă jocurile noastre copilărești, cu litere, te-au condus la niște iluzii atât de puțin întemeiate și care-ți pot fi fatale, ar fi în zadar dacă, pentru a mă dezvinovăți, mi-aș aminti de tentativa lui Barbone. Ar însemna că eu însămi te-am expus unui pericol mult mai cumplit și mult mai de neînlăturat, crezând că te scap de o primejdie mult mai mare. Iar imprudențele mele rămân, pentru totdeauna, de neiertat dacă au născut în sufletul tău sentimente ce te-ar putea hotărî să te împotrivești sfaturilor ducesei. Vezi ce mă obligi să-ți repet, fugi, ți-o poruncesc...*"

Scrisoarea era foarte lungă; anumite pasaje, cum ar fi acel *ți-o poruncesc*, pe care tocmai l-am transcris, dăruiră dragostei lui Fabricio clipe de speranță îmbătătoare. I se părea că, dacă exprimarea era remarcabil de prudentă, fondul sentimentelor era destul de tandru. În alte clipe, plătea scump absoluta lui ignoranță în acest gen de înfruntare; vedea în scrisoarea Cléliei doar o simplă prietenie sau chiar omenia cea mai obișnuită.

De altminteri, nimic din tot ceea ce îi aducea ea la cunoștință nu îl făcu să-și schimbe nici măcar o secundă hotărârea. Presupunând că primejdiile pe care i le descria ar fi fost reale, era oare prea mult să cumpere, cu câteva pericole de moment, fericirea de a o vedea în fiecare zi? Ce fel de viață ar fi dus, când s-ar fi refugiat din nou la Bologna sau la Florența? Căci, evadând din cetățuie, nici nu putea visa la îngăduința de a trăi la Parma. Și, chiar dacă principele s-ar fi schimbat până-ntr-atât încât să-l pună în libertate (ceea ce era atât de puțin probabil, pentru că el, Fabricio, devenise, pentru o facțiune puternică, un mijloc de a-l răsturna de la putere pe contele Mosca), ce viață ar duce la Parma, despărțit de Clélia prin toată ura ce învrăjbea cele două partide? O dată sau de două ori pe lună, poate că întâmplarea i-ar fi adus în aceleași saloane. Dar chiar și atunci, ce soi de conversație ar fi putut avea cu ea? Cum să regăsească intimitatea aceea desăvârșită, de care acum se bucura în fiecare zi, timp de câteva ceasuri? Ce ar fi fost conversația de salon, comparativ cu cele pe care le purtau cu ajutorul alfabetului? „Și dacă ar trebui să plătesc această viață de desfătări și această unică șansă de a fi fericit cu câteva mici pericole, unde ar fi răul? Și n-ar fi o fericire și mai mare să găsesc, astfel, ocazia neînsemnată de a-i da o dovadă a dragostei mele?"

Fabricio nu văzu în scrisoarea Cléliei decât prilejul de a-i cere o întâlnire: era unicul și neschimbatul țel al tuturor dorințelor lui. Nu-i vorbise decât o singură dată, și atunci doar o clipă, în momentul intrării sale în închisoare, și trecuseră de atunci peste două sute de ore.

Exista o posibilitate de a se întâlni fără mare greutate: bunul abate don Cesare îi acordase lui Fabricio o jumătate de oră de plimbare pe terasa *Turnului Farnese*, în fiecare joi, în timpul zilei; dar în celelalte zile ale săptămânii, plimbarea aceasta, ce putea fi remarcată de toți locuitorii Parmei și din împrejurimi, compromițându-l în felul acesta pe guvernatorul închisorii, avea loc doar la lăsarea întunericului. Nu exista altă scară pe care să urci în *Turnul Farnese*, decât aceea a micii clopotnițe, dependentă de capela atât de lugubru decorată cu marmură neagră şi albă, de care poate că cititorul îşi aduce aminte. Grillo îl conducea pe Fabricio la capelă, îi deschidea uşiţa din dreptul scăriţei clopotniţei; datoria lui era să-l însoţească, dar cum serile începuseră să fie reci, temnicerul îl lăsa să urce singur, îl încuia în clopotniţa care comunica cu terasa şi se întorcea să se încălzească în camera lui. Ei bine! Într-o seară, nu ar fi putut Clélia să se afle, escortată de camerista ei, în capela de marmură neagră?

Toată lunga scrisoare prin care Fabricio îi răspundea Cléliei era calculată pentru a obţine această întâlnire. Altminteri, îi destăinuia cu o sinceritate desăvârşită, ca şi cum ar fi fost vorba de o altă persoană, toate motivele pentru care se hotărâse să nu părăsească cetăţuia.

„M-aş expune în fiecare zi, de o mie de ori, perspectivei de a fi ucis, numai să am fericirea de a-ţi vorbi cu ajutorul alfabetelor noastre care, acum, nu ne mai împiedică nici o clipă, iar tu vrei să mă las păcălit şi să mă exilez la Parma sau poate la Bologna, sau chiar la Florenţa! Vrei să merg ca să mă îndepărtez de tine! Află că un asemenea efort este peste puterile mele; în zadar mi-aş da cuvântul, n-aş putea să mi-l respect".

Rezultatul acestei cereri de întâlnire fu o lipsă de nu mai puţin de cinci zile a Cléliei; cinci zile la rând nu veni în odaia cu păsări decât în clipele în care ştia că Fabricio nu se putea folosi de mica deschizătură cioplită în abajur. Fabricio fu cuprins de deznădejde; din această absenţă trase concluzia că, în ciuda unor anumite priviri care îl făcuseră să nutrească speranţe nebune, niciodată nu-i inspirase Cléliei alte sentimente, decât de simplă prietenie. „În cazul acesta, îşi spunea el, ce-mi pasă de viaţă? N-are decât să poruncească principele să-mi fie luată, porunca lui e bine venită; un motiv în plus să nu părăsesc fortăreaţa". Şi răspundea cu un dezgust profund, în toate nopţile, semnalelor lămpiţei. Ducesa crezu că şi-a pierdut cu totul minţile, când citi, în buletinul semnalelor pe care Lodovico i-l aducea în fiecare dimineaţă, aceste cuvinte stranii: *„Nu vreau să fug, vreau să mor aici!"*

În răstimpul acestor zile atât de crude pentru Fabricio, Clélia era și mai nenorocită decât el; avusese această idee, atât de sfâșietoare pentru un suflet generos: „Datoria mea este să fug la o mănăstire, cât mai departe de cetățuie; când Fabricio va afla că nu mai sunt aici, și îl voi face să afle, prin Grillo și prin toți temnicerii, atunci se va hotărî să încerce să evadeze. Dar să se ducă la mănăstire însemna să renunțe să-l mai vadă vreodată pe Fabricio și să renunțe să-l vadă tocmai când îi arăta atât de limpede că sentimentele care s-ar fi putut să-l lege, odinioară, de ducesă nu mai existau în clipa de față! Ce dovadă mai mișcătoare de dragoste ar fi putut da un tânăr?" După șapte luni grele de închisoare, care-i zdruncinaseră grav sănătatea, refuza să-și recapete libertatea. O ființă ușuratică, așa cum îl zugrăvise discursul curtenilor pe Fabricio în ochii Clélieii ar fi jertfit douăzeci de iubite ca să iasă cu o zi mai devreme din cetățuie. Și ce n-ar fi făcut să scape dintr-o temniță în care, în fiecare zi, otrava ar fi putut să pună capăt vieții sale!

Clélia se arătă lipsită de curaj și făptui greșeala rușinoasă de a nu-și căuta refugiu într-o mănăstire, ceea ce, în același timp, i-ar fi oferit un mijloc cât se poate de firesc de a o rupe cu marchizul Crescenzi. Odată săvârșită această greșeală, cum să reziști acestui tânăr atât de amabil, atât de natural, atât de tandru, care-și expunea viața unor pericole atât de cumplite doar pentru a o zări de la o fereastră la alta? După cinci zile de luptă acerbă cu ea însăși, împletită cu momente în care se disprețuia, Clélia se hotărî să răspundă la scrisoarea în care Fabricio solicita bucuria de a-i vorbi în capela de marmură neagră. Ca să spunem drept, refuza propunerea lui și încă în termeni destul de duri; dar din clipa aceea își pierdu cu totul liniștea, în fiecare secundă, imaginația ei i-l zugrăvea pe Fabricio doborât de otravă. Venea de cinci-șase ori pe zi în odaia cu păsări, simțea nevoia fierbinte de a se încredința cu ochii ei că Fabricio e încă în viață.

„Dacă se află încă în fortăreață, dacă trăiește sub amenințarea tuturor mârșăviilor pe care facțiunea Raversi le țese împotriva lui cu scopul de a-l alunga pe contele Mosca, e numai pentru că eu am fost atât de laşă, încât nu am fugit la mănăstire! Căci ce motiv ar fi avut să mai rămână aici, de vreme ce s-ar fi convins că m-am îndepărtat de locul acesta o dată pentru totdeauna?"

Fata aceasta atât de timidă şi, în acelaşi timp, atât de mândră merse până într-acolo încât riscă un refuz din partea temnicerului Grillo; mai mult, se expuse tuturor comentariilor pe care acest om şi le-ar fi putut permite asupra ciudăţeniei purtării sale. Se coborî până la acel grad de umilinţă de a-l chema şi de a-i spune cu o voce tremurătoare, care o dădea de gol, că în câteva zile, Fabricio va obţine să fie eliberat, că ducesa Sanseverina întreprindea, în acest scop, demersurile cele mai stăruitoare, că adesea era necesar răspunsul imediat al prizonierului la anumite propuneri care erau făcute şi că-l autorizează pe el, pe Grillo, să-i îngăduie lui Fabricio să cioplească o ferestruică în abajurul ce-i acoperea fereastra, pentru ca ea să-i poată comunica prin semne înştiinţările primite, de mai multe ori pe zi, de la doamna Sanseverina.

Grillo surâse şi o asigură de respectul şi de supunerea sa. Clélia îi fu nespus de recunoscătoare că nu adăugă nici un cuvânt; era evident că ştia foarte bine tot ceea ce se petrecea de mai multe luni.

De-abia ieşi temnicerul din odaia ei şi Clélia îi şi făcu lui Fabricio semnalul convenit pentru marile ocazii; îi mărturisi tot ceea ce tocmai făcuse.

„Vrei să mori otrăvit, adăugă ea, sper să am curajul, într-una din zilele astea, să plec de lângă tata şi să fug în cine ştie ce mănăstire îndepărtată! Iată ce mă obligi să fac! Nădăjduiesc că atunci nu te vei mai împotrivi planurilor ce s-ar putea să-ţi fie propuse, ca să fii scos de aici. Atâta vreme cât te afli în cetăţuie, am momente cumplite, în care nu mai pot judeca; în viaţa mea nu am fost complice la nenorocirea cuiva, iar acum mi se pare că, dacă vei muri, vei muri din cauza mea. Aş fi disperată şi m-aş simţi îngrozitor de vinovată, chiar dacă ar fi vorba despre un necunoscut, aşa că îţi dai seama ce simt când îmi imaginez că un prieten, a cărui purtare nesocotită îmi dă motive puternice să mă plâng, se zbate, chiar în clipa asta, în chinurile morții. Uneori, vreau să știu chiar de la tine că ești încă în viață.

Tocmai pentru a mă elibera de suferința aceasta cumplită m-am înjosit într-atât până la a-i cere unui subaltern o favoare pe care ar fi putut să mi-o refuze, fără să mai pun la socoteală că, oricând, mă poate trăda. De altfel, poate că aș fi fericită să mă denunțe tatălui meu în clipa în care aș pleca la mănăstire, n-aș mai fi complicea cu totul involuntară a crudelor tale nebunii. Dar crede-mă, lucrul acesta nu poate dura multă vreme, vei da ascultare ordinelor ducesei. Ești mulțumit, prieten fără inimă? Chiar eu îți cer să-l trădezi pe tatăl meu. Cheamă-l pe Grillo și fă-i un dar".

Fabricio era atât de îndrăgostit, cea mai nevinovată manifestare a voinței Cléliei îl umplea de o asemenea teamă, încât chiar și mesajul acesta ciudat nu-l convinse că este iubit. Îl chemă pe Grillo și îi plăti regește îngăduința de până acum, cât despre cea viitoare, îi spuse că, pentru fiecare zi în care îi va permite să se folosească de ferestruica cioplită în *abajur*, va fi răsplătit cu un galben. Grillo primi încântat aceste condiții.

— O să vă vorbesc deschis, *monsignore*. Vreți să vă resemnați să mâncați, în fiecare zi, doar hrană rece? Există un mijloc simplu de a vă feri de otravă. Dar vă cer să fiți mut ca un pește, un temnicer trebuie să vadă totul, dar să nu ghicească nimic etc. etc. În loc de un câine, voi avea mai mulți și chiar dumneavoastră le veți da câte un dumicat din toate felurile pe care veți avea de gând să le mâncați; în ceea ce privește vinul, vă voi da dintr-al meu și nu vă veți atinge decât de sticlele din care am băut eu. Dar dacă Excelența Sa vrea să mă distrugă, ajunge să-i împărtășească aceste amănunte chiar și numai domnișoarei Clélia; femeile tot femei sunt! Dacă mâine se ceartă cu Domnia Ta, poimâine, ca să se răzbune, îi povestește toată născocirea asta tatălui ei, pentru care cea mai mare bucurie ar fi să aibă de ce să poruncească să fie spânzurat un temnicer. După Barbone, poate că este ființa cea mai rea din fortăreață și de aici vine marea amenințare în ceea ce vă privește. Știe cum să umble cu otrava, fiți sigur, și nu mi-ar ierta ideea de a avea trei-patru cățeluși.

Urmă o nouă serenadă. Acum, Grillo răspundea la toate întrebările lui Fabricio; își făgăduise, totuși, să fie cu băgare de seamă și să n-o trădeze cu nici un chip pe domnișoara Clélia, care, după părerea lui, chiar fiind pe cale de a se mărita cu marchizul Crescenzi, cel mai bogat om din statul Parmei, era în dragoste, pe cât o îngăduiau zidurile închisorii, cu amabilul *monsignore* del Dongo.

Tocmai răspundea la ultimele întrebări ale acestuia în legătură cu serenada, când făcu nerozia să adauge:

— Se zice că o va lua curând de nevastă.

Vă puteți da seama ce efect avură cuvintele acestea asupra lui Fabricio. Noaptea răspunse semnalelor lămpii doar ca să anunțe că este bolnav. A doua zi de dimineață, la orele zece, când Clélia își făcu apariția în odaia cu păsări, o întrebă, cu o politețe ceremonioasă, cu totul nouă între ei, de ce nu-i spusese, pur și simplu, că îl iubește pe marchizul Crescenzi și că este pe punctul de a-l lua de bărbat.

— Pentru că nimic din toate acestea nu este adevărat, îi răspunse, scoasă din răbdări, Clélia.

Este la fel de adevărat, însă, că restul răspunsului ei fu mai puțin răspicat. Fabricio îi atrase atenția în această privință și se folosi de această ocazie, ca să-și reînnoiască cererea de a se întâlni. Clélia, care-și vedea buna credință pusă la îndoială, acceptă aproape imediat, reproșându-i, totuși, că în felul acesta avea să fie dezonorată pentru totdeauna în ochii lui Grillo. Seara, când se lăsă întunericul, apăru însoțită de camerista ei, în capela de marmură neagră; se opri în mijloc, lângă candelă. Camerista și Grillo se retraseră la treizeci de pași dincolo de ușă. Clélia, tremurând toată, își pregătise un discurs dibaci — scopul ei era să nu facă nici o mărturisire compromițătoare, dar logica pasiunii este cu totul alta: interesul nestăvilit de a afla adevărul nu îți îngăduie, cu nici un chip, să-ți măsori vorbele și, în același timp, devotamentul fără de margini față de ființa iubită te face să uiți teama că ai putea s-o ofensezi. Fabricio rămase mai întâi înmărmurit de frumusețea Cléliei: se împlineau, în curând, opt luni de când doar pe temniceri îi mai văzuse de atât de aproape. Dar numele marchizului Crescenzi îi dezlănțui din nou mânia, mai ales când văzu că ea nu-i răspundea decât cu multă prudență. Clélia însăși își dădu seama că-i sporește bănuielile, în loc să le împrăștie. Senzația aceasta fu prea crudă pentru ea.

— Te-ar face fericit, îi zise ea cu un soi de mânie și cu ochii în lacrimi, să afli că m-ai făcut să trec peste tot ceea ce îmi datorez mie însămi? Până pe 3 august anul trecut, resimțeam doar antipatie pentru bărbații care căutau să-mi placă. Nutream un dispreț nemărginit și probabil exagerat față de caracterul curtenilor, tot ceea ce însemna bucurie la Curte îmi displăcea. Am descoperit, dimpotrivă, calități deosebite la un deținut care a fost adus în cetățuie pe 3 august. Am trăit, la început, fără să-mi dau seama, tot zbuciumul geloziei. Nurii unei femei încântătoare, bine cunoscute de mine, erau ca niște lovituri de pumnal pentru inima mea, pentru că eram convinsă — și încă o cred și acum un pic — că prizonierul era legat de ea. Curând, persecuțiile marchizului Crescenzi, care îmi ceruse mâna, sporiră; e neasemuit de bogat, iar noi n-avem nici o avere. L-am respins fără nici o remușcare, până când tatăl meu a rostit cuvântul *mănăstire*; mi-am dat seama că, dacă părăsesc cetățuia, n-o să mai pot veghea asupra vieții prizonierului care mă interesa. Capodopera măsurilor mele de precauție a fost că, până în momentul acela, cel în cauză nici nu bănuia, în nici un fel, ce cumplite pericole îi amenința viața. Îmi dădusem cuvântul față de mine însămi să nu-mi trădez niciodată nici tatăl, nici secretul meu; dar protectoarea prizonierului, femeia aceea de o energie admirabilă, înzestrată cu o inteligență superioară și cu o voință de fier, i-a oferit, după câte presupun, mijloace de a evada, el le-a respins și a încercat să mă convingă că refuză să părăsească citadela ca să nu se îndepărteze de mine. Atunci am săvârșit o mare greșeală: vreme de cinci zile, m-am luptat cu mine însămi, în loc să părăsesc, chiar în clipa aceea, fortăreața și să mă refugiez la mănăstire. Procedând astfel, m-aş fi putut rupe în chipul cel mai firesc de marchizul Crescenzi. Nu am avut curajul să părăsesc fortăreaţa şi sunt o fiinţă condamnată. M-am legat de un bărbat nestatornic. Ştiu care a fost purtarea lui la Neapole şi ce motiv aş avea să cred că şi-a schimbat caracterul? Închis într-o temniţă păzită cu străşnicie, i-a făcut curte singurei femei pe care a putut-o vedea, ea a fost un simplu amuzament care l-a făcut să-şi mai omoare plictiseala. Cum nu-i putea vorbi decât cu o anumită dificultate, amuzamentul acesta a căpătat aspectul înşelător al unei pasiuni. Prizonierul acesta care şi-a dobândit o anume faimă datorită curajului său, îşi închipuie că, dacă se expune unor pericole destul de mari, pentru a continua să o vadă pe persoana pe care o iubeşte, dovedeşte, în felul acesta, că dragostea lui este mai mult decât o simplă dorinţă trecătoare. Dar de îndată ce va ajunge într-un oraş mare, înconjurat din nou de ispitele societăţii, va fi din nou ceea ce a fost întotdeauna, un om de lume dedat plăcerilor, iar sărmana sa tovarăşă de închisoare îşi va sfârşi zilele într-o mănăstire, uitată de fiinţa aceasta uşuratică, cu regretul cumplit de a-i fi făcut o mărturisire.

Discursul acesta istoric, din care redăm doar principalele părţi, fu, după cum vă daţi bine seama, întrerupt de douăzeci de ori de Fabricio. Era îndrăgostit până peste urechi, aşa că era absolut convins că, înainte de a o vedea pe Clélia, nu iubise niciodată, iar sensul vieţii lui era să trăiască doar pentru ea.

Cititorul îşi poate lesne închipui ce lucruri frumoase îi spunea, când subreta îşi avertiză stăpâna că tocmai bătuse ora unsprezece şi jumătate şi că generalul se putea întoarce în orice clipă; despărţirea fu crudă.

— Te văd, poate, pentru ultima oară, îi spuse Clélia prizonierului: o măsură care este, evident, în interesul cabalei puse la cale de Raversi îţi poate oferi un mod crud de a dovedi că nu eşti nestatornic.

Şi Clélia îl părăsi pe Fabricio înecată în hohote de plâns şi murind de ruşine că nu şi le poate ascunde în întregime în faţa subretei şi, mai cu seamă, a temnicerului Grillo. O a doua conversație nu era posibilă decât atunci când generalul avea să anunțe că-și va petrece seara în societate; și cum, de când cu întemnițarea lui Fabricio și cu interesul pe care-l stârnise la Curte, găsise prudent să se ascundă în spatele unor accese de gută aproape permanente, drumurile lui în oraș, supuse exigențelor unei politici savante, erau hotărâte adesea doar în momentul în care se urca în trăsură.

De la întrevederea aceea din capela de marmură, viața lui Fabricio fu un șir de explozii de bucurie. Obstacole mari, într-adevăr, păreau să stea încă în calea fericirii lui, dar, în sfârșit, trăia bucuria supremă și puțin sperată de a fi iubit de făptura cerească ce sălășluia în gândurile lui.

A treia zi după întâlnire, semnalele lămpii încetară foarte devreme, aproape de miezul nopții; chiar în clipa în care luară sfârșit, un proiectil de plumb, de mari dimensiuni, aruncat în partea de sus a abajurului de la fereastra sa, fu cât pe-aci să-i spargă capul lui Fabricio; sparse geamurile de hârtie și căzu în cameră.

Uriașul proiectil nu era deloc atât de greu pe cât o arăta volumul lui. Fabricio reuși să-l deschidă cu ușurință și găsi în el o scrisoare de la ducesă. Prin mijlocirea arhiepiscopului, pe care avea grijă să nu-l slăbească cu lingușelile, înrolase în slujba ei un soldat din garnizoana citadelei. Omul acesta, iscusit trăgător cu praștia, îi înșelase pe camarazii lui puși santinele la colțuri și la intrarea în palatul guvernatorului sau se înțelesese cu ei.

„*Trebuie să evadezi folosindu-te de frânghii, mă înfior dându-ți sfatul acesta ciudat, ezit de două luni să-ți spun asta; dar viitorul oficial e din ce în ce mai sumbru pe zi ce trece și ne putem aștepta la ce e mai rău. Apropo, reia imediat semnalele cu lampa, ca să ne dai de știre că ai primit scrisoarea aceasta periculoasă; fă P, B și G prin Monaca, adică patru, doisprezece și doi; nu voi răsufla liniștită până ce nu voi vedea acest semnal. Sunt în turn, vom răspunde prin N și O, șapte și cinci. După ce vei primi răspunsul, nu mai semnaliza nimic și încearcă să înțelegi scrisoarea mea*".

Fabricio se grăbi să se supună și făcu semnalele convenite, care fură urmate de răspunsurile anunțate, apoi continuă lectura scrisorii.

„Ne putem aștepta la ceea ce e mai rău, asta mi-au declarat trei oameni în care am cea mai mare încredere, după ce i-am pus să jure pe Evanghelie că-mi spun adevărul, oricât de crud ar fi pentru mine. Primul dintre oamenii aceștia l-a amenințat pe chirurgul denunțător, la Ferrara, că va năvăli peste el cu un cuțit deschis în mână; al doilea ți-a spus, la întoarcerea ta de la Belgirato, că ar fi fost mult mai prudent să tragi un foc de pistol în valetul care venea cântând prin pădure, ducând de căpăstru un cal arătos, puțin cam costeliv; pe al treilea nu-l cunoști, este un prieten al meu, hoț la drumul mare, om hotărât, la nevoie la fel de curajos ca și tine; de aceea, mai ales lui i-am cerut să-mi spună ce trebuie să faci. Toți trei mi-au spus, fără ca vreunul să știe că m-am consultat și cu ceilalți doi, că mai bine riști să-ți rupi gâtul, decât să-ți petreci încă unsprezece ani și patru luni, trăind cu teama unei otrăviri foarte probabile.

Trebuie ca vreme de o lună, în camera ta, să faci exerciții, să te urci și să cobori cu ajutorul unei frânghii înnodate. Apoi, într-o zi de sărbătoare, când garnizoana cetățuii va primi vin, vei încerca marea ispravă. Vei avea trei frânghii de mătase și de cânepă, de grosimea unei pene de lebădă: prima, de optzeci de picioare, ca să cobori cele treizeci și cinci de picioare de la fereastra ta până la pădurea de portocali, a doua, de trei sute de picioare, și aici va fi dificil, din pricina greutății ei, ca să cobori cele o sută de picioare de la înălțimea zidului turnului celui mare; o a treia, de treizeci de picioare, îți va folosi să cobori meterezul. Îmi petrec timpul studiind zidul cel mare dinspre răsărit, adică dinspre Ferrara: o crăpătură provocată de un cutremur a fost astupată cu ajutorul unui contrafort[111] care formează un plan înclinat. Hoțul meu la

---

[111] Stâlp masiv de zidărie, care îngroașă din loc în loc un zid lung și înalt, pentru a-l consolida.

*drumul mare m-a asigurat că el ar fi capabil să coboare pe acolo fără prea mare greutate, alegându-se doar cu câteva zgârieturi, lăsându-se să alunece pe* planul înclinat *format de acel contrafort. Spaţiul vertical este doar de douăzeci şi opt de picioare; partea aceasta este cel mai puţin bine păzită.*

*Totuşi, în definitiv, hoţul meu, care a evadat de trei ori din închisoare şi care ţi-ar plăcea, dacă l-ai cunoaşte, deşi îi detestă pe cei din casta ta, hoţul meu la drumul mare, cum îţi spun, uşor şi agil ca tine, crede că ar înclina să coboare pe partea dinspre apus, exact vizavi de micul palat ocupat odinioară de Fausta, atât de bine ştiut de tine. Ceea ce l-ar face să se hotărască pentru locul acesta ar fi faptul că zidul, deşi foarte puţin înclinat, este aproape tot timpul acoperit de mărăciniş; sunt crenguţe groase cât degetul mic, în care te poţi zgâria, dacă nu eşti atent, dar care, în acelaşi timp, sunt nemaipomenite ca să te agăţi de ele. Chiar şi în dimineaţa asta, m-am uitat la partea asta dinspre apus, cu un binoclu foarte puternic; locul potrivit se află chiar sub piatra cea nouă, pe care au aşezat-o sub balustrada de sus, acum doi-trei ani. Vertical, sub piatra asta, vei da mai întâi peste un spaţiu gol, cam de douăzeci de picioare; trebuie să cobori, în locul acela, foarte încet (îţi dai seama cum îmi tremură inima, dându-ţi aceste instrucţiuni teribile, dar curajul constă în a alege răul cel mai mic, oricât de cumplit ar fi, totuşi); după spaţiul gol, vei ajunge la o porţiune de optzeci-nouăzeci de picioare de mărăciniş foarte înalt, în care se ascund, în zbor, păsările, după care urmează o porţiune de treizeci de picioare, acoperită cu ierburi, micşunele şi paracherniţe. Apoi, apropiindu-te de pământ, douăzeci de picioare de mărăciniş şi, în sfârşit, o suprafaţă de douăzeci şi cinci-treizeci de picioare, de curând curăţată. Ceea ce m-ar face să mă hotărăsc pentru partea aceasta ar fi faptul că, vertical, sub piatra cea nouă de la balustrada de sus, se află o colibă de lemn ridicată de un soldat în grădina lui, pe care căpitanul de geniu angajat de fortăreaţă vrea să îl oblige să o dărâme; are şaptesprezece picioare înălţime, e acoperită cu paie, iar acoperişul atinge zidul cel mare al citadelei. Tocmai acoperişul acesta mă ispiteşte — în cazul cumplit al unui accident, ar* amortiza căderea. Odată coborât, vei ajunge în incinta meterezelor, destul de neglijent păzite; dacă vei fi oprit acolo, trage câteva focuri de revolver și apără-te câteva minute. Prietenul tău din Ferrara și un alt om de inimă, acela căruia eu îi spun «hoțul la drumul mare» vor avea scări și nu vor șovăi să escaladeze meterezul, destul de jos, și să alerge în ajutorul tău.

Meterezul are o înălțime de doar douăzeci și trei de picioare și e ridicat pe un povârniș. Voi fi la baza acestui ultim zid, cu un număr însemnat de oameni înarmați.

Sper să fac în așa fel încât să-ți ajungă încă cinci-șase scrisori, pe aceeași cale ca și aceasta. Îți voi repeta mereu aceleași lucruri, altfel spuse, pentru ca să ne punem cât mai bine de acord. Îți imaginezi cu ce inimă îți spun că omul «cu focul de pistol ce trebuia tras în lacheu», care, totuși, este ființa cea mai de treabă și care se căiește amarnic, crede că vei scăpa doar cu un braț rupt. Hoțul la drumul mare care are mai multă experiență în acest soi de expediții crede că, dacă vei coborî foarte încet și, mai ales, fără să te grăbești, libertatea ta nu te va costa mai mult de câteva zgârieturi. Marea greutate e să ai frânghii; numai la asta mă gândesc de cincisprezece zile, de când ideea aceasta măreață nu-mi dă pace nici o clipă.

Nu-ți răspund la acea nebunie, singurul lucru negândit pe care l-ai spus în viața ta: «Nu vreau să evadez!» Prietenul «cu focul de pistol ce trebuia tras în lacheu» a exclamat că ți-ai pierdut mințile din cauza plictiselii. Nu-ți voi ascunde deloc că ne temem de un pericol cât se poate de iminent, care, poate, va grăbi ziua fugii tale. Ca să-ți anunțe pericolul acesta, lampa îți va spune de mai multe ori la rând:

Castelul a fost cuprins de flăcări!

*Tu vei răspunde:*

Au luat foc și cărțile mele?"

Scrisoarea cuprindea cinci-șase pagini de detalii; era scrisă cu caractere microscopice, pe o hârtie foarte fină.

— Toate acestea sunt foarte frumoase și foarte bine născocite, își spuse Fabricio; datorez veșnică recunoștință contelui și ducesei; vor crede, poate, că îmi este frică, dar nici nu mă gândesc să evadez. A fugit, vreodată, cineva dintr-un loc în care se simte în culmea fericirii, ca să se cufunde într-un exil cumplit, unde îi va lipsi totul, până și aerul, ca să respire? Ce voi face eu după o lună la Florența? Mă voi deghiza ca să vin să dau târcoale pe-aici, la poarta ferestrei, încercând să fur măcar o privire".

A doua zi, Fabricio se sperie; se afla la fereastră, pe la ceasurile unsprezece, admirând minunata priveliște și așteptând clipa fericită în care o va putea vedea pe Clélia, când Grillo intră gâfâind în camera lui:

— Repede! Repede! *Monsignore*, băgați-vă în pat, prefaceți-vă că sunteți bolnav. Trei judecători urcă aici! Vor să vă interogheze, gândiți-vă bine, înainte de a răspunde. Vin să vă *înfunde*.

În timp ce spunea aceste vorbe, Grillo se grăbi să închidă mica trapă a *abajurului*, îl împinse pe Fabricio în pat și aruncă peste el două-trei mantale:

— Spuneți-le că vă e foarte rău și vorbiți puțin, mai ales puneți-i să repete întrebările, ca să aveți vreme să vă gândiți.

Cei trei judecători intrară. „Parc-ar fi trei scăpați de la ocnă, își spuse Fabricio, văzându-le mutrele josnice, nu trei judecători". Purtau robe lungi, negre. Salutară gravi și se așezară, fără să scoată o vorbă, pe cele trei scaune ce se aflau în cameră.

— Domnule Fabricio del Dongo, spuse cel mai vârstnic dintre ei, suntem plini de tristețe, din pricina misiunii pe care o avem de îndeplinit pe lângă dumneavoastră. Ne aflăm aici pentru a vă aduce la cunoștință decesul Excelenței Sale, domnul marchiz del Dongo, tatăl dumneavoastră, al doilea înalt majordom-major al regatului lombardo-venețian, cavaler al marilor cruci ale ordinelor etc., etc., etc.

Fabricio izbucni în lacrimi, judecătorul continuă:

— Doamna marchiză del Dongo, mama dumneavoastră, vă înștiințează despre aceasta printr-o scrisoare personală, dar cum a adăugat faptelor și comentarii inoportune, printr-un document dat ieri, s-a hotărât că scrisoarea vă va fi comunicată doar fragmentar, și tocmai acestor fragmente le va da citire grefierul Bona.

Odată lectura terminată, judecătorul se apropie de Fabricio, rămas întins pe pat, şi-l lăsă să urmărească, în scrisoarea mamei sale, pasajele ale căror copii fuseseră citite. Fabricio zări în scrisoarea originală cuvintele: *întemniţare nedreaptă, pedeapsă crudă pentru o crimă care nu există* şi înţelese ceea ce motivase vizita judecătorilor. De altfel, în dispreţul lui pentru nişte magistraţi fără probitate, le spuse doar exact aceste cuvinte:

— Sunt bolnav, domnilor, nu mă pot ţine pe picioare, mă scuzaţi dacă nu mă ridic.

Judecătorii ieşiră; Fabricio plânse încă multă vreme, apoi îşi spuse:

— Sunt oare un ipocrit? Mi se părea că nu-l iubesc deloc.

În ziua aceea şi în următoarele, Clélia se arătă foarte abătută; îl chemă de mai multe ori, dar de-abia avu curajul să-i spună câteva cuvinte. În dimineaţa celei de-a cincea zile de după prima lor întrevedere, îi spuse că, seara, va veni în capela de marmură.

— Nu-ţi pot vorbi mult, îi spuse ea intrând.

Tremura atât de tare, încât era nevoită să se sprijine de cameristă. După ce o trimise la intrarea în capelă, continuă, cu o voce ce de-abia se auzea:

— O să-mi dai cuvântul de onoare, o să-mi dai cuvântul de onoare că îi vei da ascultare ducesei şi că vei încerca să fugi în ziua în care ţi-o va cere, în felul în care ţi-o va cere sau mâine dimineaţă voi pleca la mănăstire şi îţi jur că, în viaţa mea, nu voi mai vorbi cu tine.

Fabricio rămase mut.

— Promite-mi, zise Clélia, cu lacrimi în ochi şi parcă scoasă din fire, sau de nu, vorbim acum pentru ultima oară. Viaţa pe care mă sileşti s-o trăiesc este îngrozitoare: te afli aici din cauza mea şi fiecare zi poate fi ultima pentru tine.

În clipa aceea, Clélia era atât de slăbită, încât fu silită să se rezeme de un fotoliu uriaş, aşezat odinioară în mijlocul capelei, pentru prinţul prizonier. Simţea că i se face rău.

— Ce trebuie să promit? o întrebă copleşit Fabricio.

— Ştii foarte bine.

— Jur, deci, să mă afund, cu bună ştiinţă, într-o cumplită nenorocire şi să mă osândesc departe de tot ceea ce iubesc pe lumea asta.

— Promite lucruri precise.

— Jur să mă supun ducesei şi să fug în ziua în care va voi ea şi cum va voi ea. Şi ce se alege de mine, odată departe de tine?

— Jură că vei evada, orice s-ar întâmpla.

— Cum?! Eşti hotărâtă să te măriţi cu marchizul Crescenzi, de îndată ce nu voi mai fi aici?

— O, Doamne! Ce fel de suflet crezi că am?... Dar jură sau nu voi mai avea nici o clipă de linişte.

— Ei bine! Jur să fug de aici în ziua în care va porunci ducesa Sanseverina, orice s-ar întâmpla.

Odată obţinut acest jurământ, Clélia, foarte slăbită, fu obligată să se retragă, după ce îi mulţumi lui Fabricio.

— Totul era pregătit pentru fuga mea mâine dimineaţă, îi spuse ea, dacă te încăpăţânai să rămâi. Te-aş fi văzut, în clipa asta, pentru ultima oară în viaţa mea, făcusem legământ Fecioarei Maria. Acum, de îndată ce voi putea ieşi din odaia mea, mă voi duce să cercetez zidul înspăimântător de sub piatra cea nouă de la balustradă.

A doua zi o văzu atât de palidă, încât i se strânse inima. Ea îi spuse, de la fereastra odăii cu păsări:

— Să nu ne facem în nici un fel iluzii, dragă prietene; cum în prietenia noastră există şi păcat, nu mă îndoiesc că ni se va întâmpla o nenorocire. Vei fi descoperit când vei încerca să fugi, pierdut deci pentru totdeauna, dacă nu şi mai rău; totuşi, trebuie să dăm ascultare spiritului de prevedere, care ne cere nouă, oamenilor, să încercăm totul. Îţi trebuie, ca să cobori în afară, din turnul cel mare, o frânghie trainică de peste două sute de picioare lungime. Oricât m-am străduit, de când am aflat de planul ducesei, n-am reuşit să-mi procur decât nişte frânghii care, adunate toate, nu au mai mult de cincizeci de picioare. Printr-un ordin de zi al guvernatorului închisorii, toate frânghiile descoperite în fortăreaţă sunt arse şi, în fiecare seară, sunt ridicate funiile din puțuri, atât de șubrede, de altfel, încât adesea se rup ridicând chiar și ușoara lor povară. Dar, roagă-te lui Dumnezeu să mă ierte, mi-am trădat tatăl și, fiică denaturată, lucrez să-i aduc un necaz cumplit. Roagă-te lui Dumnezeu pentru mine și, dacă viața ta va fi salvată, fă legământul de a-ți consacra toate clipele slavei Sale.

Iată ce idee mi-a venit: în opt zile, voi ieși din citadelă, să mă duc la nunta uneia dintre surorile marchizului Crescenzi. Mă voi întoarce seara, așa cum se cuvine, dar voi face tot ce îmi va sta în putință ca să mă întorc cât mai târziu și poate că Barbone nu va îndrăzni să mă cerceteze prea de aproape. La nunta surorii marchizului se vor afla cele mai de seamă doamne de la Curte, fără îndoială și doamna Sanseverina. Pentru numele lui Dumnezeu! Fă în așa fel ca una dintre aceste doamne să-mi înmâneze un pachet cu frânghii, bine strânse, nu prea groase, reduse la un volum cât mai mic! Chiar de-ar trebui să înfrunt de o mie de ori moartea, voi folosi chiar și cele mai primejdioase mijloace ca să strecor pachetul cu frânghii în cetățuie, în ciuda, vai, a tuturor îndatoririlor mele! Dacă tatăl meu află, nu te voi mai vedea niciodată; dar oricare ar fi soarta care mă așteaptă, voi fi fericită, în limitele unei prietenii de soră, dacă am putut contribui la salvarea ta.

Chiar în acea seară, prin corespondența de noapte cu ajutorul lămpii, Fabricio o înștiința pe ducesă de ocazia unică de a introduce în cetățuie o cantitate suficientă de frânghii. Dar o implora să păstreze secretul chiar și față de conte, ceea ce părea bizar. „Și-a pierdut mințile, închisoarea l-a schimbat, ia lucrurile în tragic. A doua zi, un proiectil de plumb, zvârlit de trăgătorul cu praștia, îi aduse prizonierului vestea că trecea prin cel mai mare pericol: persoana care-și lua sarcina de a aduce frânghiile, i se spunea, îi salva cu adevărat, în mod sigur, viața. Fabricio se grăbi să-i comunice lucrul acesta Cléliei. Proiectilul de plumb cuprindea și o schiță foarte precisă a zidului dinspre apus, pe care urma să coboare din înaltul turnului celui mare în incinta dintre bastioane; din locul acela era, pe urmă, destul de ușor să fugă, meterezele având o înălțime de doar douăzeci și trei de picioare și fiind destul de superficial păzite. Pe spatele schiței era scris, cu litere mărunte și fine, un minunat sonet: un suflet generos îl îmboldea pe Fabricio să fugă, ca să nu lase să i se înjosească sufletul și să i se vlăguiască trupul în cei unsprezece ani de captivitate pe care îi mai avea de îndurat.

Aici, un detaliu necesar, care explică în parte curajul ducesei de a-l îndemna pe Fabricio la o evadare atât de periculoasă, ne obligă să întrerupem o clipă povestirea acestei îndrăznețe acțiuni.

Ca toate partidele care nu se află la putere, partidul marchizei Raversi nu era foarte unit. Cavalerul Riscara îl detesta pe procurorul general Rassi, pe care îl acuza că îl făcuse să piardă un proces important, în care, de fapt, el, Riscara, era cel care greșise. Prin Riscara, principele primi o scrisoare anonimă, care îl avertiza că o copie autentică a sentinței lui Fabricio fusese trimisă oficial guvernatorului cetățuii. Marchiza Raversi, acest iscusit șef de partid, fu extrem de contrariată de această rea credință și i-o aduse, imediat, la cunoștința prietenului ei, procurorul general; considera cât se poate de normal că acesta încerca să obțină ceva de la ministrul Mosca, atâta vreme cât Mosca se afla la putere. Rassi se înfățișă plin de îndrăzneală la palat, crezând că va scăpa doar cu câteva lovituri de picior; principele nu se putea dispensa de un sfătuitor atât de iscusit în ceea ce privește legile, iar Rassi trimisese în surghiun, ca liberali, pe singurii oameni care ar fi putut să-i ia locul, un judecător și un avocat.

Principele, scos din fire, îl ocărî cum îi veni la gură și înaintă spre el, hotărât să-i tragă o mamă de bătaie.

— Ei bine! Este neatenția unui slujbaș, răspunse Rassi, cu cel mai desăvârșit sânge-rece; procedura este prescrisă de lege, ar fi trebuit făcută a doua zi după trecerea domnului del Dongo în registrul pușcăriei. Slujbașul, plin de zel, a crezut că a uitat și mi-a adus la semnat scrisoarea de trimitere, ca o simplă formalitate.

— Și vrei să mă faci să cred o asemenea minciună sfruntată? răcni furios principele. Spune, mai degrabă, că te-ai vândut escrocului de Mosca și că, pentru asta, ți-a dat crucea. Dar la naiba, n-o să scapi doar cu câteva lovituri; o să te dau în judecată, o să te revoc în modul cel mai rușinos cu putință!

— Vă desfid să mă dați în judecată! răspunse Rassi, plin de aplomb; știa că, în felul ăsta, îl poate liniști pe principe. Legea este de partea mea și nu aveți un al doilea Rassi, ca să știți cum s-o ocoliți. Nu mă veți revoca, pentru că există momente în care firea voastră este aspră, sunteți însetat de sânge atunci, dar în același timp, țineți să vă păstrați și stima italienilor cu judecată; stima aceasta este un *sine qua non*[112] pentru ambiția voastră. În sfârșit, mă veți chema la primul act de asprime pe care vi-l va cere firea voastră și, ca de obicei, vă voi obține o sentință în deplină conformitate cu legea, dată de niște judecători ușor de înfricoșat, oameni destul de cumsecade, care vă va satisface patima. Găsiți, în toate statele dumneavoastră, un alt om la fel de folositor ca mine!

Acestea fiind zise, Rassi o luă la goană; scăpase cu o lovitură de riglă, bine aplicată, și cinci-șase lovituri de picior. Ieșind din palat, o porni spre domeniul său de la Riva; avea o oarecare teamă de o lovitură de pumnal, în primul moment de furie, dar, în același timp, nu avea nici o îndoială că, în mai puțin de cincisprezece zile, un curier îl va rechema în capitală. Își folosi timpul petrecut la țară ca să găsească un mijloc sigur de corespondență cu contele Mosca; era îndrăgostit lulea de titlul de baron și socotea că principele face prea mare caz de noblețe, lucrul acesta odinioară sublim, pentru a i-o conferi vreodată, în vreme ce contele, mândru nevoie mare de originea sa, prețuia doar noblețea dovedită prin titluri de dinainte de 1400.

Procurorul general nu se înșelase deloc în previziunile lui; trecuseră de-abia opt zile de când se afla la moșie, când, un prieten al principelui, picat acolo ca din întâmplare, îl sfătui să se întoarcă fără întârziere la Parma; principele îl primi râzând,

---

[112] Fără de care nu se poate, în latinește, în original în text; condiție sine qua non.

după care, luând un aer foarte serios, îl puse să jure pe Evanghelie că va păstra secretul în legătură cu ceea ce îi va destăinui; Rassi jură, cu cea mai mare convingere, după care principele, cu ochii aprinși de ură, strigă că atâta vreme cât Fabricio del Dongo va fi în viață, nu se va simți stăpân la el în țară.

— Nu pot, adăugă el, nici s-o alung pe ducesă, nici să îndur prezența ei; privirile ei mă sfidează și mă împiedică să trăiesc.

După ce îl lăsă pe principe să se explice pe larg, prefăcându-se, în tot acest timp, în mare încurcătură, Rassi strigă, în cele din urmă:

— Alteța Voastră va fi, desigur, ascultată, dar lucrul este cumplit de greu de făcut: nu există nici un temei legal ca să condamni un del Dongo la moarte pentru uciderea unui Giletti; este deja un tur de forță uimitor că am putut stoarce din asta doisprezece ani de temniță. Pe deasupra, o bănuiesc pe ducesă că a descoperit trei dintre țăranii care lucrau la săpăturile de la Sanguigna și care se aflau în afara șanțului în momentul în care tâlharul de Giletti s-a năpustit asupra lui del Dongo.

— Și unde se află acești martori? întrebă iritat principele.

— Ascunși în Piemont, presupun. Ar fi nevoie de o conspirație care să atenteze la viața Alteței Voastre...

— Metoda asta are riscurile ei, obiectă principele, te poate ispiti să faci așa ceva.

— Dar totuși, spuse Rassi, mimând nevinovăția, acesta este întreg arsenalul meu oficial.

— Rămâne otrava...

— Dar cine să i-o dea? Imbecilul de Conti?

— Nu ar fi pentru prima oară, după câte se spune.

— Trebuie să-l înfuriem, reluă Rassi și, de altfel, când l-a trimis pe lumea cealaltă pe căpitan, nu împlinise încă treizeci de ani, era îndrăgostit și infinit mai puțin lipsit de curaj și nevolnic ca astăzi. Desigur, totul trebuie să fie făcut din rațiuni de stat; dar așa, luat pe nepregătite și la prima vedere, cred că un singur om ar putea executa ordinele suveranului, un anume Barbone, intendentul închisorii, pe care domnul del Dongo l-a trântit la pământ cu un dos de palmă, chiar în ziua în care a ajuns acolo.

Odată ce începu să se simtă în largul lui, principele prelungi conversaţia la nesfârşit şi îi puse capăt acordându-i procurorului său general un răgaz de o lună, deşi Rassi voia două. A doua zi, primi o răsplată secretă de o mie de galbeni. Timp de trei zile, chibzui; a patra se întoarse la raţionamentul lui dintâi, care i se părea evident: „numai contele Mosca va avea curajul să-şi respecte promisiunea pe care mi-a făcut-o, întrucât, făcându-mă baron, îmi dă ceva ce, pentru el, nu înseamnă nimic; *secundo*, avertizându-l, scap probabil de o crimă pentru care sunt aproape plătit dinainte; *terzio*, mă răzbun pentru primele lovituri umilitoare primite de cavalerul Rassi".

În noaptea următoare, îi comunică lui Mosca întreaga sa conversaţie cu principele.

Contele îi făcea, în taină, curte ducesei; este cât se poate de adevărat că nu o vedea, în continuare, la domiciliul ei, decât o dată sau cel mult de două ori pe lună, dar aproape în fiecare săptămână, când ştiu să facă să se ivească ocazia de a vorbi despre Fabricio, ducesa, însoţită de *Chékina* venea seara târziu, să petreacă câteva clipe în grădina contelui. Se pricepea să-l înşele chiar şi pe vizitiul ei, care îi era devotat şi care o credea în vizită într-o casă vecină.

E lesne de închipuit că, de îndată ce procurorul general îi făcu cumplita destăinuire, contele îi trimise ducesei semnalul convenit. Deşi era miezul nopţii, îndrăgostit de această aparenţă de intimitate, ezită totuşi să-i spună totul ducesei; se temea să nu o vadă înnebunind de durere.

După ce căută jumătăţi de cuvinte pentru a îndulci cumplita veste, sfârşi totuşi prin a-i mărturisi totul; nu era în puterea lui să păstreze un secret pe care ea îi cerea să îl divulge. În nouă luni de suferinţă, cumplita nenorocire ce se abătuse asupra ei avusese o mare influenţă asupra acestui suflet pătimaş, îl întărise, aşa că ducesa nici nu izbucni în hohote de plâns şi nici nu începu să se lamenteze.

A doua zi, seara, îi trimise lui Fabricio semnalul de mare pericol.
*Castelul a fost cuprins de flăcări.*
El dădu răspunsul convenit.

*Au ars și cărțile mele?*

În aceeași noapte, ea avu fericirea de a face să-i parvină o scrisoare, prin proiectilul trăgătorului cu praștia. Opt zile mai târziu, avu loc nunta surorii marchizului Crescenzi, unde ducesa săvârși o enormă imprudență, despre care vom vorbi la locul potrivit.

## CAPITOLUL AL DOUĂZECI ȘI UNULEA

LA VREMEA CÂND SE ABĂTUSE ACEASTĂ URGIE asupra ei, trecuse deja aproape un an de când ducesa avusese o întâlnire neobișnuită: într-o zi, când era stăpânită de *luna*[113], cum se spune prin partea locului, picase pe neașteptate la castelul său din Sacca, aflat dincolo de Colorno, pe colina ce domină Padul. Îi plăcea să înfrumusețeze domeniul acela; îi era dragă pădurea bogată ce acoperea colina, revărsându-se până în preajma castelului; își pusese oamenii să croiască poteci în direcții pline de pitoresc.

— O să vă răpească tâlharii, frumoasă ducesă, o tachinase într-o zi, principele; este cu neputință ca o pădure în care se știe că hoinăriți să rămână pustie.

Și își însoțise spusele cu o privire cercetătoare aruncată spre conte, căutând să vadă dacă a reușit să-i stârnească gelozia.

— N-am nici o teamă să mă plimb prin pădurile mele, Alteță Serenisimă, răspunsese cu un aer nevinovat ducesa; mă liniștesc la gândul că nu am făcut rău nimănui. Cine ar putea să mă urască?

Cuvintele acestea fură socotite îndrăznețe, căci aminteau de injuriile proferate de liberalii din ținutul acela, niște indivizi din cale-afară de obraznici.

În ziua plimbării cu pricina, cuvintele principelui reveniră în mintea ducesei, când remarcă un bărbat foarte prost îmbrăcat,

---

[113] „Aver la luna", a fi prost dispus, în limba italiană.

care o urmărea de departe, prin pădure. La o cotitură neaşteptată pe care o făcu ducesa, continuându-şi plimbarea, necunoscutul veni atât de aproape de ea, încât i se făcu frică. Primul ei gând fu să-şi cheme paznicul de vânătoare, pe care îl lăsase cam la o mie de paşi mai încolo, în răzoarele cu flori din apropierea castelului. Necunoscutul avu timp să se apropie de ea şi i se aruncă la picioare. Era tânăr, o mândreţe de bărbat, dar într-un hal fără de hal; veşmintele îi erau zdrenţuite, dar în ochi îi lucea văpaia unui suflet înflăcărat.

— Sunt osândit la moarte, sunt doctorul Ferrante Palla, mor de foame, ca şi cei cinci copii ai mei.

Ducesa băgă de seamă că era îngrozitor de slab; dar ochii lui erau atât de frumoşi şi plini de o exaltare atât de blândă, încât o făcură să înlăture ideea unei crime.

„Pallagi[114], gândi ea, ar fi făcut bine să-i dea asemenea ochi Sfântului Ion în pustiu, pe care tocmai l-a aşezat în catedrală". Apropierea de Sfântul Ion îi fusese sugerată de slăbiciunea de necrezut a lui Ferrante. Ducesa îi dădu cei trei galbeni pe care îi avea în pungă, scuzându-se că îi oferă atât de puţin, dar tocmai îşi plătise grădinarul. Ferrante îi mulţumit din inimă.

— Vai mie, îi spuse el, odinioară locuiam în oraşe, vedeam femei elegante; de când, îndeplinindu-mi datoria de cetăţean, am fost condamnat la moarte, trăiesc în codru şi v-am urmărit nu ca să vă cer de pomană sau să vă fur, dar ca un sălbatic fascinat de o frumuseţe angelică. S-a scurs atâta vreme de când n-am mai văzut două mâini albe şi frumoase...

— Ridică-te, îi spuse ducesa, căci rămăsese în genunchi.

— Îngăduiţi-mi să rămân aşa, îi ceru Ferrante; poziţia în care mă aflu vă dovedeşte că nu sunt ocupat acum să fur, căci trebuie să ştiţi că, de când sunt împiedicat să-mi exercit profesiunea, fur ca să pot trăi. Dar în clipa de faţă, sunt doar un simplu muritor prosternat în faţa sublimei frumuseţi.

---

[114] Pictor din Bologna, a trăit între anii 1775-1860.

Ducesa îşi dădu seama că era cam într-o ureche, dar nu se sperie; citea în ochii lui că are un suflet înflăcărat şi bun şi, de altfel, nu-i displăceau figurile deosebite.

— Sunt, aşadar, medic şi-i făceam curte nevestei spiţerului *Sarasine* din Parma; ne-a surprins şi a alungat-o, împreună cu cei trei copii, despre care bănuia — şi pe bună dreptate — că sunt ai mei, şi nu ai lui. De atunci, mai am încă doi. Mama şi cei cinci copii trăiesc în cea mai cruntă mizerie, într-un fel de cocioabă pe care am ridicat-o cu mâinile mele, la o leghe de aici, în pădure. Căci trebuie să mă feresc din calea jandarmilor, iar biata mea femeie nu vrea să se despartă de mine. Am fost osândit la moarte, pe bună dreptate: conspiram. Îl urăsc din tot sufletul pe principe, care este un tiran. N-am putut să fug din lipsă de bani. Nenorocirile mele sunt mult mai mari şi ar fi trebuit, de o mie de ori, să-mi iau viaţa. N-o mai iubesc pe sărmana femeie care mi-a dăruit cei cinci copii şi care s-a nenorocit din pricina mea; iubesc o alta. Dar dacă îmi iau viaţa, cei cinci copii şi mama lor vor muri, fără doar şi poate, de foame.

Omul părea cât se poate de sincer.

— Dar din ce trăiţi cu toţii? îl întrebă ducesa, înduioşată.

— Mama copiilor toarce, fata cea mare e ţinută pe mâncare în gospodăria unor liberali cărora le păzeşte oile, iar eu fur pe drumul de la Piacenza la Genova.

— Cum împaci furtişagurile cu principiile liberale pe care le ai?

— Îi însemn pe oamenii de la care am furat şi, dacă vreodată voi avea ceva bani, le voi înapoia sumele furate. Consider că un tribun al poporului cum sunt eu îndeplineşte o muncă, iar munca aceasta, ţinând seama de riscuri, face o sută de franci pe lună; aşa că mă feresc să iau mai mult de o mie două sute de franci pe an. Mă înşel, fur puţin peste suma asta, ca să pot face faţă cheltuielilor cerute de tipărirea lucrărilor mele.

— Ce lucrări?

— *Va avea ea vreodată o odaie şi un buget?*

— Cum? exclamă mirată ducesa. Dumneata, domnule, eşti unul dintre cei mai mari poeţi ai veacului, faimosul Ferrante Palla!

— Faimos, poate, dar tare nenorocit, cu siguranţă.
— Şi un om cu talentul dumitale, domnule, să fie nevoit să fure ca să poată trăi!
— Poate că tocmai din cauza asta am un oarecare talent. Până acum, autorii noştri care s-au făcut cunoscuţi erau plătiţi de guvern sau de cultul pe care voiau să-l submineze. Eu, *primo*, îmi risc viaţa; *secundo*, aveţi în vedere, doamnă, gândurile care mă frământă atunci când merg la furat! Sunt oare îndreptăţit să fac ceea ce fac? Postul de tribun este, oare, atât de folositor, încât să merite, într-adevăr, o sută de franci pe lună? Am două cămăşi, costumul pe care îl vedeţi, câteva arme proaste şi sunt sigur că o să sfârşesc în ştreang: îndrăznesc să cred că sunt dezinteresat. Aş fi fericit fără această dragoste fatală, care mă face să mă simt nenorocit lângă mama copiilor mei. Sărăcia mă apasă fiindcă sluţeşte: îmi plac hainele frumoase, mâinile albe.

Se uită în aşa fel la mâinile ducesei, încât aceasta se înfioră.

— Adio, domnule, îi spuse ea, pot să vă fiu de folos cu ceva la Parma?

— Gândiţi-vă uneori la aceasta: slujba lui este să trezească cugetele şi să le împiedice să lâncezească în această falsă fericire, absolut materială, pe care ţi-o oferă monarhiile. Serviciul pe care îl face concetăţenilor lui face o sută de franci pe lună?... Nenorocirea mea este că iubesc, spuse el cu un aer foarte blând, şi de aproape doi ani inima îmi este stăpânită doar de dumneavoastră, dar până acum v-am privit fără să vă sperii.

Şi o luă la goană cu o iuţeală nemaipomenită, care o uimi pe ducesă şi o linişti.

„Jandarmilor le-ar fi greu să-l ajungă, se gândi ea, e, într-adevăr, nebun".

— E sărit, îi spuseră şi oamenii ei; ştim cu toţii, de multă vreme, că bietul om e îndrăgostit de doamna; când doamna e aici, îl vedem rătăcind prin părţile din deal ale pădurii, iar de îndată ce doamna pleacă, neapărat vine să se aşeze în aceleaşi locuri unde s-a oprit dumneaei; culege, în mod ciudat, florile care au putut să se desprindă din buchetul ei şi le păstrează multă vreme, prinse-n panglica pălăriei lui amărâte.

— Şi nu mi-aţi pomenit niciodată de toate aceste nebunii, le spuse ducesa, aproape pe un ton de reproş.

— Ne temeam ca nu cumva doamna să-i spună ceva ministrului Mosca. Nefericitul Ferrante e de treabă! N-a făcut niciodată rău nimănui şi, fiindcă îi e drag Napoleon al nostru, l-au osândit la moarte.

Ducesa nu-i suflă o vorbă despre această întâlnire ministrului şi, cum în patru ani, era primul secret pe care nu i-l împărtăşea, se văzu obligată să se întrerupă de zece ori în mijlocul unei fraze. Se întoarse la Sacca cu aur, dar Ferrante parcă intrase în pământ. Reveni, cincisprezece zile mai târziu: Ferrante, după ce o urmări un timp, ţopăind prin pădure la o sută de paşi depărtare, ţâşni spre ea cu repeziciunea unui erete şi căzu în genunchi la picioarele ei, ca şi prima oară:

— Unde ai fost, acum două săptămâni?

— Pe munte, dincolo de Novi, să jefuiesc nişte negustori care se întorceau pe catârii lor de la Milano, unde vânduseră untdelemn.

— Primeşte punga asta.

Ferrante desfăcu punga, luă din ea un galben pe care îl sărută şi şi-l vârî în sân, după care i-o înapoie.

— Îmi dai înapoi punga şi furi!

— Bineînţeles; asta mi-e menirea, niciodată nu trebuie să am mai mult de o sută de franci; or acum, mama copiilor mei are optzeci de franci, iar eu am douăzeci şi cinci; sunt deci vinovat pentru că am cinci franci mai mult decât mi se cuvine şi, dacă m-ar spânzura acum, aş avea remuşcări. Am luat galbenul ăsta fiindcă vine de la dumneavoastră şi fiindcă vă iubesc.

Intonaţia cu care rosti aceste vorbe foarte simple fu fără cusur.

„Iubeşte cu adevărat", îşi spuse ducesa.

În ziua aceea, părea rătăcit cu totul. Spuse că erau la Parma nişte oameni care îi datorau şase sute de franci şi că, dacă ar avea această sumă, ar repara cocioaba unde, acum, bieţii copilaşi răciseră şi le curgea nasul.

— Dar o să-ți împrumut eu cele șase sute de franci, îl asigură ducesa, adânc impresionată.

— Dar atunci, întrucât sunt un om public, partidul potrivnic n-ar putea să mă calomnieze și să susțină că m-am vândut?

Ducesa, înduioșată, îi oferi o ascunzătoare la Parma, dacă primea să jure că, pentru moment, nu-și va exercita deloc magistratura în acest oraș și că, mai ales, nu va trece la punerea în aplicare a sentințelor de condamnare la moarte, pe care, spunea el, le hotărâse *in petto*[115].

— Și dacă voi fi spânzurat, ca urmare a imprudenței mele, spuse grav Ferrante, a cui va fi greșeala că toți netrebnicii aceștia, atât de dăunători poporului, vor trăi ani mulți și fericiți?. Ce o să-mi spună tatăl meu, când mă va primi pe lumea cealaltă?

Ducesa îi vorbi îndelung despre copilașii lui, care, din pricina umezelii, se puteau îmbolnăvi de moarte. Ferrante sfârși prin a accepta oferta, urmând să se mute în ascunzătoarea din Parma.

În singura jumătate de zi pe care o petrecuse la Parma, după căsătoria sa, ducele Sanseverina îi arătase ducesei o ascunzătoare tare neobișnuită, aflată în colțul dinspre răsărit al palatului cu acest nume. Zidul fațadei, ridicat în Evul Mediu, cu o grosime de opt picioare, a fost scobit pe dinăuntru, iar acolo exista o ascunzătoare înaltă de douăzeci de picioare și lată doar de două. Chiar alături, putea fi admirat acel faimos castel de apă citat în toate jurnalele de călătorie, celebră lucrare din secolul al XIII-lea, realizată cu prilejul asedierii Parmei de către împăratul Sigismund[116] și care, mai târziu, fusese cuprinsă în incinta palatului Sanseverina.

În ascunzătoare se intra mișcând o piatră uriașă pe un ax de fier, montat spre centrul ei. Ducesa era atât de profund impresionată de nebunia lui Ferrante și de soarta copiilor lui,

---

[115] „În sinea sa", în limba italiană, în original în text.

[116] Sigismund I de Luxemburg, rege al Ungariei (1387-1437), rege (1410-1437) și împărat al Imperiului German (1433-1437) și rege al Boemiei (1420-1437).

pentru care refuza cu încăpăţânare orice cadou având o oarecare valoare, încât îi îngădui să se folosească de această ascunzătoare destul de multă vreme. Îl revăzu, o lună mai târziu, tot în pădurea de la Sacca şi, cum în ziua aceea era puţin mai calm, îi recită unul dintre sonetele sale, care i se păru egal sau superior, în comparaţie cu tot ce se scrisese mai de preţ în Italia în ultimele două secole. Ferrante obţinu mai multe întrevederi; dar dragostea sa se aprinse, deveni inoportună, iar ducesa băgă de seamă că şi pasiunea aceasta asculta de legea tuturor iubirilor cărora le oferi posibilitatea de a nutri o licărire de speranţă. Îl trimise înapoi în pădure, îi interzise să-i mai adreseze vreo vorbă: el se supuse pe dată, cu o blândeţe desăvârşită. Aşa stăteau lucrurile, atunci când Fabricio fu arestat. Trei zile mai târziu, la lăsarea nopţii, un capucin[117] se prezentă la poarta palatului Sanseverina; avea de comunicat, spunea el, un secret important stăpânei casei. Ducesa era atât de nefericită, încât porunci să fie lăsat să intre: era Ferrante.

— Se săvârşeşte aici un nou act de nedreptate, de care trebuie să ia cunoştinţă tribunul poporului, îi spuse omul acesta, nebun din dragoste. Pe de altă parte, acţionând ca un simplu particular, adăugă el, nu-i pot da ducesei Sanseverina decât viaţa mea şi am venit să i-o ofer.

Devotamentul acesta atât de sincer din partea unui hoţ şi a unui nebun o înduioşă adânc pe ducesă. Discută îndelung cu omul acesta care trecea drept cel mai mare poet din nordul Italiei şi plânse mult. „Iată o persoană care înţelege ce se întâmplă în inima mea", îşi spuse ea. A doua zi reapăru, tot la ceasul când se spunea *Ave Maria*, deghizat în valet, înveşmântat în livrea.

— N-am putut să plec din Parma, am auzit spunându-se o grozăvie pe care buzele mele nu o vor repeta, dar iată-mă. Gândiţi-vă, doamnă, la ceea ce refuzaţi! Fiinţa pe care o vedeţi nu este o păpuşă de la Curte, este un om!

---

[117] Călugăr catolic din unul dintre ordinele franciscane.

Era în genunchi rostind aceste cuvinte, cu un ton menit să le confere însemnătate.

— Ieri mi-am spus, adăugă el: „A plâns în prezenţa mea; deci este un pic mai puţin nenorocită!"

— Dar, domnule, gândeşte-te la pericolele ce te înconjoară, dacă rămâi în oraş, vei fi arestat.

— Tribunul vă spune: „Doamne, ce-i viaţa, când te cheamă datoria?" Omul nefericit, care are durerea de a nu mai simţi pasiunea virtuţii, de când e mistuit de dragoste, va adăuga: „Doamnă ducesă, Fabricio, un om de inimă, s-ar putea să piară; nu respingeţi un alt om de inimă, care vi se jertfeşte! Iată un trup de fier şi un suflet care nu se teme de altceva pe lumea asta, decât că ar putea să nu vă fie pe plac".

— Dacă îmi mai vorbeşti despre sentimentele tale, pun să ţi se închidă uşa casei mele pentru totdeauna.

În seara aceea, ducesa avusese ideea să-l informeze pe Ferrante că le va face o mică pensie copiilor lui, dar îi fu teamă că nu va pleca de la ea decât pentru a-şi lua viaţa.

De-abia ieşi Ferrante că, invadată de presimţiri funeste, ducesa îşi spuse:

„Şi eu aş putea să mor şi să dea Domnul să se întâmple asta, şi cât mai curând! Numai să găsesc un om demn de acest nume, căruia să i-l las în grijă pe bietul meu Fabricio".

Un gând îi trecu prin minte, înşfăcă o coală de hârtie şi întocmi un înscris în care declară, folosindu-se de puţinii termeni juridici pe care-i cunoştea, că primise de la domnul Ferrante Palla suma de 25.000 de franci, cu condiţia expresă de a le plăti, în fiecare an, o rentă viageră de 1.500 de franci doamnei Sarasine şi celor cinci copii ai ei.

Ducesa adăugă: „Pe lângă aceasta, institui o rentă viageră de 300 de franci fiecăruia dintre cei cinci copii, cu condiţia ca Ferrante Palla să vadă, ca doctor, de sănătatea nepotului meu Fabricio del Dongo şi să fie ca un frate pentru el. Îl rog acest lucru".

Semnă, antedată cu un an şi puse bine documentul.

Două zile după aceea, Ferrante apăru din nou. Era momentul în care tot orașul vuia de zvonul apropiatei execuții a lui Fabricio. Această tristă ceremonie urma să aibă loc în interiorul închisorii sau într-un spațiu public, sub copacii locului de promenadă? Mai mulți oameni din popor se duseră, în seara aceea, să se plimbe prin fața porții cetățuii, încercând să descopere dacă nu se înalță un eșafod: acesta era spectacolul care îl tulburase pe Ferrante. O găsi pe ducesă înecată în lacrimi, fără să fie în stare să vorbească. Îl salută fluturându-și mâna și îi făcu semn să se așeze într-un jilț. Ferrante, deghizat în acea zi în capucin, arăta superb; în loc să se așeze, îngenunche și se rugă fierbinte, cu jumătate de glas.

Într-un moment în care ducesa părea puțin mai calmă, își întrerupse o clipă rugăciunea, pentru a rosti aceste cuvinte:

— Din nou, el își oferă viața.

— Gândește-te la ceea ce spun, strigă ducesa, cu acea privire rătăcită care, după hohote de plâns, dă de veste că mânia ia locul înduioșării.

— Își oferă viața ca să îi schimbe soarta lui Fabricio sau ca să-l răzbune.

— Într-o asemenea împrejurare, replică ducesa, aș putea primi să-ți sacrifici viața.

Îl privi cu luare-aminte și asprime. Un fulger de bucurie străluci în ochii lui. Se ridică iute și înalță brațele spre cer. Ducesa se duse și luă o hârtie ascunsă în sertarul secret al unui dulap mare de nuc.

— Citește, îl îndemnă pe Ferrante.

Era donația în favoarea copiilor lui, despre care am vorbit.

Lacrimile și suspinele îl opriră pe Ferrante să citească până la capăt. Căzu în genunchi.

— Dă-mi înapoi hârtia, îi ceru ducesa.

În fața lui, o arse la flacăra unei lumânări.

— Nu trebuie, adăugă ea, ca numele meu să apară, dacă vei fi prins și executat, căci îți pui viața în joc.

— Fericirea mea este să mor făcând rău tiranului, o și mai mare bucurie ar fi să mor pentru dumneavoastră. Din moment ce am lămurit, o dată pentru totdeauna, lucrul acesta, binevoiți să nu îmi mai amintiți de chestiunea banilor, fără nici o importanță pentru mine — aș considera că este vorba despre o îndoială jignitoare.

— Dacă vor ajunge la tine și vei fi pus în pericol, s-ar putea să fiu și eu compromisă și, de asemenea, și Fabricio. Din cauza asta, și nu pentru că m-aș îndoi de curajul tău, vreau ca omul care îmi sfredelește inima să fie otrăvit, și nu ucis în alt fel. Din același motiv, atât de important pentru mine, îți poruncesc să faci tot ce se poate ca să scapi.

— Voi îndeplini totul așa cum se cuvine, cu migală, la timp și cu băgare de seamă. Prevăd, doamnă ducesă, că răzbunarea mea se va împleti cu a dumneavoastră: chiar dacă ar fi să fie altfel, tot aș îndeplini porunca voastră cu migală, la timp și cu băgare de seamă. S-ar putea să nu reușesc, dar voi face tot ceea ce îmi va sta în puteri.

— Este vorba de a-l otrăvi pe ucigașul lui Fabricio.

— Mi-am dat seama și, de douăzeci și șapte de luni de când duc viața asta rătăcitoare și oribilă, m-am gândit, de multe ori, la o acțiune asemănătoare, dar de unul singur.

— Dacă voi fi descoperită și condamnată în calitate de complice, continuă ducesa cu mândrie, nu vreau să fiu învinuită că ți-am sucit capul. Îți poruncesc să nu cauți să mă mai vezi până nu va sosi vremea răzbunării noastre: nici nu poate fi vorba să-l ucizi înainte de a-ți da eu semnalul. Moartea sa în clipa de față, de pildă, departe de a-mi fi de folos, ar fi nefastă pentru mine. Probabil, moartea sa nu va trebui să aibă loc decât peste câteva luni, dar se va întâmpla. Vreau să moară otrăvit și aș prefera să-l las în viață, decât să-l văd doborât de un glonț. Din motive pe care nu vreau să ți le dezvălui, țin, de asemenea, să scapi teafăr și nevătămat.

Ferrante era încântat de tonul autoritar adoptat de ducesă: ochii îi străluceau de bucurie. Așa cum am spus, era înspăimântător de slab; dar se vedea că fusese foarte chipeș în prima lui tinerețe, iar el își închipuia acum că este și mai frumos ca pe vremuri.

„Sunt oare nebun, își spuse el, ori ducesa vrea ca, într-o bună zi, când îi voi da această dovadă de credință, să facă din mine omul cel mai fericit? Și, la urma urmei, de ce nu? Oare cu ce-ar fi mai bun decât mine contele Mosca? Ce-a făcut marioneta asta pentru ea acum, când avea atâta nevoie de el? Nimic, nici măcar nu l-a ajutat pe *monsignore* Fabricio să fugă din închisoare.

— Aș putea să-i vreau moartea chiar mâine, continua ducesa, pe același ton autoritar. Știi rezervorul imens de apă ce se află în colțul palatului, foarte aproape de ascunzătoarea în care te-ai adăpostit uneori; există un mijloc secret de a face toată această apă să se scurgă în stradă. Ei bine! Va fi semnalul răzbunării mele. Vei vedea, dacă te vei afla la Parma, sau vei auzi zicându-se, dacă vei sălășlui în pădure, că marele rezervor al palatului Sanseverina a plesnit. Acționează de îndată, dar folosește-te numai de otravă și, mai cu seamă, pune-ți cât mai puțin viața în pericol. Nimeni să nu afle vreodată că am fost părtașă în această afacere!

— Cuvintele sunt de prisos, răspunse Ferrante cu un entuziasm greu stăpânit: m-am hotărât deja asupra mijloacelor pe care le voi folosi. Viața acestui om îmi este, acum, și mai odioasă decât îmi era, de vreme ce nu voi cuteza să vă mai văd, atâta timp cât va mai trăi. Voi aștepta semnalul rezervorului de apă, golit în stradă.

Salută brusc și plecă. Ducesa îl urmări cu privirea.

Când ajunse în odaia de alături, îl chemă înapoi.

— Ferrante! strigă ea. Om minunat!

Se întoarse parcă nemulțumit că a fost întors din drum; chipul lui, în clipa aceea, era superb!

— Și copiii tăi?

— Doamnă, vor fi mai bogați ca mine; le veți face, poate, o mică pensie.

— Ține, îi spuse ducesa, dându-i un soi de etui solid din lemn de măslin, iată toate diamantele care mi-au mai rămas; valorează cincizeci de mii de franci.

— Ah, doamnă! Mă umiliți!... exclamă Ferrante cu un gest de dezgust și expresia feței i se schimbă cu totul.

— Nu te voi mai revedea niciodată înainte de a trece la fapte: ia-le, îţi poruncesc, adăugă ducesa cu o semeţie care îl lăsă încremenit pe Ferrante. Băgă etuiul în buzunar şi ieşi, închizând uşa în urma lui. Ducesa îl chemă iar; se întoarse, neliniştit. Ducesa era în picioare, în mijlocul salonului; se aruncă în braţele lui. Într-o clipă, Ferrante aproape că leşină de fericire; ducesa se desprinse din îmbrăţişare şi, din ochi, îi arătă uşa.

— Iată singurul om care m-a înţeles, îşi spuse ea. Aşa ar fi făcut Fabricio, dacă ar fi putut să mă audă.

Existau două lucruri în caracterul ducesei: voia întotdeauna ceea ce voise odată şi nu punea niciodată în discuţie ceea ce fusese deja hotărât. Cita mereu, în legătură cu aceasta, o cugetare a primului ei soţ, generalul Pietranera: „Ce neruşinare faţă de mine însumi, spunea el; de ce să-mi închipui că am mai multă minte astăzi, decât atunci când am luat această hotărâre?"

Din momentul acela, un soi de veselie se ivi din nou în firea ducesei. Înainte de hotărârea fatală, la fiecare pas pe care îl făcea mintea ei, la fiecare lucru nou pe care îl vedea, avea sentimentul inferiorităţii ei faţă de principe, al slăbiciunii ei, din cauza căreia fusese atât de crunt păcălită; potrivit ei, principele o înşelase cu josnicie, iar contele Mosca, împins de duhul lui de curtean, îl sprijinise fără să-şi dea seama. De îndată ce puse la cale să se răzbune, ducesa îşi simţi puterea şi fiecare gând o umplea de fericire.

Sunt aproape convins că fericirea imorală pe care o află italienii în răzbunare ţine de capacitatea de a imagina a acestui popor; oamenii din alte ţări, la drept vorbind, nu iartă, ci uită.

Ducesa nu-l revăzu pe Palla decât în ultima perioadă a detenţiei lui Fabricio. Aşa cum aţi ghicit, poate, el fusese acela care venise cu ideea evadării: exista în pădure, la două leghe de Sacca, un turn din Evul Mediu, pe jumătate ruinat, înalt de peste o sută de picioare; înainte de a-i vorbi ducesei pentru a doua oară despre fugă, Ferrante o imploră să-l trimită pe Lodovico cu nişte oameni de încredere, să aducă mai multe scări în preajma acelui turn. În prezenţa ducesei, se urcă pe scări până în vârful turnului şi coborî de acolo pe o simplă funie înnodată;

repetă de trei ori experiența, apoi îi explică din nou ideea. Opt zile după aceea, Lodovico vru și el să coboare din vârful bătrânului turn, cu o funie înnodată: abia atunci îi comunică ducesa această idee lui Fabricio.

În ultimele zile de dinaintea tentativei de evadare, care putea aduce moartea prizonierului, și nu numai într-un singur fel, ducesa nu-și mai putea găsi o clipă de liniște, decât dacă îl avea lângă ea pe Ferrante; curajul acestui om îl deștepta și pe al ei; dar, e de la sine înțeles că trebuia să-i ascundă contelui această stranie apropiere. Se temea nu atât că s-ar fi revoltat, dar ar fi fost îndurerată de împotrivirea lui, care i-ar fi sporit îngrijorarea. „Cum așa" Să-ți iei drept consilier intim un nebun recunoscut ca atare și osândit la moarte" Și, adăuga ducesa, vorbind cu ea însăși, un om care, ca urmare, se putea deda la lucruri atât de ciudate! Ferrante se afla în salonul ducesei, în momentul în care contele veni să-i împărtășească discuția pe care principele o avusese cu Rassi. Și când contele ieși, ea avu mult de luptat ca să-l împiedice pe Ferrante să treacă numaidecât la înfăptuirea cumplitului lui gând!

— Acum sunt puternic! răcnea nebunul. Nu mai am nici o îndoială asupra legitimității acțiunii mele!

— Dar în momentul de furie ce va urma inevitabil, Fabricio ar fi ucis.

— În schimb, l-am scuti de riscurile acestei coborâri: este posibilă, ușoară chiar, adăugă el, dar tânărul nostru este lipsit de experiență.

Avu loc celebrarea căsătoriei surorii marchizului Crescenzi și, la petrecerea dată cu această ocazie, ducesa se întâlni cu Clélia și putu să îi vorbească fără a da de bănuit observatorilor din lumea bună. Ducesa însăși îi înmână Cléliei pachetul cu frânghii, în grădină, unde aceste doamne se retrăseseră o clipă, la aer curat. Frânghiile acestea, împletite cu cea mai mare grijă, jumătate din cânepă, jumătate din mătase, cu noduri, erau foarte subțiri și destul de mlădioase; Lodovico le încercase trăinicia și, în toate punctele, puteau susține fără să se rupă o greutate de opt chintale[118]. Fuseseră comprimate în aşa fel încât să formeze mai multe pachete de forma unui volum *in quarto*[119]; Clélia le luă în stăpânire şi îi făgădui ducesei că se va face tot ceea ce este omeneşte cu putinţă ca pachetele acestea să ajungă până la Turnul Farnese.

— Dar mă tem de firea dumneavoastră timidă şi, de altfel, adăugă politicos ducesa, ce interes îi puteţi purta unui necunoscut?

— Domnul del Dongo este nefericit şi *vă promit că, datorită mie, va fi salvat!*

Dar ducesa, bizuindu-se prea puţin pe prezenţa de spirit a unei tinere persoane de numai douăzeci de ani, luase şi alte măsuri de prevedere, pe care se feri să le dezvăluie fiicei guvernatorului închisorii. Aşa cum era cât se poate de firesc de presupus, guvernatorul se afla la petrecerea dată în cinstea căsătoriei surorii marchizului Crescenzi. Ducesa îşi spuse că, dacă i se strecura un narcotic puternic, se putea crede, în primul moment, că este vorba de un atac de apoplexie[120], iar atunci, în loc de a-l urca în trăsura lui, pentru a-l duce acasă, s-ar fi putut, cu un pic de iscusinţă, să se impună sfatul de a se folosi de o litieră care s-ar afla, ca din întâmplare, în casa în care se dădea petrecerea. Acolo vor fi, de asemenea, nişte oameni destoinici, înveşmântaţi la fel ca lucrătorii aduşi cu prilejul pregătirilor pentru zaiafet şi care, în tulburarea generală, urmau să se ofere, îndatoritori, să-l transporte pe bolnav până la palatul său, aflat atât de sus. Oamenii aceştia, conduşi de Lodovico, aveau să ducă o cantitate destul de însemnată de frânghii, ascunse cu dibăcie sub hainele lor. Se poate observa că

---

[118] Chintal, cvintal, unitate de măsură egală cu o sută de kilograme.

[119] Format de carte obţinut din coala fălţuită de două ori, adică patru file (opt pagini). Dimensiunile medii sunt de aproximativ 33x25 cm.

[120] Apoplexie (atac, dambla, ictus apoplectic), pierdere bruscă a cunoştinţei şi sensibilităţii, datorată de obicei unei hemoragii cerebrale.

ducesa avea, într-adevăr, minţile rătăcite, de când începuse să se gândească serios la fuga lui Fabricio. Pericolul în care se afla această fiinţă atât de dragă era prea mare pentru ca sufletul ei să îl poată îndura şi, mai ales, ţinea de prea multă vreme. Dintr-un exces de prudenţă, fu gata să zădărnicească evadarea, aşa cum vom vedea. Totul se săvârşi aşa cum plănuise, cu singura diferenţă că efectul narcoticului fu prea puternic; toată lumea crezu, chiar şi cei care se pricepeau, că generalul suferise un atac de apoplexie.

Din fericire, Clélia, în disperarea ei, nu bănui nici o clipă că era vorba de o încercare criminală din partea ducesei. Învălmăşeala fu atât de mare, în momentul intrării în cetăţuie a litierei în care se afla, pe jumătate mort, generalul, încât Lodovico şi oamenii săi trecură fără nici o oprelişte; fură percheziţionaţi doar de formă, la *puntea sclavului*. După ce îl duseră pe general până la pat, fură duşi la bucătărie, unde slujitorii din palat îi omeniră cum se cuvine; dar, după ospăţ, care ţinu până târziu, spre dimineaţă, li se aduse la cunoştinţă că, potrivit regulamentului închisorii, trebuia să rămână încuiaţi în încăperile de jos ale palatului până când avea să se facă ziuă, iar locotenentul guvernatorului urma să îi pună în libertate.

Oamenii aceştia găsiseră mijlocul de a-i înmâna lui Lodovico frânghiile cu care fuseseră încărcaţi, dar lui Lodovico îi fu foarte greu să-i atragă, o clipă, atenţia Cléliei. În cele din urmă, pe când trecea dintr-o odaie în alta, îi arătă că lasă pachetele cu frânghii într-unul din colţurile întunecoase dintr-unul din saloanele de la primul cat. Clélia fu adânc izbită de această stranie împrejurare: pe loc, fu cuprinsă de cele mai cumplite bănuieli.

— Cine eşti dumneata? îl întrebă ea pe Lodovico.

Şi, la răspunsul încurcat al acestuia, adăugă:

— Ar trebui să pun să fii arestat; dumneata sau oamenii dumitale l-aţi otrăvit pe tatăl meu!... Mărturiseşte pe dată ce fel de otravă ai folosit, pentru ca doctorul fortăreţei să poată găsi antidotul potrivit; mărturiseşte pe dată sau dumneata şi complicii dumitale nu veţi mai ieşi niciodată din cetăţuie!

— Domnişoara nu are nici un motiv să se neliniştească, răspunse Lodovico cu bunăvoinţă şi cu o politeţe desăvârşită; nu este vorba în nici un fel, de otravă; s-a comis imprudenţa de a-i administra generalului o doză de laudanum[121] şi se pare că slujitorul care a primit această însărcinare a picurat în pahar câţiva stropi mai mult. Vom avea remuşcări veşnice din această pricină, dar domnişoara poate fi convinsă că, mulţumită lui Dumnezeu, nu există nici un pericol: domnul guvernator trebuie tratat pentru că a luat, din greşeală, o doză prea puternică de laudanum, dar am onoarea să-i repet domnişoarei că lacheul însărcinat cu această nevrednică treabă nu s-a folosit de otrăvuri adevărate, aşa cum a făcut Barbone, când a vrut să-l otrăvească pe *monsignorul* Fabricio. Cu nici un chip nu am vrut să-l răzbunăm pe *monsignorul* Fabricio pentru primejdia prin care a trecut; îi jur domnişoarei că acelui lacheu neîndemânatic i s-a încredinţat o singură fiolă de laudanum! Dar este de la sine înţeles că, dacă voi fi interogat oficial, voi nega totul.

De altfel, dacă domnişoara se apucă să spună cuiva, oricine ar fi, despre laudanum şi otravă, fie chiar şi preabunului don Cesare, îl ucide pe Fabricio chiar cu mâna ei. Va zădărnici toate planurile de evadare şi domnişoara ştie mai bine decât mine că nu cu laudanum vor să-l otrăvească pe *monsignore*; ştie, de asemenea, că o anumită persoană a dat un răgaz de numai o lună pentru înfăptuirea acestei crime şi că a trecut, deja, mai mult de o săptămână de când a fost primit acest ordin fatal. Aşa că, dacă pune să fiu arestat sau dacă îi suflă o singură vorbă lui don Cesare sau altcuiva, întârzie toate acţiunile noastre cu mai mult de o lună şi am dreptate să zic că îl ucide cu mâna ei pe *monsignorul* Fabricio."

Clélia era înspăimântată de strania seninătate a lui Lodovico.

„Iată-mă, aşadar, îşi spuse ea, stând liniştită la taclale cu otrăvitorul tatălui meu, care, pe deasupra, mai e şi plin de bună-cuviinţă! Şi dragostea este aceea care m-a împins la toate aceste crime!..."

Remuşcările de-abia dacă îi mai îngăduiau să vorbească; îi spuse lui Lodovico:

---

[121] Substanţă obţinută din opium folosită ca medicament.

— O să te încui aici, în salon. Alerg să-i spun doctorului că e vorba doar de laudanum. Dar, Doamne Dumnezeule! De unde să-i spun că am aflat? Mă întorc, apoi, să-ţi dau drumul.

Dar, zise Clélia întorcându-se în goană de la uşă, Fabricio ştia ceva despre laudanum?

— Dumnezeule, nu, domnişoară, n-ar fi consimţit niciodată. Şi apoi, la ce bun să faci o mărturisire inutilă? Acţionăm cu cea mai mare băgare de seamă. Este vorba să salvăm viaţa *monsignorului* care va fi otrăvit de azi în trei săptămâni; ordinul a fost dat de cineva care, în mod obişnuit, nu întâmpină nici un obstacol în calea îndeplinirii voinţei lui. Şi, pentru a-i spune totul domnişoarei, se pare că cel care a primit această însărcinare este înfricoşătorul procuror general Rassi însuşi.

Clélia fugi înspăimântată: se bizuia atât de mult pe cinstea desăvârşită a bunului don Cesare, încât, luându-şi, totuşi, unele măsuri de prevedere, îndrăzni să-i spună că generalul înghiţise, din greşeală, laudanum şi că nicidecum nu era vorba de altceva. Fără să răspundă, fără să întrebe, don Cesare alergă la doctor.

Clélia se întoarse în salonul în care îl încuiase pe Lodovico, cu intenţia de a-l mai descoase în legătură cu laudanumul. Nu-l mai găsi; reuşise să scape de acolo. Văzu, pe masă, o pungă plină cu galbeni şi o cutiuţă în care se aflau diverse otrăvuri. La vederea lor, se cutremură. „Cine mă poate asigura, se gândi ea, că tatălui meu i s-a dat doar laudanum şi că ducesa n-a vrut să se răzbune pentru încercarea lui Barbone?"

„Doamne Dumnezeule! exclamă ea, iată-mă în legătură cu otrăvitorii tatălui meu! Şi îi las să scape! Şi poate că omul acela, luat la întrebări, ar fi mărturisit altceva, decât laudanum."

De îndată, Clélia căzu în genunchi cu ochii plini de lacrimi şi se rugă fierbinte Sfintei Fecioare.

În vremea asta, doctorul fortăreţei, foarte mirat de comunicarea pe care i-o făcuse don Cesare, după care nu ar fi fost vorba de nimic altceva decât de laudanum, aplică leacurile potrivite, care, curând, făcură să dispară simptomele cele mai îngrijorătoare. Generalul îşi veni puţin în fire, spre revărsatul zorilor.

Prima acţiune prin care arătă că îşi recăpătase cunoştinţa fu să-l acopere cu ocări pe colonelul vicecomandant al fortăreţei, care se încumetase să dea câteva ordine, dintre cele mai simple din lume, cât timp generalul zăcuse mai mult mort decât viu.

După care, guvernatorul se mânie cumplit pe o fată de la bucătărie, care, aducându-i o ceaşcă de supă, cutezase să pronunţe cuvântul „apoplexie".

— Dar ce, am ajuns eu, oare, la vârsta mea, să mă lovească damblaua? Doar duşmanii mei cei mai înverşunaţi găsesc o mare plăcere în a răspândi astfel de zvonuri. Şi, de altfel, mi s-a luat sânge pentru ca să pot fi calomniat că aş fi avut un atac?

Fabricio, prins cu pregătirile fugii sale, nu-şi putea explica zgomotele ciudate ce începuseră să răsune în fortăreaţa în care îl aduseseră, pe jumătate mort, pe general. La început, crezu că îi schimbaseră sentinţa şi că veneau să-l ducă pe eşafod. Văzând apoi că nimeni nu se înfăţişa în odaia lui, îşi spuse că probabil Clélia fusese trădată, că, la întoarcerea ei în cetăţuie, îi fuseseră luate funiile pe care le aducea şi că, în sfârşit, planurile lui de evadare erau, de acum încolo, cu neputinţă de înfăptuit. A doua zi, în zori, văzu intrând în camera lui un om pe care nu îl mai văzuse niciodată şi care, fără să scoată o vorbă, îi lăsă un coş cu fructe: sub fructe era ascunsă următoarea scrisoare:

*„Pătrunsă de cele mai aprige remuşcări din pricina celor ce s-au întâmplat — nu, mulţumesc lui Dumnezeu — cu voia mea, dar din pricina unui gând al meu, am făcut legământ Sfintei Fecioare preacurate că, dacă, din mila ei, tatăl meu scapă, să nu mă mai împotrivesc niciodată poruncilor lui; mă voi căsători cu marchizul de îndată ce mi se va cere şi nu te voi mai revedea niciodată. Cred, totuşi, că e de datoria mea să isprăvesc ceea ce a fost început. Duminica viitoare, la întoarcerea de la liturghie, unde vei fi dus la cererea mea (ai grijă să-ţi pregăteşti sufletul, ai putea fi ucis în greaua încercare), la întoarcerea de la liturghie, întârzie cât mai mult posibil întoarcerea în camera ta; acolo vei găsi tot ceea ce ai nevoie pentru a înfăptui cele plănuite). Dacă îţi vei pierde viaţa, mi se va sfâşia inima! Ai putea să mă acuzi că am contribuit la moartea ta? Ducesa însăşi, nu mi-a repetat ea*

oare, în mai multe rânduri, că facțiunea Raversi câștigă? Vor să-l aibă la mână pe principe printr-o cruzime care să-l despartă, definitiv, de Mosca. Ducesa, izbucnind în lacrimi, mi-a jurat că nu mai există nici o altă cale: dacă nu vei încerca să fugi, vei pieri. Nu pot să te mai privesc, am făcut legământ; dar dacă, duminică, spre seară, mă vei vedea îmbrăcată numai în negru, la fereastra obișnuită, acesta va fi semnalul că, în noaptea următoare, totul va fi pregătit, pe măsura slabelor mele mijloace. După ceasurile unsprezece, poate la douăsprezece sau la unu, la fereastra mea va apărea o mică lampă, ceea ce înseamnă că a sosit clipa hotărâtoare; roagă-te sfântului care te ocrotește, îmbracă-te cu hainele preoțești pe care le ai și pornește.

Adio, Fabricio, mă voi ruga necontenit, vărsând lacrimile cele mai amare, poți să mă crezi, în timp ce vei înfrunta primejdii atât de mari. Dacă vei pieri, n-o să-ți supraviețuiesc. Doamne Dumnezeule, ce spun? Dar dacă vei reuși, n-o să te mai revăd niciodată. Duminică, după liturghie, vei găsi în celula ta bani, otrăvuri, frânghii, toate trimise de acea femeie deosebită care te iubește cu patimă și care mi-a repetat de trei ori la rând că trebuie să iei această hotărâre. Să te izbăvească Dumnezeu și Sfânta Fecioară".

Fabio Conti era un temnicier veșnic neliniștit, veșnic nefericit, veșnic visând că unul dintre prizonierii lui a evadat: era urât de toți cei care se aflau în cetățuie. Nenorocirea insuflând aceleași hotărâri tuturor oamenilor, sărmanii prizonieri, chiar și aceia care zăceau în lanțuri, în celule înalte de cinci picioare, largi de trei picioare și cu o lungime de opt picioare, în care nu puteau sta nici în picioare, nici așezați, toți prizonierii, chiar și aceștia, cum spun, avură ideea să pună să slujească, pe cheltuiala lor, un *Te Deum*[122]. Atunci când aflară că guvernatorul lor se afla în afară de orice pericol, doi sau trei dintre acești nefericiți îi dedicară, chiar, sonete. Oh! Efectul nenorocirii asupra oamenilor acestora! Fie ca cel care i-ar condamna pentru asta să fie blestemat de soartă să-și

---

[122] Tedeum, slujbă, serviciu divin care se oficiază în împrejurări solemne la catolici, și începe cu cuvintele *Te Deum*, „Pe tine, Doamne", în limba latină, în original, în text.

petreacă un an din viaţă într-o celulă înaltă de opt picioare, cu opt uncii[123] de pâine pe zi şi *postind* vinerea.

Clélia, care nu mai ieşea din camera tatălui ei decât ca să se ducă în capelă, să se roage, spuse că guvernatorul hotărâse ca sărbătoarea publică să aibă loc de-abia duminică. În dimineaţa acelei zile, Fabricio asistă la liturghie şi la *Te Deum*; seara, se aprinse un foc de artificii, iar în sălile de jos ale castelului li se împărţi soldaţilor o cantitate de vin de patru ori mai mare decât cea acordată de guvernator; o mână necunoscută trimisese, chiar, mai multe butoaie de rachiu, cărora vajnicii oşteni le dădură cep. Generozitatea cătanelor care chefuiau nu acceptă ca cei cinci militari care făceau de gardă, ca santinele, în jurul palatului să sufere din pricina însărcinării lor; pe măsură ce ajungeau la gheretele lor, un slujitor de încredere le dădea vin şi, nu se ştie cum, cei care fură puşi de strajă la miezul nopţii şi pe restul nopţii primiră, de asemenea, un pahar de rachiu, iar sticla era uitată, de fiecare dată, lângă gheretă (aşa cum s-a dovedit la procesul care a urmat).

Cheful ţinu mai multă vreme decât se gândise Clélia şi de-abia spre ceasurile unu, Fabricio, care de opt zile tăiase două gratii de la fereastra sa, aceea ce nu dădea spre odaia cu păsări, începu să desfacă oblonul; lucra aproape chiar deasupra capului santinelelor ce păzeau palatul guvernatorului, dar acestea nu auziră nimic. Făcuse câteva noduri noi doar la funia uriaşă necesară pentru a coborî înfricoşătoarea înălţime de o sută optzeci de picioare. Îşi înfăşură frânghia în jurul corpului, de-a curmezişul pieptului: îl stingherea mult, volumul ei era enorm; nodurile o împiedicau să stea bine strânsă, aşa că se îndepărta la mai mult de optsprezece degete de trup. „Iată marele obstacol", îşi spuse Fabricio.

Odată potrivită de bine, de rău această frânghie, Fabricio o luă pe aceea cu care socotea să coboare cele treizeci şi cinci de picioare ce despărţeau fereastra sa de esplanada unde se afla palatul guvernatorului. Dar oricât de ameţite ar fi fost santinelele,

---

[123] Vezi nota nr. 8.

nu putea coborî chiar pe capetele lor, aşa că ieşi, aşa cum am spus, pe a doua fereastră a camerei lui, aceea care dădea pe acoperişul unui soi de vast corp de gardă. Printr-o ciudăţenie de bolnav, de îndată ce generalul Fabio Conti îşi recăpătase graiul, ordonase ca două sute de soldaţi să urce în acest vechi corp de gardă, părăsit de un secol. Spunea că, după ce îl otrăviseră, voiau să-l asasineze în propriul lui pat, iar aceşti două sute de soldaţi erau meniţi să-l păzească. Vă daţi seama ce efect avu această măsură neprevăzută asupra Cléliei: fata aceasta cu frica lui Dumnezeu îşi dădea seama foarte bine cât de mult îşi trăda tatăl, şi încă un tată care fusese aproape otrăvit în interesul prizonierului pe care îl iubea. Aproape că văzu în sosirea neprevăzută a acestor două sute de oameni un semn al Providenţei, care îi interzicea să meargă mai departe şi să-i redea libertatea lui Fabricio.

Dar, toată lumea din Parma vorbea despre apropiata moarte a prizonierului. Se discutase, despre acest trist subiect, chiar şi la petrecerea dată în cinstea căsătoriei *signorei* Giulia Crescenzi. Dacă pentru un asemenea fleac, o lovitură de sabie neîndemânatică dată unui comediant, un om cu rangul lui Fabricio nu era pus în libertate, după nouă luni de temniţă, însemna că în toată povestea lui exista un interes politic. „Atunci e de prisos să ne mai batem capul cu el, se spunea; dacă celor puternici le e peste mână să-i ia viaţa într-un loc public, va muri, curând, de boală". Un lăcătuş care fusese chemat la palat de generalul Fabio Conti vorbi despre Fabricio ca despre un prizonier trimis de multă vreme pe lumea cealaltă şi a cărui moarte nu era divulgată din motive politice. Spusele acestui om o determinaseră pe Clélia să ia hotărârea.

## CAPITOLUL AL DOUĂZECI ŞI DOILEA

ÎN TIMPUL ZILEI, Fabricio fu bântuit de unele gânduri serioase şi dezagreabile, dar, pe măsură ce auzea bătând orele care îl apropiau de momentul acţiunii, începea să se simtă voios şi bine dispus. Ducesa îi scrisese că va fi ameţit de aerul tare de afară şi că, de-abia ieşit din închisoare, s-ar putea să-i fie cu neputinţă să se ţină pe picioare; în cazul acesta, ar fi mai bine să se lase prins, decât să se prăbuşească de la înălţimea unui zid de o sută optzeci de picioare. „Dacă mi se va întâmpla această nenorocire, îşi spuse Fabricio, o să mă culc pe parapet, o să trag un pui de somn, preţ de un ceas, apoi o s-o iau de la capăt; de vreme ce i-am jurat Cléliei, prefer să cad de pe un meterez, oricât de înalt, decât să mă gândesc tot timpul ce gust are pâinea pe care o mănânc. Prin ce dureri îngrozitoare trebuie să treci la sfârşit, când mori otrăvit! Fabio Conti n-o să se complice deloc, o să-mi dea din arsenicul cu care stârpeşte şobolanii din fortăreaţă". Pe la miezul nopţii, una dintre acele pâcle dese şi albe pe care le aşterne câteodată Padul pe malurile sale acoperi mai întâi oraşul şi apoi se întinse şi peste esplanada şi bastioanele în mijlocul cărora se înălţa turnul cel mare al cetăţuii. Lui Fabricio i se păru că, de pe parapetul platformei, nu se mai zăreau salcâmii pitici ce înconjurau grădinile sădite de soldaţi la baza zidului de o sută de picioare.

„Asta-i straşnic", cugetă el. Puţin după ce bătu douăsprezece şi jumătate, semnalul micii lămpi se ivi la fereastra odăii cu păsări. Fabricio era gata să treacă la fapte; se închină, apoi legă de patul lui frânghia cea mică, pregătită să-i folosească pentru a coborî distanţa de treizeci şi cinci de picioare ce-l despărţea de platforma pe care se afla palatul. Ajunse fără necazuri pe acoperişul corpului de gardă, ocupat din ajun de cei două sute de oameni aduşi ca întăriri, despre care am vorbit. Din nefericire, la unu fără un sfert, cât era atunci, soldaţii nu adormiseră încă; în timp ce se furişa cu paşi de lup pe acoperişul de ţiglă groasă, Fabricio îi auzea zicând că umblă diavolul pe casă şi că ar trebui să încerce să-i facă de petrecanie cu un glonţ. Câteva glasuri susţineau că o asemenea dorinţă este întru totul lipsită de respect, alţii spuneau că, dacă ar trage un foc de puşcă fără să ucidă pe nimeni, guvernatorul i-ar băga pe toţi la carceră, fiindcă au dat alarma de pomană. Toată această frumoasă sporovăială îl făcea pe Fabricio să se grăbească şi mai tare şi să facă şi mai mult zgomot. Fapt este că, în momentul în care, spânzurat de funia lui, trecu prin fața ferestrelor, din fericire, la patru-cinci picioare depărtare, din cauză că acoperișul era ieșit în afară, acestea erau îndesate de baionete. Câțiva au pretins că Fabricio, nebun cum era, avusese ideea să joace rolul diavolului, zvârlind cătanelor un pumn de galbeni. Dar cert este că presărase galbeni pe podeaua camerei lui; și de asemenea, pe platformă, în drumul lui de la Turnul Farnese la parapet, pentru a-și oferi șansa de a-i ține în loc pe soldații care ar fi putut porni pe urmele lui.

Ajuns pe platformă și înconjurat de străji, care, în mod obișnuit, zbierau din sfert în sfert de ceas: *Totul e bine în jurul postului meu*, își îndreptă pașii spre parapetul de la apus și căută piatra cea nouă.

Ceea ce pare de necrezut și ne-ar putea face să ne îndoim de această întâmplare, dacă la deznodământul ei n-ar fi fost martor întreg orașul, este faptul că santinelele înșirate de-a lungul parapetului nu l-au zărit și nu l-au înhățat pe Fabricio; adevărul este că negura de care am vorbit începuse să urce, iar Fabricio avea să spună că, atunci când ajunsese pe platformă, i se părea că ceața se ridicase deja până la jumătatea Turnului Farnese. Dar nu era deloc deasă, căci le putea desluși foarte bine pe santinele, dintre care unele se plimbau. După care avea să adauge că, împins ca de o forță supranaturală, se dusese și se așezase, plin de îndrăzneală, între două caraule, destul de aproape una de alta. Își desfăcuse liniștit funia cea mare, pe care o avea înfășurată în jurul corpului și care de două ori se încurcase. Îi auzea pe soldați vorbind în jurul lui și era hotărât să-și împlânte pumnalul în primul care ar fi înaintat spre el.

„Nu eram deloc tulburat, încheiase el, mi se părea că împlineam un ritual".

Își legă frânghia, în sfârșit descâlcită, petrecând-o printr-o deschizătură făcută în parapet, pentru scurgerea apelor, se urcă pe acel parapet și se rugă fierbinte Domnului; apoi, ca un erou de pe vremea Ordinului Cavalerilor, din Evul Mediu, își îndreptă o clipă gândurile spre Clélia. „Cât de diferit sunt, își spunea el, de acel Fabricio ușuratic și nestatornic, care a intrat aici acum nouă luni!" În sfârşit, începu să coboare de la acea uimitoare înălţime. Făcea totul mecanic, mărturisea mai târziu, ca şi cum ar fi fost în plină zi, coborând în faţa unor prieteni, ca să câştige un rămăşag. Pe la mijlocul coborâşului, simţi brusc că braţele lui îşi pierd toată vlaga; i se păru chiar că lasă o clipă funia; dar curând o prinse din nou, poate, avea să mărturisească în continuare, se apucase de mărăcinişul pe lângă care aluneca şi care îi sfâşia pielea. Simţea, din când în când, o durere atroce între umeri, atât de atroce, încât uneori i se tăia răsuflarea. Exista o mişcare de pendulare foarte incomodă, care-l trimitea, fără încetare, de la funie în mărăciniş. Fu izbit de mai multe păsări mari, pe care le trezise şi care se aruncară asupra lui, luându-şi zborul. În prima clipă, crezuse că era lovit de nişte oameni care coborau din turn pe aceeaşi cale ca şi el, ca să-l prindă, şi fusese gata să se apere. În sfârşit, ajunse jos, la baza turnului, fără alt neajuns, decât acela de a-şi fi însângerat mâinile. Avea să povestească apoi cum, de la mijlocul turnului, planul uşor înclinat pe care îl formează zidul îi fusese de mare ajutor; se frecase de el, în coborâre, iar plantele care creşteau între pietre îl împiedicaseră să alunece. Ajuns jos, în grădinile soldaţilor, căzu peste un salcâm care, văzut de sus, nu i se păruse mai înalt de cinci-şase picioare, dar care de fapt avea cincisprezece sau douăzeci. Un beţiv care se afla acolo, adormit, îl luă drept un hoţ. Sărind din copac, Fabricio aproape că-şi scrânti braţul drept. Începu să alerge spre meterez, dar, după spusele lui, îşi simţea picioarele moi; n-avea nici o vlagă. În ciuda pericolului, se aşeză şi dădu de duşcă pe gât puţinul rachiu care îi mai rămăsese. Aţipi câteva minute, căzând într-un somn atât de adânc, încât, când se trezi, nu mai ştia unde se află; nu putea înţelege cum, aflându-se în camera lui, vede copaci. În cele din urmă, teribilul adevăr îi reveni în memorie. Imediat, o luă din loc spre meterez; urcă pe creasta lui, pe o scară mare. Santinela de acolo sforăia în gheretă ei. Găsi un tun zăcând în iarbă şi anină de el ultima lui funie; aceasta se dovedi prea scurtă şi căzu într-un şanţ mocirlos, în care putea fi apă adâncă aşa cam de un picior. În timp ce se ridica şi încerca să-şi vină în fire, se simţi înşfăcat de doi oameni, încremeni o clipă de spaimă, dar imediat auzi rostindu-i-se în şoaptă, la ureche: „Ah! *Monsignore! Monsignore!* Înţelese, vag, că erau oamenii ducesei; numaidecât se prăbuşi într-un leşin adânc. Ceva mai târziu, îşi dădu seama că era cărat de nişte oameni care mergeau în tăcere şi foarte repede; apoi se opriră, ceea ce îl nelinişti tare. Dar nu avea nici puterea de a vorbi, nici pe aceea de a deschide ochii; simţea că e strâns în braţe; brusc, recunoscu parfumul veşmintelor ducesei. Mireasma cunoscută îl trezi la viaţă; deschise ochii şi reuşi să rostească vorbele:

— Ah! Scumpă prietenă!

Apoi îşi pierdu din nou cunoştinţa.

Credinciosul Bruno, cu o escuadă[124] de oameni din poliţie, credincioşi contelui, aştepta, gata de luptă, două sute de paşi mai încolo; contele însuşi era ascuns într-o căruţă, foarte aproape de locul unde se afla ducesa. N-ar fi şovăit, dacă ar fi fost nevoie, să pună mâna pe sabie, împreună cu câţiva ofiţeri în rezervă, prietenii lui intimi; se considera obligat să-i salveze viaţa lui Fabricio, care i se părea în mare pericol şi care, odinioară, ar fi putut să aibă hotărârea de graţiere semnată de principe, dacă el, Mosca, n-ar fi făcut prostia de a încerca să îndrepte o prostie făcută în scris de acesta.

De la miezul nopţii, ducesa, înconjurată de oameni înarmaţi până în dinţi, rătăcea, într-o tăcere desăvârşită, prin faţa meterezelor fortăreţei; nu putea sta pe loc, îşi închipuia că va avea de luptat ca să-l poată scăpa pe Fabricio de soldaţii care o să-l urmărească. Imaginaţia ei înflăcărată luase o sumedenie de măsuri de prevedere, prea multe ca să le înşirăm aici şi de o nesocotinţă de necrezut.

S-a calculat că fuseseră pregătiţi peste optzeci de agenţi, gata să se lupte pentru ceva extraordinar. Din fericire, Ferrante şi Lodovico erau la cârma întregii acţiuni, iar ministrul poliţiei nu

---

[124] Escuadă, căprărie, mic detaşament de soldaţi, aflat sub comanda unui căprar, a unui caporal.

se arătă ostil; contele însuşi avea să constate că ducesa nu fusese trădată de nimeni, nici chiar el nu ştiuse nimic, în calitate de ministru.

La revederea lui Fabricio, ducesa îşi pierdu cu totul capul; îl strânse, pierdută, în braţe, apoi fu cuprinsă de disperare, văzându-se acoperită de sânge: era sângele de pe mâinile lui şi crezu că era grav rănit. Ajutată de unul dintre oamenii lui, se apucă să-i scoată haina, ca să-l panseze, când Lodovico, care din fericire se afla acolo, îi urcă forţat pe ducesă şi pe Fabricio într-una din trăsurile care erau ascunse într-o grădină din apropierea intrării în oraş şi porniră în goana mare, ca să treacă peste Pad, pe lângă Sacca. Ferrante, cu douăzeci de oameni bine înarmaţi, le asigura ariergarda, jurând pe viaţa lui că-i va ţine în loc pe urmăritori. Contele nu părăsi împrejurimile cetăţuii, singur şi pe jos, decât de-abia două ore mai târziu, când se convinse că nu se mişcă nimic.

„Iată-mă vinovat de înaltă trădare", îşi spunea el, beat de bucurie.

Lodovico avu ideea nemaipomenită de a aşeza într-o altă trăsură un tânăr chirurg legat de casa ducesei şi care semăna mult cu Fabricio.

— Fugi, îi spuse el acestuia, în partea dinspre Bologna, fii cât mai neîndemânatic, încearcă să faci în aşa fel încât să fii arestat; atunci, încurcă-te în răspunsuri şi, în cele din urmă, mărturiseşte că eşti Fabricio del Dongo; mai cu seamă, ai grijă să câştigi timp. Caută să fii iscusit în neîndemânarea dumitale, o să te pricopseşti cu o lună de puşcărie, iar doamna te va răsplăti cu cincizeci de galbeni.

— Mai stai să te gândeşti la bani, când o slujeşti pe doamna?

Plecă şi fu reţinut câteva ceasuri mai târziu, ceea ce îi făcu pe generalul Fabio Conti şi pe procurorul general Rassi, care, o dată cu primejdia prin care trecea Fabricio, simţea că-şi ia adio de la baronie, să sară în sus de bucurie.

Evadarea n-a fost descoperită în fortăreaţă decât pe la orele şase dimineaţa şi de-abia la zece cutezară să-l înştiinţeze pe principe. Ducesa fusese atât de bine slujită, încât, cu tot somnul adânc al lui Fabricio, pe care ea îl luase drept un leşin vecin cu moartea — ceea ce o făcu să oprească trăsura de trei ori —, trecea Padul într-o barcă pe când bătea de patru. Pe malul stâng aşteptau caii de schimb; străbătură, foarte iute, încă două leghe, după care fură opriţi mai bine de jumătate de oră pentru verificarea paşapoartelor. Ducesa avea de tot felul, pentru ea şi pentru Fabricio; dar în ziua aceea nu era întreagă la minte: se hotărî brusc să-i dea zece napoleoni funcţionarului de poliţie austriac şi să-i strângă mâna, izbucnind în lacrimi. Funcţionarul, foarte speriat, le mai controlă încă o dată documentele. Luară diligenţa; ducesa împărţea bani în stânga şi-n dreapta, stârnind peste tot bănuieli, în această ţară în care orice străin era suspect. Lodovico îi veni din nou în ajutor; spuse că doamna ducesă era înnebunită de durere, din cauza febrei care refuza să scadă a tânărului conte Mosca, fiul primului-ministru al Parmei, pe care îl ducea să fie consultat de medicii din Pavia.

De-abia la zece leghe dincolo de Pad, prizonierul îşi veni cu totul în fire; avea un umăr luxat şi o mulţime de zgârieturi. Ducesa avea, încă, un mod de a se purta atât de neobişnuit, încât stăpânul unui han de ţară, unde prânziră, crezu că are de-a face cu o principesă de sânge imperial şi era gata să pună să i se aducă onorurile ce credea el că i se cuvin, când Lodovico îi spuse acelui om că principesa îl va arunca, fără doar şi poate, în temniţă, dacă îndrăzneşte să ceară să se tragă clopotele.

În sfârşit, pe la ceasurile şase seara, ajunseră pe teritoriul Piemontului. Numai aici Fabricio era în deplină siguranţă; îl duseră într-un sătuc ferit, departe de drumul mare; îi pansară mâinile şi mai dormi câteva ore bune.

În sătucul acesta avea să se dedea ducesa la o acţiune nu numai oribilă din punct de vedere al moralei, dar şi cât se poate de nefastă pentru liniştea ei, până la sfârşitul vieţii. Cu câteva săptămâni înainte de evadarea lui Fabricio, într-o zi în care întreaga Parmă se dusese la poarta cetăţuii, să încerce să zărească în curte eşafodul pe care îl înălţau în onoarea sa, ducesa urcase la

Lodovico, devenit factotumul casei sale, mecanismul secret cu ajutorul căruia se putea scoate dintr-o mică ramă de fier, foarte bine ascunsă, una dintre pietrele de la baza vestibulului rezervor de apă al palatului Sanseverina, lucrare din secolul al XIII-lea, despre care am vorbit. În vreme ce Fabricio dormea în *trattoria* din micul sat, ducesa trimise după Lodovico; acesta crezu că nu mai e în toate minţile, într-atât de ciudate erau privirile pe care i le arunca.

— Probabil că te aştepţi, îi spuse ea, să-ţi dau câteva mii de franci. Ei bine, nu! Te cunosc, eşti un poet, i-ai păpa cât ai clipi din ochi. Îţi dăruiesc moşioara de la *Ricciarda*, la o leghe de Casal-Maggiore.

Lodovico se aruncă la picioarele ei, nebun de bucurie, protestând, din inimă, că nu pentru bani contribuise la salvarea *monsignorului* Fabricio, căruia îi purta o dragoste deosebită, de când avusese cinstea să-l ducă o dată cu trăsura, în calitatea sa de al treilea vizitiu al doamnei.

Când omul acesta, într-adevăr din cale-afară de inimos, socoti de cuviinţă că răpise destul timp unei doamne atât de însemnate şi vru să se retragă, ducesa, cu ochii scânteind, îl opri:

— Stai!

Se plimba fără să scoată o vorbă prin camera aceea de han, uitându-se, din când în când, la Lodovico cu o privire rătăcită. În sfârşit, acesta, văzând că plimbarea aceea stranie nu se mai isprăveşte, se crezu dator să-i spună el ceva stăpânei lui.

— Doamna mi-a făcut un dar atât de mare, mai presus decât tot ceea ce un om sărman ca mine îşi putea închipui şi mai cu seamă mult peste micile servicii pe care am avut onoarea să i le fac, încât, cu mâna pe inimă, cred că nu pot păstra moşia de la Ricciardia. Am cinstea să i-o înapoiez doamnei, rugând-o să-mi acorde o pensie de patru sute de franci.

— De câte ori în viaţa ta, îi spuse ea plină de trufie şi întunecându-se la faţă, de câte ori ai auzit spunându-se despre mine că mi-am luat vorba înapoi?

După fraza aceasta, ducesa se mai învârti de câteva ori prin odaie, apoi, oprindu-se brusc, strigă:

— Doar din întâmplare și pentru că a știut să-i placă acelei fetițe, a fost salvată viața lui Fabricio! Dacă n-ar fi fost drăguț cu ea, ar fi murit. Îndrăznești să spui că nu-i așa? spuse ea, înaintând spre Lodovico cu ochii aprinși de cea mai aprigă mânie. Lodovico dădu înapoi câțiva pași. Credea că înnebunise, ceea ce îl făcu să se îngrijoreze în ceea ce privea proprietatea lui de la Ricciarda.

— Ei bine! reluă ducesa, schimbată cu totul, cu glasul cel mai blând și cel mai vesel din lume, vreau ca bunii mei locuitori din Sacca să aibă o zi de pomină, de care să-și aducă aminte multă vreme. Te vei întoarce la Sacca, ai ceva împotrivă? Crezi că te pândește vreo primejdie?

— Prea puțin, doamnă: nici unul dintre locuitorii din Sacca nu va mărturisi niciodată că am făcut parte din suita *monsignorului* Fabricio. De altfel, îndrăznesc să-i spun doamnei că ard de nerăbdare să văd moșia *mea* de la Ricciarda: mi se pare atât de năstrușnic să fiu proprietar!

— Îmi place veselia ta. Arendașul de la Ricciarda îmi datorează, cred, arenda pe patru ani: îi dăruiesc jumătate din ceea ce îmi datorează, iar cealaltă jumătate ți-o dau ție, cu o condiție: te vei duce la Sacca, vei spune că poimâine e praznicul uneia dintre sfintele mele ocrotitoare, iar în seara de după sosirea ta vei pune să se ilumineze castelul de să se ducă vestea. Nu cruța nici banii, nici osteneala: gândește-te că e cea mai mare bucurie a vieții mele. Pregătesc de multă vreme iluminația aceasta; de trei luni, am strâns în pivnițele castelului tot ceea ce poate sluji acestei nobile sărbători; i-am dat în păstrare grădinarului toate cartușele necesare unui foc de artificii magnific: vei pune să fie trase pe terasa cu vedere spre Pad. Am nouăzeci de butoaie mari cu vin în pivnițele mele, vei cere să se facă optzeci și nouă de fântâni în parcul meu. Dacă a doua zi va rămâne o singură sticlă de vin nebăută, voi spune că nu-l iubești pe Fabricio. Când fântânile de vin, iluminația și focurile de artificii vor fi pe cale de a se face, te vei face nevăzut, din spirit de prevedere, căci este posibil — și asta este și speranța mea — ca la Parma, toate lucrurile astea să treacă drept o obrăznicie.

— Nu numai că e posibil, dar e chiar sigur, după cum sigur e și că procurorul general Rassi, care a semnat sentința *monsignorului*, o să crape de furie. Iar... adăugă Lodovico cu timiditate, dacă doamna ar vrea să-i facă o plăcere și mai mare sărmanului ei slujitor, decât să-i dea jumătate din arenda pe care trebuie s-o primească din urmă de la Ricciarda, i-ar îngădui să-i joace o festă acestui Rassi...

— Ești un om de toată isprava! strigă entuziasmată ducesa, dar îți interzic cu desăvârșire să-i faci ceva lui Rassi; am de gând să pun să fie spânzurat în public, mai târziu. În ceea ce te privește, încearcă să nu fii arestat la Sacca, totul ar lua o întorsătură proastă, dacă te-aș pierde.

— Eu, doamnă? Dacă voi spune că sărbătoream una dintre sfintele ocrotitoare ale doamnei, poate să trimită poliția și treizeci de jandarmi să strice petrecerea, fiți convinsă că, înainte de a ajunge la crucea roșie ce se află în mijlocul satului, nici unul dintre ei nu va mai rămâne în șa. Doar nu sunt niște țânci cu caș la gură locuitorii din Sacca, toți sunt contrabandiști hârșâiți și o venerează pe doamna.

— În sfârșit, reluă ducesa neașteptat de destinsă, dacă tot dau de băut bravilor mei oameni din Sacca, de ce să nu-i inund și pe locuitorii Parmei? Chiar în seara în care castelul meu va fi iluminat, ia cel mai focos armăsar din grajdul meu, dă o goană până la palatul meu din Parma și deschide rezervorul.

— Ah! Ce gând nemaipomenit i-a dat prin minte doamnei! exclamă Lodovico râzând în hohote, vin pentru oamenii de treabă din Sacca și apă pentru burghezii din Parma, care erau atât de siguri, ticăloșii, că *monsignorul* Fabricio va fi otrăvit, ca sărmanul L...

Bucuria lui Lodovico nu se mai isprăvea; ducesa se uita îngăduitoare cum se umflă de râs, repetând într-una:

— Vin celor din Sacca și apă celor din Parma! Doamna știe, desigur, mai bine decât mine, că atunci când rezervorul a fost golit, din nebăgare de seamă, acum vreo douăzeci de ani, apa s-a întins pe mai multe străzi din Parma, ajungând până la o adâncime de un picior.

— Și apă celor din Parma, replică ducesa râzând. Locul de promenadă din fața cetățuii ar fi gemut de lume, dacă i-ar fi tăiat gâtul lui Fabricio... Toată lumea îi zice *marele vinovat*... Dar mai cu seamă, fă lucrul acesta cu dibăcie, în așa fel încât nimeni să nu afle nici că inundația asta a fost provocată de tine, nici că a fost poruncită de mine. Fabricio, și chiar și contele nu trebuie să afle de această glumă năstrușnică... Dar era să-i uit pe săracii din Sacca: du-te și scrie-i o scrisoare administratorului meu, pe care o voi semna; îi vei spune că, pentru hramul sfintei mele ocrotitoare, să împartă o sută de galbeni oamenilor sărmani din Sacca și să ți se supună întru totul, în ceea ce privește iluminația, focul de artificii și vinul; mai ales, să nu mai rămână o sticlă plină în pivnițele mele.

— Administratorul doamnei nu va fi încurcat decât într-o singură privință: de cinci ani, de când este doamna la castel, n-a mai lăsat nici zece familii nevoiașe în Sacca.

— *Și apă pentru cei din Parma!* reluă ducesa, cântând. Cum ai de gând să faci această ispravă?

— Planul meu e gata făcut: pornesc din Sacca la ceasurile nouă, la zece și jumătate, calul meu este la hanul *Trei ganașe*, pe drumul spre Casal-Maggiore și spre moșia *mea* de la Ricciarda; la unsprezece sunt în cămăruța mea de la palat, iar la unsprezece și un sfert, apă din belșug pentru cei din Parma, să bea în sănătatea marelui vinovat! Zece minute mai târziu, ies din oraș pe drumul spre Bolognia. Mă înclin până la pământ, luându-mi rămas-bun de la cetățuia pe care curajul *monsignorului* și istețimea doamnei au făcut-o de rușine; o iau pe o potecă ce taie peste câmp, bine cunoscută de mine, și-mi fac intrarea în Ricciarda.

Lodovico ridică ochii spre ducesă și se sperie: se uita țintă la peretele gol din fața ei, iar privirea, trebuie să recunoaștem, îi era cumplită.

— Ah! Biata mea moșie! se gândi Lodovico. Fapt este că a înnebunit!

Ducesa se uită la el şi-i ghici gândul.

— Ah! Domnul Lodovico, marele poet, vrea o donaţie scrisă; fugi şi adu-mi o coală de hârtie! Lodovico nu aştepta să i se spună de două ori, iar ducesa scrise cu mâna ei un lung act de recunoaştere, antedatat cu un an, prin care declara că a primit, de la Lodovico-San-Micheli suma de optzeci de mii de franci, dându-i în gaj moşia de la Ricciarda. Dacă, după douăsprezece luni împlinite, ducesa nu-i va înapoia cele optzeci de mii de franci lui Lodovico, moşia de la Ricciarda va rămâne în proprietatea sa.

— Frumos îmi stă, îşi spunea ducesa, să dau unui slujitor devotat aproape o treime din ceea ce mi-a rămas pentru mine însămi.

— A, da! îi zise ducesa lui Lodovico, după gluma cu rezervorul, nu-ţi dau decât două zile să te desfeţi la Casal-Maggiore. Pentru ca vânzarea să fie valabilă, spune că este vorba de o afacere care datează de acum un an. Întoarce-te fără zăbavă la Belgirato, unde ne vom întâlni din nou, căci s-ar putea ca Fabricio să meargă în Anglia, unde îl vei însoţi.

A doua zi, dimineaţa devreme, ducesa şi Fabricio ajungeau la Belgirato. Se aşezară în acest sat încântător; dar o mâhnire de moarte o aştepta pe ducesă pe malul frumosului lac. Fabricio era schimbat cu totul; din primele momente după ce se deşteptase din somnul său, într-o oarecare măsură letargic, după evadare, ducesa îşi dăduse seama că ceva cu totul neobişnuit se petrece în sufletul lui. Sentimentul adânc, pe care îl ascundea cu multă grijă, era destul de bizar: era, nici mai mult, nici mai puţin, deznădăjduit că nu se mai află în temniţă. Se ferea, însă, cu multă grijă, să mărturisească pricina tristeţii sale, ar fi atras asupra sa o ploaie de întrebări la care refuza să răspundă.

— Dar cum aşa? îi spunea uimită ducesa, senzaţia cumplită, atunci când foamea te silea să te hrăneşti, ca să te poţi ţine pe picioare, cu unul din acele feluri de mâncare dezgustătoare, senzaţia aceea, „nu cumva are un gust ciudat, nu cumva mă otrăvesc chiar în clipa asta?", senzaţia aceea nu te îngrozea?

— Mă gândeam la moarte, răspundea Fabricio, aşa cum presupun că şi-o imaginează soldaţii: un lucru posibil pe care speram să-l evit, ajutat de îndemânarea mea.

Așadar, câtă neliniște, câtă durere pentru ducesă! Ființa aceasta adorată, deosebită, plină de viață, originală zăcea acum sub ochii ei, pradă unei visări adânci; prefera singurătatea chiar și plăcerii de a vorbi despre câte-n lună și-n stele, cu inima deschisă, cu cea mai bună prietenă pe care o avea pe lume. Se arăta tot bun, prevenitor, recunoscător față de ducesă, și-ar fi dat, ca în vremurile bune, de o sută de ori viața pentru ea, dar sufletul lui era în altă parte. Făceau adesea patru-cinci leghe pe lacul acela sublim, fără să schimbe o vorbă. Conversația, schimbul rece de idei, singurul posibil de acum încolo pentru ei, le-ar fi părut altora agreabil, dar ei își aduceau aminte încă, ducesa, mai ales, de ceea ce însemna o discuție dintre ei înaintea acelei blestemate încăierări cu Giletti, care săpase o groapă între sufletele lor. Fabricio îi era dator ducesei cu povestea celor nouă luni petrecute într-o închisoare cumplită, și iată că, tocmai despre această ședere, n-avea de spus decât vorbe puține și vagi.

„Uite ce trebuia, mai devreme sau mai târziu, să se întâmple, își spunea copleșită de o tristețe apăsătoare ducesa. Se vede că atâta amărăciune m-a îmbătrânit sau iubește cu adevărat, iar mie nu mi-a mai rămas decât să fiu a doua în inima lui. Înjosită, zdrobită de cea mai grea durere cu putință, ducesa își spunea, uneori — dacă cerul ar vrea ca Ferrante să-și piardă cu desăvârșire mințile sau să-și piardă cu totul îndrăzneala, mi se pare că aș fi mai puțin nefericită". Din clipa aceea, aceste păreri de rău începură să otrăvească stima pe care o nutrea ducesa pentru propriul ei caracter. „Așadar, își spunea ea cu amărăciune, am ajuns să regret o hotărâre luată: nu mai sunt o del Dongo!"

Așa a vrut pronia, urma ea: Fabricio e îndrăgostit și cu ce drept i-aș cere eu să nu fie îndrăgostit? Am schimbat, oare, între noi vreodată o singură vorbă adevărată de dragoste?"

Gândul acesta atât de plin de înțelegere o făcu să-și piardă somnul, ceea ce arăta că bătrânețea și vlăguirea sufletească apăruseră la ea o dată cu perspectiva unei răzbunări ilustre; la Belgirato era de o sută de ori mai nenorocită decât la Parma. Cât privește persoana care ar fi putut fi cauza ciudatei stări de permanentă visare a lui Fabricio, nu putea exista nici o îndoială în privința aceasta; Clélia Conti, tânăra aceea atât de pioasă, își trădase tatăl, întrucât se învoise să îmbete garnizoana, iar Fabricio nu vorbea niciodată despre Clélia! „Dar, adăuga ducesa, lovindu-se în piept cu deznădejde, dacă garnizoana n-ar fi fost îmbătată, toate născocirile, toate pregătirile mele ar fi fost zadarnice, așa că ea este aceea care l-a scăpat!"

Cu mare greutate reușea să smulgă de la Fabricio câte un amănunt legat de evenimentele din noaptea aceea, care „altădată, își spunea ducesa, ar fi fost pentru noi un subiect nesecat de conversație! În acele vremuri fericite, el ar fi turuit o zi întreagă, din zori și până-n asfințit, cu o vervă și cu o veselie mereu reînnoite, despre cel mai neînsemnat fleac pe care mi-ar fi trecut prin minte să-l invoc".

Cum trebuia luate toate măsurile de prevedere, ducesa îl instalase pe Fabricio în portul Locarno, oraș elvețian de la capătul lacului Maggiore. Se ducea în fiecare zi să-l ia cu barca și făceau plimbări lungi pe lac. Ei bine! Într-o zi, când se hotărî să urce la el, găsi odaia lui tapisată cu vederi din Parma, care ceruse să-i fie aduse de la Milano sau chiar de la Parma, oraș pe care ar fi trebuit să îl urască. Micul lui salon, transformat în atelier, era înțesat de toate cele trebuitoare unui acuarelist și îl găsi isprăvind de pictat un al treilea peisaj cu Turnul Farnese și palatul guvernatorului.

— Nu-ți mai lipsește, îi spuse ea cu un aer înțepat, decât să faci, din amintire, portretul acelui atât de amabil guvernator, care voia doar să te otrăvească. Dar sunt de părere, continuă ducesa, că ar trebui să-i trimiți o scrisoare în care să-ți ceri scuze că ți-ai luat libertatea să evadezi și să-i faci de râs închisoarea.

Sărmana femeie nu-și dădea seama cât de aproape de adevăr era: de-abia ajuns într-un loc sigur, primul gând al lui Fabricio fusese să-i scrie generalului Fabio Conti o misivă de o desăvârșită politețe și, într-un anume sens, cât se poate de ridicolă; îi cerea iertare că își luase tălpășița, pretextând, ca scuză, că avea toate motivele să creadă că un anume subaltern din închisoare fusese însărcinat să-i administreze otrava. De fapt, prea puţin îi păsa ce scria, Fabricio spera că ochii Cléliei vor vedea această epistolă şi ochii îi erau plini de lacrimi, în vreme ce o scria. O isprăvi cu o frază cât se poate de amuzantă: îndrăznea să spună că, aflându-se în libertate, i se întâmpla adesea să regrete cămăruţa lui din Turnul Farnese. Era gândul de temelie al scrisorii, nădăjduia că fata generalului îl va înţelege. În nevoia lui de a scrie şi sperând mereu să fie citit de cineva, Fabricio îi trimise mulţumiri lui don Cesare, bunul preot al închisorii, care îi împrumutase cărţi de teologie. Câteva zile mai târziu, Fabricio îl tocmi pe modestul librar din Locarno, să facă un drum până la Milano, unde librarul acesta, prieten cu celebrul biblioman Reina, cumpără cele mai de preţ ediţii pe care reuşi să le găsească din operele împrumutate de don Cesare. Cumsecadele slujitor al Domnului primi toate aceste cărţi, însoţite de o scrisoare în care i se aducea la cunoştinţă că, în momentele sale de nerăbdare, de iertat, poate, la un biet prizonier, marginile paginilor cărţilor sale fuseseră înţesate cu note ridicole. Era implorat, în consecinţă, să le înlocuiască, în biblioteca sa, cu volumele pe care, cu cea mai vie recunoştinţă, îşi îngăduia să i le trimită.

Fabricio era prea bun şi iertător cu sine însuşi, dând numele de simple note mâzgăliturilor nesfârşite cu care împodobise marginile filelor unui exemplar *in folio*[125] al operelor sfântului Ieronim. Cu speranţa că, înapoind cartea bunului duhovnic, avea să primească alta în schimb, notase, zi de zi, pe margini, un jurnal cât se poate de exact a tot ceea ce i se întâmpla în închisoare; marile evenimente nu erau altceva decât momente de extaz ale *dragostei divine* (cuvântul *divin* înlocuia un altul, pe care nu îndrăznea să-l scrie). Uneori, dragostea aceasta divină îl cufunda

---

[125] *In folio* (folio, foliant, în 2), format de carte obţinut din îndoirea colii o singură dată, fiind alcătuit din două file (patru pagini). Dimensiunile medii sunt de aproximativ 45 x 30 cm. Într-o accepţie mai largă, orice carte de dimensiuni mari, indiferent dacă fălţuirea colii s-a făcut sau nu la jumătate.

pe prizonier într-o adâncă disperare, alteori, o voce venită din văzduh îi dădea o oarecare speranță și provoca o revărsare de bucurie din partea lui. Toate acestea, din fericire, erau scrise cu o cerneală de închisoare, având în compoziție vin, ciocolată și funingine, iar don Cesare își aruncase doar în treacăt privirile peste ele, așezând la loc, în bibliotecă, volumul sfântului Ieronim. Dacă, îmboldit de curiozitate, le-ar fi cercetat margine cu margine, ar fi descoperit că într-o zi, prizonierul, crezându-se otrăvit, se felicita că moare la mai puțin de patruzeci de pași de tot ceea ce iubise mai mult pe lume. Dar un alt ochi decât acela al bunului părinte citise această pagină, după evadare. Această frumoasă idee: *Să mori aproape de ceea ce iubești* —, exprimată în o sută de moduri diferite, era urmată de un sonet în care se vedea că sufletul, despărțit, după chinuri cumplite, de trupul pieritor în care sălășluise vreme de douăzeci și trei de ani, împins de acel instinct al fericirii, firesc pentru oricare făptură de pe lume, nu se va ridica la ceruri, să se alăture corurilor de îngeri, de îndată ce va fi liber și în cazul în care judecata de pe urmă îl va izbăvi de păcate, ci, mai fericit după moarte, decât fusese în timpul vieții, se va duce la câțiva pași de închisoarea în care gemuse, pentru a se contopi cu tot ceea ce iubise pe lumea asta. Și astfel, spunea ultimul vers al sonetului, „îmi voi afla raiul pe pământ".

Deși în fortăreața din Parma se vorbea despre Fabricio doar ca despre un trădător infam, care călcase în picioare cele mai sfinte îndatoriri, bunul părinte don Cesare se arătă, totuși, încântat la vederea frumoaselor cărți primite în dar de la un necunoscut, căci Fabricio avusese prevederea să nu-i scrie decât la câteva zile după trimiterea pachetului, de teamă ca, la vederea numelui său, să nu-i fie înapoiat cu indignare. Don Cesare nu-i suflă o vorbă despre acest dar fratelui său, care începea să tremure de furie numai când auzea pomenindu-se numele lui Fabricio, dar, după fuga acestuia din urmă, reluase vechea lui prietenie de familie cu îndatoritoarea lui nepoată și, cum odinioară o învățase câteva cuvinte latinești, o chemă să-i arate frumoasele cărți pe care le primise. Aceasta fusese de altfel și speranța nutrită în taină de călător. Brusc, Clélia se înroși până în vârful urechilor, căci recunoscuse scrisul lui Fabricio. Bucăți mari și foarte înguste de hârtie galbenă erau așezate în chip de semne de carte în diverse părți ale volumului. Și, cum este atât de adevărat când se spune că, în mijlocul insipidelor interese bănești și al indiferenței cenușii a gândurilor vulgare ce ne umplu viața, rar se întâmplă ca acțiunile inspirate de o pasiune adevărată să nu-și atingă ținta, ca și cum o divinitate propice ar avea grijă să le ducă de mână, Clélia, călăuzită de instinctul acesta și de gândul ei stăruitor la un singur lucru pe lume, îi ceru unchiului ei să compare vechiul exemplar al sfântului Ieronim cu acela pe care tocmai îl căpătase. Cum să descriem încântarea ei, în întunecata tristețe în care o cufundase absența lui Fabricio, atunci când descoperi, pe marginile vechiului sfânt Ieronim, sonetul pe care l-am evocat și memoriile de zi cu zi ale celui îndrăgostit nebunește de ea.

Din prima zi, învăță sonetul pe dinafară; îl cânta, de la pervazul ferestrei ei, în fața celeilalte ferestre, de acum încolo pustii, la care văzuse de atâtea ori o mică deschizătură ieșind la iveală, pe ascuns, în partea de jos a acelui abajur. Abajurul cu pricina fusese demontat, ca să fie așezat pe biroul judecătorului și să slujească drept probă într-un proces ridicol, intentat de Rassi împotriva lui Fabricio, acuzat de crima de a-și fi salvat viața sau, cum spunea procurorul, râzându-și în barbă, *de a se fi sustras clemenței unui principe generos.*

Pentru Clélia, fiecare dintre faptele ei era motivul unor crunte remușcări și, de când era nefericită, remușcările erau și mai aprige. Căuta să mai domolească un pic reproșurile pe care și le făcea, amintindu-și legământul *de a nu-l mai revedea* niciodată pe Fabricio, făcut de ea Sfintei Fecioare, când cu presupusa otrăvire a generalului, reînnoit de atunci în fiecare zi.

Evadarea lui Fabricio îl îmbolnăvise pe general, fusese cât pe-aci să-și piardă locul, atunci când principele, în furia lui, îi destituise pe toți temnicerii din Turnul Farnese și-i aruncase, ca deținuți, în închisoarea orașului. Fusese salvat, în parte, de intervenția contelui Mosca, acesta preferând să-l vadă zăvorât în vârful cetățuii sale, decât să-l știe, rival activ și intrigant, învârtindu-se în cercurile de la Curte.

În răstimpul celor două săptămâni cât pluti incertitudinea referitoare la dizgrația generalului Fabio Conti, care, de-atâta supărare, se îmbolnăvise de-a binelea, Clélia avu curajul să împlinească sacrificiul despre care îi vorbise lui Fabricio. Avusese istețimea să se prefacă suferindă în ziua bucuriei generale, care fusese, după cum cititorul poate își amintește, și aceea a evadării prizonierului; fu, de asemenea, suferindă și a doua zi și, într-un cuvânt, se descurcă atât de bine, încât, cu excepția temnicerului Grillo, însărcinat în mod special cu paza lui Fabricio, nimeni nu avu nici cea mai mică bănuială în legătură cu complicitatea ei, iar Grillo își ținu gura.

Dar de îndată ce Clélia nu mai avu de ce să se neliniștească în această privință, fu și mai crud zbuciumată de aceste îndreptățite remușcări. „Ce motiv pe lume, se întreba ea, poate micșora crima unei fiice care își trădează tatăl?"

Într-o seară, după o zi petrecută aproape în întregime la capelă, plângând, îl rugă pe unchiul ei, don Cesare, să o însoțească la general, ale cărui accese de furie o înspăimântau cu atât mai mult cu cât, la tot pasul, îl ocăra și îl blestema pe Fabricio, trădătorul acela mârșav.

Când ajunse în fața tatălui ei, avu curajul să-i spună că, dacă întotdeauna refuzase să-l ia de bărbat pe marchizul Crescenzi, o făcea din pricină că nu simțea nici o afecțiune pentru el și că era sigură că nu-și va afla niciodată fericirea în această căsătorie. La aceste vorbe, generalul își pierdu cumpătul, iar Clélia reuși, cu destulă greutate, să continue. Adăugă că, dacă tatăl ei, sedus de averea nemăsurată a contelui, socotea totuși de cuviință să-i poruncească să se mărite cu el, ea era gata să-i dea ascultare. Generalul fu peste poate de mirat de această concluzie, la care nu se aștepta nici pe departe; sfârși, totuși, prin a se bucura.

— Aşadar, îi spuse el fratelui său, nu voi fi silit să mă cazez undeva, la al doilea cat, dacă haimanaua de Fabricio mă face să-mi pierd locul, prin felul în care a procedat.

Contele Mosca nu pierdea nici o ocazie de a se arăta profund scandalizat de evadarea *derbedeului* de Fabricio şi repeta, de fiecare dată, fraza născocită de Rassi cu privire la josnica purtare a acestui tânăr, foarte bădăran, de altfel, care se sustrăsese clemenţei principelui. Fraza aceasta spirituală, însuşită cu entuziasm de înalta societate, nu prinse însă deloc în rândul gloatei. Călăuzit de bunul său simţ, deşi îl credea pe Fabricio pe deplin vinovat, poporul admira hotărârea şi tăria de care dăduse dovadă, dându-şi drumul de pe un zid atât de înalt. Nici un personaj de la Curte nu preţui acest curaj. Cât priveşte poliţia, adânc umilită de eşecul respectiv, declarase oficial că o trupă de douăzeci de soldaţi, cumpăraţi de ducesă, femeia aceasta cumplit de nerecunoscătoare, al cărei nume era rostit de-acum doar cu un oftat, îi întinsese lui Fabricio patru scări înnodate, fiecare de patruzeci şi cinci de picioare: Fabricio, care dăduse drumul unei funii de care fuseseră legate scările, nu avusese decât meritul, lipsit de orice însemnătate, de a le fi tras la el. Câţiva liberali cunoscuţi pentru imprudenţa lor, între alţii, medicul C\*\*\*, agent plătit direct de principe, adăugau, compromiţându-se, că această cumplită poliţie comisese barbaria de a împuşca opt dintre nefericiţii soldaţi care înlesniseră fuga ingratului de Fabricio. Atunci fu condamnat chiar şi de adevăraţii liberali, întrucât provocase, prin nesocotinţa sa, moartea a opt bieţi soldaţi. Iată în ce fel micile despotisme reduc la zero valoarea opiniei publice.

## CAPITOLUL AL DOUĂZECI ŞI TREILEA

ÎN MIJLOCUL DEZLĂNŢUIRII GENERALE, doar arhiepiscopul Landriani se arăta credincios cauzei tânărului său prieten; cuteza să repete, chiar şi la curtea principesei, maxime de drept potrivit cărora, în orice proces trebuie să-ţi păstrezi urechea neîntinată de nici o prejudecată, ca să poţi auzi justificările unuia ce nu e de faţă.

A doua zi după evadarea lui Fabricio, mai multe persoane primiră un sonet destul de mediocru, care celebra fuga aceasta ca pe una dintre cele mai frumoase acţiuni ale secolului şi-l compara pe Fabricio cu un înger coborând pe pământ, cu aripile larg desfăcute. A treia zi, seara, toată Parma repeta un sonet sublim. Era monologul închipuit al lui Fabricio, în timp ce se lăsa să alunece de-a lungul funiei, în care acesta îşi judeca diverse episoade din propria lui viaţă. Sonetul acesta îl ridică în ochii opiniei publice, prin două versuri minunate; toţi cei care se pricepeau recunoscură condeiul lui Ferrante Palla.

Dar, ajuns aici, ar trebui să încerc stilul epic: unde să găsesc culorile în care să zugrăvesc torentele de indignare care inundară conştiinţele celor supuşi legilor, când se află de obrăznicia de neînchipuit a iluminării castelului din Sacca? Toate glasurile se contopiră într-un singur strigăt împotriva ducesei; chiar şi liberalii pursânge considerau că gestul ei compromitea în mod barbar soarta bieţilor suspecţi reţinuţi în diverse închisori, scoţându-l din sărite în mod inutil pe suveran. Contele Mosca declară că un singur lucru le mai rămânea de făcut foştilor prieteni ai ducesei: să o uite. Stigmatizarea fu, aşadar, unanimă: un străin ce ar fi trecut prin oraş ar fi fost izbit de înverşunarea opiniei publice. Dar, în ţara aceasta unde oamenii ştiu să aprecieze plăcerea răzbunării, iluminaţia de la Sacca şi sărbătoarea admirabilă dată în parc, în faţa a peste şase mii de ţărani, se bucurară de un succes uriaş. Toată lumea din Parma repeta că ducesa pusese să se împartă ţăranilor săi o mie de galbeni; astfel se explica primirea un pic cam aspră făcută celor treizeci de jandarmi pe care poliţia avusese nerozia să-i trimită în acest mic sat. Jandarmii, întâmpinaţi cu o ploaie de pietre, o luaseră la fugă, iar doi dintre ei, picaţi de pe cal, fuseseră zvârliţi în Pad.

În ceea ce priveşte spargerea marelui rezervor de apă al palatului Sanseverina, acest fapt trecuse aproape neobservat: se petrecuse în timpul nopţii şi câteva străzi fuseseră mai mult sau mai puțin inundate — dimineața ai fi zis că plouase. Lodovico avusese grijă să spargă geamul unei ferestre a palatului, în așa fel încât intrarea hoților să fie lămurită.

Fusese găsită chiar și o mică scară. Singur, contele Mosca recunoscuse mâna prietenei sale.

Fabricio era pe deplin hotărât să se întoarcă la Parma, de îndată ce avea să poată; îl trimise pe Lodovico să-i ducă o lungă scrisoare arhiepiscopului, iar credinciosul slujitor se reîntoarse și puse la poștă, în primul sat din Piemont, la Sannazaro, la apus de Pavia, o epistolă în latinește, pe care demnul prelat i-o adresa tânărului său protejat. Vom adăuga un amănunt care, ca multe altele, desigur, va părea de prisos în țările în care nu e nevoie de atâtea măsuri de prevedere. Numele de Fabricio del Dongo nu era scris niciodată; toate scrisorile ce îi erau destinate purtau numele lui Lodovico San-Michele, la Locarno, în Elveția, sau la Belgirato, în Piemont. Plicul era făcut dintr-o hârtie grosolană, sigiliul prost pus, adresa de-abia se putea citi și, uneori, era împodobită cu recomandări demne de o bucătăreasă; toate scrisorile erau datate la Neapole, cu șase zile înainte de data adevărată.

Din satul piemontez Sannazaro, din vecinătatea Paviei, Lodovico se întoarse în mare grabă la Parma: era însărcinat cu o misiune de o mare însemnătate pentru Fabricio; era vorba, nici mai mult, nici mai puțin, de a face să-i parvină Cléliei Conti o batistă de mătase, pe care era imprimat un sonet de Petrarca[126]. Este adevărat că, în acest sonet, era schimbat un cuvânt. Clélia îl găsi pe masa ei la două zile după ce primise mulțumirile marchizului Crescenzi, care se socotea cel mai fericit om din lume și nu e nevoie să spunem ce impresie făcu, asupra ei, această dovadă a unei amintiri veșnic treze.

---

[126] Francesco Petrarca (1304-1374), mare poet și umanist italian, unul dintre cei mai de seamă lirici ai literaturii universale. În „Canțonier", sau „Rime" (1342-1347), a ridicat sonetul la treapta desăvârșirii. A determinat un întreg curent, cunoscut sub numele de *petrarchism.*

Lodovico trebuia să încerce să afle toate amănuntele cu putință despre ceea ce se petrecea în cetățuie. El fu acela care-i aduse lui Fabricio trista veste că, de-acum, căsătoria marchizului Crescenzi părea un lucru hotărât; aproape că nu trecea o zi de la Dumnezeu fără să nu dea o serbare în cinstea Cléliei, în interiorul fortăreței. O dovadă decisivă a căsătoriei era faptul că marchizul, putred de bogat și, drept urmare, peste poate de zgârcit, cum este obiceiul printre oamenii avuți din nordul Italiei, făcea pregătiri covârșitoare și, totuși, se însura cu o fată *fără zestre*. Este adevărat că vanitatea generalului Fabio Conti, foarte ofensat de această remarcă, prima care le veni în minte compatrioților săi, tocmai cumpărase o moșie de peste 300.000 de franci, iar moșia aceasta — el care nu avea o lețcaie —, o cumpărase cu bani peșin, după câte se pare, din veniturile marchizului. Așa că generalul declarase că-i dădea moșia, ca zestre, fiicei sale. Dar cheltuielile pentru acte și celelalte, ce se ridicau la peste 12.000 de franci, i se părură o nimica toată marchizului Crescenzi, om eminamente logic. Din partea sa, comandase la Lyon niște tapiserii minunate, desăvârșit îmbinate și potrivite pentru a-ți desfăta privirile, ale celebrului Pallagi, pictor din Bologna. Tapiseriile, fiecare reprezentând o parte din blazoanele familiei Crescenzi, care, cum tot universul știa, descindea din vestitul Crescentius[127], consul al Romei în 985, urmau să împodobească cele șaptesprezece saloane ce alcătuiau parterul palatului marchizului. Tapiseriile, pendulele și lustrele aduse la Parma costau peste 350.000 de franci, prețul noilor oglinzi, adăugate celor pe care casa le avea deja, ridicându-se la 200.000 de franci. În afară de două saloane, cu lucrări celebre ale lui Parmigiano[128], marele pictor al țării, după divinul Corregio[129],

---

[127] Crescent sau Crescentius, patriciu al romanilor, care a încercat reinstaurarea republicii Romei; mort în jurul anului 984.
[128] Pe numele adevărat Francesco Mazzola (1503-1504), pictor italian din școala de la Parma, elev al lui Corregio și unul dintre promotorii manierismului.
[129] Pe numele adevărat Antonio Allegri (1489-1534), pictor italian, unul din marii maeștri ai artei Renașterii.

toate încăperile de la primul și al doilea cat încăpuseră acum pe mâna celor mai vestiți pictori din Florența, Roma și Milano, care le împodobeau cu picturi și fresce. Fokelberg, marele sculptor suedez, Tenerani de la Roma și Marchesi din Milano lucrau de un an de zile la zece basoreliefuri reprezentând tot atâtea frumoase isprăvi ale lui Crescentius, un om cu adevărat mare. Cea mai mare parte dintre tavane, pictate în frescă, conțineau de asemenea, unele aluzii la viața lui. Era admirat îndeobște plafonul unde Hayez[130] din Milano îl înfățișase pe Crescentius primit în Câmpiile Elizee[131] de Francesco Sforza[132], Lorenzo Magnificul[133], regele Robert, tribunul Cola di Rienzi[134], Machiavelli, Dante și de ceilalți oameni iluștri din Evul Mediu. Admirația față de aceste personalități de elită constituia, în același timp, o ironie mușcătoare la adresa celor aflați la putere. Toate aceste amănunte ale măreției și somptuozității care captaseră cu totul atenția nobilimii și a burgheziei din Parma, orbite de atâta strălucire, străpunseră inima eroului nostru când le află, înșirate cu o admirație naivă, dintr-o lungă scrisoare de peste douăzeci de pagini, pe care Lodovico i-o dictase unui vameș din Casal-Maggiore.

„Iar eu sunt atât de sărac! se căina Fabricio. Patru mii de franci rentă, mari și lați! Este, într-adevăr, o obrăznicie din partea

---

[130] Francesco Hayez (1791-1882), pictor italian.

[131] Tărâm imaginar în mitologia greacă, unde și-ar afla lăcașul, după moarte, sufletele celor aleși de zei pentru că au fost buni în viață. Sub influența misterelor eleusine și a celor orfice, contribuie la formarea mitului creștin despre rai.

[132] Francesco I Sforza (1401-1466), condotier celebru și duce de Milano (1450-1466).

[133] Laurențiu Magnificul, reprezentant de seamă al familiei Medici, care a avut, în secolele XIV-XVII, un mare rol în viața politică a Florenței, Toscanei și a altor state italiene. Conducător al Republicii Florentine (1469-1492), artele și științele, ca și cultura Renașterii au atins, în timpul său, culmile dezvoltării.

[134] Pe numele adevărat Nicola Lorenzo Gabrini (1313-1354), om politic italian, umanist, a condus ca tribun, în 1347 și în 1354, Republica din Roma, instaurată în urma răscoalei din 1347.

*Mănăstirea din Parma*

mea să fiu îndrăgostit de Clélia Conti, pentru care se fac toate aceste minuni".

Un singur paragraf din lunga scrisoare a lui Lodovico, dar acesta mâzgălit cu ortografia lui necioplită, îl anunța pe stăpânul său că îl întâlnise, în faptul serii, ca pe un adevărat fugar, pe sărmanul Grillo, fostul lui temnicier, care fusese aruncat în închisoare și apoi eliberat. Omul acesta îi ceruse să îl miluiască cu un galben, iar Lodovico îi dăduse, în numele ducesei, patru. Foștii temnicieri puși în libertate se pregăteau să dea o petrecere cu lovituri de cuțit (*un trattamento di cortellate*) noilor temniceri, succesorii lor, dacă dădea Dumnezeu să le cadă vreodată sub ochi în afara fortăreței. Grillo îi spusese că, aproape în fiecare zi, se făcea auzită o serenadă în cetățuie, că domnișoara Clélia Conti era foarte palidă, adesea bolnavă și *alte lucruri asemănătoare*. Expresia aceasta ridicolă atrase după ea, chiar cu următoarea poștă, ordinul ca Lodovico să se întoarcă numaidecât la Locarno. Se întoarse, și amănuntele pe care i le dădu prin viu grai îl întristară și mai amarnic pe Fabricio.

Vă puteți da seama cu câtă grijă se purta acesta față de biata ducesă; mai bine ar fi îndurat de o mie de ori moartea, decât să pronunțe, în fața ei, numele Cléliei Conti. Ducesa ura Parma, iar pentru Fabricio, tot ceea ce amintea de acest oraș era, totodată, sublim și înduioșător.

Ducesa nu putea, mai mult ca oricând, să nu se gândească la răzbunarea sa. Era atât de fericită, înainte de episodul morții lui Giletti! Iar acum, ce soartă avea! Se ferea să-i spună vreo vorbă lui Fabricio despre planurile ei, ea care, pe vremuri, când pusese totul la cale cu Ferrante, credea că o să-l bucure tare mult, aducându-i la cunoștință că va fi răzbunat.

E ușor de imaginat cât de plăcute erau acum conversațiile lui Fabricio cu ducesa: între ei se așternea, aproape întotdeauna, o tăcere apăsătoare. Și, parcă pentru a turna gaz pe foc, ducesa cedă ispitei de a-i juca un renghi nepotului ei mult iubit. Contele îi scria aproape în fiecare zi; aparent, continua să trimită curier ca atunci când erau îndrăgostiți, căci scrisorile lui purtau întotdeauna ștampila poștei din câte un mic oraș din Elveția.

Bietul om își frământa mintea ca să nu vorbească prea deschis despre iubirea lui și ca să compună răvașe amuzante; ducesa de-abia dacă le parcurgea, cu un ochi distrat. Ce poate însemna fidelitatea unui amant stimat, și-atât, când inima îți este străpunsă de răceala celui pe care i-l preferi?

În răstimpul a două luni, ducesa nu îi răspunse decât o singură dată, și atunci doar pentru a-i cere să vadă în ce ape se scaldă principesa și dacă, în ciuda obrăzniciei cu focul de artificii, ar primi cu plăcere o scrisoare de la ea. Scrisoarea pe care urma să i-o înmâneze, dacă el judeca potrivit lucrul acesta, cerea locul de cavaler de onoare al prințesei, devenit între timp vacant, pentru marchizul Crescenzi și dorea să-i fie acordat ținând seama de căsătoria sa. Scrisoarea ducesei era o adevărată capodoperă: era pătrunsă de respectul cel mai drăgăstos și cel mai bine exprimat; nu fusese îngăduit, în stilul acesta atât de prețuit la Curte, nici cel mai neînsemnat cuvânt ale cărui înțelesuri, chiar și cele mai îndepărtate, ar fi putut să nu fie pe placul principesei. Așa că răspunsul avea să exprime o prietenie duioasă, ce suferea cumplit din pricina despărțirii.

„Fiul meu și cu mine, îi scria principesa, nu ne-am mai bucurat, de la plecarea dumneavoastră atât de bruscă, de o seară cât de cât plăcută. Scumpa mea ducesă nu-și aduce aminte că datorită ei mi-am recăpătat dreptul de a fi consultată la numirea ofițerilor casei mele. Se crede, așadar, obligată să-mi arate motivele pentru care i-aș putea da marchizului acest loc, ca și cum dorința ei, odată ajunsă la cunoștința mea, n-ar fi pentru mine cel mai de seamă motiv. Marchizul va căpăta locul, dacă mai am încă vreo putere, iar în inima mea va fi întotdeauna unul, cel dintâi, pentru răsfățata mea ducesă. Fiul meu se folosește absolut de aceleași expresii, un pic cam îndrăznețe, totuși, în gura unui băiat de cincisprezece ani, și vă cere să-i trimiteți mostre de minereuri din valea Orta, aflată în apropiere de Belgirato. Puteți adresa scrisorile dumneavoastră, pe care le sper frecvente, contelui, care continuă să vă deteste și la care țin tocmai datorită acestor sentimente. Arhiepiscopul v-a rămas, de asemenea, credincios. Nădăjduim cu toții ca, într-o bună zi, să vă revedem: nu uitați că trebuie. Marchiza Ghisleri, marea mea doamnă, se pregătește să părăsească lumea aceasta pentru una mai bună: sărmana femeie mi-a făcut mult rău; îmi pricinuiește și acum neplăceri, plecând într-un moment nepotrivit; boala sa mă face să mă gândesc la numele pe care l-aș fi pus odinioară în locul numelui ei, dacă totuși aș fi putut obține acest sacrificiu de la spiritul de independență al acelei femei unice, care, fugind de noi, a luat cu ea toată bucuria micii mele curți etc. etc".

Ducesa îl vedea, așadar, pe Fabricio în fiecare zi, cu conștiința de a fi căutat să grăbească, atât cât îi sta în puteri, căsătoria care-l aducea pe acesta la disperare. Așa că petreceau uneori patru-cinci ceasuri, rătăcind la voia întâmplării pe lac, fără să-și spună o vorbă. Bunăvoința era întreagă și desăvârșită din partea lui Fabricio, dar gândul îi era în cu totul altă parte, iar sufletul lui naiv și simplu nu găsea nimic de spus. Ducesa băga de seamă și lucrul acesta era pentru ea un supliciu.

Am uitat să povestim, la timpul cuvenit, că ducesa luase o casă în Belgirato, un sat încântător care arată tot ceea ce promite numele lui (să vezi un frumos cot al lacului). Deschizând ușa de sticlă a salonului ei, ducesa putea urca de-a dreptul în barcă. Luase una cât se poate de obișnuită, pentru care ar fi fost de ajuns patru vâslași; ea tocmi însă doisprezece și făcu în așa fel încât să aibă câte un om din fiecare dintre satele aflate în apropiere de Belgirato. A treia sau a patra oară când se află în mijlocul lacului cu toți acești oameni aleși pe sprânceană, le ceru să înceteze a mai vâsli.

— Vă socotesc pe toți ca niște prieteni, le spuse ea, și vreau să vă destăinui un secret. Nepotul meu, Fabricio, a evadat din închisoare și, poate, prin trădare, vor încerca să-l înhațe, deși se află pe lacul vostru, teritoriu liber. Ciuliți urechile și înștiințați-mă, de îndată ce aflați ceva. Vă dau voie să intrați în odaia mea, zi și noapte.

Vâslașii răspunseră cu entuziasm. Știa să se facă iubită. Dar nu credea că o să mai vină după Fabricio: pentru ea lua toate aceste măsuri de prevedere şi, înainte de ordinul fatal de a goli rezervorul palatului Sanseverina, nici nu i-ar fi trecut prin minte aşa ceva.

Tot din spirit de prudenţă, închiriase un apartament în portul Locarno, pentru Fabricio; în fiecare zi, el venea să o vadă sau se ducea ea însăşi în Elveţia. Vă puteţi da seama cât de plăcute erau veşnicele lor întâlniri între patru ochi, după următorul amănunt: marchiza şi fiicele ei veniră de două ori să-i vadă, iar prezenţa acestor străine le făcu plăcere; căci, în ciuda legăturilor de sânge, poţi numi străină o persoană care nu ştie nimic despre interesele noastre cele mai scumpe şi pe care o vezi o dată la un an.

Într-o seară, ducesa se afla la Lucarno, la Fabricio, cu marchiza şi cele două fiice ale ei. Arhiereul din acel ţinut şi parohul din localitate veniseră să-şi prezinte omagiile doamnelor: arhiereul, care era interesat într-o casă de comerţ şi care se ţinea la curent cu mersul lucrurilor, se hotărî brusc să spună:

— A murit principele Parmei!

Ducesa se făcu albă ca varul; de-abia avu curajul să întrebe:

— Se cunosc amănunte?

— Nu, răspunse arhiereul; ştirea se mărgineşte să anunţe moartea, care este sigură.

Ducesa îl privi pe Fabricio. „Am făcut asta numai pentru el, îşi spuse ea. Aş fi făptuit lucruri de o mie de ori mai groaznice şi iată-l că stă în faţa mea, nepăsător şi cu gândul la alta". Era peste puterile ei să îndure asta şi căzu într-un leşin adânc. Toată lumea se repezi să-i sară în ajutor, dar, revenindu-şi în fire, ducesa observă că Fabricio se zbuciuma mai puţin decât arhiereul şi parohul; visa, ca de obicei.

„Se gândeşte să se întoarcă la Parma, îşi spuse ducesa, şi, poate, să se pună-n calea căsătoriei Cléliei cu marchizul; dar voi şti să-l împiedic".

Apoi, amintindu-şi de prezenţa celor două feţe bisericeşti, se grăbi să adauge:

— Era un mare principe, care a fost mult calomniat! Pentru noi, este o pierdere imensă.

Cei doi preoți se retraseră, iar ducesa, ca să rămână singură, spuse că se duce să se culce.

„Fără îndoială, își spuse ea, prudența îmi cere să aștept o lună-două înainte de a mă întoarce la Parma, dar simt că n-o să am niciodată atâta răbdare, sufăr prea mult aici. Visarea aceasta continuă, tăcerea aceasta a lui Fabricio sunt, pentru inima mea, un spectacol de neîndurat. Cine ar fi zis că o să mor de urât aici, plimbându-mă pe lacul acesta minunat, numai cu el, în clipa în care am făcut, ca să-l răzbun, mai mult decât îi pot spune? După un asemenea spectacol, moartea nu mai înseamnă nimic. Plătesc acum momentele de fericire și de bucurie copilărească pe care le-am trăit în palatul meu din Parma, atunci când l-am primit pe Fabricio, întors de la Neapole. Dacă aș fi rostit un singur cuvânt, totul se lămurea între noi și poate că, legându-l de mine, Clélia nu i-ar mai fi sucit capul; dar cuvântul acela mă dezgusta. Acum mi l-a luat. Ce poate fi mai simplu? Ea are douăzeci de ani, iar eu, roasă de griji, bolnavă, am de două ori vârsta ei!... Trebuie să mor, trebuie să isprăvesc! O femeie de patruzeci de ani nu mai înseamnă ceva decât pentru cei care au iubit-o în tinerețea ei! Acum nu voi mai avea parte decât de satisfacțiile vanității: merită ele osteneala să mai trăiești? Un motiv în plus să mă duc la Parma și să mă amuz. Dacă lucrurile vor lua o anume întorsătură, îmi voi lua viața. Ei, bine! Ce e rău în asta? Aș avea parte de o moarte minunată și, înainte de a se sfârși, dar numai atunci, i-aș spune lui Fabricio:

— Nerecunoscătorule! Numai pentru tine!...

Da, nu pot găsi cu ce să-mi omor timpul decât la Parma; atât cât mai am de trăit, voi face pe marea doamnă. Ce bine ar fi dacă aș mai putea fi sensibilă acum la toate acele onoruri care, odinioară, o făceau pe marchiza Raversi să moară de necaz! Atunci, ca să fiu fericită, n-aveam decât să privesc în ochii celor ce mă pizmuiau... Vanitatea mea are o singură mulțumire; cu excepția contelui, poate, nimeni nu a putut ghici care a fost evenimentul care a pus capăt vieții inimii mele... Îl voi iubi pe Fabricio, îl voi ajuta să urce în viață, dar nu trebuie să strice căsătoria Cléliei, ca să se însoare cu ea... Nu, așa ceva nu se va întâmpla!"

Ducesa ajunse aici cu tristul ei monolog, când auzi mare zarvă în casă.

„Bun! își spuse ea, iată că au venit să mă aresteze; Ferrante s-a lăsat prins, a vorbit. Ei bine! N-au decât! O să-mi dea de lucru, o să lupt să-mi salvez capul. Dar, *primo*, nu trebuie să mă las prinsă".

Ducesa, pe jumătate dezbrăcată, fugi în fundul grădinii: se gândea deja să treacă peste un zid jos și să o ia la sănătoasa peste câmp, dar văzu că cineva pătrunde în odaie. Era Bruno, pe care îl recunoscu numaidecât, omul de încredere al contelui: era însoțit de cameristă. Se apropie de ușa de sticlă. Omul acela îi vorbea cameristei despre rănile lui. Ducesa se întoarse în cameră, iar Bruno aproape că se aruncă la picioarele ei, implorând-o să nu-i spună contelui ora înaintată la care sosea.

— Imediat după moartea principelui, adăugă el, domnul conte a dat ordin, la toate stațiile de poștă, să nu se dea cai supușilor principatelor Parma. Drept urmare, am mers până la Pad cu caii casei, dar la coborârea de pe bac, trăsura mea s-a răsturnat, s-a sfărâmat, iar eu m-am ales cu asemenea lovituri, încât nu m-am mai putut urca în șa, așa cum se cerea.

— Ei bine! îl liniști ducesa, e trei dimineața, o să-i spun că ai ajuns la prânz, dar vezi să nu mă dai de gol.

— Recunosc, într-adevăr, bunătatea doamnei.

Politica, într-o operă literară, este ca un foc de pistol în mijlocul unui concert, ceva grosolan, căruia, totuși, nu este posibil să refuzi să-i dai atenție.

Vom vorbi despre lucruri foarte urâte, pe care, din mai multe motive, am fi vrut să le trecem sub tăcere, dar suntem siliți să ne oprim la astfel de evenimente care intră în domeniul nostru, atâta vreme cât au ca scenă inima personajelor noastre.

— Dar, Doamne Dumnezeule! Cum a murit acest mare principe? îl întrebă ducesa pe Bruno.

— Era la vânătoare de păsări călătoare, în mlaștini, de-a lungul Padului, la două leghe de Sacca. A căzut într-o groapă ascunsă de o tufă de bălării: era asudat și l-a prins frigul; l-au dus într-o casă izolată, unde a murit după câteva ceasuri. Alţii pretind că domnii Catena şi Borone ar fi morţi şi ei şi că ar fi fost vorba de un accident care s-ar fi datorat vaselor de aramă coclite, din care le-a dat să mănânce ţăranul la care au tras. Au mâncat acolo. În sfârşit, capetele înfierbântate, iacobinii care vorbesc câte-n lună şi-n stele, pomenesc de otravă. Ştiu că prietenul meu Toto, furier la curte, ar fi pierit şi el dacă nu ar fi fost doftoricit de un sătean care se pare că avea cunoştinţe înalte în ale medicinei şi i-a dat să ia nişte leacuri tare ciudate. Dar deja nu se mai vorbeşte despre moartea principelui: ca să fim cinstiţi, era un om crud. Atunci când am plecat, poporul se aduna să-l măcelărească pe procurorul general Rassi: gloata voia, de asemenea, să dea foc porţilor cetăţuii, ca să încerce să-i facă scăpaţi pe prizonieri. Dar se spunea că Fabio Conti va ordona tunurilor sale să tragă. Alţii dau asigurări că tunarii din fortăreaţă au turnat apă peste pulberea lor şi că nu vor să-şi ucidă concetăţenii. Dar iată ceva şi mai interesant: în timp ce chirurgul din Sandolaro îmi dregea sărmanul meu braţ, a sosit de la Parma un om care a povestit că norodul, dând pe stradă de acel Barbone, faimosul intendent al închisorii, l-ar fi omorât în bătaie, iar apoi i-ar fi atârnat leşul de crengile unui copac aflat chiar lângă fortăreaţă. Au încercat şi să sfărâme frumoasa statuie a contelui, din grădinile palatului. Dar, domnul conte a luat un batalion de gardă, l-a postat în faţa statuii şi a cerut să se spună gloatei că nimeni dintre cei care vor intra în grădină nu va mai ieşi viu de acolo, iar gloatei i s-a făcut frică. Dar ceea ce este cu totul ciudat, iar omul acela sosit de la Parma, care este un fost jandarm, mi-a repetat acest lucru de mai multe ori, domnul conte i-ar fi tras câteva picioare generalului P..., comandantul gărzii principelui, şi l-ar fi trimis dincolo de porţile grădinii palatului, escortat de doi puşcaşi, după ce i-ar fi smuls epoleţii.

— Ah! Cum îl recunosc pe conte! strigă ducesa cu un entuziasm pe care nu l-ar fi prevăzut cu o clipă mai înainte: nu va îngădui niciodată un ultraj la adresa principesei, iar în ceea ce-l priveşte pe generalul P..., din devotament pentru stăpânii lui de drept, n-a vrut niciodată să-l slujească pe uzurpator, pe când contele, mai puţin delicat, a făcut toate campaniile din Spania, ceea ce i s-a reproşat adesea la Curte.

Ducesa desfăcuse scrisoarea contelui, dar îşi întrerupea mereu lectura, ca să-i pună zeci de întrebări lui Bruno.

Scrisoarea era cât se poate de nostimă — contele folosea termenii cei mai lugubri, totuşi, bucuria cea mai nestăvilită izbucnea la fiecare cuvânt; evita detaliile legate de moartea principelui şi îşi încheia epistola astfel:

*"Fără nici o îndoială că te vei întoarce, îngerul meu drag! Te sfătuiesc, totuşi, să aştepţi o zi-două curierul pe care ţi-l va trimite principesa, după cum sper, azi sau mâine; trebuie ca întoarcerea ta să fie măreaţă, aşa cum plecarea ta a fost plină de îndrăzneală. Cât îl priveşte pe marele criminal care se află în preajma ta, am de gând să pun să fie judecat de doisprezece judecători aduşi din toate colţurile ţării. Dar, ca să pun să fie pedepsit acest monstru după cum merită, trebuie mai întâi să pot face hârtii pentru moaţe din prima sentinţă, dacă există".*

Contele redeschisese scrisoarea:

*"Iată o altă poveste: adineauri am pus să se împartă cartuşe celor două batalioane de gardă; mă voi bate şi-mi voi merita cu vârf şi îndesat porecla de „Crudul" cu care m-au pricopsit liberalii de atâta amar de vreme. Generalul P..., mumia asta bătrână, a îndrăznit să spună, în cazarmă, că ar trebui să se intre în tratative cu poporul, pe jumătate răsculat. Îţi scriu de pe stradă, mă îndrept spre palatul în care nu vor pătrunde decât peste cadavrul meu. Adio! Dacă mor, va fi adorându-te, totuşi, aşa cum am trăit! Nu uita să trimiţi să se ridice cele trei sute de mii de franci depuşi pe numele tău la D..., la Lyon.*

*Iată-l pe nenorocitul de Rassi, palid ca un mort şi fără perucă; n-ai idee cum arată! Gloata ţine morţiş să-l spânzure; ar fi o mare greşeală, în ceea ce-l priveşte, ar merita să fie legat de cozile cailor şi rupt în patru bucăţi. S-a refugiat în palatul meu şi a alergat după mine pe străzi; nu ştiu deloc ce să mă fac cu el... nu vreau să-l trimit la palatul principelui, ar însemna să fac răscoala să izbucnească în partea aceea. F... îşi va da seama cât îmi este de drag; primele mele cuvinte către Rassi au fost: «Îmi trebuie sentinţa împotriva domnului* del Dongo, cu toate cópiile pe care le poți afla, și spune-le acelor judecători samavolnici, care sunt pricina revoltei, că o să pun să-i spânzure pe toți, ca și pe tine, dragul meu, dacă suflă vreun cuvințel despre această sentință care n-a existat niciodată». În numele lui Fabricio, îi trimit o companie de grenadieri arhiepiscopului. Adio, înger scump! Palatul meu va fi mistuit de flăcări și voi pierde încântătoarele portrete pe care le am de la tine. Alerg la palat ca să cer destituirea infamului general P..., care face ce știe: lingușește, în chip josnic, gloata, așa cum înainte îl lingușea pe principe. Toți generalii mor de frică; cred că o să cer să fiu numit generalissim".

Ducesa avu răutatea de a nu trimite pe cineva să-l trezească pe Fabricio; se simțea cuprinsă de un acces de admirație pentru conte, semănând foarte mult cu dragostea. „Dacă stau să mă gândesc mai bine, își spunea ea, trebuie să îl iau de bărbat!" Îi scrise pe dată și trimise scrisoarea cu unul din oamenii ei. În noaptea aceea, ducesa nu avu vreme să fie nefericită.

A doua zi către prânz, văzu o barcă cu zece vâslași, care despica iute apele lacului; Fabricio și cu ea recunoscură curând un om purtând livreaua principelui de Parma: era, într-adevăr, unul dintre curierii săi, care, înainte de a coborî pe uscat, strigă către ducesă:

— Revolta a fost domolită!

Curierul îi înmână mai multe scrisori din partea contelui și o ordonanță a principelui Ranucio-Ernest al V-lea, pe pergament, prin care era numită ducesă de San-Giovanni și primă doamnă a principesei văduve. Tânărul principe, savant în mineralogie, pe care ea îl credea un imbecil, avusese isteţimea de a-i scrie un mic răvaș; dar, la sfârșit, vorbea despre dragoste.

Biletelul începea astfel:

„Contele spune, doamnă ducesă, că este mulțumit de mine; adevărul este că am cam stat în bătaia câtorva gloanțe, alături de el, iar calul meu a fost atins: văzând vâlva care se face pentru atât de puțin, ard de nerăbdare să iau parte la o bătălie adevărată, dar nu împotriva supușilor mei. Contelui îi datorez totul; toți generalii mei care nu au făcut războiul s-au purtat ca niște iepuri; cred că doi sau trei au ținut-o tot într-o goană, tocmai până la Bologna. De când un mare și *deplorabil eveniment mi-a dat puterea, nu am mai semnat o hotărâre care să-mi facă atâta plăcere ca aceea care vă numește primă doamnă a mamei mele. Mama și cu mine ne-am adus aminte că, într-o zi, admirați frumoasa priveliște pe care o aveți de la acel palazzeto din San-Giovanni, care, odinioară, a aparținut lui Petrarca, cel puțin așa se zice; mama a vrut să vă dăruiască acest mic domeniu, iar eu, neștiind ce să vă dăruiesc și neîndrăznind să vă ofer ceea ce este al dumneavoastră, v-am făcut ducesă în statul meu; nu știu dacă sunteți atât de învățată, ca să știți că Sanseverina este un titlu roman. Tocmai i-am conferit marele meu ordin demnului nostru arhiepiscop, care a dat dovadă de o neclintire rar întâlnită la un om de șaptezeci de ani. Nu fiți supărată pe mine că am chemat înapoi toate doamnele aflate în exil. Mi se spune că, de acum înainte, nu mai trebuie să semnez decât după ce am scris cuvintele al dumneavoastră iubit: sunt necăjit că trebuie să fac risipă de o încredințare care nu este complet adevărată decât atunci când vă scriu*

Al dumneavoastră iubit
*Ranucio-Ernest"*

Cine n-ar fi zis, judecând după acest limbaj, că ducesa nu se va bucura de cele mai înalte favoruri? Cu toate acestea, ea găsi ceva deosebit de ciudat în scrisorile contelui, primite cu două ceasuri după aceea. Nu se explica în nici un fel, dar o îndemna stăruitor să-și întârzie cu câteva zile întoarcerea la Parma și să-i scrie principesei că nu se simte deloc bine. Ducesa și Fabricio porniră totuși spre Parma, imediat după ce mâncară. Scopul ducesei, pe care însă nu și-l mărturisise, era de a zori căsătoria marchizului Crescenzi; Fabricio, de partea sa, făcu drumul nebun de fericire, ceea ce mătușii sale i se păru ridicol. Nutrea speranța de a o revedea curând pe Clélia; se gândea, nici mai mult, nici mai puțin decât să o oprească, chiar dacă avea să se împotrivească, dacă nu exista alt mijloc de a o împiedica să se mărite.

Călătoria ducesei și a nepotului ei fu foarte veselă. La o stație de poștă de dinainte de Parma, Fabricio se opri o clipă pentru a se înveșmânta din nou în haine preoțești; de obicei, umbla ca un om îmbrăcat în straie cernite.

Cu mare greutate, dădu ascultare acestui sfat înțelept. Explozii de bucurie demne de un copil de cincisprezece ani marcară primirea pe care contele i-o făcu ducesei, pe care o numi „soția sa". Multă vreme, nu se învoi să vorbească despre politică, dar când, în sfârșit, nu mai avură încotro și se văzură siliți să ajungă și acolo, mânați de o tristă înțelepciune, spuse:

— Ai făcut foarte bine că l-ai oprit pe Fabricio să sosească în mod oficial; suntem în plină reacțiune aici. Încearcă, un pic, să ghicești colegul pe care mi l-a hărăzit principele, ca ministru de justiție! Este Rassi, scumpa mea, Rassi, pe care l-am tratat ca pe un netrebnic ce este, în ziua marii noastre încercări. Apropo, te avertizez că s-a trecut cu buretele peste tot ceea ce s-a întâmplat aici. Dacă citești gazeta noastră, vei afla că un funcționar al închisorii, pe nume Barbone, a murit într-un accident de trăsură. În ceea ce-i privește pe cei șaizeci și atâția de nepricopsiți pe care am pus să-i împuște, atunci când au atacat statuia principelui din grădină, se simt foarte bine, numai că sunt plecați într-o călătorie. Contele Zurla, ministru de interne, s-a dus el însuși la locuința fiecăruia dintre acești eroi nefericiți și a înmânat câte cincisprezece galbeni familiilor sau prietenilor lor, cu ordinul de a spune că defunctul se află într-o călătorie și cu amenințarea, pe șleau, cu pușcăria, dacă cineva s-ar hotărî să dea de înțeles că a fost ucis. Un om din propriul meu minister, al Afacerilor Străine, a fost trimis în misiune pe lângă ziariștii din Torino și Milano, ca să nu se vorbească sub nici o formă despre *nefericitul eveniment* — aceasta este expresia consacrată; omul acesta trebuie să ajungă până la Paris și Londra, ca să se dezmintă în toate ziarele, aproape în mod oficial, tot ceea ce s-ar putea spune despre tulburările de la noi. Un alt agent s-a îndreptat spre Bologna și Florența. Am dat din umeri.

Dar lucrul cel mai nostim, la vârsta mea, este că am avut un moment de entuziasm, vorbindu-le soldaților din gardă și smulgând epoleții lașului General P... . În clipa aceea, mi-aș fi dat viața fără să șovăi, pentru principe; mărturisesc acum că ar fi fost un mod cât se poate de prostesc de a muri. Astăzi, principele, aşa tânăr şi cumsecade cum este, ar da o sută de galbeni să mă vadă răpus de boală; nu îndrăzneşte încă să-mi ceară să demisionez, dar ne vorbim cât mai rar cu putinţă şi îi trimit o mulţime de scurte rapoarte în scris, aşa cum făceam şi cu tatăl lui, după întemniţarea lui Fabricio. Apropo, n-am făcut hârtie de moaţe din sentinţa lui, pur şi simplu pentru că pramatia de Rassi nu mi-a înmânat-o. Ai făcut, deci, foarte bine să-l împiedici pe Fabricio să vină aici oficial. Sentinţa este, în continuare, executorie; nu cred totuşi că Rassi ar cuteza să ceară ca nepotul nostru să fie arestat astăzi, dar este posibil să îndrăznească peste cincisprezece zile. Dacă Fabricio vrea să se întoarcă cu tot dinadinsul în oraş, să vină să stea la mine.

— Dar care este cauza tuturor acestor lucruri? se miră ducesa.

— L-au convins pe principe că îmi dau aere de dictator şi de salvator al patriei şi că vreau să-l mân de la spate, ca pe un copil; mai mult, că, vorbind despre el, aş fi pronunţat cuvântul fatal: acest *copil*. S-ar putea să fie adevărat, eram exaltat în ziua aceea: de pildă, îl socoteam un om mare, pentru că nu se arăta prea speriat de primele focuri de puşcă pe care le auzea în viaţa lui. Nu-i deloc lipsit de duh, are chiar un ton mai presus de tatăl lui: în sfârşit, nu voi obosi să repet, în adâncul inimii este bun şi cinstit; dar inima aceasta sinceră şi tânără se încleştează când i se povesteşte despre o pungăşie, îşi închipuie că trebuie să fii tu însuţi negru la suflet ca să interpretezi, în felul acesta, lucrurile — gândiţi-vă la educaţia pe care a primit-o!...

— Excelenţa Voastră trebuia să prevadă că, într-o zi, el va ajunge stăpân şi să pună un om cu mintea luminată să vadă de el.

— Mai întâi, avem exemplul abatelui Condillac[135] care, chemat de marchizul Felino[136], predecesorul meu, n-a făcut din

---

[135] Etienne Bonnot de Condillac (1715-1780), filosof iluminist francez, abate. Aluzie la faptul că a fost preceptorul ducelui Ferdinand de Parma.

[136] Om politic italian, ministru al Parmei (1711-1744).

elevul său decât regele neghiobilor. Mergea cu procesiunea şi, în 1796, nu s-a priceput să trateze cu generalul Bonaparte, care ar fi triplat întinderea principatelor lui. În al doilea rând, cât sunt eu de sătul de toate, şi asta de o lună, tot vreau să adun un milion înainte de a lăsa în plata Domnului babilonia asta pe care tot eu am salvat-o. Fără mine, Parma ar fi fost republică vreme de două luni, cu poetul Ferrante Palla dictator.

Numele acesta o făcu pe ducesă să roşească; contele nu ştia nimic.

— O să ne scufundăm din nou în monarhia obişnuită a secolului al XIX-lea: duhovnicul şi ibovnica. În fond, principele nu e pasionat decât de mineralogie şi, poate, de dumneavoastră, doamnă. De când se află la domnie, valetul lui, pe al cărui frate tocmai l-am făcut căpitan — fratele acesta e în armată de nouă luni —, valetul lui, vă spun, s-a apucat să-i vâre în cap că trebuie să se socotească mai fericit decât ceilalţi, pentru că profilul lui se va afla pe monedele de aur. Ca urmare a acestei strălucite idei, a început să se plictisească.

Acum îi trebuie un aghiotant, leac împotriva plictiselii. Ei bine! Chiar dacă mi-ar oferi acel faimos milion de care avem nevoie ca să trăim bine, la Neapole sau la Paris, n-aş vrea să fiu eu leacul plictiselii sale şi să petrec patru sau cinci ceasuri pe zi în compania Alteţei Sale. De altfel, cum am mai multă minte decât el, după o lună de zile m-ar considera un monstru.

Răposatul principe era rău şi invidios, dar făcuse războiul şi comandase corpuri de armată, ceea ce îl făcea să aibă o anumită ţinută; găseai în el stofă de suveran şi puteam să-i fiu ministru, bun sau rău. Cu acest copilandru onest, candid şi, într-adevăr, bun, sunt silit să fiu un intrigant. Iată-mă rivalul ultimei femeiuşti de la castel, şi încă un rival inferior, fiindcă voi ignora o mulţime de amănunte peste care nu se poate trece cu vederea. De exemplu, acum trei zile, una dintre acele femei care schimbă prosoapele albe din apartamente în fiecare dimineaţă a avut ideea de a-l face pe principe să rătăcească cheia de la unul dintre birourile sale englezeşti. Drept urmare, Alteţa Sa a refuzat să se mai ocupe de afacerile ale căror hârtii se aflau în biroul acela. De fapt, cu douăzeci de franci, se puteau desprinde scândurile din spatele biroului sau se puteau folosi chei false, dar Ranucio-Ernest al V-lea mi-a spus că asta ar însemna să-l învețî cu deprinderi rele pe lăcătușul Curții.

Până acum, i-a fost absolut imposibil să se țină trei zile la rând de o hotărâre luată.

Dacă s-ar fi născut domnul marchiz cutare, moștenitorul unei averi, acest tânăr principe ar fi fost unul dintre oamenii cei mai stimabili de la Curtea sa, dar, cu naivitatea sa pioasă, cum ar putea scăpa din savantele capcane ce i se întind? Așa că salonul dușmancei dumitale, doamna Raversi, este mai puternic ca niciodată; s-a descoperit acolo că eu, care am pus să se tragă în popor și care eram hotărât să împușc trei mii de oameni, dacă era necesar, decât să las să fie ultragiată statuia principelui care mi-a fost stăpân, sunt un liberal turbat, calitate în care aș vrea să fie semnată o constituție și o mulțime de alte absurdități. Cu asemenea vorbe în vânt despre republică, smintiții ăștia ne vor împiedica să ne bucurăm de cea mai bună dintre monarhii... În sfârșit, doamnă, dumneata ești singura persoană din actualul partid liberal, peste care m-au pus șef dușmanii mei, pe socoteala căreia principele nu a făcut afirmații neplăcute; arhiepiscopul, la fel de onest ca întotdeauna, pentru că s-a exprimat așa cum se cuvine despre ceea ce am făcut eu în *acea nefericită zi*, se află în plină dizgrație.

Imediat după ziua care nu se numea încă *nefericită*, când mai era adevărat că revolta existase, principele îi spuse arhiepiscopului că, pentru ca să nu trebuiască să luați un titlu inferior, căsătorindu-vă cu mine, mă va face duce. Astăzi cred că Rassi, înnobilat de mine când îmi vindea secretele răposatului principe, este acela care va fi făcut conte. În fața unei asemenea înălțări, eu voi juca rolul unui nătărău.

— Iar sărmanul principe se va acoperi de rușine.

— Bineînțeles. Dar, în fond, el este *stăpânul*, calitate care, în mai puțin de cincisprezece zile, va face ca *ridicolul* să dispară. Așadar, dragă ducesă, să facem ca la table, să fugim împreună.

— Dar nu vom fi deloc bogaţi.

— De fapt, nici tu, nici eu, nu avem nevoie de lux. Dacă îmi dai, la Neapole, un loc într-o lojă la San-Carlo şi un cal, sunt mai mult decât mulţumit; nu luxul, mai mare sau mai mic, ne va conferi un rang, ţie şi mie, ci plăcerea pe care oamenii de spirit din partea locului o vor afla, poate, venind să bea o ceaşcă de ceai cu noi.

— Dar, reluă ducesa, ce s-ar fi întâmplat în *nefericita zi*, dacă te-ai fi ţinut de-o parte, aşa cum sper că vei face de-acum încolo?

— Trupele fraternizau cu poporul, fuseseră trei zile de masacre şi de incendii (căci i-ar trebui o sută de ani ţării acesteia, pentru ca republica să nu fie o absurditate), după care au urmat cincisprezece zile de jafuri, până când două sau trei regimente au venit din străinătate, să restabilească ordinea. Ferrante Palla era în mijlocul norodului, plin de curaj şi furibund, ca de obicei; avea, fără îndoială, o duzină de prieteni care acţionau în înţelegere cu el, ceea ce-i va oferi lui Rassi ocazia de a face, din această colaborare, o conspiraţie de toată frumuseţea. Sigur este faptul că, îmbrăcat în zdrenţe, împărţea aurul cu amândouă mâinile.

Ducesa, minunându-se de aceste veşti, se grăbi să se ducă să-i mulţumească principesei.

În momentul când intră în încăpere, camerista îi înmână cheiţa de aur care se purta la cingătoare, semnul de deplină autoritate în aripa palatului stăpânită de principesă. Clara-Paolina nu întârzie să facă în aşa fel încât să iasă toată lumea şi, odată rămasă singură cu prietena ei, continuă, câteva clipe, să nu se explice decât pe jumătate. Ducesa nu-i înţelegea prea bine atitudinea, aşa că îi răspundea cu foarte multă rezervă. În cele din urmă, principesa izbucni în lacrimi şi, aruncându-se în braţele ducesei, strigă:

— Zilele nefericirii mele se vor întoarce; fiul meu se va purta cu mine şi mai rău decât tatăl lui!

— Nu voi lăsa să se întâmple una ca asta! replică cu vioiciune ducesa. Dar mai întâi trebuie, continuă ea, ca Alteţa Voastră

Serenisimă să binevoiască să primească, aici și acum, omagiul întregii mele recunoștințe și al adâncului meu respect.

— Ce vrei să spui strigă principesa, dintr-odată neliniștită, căci începea să se teamă de o demisie.

— Vreau să spun ca, de câte ori Alteța Voastră îmi va îngădui să întorc spre dreapta bărbia tremurătoare a acestei statui de porțelan ce se află pe șemineu, să îmi îngăduie, de asemenea, să spun lucrurilor pe adevăratul lor nume.

— Doar atât, scumpa mea ducesă? exclamă Clara-Paolina, ridicându-se și alergând, ea însăși, să așeze capul idolului în poziția potrivită; vorbește, așadar, în deplină libertate, în calitatea dumitale de primă doamnă a Curții mele, o îndemnă, îndulcindu-și vocea.

— Doamnă, reluă aceasta, Alteța Voastră a înțeles foarte bine cum stau lucrurile: suntem amândouă amenințate de cele mai mari primejdii, sentința împotriva lui Fabricio nu a fost revocată; prin urmare, cei care vor voi să se descotorosească de mine și să vă jignească în mod grav, îl vor arunca din nou în temniță. Situația noastră este mai rea ca oricând. În ceea ce mă privește pe mine personal, mă căsătoresc cu contele și ne ducem să ne stabilim la Neapole sau la Paris. Ultima dovadă de nerecunoștință a cărei victimă este, în acest moment, l-a făcut pe conte să fie dezgustat cu totul de îndatoririle lui și, dacă n-ar fi grija pe care trebuie să o poarte Alteței Voastre Serenisime, l-aș îndemna să nu mai rămână în harababura asta nici chiar dacă principele i-ar oferi o grămadă de bani. Îi cer Alteței Voastre permisiunea de a-i aduce la cunoștință că Mosca, deținând o sută treizeci de mii de franci când a fost făcut prim-ministru, are acum o rentă de doar douăzeci de mii de franci. În zadar am stăruit, cu multă vreme în urmă, să se gândească la averea lui. Cât timp am lipsit din Parma, le-a căutat pricină celor cărora principele le încredințase monopolul perceperii impozitelor, care erau niște pungași; contele i-a înlocuit cu alți pungași, de la care a primit opt sute de mii de franci.

— Cum așa? exclamă înmărmurită principesa. Doamne Dumnezeule! Cât de mâhnită sunt să aud așa ceva!

— Doamnă, replică ducesa, cu un desăvârşit sânge-rece, vreţi să cârmesc nasul idolului spre stânga?

— Dumnezeule, nu, se împotrivi principesa. Sunt supărată că un om de caracter, aşa cum este contele, s-a lăsat ispitit de un astfel de câştig.

— Fără această învârteală, era dispreţuit de toţi oamenii cinstiţi!

— Dumnezeule mare! Cum este cu putinţă?

— Doamnă, urmă ducesa, în afara prietenului meu, marchizul Crescenzi, care are trei sau patru sute de mii de livre rentă, toată lumea fură aici şi cum să nu furi într-o ţară unde recunoştinţa pentru cele mai însemnate servicii nu ţine nici măcar o lună? Nimic nu dăinuie şi nu supravieţuieşte dizgraţiei, în afara banului. Îmi voi permite, doamnă, să vă dezvălui nişte adevăruri cumplite.

— Îţi îngădui să mi le spui, încuviinţă principesa, oftând adânc, deşi îmi sunt întru totul neplăcute.

— Ei bine! Doamnă, fiul dumneavoastră, principele, deşi este un om cât se poate de la locul lui, n-ar putea să vă facă mult mai nefericită decât v-a făcut tatăl lui; răposatul principe avea caracter, aşa cum are aproape toată lumea. Suveranul nostru actual nu e niciodată sigur că vrea acelaşi lucru trei zile la rând; prin urmare, ca să te poţi bizui pe el, trebuie să trăieşti tot timpul alături de el şi să nu-l laşi să vorbească cu nimeni. Cum adevărul acesta nu e greu de ghicit, noul partid ultra, condus de două capete isteţe, va căuta să-l pricopsească pe principe cu o amantă. Amanta aceasta va avea îngăduinţa să facă avere şi să împartă câteva locuri subalterne, dar va trebui să răspundă, în faţa partidului, pentru voinţa neschimbată a principelui.

Eu, ca să o duc bine la curtea Alteţei Voastre, am nevoie ca Rassi să fie exilat şi scuipat în faţă; vreau, pe deasupra, ca Fabricio să fie judecat de judecătorii cei mai oneşti cu putinţă: dacă domnii aceştia recunosc, aşa cum sper, că este nevinovat, va fi cât se poate de firesc să i se încuviinţeze domnului arhiepiscop să-l numească pe Fabricio prelatul său ajutor, cu dreptul de a-i urma în funcţie. Dacă dau greş, contele şi cu mine ne retragem; atunci, la plecare, îi dau Alteţei Voastre Serenisime următorul sfat: să nu-l ierte niciodată pe Rassi şi să nu părăsească niciodată principatele fiului ei. De aproape, fiul acesta bun nu-i va face nici un rău cu adevărat mare.

— Am urmărit raţionamentul dumitale cu toată atenţia cuvenită, răspunse surâzând principesa, ar trebui, aşadar, să mă îngrijesc să-i găsesc o amantă fiului meu?

— Nicidecum, doamnă, dar faceţi mai întâi în aşa fel ca salonul Alteţei Voastre să fie singurul în care să se distreze.

Conversaţia fu nesfârşită în acest sens; vălurile cădeau, unul câte unul, de pe ochii inocentei şi spiritualei principese.

Un curier din partea ducesei se duse să-l înştiinţeze pe Fabricio că putea intra în oraş, dar pe ascuns. De-abia dacă putea fi zărit: îşi petrecea viaţa deghizat în ţăran, în baraca unui negustor de castane, aflată în faţa intrării cetăţuii, sub copacii ce străjuiau locul de promenadă.

## CAPITOLUL AL DOUĂZECI ŞI PATRULEA

DUCESA ORGANIZĂ PETRECERI ÎNCÂNTĂTOARE la palat, unde nu se mai văzuse nicicând atâta veselie; niciodată nu fu mai binevoitoare ca în iarna aceea şi, totuşi, trăia înconjurată de cele mai mari primejdii; în toată această perioadă grea, n-avu vreme nici de două ori să se simtă, cât de cât, nefericită de ciudata prefacere a lui Fabricio.

Tânărul principe sosea foarte devreme la plăcutele serate ale mamei sale, care îi spunea mereu:

— Du-te să cârmuieşti; pun rămăşag că pe biroul tău zac peste douăzeci de rapoarte care aşteaptă un „da", sau un „nu" şi nu vreau să mă acuze Europa că fac din tine un rege trândav, ca să domnesc în locul tău.

Îndemnurile acestea aveau dezavantajul de a pica întotdeauna în momentele cele mai nepotrivite, adică atunci când Alteţa Sa, învingându-şi timiditatea, lua parte la vreun joc de societate aflat în plină desfășurare, care îl distra mult. De două ori pe săptămână aveau loc serbări câmpenești, unde, sub pretextul de a-l face pe suveran să-și cucerească afecțiunea poporului său, principesa admitea să fie invitate cele mai frumoase doamne din burghezie. Ducesa, care era sufletul acestei Curți vesele, spera ca toate aceste drăguțe burgheze, care aveau un junghi în inimă de câte ori se gândeau la poziția înaltă în care ajunsese burghezul Rassi, să-i toarne principelui vreuna din nenumăratele pungășii ale acestui ministru al său. Căci, printre alte idei copilărești, principele pretindea că are un ministru *moral*.

Rassi era mult prea ager ca să nu simtă cât de primejdioase erau pentru el seratele acelea strălucitoare de la Curte, conduse de inamica lui. Nu se învoise să-i înmâneze contelui Mosca sentința „foarte legală" pronunțată împotriva lui Fabricio; trebuia, așadar, ca ori ducesa, ori el să dispară de la Curte.

În ziua acelei mișcări populare, a cărei existență era, acum, mai înțelept să o negi, se împărțiseră poporului bani. Rassi porni de aici: îmbrăcat și mai rău ca de obicei, intră în casele cele mai sărăcăcioase din oraș și stătu ceasuri întregi la taifas cu năpăstuiții ce sălășluiau acolo. Fu bine răsplătit pentru cercetările lui: după cincisprezece zile de astfel de investigații, dobândi siguranța că Ferrante Palla fusese conducătorul din umbră al insurecției, ba mai mult, că ființa aceasta, săracă toată viața, ca un mare poet ce era, pusese să i se vândă opt sau zece diamante la Genua.

Erau pomenite, între altele, cinci pietre de preț, care valorau cu adevărat, peste patruzeci de mii de franci și care, *cu zece zile înainte de moartea principelui*, fuseseră lăsate la treizeci și cinci de mii pentru că, se spusese, *avem nevoie de bani*.

Cum să descriem explozia de bucurie a ministrului de justiție, la această descoperire? Își dădea seama că, în mai toate zilele, la Curtea principesei văduve se glumea pe socoteala lui: de mai multe ori, vorbind cu el despre treburile statului, principele îi râsese în nas, cu toată nevinovăția tinereții. Trebuie să mărturisim că Rassi avea obiceiuri deosebit de plebeiene: de pildă, de îndată ce o discuție îi stârnea interesul, punea picior peste picior și își plimba degetele peste pantoful aflat la îndemână; dacă interesul creştea, îşi desfăcea, aţâţat, batista de bumbac roşu şi şi-o aşternea peste pulpă sau altele de acest gen. Principele râsese cu poftă de gluma uneia dintre cele mai drăguţe femei din burghezie, care, ştiind, de altfel, că are picioare foarte frumoase, se apucase să imite acest gest „elegant" al ministrului de justiţie.

Rassi solicită o audienţă extraordinară şi îi spuse principelui:

— Alteţa Voastră ar fi de acord să dea o sută de mii de franci ca să afle exact cum anume a murit augustul său părinte? Cu suma asta, justiţia va fi în stare să-i şi înhaţe pe vinovaţi, dacă aceştia există.

Răspunsul principelui nu putea fi decât unul singur.

La puţină vreme după aceea, Chékina o puse în gardă pe ducesă că i se oferise o sumă mare de bani, să lase un aurar să vadă de aproape diamantele stăpânei sale; refuzase cu indignare. Ducesa o bombăni că refuzase şi, cinci zile după aceea, Chékina avu diamante de arătat. În ziua hotărâtă pentru cercetarea diamantelor, contele Mosca îşi trimise doi oameni de încredere pe lângă fiecare aurar din Palermo şi, la miezul nopţii, veni să-i zică ducesei că aurarul curios nu era altul decât fratele lui Rassi. Ducesa, care era foarte veselă — la palat se juca o commedia dell'arte[137], (adică o piesă în care fiecare personaj născoceşte dialogul pe măsură ce îl rosteşte, în culise fiind afişat doar planul acţiunii) —, interpreta un rol în care îl avea ca îndrăgostit pe contele Baldi, fostul amant al marchizei Raversi, care era de faţă. Principele, omul cel mai timid din principatele sale, dar băiat frumos şi înzestrat cu inima cea mai drăgăstoasă, studia rolul contelui Baldi, cu gândul să îl joace la a doua reprezentaţie.

— Nu am deloc timp, îi spuse ducesa contelui, apar în prima scenă din actul al doilea; să trecem în sala gărzilor.

---

[137] Formă populară a comediei din Renaşterea italiană. Acţiunea şi dialogurile se improvizau, textul dramatic existând doar sub forma unor indicaţii sumare. Personajele erau tipuri simbolice.

Acolo, înconjurați de douăzeci de gărzi de corp, cu urechile ciulite la discuția dintre primul-ministru și prima doamnă, ducesa îi zise, râzând, prietenului ei:

— Mă dojenești întotdeauna când dezvălui, în mod inutil, un secret. Mie îmi datorează tronul Ernest al V-lea; era vorba să fie răzbunat Fabricio pe care, pe atunci, îl iubeam mai mult decât astăzi, deși și atunci la fel de nevinovat. Știu foarte bine că nu crezi în această nevinovăție, dar nu-mi pasă, pentru că mă iubești, în ciuda crimelor mele. Ei bine! Iată o crimă adevărată: am dat toate diamantele mele unui soi de nebun, foarte interesant, pe nume Ferrante Palla, l-am îmbrățișat, chiar, pentru că l-a trimis la moarte pe omul care voia să-l otrăvească pe Fabricio. Ce rău am făcut?

— Ah! Iată de unde a luat Ferrante bani pentru răzmerița lui! exclamă contele, puțin cam uluit. Și îmi povestești toate astea aici, în sala gărzilor!

— Asta pentru că mă grăbesc, iar Rassi e pe urmele criminalilor. În schimb, nu i-am pomenit nici o clipă de o răscoală, căci îi urăsc pe iacobini. Gândește-te la tot și spune-mi ce părere ai, după spectacol.

— Îți voi spune, numaidecât, că trebuie să-i inspiri dragoste principelui... Dar, cu toată cinstea și onoarea, cel puțin.

Ducesa fu chemată să intre în scenă; dispăru.

La câteva zile după aceea, ducesa primi prin poștă o scrisoare lungă și ridicolă, semnată cu numele unei foste subrete a ei; femeia aceasta cerea să slujească la Curte, dar ducesa recunoscu de îndată ce își aruncă ochii peste rânduri că nu era nici scrisul, nici stilul ei. Desfăcând foaia, ca să citească mai departe, văzu căzându-i la picioare o iconiță făcătoare de minuni a Fecioarei Maria, împăturită într-o pagină desprinsă dintr-o carte veche. După ce privi o clipă icoana, ducesa începu să citească vechea pagină tipărită. Ochii îi scăpărară, când dădu peste următorul paragraf:

*„Tribunul a primit o sută de franci pe lună, nu mai mult; cu restul s-a încercat a se reaprinde focul sacru în sufletele care s-a întâmplat*

să fie împietrite de egoism. Vulpea mi-a luat urma, de aceea nu am căutat să mai văd, pentru ultima dată, ființa adorată. Mi-am spus, ea nu îndrăgește republica, ea care este mai presus de mine, atât prin inteligență, cât și prin grație și frumusețe. De altfel, cum să faci o republică fără republicani? Să mă înșel eu, oare? Peste zece luni voi străbate pe jos, cu microscopul în mână, orașele mici din America, voi vedea dacă trebuie să iubesc, pe mai departe, singura rivală pe care o aveți în inima mea. Dacă primiți scrisoarea aceasta, doamnă baroană, și dacă nici un ochi profan nu a citit-o înaintea dumneavoastră, porunciți să se rupă unul dintre tinerii frasini sădiți la douăzeci de pași de locul unde am cutezat să vă vorbesc pentru prima oară. Atunci o să pun să fie îngropată, sub merișorul cel mare pe care l-ați remarcat odată, în zilele mele fericite, o cutie în care se vor afla acele lucruri care fac să fie calomniați oamenii care îmi împărtășesc părerile. Desigur, m-aș fi ferit să scriu, dacă vulpea nu mi-ar fi luat urma și dacă n-ar putea ajunge la făptura celestă; a se vedea merișorul, peste cincisprezece zile".

„De vreme ce dispune de o tipografie, își spuse ducesa, curând ne vom trezi cu o culegere de sonete. Dumnezeu știe ce nume îmi va da".

Cochetăria ducesei vru să facă o probă; timp de opt zile, se declară suferindă, iar curtea se văzu sărăcită de drăgălașele ei serate. Principesa, foarte scandalizată de tot ceea ce teama de fiul ei o obliga să facă din primele momente ale văduviei sale, se duse să-și petreacă aceste opt zile într-o mănăstire de lângă biserica unde fusese îngropat răposatul principe. Întreruperea seratelor îl făcu pe principe să se vânture descumpănit de colo-colo, fără să aibă cu ce să-și umple timpul liber, iar trecerea de care se bucura contele primi o lovitură puternică. Ernest al V-lea înțelese ce plictiseală cumplită îl aștepta, dacă ducesa părăsea Curtea sau doar înceta să mai răspândească aceeași veselie. Seratele reîncepură, iar principele se arătă din ce în ce mai interesat de *commedia dell'arte*. Avea în plan să joace și el un rol, dar nu îndrăznea să-și facă cunoscută ambiția. Într-o zi, roșindu-se până în albul ochilor, îi adresă ducesei următoarea întrebare:

— De ce n-aş primi şi eu un rol?

— Suntem cu toţii la porunca Alteţei Voastre; dacă binevoieşte să îmi ceară, voi pune să se alcătuiască planul unei comedii, toate scenele strălucitoare ale rolului Alteţei Voastre vor fi cu mine şi, cum în primele zile toată lumea şovăie un pic, dacă Alteţa Voastră va vrea să mă privească atent, îi voi spune răspunsurile pe care trebuie să le dea.

Totul fu pregătit cu o pricepere desăvârşită. Principele, foarte timid, se ruşina de timiditatea lui; grija pe care o arăta ducesa, de a nu răni timiditatea aceasta înnăscută, făcu o impresie profundă asupra tânărului suveran.

În ziua debutului său, spectacolul începu cu o jumătate de ceas mai devreme ca de obicei şi nu se aflau în salon, în momentul în care se trecu în sala de spectacol, decât opt sau zece femei în vârstă. Personajele acestea n-aveau cum să-l facă să se fâstâcească pe principe şi, de altfel, crescute la München, în respectul adevăratelor principii monarhice, ele aplaudau mereu. Făcând uz de autoritatea ei, în calitate de primă doamnă, ducesa încuie uşa prin care intrau la spectacol curtenii de rând. Principele, care avea *simţul replicii* şi o înfăţişare plăcută, se descurcă foarte bine în primele scene; repeta fără să-şi piardă cumpătul frazele pe care le citea în ochii ducesei sau pe care i le indica cu jumătate de voce. Într-un moment în care puţinii spectatori aplaudau din răsputeri, ducesa făcu un semn şi uşa de onoare fu deschisă şi sala de spectacole ocupată, într-o clipă, de toate frumuseţile Curţii, care, găsindu-l pe principe fermecător şi în culmea fericirii, începură numaidecât să bată din palme; ducele roşi de plăcere. Juca rolul unui personaj îndrăgostit de ducesă. Departe de a avea nevoie să-i sugereze cuvintele, fu obligată să-i ceară să scurteze scenele; vorbea despre dragoste cu o înflăcărare care, adesea, o punea în încurcătură pe actriţă; replicile sale durau cinci minute. Ducesa nu mai era frumuseţea aceea care-ţi tăia respiraţia din anul precedent; închisoarea lui Fabricio şi, mai mult încă, şederea pe lacul Maggiore cu nepotul ei, devenit morocănos şi tăcut, o îmbătrâniseră pe frumoasa Gina cu zece ani. Trăsăturile i se accentuaseră, avea mai multă minte și mai puțină tinerețe. N-avea decât foarte rar hazul și veselia adolescenței; dar pe scenă, bine machiată, beneficiind din plin de ajutorul pe care acest lucru îl dă actrițelor, era încă cea mai frumoasă femeie de la Curte. Tiradele pasionale debitate de principe îi puseră în gardă pe curteni. Cu toții își spuseră, în seara aceea:

— Iat-o pe Balbi a noii regențe.

Contele se revoltă în sinea sa.

Odată piesa încheiată, ducesa îi spuse principelui, de față cu toată Curtea:

— Alteța Voastră joacă prea bine; se va spune că v-ați îndrăgostit de o femeie de treizeci și opt de ani, ceea ce ar putea zădărnici căsătoria mea cu contele. Așa că nu voi juca cu Alteța Voastră dacă principele nu îmi jură că mi se va adresa ca unei femei de-o anumită vârstă, ca marchizei Raversi, de exemplu.

Repetară de trei ori aceeași piesă; principele era nebun de fericire. Dar, într-o seară, se arătă foarte preocupat.

— Sau mă înșel eu foarte tare, îi spuse prima doamnă principesei, sau Rassi încearcă să ne joace o festă; aș sfătui-o pe Alteța Voastră să pregătească un spectacol pentru mâine; principele va juca prost și, în disperarea lui, vă va spune ceva.

Principele jucă, într-adevăr, foarte prost; abia dacă se auzea și nu mai știa să-și încheie frazele. La sfârșitul primului act, aproape că plângea; ducesa se ținea în preajma lui, dar rece și imobilă. Rămânând pentru o clipă singur cu ea, în foaierul actorilor, principele se duse să închidă ușa.

— Niciodată, îi spuse el, nu voi fi în stare să joc al doilea și al treilea act; nu vreau cu nici un chip să fiu aplaudat din complezență: aplauzele pe care le voi primi în seara asta îmi vor frânge inima. Dați-mi un sfat, ce să fac?

— Voi înainta pe scenă, îi voi face o reverență adâncă Alteței Sale, o alta publicului, ca un adevărat director de teatru, și o să anunț că actorul care juca rolul lui *Lelio* îmbolnăvindu-se brusc, spectacolul se va termina cu câteva bucăți muzicale. Contele Rusca și mica Ghisolfi nu-și vor încăpea în piele de bucurie să-și poată arăta măiestria în fața unei atât de strălucite asistențe, încântându-ne cu glăscioarele lor dulci-acrișoare.

Principele luă mâna ducesei și i-o sărută cu înflăcărare.

— De ce nu sunteți bărbat. Mi-ați da un sfat bun: Rassi tocmai a depus pe biroul meu cele o sută optzeci și două de depoziții împotriva pretinșilor asasini ai tatălui meu. În afara depozițiilor, mai există și un act de acuzare de peste două sute de pagini; trebuie să citesc toate astea și, pe deasupra, mi-am dat cuvântul să nu-i spun nimic contelui. Povestea asta ne duce direct la execuții; deja vrea să trimit oameni în Franța, în apropiere de Antibes, să-l răpească pe Ferrante Palla, marele poet pe care îl admir atât de mult. Se ascunde acolo, sub numele de Poncet.

— Din ziua în care veți începe să-i spânzurați pe liberali, Rassi va fi legat de minister cu lanțuri de fier, asta este și ceea ce își dorește, mai presus de orice; dar Alteța Voastră nu-și va mai anunța o plimbare cu două ceasuri înainte. Nu voi sufla o vorbă, nici principesei, nici contelui, despre strigătul de durere care v-a scăpat; dar întrucât m-am legat prin jurământ să nu-i tăinuiesc nimic principesei, aș fi fericită dacă Alteța Voastră ar vrea să-i mărturisească mamei sale aceleași lucruri pe care, fără să vrea, mi le-a spus mie.

Ideea aceasta îndepărtă amărăciunea de actor *fluierat* ce îl covârșise pe suveran.

— Ei bine, fie! Duceți-vă să o anunțați pe mama, mă duc în cabinetul ei cel mare.

Principele ieși din culise, traversă salonul prin care se ajungea în teatru și îi expedie, cu un aer neînduplecat, pe marele șambelan și pe aghiotantul de serviciu, care îl însoțeau. La rândul său, principesa părăsi în grabă sala; ajunsă în cabinet, marea maestră de ceremonii făcu o plecăciune adâncă mamei și fiului și îi lăsă singuri. Vă puteți imagina ce fierbere se stârni printre curteni... Acestea sunt lucrurile care fac din Curtea unui suveran un spectacol atât de amuzant. După un ceas, principele însuși apăru în pragul cabinetului și o pofti pe ducesă; principesa era în lacrimi, fiul ei era schimbat la față.

„Iată nişte oameni slabi cuprinşi de hachiţe, îşi spuse marea maestră, care caută un pretext ca să-şi verse veninul". La început, mama şi fiul îşi disputară întâietatea în a lua cuvântul, pentru a-i povesti, în amănunt, totul ducesei, care, în răspunsurile ei, se feri cu mare grijă să le dea vreo povaţă. Vreme de trei ceasuri ucigătoare, cei trei actori ai acestei scene nu ieşiră cu o iotă din rolurile lor. Principele se duse el însuşi să aducă cele două mape uriaşe pe care i le lăsase Rassi pe birou; ieşind din cabinetul cel mare al mamei sale, se pomeni în faţa întregii Curţi care îl aştepta.

— Plecaţi de-aici, lăsaţi-mă în pace! strigă el pe un ton foarte nepoliticos, cum nu-l mai auziseră niciodată.

Principele nu voia să fie văzut ducând el însuşi cele două mape — un suveran nu trebuia să ducă nimic. Cât ai clipi din ochi, curtezanii se risipiră care-ncotro. Întorcându-se, principele nu-i mai întâlni în drumul lui decât pe valeţii care stingeau lumânările; îi alungă spumegând de furie, ca şi pe sărmanul Fontana, ajutor de aghiotant de serviciu care avusese, din zel, stângăcia de a rămâne.

— Toată lumea şi-a pus în cap să mă scoată din sărite în seara asta, îi declară el cu arţag ducesei, când intră din nou în cabinet; o socotea deosebit de inteligentă şi era mânios că se încăpăţâna, evident, să nu-şi dea cu părerea. Ea, de partea ei, era hotărâtă să nu spună nimic până când nu decideau să o consulte *în mod expres*. Se scurse încă o jumătate apăsătoare de ceas, înainte ca principele, care avea sentimentul demnităţii sale din belşug, să îşi ia, în fine, inima în dinţi şi, pe un ton oarecum mustrător, să spună:

— Doamnă, nu ziceţi nimic...

— Mă aflu aici ca să o slujesc pe principesă şi ca să uit repede ceea ce se spune de faţă cu mine.

— Ei bine! Doamnă, spuse principele, înroşindu-se ca un rac la faţă, vă poruncesc să îmi declaraţi ce părere aveţi.

— Crimele se pedepsesc ca să nu fie săvârşite din nou. Răposatul principe a fost, oare, otrăvit? Este cât se poate de îndoielnic. A fost otrăvit de iacobini — e ceea ce Rassi ar vrea cu tot dinadinsul să dovedească; atunci ar deveni, pentru Alteța Voastră, o unealtă de care acesta nu s-ar mai putea lipsi niciodată. În acest caz, Alteța Voastră, care se află la începutul domniei sale, poate să-și pregătească multe serate la fel ca aceasta. Supușii voștri sunt, în general, de părere că sunteți bun din fire, ceea ce și este adevărat; atâta vreme cât nu veți cere să fie spânzurat vreun liberal, vă veți bucura de această reputație și nimănui nu-i va trece prin minte să vă pregătească vreo otravă.

— Concluzia dumneavoastră este evidentă, explodă, scoasă din țâțâni, principesa, nu vreți ca asasinii soțului meu să fie pedepsiți!

— Asta pentru că, doamnă, după toate aparențele, sunt legată de ei printr-o duioasă prietenie.

Ducesa citea în ochii principelui că o credea înțeleasă cu mama lui, pentru a-i impune un anume plan de conduită. Între cele două bune prietene avu loc un schimb destul de rapid de replici prompte și îndeajuns de mușcătoare, în urma cărora ducesa protestă că nu va mai rosti un singur cuvânt și rămase credincioasă hotărârii sale; dar principele, după o discuție aprinsă și îndelungată cu mama sa, îi porunci din nou să-și declare opinia.

— Ceea ce, jur în fața Alteței Voastre, nu o voi face cu nici un chip!

— Dar este o adevărată copilărie! exclamă exasperat principele.

— Vă rog să vorbiți, doamnă ducesă, o îndemnă principesa, cu un aer demn.

— Este ceea ce vă implor să nu mi-o cereți; dar Alteța Voastră, adăugă ducesa, adresându-se principelui, citește la perfecție în limba lui La Fontaine, n-ar vrea, ca să potolească cugetele noastre ațâțate, să ne desfete cu o fabulă a acestuia?

Principesa consideră acest *ne* de-a dreptul insultător, dar se arătă, în același timp, curioasă și amuzată, când prima doamnă, care se dusese, cu cel mai desăvârșit sânge-rece, să deschidă biblioteca, reveni cu un volum de *Fabule* de La Fontaine; îl răsfoi câteva clipe, apoi îi spuse principelui, întinzându-i-l:

— O rog din tot sufletul pe Alteţa Voastră să citească *toată* fabula.

## GRĂDINARUL ŞI BOIERUL[138]

*Un iubitor de zarzavaturi*
*împrejmuise o grădină*
*şi toată ţarina vecină*
*cu gard stufos şi trainic, de mărăcini, la haturi.*
*Ţi-era mai mare dragul să vezi atâtea straturi*
*de cimbruri, de măcrişuri, lăptuci şi iasomie,*
*să-i facă Margaretei buchet la cununie!*
*Dar toată fericirea pe care am arătat-o*
*un Iepure obraznic cumplit a tulburat-o.*
*Iar Grădinarul nostru, în ciuda lui nătângă,*
*s-a dus la Pârcălabul cetăţii, să se plângă:*
*Degeaba-l fugărise, cu bulgări şi cu băţul,*
*că-mpieliţatul ăsta venea să-şi ia ospăţul*
*în zori şi către seară, de două ori pe zi.*
*Capcanele, nici pânda nu l-au putut opri.*
*E vrăjitor, pesemne; nu-i chip să-l pui pe goană...*
*— Ce vrăjitor?... Să fie şi Tartoru-n persoană,*
*că-i dărăceşte Griva împieliţata blană!*
*Ascultă-mă pe mine: prea şi-a făcut de cap!*
*Dar mâine vin şi – sigur – de el o să te scap...*
*Cu haita şi hăitaşii sosind în bătătură,*
*ceru, întâi, Boierul, să ia ceva în gură.*
*— A, uite fetişcana! Nu, zău, dar ştii că-mi place?*
*Ia fă-te, neiculiţă, mai încoace!*
*Îi vom găsi un mire frumos ca trandafirul*
*şi-o trebui, bădie, să-ţi scotoceşti chimirul!...*

---

[138] La Fontaine. *Fabule*, VI, 4. Traducere de Aurel Tita. Bucureşti, E.S.P.L.A., 1958, p.p. 164-165.

*Îndată, Pârcălabul o trage lângă dânsul,*
*o mângâie pe mână, batista-i dichisește,*
*se zbenguie cu fata ștrengărește...*
*Pe fată, de rușine, mai c-o îneacă plânsul.*
*Se apără cum poate, dar cu nespus respect.*
*Chiar tatălui îi pare, cu timpul, cam suspect...*
*Puhoiu-n vremea asta dă vraiște prin oale*
*și lasă și cămara cu rafturile goale.*
*— O, șuncile, pe culme, ce minunat șirag!*
*— Sunt ale dumitale! — Da?... Le primesc cu drag...*
*Se-mbuibă matahala-n cuirasă*
*și dă porunci, prin casă, ca acasă.*
*Tot îmbiindu-și ceata,*
*bea vinul cu găleata*
*și giugiulește fata.*
*Porni apoi alaiul în sunete de goarne,*
*să juri că lumea-ntreagă e-n stare s-o răstoarne.*
*Păcat de-așa răzoare, de-atâtea mândre straturi!*
*Adio, praz, cicoare, plăpânde zarzavaturi!*
*Din toate n-a rămas — mai este vorbă? —*
*nici cât să pui măcar o dată-n ciorbă.*
*În iureșul năvalei lor cumplite,*
*tot vânturând grădina în copite,*
*găsiră urecheatul sub o varză,*
*stufoasă ca o tufă și-naltă cât o barză.*
*Trezit și el din somn de-atâta gură,*
*țâșni și, tuleo, pârlea, spre luncă, prin spărtură!*
*Gealații strică gardul, călări pe urma lui,*
*dar Iepurele, ia-l de unde nu-i!*
*„Joc de boieri!" gândește stăpânu-ncremenit,*
*văzând că, într-un ceas, l-au păgubit*
*mai rău decât, un veac întreg, ar fi putut*
*întreaga iepurime din ținut.*

*Dreptatea celor mari — vedeți de-aici —*
*mai rea-i ca nedreptatea celor mici.*

Lectura fu urmată de o lungă tăcere. Principele se învârtea, de colo-colo, prin cabinet, după ce se dusese el însuşi să pună volumul înapoi, în raft.

— Ei bine, doamnă, o îmboldi principesa, binevoiţi să vorbiţi?

— Nu, cu nici un chip, doamnă! Atâta vreme cât Alteţa Sa nu mă va fi numit ministru; vorbind aici, sunt în pericol să-mi pierd locul de mare maestră de ceremonii.

Din nou, linişte desăvârşită, vreme de un apăsător sfert de ceas; în cele din urmă, principesa îşi aminti de rolul jucat odinioară de Maria de Medicis[139], mama lui Ludovic al XIII-lea[140]: în zilele precedente, marea maestră o pusese pe lectoră să-i citească principesei excelenta *Istorie a lui Ludovic al XIII-lea*, de domnul Bazin[141]. Principesa, deşi adânc jignită, se gândi că ducesa putea foarte bine să părăsească ţara, iar atunci Rassi, de care îi era cumplit de frică, ar putea să-l imite pe Richelieu[142] şi să-l facă pe fiul ei să o trimită în exil. În clipa aceea, principesa ar fi dat tot ce avea mai scump pe lume ca să o umilească pe marea ei maestră; dar nu putea; se ridică şi veni, cu un surâs un pic exagerat, să o prindă de mână pe ducesă, zicându-i:

— Haideţi, doamnă, dovediţi-mi prietenia pe care mi-o purtaţi şi vorbiţi.

— Ei bine! Două vorbe şi atât: ardeţi, în şemineul de aici, toate hârtiile adunate de vipera de Rassi şi nu-i mărturisiţi niciodată că le-aţi ars.

---

[139] Maria de Medicis (1573-1642), născută la Florenţa, regină a Franţei prin căsătoria cu Henric al IV-lea de Bourbon. La moartea regelui (1610), este recunoscută regentă de Parlament şi rămâne atotputernică până la urcarea pe tron a fiului său, Ludovic al XIII-lea, care o trimite în exil (1617). Moare în exil la Cologne.

[140] Ludovic al XIII-lea (1610-1643). Domnia sa s-a caracterizat prin dominaţia primului său ministru, Richelieu, şi a mamei sale, Maria de Medici, asupra politicii Franţei.

[141] Anais de Raucou, zis Bazin (1795-1850), istoric francez.

[142] Richelieu, Armand Jean du Plessis de (1585-1642), om politic francez, cardinal (din 1622). Ca prim-ministru (1624-1642), în timpul domniei lui Ludovic al XIII-lea, a fost conducătorul de fapt al Franţei.

Adăugă cu glas foarte scăzut, pe un ton familiar, la urechea prințesei:

— Rassi poate fi Richelieu!

— Dar, la naiba! Hârtiile astea mă costă peste optzeci de mii de franci! strigă supărat principele.

— Alteță, replică ducesa cu energie, iată cât vă costă să folosiți scelerați de origine joasă. Să dea Dumnezeu să puteți pierde un milion, dar să nu acordați niciodată credit pungașilor care nu l-au lăsat pe tatăl vostru să doarmă, în ultimii săi șase ani de domnie.

Expresia *origine joasă* îi plăcuse foarte mult prințesei, care considera că Mosca și prietena lui nutreau o stimă prea exclusivă pentru spirit, întotdeauna un pic văr primar cu iacobismul.

În timpul scurtului interval de tăcere adâncă, întrepătruns de cugetările prințesei, orologiul castelului bătu de trei ori. Principesa se ridică, îi făcu o plecăciune adâncă fiului ei și îi spuse:

— Sănătatea mea nu-mi permite să mai prelungesc această discuție. În nici un caz, un ministru de *origine joasă*; n-o să-mi scoateți niciodată din cap ideea că Rassi al vostru a șterpelit jumătate din banii pe care te-a făcut să-i cheltuiești cu spionii.

Principesa luă două lumânări, așezate în sfeșnice, și le puse în cămin, în așa fel încât să nu se stingă, apoi, apropiindu-se de fiul ei, adăugă:

— Fabula lui La Fontaine a biruit, în mintea mea, dorința firească de a-mi răzbuna soțul. Alteța Voastră îmi îngăduie să ard *aceste scripte*?

Prințul nu se clinti.

„Arată, într-adevăr, ca un dobitoc, își spuse ducesa; contele are dreptate: răposatul principe nu ne-ar fi făcut să stăm de veghe până la trei dimineața, ca să ia o hotărâre".

Principesa, mereu în picioare, adăugă:

— Micuțul procuror tare s-ar mai umfla în pene, dacă ar ști că hârțoagele lui pline de minciuni și ticluite în așa fel încât să-l ajute să fie avansat, le-au făcut să-și piardă noaptea pe cele două personaje de cea mai mare importanță din regat.

Prințul se năpusti asupra uneia dintre mape, ca un nebun furios, și-i răsturnă întreg conținutul în cămin. Grămada de hârtii fu cât pe-aci să stingă cele două lumânări; încăperea se umplu de fum. Principesa citi în ochi fiului său că era gata să înșface o carafă cu apă și să salveze acele documente care îl costau optzeci de mii de franci.

— Deschide fereastra! îi strigă ea furioasă ducesei.

Ducesa se grăbi să-i dea ascultare; de îndată, toate hârtiile fură cuprinse de flăcări; se auzi un zgomot puternic în cămin — curând, fu limpede că focul se aprinsese.

Principele era mic la suflet, când era vorba, într-un fel sau altul, despre bani; își imagină palatul mistuit de vâlvătăi și toate bogățiile sale făcute scrum; alergă la fereastră și chemă straja, cu glasul schimbat. Soldații alergară, în dezordine, la Curte, auzind glasul principelui; acesta se reîntoarse lângă cămin, care absorbea, cu un zgomot cu adevărat înspăimântător, aerul ce intra prin fereastra deschisă; se neliniști, ocărî, făcu doi-trei pași, prin cabinet, ca un om scos din fire și, în cele din urmă, ieși în goană.

Principesa și marea ei maestră rămaseră în picioare, una în fața alteia, păstrând o liniște adâncă.

— Se va dezlănțui, oare, iarăși, mânia? Pe legea mea, am câștigat partida. Se pregătea să fie foarte tăioasă în replicile ei, când o străfulgeră un gând — zări cea de-a doua mapă, intactă. Nu, partida nu e câștigată decât pe jumătate.

Îi spuse principesei, destul de rece:

— Doamna îmi poruncește să ard și restul hârtiilor?

— Și unde să le arzi? o repezi principesa.

— În căminul din salon; aruncându-le una câte una, nu e nici o primejdie.

Ducesa înșfăcă sub braț mapa doldora de hârtii, luă o lumânare și trecu în salonul vecin. Avu vreme să vadă că mapa era cea cu depozițiile, își strecură în șal cinci-șase teancuri, arse restul cu multă grijă, apoi se făcu nevăzută, fără să-și mai ia rămas-bun de la principesă.

„Iată o mare obrăznicie, își spuse ea râzând; dar era cât pe-aci, cu aerele ei de văduvă de neconsolat, să mă facă să-mi pierd capul pe un eșafod".

*Mănăstirea din Parma*

Auzind duruitul trăsurii ducesei, principesa se mânie foc pe marea ei maestră.

În ciuda orei nepotrivite, ducesa trimise după conte; acesta se afla la incendiu, dar se întoarse curând, cu vestea că focul fusese stins.

— Micul principe a dat, cu adevărat, dovadă de mult curaj și l-am felicitat cu căldură.

— Aruncă-ți repede ochii peste declarațiile astea, ca să le putem arde numaidecât.

Contele citi și se albi la față.

— Pe legea mea, se aflau foarte aproape de descoperirea adevărului; procedura asta e făcută cu multă îndemânare, sunt pe urmele lui Ferrante Palla și, dacă vorbește, vom fi în mare încurcătură.

— Dar n-o să vorbească, strigă ducesa, este un om de onoare. Să le ardem, să le ardem.

— Nu încă. Îngăduie-mi să iau numele a doisprezece sau cincisprezece martori periculoși, pe care îmi voi lua libertatea să-i răpesc, dacă vreodată Rassi are de gând să o ia de la capăt.

— Îi aduc aminte Excelenței Sale că principele și-a dat cuvântul că nu-i va sufla o vorbă despre expediția noastră nocturnă ministrului său de justiție.

— Din lașitate, de frica unei scene, și-l va ține.

— Acum, dragul meu prieten, iată o noapte care ne apropie mult de căsătoria noastră; nu am vrut să-ți aduc ca zestre un proces criminal și încă pentru un păcat pe care l-am făcut din interes pentru altul.

Contele era îndrăgostit; îi luă mâna, se pierdu în exclamații, avea lacrimi în ochi.

— Înainte de a pleca, povățuiește-mă cum trebuie să mă port cu principesa; sunt frântă de oboseală, am jucat o oră teatru pe scenă și cinci în cabinet.

— Te-ai răzbunat din plin pe principesă pentru vorbele ei înțepătoare, care nu erau, de altfel, izvorâte decât din slăbiciune, prin felul atât de obraznic în care te-ai despărțit de ea. Vorbește mâine cu ea pe același ton pe care l-ai avut în dimineața asta; Rassi nu este încă la închisoare sau în surghiun și n-am reușit, deocamdată, să distrugem sentința lui Fabricio.

I-ai cerut principesei să ia o hotărâre, ceea ce-i scoate întotdeauna din fire pe suverani și chiar pe primii-miniștri; în sfârșit, ești marea ei maestră, adică mica ei slujnică. Printr-o schimbare care este inevitabilă la oamenii slabi, peste trei zile, Rassi se va afla în grațiile principelui mai mult ca oricând; va încerca să ceară să fie spânzurat cineva: atâta vreme cât nu-l va fi compromis pe principe, nu poate fi sigur de nimic.

A fost rănit un om, în incendiul din noaptea asta; este un croitor care, pe onoarea mea, a dat dovadă de un curaj extraordinar. Mâine vreau să-l fac pe principe să mă ia de braț și să vină cu mine să-i facem o vizită acestui croitor; voi fi înarmat până-n dinți și cu ochii în patru; de altfel, tânărul principe n-a ajuns încă să fie urât. Vreau să-l obișnuiesc să se plimbe pe străzi, este un renghi pe care i-l joc lui Rassi care, nu încape nici o îndoială, va veni în locul meu și nu-și va mai putea permite asemenea imprudențe. Revenind la croitor, îl voi duce pe principe prin fața statuii tatălui său, va remarca urmele pietrelor care au fărâmat toga romană cu care l-a împopoțonat nătărăul de sculptor și, în cele din urmă, principele s-ar dovedi prea lipsit de inteligență, dacă n-ar face de la sine această cugetare: „Iată ce câștig ai, dacă pui să-i spânzure pe iacobini". La care aș replica: „Sau spânzuri zece mii, sau nici unul: noaptea Sfântului Bartolomeu[143] i-a nimicit pe protestanții din Franța.

Mâine, scumpă prietenă, înainte de plimbarea mea, cereți să fiți primită de principe și spuneți-i:

---

[143] Nume sub care a intrat în istorie masacrarea a peste 2000 de hughenoți din Paris, în noaptea de 23 spre 24 august 1572, pusă la cale de Caterina de Medici, mama regelui Carol al IX-lea. Extinderea masacrului în întreaga Franță a dat naștere războaielor religioase cărora le-a pus capăt Henric al IV-lea, rege al Navarrei și conducătorul hughenoților, ajuns, în 1589, rege al Franței.

„Ieri-seară am îndeplinit, pe lângă Maiestatea Voastră, funcția de ministru, v-am dat sfaturi, iar datorită poruncilor voastre, mi-am atras nemulțumirea principesei; trebuie să mă despăgubiți". Se va aștepta să-i cereți bani și va încrunta din sprâncene, îl veți lăsa să fiarbă, măcinat de acest gând neplăcut, cât mai mult timp cu putință; după care veți spune: „O rog pe Alteța Sa să ordone ca Fabricio să fie judecat în *contradictorialitate*[144] (adică în prezența lui), de doisprezece dintre cei mai respectați judecători din principate". Și, fără să pierzi timpul, îi vei înfățișa spre semnare o mică ordonanță scrisă de frumoasa ta mână, pe care ți-o voi dicta numaidecât; voi introduce, bineînțeles, clauza prin care prima sentință este anulată. Există o obiecție în această privință, una singură, dar dacă nu-l lași să se dezmeticească, principele o va scăpa din vedere. Poate să-ți spună: „Trebuie ca Fabricio să se constituie prizonier al fortăreței". La care îi vei răspunde „Se va constitui prizonier al închisorii orașului (știi că acolo eu sunt stăpânul, nepotul tău va veni în fiecare seară să te vadă)". Dacă principele îți răspunde: „Nu, fuga lui a știrbit onoarea fortăreței mele și vreau, ca să salvez aparențele, să se întoarcă în celula din care a evadat", îi vei răspunde la rândul tău: „Nu, căci acolo va fi la cheremul dușmanului meu Rassi"; și, prin una din acele fraze pe care numai o femeie știe să le ticluiască, pe care te pricepi atât de bine să le strecori, îl vei face să înțeleagă că, pentru a-l îngenunchea pe Rassi, ai fi nevoită să-i povestești despre *autodafé-ul*[145] de azi noapte; dacă insistă, îl vei anunța că te duci să-ți petreci cincisprezece zile la castelul tău de la Sacca.

---

[144] Principiul fundamental al dreptului procesual, în temeiul căruia fiecare parte dintr-un proces este îndreptățită să i se comunice toate actele părții adverse și să discute în contradictoriu problemele care interesează soluționarea pricinii.

[145] Cuvânt portughez însemnând „act de credință"; ceremonie publică prin care se aduceau la îndeplinire sentințele pronunțate de inchiziție împotriva „ereticilor"; consta, de regulă, în arderea pe rug. Folosit aici într-o accepție metaforică.

Trimite după Fabricio și consultă-l în legătură cu acest demers care l-ar putea trimite la închisoare. Pentru a prevedea totul, dacă, în vreme ce el este după gratii, Rassi, prea nerăbdător, pune să fie otrăvit, Fabricio se poate afla în mare pericol. Dar lucrul este puțin probabil; știi că am cerut să fie adus un bucătar franțuz, care este cel mai vesel dintre oameni și care face calambururi[146]; or un om de acest fel nu poate fi un asasin. I-am spus deja prietenului nostru Fabricio că i-am găsit pe toți martorii faptei sale frumoase și curajoase; este limpede că Giletti a încercat să-l omoare. Nu ți-am pomenit de martorii aceștia pentru că intenționam să-ți fac o surpriză, dar principele mi-a dat planul peste cap, n-a acceptat să semneze. I-am zis lui Fabricio al nostru că îi voi obține, fără nici o îndoială, un post însemnat în biserică; dar nu-mi va fi deloc ușor dacă dușmanii lui pot face, la Curtea de Apel de la Vatican, o contestație prin care îl acuză de asasinat.

Îți dai seama, doamnă, că, dacă nu este judecat cu toată solemnitatea, numele de Giletti îi va pricinui neplăceri toată viața? E o dovadă de mare slăbiciune să nu te lași judecat, când ești sigur că ești nevinovat. De altfel, chiar dacă ar fi vinovat, tot aș obține achitarea lui. Când i-am vorbit, înflăcăratul tânăr nu m-a lăsat să isprăvesc: a luat almanahul oficial și am ales, împreună, doisprezece judecători, cei mai integri și cei mai savanți; odată făcută lista, am șters șase nume pe care le-am înlocuit cu cele ale unor jurisconsulți, dușmani personali ai mei, și, cum n-am putut găsi decât doi dușmani, am completat lista cu patru pungași credincioși lui Rassi. Această propunere a contelui o neliniști de moarte pe ducesă, și nu fără motiv; în cele din urmă, cedă în fața rațiunii și, la dictarea ministrului, scrise ordonanța prin care erau numiți judecătorii.

Contele nu se despărți de ea decât pe la șase dimineața; încercă să doarmă, dar se perpeli în zadar. La nouă, luă micul-

---

[146] Calambur, joc de cuvinte bazat pe echivocul rezultat din asemănarea formală a unor cuvinte deosebite ca sens.

dejun cu Fabricio, pe care îl găsi arzând de nerăbdare să fie judecat; la zece se afla la principesă, dar aceasta nu putea fi văzută de nimeni; la unsprezece intră la principe, care respecta ceremonialul sculării de dimineață, după moda regilor Franței. Acesta îi semnă ordonanța fără să cârtească. Ducesa îi trimise contelui ordonanța și se duse la culcare.

Ar fi, poate, nostim să descriem furia lui Rassi, când contele îl obligă să contrasemneze, în prezența principelui, ordonanța iscălită de acesta dimineață; dar cursul evenimentelor nu ne dă răgaz.

Contele trecu în revistă meritele fiecărui judecător și se oferi să schimbe numele. Dar cititorul s-a sătura, poate, de toate aceste detalii de procedură, nu mai puțin ca de toate intrigile de la Curte. Din toate astea, te poți alege cu morala că omul care se apropie de lumea celor de la Curte își compromite fericirea, dacă este fericit, și, în orice caz, ajunge în situația ca viitorul lui să depindă de uneltirile unei subrete.

Pe de altă parte, în America, în republică, trebuie să te prostești toată ziua periindu-i pe toți prăvăliașii de pe stradă, până când ajungi la fel de isteț ca ei, iar seara nici măcar nu poți merge la Operă.

Seara, când se trezi, ducesa avu un moment de mare neliniște: Fabricio era de negăsit; în sfârșit, spre miezul nopții, la spectacolul de la Curte, primi o scrisoare din partea lui. În loc să se constituie prizonier în *închisoarea orașului*, unde contele era mare și tare, se dusese să-și reia locul în fosta lui celulă din cetățuie, fericit la culme să locuiască la câțiva pași de Clélia.

Evenimentul era de cea mai mare importanță: în locul cu pricina, era, mai mult ca oricând, expus pericolului de a fi otrăvit. Nebunia aceasta o aduse pe ducesă în pragul disperării; îi înțelegea și îi ierta cauza, dragostea nebunească pentru Clélia, pentru că, în mod sigur, aceasta avea să-l ia de bărbat pe bogatul marchiz Crescenzi. Nebunia aceasta îl făcu pe Fabricio să-și recapete toată influența de odinioară asupra inimii ducesei.

„Blestemata acea de hârtie pe care am dus-o să fie iscălită îl va duce la moarte. Ce nebuni sunt bărbații ăștia, cu prejudecățile lor despre onoare! Ca și cum te-ai mai putea gândi la onoare sub o cârmuire despotică, într-o țară unde un Rassi este ministrul justiției! Trebuia, pur și simplu, să acceptăm grațierea pe care principele ar fi semnat-o, la fel de ușor ca și convocarea acelui tribunal extraordinar. Ce importanță are, la urma urmei, faptul că un om de rangul lui Fabricio ar fi, mai mult sau mai puțin, acuzat că a ucis el însuși, cu sabia în mână, un măscărici ca Giletti?"

Cum isprăvi de citit scrisoarea, ducesa alergă la conte, pe care-l găsi alb ca varul:

— Dumnezeule mare! Scumpă prietenă, nu am deloc mână bună cu copilul acesta și iarăși o să-mi poarte pică. Pot să-ți dovedesc că l-am chemat aseară pe temnicerul închisorii orașului; în fiecare zi, nepotul tău ar fi venit să bea ceaiul cu tine. Cumplit este că nici tu, nici eu nu ne putem duce să-i spunem principelui că ne temem de otravă, otravă administrată din porunca lui Rassi; bănuiala aceasta i s-ar părea culmea imoralității. Totuși, dacă îmi ceri, sunt gata să urc la palat; dar sunt sigur de răspuns. O să-ți spun și mai mult: îți pun la îndemână o metodă pe care n-aș folosi-o pentru mine. De când am ajuns la putere în țara asta, n-am trimis la moarte pe nimeni și știi că sunt atât de nerod în privința asta, încât câteodată, spre asfințit, mă gândesc încă la cele două iscoade pe care le-am trimis, cam cu prea multă ușurință, în fața plutonului de execuție, în Spania. Ei bine! Vrei să te scap de Rassi? Primejdia în care se află Fabricio, atâta vreme cât trăiește el, este fără margini: pentru Rassi, este un mijloc sigur de a mă face să-mi iau tălpășița.

Propunerea aceasta îi făcu mare plăcere ducesei, dar nu o adoptă.

— Nu vreau, îi declară ea contelui, ca acolo unde ne vom retrage, sub frumosul cer al Neapolelui, să te macine seara gândurile negre.

— Dar scumpă prietenă, mi se pare că oricum nu putem scăpa de asemenea gânduri negre. Ce-o să te faci și ce-o să mă fac eu însumi, dacă Fabricio e răpus de vreo boală?

Discuţia pe această temă continuă şi mai aprinsă, iar ducesa o încheie cu această frază:

— Rassi îşi datorează viaţa faptului că te iubesc mai mult decât pe Fabricio; nu, nu vreau să întunec zilele pe care le vom petrece împreună, la bătrâneţe.

Ducesa alergă la fortăreaţă; generalul Fabio Conti fu încântat să-i pună în faţă textul mai presus de orice discuţie al legilor militare: nimeni nu poate pătrunde într-o închisoare de stat fără un ordin semnat de principe.

— Dar marchizul Crescenzi şi muzicanţii săi nu vin în fiecare zi?

— Asta pentru că am obţinut, pentru ei, un ordin al principelui.

Sărmana ducesă nu bănuia, nici pe departe, toate nenorocirile care o aşteptau. Generalul Fabio Conti se considerase dezonorat personal de evadarea lui Fabricio; atunci când îl văzuse întorcându-se în fortăreaţă, n-ar fi trebuit să-l primească, întrucât nu avea nici un ordin în acest sens. „Dar, îşi spuse el, cerul mi-l trimite, ca să-mi dea satisfacţie şi să mă salveze de ridicolul care mi-ar fi dezonorat cariera militară. Nu trebuie să pierd ocazia: va fi, fără îndoială, achitat şi n-am multe zile ca să mă răzbun".

## CAPITOLUL AL DOUĂZECI ŞI CINCILEA

Sosirea eroului nostru o aruncă pe Clélia în braţele disperării; biata fată, cucernică şi sinceră cu ea însăşi, nu putea să-şi ascundă că, atâta vreme cât va fi departe de Fabricio, nu va exista niciodată fericire pentru ea; dar îi făcuse legământ Sfintei Fecioare, când cu presupusa otrăvire a generalului, să-i dea ascultare tatălui ei şi să se sacrifice, luându-l de bărbat pe marchizul Crescenzi. Jurase să nu-l mai vadă niciodată pe Fabricio şi era deja mistuită de cele mai groaznice remuşcări, din pricina mărturisirii care-i scăpase în scrisoarea pe care i-o trimisese lui

Fabricio, în ajunul fugii acestuia din închisoare. Cum să zugrăvim ceea ce se petrecu în sufletul ei copleşit de tristeţe când, în vreme ce urmărea, melancolică, cum zboară de colo-colo păsările ei, ridicându-şi, din obişnuinţă şi cu dor, ochii spre fereastra de la care o privea odinioară Fabricio, îl văzu salutând-o din nou, cu acelaşi respect plin de dragoste?

Crezu că are o vedenie pe care i-o trimite pronia, ca s-o pedepsească; apoi înţelese cruda realitate. „L-au înşfăcat iar, îşi spuse ea, şi e pierdut". Îşi aduse aminte de vorbele ce umblaseră prin fortăreaţă după plecarea lui; până şi cei mai neînsemnaţi temniceri se socoteau adânc jigniţi. Clélia se uită la Fabricio şi, fără să vrea, privirea ei lăsă să se oglindească, în întregime, pasiunea ce o umplea de deznădejde.

„Crezi, oare, părea ea să-i spună, că îmi voi afla fericirea în somptuosul palat care mi se pregăteşte? Tatăl meu îmi repetă, la nesfârşit, că eşti la fel de sărac ca noi; dar, Dumnezeule mare, cu câtă bucurie aş împărţi această sărăcie! Dar, vai! Nu trebuie să ne mai vedem niciodată".

Clélia nu avu puterea să se folosească de alfabet: în timp ce se uita la Fabricio, i se făcu rău şi se prăbuşi, fără simţire, pe un scaun de lângă fereastră. Capul i se sprijinea de pervaz şi, de parcă ar fi vrut să-l vadă până în ultima clipă, faţa îi rămase întoarsă spre Fabricio, care putea s-o zărească toată. Când, după câteva clipe, deschise din nou ochii, prima ei privire fu pentru Fabricio; văzu lacrimi în ochii lui; dar lacrimile acestea izvorau din suprema lui fericire: se convingea că, deşi despărţiţi, ea nu-l uitase. Cei doi bieţi tineri rămaseră ca fermecaţi, sorbindu-se din priviri. Fabricio îndrăzni să cânte, ca şi cum s-ar fi acompaniat la chitară, câteva versuri improvizate, care spuneau: „*Numai ca să te văd din nou*, m-am întors în închisoare: *mă vor judeca*".

Cuvintele acestea părură să trezească la viaţă toată cuminţenia Clélei: se ridică iute, îşi acoperi ochii şi, prin gesturile cele mai energice, încercă să-i transmită că ea nu trebuia să-l mai vadă niciodată; Îi făgăduise Sfintei Fecioare şi acum îl privise numai fiindcă trecuse printr-o clipă de rătăcire. Cum Fabricio îndrăzni să-şi mărturisească dragostea în continuare, Clélia fugi, indignată, jurându-şi că nu-l va mai revedea niciodată, căci acestea fuseseră, întocmai, cuvintele jurământului ei: „*Ochii mei nu-l vor mai revedea niciodată*". Le scrisese pe un petic de hârtie, pe care unchiul ei Cesare îi îngăduise să-l ardă pe altar, în momentul ofrandei, în vreme ce el slujea.

Dar, în ciuda tuturor jurămintelor, prezenţa lui Fabricio în Turnul Farnese o făcu pe Clélia să-şi reia toate vechile ei obiceiuri. Îşi petrecea, în mod obişnuit, zilele singură, în odaia ei. De-abia îşi veni în fire după tulburarea neaşteptată în care o aruncase vederea lui Fabricio, că începu să cutreiere palatul şi, ca să spunem aşa, să reînnoade prietenia cu toţi amicii ei subalterni. O bătrână foarte guralivă, de la bucătărie, îi declară cu un aer misterios:

— De data asta, senior Fabricio n-o să mai iasă din citadelă.

— N-o să mai facă greşeala să sară peste ziduri, răspunse Clélia, dar va ieşi pe poartă, dacă va fi achitat.

— Ştiu eu ce spun, când îi zic Excelenţei Voastre că nu va ieşi decât cu picioarele înainte, din fortăreaţă.

Clélia se albi la faţă, ceea ce nu îi scăpă bătrânei, care îşi curmă brusc destăinuirile. Îşi spuse că săvârşise o imprudenţă vorbindu-i astfel fiicei guvernatorului, a cărei datorie era să spună tuturor că Fabricio murise răpus de boală. Urcând înapoi în camera ei, se întâlni cu doctorul închisorii, un om timid şi de treabă, care îi spuse, cu un aer înspăimântat, că Fabricio era foarte suferind. Clélia de-abia se mai putea ţine pe picioare, îl căută peste tot pe unchiul ei, bunul abate Cesare, şi, în cele din urmă, îl găsi în capelă, unde se ruga cu ardoare; arăta descumpănit. Sună de cină. La masă, cei doi fraţi nu schimbară o vorbă; spre sfârşit doar, generalul îi adresă câteva cuvinte abatelui, pe un ton foarte acru. Acesta se uită la slujitori, care ieşiră.

— Generale, îi spuse don Cesare guvernatorului, am onoarea să-ţi aduc la cunoştinţă că părăsesc cetăţuia: îmi dau demisia.

— Bravo! Bravissimo! Ca să mă faci suspect!... Din ce motiv, mă rog?

— Conştiinţa mea.

— Haide, nu eşti decât un şoarece de bibliotecă! Habar n-ai ce înseamnă onoarea.

„Fabricio a murit, îşi spuse Clélia; l-au otrăvit la cină sau o vor face mâine". Alergă în odaia cu păsări, hotărâtă să cânte, acompaniindu-se la pian. „Mă voi spovedi, îşi făgădui ea, şi voi fi iertată că, pentru a salva viaţa unui om, mi-am călcat jurământul". Cât de mare îi fu uluirea când, ajunsă în odaia cu păsări, văzu că *abajururile* fuseseră înlocuite cu scânduri prinse de gratiile de fier! Înnebunită de spaimă, încercă să-i dea de ştire prizonierului, prin câteva cuvinte, mai degrabă ţipate, decât cântate. Nu primi nici un răspuns; o linişte de moarte domnea deja în Turnul Farnese. „S-a isprăvit", îşi spuse ea. Coborî, scoasă din minţi, apoi urcă să se înarmeze cu puţinii bani pe care îi avea şi cu cerceluşii cu diamante; luă, de asemenea, în trecere, pâinea care rămăsese de la cină, pusă într-un bufet. „Dacă trăieşte încă, datoria mea e să-l salvez". Înaintă cu un aer sfidător spre portiţa din turn; era deschisă, pentru că tocmai fuseseră aduşi opt soldaţi de pază, în sala cu coloane de la parter. Îi privi cu îndrăzneală pe soldaţi; gândul ei era să vorbească cu sergentul care îi comanda, dar acesta nu era acolo. Clélia se năpusti pe scăriţa de fier, care se răsucea în spirală în jurul unei coloane; soldaţii se uitau la ea cu gura căscată, dar, se pare, din pricina şalului de dantelă şi a pălăriei, nu îndrăzniră să-i zică nimic. La primul cat era gol, dar, ajungând la al doilea, la intrarea în coridorul care, dacă cititorul îşi aduce aminte, era închis cu trei uşi zăbrelite şi ducea în celula lui Fabricio, se pomeni faţă în faţă cu un temnicer pe care nu-l cunoştea, care îi spuse, cu un aer înfricoşat:

— N-a mâncat încă.

— Ştiu asta, i-o retează cu aroganţă Clélia.

Omul acesta nu cuteză să o reţină. Douăzeci de paşi mai încolo, Clélia dădu peste un alt temnicer, aşezat pe prima dintre cele şase trepte ale scăriţei de lemn pe care se urca în celula lui Fabricio. Foarte în vârstă şi foarte roşu la faţă, acesta îi ceru, hotărât, socoteală:

— Domnişoară, aveţi un ordin al guvernatorului?
— Nu ştii cine sunt?

În clipa aceea, Clélia era mânată de o forţă supranaturală, îşi ieşise cu totul din fire. „Vreau să-mi salvez soţul", îşi spuse ea.

În vreme ce bătrânul temnicer răcnea „Dar datoria nu îmi îngăduie...", Clélia urcă într-un suflet cele şase trepte. Se repezi la uşă: o cheie cât toate zilele se afla în broască; avu nevoie de toată puterea ei ca s-o răsucească. În momentul acela, bătrânul temnicer, pe jumătate beat, o înşfăcă de poala rochiei; ea pătrunse iute în celulă, trăgând uşa în urma ei, rupându-şi rochia şi, cum temnicerul împingea de uşă ca să intre şi el, o închise trăgând un zăvor ce se nimerise să fie chiar sub mâna ei. Se uită în celulă şi îl văzu pe Fabricio aşezat la o măsuţă pe care se afla cina lui. Se năpusti, răsturnă măsuţa, şi, prinzându-l de braţ pe Fabricio, îl întrebă:

— Ai mâncat?

Tutuitul acesta îl încântă pe Fabricio. În tulburarea ei, Clélia uită, pentru prima oară, de reţinerea cu care se cuvine să se poarte o femeie şi îşi arăta dragostea.

Fabricio tocmai se pregătea să-şi înceapă cina fatală: o luă în braţe şi o acoperi cu sărutări. „Mâncarea era otrăvită, îşi spuse el: dacă îi spun că nu m-am atins de ea, religia îşi recapătă drepturile şi Clélia fuge. Dacă, dimpotrivă, mă crede pe moarte, voi reuşi să o fac să nu mă părăsească. Ea doreşte să găsească un mijloc de a desface această detestabilă căsătorie, iată că întâmplarea ni l-a scos în faţă: temnicerii se vor aduna, vor sparge uşa şi va ieşi aşa un tărăboi, că, poate, marchizul Crescenzi, speriat, va renunţa la mâna Cléliei".

În clipa de tăcere ce se aşternuse în timp ce era preocupat cu aceste gânduri, Fabricio simţi cum Clélia încerca deja să se desprindă din braţele lui.

— Nu simt încă nici o durere, îi spuse el, dar curând mă vor doborî la picioarele tale; ajută-mă să mor.

— O, singurul meu prieten! Voi muri împreună cu tine.

Şi se lipi strâns de el.

Era atât de frumoasă, pe jumătate despuiată şi în starea aceea de dezlănţuire pătimaşă, încât Fabricio se lăsă dus de o pornire parcă mai presus de voinţa lui. Nu întâmpină nici o împotrivire.

În vârtejul pasiunii şi mărinimiei în care eşti prins după ce atingi culmile fericirii, îi spuse, fără să mai judece:

— Nu trebuie ca o minciună nedemnă să pângărească cele dintâi clipe ale dragostei noastre: fără curajul tău, n-aş fi acum decât un cadavru sau m-aş zbate sfredelit de dureri cumplite; dar trebuie să-ţi mărturisesc că, atunci când ai intrat, de-abia mă pregăteam să mănânc şi n-am apucat să gust din mâncare.

Fabricio insistă asupra acestor imagini atroce, ca să îndepărteze revolta pe care începea deja să o citească în ochii Cléliei. Ea îl privi o clipă, sfâşiată de două sentimente violente şi opuse, după care i se aruncă în braţe. Pe coridor se auzea zarvă mare: cele trei uşi de fier erau închise şi deschise cu putere, se striga:

— Ah! Dacă aş avea arme! exclamă Fabricio. Mi le-au luat, ca să mi se îngăduie să intru. Fără îndoială, vin să isprăvească cu mine! Adio, Clélia, îmi binecuvântez moartea, de vreme ce mi-a prilejuit fericirea.

Clélia îl îmbrăţişă şi îi dădu un pumnal cu mâner de fildeş, a cărui lamă nu era mai lungă decât aceea a unui briceag.

— Nu te lăsa ucis, îi spuse ea, şi apără-te până în ultima clipă; dacă unchiul meu, abatele, va auzi zgomot, el este curajos şi cinstit, te va salva; o să-i vorbesc.

Rostind aceste cuvinte, se repezi spre uşă.

— Dacă nu vei fi omorât, zise ea cu înflăcărare, prinzându-se de zăvor şi cu capul întors în partea aceea, lasă-te mai bine să mori de foame, decât să te atingi de orice ar fi. Ţine, mereu, pâinea asta la tine.

Zgomotul se apropia; Fabricio o cuprinse de mijloc, trecu în locul ei, lângă uşă, şi o deschise cu furie, năpustindu-se pe scara de lemn cu şase trepte. Ţinea în mână micul pumnal cu mâner de fildeş şi fu gata să străpungă jiletca generalului Fontana, aghiotantul principelui, care se dădu iute înapoi, strigând foarte speriat:

— Dar am venit să vă salvez, domnule del Dongo.

Fabricio urcă din nou cele șase trepte și spuse, băgând capul în celulă, *Fontana a venit să mă salveze*: apoi, întorcându-se spre general, se explică în modul cel mai calm, pe treptele de lemn, cu acesta. Îl rugă stăruitor să-i ierte o primă izbucnire de mânie.

— Voiau să mă otrăvească; mâncarea ce se află acolo, în fața mea, este otrăvită; am avut inspirația să nu mă ating de ea, dar vă voi mărturisi că procedeul acesta m-a șocat. Auzindu-vă urcând, am crezut că vin să mă omoare cu lovituri de dagă... Domnule general, vă solicit să ordonați ca nimeni să nu intre în celula mea: vor face să dispară otrava, iar principele nostru trebuie să afle totul.

Generalul, alb ca varul și buimăcit, transmise ordinul solicitat de Fabricio temnicerilor de frunte care îl însoțeau: aceștia, foarte plouați că se descoperise otrava, se grăbiră să coboare; o luară înainte, pasămite, ca să nu împiedice coborârea aghiotantului principelui pe scara atât de îngustă, dar de fapt ca s-o ia la sănătoasa și să se facă dispăruți. Spre marea mirare a generalului Fontana, Fabricio zăbovi un bun sfert de ceas pe scărița de fier din jurul coloanei de la parter; voia să-i dea Cléliei răgaz să se ascundă la primul etaj.

Ducesa era aceea care, după mai multe demersuri nebunești, reușise să obțină trimiterea generalului Fontana la fortăreață; izbutise lucrul acesta din întâmplare. Despărțindu-se de contele Mosca, la fel de alarmat ca și ea, dăduse fuga la palat. Principesa, care nu putea suferi risipa de energie, considerând-o vulgară, crezu că și-a pierdut mințile și nu se arătă deloc dispusă să întreprindă, în favoarea ei, cine știe ce demers ce ar fi contravenit etichetei. Ducesa, scoasă din fire, plângea cu lacrimi fierbinți și repeta întruna:

— Dar, doamnă, într-un sfert de oră, Fabricio va muri otrăvit.

Pusă față-n față cu răceala de gheață a principesei, ducesa simți că înnebunește de durere. Nu-i trecu nici o clipă prin minte acea reflecție morală care nu ar fi scăpat unei femei educate în spiritul uneia dintre acele religii ale nordului, care admit examenul de conştiinţă: „am folosit, prima, otrava şi pier de otravă". În Italia, acest tip de reflecţii, în momentele de dezlănţuire a patimilor, este socotit o dovadă de prost gust, aşa cum ar fi socotit, în aceleaşi împrejurări, un calambur la Paris.

Deznădăjduită, ducesa se aventură să intre în salonul în care se afla marchizul Crescenzi, de serviciu în seara aceea. La întoarcerea ducesei la Parma, îi mulţumise din inimă pentru locul de cavaler de onoare, la care, fără intervenţia ei, ar fi râvnit în zadar. Nu lipsiseră din partea lui nici asigurările de devotament fără margini.

Ducesa îl abordă astfel:

— Rassi a comandat otrăvirea lui Fabricio, care se află închis în fortăreaţă. Ia în buzunar nişte ciocolată şi o sticlă de apă pe care o să ţi-o aduc eu. Urcă la cetăţuie şi redă-mi viaţa, spunându-i generalului Fabio Conti că nu te mai căsătoreşti cu fiica lui, dacă nu-ţi permite să-i dai tu însuţi lui Fabricio apa şi ciocolata.

Marchizul păli şi chipul său, departe de a se însufleţi la auzul acestor cuvinte, oglindi deruta cea mai comună; nu putea crede în punerea la cale a unei crime atât de înspăimântătoare într-un oraş atât de moral ca Parma, în care domnea un principe atât de mare; mai mult, toate aceste platitudini le înşira domol. Într-un cuvânt, ducesa avea în faţă un om cumsecade, dar moale cât se poate şi care nu se putea hotărî să acţioneze. După douăzeci de astfel de fraze, întrerupte de strigătele de nerăbdare ale doamnei Sanseverina, găsi, în cele din urmă, o idee excelentă: jurământul pe care-l depusese în calitate de cavaler de onoare îi interzicea să se amestece în uneltirile împotriva cârmuirii.

Cine nu şi-ar fi putut închipui neliniştea ducesei, care vedea, cu groază, că timpul zboară?

— Dar, cel puţin, du-te să-l vezi pe guvernator, spune-i că-i voi urmări până şi în iad pe asasinii lui Fabricio!...

Disperarea sporea elocinţa naturală a ducesei, dar toată această înflăcărare nu făcea decât să-l sperie şi mai mult pe mar-

*Mănăstirea din Parma*

chiz, mai nehotărât ca oricând; după un ceas, era și mai puțin dispus decât la început să acționeze.

Femeia aceasta nefericită, ajunsă la limita disperării, simțind bine că guvernatorul nu i-ar refuza nimic unui ginere atât de bogat, merse până-ntr-acolo încât îngenunche în fața lui; atunci, nevolnicia marchizului Crescenzi păru să crească și mai mult; la vederea spectacolului acestuia ciudat, se temu să nu fie el însuși, fără voia lui, compromis. Dar se întâmplă un lucru ciudat: marchizul, un om de treabă în fond, fu mișcat de lacrimile și de gestul de a se arunca la picioarele lui, ale unei femei atât de frumoase și, mai cu seamă, atât de puternice.

„Eu însumi, atât de nobil și atât de bogat, își spuse el, s-ar putea ca, într-o zi, să cad în genunchi dinaintea unui republican!" Marchizul începu să plângă și, în cele din urmă, rămase hotărât că ducesa, în calitatea sa de mare maestră, îl va prezenta principesei, care îi va acorda permisiunea de a-i înmâna lui Fabricio un coșuleț, despre care va declara că nu știe ce conține.

În seara din ajun, înainte ca ducesa să fi aflat de nebunia lui Fabricio de a se întoarce la închisoare, se jucase la curte o nouă *commedia dell'arte* și principele, care își rezerva întotdeauna rolurile de îndrăgostit de ducesă îi vorbise cu atâta patimă despre dragostea lui, încât ar fi fost ridicol, dacă în Italia, un bărbat îndrăgostit nebunește sau un principe ar fi putut fi vreodată astfel.

Suveranul, foarte timid, dar luând întotdeauna foarte în serios lucrurile când venea vorba de dragoste, o întâlni, pe unul dintre coridoarele palatului, pe ducesă, care îl târa după ea, la principesă, pe marchizul Crescenzi, pierdut cu totul. Fu atât de surprins și de uluit de frumusețea frământătoare pe care deznădejdea și emoția o dădeau primei doamne, încât, pentru prima oară în viața lui, dovedi că are caracter. Cu un gest mai mult decât imperios, îl concedie pe marchiz și începu să-i facă ducesei o declarație de dragoste în toată regula. Principele o ticluise, de bună seamă, cu multă vreme înainte, căci erau în ea și lucruri de ajuns de bine gândite.

— Întrucât convenienţele rangului meu nu-mi îngăduie să-mi acord fericirea supremă de a vă lua în căsătorie, vă jur, pe sfânta ostie[147] închinată să nu mă însor niciodată fără permisiunea dumneavoastră în scris. Îmi dau bine seama, adăugă el, că vă fac să pierdeţi mâna unui prim-ministru, om de spirit şi foarte plăcut; dar, în sfârşit, are cincizeci şi şase de ani, iar eu nu am împlinit încă douăzeci şi cinci. Aş crede că v-aş ofensa şi că aş merita refuzul dumneavoastră, dacă v-aş vorbi de avantaje străine de dragoste; dar toţi cei care iubesc banii la Curtea mea vorbesc cu admiraţie despre dovada de dragoste pe care v-o dă contele, lăsându-vă în păstrare întreaga lui avere. Aş fi cât se poate de fericit să-l pot imita în această privinţă. Aţi folosi veniturile mele mai bine decât mine însumi şi aţi dispune în întregime de suma anuală pe care miniştrii mei o varsă administratorului general al coroanei, în aşa fel încât dumneavoastră, doamnă ducesă, veţi fi aceea care veţi hotărî ce sume voi putea cheltui lunar. Ducesa socotea toate amănuntele acestea mult prea împovărătoare; pericolul în care se afla Fabricio îi sfâşia inima.

— Dar nu ştiţi, principe, strigă ea, că în clipa asta Fabricio este pe cale de a fi otrăvit, în cetăţuia voastră! Salvaţi-l! Cred totul.

Întreaga frază era de o stângăcie fără margini. La auzul cuvântului „otravă", toată dăruirea, toată buna-credinţă cu care acest biet principe atât de supus legilor morale plămădise conversaţia se năruiră cât ai clipi din ochi; ducesa nu-şi dădu seama de stângăcia ei decât atunci când nu mai avu cum s-o îndrepte, iar deznădejdea ei spori, lucru pe care nu-l mai credea cu putinţă. „Dacă n-aş fi pomenit de otravă, îşi spuse ea, mi-ar fi acordat libertatea lui Fabricio. O, scumpul meu Fabricio! adăugă, aşa a fost scris, să-ţi străpung inima cu prostiile mele".

Ducesa avu nevoie de mult timp şi de întreaga ei artă în ale cochetăriei, pentru a-l face pe principe să revină la vorbele lui de

---

[147] Azimă care se dă la împărtăşanie, în cultul catolic şi luteran.

dragoste mistuitoare; dar nu mai era același. Lua parte la convorbire doar cu mintea, sufletul lui înghețase, mai întâi la gândul otrăvii, apoi la celălalt, tot atât de iritant, pe cât de înfricoșător era cel dintâi: „Se administrează otravă în principatele mele și asta fără să mi se spună nimic! Rassi vrea, așadar, să mă dezonoreze în ochii Europei! Și Dumnezeu știe ce-mi va fi dat să citesc, luna viitoare, în gazetele pariziene".

Brusc, în timp ce sufletul acestui tânăr atât de sfios tăcu, mintea lui ajunse la o soluție.

— Scumpă ducesă! Știți cât țin la dumneavoastră. Presupunerile dumneavoastră atroce legate de otravă nu sunt, îmi place să cred, întemeiate, dar în sfârșit, îmi dau de gândit, aproape că mă fac să uit, pentru o clipă, pasiunea pe care mi-ați trezit-o, singura pe care am simțit-o în viața mea. Știu că nu sunt prea plăcut, nu sunt decât un copil îndrăgostit; dar, în sfârșit, puneți-mă la încercare.

Pe măsură ce vorbea astfel, principele se însuflețea din ce în ce.

— Salvați-l pe Fabricio și cred totul! Fără îndoială, sunt purtată de temerile nebunești ale unei inimi de mamă; dar trimiteți de îndată să-l aducă pe Fabricio, ca să-l văd. Dacă este încă în viață, duceți-l de la palat la închisoarea orașului, unde va rămâne luni la rând, dacă Alteța Voastră o cere, până va fi judecat.

Ducesa văzu, cu disperare, că principele, în loc să încuviințeze printr-un singur cuvânt un lucru atât de simplu, se posomorî; ba îi năvălea sângele în obraji, uitându-se la ea, ba pleca ochii și sângele îi fugea din obraji și pălea. Gândul la otravă, atât de nepotrivit adus în discuție, îi sugerase un altul, demn de tatăl său sau de Filip al II-lea, dar nu îndrăznea să îl exprime.

— Văd bine, doamnă, îi spuse el în cele din urmă, parcă fără voia lui și pe un ton deloc binevoitor, că mă tratați ca pe un copil, cu dispreț și fără să mă prea luați în seamă, ba mai mult, ca pe o ființă lipsită de farmec. Ei, uite! O să vă spun un lucru oribil, dar care mi-a venit chiar în clipa aceasta, din pasiunea adâncă și adevărată pe care o nutresc pentru dumneavoastră. Dacă aș fi crezut, câtuși de puțin, în povestea cu otrava, deja aș fi acționat: îndatoririle mele sunt lege pentru mine; dar nu văd în cererea dumneavoastră decât rodul unei imaginații înflăcărate de pasiune și vă cer îngăduința să v-o spun, nu-i înțeleg, poate, întrutotul sensul. Vreți să iau măsuri fără să-mi consult miniștrii, eu care domnesc de-abia de trei luni! Îmi cereți să-mi schimb total modul meu obișnuit de a acționa, pe care îl socotesc, trebuie să mărturisesc, cât se poate de bine cumpănit. Dumneavoastră, doamnă, sunteți, aici și acum, monarhul absolut, îmi dați speranțe pentru un lucru care este totul pentru mine; dar peste un ceas, când halucinația aceasta a otrăvirii, când coșmarul acesta va fi dispărut, prezența mea vă va deveni inoportună și mă veți arunca în dizgrație. Ei, bine! Îmi trebuie un jurământ: jurați, doamnă, că, dacă Fabricio vă este înapoiat teafăr și nevătămat, voi obține de la dumneavoastră, de acum în trei luni, tot ceea ce dragostea mea își poate dori mai mult. Mă veți face fericit pe toată viața punându-mi la dispoziție o oră din viața dumneavoastră, și veți fi a mea.

În clipa aceea, orologiul castelului bătu de două. „Ah! S-ar putea să nu mai fie timp", își spuse ducesa.

— Jur, strigă ea, cu privirile rătăcite.

De îndată, principele deveni un cu totul alt om; alergă până la capătul galeriei, unde se afla sala aghiotanților.

— Generale Fontana, du-te în goana mare la fortăreață, urcă-te cât poți de repede până la celula în care este închis domnul Fabricio del Dongo și adu-l la mine, trebuie să-i vorbesc în douăzeci de minute, în cincisprezece chiar, dacă este posibil.

— Ah! Generale, strigă ducesa care îl urmase pe principe, un minut îmi poate hotărî viața. Un raport, fals desigur, mă face să mă tem că Fabricio e pe cale să fie otrăvit; strigă la el, de îndată ce vei ajunge destul de aproape ca să te audă, să nu se atingă de mâncare. Dacă a mâncat ceva, fă-l să vomite, spune-i că așa vreau eu, folosește forța, dacă e nevoie; spune-i că vin și eu imediat după dumneata și-ți rămân datoare pe viață.

— Doamnă ducesă, calul meu e gata înșeuat, sunt socotit un bun călăreț și voi călări în galop, voi ajunge acolo cu opt minute înaintea dumneavoastră.

— Iar eu, doamnă ducesă, se repezi principele, vă cer patru din aceste opt minute.

Aghiotantul dispăru ca şi cum n-ar fi fost, era un om care nu avea alt merit decât acela de a şti să stea bine în şa. De-abia trăsese uşa după el, că tânărul principe, care părea să fi dobândit o voinţă fermă, înşfăcă mâna ducesei.

— Binevoiţi, o rugă el plin de pasiune, să veniţi cu mine la capelă.

Ducesa, fără replică pentru prima oară în viaţa ei, îl urmă fără să zică nici pâs. Principele şi ea străbătură în fugă toată galeria cea mare a palatului, capela fiind la celălalt capăt. Intrat în capelă, principele îngenunche, aproape în aceeaşi măsură în faţa ducesei, ca în faţa altarului.

— Repetaţi jurământul, îi ceru el cu înflăcărare; dacă aţi fi fost dreaptă, dacă acest nefericit titlu de principe nu mi-ar fi dăunat, mi-aţi fi dăruit acum, din milă pentru dragostea mea, ceea ce îmi datoraţi, fiindcă aţi jurat.

— Dacă-l revăd pe Fabricio neotrăvit, dacă peste opt zile se mai află în viaţă, dacă Alteţa Sa îl numeşte prelat ajutor al arhiepiscopului Landriani, cu drept de a-l urma în scaun, nu voi mai ţine seama de nimic, îmi voi călca în picioare onoarea, demnitatea de femeie şi voi fi a Alteţei Sale.

— Dar, *scumpă prietenă*, spuse principele cu o nelinişte timidă şi cu o afecţiune amestecate într-un mod cât se poate de amuzant, mă tem de un şiretlic pe care nu-l ghicesc şi care ar putea să-mi distrugă fericirea; aş muri. Dacă arhiepiscopul îmi va aduce împotrivă una dintre acele pricini bisericeşti care fac ca lucrurile să se întindă pe ani de zile, ce se va alege de mine? Vedeţi că mă port cu cea mai desăvârşită bună-credinţă; vreţi să vă jucaţi cu mine de-a mica iezuită?

— Nu, voi fi şi eu de bună-credinţă: dacă Fabricio e salvat şi dacă, folosindu-vă de toată puterea voastră, îl faceţi prelat ajutor şi viitor arhiepiscop, mă dezonorez şi sunt a Alteţei Voastre.

Alteţa-Voastră se obligă să pună *aprobat* pe marginea unei cereri pe care monseniorul episcop i-o va înfăţişa peste opt zile?

— Vă semnez în alb, domniţi asupra mea şi asupra principatelor mele, strigă principele îmbujorându-se de fericire şi pierzându-şi, cu totul, cumpătul.

Ceru un al doilea jurământ. Era atât de emoţionat, încât, uitându-şi sfiala înnăscută, în capela aceea a palatului unde nu se mai afla nimeni, îi şopti ducesei lucruri care, spuse cu trei zile înainte, i-ar fi schimbat părerea despre el. Dar disperarea provocată de pericolul în care se afla Fabricio începea să facă loc silei de făgăduiala ce-i fusese smulsă.

Ducesa era zdruncinată de ceea ce făcuse. Dacă încă nu era copleşită de toată amărăciunea legământului făcut, era numai din pricină că mintea îi era frământată de o singură îndoială: „Va mai ajunge, oare, generalul Fontana la timp?"

Ca să scape de cuvintele pătimaşe ale acestui copilandru, încercă să schimbe vorba, lăudând un tablou celebru al lui Parmigiano, ce se afla pe altarul principal al bisericii.

— Fiţi atât de bună şi permiteţi-mi să vi-l trimit, spuse principele.

— Accept, se învoi ducesa; dar îngăduiţi să alerg înaintea lui Fabricio.

Cu un aer rătăcit, porunci vizitiului ei să mâne caii în galop. Pe puntea de peste şanţul ce împrejmuia fortăreaţa, îi întâlni pe generalul Fontana şi pe Fabricio care ieşeau, pe jos, pe poarta închisorii.

— Ai mâncat?
— Printr-o minune, nu.

Ducesa se aruncă de gâtul lui şi căzu într-un leşin care ţinu un ceas, ceea ce iscă mari temeri, mai întâi pentru viaţa ei, iar apoi pentru judecata ei.

Guvernatorul Fabio Conti se înroşise de furie când îl văzu sosind pe generalul Fontana: tergiversase atât de mult lucrurile, încât, în cele din urmă, aghiotantul, care presupunea că ducesa urma să ocupe locul de amantă domnitoare, îşi pierdu răbdarea. Guvernatorul sperase să poată prelungi două-trei zile boala lui Fabricio, „dar, iată, îşi zicea el, că generalul, un om de la Curte, îl va găsi pe acest nerușinat zvârcolindu-se în durerile care mă răzbună de fuga lui".

Fabio Conti, măcinat de gânduri, se duse drept la corpul de gardă de la parterul Turnului Farnese, de unde se grăbi să-i împrăștie pe soldați; nu voia martori la scena ce se pregătea. Cinci minute mai târziu, încremeni de mirare auzindu-l vorbind pe Fabricio și văzându-l, vioi și sprinten, descriindu-i generalului Fontana închisoarea. Dispăru.

În întrevederea cu principele, Fabricio se arătă un *gentleman* desăvârșit. În primul rând, nu vru să pară un copil care se sperie din te miri ce.

La întrebarea pusă cu multă bunăvoință de principe, despre cum se simte, răspunse astfel:

— Ca un om, Alteță Serenisimă, care moare de foame, fiindcă din fericire, nici nu a prânzit, nici nu a cinat.

După ce avu onoarea să-i mulțumească principelui, solicită permisiunea de a-i face o vizită arhiepiscopului, înainte de a se duce la închisoarea orașului. Principele păli puternic când, cu mintea lui de copil, înțelese că povestea cu otrăvirea nu fusese deloc o nălucire a ducesei. Absorbit de acest gând crud, nu răspunse imediat cererii de a-l vedea pe arhiepiscop pe care i-o adresase Fabricio; apoi se consideră obligat să-și răscumpere neatenția printr-o risipă de favoruri.

— Ieșiți singur, domnule, umblați pe străzile capitalei mele fără nici o pază. Pe la ceasurile zece-unsprezece veți merge la închisoare, unde nutresc speranța că nu veți rămâne multă vreme.

După această zi mare, cea mai de seamă din viața lui, principele ajunse să se creadă un mic Napoleon; citise că marele om fusese bine tratat de mai multe dintre femeile frumoase de la Curtea sa. Odată ajuns Napoleon prin norocul în dragoste, își aduse aminte că se arătase un Napoleon și în bătaia gloanțelor. Inima îi cânta, încă, de bucurie, la gândul fermității de care dăduse dovadă în fața ducesei. Conștiința de a fi izbândit într-o acțiune dificilă făcu din el, vreme de cincisprezece zile, un cu totul alt om; deveni sensibil la argumentele generoase și fu, întru câtva, om de caracter.

Debută, a doua zi, prin a arde patalamaua lui Rassi, care aștepta pe biroul său de o lună de zile. Îl destitui pe generalul Fabio Conti și-i ceru succesorului acestuia, colonelul Lange, să afle adevărul asupra otrăvirii. Lange, neînfricat militar polonez, băgă spaima în temniceri și-i aduse la cunoștința principelui că se încercase otrăvirea domnului del Dongo la prânz, dar trebuia să participe un număr prea mare de persoane. Au fost luate măsuri mai bune pentru cină și, fără sosirea generalului Fontana, domnul del Dongo ar fi fost pierdut. Principele înlemni; dar cum era, cu adevărat, foarte îndrăgostit, fu o consolare pentru el să-și poată spune: „S-a întâmplat să-i salvez, într-adevăr, viața domnului del Dongo, așa că ducesa nu va cuteza să nu se țină de cuvânt". Ajunse și la o altă idee: „Meseria mea e mult mai grea decât credeam; toată lumea este de acord că ducesa este foc de isteață; politica este, în cazul acesta, în armonie cu inima mea. Ar fi nemaipomenit pentru mine dacă ar accepta să-mi fie prim-ministru".

Seara, principele era atât de răscolit de grozăviile pe care le descoperise, încât nu mai vru să iasă pe scenă.

— Aș fi mai mult decât fericit, îi declară el ducesei, dacă ai vrea să domnești peste principatele mele, așa cum domnești peste inima mea. Pentru început, o să-ți spun cum mi-am petrecut ziua. Și îi relată totul, de-a fir a păr: distrugerea diplomei contelui Rassi, numirea lui Lange, raportul acestuia asupra otrăvirii etc. etc. Găsesc că am prea puțină experiență ca să domnesc, Contele mă umilește cu glumele sale, glumește chiar și în consiliu, iar în societate spune niște vorbe a căror veridicitate dumneata o contești: zice că sunt un copil pe care îl duce de nas cum vrea el. Când ești principe, doamnă, nu ești mai puțin om și lucrurile acestea te fac să te simți rănit. A trebuit, pentru ca poveștile scornite de contele Mosca să nu fie crezute, să-l pun ministru pe ticălosul acesta periculos de Rassi și iată că generalul Conti îl crede, încă, atât de puternic, încât nu îndrăznește să mărturisească faptul că el sau Raversi l-au pus să-l otrăvească pe nepotul dumitale; tare mi-ar plăcea să-l dau, pur și simplu, pe mâna tribunalului pe generalul Fabio Conti; judecătorii vor vedea dacă se face vinovat de tentativă de otrăvire.

— Dar, Alteţă, aveţi oare judecători?

— Cum? exclamă mirat principele.

— Aveţi magistraţi învăţaţi, care păşesc pe stradă cu un aer grav; altfel, vor judeca numai cum va fi placul partidului dominant de la Curtea voastră.

În vreme ce tânărul principe, scandalizat, rostea fraze care arătau mai degrabă nevinovăţia, decât sagacitatea sa, ducesa îşi spunea:

„Îmi convine oare să las ca Fabio Conti să fie dezonorat? Nu, cu siguranţă, nu, căci atunci, căsătoria fiicei lui cu acel marchiz de treabă, dar slab de înger, va fi zădărnicită".

Pe acest subiect avu loc, între ducesă şi principe, un dialog nesfârşit. Principele rămase înmărmurit de admiraţie. În favoarea căsătoriei Cléliei Conti cu marchizul Crescenzi, dar numai cu această condiţie expresă, declarată de el cu furie ex-guvernatorului, îl iertă pe acesta, făcând uitată tentativa lui de otrăvire, dar, la sfatul ducesei, îl exilă, până în ziua căsătoriei fiicei sale. Ducesa credea că nu-l mai iubeşte pe Fabricio ca o femeie, dar dorea totuşi cu patimă căsătoria Cléliei Conti cu marchizul; nutrea vaga speranţă că, încetul cu încetul, va vedea dispărând preocuparea lui Fabricio.

Principele, beat de fericire, voia, în seara aceea, să-l destituie cu mare tărăboi pe ministrul Rassi. Ducesa îi spuse, râzând:

— Ştiţi o vorbă a lui Napoleon? Un om aflat într-o poziţie înaltă, spre care sunt aţintite toate privirile, nu trebuie să-şi îngăduie reacţii violente. Dar în seara asta e prea târziu, să lăsăm treburile pe mâine.

Voia să-şi acorde răgazul de a-l consulta pe conte, căruia îi reproduse foarte exact întreg dialogul din acea seară, suprimând, totuşi, frecventele aluzii pe care le făcuse principele la o anume promisiune care îi otrăvea zilele. Ducesa se amăgea că va deveni atât de indispensabilă, încât va putea obţine de la principe o amânare la nesfârşit, doar spunându-i: „Dacă ai barbaria să mă supui la o asemenea umilință, pe care n-aș putea să ți-o iert vreodată, voi părăsi principatul tău chiar în ziua următoare".

Consultat de ducesă în legătură cu soarta lui Rassi, contele se arătă foarte filozof. Generalul Fabio Conti și Rassi plecară într-o călătorie în Piemont.

O piedică ciudată se ivi în privința procesului lui Fabricio: judecătorii voiau să-l achite prin aclamații, încă de la prima înfățișare. Contele se văzu nevoit să recurgă la amenințări, pentru ca procesul să dureze cel puțin cinci zile, iar judecătorii să-și dea osteneala să audieze toți martorii. „Oamenii aceștia nu se schimbă niciodată", își spuse el.

A doua zi după achitarea sa, Fabricio del Dongo își luă, în sfârșit, în primire postul de mare vicar al bunului arhiepiscop Landriani. În aceeași zi, principele iscăli scrisorile oficiale de care era nevoie pentru ca tânărul să fie numit prelat ajutor, cu dreptul de a urma în funcție și, în mai puțin de două luni, ocupă acest loc.

Toată lumea o complimenta pe ducesă pentru aerul serios al nepotului ei; de fapt, era disperat. În ziua de după eliberarea sa, urmată de destituirea și de exilul generalului Fabio Conti, ca și de trecerea de care începuse să se bucure ducesa pe lângă suveran, Clélia se refugiase la contesa Contarini, mătușa ei, o femeie foarte bogată, foarte bătrână, preocupată exclusiv doar cum să-și îngrijească sănătatea. Clélia ar fi putut să se vadă cu Fabricio, dar cineva care n-ar fi știut de legământul său de dinainte și care ar fi văzut-o cum se poartă acum, ar fi putut crede că, o dată cu primejdiile ce-l amenințaseră pe iubitul ei, încetase și dragostea pentru el. Nu numai că Fabricio trecea atât de des cât o putea face în mod decent, prin fața palatului Contarini, dar mai mult, reușise, după străduințe nenumărate, să închirieze un mic apartament vizavi de ferestrele de la primul etaj. Clélia arătându-se o dată fără să se gândească la fereastră, ca să vadă trecând o procesiune, se retrăsese într-o clipă, înspăimântată, când îl zărise pe Fabricio îmbrăcat în negru, dar ca un lucrător foarte sărac, privind-o de la una dintre ferestrele magherniței care, în loc de geamuri, avea hârtie unsă cu untdelemn, ca şi celula lui din Turnul Farnese. Fabricio ar fi vrut tare mult să se poată convinge că fata generalului se ascunde de el din pricina dizgraţiei tatălui ei, pe care gura lumii o punea pe seama ducesei, dar cunoştea prea bine o altă cauză a acestei îndepărtări şi nimic nu-l putea clinti din melancolia lui.

Nu fusese sensibil nici la achitarea sa, nici la instalarea în funcţii atât de înalte, primele din viaţa lui, nici la frumoasa poziţie pe care o ocupa în societate, nici, în sfârşit, la curtea asiduă pe care i-o făceau toată preoţimea şi toţi credincioşii din eparhie. Încântătorul apartament pe care-l avea în palatul Sanseverina se dovedi a nu mai fi de ajuns. Spre marea ei plăcere, ducesa fu obligată să-i cedeze întreg etajul al doilea al palatului ei şi două frumoase saloane de la primul, care erau veşnic înţesate de personajele aflate în aşteptarea clipei în care să-l copleşească pe tânărul prelat ajutător cu atenţiile lor. Clauza prin care moştenea jilţul arhiepiscopal avusese un efect surprinzător; fermitatea caracterului său, care, odinioară, îi scandalizase atât de mult pe curtenii prea plecaţi şi fără minte, era elogiată acum precum cea mai de seamă dintre virtuţi.

Aceasta fu o mare lecţie de filozofie pentru Fabricio, să se arate absolut indiferent la toate onorurile şi să se simtă mult mai nefericit în această locuinţă somptuoasă, cu zece lachei purtând livreaua casei, decât fusese în cuşca lui de scânduri din Turnul Farnese, înconjurat de temniceri hidoşi şi temându-se mereu pentru viaţa lui. Mama şi sora lui, ducesa V\*\*\*, care veniră la Parma să-l vadă în plină glorie fură izbite de tristeţea lui adâncă. Marchiza del Dongo, acum cea mai puţin romanţioasă dintre femei, se alarmă atât de tare, încât ajunse să creadă că, în Turnul Farnese, i se administrase cine ştie ce otravă cu efect lent. În ciuda discreţiei desăvârşite, socoti de datoria ei să îi vorbească despre tristeţea aceasta extraordinară, dar Fabricio nu-i răspunse decât prin lacrimi.

O mulţime de avantaje, consecinţă a strălucitei sale poziţii, nu făceau altceva decât să-l scoată din fire. Fratele lui, sufletul acela vanitos şi corupt de cel mai josnic egoism, îi scrise o scrisoare de felicitare, aproape oficială, la care adăugase un mandat de cincizeci de mii de franci, ca să poată, îi spunea noul marchiz, să-şi cumpere cai potriviţi şi o trăsură pe măsura rangului lui. Fabricio trimise această sumă surorii sale mai mici, care făcuse o căsătorie nepotrivită.

Contele Mosca ceruse să se facă o frumoasă traducere în italiană a genealogiei Valserra del Dongo, publicată odinioară în latină de arhiepiscopul Parmei, Fabricio. Părea să fie tipărită somptuos, cu textul latin alături; gravurile fuseseră reproduse în minunate litografii, făcute la Paris. Ducesa ţinu ca un frumos portret al lui Fabricio să fie aşezat faţă-n faţă cu acela al bătrânului arhiepiscop. Traducerea fu publicată ca fiind opera lui Fabricio, în perioada primei sale detenţii. Dar totul era stins, totul se spulberase, chiar şi vanitatea, atât de proprie firii omeneşti; nu catadicsi să citească nici măcar o singură pagină din această lucrare ce-i era atribuită. Poziţia sa în societate îi ceru, însă, să-i dăruiască un exemplar minunat legat principelui, care se crezu obligat să-i ofere o compensaţie pentru cruda moarte de care fusese atât de aproape şi-i acordă dreptul de a fi primit oficial în cabinetul său, drept de care se bucurau marii demnitari.

## CAPITOLUL AL DOUĂZECI ŞI ŞASELEA

SINGURELE CLIPE ÎN CARE FABRICIO ar fi avut o oarecare şansă să iasă din adânca lui tristeţe erau cele pe care le petrecea ascuns în spatele unui ochi de sticlă ce înlocuise hârtia dată cu untdelemn de la fereastra apartamentului său de vizavi de palatul Contarini, unde, după cum se ştie, se refugiase Clélia; în scurtele momente în care o zărise, de când ieşise din închisoare, fusese adânc întristat de o schimbare izbitoare, ce i se părea să nu prevestească nimic bun. De când păcătuise, chipul Cléliei căpătase un aer de nobleţe şi de seriozitate cu adevărat remarcabil; ai fi zis că are treizeci de ani. În schimbarea aceasta atât de extraordinară, Fabricio întrezări reflexul unei hotărâri de neclintit. „În fiecare secundă a zilei, îşi spunea el, îşi jură să rămână credincioasă legământului făcut Sfintei Fecioare şi să nu mă mai revadă niciodată".

Fabricio ghicea doar în parte nenorocirile Cléliei; aceasta ştia că tatăl ei, căzut în deplină dizgraţie, nu putea să se întoarcă la Parma şi să reapară la Curte (lucru fără care îi era cu neputinţă să trăiască) decât în ziua căsătoriei ei cu marchizul Crescenzi, aşa că îi scrise tatălui ei că doreşte să se facă nunta. Generalul se afla, atunci, refugiat la Torino, bolnav de supărare. Ce-i drept, în urma acestei mari hotărâri, biata de ea îmbătrânise cu zece ani.

Descoperise, desigur, că Fabricio o pândea de la o fereastră de vizavi de palatul Contarini; dar avusese doar o singură dată ghinionul să-l vadă. De îndată ce i se părea că zăreşte un cap sau o siluetă aducând puţin cu el, închidea ochii. Credinţa ei desăvârşită şi încrederea în ajutorul Sfintei Fecioare erau, de acum înainte, singurul ei sprijin. Era încercată de durerea de a nu-şi putea preţui tatăl; caracterul viitorului ei soţ i se părea a fi expresia celei mai profunde mediocrităţi, pe măsura felului de a simţi al celor din lumea bună; în sfârşit, adora un om pe care nu trebuia să-l mai revadă niciodată şi care, totuşi, avea drepturi asupra ei. Potrivirea aceasta a sorţii i se părea a fi culmea nefericirii şi trebuie să recunoaştem că avea dreptate. Ar fi trebuit, după căsătorie, să-şi ducă zilele la două sute de leghe de Parma.

Fabricio cunoştea decenţa absolută a Cléliei; ştia cât de mult i-ar fi displăcut orice demers ieşit din comun şi care ar fi putut da naştere la discuţii, dacă ar fi fost descoperit. Cu toate acestea, scos din fire de melancolia ce nu-i dădea pace, ca şi de felul în care Clélia îşi întorcea întruna privirile de la el, îndrăzni să încerce să corupă doi slujitori ai doamnei Contarini, mătuşa ei. Într-o zi, la căderea nopţii, îmbrăcat ca un burghez de la ţară, se înfăţişă la poarta palatului, unde îl aştepta unul dintre slujitorii cumpăraţi de el; se anunţă ca sosind din Torino şi având, pentru Clélia, scrisori de la tatăl ei. Servitorul se duse să o vestească pe Clélia şi îl lăsă într-o anticameră imensă, la catul întâi al palatului. În acest loc îşi petrecu Fabricio, poate, cel mai zbuciumat sfert de ceas din viaţa lui. Dacă urma să fie respins de Clélia, pentru el nu mai exista nici o speranţă de a-şi afla liniştea. „Pentru a scăpa de toate grijile supărătoare pe care mi le-a adus pe cap noua mea funcţie, o să descotorosesc biserica de un preot nepriceput şi, sub un nume de împrumut, mă voi duce să mă retrag în cine ştie ce mănăstire. În sfârşit, slujitorul veni să-i dea de ştire că domnişoara Clélia Conti era dispusă să-l primească. Pe eroul nostru îl părăsi cu totul curajul; de frică, fu cât pe-aci să cadă pe scări, în timp ce urca la catul al doilea.

Clélia era aşezată dinaintea unei măsuţe pe care se afla o singură lumânare. De îndată ce îl recunoscu pe Fabricio, fugi şi se ascunse în capătul salonului.

— Iată cum înţelegi să ai grijă de mântuirea sufletului meu, strigă ea, acoperindu-şi faţa cu mâinile. Ştii, totuşi, că, atunci când tatăl meu a fost gata să piară din pricina otrăvii, i-am jurat Sfintei Fecioare să nu te mai văd niciodată. Nu mi-am încălcat jurământul decât în ziua aceea, cea mai nenorocită din viaţa mea, în care am crezut, din tot sufletul, că era de datoria mea să te scap de la moarte. Este deja prea mult că, printr-o interpretare silită şi, fără îndoială, criminală, consimt să te ascult.

Această ultimă frază îl uimi atât de mult pe Fabricio, că îi trebuiră câteva secunde ca să se bucure. S-ar fi aşteptat să o vadă pe Clélia plecând, pradă celei mai aprige mânii; în cele din urmă, îşi recăpătă prezenţa de spirit şi stinse lumânarea. Deşi socotea că înţelesese bine poruncile Cléliei, tremura tot înaintând spre capătul salonului unde ea se refugiase în spatele unei canapele; nu ştia dacă n-o s-o supere, sărutându-i mâna; înfiorată de dragoste, i se aruncă în braţe.

— Scumpul meu Fabricio, cât ai întârziat până să vii! Nu-ţi pot vorbi decât o clipă şi este, de bună seamă, un mare păcat; când am făgăduit să nu te mai văd niciodată, am făgăduit, desigur, şi să nu-ţi mai vorbesc. Dar cum ai putut să-l hărţuieşti şi să-l condamni cu atâta sălbăticie pe bietul meu tată, pentru încercarea lui de a se răzbuna? Căci, în sfârşit, el a fost, mai întâi, aproape otrăvit, pentru a ţi se înlesni evadarea. Nu era de datoria ta să faci ceva pentru mine, care mi-am riscat atât de mult reputația ca să te salvez? Și, de altfel, iată-te hirotonisit: nu te vei mai putea căsători cu mine nici măcar atunci când voi găsi un mijloc de a-l îndepărta pe respingătorul marchiz. Și, apoi, cum de ai cutezat, în seara procesiunii, să mă privești în față, încălcând, în chipul cel mai revoltător, sfântul jurământ pe care l-am făcut Fecioarei?

Fabricio o strângea în brațe, amețit de uimire și de fericire.

O convorbire care începea cu un număr atât de mare de lucruri de spus nu se putea sfârși prea repede. Fabricio îi povesti adevărul gol-goluț, în legătură cu exilul tatălui ei; ducesa nu intervenise în nici un fel, pentru simplul motiv că nu crezuse nici o singură clipă că ideea otrăvirii aparținea generalului Conti; fusese permanent convinsă că era vorba de o sclipire a taberei Raversi, care voia să-l alunge, astfel, pe contele Mosca. Acest adevăr istoric, dezvoltat pe larg, o făcu foarte fericită pe Clélia; era tare îndurerată că trebuia să urască pe cineva atât de strâns legat de Fabricio. Acum nu o mai privea pe ducesă cu gelozie.

Fericirea făurită de seara aceasta nu dură decât câteva zile.

Bunul don Cesare sosi de la Torino și, folosindu-se de îndrăzneala celor cu sufletul curat, cuteză să ceară să fie primit de ducesă. După ce o puse să-și dea cuvântul că nu va abuza, în nici un fel, de dezvăluirea pe care avea să i-o facă, îi mărturisi că fratele său, înșelându-se într-o chestiune de onoare, crezându-se sfidat și compromis în ochii opiniei publice de evadarea lui Fabricio, considerase de datoria lui să se răzbune.

Don Cesare nu vorbea nici de două minute și procesul era, deja, câștigat; deplina lui onestitate o impresionase adânc pe ducesă, care nu era deloc obișnuită cu un astfel de spectacol. Îi plăcu, ca o noutate.

— Zorește căsătoria fiicei generalului cu marchizul Crescenzi și îți dau cuvântul meu că voi face tot ce îmi stă în putință pentru ca generalul să fie primit ca și cum s-ar întoarce dintr-o călătorie. Îl voi invita la masă, ești mulțumit? Fără îndoială, va fi întâmpinat cu răceală și generalul nu trebuie să se grăbească deloc să-şi ceară postul de guvernator al cetăţuii. Dar ştii că îi arăt prietenie marchizului şi n-aş putea să-i port sâmbetele socrului lui.

Înarmat cu aceste cuvinte, don Cesare se duse să-i spună nepoatei sale că ţinea în mâini viaţa tatălui ei, bolnav de disperare. De mai multe luni, nu mai apăruse în nici o casă.

Clélia vru să se ducă să-şi vadă tatăl, refugiat sub un nume de împrumut, într-un sat din apropiere de Torino; căci îşi închipuise că cei de la Curtea din Parma vor cere celor din Torino extrădarea sa, ca să-l poată aduce în faţa tribunalului. Îl găsi bolnav şi aproape nebun. În aceeaşi seară, îi scrise lui Fabricio o scrisoare de despărţire. Primind această scrisoare, Fabricio, care lăsa să se întrevadă un caracter cu totul asemănător aceluia al iubitei sale, se grăbi să se retragă la mănăstirea Velleja, aflată în munţi, la zece leghe de Parma. Clélia îi scrisese o scrisoare de zece pagini; odinioară, îi jurase să nu se mărite cu marchizul fără consimţământul lui; acum i-l cerea, iar Fabricio i-l dădu din îndepărtatul lui refugiu de la Velleja, printr-o scrisoare plină de cea mai curată prietenie.

Primind această scrisoare al cărei ton prietenesc, trebuie să mărturisim, o cam zgândări, Clélia fixă ea însăşi ziua căsătoriei sale, care avea să sporească, prin fastul său, strălucirea Curţii de la Parma în acea iarnă.

Ranucio-Ernesto al V-lea era avar în fond, dar era îndrăgostit lulea şi spera să o poată opri pe ducesă la Curtea lui; o rugă pe mama sa să accepte o sumă considerabilă şi să dea nenumărate serbări. Marea maestră de ceremonii se pricepu să profite în modul cel mai fericit de această sporire a fondurilor; serbările de la Parma amintiră, în iarna aceea, de frumoasele zile de la Curtea din Milano şi de acel amabil prinţ Eugen, vicerege al Italiei, a cărui bunătate nu se ştersese încă din minţile supuşilor săi.

Îndatoririle de prelat ajutor îl chemau la Parma, dar Fabricio declară că, din motive de pietate, îşi va continua recluziunea în micul apartament pe care protectorul său, monseniorul Landriani, îl obligase să-l ia la arhiepiscopie; şi se duse să se închidă acolo, însoțit de un singur slujitor. Așa că nu asistă la nici una dintre atât de strălucitoarele serbări de la Curte, ceea ce îi aduse la Parma și în viitoarea lui dioceză o uriașă reputație, aceea de sfințenie. Printr-un neașteptat efect al acestei izolări, datorate exclusiv tristeții sale adânci și fără speranță, bunul arhiepiscop Landriani, care ținuse la el dintotdeauna și care avusese, de fapt, ideea numirii lui ca ajutor de prelat, simți trezindu-se în el un pic de pizmă. Arhiepiscopul socotea, pe bună dreptate, că se cuvine să participe la sărbătorile de la Curte, așa cum este obiceiul în Italia. În aceste ocazii, purta costumul său de mare ceremonie, care era aproape același în care era văzut în strana catedralei sale. Sutele de slujitori adunați în anticamera în colonadă[148] a palatului său nu scăpau ocazia de a se ridica și de a cere binecuvântarea monseniorului, care se oprea bucuros și le-o dădea. Tocmai într-unul dintre aceste momente încărcate de solemnitate, monseniorul Landriani auzi deslușit, în liniștea deplină din jur, o voce care zicea, rupând tăcerea smerită din asemenea clipe: „Arhiepiscopul nostru se duce la bal, iar monseniorul del Dongo nu iese din cameră".

Din secunda aceea, arhiepiscopul își luă mâna de pe Fabricio, punând capăt nemărginitei protecții de care se bucurase până acum; dar el putea să zboare cu propriile-i aripi. Toată această comportare, inspirată doar de disperarea în care-l cufundase căsătoria Clélie, fu socotită urmarea unei credințe simple și sublime, iar credincioșii o citeau ca pe o carte de educare morală prin exemple, genealogia familiei sale, din care răzbătea un orgoliu nemăsurat. Librarii scoaseră o ediție de litografii după portretul său, care dispăru în câteva zile, cumpărată mai cu seamă de oamenii din popor; din neștiință, gravorul reprodusese, în jurul chipului lui Fabricio, mai multe ornamente care nu trebuia să se afle decât pe portretele episcopilor și pe care un ajutor de prelat nu le putea pretinde. Arhiepiscopului îi căzu sub ochi unul dintre aceste portrete și furia lui nu mai cunoscu

---

[148] Șir de coloane care formează un ansamblu arhitectonic.

margini; ceru să fie chemat Fabricio şi îi adresă cuvintele cele mai usturătoare, termeni pe care răbufnirea sa de mânie îi făcu să fie, de câteva ori, chiar plini de mojicie. Lui Fabricio, aşa cum e uşor de închipuit, nu-i fu greu să se poarte întocmai cum s-ar fi purtat şi Fenelon într-o asemenea împrejurare: îl ascultă pe arhiepiscop cu toată umilinţa şi cu tot respectul cu putinţă şi, atunci când prelatul isprăvi să-şi verse veninul, îi povesti întreaga istorie a traducerii acestei genealogii, făcută la ordinele contelui Mosca, în perioada primei sale detenţii. Fusese publicată în scopuri mondene, care păruseră întotdeauna prea puţin potrivite pentru un om de condiţia lui. În ceea ce priveşte portretul, fusese complet străin de a doua ediţie, ca şi de prima; librarul îi trimisese la arhiepiscopie, în timpul izolării sale, douăzeci şi patru de exemplare din această a doua ediţie, iar el îşi trimisese slujitorul să cumpere un al douăzeci şi cincilea; aflând, cu această ocazie, că portretul se vinde cu treizeci de parale, trimisese o sută de franci ca plată a celor douăzeci şi cinci de exemplare.

Toate aceste explicaţii, deşi oferite pe tonul cel mai rezonabil al unui om care avea alte necazuri la inimă, împinseră până la delir mânia arhiepiscopului, care merse până într-acolo, încât îl acuză de ipocrizie.

„Iată ce înseamnă oamenii de rând, îşi spuse Fabricio, chiar şi atunci când sunt luminaţi la minte".

Avea, pe atunci, o grijă mult mai mare: era vorba de scrisorile mătuşii lui, care îi cerea să se întoarcă neapărat în apartamentul său din palatul Sanseverina, unde, cel puţin, mai venea să o vadă din când în când. Acolo, Fabricio era sigur că ar fi auzit vorbindu-se despre splendidele serbări date de marchizul Crescenzi cu ocazia căsătoriei sale, or asta reprezenta tocmai ceea ce nu era deloc convins că ar fi putut suporta, fără să se dea în spectacol.

Atunci când avu loc ceremonia căsătoriei, Fabricio se dedicase, de opt zile, tăcerii celei mai desăvârşite, după ce poruncise slujitorului său şi oamenilor de la arhiepiscopie care se aflau în legătură cu el, să nu-i mai adreseze nici o vorbă.

Luând cunoştinţă de această nouă toană a fostului său protejat, monsegniorul Landriani ceru ca Fabricio să fie chemat mult mai des ca de obicei şi ţinu să poarte cu el conversaţii foarte lungi; îl obligă chiar la o serie de conferinţe cu unii preoţi de ţară, care pretindeau că arhiepiscopul le lezase privilegiile. Fabricio luă toate acestea cu indiferenţa deplină a unui om care are cu totul alte gânduri. „Ar fi mai bine pentru mine, îşi spuse el, să mă călugăresc; aş suferi mai puţin pe stâncile de la Velleja".

Se duse să-şi vadă mătuşa şi nu-şi putu reţine lacrimile, când o întâlni. Ea îl găsi extrem de schimbat: ochii, măriţi şi mai mult de deosebita-i slăbiciune, păreau gata-gata să-i iasă din orbite, iar el însuşi arăta atât de prăpădit şi de nenorocit, cu costumaşul lui negru şi ponosit de simplu preot, încât, în primul moment, nici ducesa nu-şi putu opri lacrimile; dar, o clipă mai târziu, când îşi spuse că toată această schimbare în înfăţişarea tânărului fusese provocată de căsătoria Cléliei, avu sentimente aproape egale în vehemenţă cu cele încercate de arhiepiscop, deşi mai abil stăpânite. Comise barbaria de a-i evoca pe îndelete anumite detalii pitoreşti, care făcuseră ca încântătoarele serbări date de marchizul Crescenzi să fie atât de deosebite. Fabricio nu îi răspunse; dar ochii i se închiseră puţin, printr-o mişcare convulsivă a pleoapelor, şi deveni şi mai palid decât era, ceea ce, la început, ar fi părut imposibil. În aceste clipe de aprigă durere, paloarea sa căpătă o nuanţă verzuie.

Sosi contele Mosca şi ceea ce văzu — şi i se păru de necrezut — îl lecui definitiv de gelozia pe care Fabricio nu încetase nici o clipă să i-o inspire. Omul acesta abil se folosi de procedeele cele mai delicate şi mai ingenioase pentru a încerca să-i trezească din nou un oarecare interes pentru lucrurile de pe lumea aceasta. Contele avusese întotdeauna pentru el multă stimă şi îndeajuns de multă prietenie; prietenia aceasta, întrucât nu mai era întunecată de gelozie, se preschimbă, aproape în întregime, în devotament. „Într-adevăr, şi-a plătit cu vârf şi îndesat frumoasa-i carieră", îşi spunea el, recapitulând nenorocirile prin care trecuse Fabricio. Sub pretextul de a-i arăta tabloul lui Parmigiano, pe care principele i-l făcuse cadou ducesei, îl luă pe tânăr de-o parte:

— Ah, dragă prietene, să vorbim ca între bărbați. Aș putea să-ți fiu de folos în vreun fel? Nu trebuie să te temi de întrebări din partea mea; dar, în sfârșit, banii ți-ar fi de ajutor, puterea ți-ar putea sluji? Vorbește, sunt la dispoziția ta; dacă preferi să scrii, scrie-mi.

Fabricio îl îmbrățișă cu dragoste și îi vorbi despre tablou.

— Purtarea ta este capodopera celei mai subtile politici, îi zise contele, revenind la tonul lejer de dinainte; îți rezervi un viitor cât se poate de agreabil, principele te respectă, poporul te venerează, costumașul tău negru și uzat îl face pe monseniorul Landriani să petreacă nopți de coșmar. Am o oarecare experiență în acest domeniu, dar pot să jur că nu aș ști ce sfat să-ți dau, ca să desăvârșești ceea ce văd acum. Primul tău pas în societate, la douăzeci și cinci de ani, te-a făcut să atingi perfecțiunea. Se vorbește mult despre tine la Curte și știi cărui lucru îi datorezi această apreciere fără seamăn la vârsta dumitale? Hăinuței cernite și jerpelite. Ducesa și cu mine suntem, după cum știi, proprietarii fostei case a lui Petrarca de pe acea frumoasă colină din inima codrului, aproape de Pad: dacă vreodată te vei sătura de mărunțele răutăți provocate de invidie, m-am gândit că ai putea fi urmașul lui Petrarca, a cărui faimă o va spori pe a ta.

Contele își chinuia mintea pentru a face să se nască un surâs pe acest chip de anahoret, dar nu izbuti. Ceea ce făcea ca schimbarea să fie și mai izbitoare era faptul că, dacă înainte de aceste ultime evenimente, frumusețea lui Fabricio avea vreun cusur, acum, fața lui căpăta uneori, fără nici un motiv aparent, o expresie de voluptate și de veselie nelalocul ei.

Contele nu îl lăsă însă să plece înainte de a-i aduce la cunoștință că, în ciuda sihăstriei sale vremelnice, ar fi poate prea din cale-afară să nu se arate la Curte nici în sâmbăta următoare, când cădea ziua de naștere a principesei. Sfatul acesta fu, pentru Fabricio, ca o lovitură de pumnal. „Dumnezeule mare! se gândi el. Ce caut eu în palatul acesta?" Nu-și putea imagina fără să se înfioare întâlnirea ce ar fi putut-o avea la Curte. Gândul acesta i le alungă pe toate celelalte; își spuse că singurul lucru ce-i rămânea de făcut era să sosească la palat exact în momentul în care se deschideau ușile saloanelor.

Într-adevăr, numele segniorului del Dongo fu unul dintre primele anunțate la serata de mare gală, iar principesa îl primi cu toate onorurile cu putință. Ochii lui erau ațintiți asupra pendulei și, în clipa în care aceasta arătă că trecuseră douăzeci de minute de când se afla acolo, se ridică cu gândul să se retragă, când principele intră la mama sa. După ce îi făcu curte câteva clipe, Fabricio tocmai se apropia de ușă, printr-o manevră savantă, când se produse, pe socoteala lui, una dintre acele întâmplări mărunte de la Curte, pe care marea maestră de ceremonii se pricepea atât de bine să le pună la cale: șambelanul de serviciu alergă la el, să-l informeze că fusese desemnat să joace *whist* cu principele. La Parma, aceasta era o onoare deosebită, mult mai presus de rangul pe care ajutorul de prelat îl deținea în societate. Să joace *whist* cu suveranul era o mare cinste chiar și pentru arhiepiscop. La cuvintele șambelanului, Fabricio simți un junghi în inimă și, deși era dușmanul de moarte ale oricărei scene în public, fu pe punctul de a se duce să-i spună că fusese cuprins de o amețeală bruscă; dar se gândi că va fi ținta unor întrebări și căinări mai greu de îndurat decât jocul. În ziua aceea, îi era groază să vorbească.

Din fericire, printre înaltele personaje venite să o omagieze pe principesă se afla și căpetenia călugărilor minoriți[149]. Starețul acesta, foarte învățat, demn emul al unui Fontana[150] sau Duvoisin[151], se așezase într-un colț retras al salonului; Fabricio se

---

[149] Sau franciscani; ordin călugăresc catolic fondat în 1209 de Francisco d'Assisi.
[150] Cleric italian, om politic și autor de cărți religioase (1750-1782).
[151] Jean-Baptiste Duvoisin (1744-1813), episcop de Nantes, autor de cărți religioase.

postă, în picioare, în faţa lui, astfel încât să nu vadă deloc uşa de la intrare, şi începu să discute teologie. Dar nu putu face în aşa fel încât urechea-i să nu audă când fură anunţaţi domnul marchiz şi doamna Crescenzi. Împotriva aşteptărilor lui, Fabricio fu cuprins de o aprigă mânie.

„Dacă aş fi *Borso Valserra* (unul dintre generalii primului Sforza), îşi spuse el, l-aş înjunghia pe acest marchiz greu de cap chiar cu acel mic pumnal cu mâner de fildeş pe care mi l-a dat Clélia în ziua aceea fericită şi l-aş învăţa să nu mai aibă neobrăzarea de a se înfăţişa cu marchiza într-un loc în care mă aflu eu!"

Se schimbase atât de tare la faţă, încât marele stareţ al fraţilor minoriţi se simţi dator să îl întrebe:

— Excelenţa Voastră nu se simte bine?

— Am o durere de cap cumplită... luminile astea îmi fac rău... şi rămân doar pentru că am fost ales pentru partida de *whist* a principelui.

La aceste vorbe, marele stareţ al fraţilor minoriţi, care era un bulgar, fu atât de descumpănit, încât începu să se încline în faţa lui Fabricio care, la rândul lui, deşi tulburat din alte pricini decât interlocutorul său, se apucă să discute cu o stranie volubilitate; auzise că o mare linişte se aşternuse în spatele lui şi nu voia să se uite. Brusc, un arcuş lovi în pupitru: se cânta o ritornelă, iar celebra doamnă P... interpreta aria lui Cimarosa[152], atât de cunoscută odinioară:

*Quelle pupille tenere!*

Fabricio se ţinu bine la primele măsuri, dar, curând, mânia sa se topi şi simţi o pornire aprigă să izbucnească în plâns. „Dumnezeule mare! îşi spuse el. Ce scenă ridicolă! Şi... în hainele astea!" Crezu mai înţelept să vorbească despre starea în care se afla.

— Durerile acestea groaznice de cap, când se stârnesc, ca în seara asta, îi spuse el marelui stareţ al fraţilor minoriţi, îmi

---

[152] Domenico-Cimarosa (1749-1801), compozitor italian. Aria „Quelle pupille tenere!" („Acele dulci copile") face parte din opera sa „Căsătoria secretă".

provoacă accese de plâns care l-ar putea expune la cleveteli pe un om de felul nostru. Așa că o rog pe preailustra voastră cuvioșie să-mi îngăduie să plâng în fața ei și să nu dea nici o atenție acestei ciudățenii.

— Părintele nostru provincial din Catanzara suferă de același beteșug, spuse marele stareț al fraților minoriți. Și începu să depene, în șoaptă, o poveste nesfârșită.

Ridicolul acestei istorisiri, care îi purtă, până în amănunt, la masa de seară a acelui primar provincial, îl făcu pe Fabricio să zâmbească, ceea ce nu i se mai întâmplase de multă vreme; dar curând încetă s-o mai asculte pe căpetenia minoriților. Doamna P... cânta, cu un talent divin, o arie de Pergolesi[153] (principesa îndrăgea muzica de altădată). Se auzi un mic zgomot, la trei pași de Fabricio; pentru prima oară, în timpul seratei, întoarse capul. Jilțul care provocase acest ușor trosnet al parchetului era ocupat de marchiza Crescenzi, ai cărei ochi plini de lacrimi îi întâlniră pe cei ai lui Fabricio, care nu se aflau deloc într-o stare mai bună. Marchiza lăsă capul în jos, iar Fabricio continuă să o privească preț de câteva clipe: făcea cunoștință cu acel chip încărcat de diamante, dar privirea sa exprima mânia și disprețul. Apoi, spunându-și: *și ochii mei nu vor mai fi ațintiți niciodată asupra ta*, se întoarse spre marele stareț și îi zise:

— Iată că beteșugul meu îmi provoacă neplăceri mai mari ca oricând.

Într-adevăr, Fabricio plânse cu lacrimi fierbinți mai bine de o jumătate de ceas. Din fericire, o simfonie de Mozart, cântată cumplit de anapoda, așa cum se obișnuia în Italia, îi veni în sprijin, ajutându-l să-și usuce lacrimile.

Se ținu tare și nu mai întoarse ochii spre marchiza Crescenzi; dar doamna P... cântă din nou, iar sufletul lui Fabricio, ușurat de lacrimi, cunoscu o pace desăvârșită. Acum, viața i se arăta sub o altă lumină. „Pot oare pretinde să o uit cu totul încă din

---

[153] Giambattista Pergolesi (1710-1736), compozitor italian, reprezentant de seamă al școlii napolitane de operă.

primele clipe? Să-mi stea lucrul acesta în puteri?" Ajunse la acest gând: „Pot fi oare mai nefericit decât sunt de două luni? Şi dacă nimic nu-mi poate spori zbuciumul, de ce să mă împotrivesc plăcerii de a o vedea? Şi-a uitat jurămintele, este uşuratică, nu sunt toate femeile aşa? Dar cine ar putea spune că nu este de o frumuseţe dumnezeiască? Are o privire care mă farmecă şi mă subjugă, în vreme ce trebuie să-mi înfrâng firea, ca să binevoiesc să-mi arunc o privire asupra unor femei ce trec drept cele mai frumoase! Ei bine, de ce să nu mă las vrăjit? Ar fi, cel puţin, un moment de răgaz".

Fabricio începuse să cunoască întru câtva oamenii, dar era absolut lipsit de experienţă în ceea ce priveşte patimile lor, altfel şi-ar fi dat seama că plăcerea aceea de o clipă, căreia îi cedase, făcea inutile toate eforturile pe care le făcea, de două luni, ca să o uite pe Clélia.

Sărmana femeie venise la această serbare doar la insistenţele soţului ei; voia, cel puţin, să se retragă după o jumătate de ceas, pretextând o indispoziţie, dar marchizul îi declară că, cerând să-i fie adusă trăsura la scară, ca să plece, acum, când o mulţime de trăsuri de-abia soseau, ar fi fost un lucru cu totul nepotrivit, care ar fi putut fi interpretat chiar ca o critică indirectă a seratei date de principesă.

— În calitatea mea de cavaler de onoare, ţinu să adauge marchizul, trebuie să mă aflu în salon, la dispoziţia principesei, până ce pleacă toată lumea; s-ar putea să fie — şi vor fi, fără îndoială — porunci de dat oamenilor, sunt atât de neglijenţi! Şi vreţi ca un simplu scutier al principelui să uzurpe această onoare?

Clélia se resemnă; nu-l văzuse pe Fabricio; spera, încă, să nu fi venit la această serbare. Dar în clipa în care urma să înceapă concertul, iar principesa le îngădui doamnelor să se aşeze, Clélia, foarte puţin sprintenă în asemenea împrejurări, lăsă să i se răpească locurile cele mai bune, de lângă prinţesă, şi se văzu obligată să vină să caute un jilţ în fundul sălii, în apropierea colţului îndepărtat unde se refugiase Fabricio. Ajungând la jilţul ei, privirile îi fură atrase de veșmântul ciudat într-un asemenea loc al marelui stareț al fraților minoriți și, la început, nici nu îl remarcă pe bărbatul zvelt, într-un simplu strai cernit, care îi vorbea; totuși, un anume imbold tainic o făcu să-și oprească ochii asupra lui. Toată lumea de aici poartă uniforme sau costume bogat brodate: cine putea fi tânărul acela în negru, îmbrăcat cu atâta simplitate? Îl cerceta cu multă atenție, când o doamnă, venind să se așeze alături, mișcă ușor jilțul. Fabricio întoarse capul; ea nu îl recunoscu, într-atât de mult se schimbase. Mai întâi, își spuse: „Iată pe cineva care îi seamănă, s-ar putea să fie fratele lui mai mare; dar îl credeam doar cu câțiva ani mai în vârstă decât el, iar acesta este un om de patruzeci și cinci de ani". Dintr-o dată, îl recunoscu, după o mișcare a gurii.

„Nefericitul, cât a suferit!" își spuse ea și lăsă capul în jos, copleșită de durere, și nu pentru a fi credincioasă legământului ei. Inima îi era răscolită de milă; nici după nouă luni de temniță nu arătase în halul ăsta! Nu se mai uită la el; dar, fără să întoarcă, propriu-zis, ochii spre el, îi urmărea toate mișcările.

După concert, îl văzu apropiindu-se de masa de joc a principelui, așezată la câțiva pași de tron; răsuflă ușurată când Fabricio ajunse, astfel, atât de departe de ea.

Dar marchizul Crescenzi se simțise foarte ofensat, văzându-și soția surghiunită atât de departe de tron; toată seara se muncise să o convingă pe o doamnă aflată la trei fotolii de prințesa, al cărei soț îi era obligat financiar, că ar face bine să schimbe locul cu marchiza. Biata femeie rezistându-i, așa cum, de altfel, era și firesc, se duse să îl caute pe soțul debitor, care își făcu jumătatea să asculte de tristul glas al rațiunii și, în sfârșit, marchizul avu plăcerea să execute schimbul. Se duse să-și caute soția.

— Nu trebuie să fii atât de modestă, îi spuse el; de ce umbli așa, cu ochii plecați? Vei fi luată drept una dintre acele burgheze înmărmurite că se află aici și că toată lumea se miră văzându-le. Ţicnita de mare maestră de ceremonii se ține de pozne! Și se mai vorbește de încetinirea progreselor iacobinismului! Gândește-te că soțul tău se află în fruntea bărbaților de la Curtea principesei şi, chiar dacă republicanii ar ajunge să desfiinţeze Curtea şi chiar nobilimea, soţul tău ar fi încă omul cel mai avut din statul acesta. Este o idee care nu-ţi intră, cu nici un chip, în cap.

Jilţul în care marchizul avu uşurarea să-şi instaleze soţia era la doar şase paşi de masa de joc a principelui; nu-l vedea pe Fabricio decât din profil, dar îl găsi atât de slăbit şi, mai ales, atât de desprins de tot ceea ce se petrecea pe lumea asta, el care, pe vremuri, nu lăsa să aibă loc nici o întâmplare, fără să zică ceva, încât sfârşi prin a ajunge la această cumplită concluzie: Fabricio se schimbase cu totul; o uitase; dacă slăbise atât de mult, aceasta era urmarea posturilor severe la care îl obliga cucernicia lui. Clélia fu confirmată în tristul ei diagnostic de toţi vecinii săi: numele ajutorului de prelat era pe toate buzele; era căutată cauza cinstei deosebite ce i se făcuse: el, atât de tânăr, să fie poftit la masa de joc a principelui! Toată lumea admira indiferenţa politicoasă şi aerul semeţ cu care îşi azvârlea cărţile, chiar şi atunci când le tăia pe cele ale Alteţei Sale.

— Dar aşa ceva este de necrezut! strigau curtenii bătrâni; trecerea de care se bucură mătuşa-sa i s-a urcat la cap... dar, mulţumită lui Dumnezeu, n-o să ţină mult; suveranului nostru nu-i sunt pe plac aceste ifose. Ducesa se apropie de principe; curtenii, care se ţineau la o distanţă cât se poate de respectuoasă de masa de joc, încât la urechile lor să ajungă doar, din întâmplare, crâmpeie din conversaţia principelui, remarcară că Fabricio roşea des. „Trebuie că-l dojeneşte mătuşa-sa, pentru aerul lui de superioritate", îşi spuseră ei. Fabricio tocmai auzise, însă, glasul Cléliei: aceasta îi răspunsese principesei care, făcând înconjurul sălii, ţinuse să adreseze câteva cuvinte soţiei cavalerului ei de onoare. Sosi clipa în care Fabricio trebuia să-şi schimbe locul la whist; atunci se pomeni chiar în faţa Cléliei şi se lăsă sedus, de mai multe ori, de bucuria de a o contempla. Sărmana marchiză, simţindu-i privirile, îşi pierdu cu totul cumpătul. De mai multe ori uită ceea ce datora legământului ei: în dorinţa de a ghici ce se petrece în inima lui Fabricio, îşi aţinti ochii asupra lui.

Partida principelui odată încheiată, doamnele se ridicară, în sala pregătită pentru supeu. Se iscă un pic de dezordine. Fabricio ajunse foarte aproape de Clélia; era încă foarte tare în hotărârea lui, dar recunoscu un parfum foarte slab, cu care se dădea pe rochii; senzaţia aceasta răsturnă tot ceea ce-şi făgăduise. Se apropie de ea şi îngână, cu jumătate de voce, ca şi cum şi-ar fi vorbit lui însuşi, două versuri din acel sonet de Petrarca pe care i-l trimisese de pe lacul Maggiore, tipărit pe o batistă de mătase: „Care nu-mi era fericirea când vulgul mă credea nefericit, iar acum, cât de schimbată îmi este soarta!"

„Nu, nu m-a uitat deloc, îşi spuse Clélia, copleşită de bucurie. Sufletul acesta mare nu este câtuşi de puţin nestatornic!"

*Nu, în veci nu mă veţi vedea schimbat,*
*Ochi frumoşi ce să iubesc m-aţi învăţat.*

Clélia îndrăzni să-şi murmure ei însăşi aceste două versuri de Petrarca.

Principesa se retrase imediat după supeu; principele o urmă în apartamentele ei şi nu mai apăru în saloanele de primire. De îndată ce se răspândi această veste, toată lumea vru să plece în acelaşi timp; o mare dezordine se crease în anticamere. Clélia se trezi lângă Fabricio; adânca nefericire zugrăvită pe chipul lui o umplu de milă.

— Să uităm trecutul, îi spuse ea, păstrează acest suvenir *al prieteniei.*

Rostind aceste vorbe, îşi aşeză evantaiul în aşa fel încât el să îl poată lua.

Totul se schimbă în ochii lui Fabricio: într-o clipă, fu un cu totul alt om; chiar a doua zi, declară că izolarea sa luase sfârşit şi se întoarse în magnificul său apartament din palatul Sanseverina. Arhiepiscopul spuse, şi chiar era convins de ceea ce spunea, că favoarea pe care i-o făcuse principele, îngăduindu-l la *whistul* său, îl făcuse pe acest nou sfânt să-şi piardă cu desăvârşire capul; ducesa văzu că se împăcase cu Clélia. Gândul acesta, sporindu-i nefericirea provocată de o promisiune fatală, o hotărî, în cele din urmă, să părăsească o vreme Parma. Nebunia îi fu admirată.

Cum? Să se îndepărteze de Curte în momentul în care trecerea de care se bucura părea fără margini?! Contele, pe deplin fericit de când văzuse că nici vorbă nu mai era de dragoste între Fabricio şi ducesă, îi spunea prietenei sale:

— Acest nou principe este virtutea încarnată, dar pe care eu l-am numit *copilul acesta*; o să-mi ierte el asta vreodată? Nu văd decât un singur mijloc de a mă împăca, într-adevăr, cu el: să plec. O să arăt o pildă de bună-cuviinţă şi respect, după care o să mă îmbolnăvesc şi o să-i solicit plecarea. Tu o să-mi dai încuviinţarea, întrucât soarta lui Fabricio este asigurată. Dar vei face pentru mine imensul sacrificiu, adăugă el râzând, de a schimba sublimul titlu de ducesă cu un altul, mult mai prejos? Ca să mă amuz, o să las toate lucrurile de aici într-o dezordine de nedescâlcit; aveam patru sau cinci oameni sârguincioşi în diversele mele ministere, am cerut să fie scoşi la pensie de două luni, pe motiv că citesc gazete franţuzeşti, şi i-am înlocuit cu nişte prostovani fără pereche.

După plecarea noastră, suveranul nostru se va trezi într-o asemenea încurcătură, încât, cu toată repulsia pe care i-o inspiră caracterul lui Rassi, sunt convins că va fi obligat să-l aducă înapoi, iar eu nu aştept decât o poruncă a tiranului care e stăpân pe soarta mea, ca să-i scriu o scrisoare de caldă prietenie amicului meu Rassi şi să-i spun că am toate motivele să sper că, nu peste multă vreme, i se va face dreptate, iar meritele îi vor fi preţuite la justa lor valoare.

## CAPITOLUL AL DOUĂZECI ŞI ŞAPTELEA

Această serioasă conversaţie avu loc a două zi după întoarcerea lui Fabricio la palatul Sanseverina; ducesa se afla încă sub impresia bucuriei ce strălucea în toate acţiunile nepotului ei. „Aşa, care va să zică, îşi spunea ea, bigota asta mică m-a tras pe sfoară! N-a fost în stare să-i reziste amantului ei decât trei luni."

Certitudinea unui deznodământ fericit îi dăduse tânărului principe, fiinţei acesteia atât de lipsite de îndrăzneală, curajul de a iubi; auzi ceva despre pregătirile de plecare ce se făceau la palatul Sanseverina, iar valetul său francez, destul de sceptic în ceea ce priveşte cuminţenia doamnelor de neam mare, îi dădu ghes la idila lui cu ducesa. Ernest al V-lea îşi permise atunci un demers ce fu blamat cu toată severitatea de mama lui principesa şi de toţi oamenii cu scaun la cap de la Curte; poporul văzu în el semnul trecerii nemărginite de care se bucura ducesa. Prinţul se duse să o vadă în palatul ei.

— Pleci, îi spuse el pe un ton serios, care i se păru detestabil ducesei, pleci; mă trădezi şi îţi calci jurămintele! Şi, totuşi, dacă aş fi întârziat zece minute să-ţi acord graţierea lui Fabricio, acesta ar fi fost mort. Şi mă laşi nefericit! Fără jurămintele tale, n-aş fi avut niciodată cutezanţa să te iubesc cum te iubesc! Eşti, aşadar, lipsită de orice onoare.

— Gândeşte-te bine, dragul meu principe. În toată viaţa ta ai cunoscut, vreodată, o fericire mai plină ca în ultimele patru luni? Gloria ta ca suveran şi, îndrăznesc să cred, bucuria bărbatului care se ştie plăcut nu s-au înălţat niciodată atât de mult. Iată înţelegerea pe care ţi-o propun: dacă binevoieşti să consimţi, nu voi fi iubita ta de-un ceas, în virtutea unui legământ smuls prin frică, ci îmi voi dedica toate clipele vieţii să te fac fericit, voi fi întotdeauna ceea ce sunt de patru luni şi, poate, dragostea va veni să încoroneze prietenia. N-aş putea să jur că nu va fi aşa.

— Ei bine! spuse încântat principele, asumă-ţi un alt rol, fii şi mai mult încă, domneşte totodată asupra mea şi asupra principatelor mele, fii primul meu ministru. Îţi ofer o căsătorie atât cât îngăduie tristele convenienţe ale rangului meu; avem un exemplu lângă noi: regele Neapolelui tocmai s-a căsătorit cu ducesa de Partana. Îţi ofer tot ceea ce îmi stă în puteri: o căsătorie de acelaşi gen. Voi adăuga o idee de politică murdară, ca să-ţi arăt că nu mai sunt un copil şi că m-am gândit la toate. Nu te voi învinovăţi de constrângerea pe care mi-o voi fi impus-o, de a fi ultimul suveran din neamul meu, şi nu mă voi plânge de amărăciunea de a vedea, încă din timpul vieţii, marile puteri hotărându-mi succesiunea; binecuvântez toate aceste neajunsuri ce nu se pot nega, pentru că îmi dau încă un prilej de a-ți dovedi stima și dragostea mea pătimașă.

Ducesa nu ezită nici o clipă; principele o plictisea, iar contele i se părea pe deplin demn de a fi iubit; exista doar un singur om pe lume pe care i l-ar fi putut prefera. De altfel, în relațiile cu contele, ea era aceea care domnea, în timp ce principele, dominat de exigențele rangului său, ar fi domnit, mai mult sau mai puțin, asupra ei. Și apoi, ar fi putut deveni nestatornic, ar fi putut să-și ia amante; ar fi considerat, peste puțini ani, că diferența de vârstă îi dă acest drept.

Încă din prima clipă, perspectiva de a se plictisi hotărâse totul; totuși, ducesa, care voia să fie încântătoare, ceru permisiunea de a reflecta.

Ar fi prea mult să înșirăm aici toate întorsăturile de frază aproape încărcate de cele mai adânci sentimente și termenii plini de o grație infinită, în care știa să-și învăluie refuzul. Principele fu cuprins de furie; vedea cum se duce de râpă toată fericirea lui. Ce avea să se întâmple cu el, după ce ducesa ar fi plecat de la Curte? Ce umilință să fi respins? În sfârșit, ce-are să zică valetul meu franțuz, când îi voi relata înfrângerea mea?

Ducesa avu arta de a-l calma pe principe și de a aduce tratativele la adevărații lor termeni.

— Dacă Alteța Voastră binevoiește să consimtă să nu grăbească respectarea unei promisiuni fatale, îngrozitoare din punctul meu de vedere, expunându-mă propriului meu dispreț, mi-aș petrece viața la Curtea sa, iar Curtea sa ar fi, pentru totdeauna, ceea ce a fost în iarna aceasta; îmi voi consacra toate clipele pentru a contribui la fericirea sa ca om, și la gloria sa ca suveran. Dacă îmi cere însă, să mă supun jurământului, îmi va pângări tot restul vieții și, într-o clipă, mă va vedea părăsind principatele sale, pentru a nu mă mai întoarce niciodată. Ziua în care îmi voi pierde onoarea va fi, de asemenea, ultima zi în care Maiestatea Sa mă va vedea.

Dar principele era încăpățânat, ca toate ființele slabe de înger, de altfel, orgoliul său de bărbat și de suveran era rănit de respingerea cererii în căsătorie. Se gândea la toate dificultățile pe care le avea de depășit pentru a face ca această căsătorie să fie acceptată și pe care, totuși, era hotărât să le învingă.

Vreme de trei ceasuri încheiate, se repetară, și de-o parte, și de cealaltă, aceleași argumente, amestecate adesea cu cuvinte foarte acide.

Principele strigă:

— Vrei să mă faci să cred, doamnă, că ești lipsită de onoare? Dacă aș fi șovăit la fel de mult în ziua în care generalul Fabio Conti îi dădea otravă lui Fabricio, astăzi ai fi stat să-i ridici un mormânt într-una din bisericile din Parma.

— Nu, cu nici un chip la Parma, în țara asta de otrăvitori.

— Ei bine! Pleacă, doamnă ducesă, reluă cu furie principele, și vei lua cu tine disprețul meu.

Văzându-l că se îndreaptă spre ușă, ducesa îi spuse cu glas șoptit:

— Dacă așa stau lucrurile, înfățișează-te aici diseară, la zece, în cel mai strict incognito, și vei face târgul unui om care se trage singur pe sfoară. Mă vei vedea pentru ultima oară, în timp ce, altfel, mi-aș fi dedicat întreaga viață să te fac atât de fericit cât poate fi un principe, în secolul acesta de iacobini. Și, gândiți-vă cum va arăta Curtea când eu nu voi mai fi aici, s-o scot cu forța din mediocritatea și răutatea ce-i sunt în fire.

— În ceea ce te privește, refuzi coroana Parmei și chiar mai mult decât atât, căci n-ai fi fost deloc o principesă obișnuită, luată în căsătorie din rațiuni politice, fără să fie iubită; inima mea îți aparține întru totul și ai fi fost văzută pentru totdeauna ca fiind stăpâna absolută atât a faptelor, cât și a cârmuirii mele.

— Da, dar mama dumitale, principesa, ar fi avut căderea să mă disprețuiască întocmai ca pe cea mai de rând intrigantă.

— Ei bine! Aș fi exilat-o, dându-i o rentă.

Urmară încă trei sferturi de oră de replici încinse. Principele, care avea un suflet delicat, nu se putea hotărî nici să uzeze de dreptul lui, nici să o lase să plece pe ducesă. I se spusese că, după primul moment, obținut prin orice mijloc, femeile se întorc.

Alungat de indignata ducesă, îndrăzni să reapară, tremurând tot și foarte nenorocit, la zece fără trei minute. La zece și jumătate, ducesa se urca în trăsură și o pornea spre Bologna. Îi scrise contelui de îndată ce se află în afara principatelor principelui:

„*Sacrificiul a fost făcut. Vreme de o lună, nu îmi cere să fiu veselă. Nu-l voi mai vedea pe Fabricio; te aștept la Bologna și, când vei vrea, voi fi contesa Mosca. Îți cer doar un singur lucru, să nu mă silești niciodată să mă întorc în țara pe care o părăsesc și gândește-te că, în loc de o sută cincizeci de mii de livre rentă, vei avea cel mult treizeci-patruzeci. Acum, toți proștii se uită la tine cu gura căscată, dar dacă pleci, vei fi prețuit doar în măsura în care te vei coborî la nivelul lor, ca să le pricepi toate ideile meschine. «Tu ai vrut-o, George Dandin!»*[154]"

Opt zile mai târziu, căsătoria se celebra la Perugia, într-o biserică unde își aveau mormintele strămoșii contelui. Principele era deznădăjduit. Ducesa primise trei sau patru curieri din partea lui și nu pierduse ocazia de a-i trimite plicurile înapoi, neatinse. Ernest al V-lea se arătase deosebit de darnic cu contele și îi conferise lui Fabricio marele ordin.

— Asta mi-a plăcut îndeosebi, când ne-am luat rămas-bun. Ne-am despărțit, avea să-i spună contele noii contese Mosca della Rovere, cei mai buni prieteni din lume; mi-a dat o mare cruce spaniolă și diamante care fac tot pe-atât. Mi-a spus că m-ar face duce, dacă n-ar voi să păstreze acest mijloc ca să te readucă în principatele lui. Am fost, așadar, însărcinat să îți declar, frumoasă misiune pentru un soț, că, dacă binevoiești să te întorci la Parma, fie și doar pentru o lună, voi fi făcut duce, sub numele pe care îl vei alege tu, iar tu te vei alege cu o moșie pe cinste.

Ceea ce ducesa refuză, cu un soi de dezgust.

După scena petrecută la balul de la Curte și care păruse destul de hotărâtoare, Clélia păru să nu-și mai amintească de dragostea pe care s-ar fi zis că o împărtășise pentru o clipă; sufletul ei curat și cucernic fusese copleșit de remușcările cele mai aprige. Ceea ce Fabricio înțelegea cât se poate de bine și, în ciuda tuturor speranțelor pe care încerca să și le dea, sufletul lui

---

[154] Replică din „George Dandin", de Molière.

nu fusese mai puțin copleșit de negura nefericirii. De data asta, totuși, sentimentul nefericirii nu îl mai împinse să se izoleze de lume, ca la căsătoria Cléliei.

Contele își rugase *nepotul* să îi aducă la cunoștință în scris, cât mai exact cu putință, tot ceea ce se petrecea la curte, iar Fabricio, care începea să înțeleagă cât de mult îi datora, își făgăduise să îndeplinească această misiune cu conștiinciozitate.

La fel ca întreaga suflare din oraș și de la Curte, Fabricio nu se îndoia că prietenul său are de gând să se întoarcă la guvernare, dispunând de și mai multă putere decât avusese vreodată. Previziunile contelui nu întârziară să se adeverească: la mai puțin de șase luni după plecarea sa, Rassi era prim-ministru; Fabio Conti, ministru de război, iar închisorile, pe care contele aproape că le golise, se umpleau din nou. Principele, aducându-i pe acești oameni la putere, socotea că se răzbună pe ducesă; era îndrăgostit nebunește și îl ura mai cu seamă pe contele Mosca, considerat un rival.

Fabricio avea treabă până peste cap; monseniorul Landriani, ajuns la vârsta de șaptezeci și doi de ani, căzând într-o stare de adâncă lâncezeală și nemaieșind din palatul său, aproape toate îndatoririle sale căzuseră pe umerii ajutorului de prelat.

Marchiza Crescenzi, chinuită de remușcări și speriată de duhovnicul ei, găsise un excelent mijloc de a se sustrage privirilor lui Fabricio. Pretextând că se află la sfârșitul primei ei sarcini, se întemnițase în propriul ei palat; dar palatul avea o grădină uriașă. Fabricio se pricepea să pătrundă acolo și puse pe aleea care-i plăcea Cléliei cel mai mult buchete de flori aranjate într-o ordine care să le facă să-i spună ceva, la fel cum făcuse și ea, în fiecare seară, în ultimele lui zile de închisoare în Turnul Farnese.

Marchiza fu foarte iritată de această tentativă; mișcările inimii ei erau conduse când de remușcări, când de pasiune. Timp de mai multe luni nu își îngădui să coboare nici măcar o singură dată în grădina palatului ei; își făcea, chiar, scrupule să arunce o singură privire.

Fabricio începea să creadă că va rămâne despărțit de ea pentru totdeauna și pe sufletul lui începea să pună stăpânire disperarea. Lumea în mijlocul căreia își petrecea viața îi displăcea profund şi, dacă n-ar fi nutrit convingerea intimă că Mosca nu-şi putea găsi liniştea sufletească în afara cârmuirii, s-ar fi retras în micul lui apartament de la arhiepiscopie. I-ar fi fost drag să trăiască numai cu gândul lui şi să nu mai audă glas de om, decât în îndeplinirea oficială a atribuţiilor sale.

„Dar, îşi spunea el, în interesul contelui şi al contesei Mosca, nimeni nu mă poate înlocui".

Principele continua să-l trateze cu aceeaşi preţuire, într-un mod care-l aşeza pe treapta cea mai de sus printre curtenii săi, iar trecerea de care se bucura şi-o datora, în mare măsură, lui însuşi. Felul extrem de reţinut de a se purta, care, la Fabricio, era dictat de o indiferenţă mergând până la dezgust pentru toate atitudinile nenaturale sau pasiunile meschine care umplu viaţa oamenilor, răscolise orgoliul principelui; spunea adesea că Fabricio era la fel de luminat la minte ca şi mătuşa sa. Sufletul candid al principelui intuia, pe jumătate, un adevăr: nimeni nu se apropia de el cu aceleaşi sentimente ca Fabricio. Ceea ce nu putea scăpa nici celui mai umil curtean era faptul că stima de care se bucura Fabricio nu era nici pe departe cea cuvenită unui simplu ajutor de prelat, ci întrecea chiar atenţia pe care suveranul i-o acorda arhiepiscopului. Fabricio îi scrise contelui că dacă vreodată principele va avea destulă minte ca să-şi dea seama de harababura în care miniştrii Rassi, Fabio Conti, Zurla şi alţii la fel de pricepuţi ca ei aruncaseră treburile statului, el, Fabricio, va fi canalul firesc prin care va face un demers pe lângă fostul său prim sfetnic, fără să-şi compromită prea mult amorul său propriu.

„Fără amintirea cuvântului fatal *copilul acesta*, îi spunea el contesei Mosca, aplicat de un om de geniu unei persoane auguste, augusta persoană ar fi strigat deja: «Întoarce-te iute şi alungă-i din preajma mea pe toţi aceşti încurcă-lume». Chiar azi, dacă soţia omului de geniu ar catadicsi să dezmorţească lucrurile, oricât de puţin important ar fi demersul ei, contele ar fi rechemat cu entuziasm; dar va intra pe o şi mai frumoasă uşă, dacă va aştepta ca fructul să fie copt. De altfel, în saloanele principesei domneşte o plictiseală de moarte, doar nebunia lui Rassi mai descreţeşte frunţile; de când e conte, a devenit un maniac al nobleţei. S-au dat ordine severe ca orice persoană nobilă care nu poate dovedi că are opt generaţii înaintea sa, *să nu mai îndrăznească să se înfăţişeze la seratele principesei* (aceştia erau termenii în care fusese formulată ordonanţa). Toţi cei care sunt în posesia dreptului de a intra dimineaţa în galeria cea mare şi de a se afla în drumul suveranului când acesta se duce la slujbă, vor continua să se bucure de acest privilegiu, dar noii sosiţi vor trebui să facă dovadă că sunt a noua generaţie. Drept care s-a spus că se vede limpede că Rassi nu are înaintaşi.

E de la sine înţeles că asemenea scrisori nu puteau fi încredinţate poştei.

Contesa Mosca răspundea de la Neapole:

*„Avem câte un concert în fiecare joi şi primim în fiecare duminică: în saloanele noastre, nu ai loc să te mişti. Contele este peste măsură de încântat de săpăturile lui, cheltuieşte o mie de franci pe lună cu ele şi îşi aduce muncitorii din munţii Abruzzi, pentru că îl costă doar douăzeci şi cinci de parale pe zi. Ar fi foarte bine să vii să ne vezi. Este, poate, a douăzecea oară, domnule ingrat, când îţi fac această somaţie".*

Fabricio n-avea intenţia să-i dea ascultare: simpla scrisoare pe care o scria în fiecare zi contelui sau contesei i se părea o corvoadă aproape insuportabilă. Îl veţi ierta, însă, când veţi afla că un an întreg trecu astfel, fără să-i poată adresa un cuvânt marchizei. Toate încercările sale de a înfiripa o corespondenţă fuseseră respinse cu groază. Tăcerea obişnuită pe care, din pricina neplăcerilor vieţii, Fabricio o păstra pretutindeni, cu excepţia momentelor în care îşi exercita îndatoririle şi a celor petrecute la curte, adăugată la curăţenia desăvârşită a moravurilor lui îl adusese într-o stare de veneraţie atât de înălţătoare, încât se hotărî să se supună sfaturilor mătuşii sale.

*„Principele nutreşte o admiraţie atât de mare pentru tine, îi scria ea, încât trebuie să te aştepţi, curând, la o pierdere a bunăvoinţei; amabilitatea lui va dispărea ca prin farmec, după care vei fi supus dispreţului atroce al curtenilor. Despoţii aceia mărunţi, oricât de treabă ar fi, sunt schimbători ca moda, şi din acelaşi motiv: plictiseala. Nu*

te poți împotrivi capriciilor suveranului decât prin predică. Improvizezi atât de bine în versuri! Încearcă să vorbești o jumătate de ceas despre religie; vei spune erezii la început; dar plătește un teolog învățat care să asiste la didahiile tale și să te avertizeze când comiți o greșeală, o vei îndrepta a doua zi".

Soiul de durere pe care o poartă în suflet o ființă nefericită în dragoste face ca orice lucru ce îi cere să fie atentă și activă să i se pară o povară de neîndurat. Dar Fabricio își spuse că stima de care s-ar bucura din partea populației, dacă ar dobândi-o, ar putea fi, într-o bună zi, de folos mătușii lui și contelui, pentru care nutrea o admirație din ce în ce mai profundă, pe măsură ce atribuțiile lui îl învățau să cunoască răutatea oamenilor. Luă hotărârea să predice, iar succesul său, înlesnit oarecum de slăbiciunea lui și de veșmintele ponosite, fu răsunător. Răzbătea, din discursul lui, mireasma unei tristeți fără leac, care, alăturată chipului său încântător și poveștilor despre înalta favoare de care se bucura la Curte, răpi toate inimile de femeie. Acestea născociră că fusese unul dintre căpitanii cei mai neînfricați din armata lui Napoleon. Curând, acest fapt absurd fu în afară de orice îndoială. În bisericile în care urma să predice, locurile erau reținute dinainte; săracii le ocupau dimineața și făceau speculă cu ele.

Succesul fu atât de mare, încât Fabricio avu, în cele din urmă, ideea care schimbă totul în sufletul său, că, fie doar și din simplă curiozitate, marchiza Crescenzi ar fi putut foarte bine să vină într-una din zile să asiste la o predică a lui. Brusc, publicul își dădu seama, încântat, că talentul său sporea; își îngăduia, când cădea pradă emoției, imagini a căror îndrăzneală i-ar fi făcut să se înfioare chiar și pe oratorii cei mai exersați; uneori, uitând de el însuși, se lăsa în voia unor clipe de inspirație pasionată, iar întreg auditoriul izbucnea în lacrimi. Dar în zadar căuta ochiul lui *aggrottato*[155], printre atâtea chipuri întoarse spre amvon, pe aceea a cărei prezență ar fi fost un eveniment atât de mare pentru el.

---

[155] „Încruntat", în italiană, în original în text.

„Dar dacă voi avea vreodată această fericire, îşi spuse el, sau îmi va veni rău, sau îmi voi pierde graiul". Ca să evite un asemenea inconvenient, compusese un soi de rugăciune duioasă şi pătimaşă, pe care o punea întotdeauna pe un taburet, în amvonul său.

Află într-o zi, prin acei slujitori ai marchizului care se aflau în solda lui, că fusese dată poruncă să se pregătească, pentru a doua zi, loja *Casei Crescenzi* la teatrul cel mare. Trecuse un an de când marchiza nu se mai arătase la nici un spectacol şi apăruse un tenor care făcea furori şi umplea sala, făcând-o să se abată de la obiceiurile ei. Prima reacţie a lui Fabricio fu o bucurie nemăsurată. În sfârşit, o să o pot vedea o seară întreagă! Se spune că este foarte palidă. Şi încerca să-şi închipuie cum putea arăta chipul acela încântător, cu culori pe jumătate şterse de luptele sufleteşti.

Prietenul lui Lodovico, înmărmurit cu totul de ceea ce el numea nebunia stăpânului său, găsi, dar cu multă greutate, o lojă în rândul patru, aproape în faţa aceleia a marchizei. Fabricio îşi spuse: „Sper să-i dau ideea să vină la predică, iar atunci voi alege o biserică foarte mică, ca s-o pot vedea de aproape". De obicei, Fabricio îşi ţinea predica la ora trei. Încă din dimineaţa zilei în care marchiza urma să se ducă la spectacol, puse să se anunţe că, întrucât una dintre îndatoririle sale îl reţinea la arhiepiscopie, avea să predice, în mod extraordinar, la ceasurile opt şi jumătate seara, în bisericuţa Sfânta Maria a Bunei Vestiri, aşezată exact în faţa uneia din aripile palatului Crescenzi. Lodovico le aduse, din partea lui Fabricio, o cantitate enormă de lumânări călugăriţelor din mănăstirea căreia îi aparţinea bisericuţa, cu rugămintea de a o lumina ca în plină zi. Fu adusă o întreagă companie de grenadieri de gardă, iar în dreptul fiecărei capele fu postată o santinelă, cu baioneta în vârful puştii, ca să zădărnicească furturile.

Predica era anunţată la ora opt şi jumătate, şi la două bisericuţa era plină ochi; e uşor de imaginat larma de pe strada izolată, dominată de nobila arhitectură a palatului Crescenzi. Fabricio ceruse să se anunţe că, în cinstea *Maicii Domnului a Milei*, va predica despre mila pe care un suflet generos trebuie să o aibă pentru un nefericit al sorţii, chiar dacă s-a făcut vinovat de ceva.

Deghizat cu cea mai mare grijă, Fabricio se strecură în loja lui de la teatru chiar în clipa când se deschideau uşile, iar în sală era încă întuneric. Spectacolul începu pe la opt şi, după câteva minute, avu acea bucurie pe care nimeni nu şi-o poate imagina, dacă nu a simţit-o el însuşi — văzu uşa lojei Crescenzi deschizându-se; puţin mai târziu, marchiza intră; nu o mai văzuse atât de desluşit din ziua în care îi dăduse evantaiul ei. Fabricio avu senzaţia că se sufocă de bucurie; se simţea cuprins de o stare atât de ciudată, încât îşi spuse: „Te pomeneşti că-mi dau duhul! Ce mod încântător de a sfârşi această viaţă atât de tristă! Poate că mă voi prăbuşi în lojă; credincioşii strânşi în biserica Buna Vestire mă vor aştepta în zadar, iar mâine vor afla că viitorul lor arhiepiscop şi-a uitat de sine, într-o lojă de la Operă şi încă deghizat în valet şi înveşmântat în livrea! S-a zis cu reputaţia mea! Dar cu ce mă încălzeşte reputaţia asta?"

Totuşi, pe la nouă fără un sfert, Fabricio îşi călcă pe inimă şi părăsi loja sa din rândul al patrulea, şi se târî cu sufletul greu, până la locul în care trebuia să-şi lepede livreaua şi să îmbrace haine mai potrivite. Ajunse la Buna Vestire de-abia pe la ceasurile nouă, atât de palid şi atât de slăbit, încât în biserică se răspândi zvonul că monsegniorul ajutor de prelat nu va putea să predice în acea seară. Vă puteţi închipui cum îl îngrijiră măicuţele, dincolo de zăbrelele vorbitorului lor interior, în care se refugiase. Dar vorbeau cam mult; Fabricio le rugă să îl lase singur câteva clipe, după care alergă la amvon. Unul dintre aghiotanţii săi îl informase, pe la trei, că Buna Vestire era înţesată de lume, dar numai oameni de rând, atraşi pesemne de spectacolul de lumină. Intrând în amvon, Fabricio fu plăcut surprins să vadă toate scaunele ocupate de tineri în pas cu moda şi de personalităţi dintre cele mai remarcabile.

Îşi începu discursul cu câteva fraze în care se scuză pentru întârziere, primite cu manifestări reţinute de admiraţie. După care urmă descrierea înflăcărată a nefericitului faţă de care trebuie să ne arătăm mila, pentru a o cinsti cum se cuvine pe *Sfânta Fecioară a Milei*, care ea însăşi a pătimit atât de mult pe lumea asta. Oratorul era sugrumat de emoţie; erau momente în care de-abia putea rosti cuvintele, în aşa fel încât să fie auzit în toate colţurile micii bisericii. În ochii tuturor femeilor şi a multora dintre bărbaţi, el însuşi arăta întocmai ca nefericitul de care trebuia să-ţi fie milă, într-atât de palid era. Câteva minute după frazele de scuză cu care îşi începuse discursul, cei de faţă îşi dăduseră seama că nu era în apele lui: tristeţea îi era mai adâncă şi mai duioasă ca de obicei. O dată, ochii i se umplură de lacrimi: într-o clipă, întreg auditoriul fu zguduit de un hohot de plâns general şi atât de zgomotos, încât predica fu întreruptă.

Această primă întrerupere fu urmată de alte zece; izbucneau strigăte de admiraţie, se auzeau suspine cu greu înăbuşite, strigăte, în fiecare clipă: „Ah! Sfântă Fecioară! Ah! Dumnezeule mare!" Emoţia era atât de generală şi atât de cu neputinţă de înfrânt în rândurile acestui public de elită, încât nimănui nu-i era ruşine să strige, iar cei care o făceau nu păreau deloc ridicoli în ochii vecinilor lor.

În pauza obişnuită la mijlocul predicii, părea că nu mai rămăsese absolut nimeni la spectacol: o singură doamnă se mai zărea, încă, în loja ei, marchiza Crescenzi. În timpul pauzei se iscă, brusc, multă zarvă în sală: erau credincioşii care îşi dădeau votul pentru ridicarea unei statui a monsegniorului ajutor de prelat. Succesul său în a doua parte fu atât de uriaş şi de lumesc, pornirile de pocăinţă fură înlocuite cu atâta forţă de strigătele de admiraţie cu totul profane, încât crezu de datoria lui să adreseze, părăsind amvonul, un soi de dojană ascultătorilor săi. La care ieşiră cu toţii odată, cu o mişcare care avea ceva ciudat şi măsurat, în acelaşi timp; ajunşi în stradă, începură să aplaude frenetic şi să strige: *E viva del Dongo!*

Fabricio se uită repede la ceas şi alergă la o ferestruică zăbrelită, ce lumina trecerea îngustă ce ducea la orga bisericii, spre interiorul mănăstirii. Din politeţe pentru mulţimea de necrezut şi cu totul neobişnuită, care se revărsa pe stradă, portarul de la palatul Crescenzi aşezase o duzină de torţe în acele mâini de fier ce se văd ieşind din zidurile din faţă ale castelelor ridicate în Evul Mediu. După câteva minute, şi cu mult timp înainte ca strigătele să fi încetat, evenimentul pe care Fabricio îl aştepta cu atâta nelinişte avu loc: trăsura marchizei, întorcându-se de la Operă, îşi făcu apariţia; vizitiul fu obligat să oprească şi doar înaintând la pas şi răstindu-se, izbuti să ajungă la intrare.

Marchiza fusese mişcată de farmecul muzicii, ca toate inimile sfâşiate de durere, dar, şi mai mult, de singurătatea desăvârşită în care se aflase în timpul spectacolului, atunci când îi află cauza. La mijlocul celui de-al doilea act, când admirabilul *tenor* se afla pe scenă, chiar şi spectatorii de la parter îşi părăsiseră brusc locurile, ca să-şi încerce norocul şi să caute să pătrundă în biserica Buna Vestire. Marchiza, văzându-se oprită de mulţime în faţa porţii sale, izbucni în lacrimi.

„Nu mă înşelasem în alegerea mea", îşi spuse ea.

Dar, tocmai datorită acestui moment de înduioşare, rezistă cu fermitate insistenţelor marchizului, precum şi ale tuturor prietenilor din casă, care nu puteau înţelege cum de refuză să vadă un predicator atât de ieşit din comun.

„În sfârşit, zicea lumea, îl întrece până şi pe cel mai grozav tenor al Italiei!"

„Dacă-l văd, sunt pierdută", îşi spunea marchiza.

În zadar mai predică Fabricio, al cărui talent părea din zi în zi mai înfloritor, de câteva ori în aceeaşi bisericuţă din vecinătatea palatului Crescenzi, nu o zări niciodată pe Clélia care, în cele din urmă, se şi supără din pricina acestei acţiuni perfide a lui, de a-i tulbura şi liniştea de pe strada izolată, după ce o alungase deja din grădina ei.

Cercetând, pe rând, figurile femeilor care îl ascultau, Fabricio remarcase, de destul de multă vreme, o fetişoară smeadă tare drăgălaşă, ai cărei ochi aruncau văpăi. Ochii aceştia fermecători erau de obicei scăldaţi în lacrimi de la opta sau a zecea frază a predicii. Când Fabricio era obligat să bată apa-n piuă, vorbind la nesfârşit despre tot soiul de lucruri care-l plictiseau şi pe el însuşi, îşi odihnea ochii cu destul de multă plăcere pe acest chip a cărui prospeţime îl atrăgea. Află că tânăra persoană se numea Anetta Marini, unica fiică şi moştenitoarea celui mai înstărit negustor de postavuri din Parma, mort cu câteva luni mai înainte.

Curând, numele acestei Anetta Marini, fata postăvarului, ajunse pe toate buzele; se îndrăgostise nebuneşte de Fabricio. Atunci când se porniră faimoasele predici, căsătoria ei cu Giacomo Rassi, fiul cel mare al ministrului de justiţie, era ca şi bătută în cuie, căci viitorul mire nu-i displăcea deloc; dar de-abia ce îl auzi de două ori pe monsegniorul Fabricio, că şi declară că n-are deloc de gând să se mărite. Şi, cum i se ceru să explice ce o făcuse să se răzgândească atât de brusc, răspunse că nu se cuvenea ca o fată cinstită să se căsătorească cu un om, când era îndrăgostită lulea de altul. Familia sa încercă, la început fără succes, să afle cine ar putea fi acest altul.

Dar lacrimile fierbinţi vărsate la predică îi puseră pe urmele adevărului; mama şi unchii ei întrebând-o dacă se îndrăgostise de monseniorul Fabricio, ea le răspunse cu îndrăzneală că, de vreme ce ghiciseră, nu avea rost să se înjosească spunându-le o minciună; adăugă că, întrucât nu avea nici o nădejde să se mărite cu omul pe care îl adora, voia, cel puţin, ca privirea să nu-i fie jignită de mutra caraghioasă a acelui *contino*[156] Rassi. Dispreţul arătat faţă de fiul unui om pizmuit de toată burghezia ajunse, în două zile, subiectul preferat de discuţie al tuturor locuitorilor din oraş. Răspunsul Anettei Marini păru plin de duh şi întreaga lume îl respectă. Se vorbi despre asta şi la palatul Crescenzi, aşa cum se vorbea peste tot.

Clélia se feri să deschidă gura în legătură cu acest subiect în salonul ei; dar îi puse întrebări subretei, iar duminica următoare, după ce ascultă slujba în capela palatului ei, îşi urcă subreta în trăsură şi se duse la a doua liturghie, în parohia de care ţinea domnişoara Marini. Îi găsi strânşi acolo pe toţi frumoşii oraşului, aduşi de acelaşi motiv; domnii aceştia stăteau în picioare, la uşă.

---

[156] „Micul conte", în italiană, în original în text (N.T.).

Curând, după marea agitație iscată între ei, marchiza își dădu seama că domnișoara Marini își făcea intrarea în biserică; era foarte bine așezată, ca să poată vedea, și, în ciuda cucerniciei ei, nu dădu nici o atenție liturghiei. Clélia găsi că frumusețea aceasta burgheză avea un aer hotărât care, după ea, s-ar fi potrivit cel mult unei femei măritate de mai mulți ani. Altfel, era cât se poate de bine făcută, așa micuță cum era, iar ochii ei, așa cum se spunea în Lombardia, păreau să intre în vorbă cu lucrurile pe care se opreau. Marchiza se retrase în grabă, înainte de sfârșitul slujbei.

Chiar a doua zi, prietenii familiei Crescenzi, în sânul căreia veneau să-și petreacă toate serile, istorisiră o altă ispravă de pomină a Anettei Marini. Cum mama ei, temându-se să nu facă vreo nebunie, nu-i prea dădea bani, Anetta se dusese să ofere un minunat inel cu diamante, cadou de la tătăl ei, celebrului Hayez, aflat atunci la Parma pentru saloanele palatului Crescenzi, și să-i ceară să-i facă un portret al domnului del Dongo; dar ținuse ca, în portret, Fabricio să fie îmbrăcat doar în negru, nu în veșminte preoțești. Așa că, în ajun, mama micuței Anetta fusese foarte surprinsă și încă și mai revoltată, găsind în iatacul fiicei sale un portret strașnic al lui Fabricio del Dongo, încadrat în cea mai minunată ramă aurită ce se văzuse în Parma în ultimii douăzeci de ani.

## CAPITOLUL AL DOUĂZECI ȘI OPTULEA

Purtați de evenimente, n-am avut răgazul să descriem soiul acela comic de curteni care mișunau la curtea din Parma și făceau comentarii dintre cele mai ciudate asupra celor povestite de noi. Ceea ce dădea, în țara aceea, unui nobil neînsemnat, cu o rentă de trei sau patru mii de livre pe an, dreptul de a asista, în ciorapi negri, la *ceremonialul sculării de dimineață* a principelui era, înainte de toate, să nu fi citit niciodată vreo carte de Voltaire ori Rousseau: condiția aceasta nu era greu de îndeplinit.

Trebuia, apoi, să ştie să vorbească pătruns de emoţie despre guturaiul suveranului sau despre ultimele mostre primite de Alteţa Sa din Saxa, pentru colecţia lui de mineralogie. Dacă, după asta, nu lipseai de la liturghie nici măcar o singură zi, dacă puteai număra printre prietenii tăi intimi doi sau trei ditamai călugării, principele binevoia să-ţi spună o vorbă, o dată pe an, cu cincisprezece zile înainte sau cu cincisprezece zile după întâi ianuarie, ceea ce-ţi dădea o mare strălucire în parohia de care ţineai, iar perceptorul nu îndrăznea să te supere prea mult, dacă erai în întârziere cu suma de o sută de franci cu care erau impozitate micile tale proprietăţi.

Domnul Gonzo era un biet amărât de soiul acesta, peste poate de nobil, care, în afară de faptul că avea o brumă de avere, obţinuse graţie sprijinului acordat de marchizul Crescenzi, un post minunat, ce-i aducea 1150 de franci pe an. Omul acesta ar fi putut foarte bine prânzi la el acasă, dar avea o patimă: nu se simţea în largul lui şi fericit decât atunci când se afla în salonul cine ştie cărui personaj de vază, care să-l repeadă din când în când. *Taci Gonzo, eşti un prost!* Aprecierea aceasta era dictată doar de reaua dispoziţie a gazdei, căci Gonzo avea aproape întotdeauna mai multă minte decât marele om în casa căruia se afla. Turuia despre aproape orice şi cu suficientă graţie: în plus, era gata să-şi schimbe opinia la cea mai mică grimasă a stăpânului casei. La drept vorbind, deşi nespus de ager când în joc erau interesele lui, n-avea nici o idee cu adevărat a lui, iar când principele nu era răcit, se simţea, uneori, intrând în saloane de-a dreptul descumpănit.

Cea ce îl făcuse pe Gonzo vestit în Parma era o nemaivăzută pălărie cu trei colţuri, împodobită cu o pană neagră, un pic cam jumulită, pe care şi-o punea pe cap chiar şi atunci când era în frac; dar trebuia să vezi felul în care-şi purta această podoabă cu pană, fie potrivită pe creştet, fie ţinută, delicat, în mână; aici era tot clenciul şi de aici izvora toată măreţia lui. Se informa cu o nelinişte neprefăcută despre starea sănătăţii micului căţel al marchizei şi, dacă palatul Crescenzi ar fi fost cuprins de flăcări, şi-ar fi dat şi viaţa ca să salveze unul dintre acele frumoase fotolii acoperite cu brocart, în care i se agăţau, de atâta amar de ani, nădragii de mătase neagră, când, din întâmplare, cuteza să se aşeze o clipă.

Şapte sau opt personaje de soiul ăsta se înfiinţau, în fiecare seară, la ceasurile şapte, în salonul marchizei Crescenzi. De-abia aşezaţi, un valet minunat înveşmântat într-o livrea alb-gălbuie, acoperită în întregime cu ceaprazuri de argint, precum şi vesta roşie ce-i desăvârşea măreţia, venea să culeagă pălăriile şi batoanele acestor pârliţi. Era numaidecât urmat de un valet cu o ceaşcă de cafea minusculă, într-un zarf de argint filigranat; iar, din jumătate în jumătate de ceas, un majordom cu sabie şi frac grandios, după moda franţuzească, venea să ofere îngheţate.

La o jumătate de oră după aceşti mărunţi curteni jerpeliţi, îşi făceau intrarea cinci-şase ofiţeri cu glasuri răsunătoare şi aer milităros, discutând, de obicei, despre numărul şi felul nasturilor ce trebuia să împodobească uniforma soldaţilor, pentru ca generalul aflat la comandă să poată câştiga bătăliile. Nu ar fi fost prudent să citezi în acest salon o gazetă franţuzească, căci chiar dacă ştirea ar fi fost cât se poate de plăcută — de pildă, cincizeci de liberali împuşcaţi în Spania —, povestitorul ar fi rămas, totuşi, suspect de a fi citit un jurnal franţuzesc. Culmea dibăciei tuturor acestor oameni era de obţine, la fiecare zece ani, o mărire a pensiei de 150 de franci. Astfel împărtăşeau, principele şi nobilimea lui, plăcerea de a domni peste ţărani şi peste burghezi.

Personajul principal al salonului Crescenzi era, fără doar şi poate, cavalerul Foscarini, un om cât se poate de cumsecade; fusese, de asemenea, câte puţin şi la puşcărie, sub toate regimurile. Fusese membru al acelei faimoase Camere a Deputaţilor care, la Milano, respinsese legea înregistrării, propuse de Napoleon, lucru rar pomenit în istorie[157]. Cavalerul Foscarini, după ce fusese douăzeci de ani prietenul mamei marchizului, rămăsese un om influent

---

[157] Legea impozitelor, propusă de Napoleon în 1805, a fost respinsă de Camera Deputaţilor din Milano. Drept răspuns, acesta a dizolvat acest corp legistativ al statului italian.

în familie. Avea întotdeauna o poveste amuzantă la îndemână şi nimic nu scăpa puterii sale de pătrundere, iar tânăra marchiză, care se simţea vinovată în adâncul sufletului ei, tremura ca o frunză dinaintea lui.

Cum Gonzo avea un adevărat cult pentru marele senior care îi spunea grosolănii şi îl făcea să plângă o dată sau de două ori, mania lui era să încerce să-i facă mereu mici servicii şi dacă n-ar fi fost paralizat de restricţiile unei sărăcii lucii, ar fi putut reuşi uneori, căci nu era lipsit de o oarecare isteţime şi de o şi mai mare neruşinare.

Aşa cum îl ştim, Gonzo o cam dispreţuia pe marchiza Crescenzi, căci, în viaţa ei, aceasta nu-i adresase o vorbă cât de cât politicoasă; dar, în sfârşit, era nevasta acelui vestit marchiz Crescenzi, cavalerul de onoare al principesei, care, o dată, sau de două ori pe an, îi spunea lui Gonzo:

— Taci, eşti un prost!

Gonzo remarcase că tot ceea ce se spunea pe socoteala micuţei Anetta Marini izbutea să o scoată pe marchiză, pentru o clipă, din starea de visare şi de delăsare în care rămânea, în mod obişnuit, cufundată până în momentul în care băteau ceasurile unsprezece; atunci, punea de ceai şi oferea câte o ceaşcă fiecărui oaspete, spunându-i pe nume. După care, atunci când se pregătea să se retragă în camera ei, părea să-şi regăsească veselia — era clipa aleasă pentru a i se recita sonete satirice.

În Italia se compun sonete satirice excelente; este singurul gen de literatură rămas întrucâtva viu; adevărul este că nu sunt supuse cenzurii, iar curtenii de la *casa* Crescenzi îşi anunţau, întotdeuna, sonetele cu aceste cuvinte: „Doamna marchiză binevoieşte a îngădui să se recite un biet sonet?" Iar când sonetul provoca ilaritatea întregii asistenţe, fiind repetat de două-trei ori, unul dintre ofiţeri nu pierdea niciodată ocazia să strige: „Domnul ministru al poliţiei ar trebui să-şi dea osteneală să-i mai spânzure niţeluş pe autorii unor asemenea infamii". În cercurile burgheze, dimpotrivă, sonetele acestea erau primite cu admiraţia cea mai sinceră, secretarii din cancelariile tribunalelor făceau şi vindeau copii.

După cât de curioasă se arăta marchiza, Gonzo îşi închipuia că frumuseţea micuţei Marini, care, de altfel, avea şi o avere de un milion, fusese peste măsură de lăudată în faţa ei, stârnindu-i gelozia. Cum nu exista loc în care, cu veşnicul lui rânjet şi cu sfruntata lui neobrăzare faţă de tot ceea ce nu era nobil, să nu izbutească să se strecoare, Gonzo se înfăţişă a doua zi în salonul marchizei, cu pălăria lui cu pană aşezată într-un anume fel victorios, aşa cum era văzut purtând-o doar de două-trei ori pe an, atunci când principele îi spunea: *Cu bine, Gonzo*.

După ce o salută plin de respect pe marchiză, Gonzo nu se mai îndepărtă, ca de obicei, ca să se aşeze în jilţul ce tocmai îi era oferit. Se proţăpi în mijlocul salonului şi strigă:

— Am văzut portretul monsegniorului del Dongo.

Clélia fu atât de surprinsă, încât trebui să se sprijine de braţul fotoliului ei; încercă să facă faţă furtunii, dar curând fu obligată să părăsească încăperea.

— Trebuie să recunoşti, bietul meu Gonzo, că le nimereşti ca nuca-n perete! exclamă cu trufie unul dintre ofiţeri, dând gata cea de-a patra îngheţată. Cum de nu ştii că ajutorul de prelat, care a fost unul dintre cei mai neînfricaţi colonei ai lui Napoleon, i-a jucat odinioară o festă urâtă tatălui marchizei, ieşind din cetăţuia al cărei comandant era generalul Conti, ca şi cum ar fi ieşit din *Steccata* (principala biserică din Parma)?

— Nu ştiu, într-adevăr, o grămadă de lucruri, dragul meu căpitan, şi sunt un biet imbecil care calcă în străchini toată ziua.

Replica aceasta, în stil absolut italienesc, îi făcu pe toţi ceilalţi să râdă pe socoteala sclipitorului ofiţer. Marchiza se întoarse după puţină vreme; se înarmase cu tot curajul şi nutrea vaga speranţă de a admira ea însăşi acel portret al lui Fabricio, despre care se spunea că ar fi excelent. Vorbi în termeni elogioşi despre talentul lui Hayez, care îl pictase. Fără voia ei, în timp ce vorbea, îi surâdea cu drăgălăşenie lui Gonzo, care îi arunca priviri ironice ofiţerului. Cum toţi ceilalţi curteni ai casei se dedau aceleiaşi plăceri, ofiţerul o luă din loc, nu fără a-i purta o ură de moarte lui Gonzo; acesta era în culmea fericirii, iar seara, la despărţire, fu invitat la cină în ziua următoare.

— Şi acum, una şi mai şi! strigă Gonzo a doua zi, la cină, după ce se retraseră valeţii; închipuiţi-vă că ajutorului nostru de prelat i s-au aprins călcâiele după micuţa Marini!...

E uşor de înţeles tulburarea de care fu cuprinsă inima Cléliei la auzul unei veşti atât de extraordinare. Însuşi marchizul fu impresionat.

— Dar, Gonzo, dragul meu, iar baţi câmpii ca de obicei! Şi ar trebui să vorbeşti cu mai multă reţinere despre un personaj care a avut onoarea să joace unsprezece partide de *whist* cu Alteţa Sa!

— Ei bine! Domnule marchiz, răspunse Gonzo, cu grosolănia celor de teapa lui, pot să vă jur că îşi doreşte din tot sufletul să facă o partidă şi cu micuţa Marini. Dar, de vreme ce aceste mici detalii nu vă sunt pe plac, ele nu mai există nici pentru mine, care ţin, înainte de toate, să nu îl fac să se ruşineze pe adorabilul meu marchiz.

De fiecare dată, după cină, marchizul se retrăgea să-şi facă siesta. În ziua aceea, însă, se abătu de la tabieturile lui şi nu îşi mai părăsi musafirii, dar Gonzo şi-ar fi tăiat mai degrabă limba, decât să mai adauge vreo vorbă despre Anetta Marini; şi, în fiecare clipă, începea un discurs calculat în aşa fel încât marchizul să poată spera că va reveni la iubirile micuţei burgheze. Gonzo era înzestrat din plin cu acea înclinaţie răutăcioasă a italienilor de a se desfăta amânând la nesfârşit rostirea cuvintelor mult aşteptate de ascultătorii unei poveşti şi punându-i, astfel, pe jar. Sărmanul marchiz, mort de curiozitate, fu obligat să încerce să-i facă, oarecum, curte: îi spuse lui Gonzo că, atunci când va avea plăcerea să cineze cu el, va mânca de două ori mai mult. Gonzo nu înţelese şi începu să descrie o minunată galerie de tablouri pe care şi-o înfiripa marchiza Balbi, amanta răposatului principe; de trei sau patru ori, vorbi despre Hayez cu acea încetineală solemnă cu care îţi declari admiraţia cea mai profundă. Marchizul îşi spunea: „Bun! O să ajungă, în sfârşit, la portretul comandat de micuţa Marini!" Dar tocmai asta nu avea Gonzo de gând să facă. Bătu de ora cinci, ceea ce aproape că îl scoase din sărite pe marchiz, care era obişnuit să se urce în trăsură la cinci şi jumătate, după siestă, să se ducă pe *Corso*.

— Uite ce-mi faci, cu prostiile tale! îi spuse el cu grosolănie lui Gonzo; mă faci să ajung pe *Corso* după principesă, eu care sunt cavalerul ei de onoare şi ar putea avea nevoie de mine. Haide! Dă-i drumul! Spune-mi, în puţine cuvinte, dacă eşti în stare, ce e cu această pretinsă dragoste a monsegniorului ajutor de prelat?

Dar Gonzo voia să păstreze povestea pentru urechea marchizei care-l invitase la cină; *expedie*, aşadar, în foarte puţine cuvinte, povestea cerută, iar marchizul, pe jumătate adormit, se duse în grabă să-şi facă siesta. Cu sărmana marchiză, Gonzo adoptă o cu totul altă manieră. Clélia rămăsese atât de tânără şi de naivă, în ciuda averii şi a rangului ei, încât se crezu datoare să îndrepte mitocănia soţului ei. Încântat de acest succes, Gonzo îşi redobândi întreaga lui elocinţă şi consideră că era o plăcere, nu numai o datorie din partea lui să intre, pentru ea, în detaliile cele mărunte.

Micuţa Anetta Marini dădea până la un ţechin pentru fiecare loc reţinut la predică; sosea, întotdeauna, însoţită de două mătuşi şi de fostul casier al tatălui ei. Locurile acestea, care punea să-i fie oprite din ajun, erau alese, în general, vizavi de amvon, dar puţin spre altarul cel mare, întrucât remarcase că predicatorul se întorcea adesea spre altar. Or, ceea ce nu putuse scăpa publicului era că, *nu rareori*, ochii atât de grăitori ai tânărului orator zăboveau cu îngăduinţă asupra tinerei moştenitoare, acea frumuseţe atât de plină de vino-ncoace; ba chiar cu oarecare interes, căci, de îndată ce-şi aţintea privirile asupra ei, predica sa devenea mai savantă; citatele abundau, nu mai întâlneai acele porniri izvorâte din inimă, iar celelalte doamne, al căror interes se risipea aproape brusc, începeau să se uite la micuţa Marini şi s-o bârfească.

Clélia ceru să i se repete de trei ori toate aceste amănunte ciudate. A treia oară, deveni foarte visătoare, calcula că trecuseră exact paisprezece luni de când nu îl mai văzuse pe Fabricio. „Ar fi, oare, un rău atât de mare să-mi petrec un ceas într-o biserică, îşi spunea ea, nu ca să-l văd pe Fabricio, dar ca să ascult un predicator celebru? Mă voi aşeza, de altfel, cât mai departe de amvon şi nu mă voi uita la Fabricio decât o dată, la intrare, şi încă o dată, la sfârşitul predicii... Nu, căuta să se convingă Clélia, nu pe Fabricio mă voi duce să îl văd, ci pe acel predicator nemaipomenit!" În mijlocul tuturor acestor raţionamente, marchiza era chinuită de remuşcări; purtarea sa fusese atât de ireproşabilă în ultimele paisprezece luni! „În sfârşit, îşi spuse ea, ca să mă împac cu mine însămi, dacă prima femeie care va veni în seara asta a fost să îl audă predicând pe *monsignorul* del Dongo, mă voi duce și eu; dacă nu, mă voi abține".

Odată luată această hotărâre, marchiza îl ferici pe Gonzo spunându-i:

— Încearcă să afli în ce zi va predica ajutorul de prelat și la ce biserică. În seara asta, înainte să pleci, voi avea, poate, să-ți cer un serviciu.

De-abia plecă Gonzo spre *Corso*, că marchiza ieși să ia aer în grădina palatului său. Nu își făcu nici un gând că nu mai călcase pe-acolo de mai bine de zece luni. Era vioaie, plină de însuflețire: obrajii își recăpătaseră culoarea. Seara, la fiecare pisălog care intra în salon, îi tresălta inima. În cele din urmă, fu anunțat Gonzo care, de la prima aruncătură de ochi, își dădu seama că avea să fie, vreme de opt zile, omul de care era nevoie; marchiza este geloasă pe tânăra Marini și „ar fi, pe legea mea, o comedie bine pusă în scenă, își spuse el, în care marchiza ar juca rolul principal, micuța Anetta pe cel de subretă, iar senior del Dongo pe cel de îndrăgostit! Să fiu al naibii, doi franci intrarea n-ar fi deloc un preț pipărat". Nu mai putea de bucurie și, întreaga seară, întrerupea pe toată lumea, povestind anecdotele cele mai deșănțate (de pildă, cea despre vestita actriță și marchizul de Pequigny, pe care i-o împărtășise, în ajun, un călător francez). Marchiza, de partea ei, nu-și găsea locul; se învârtea prin salon, trecea într-o galerie din vecinătatea salonului, în care marchizul nu îngăduise decât tablouri costând peste douăzeci de mii de franci fiecare. Tablourile acelea îi vorbeau atât de limpede în seara aceea, încât își simțea inima istovită de emoție. În sfârșit, auzi dându-se în lături cele două canaturi ale ușii și alergă în salon: era marchiza Raversi! Dar, adresându-i complimentele cuvenite, Clélia își dădu seama că era atât de încordată, că de-abia putea să vorbească.

— Ce părere aveți despre predicatorul la modă? întrebă ea, rostind cu greu și foarte încet fiecare cuvânt.

Marchiza o puse să repete întrebarea, după care răspunse:

— Îl priveam ca pe un mic intrigant, un nepot cu nimic mai prejos decât ilustra lui mătușă, contesa Mosca; dar, ultima oară când a predicat, ia stai, la biserica Bunei Vestirii, chiar peste drum de palatul dumitale, a fost atât de sublim, încât, uitând de toată ura pe care i-o purtam, îl privesc acum ca pe oratorul cel mai plin de elocinţă pe care l-am auzit vreodată.

— Aşadar, aţi asistat la una dintre predicile lui? spuse Clélia, cu glasul tremurând de fericire.

— Dar, cum aşa, replică râzând marchiza, nu ai auzit ce ţi-am spus? N-aş lipsi de la predicile lui pentru nimic în lume. Se spune că e bolnav de piept şi nu va mai putea predica!

De cum plecă marchiza, Clélia îl chemă pe Gonzo în galerie.

— Aproape că m-am hotărât, îi spuse ea, să îl ascult pe predicatorul acesta atât de lăudat. Când va predica?

— Lunea viitoare, adică peste trei zile; şi s-ar spune că a ghicit dorinţa Excelenţei Voastre, căci va predica la biserica Bunei Vestiri.

Încă nu era totul lămurit, dar Clélia nu mai era în stare să-şi descleşteze gura; făcu, de două, trei ori ocolul galeriei, fără să scoată o vorbă.

Gonzo îşi spunea:

„E muncită de gândul răzbunării. Cum poţi fi atât de neobrăzat, încât să evadezi dintr-o închisoare, mai cu seamă când ai onoarea de a fi păzit de un asemenea erou ca generalul Fabio Conti".

— De altfel, trebuia să vă grăbiţi, adăugă el cu o ironie subţire; s-a îmbolnăvit de piept. L-am auzit zicând pe doctorul Rambo că nu mai are nici un an de trăit; l-a pedepsit Dumnezeu pentru că s-a rupt de ai săi, evadând mişeleşte din cetăţuie.

Marchiza se aşeză pe divanul din galerie şi-i făcu semn lui Gonzo să o imite. După câteva clipe, îi înmână o pungă mică în care adunase câţiva galbeni.

— Cere să mi se reţină patru locuri.

— Îi va fi îngăduit sărmanului Gonzo să se strecoare în alaiul Excelenţei Voastre?

— Bineînţeles, cere să mi se reţină cinci locuri... Nu ţin deloc, adăugă ea, să fiu aproape de amvon; dar mi-ar plăcea să o văd pe domnişoara Marini, despre care se zice că este atât de frumoasă.

În cele trei zile ce o despărţeau de faimoasa luni, ziua predicii, marchiza fu mai mult moartă decât vie. Gonzo, pentru care faptul

*Mănăstirea din Parma*

de a fi văzut în public în suita unei atât de înalte doamne reprezenta o onoare deosebită, arborase fracul și sabia, dar asta nu era totul: profitând de apropierea de palat, pusese să fie adus în biserică un minunat jilț aurit, destinat marchizei, ceea ce, în ochii burghezilor, trecu drept culmea obrăzniciei. E lesne de închipuit cum se simți biata marchiză când zări jilțul care, colac peste pupăză, mai și fusese așezat drept în fața altarului. Clélia era atât de stânjenită, cu pleoapele lăsate și ghemuită într-un colț al uriașului jilț, încât nici nu avu curajul să se uite la micuța Marini, pe care Gonzo i-o arăta cu degetul, cu o nerușinare ce o ului. Toate ființele ce nu erau nobile nu însemnau absolut nimic în ochii curteanului.

Fabricio apăru în amvon; era atât de slab, atât de tras la față, atât de *vlăguit*, încât ochii Cleliei se umplură de lacrimi într-o clipă. Fabricio începu să spună câteva cuvinte, apoi se opri, ca și cum ar fi rămas, dintr-odată, fără grai; încercă în zadar să pronunțe câteva fraze; se întoarse și luă o filă scrisă.

— Frații mei, spuse el, un suflet nefericit care merită, întru totul, mila voastră, vă îndeamnă, prin glasul meu, să vă rugați pentru curmarea chinurilor sale, care nu se vor sfârși decât o dată cu viața sa.

Fabricio citi, în continuare, foarte încet, dar cu un asemenea glas, încât, înainte de a ajunge la mijlocul rugăciunii, toată lumea plângea, chiar și Gonzo.

— Cel puțin, nimeni nu mă va băga în seamă, își spuse marchiza, izbucnind în lacrimi.

În timp ce citea, Fabricio găsi două sau trei idei legate de starea nefericitului pentru care ceruse credincioșilor să se roage. Curând, gândurile începură să i se reverse șuvoi. Având aerul că se adresează publicului, îi vorbea doar marchizei. Își termină discursul puțin mai devreme ca de obicei, pentru că, orice ar fi făcut, lacrimile îl podidiră atât de tare, încât nu mai putu rosti limpede nici un cuvânt. Cunoscătorii găsiră predica aceasta ciudată, dar cel puțin la fel de reușită, în ceea ce privește patetismul, ca faimoasa predică ținută atunci când biserica fusese luminată ca-n plină zi. În ceea ce o privește pe Clélia, de îndată ce auzi primele zece rânduri din rugăciunea citită de Fabricio socoti că făptuise o crimă îngrozitoare, stând paisprezece luni fără să îl vadă. Întorcându-se acasă, se urcă în pat, ca să se poată gândi în toată libertatea la el, iar a doua zi, destul de devreme, Fabricio primi un bilet ce suna astfel:

„*Mă bizui pe cinstea ta; caută patru viteji pe discreția cărora poți conta și mâine, în clipa în care va bate miezul nopții la Steccata, fii în fața micii porți cu numărul 19, de pe strada San-Paolo. Gândește-te că poți fi atacat, nu veni singur*".

Recunoscând scrisul acela, care pentru el era sfânt, Fabricio căzu în genunchi și izbucni în lacrimi:

— În sfârșit, strigă el, după paisprezece luni și opt zile! Adio, predici.

Ne-ar lua prea multă vreme să descriem cât de zbuciumate fură, în ziua aceea, inima lui Fabricio și a Cléliei. Portița indicată în bilet nu era alta decât aceea a oranjeriei din palatul Crescenzi și, în timpul zilei, Fabricio găsi de zece ori ocazia de a trece prin fața ei. Se înarmă și singur, puțin înainte de miezul nopții, ajunse cu pas grăbit, din nou în fața portiței, când, spre nespusa lui bucurie, auzi o voce bine cunoscută îndemnându-l, în șoaptă:

— Intră, prieten al inimii mele.

Fabricio intră cu fereală și se pomeni, într-adevăr, în oranjerie, dar în fața unei ferestre cu zăbrele zdravene, înălțată la trei sau patru picioare de pământ. Întunericul era adânc. Fabricio, care auzise un zgomot ușor în spatele ferestrei, începu să pipăie zăbrelele și deodată simți că o mână, strecurată printre zăbrele, îi prinde palma și i-o sărută.

— Eu sunt, îi șopti glasul mult iubit, am venit aici să-ți spun că te iubesc și să te întreb dacă vrei să-mi dai ascultare.

Vă puteți închipui răspunsul, bucuria, uimirea lui Fabricio; după primele clipe de fericire, Clélia îi spuse:

— I-am făcut legământ Sfintei Fecioare, așa cum știi, să nu te mai văd niciodată; de aceea te primesc în bezna asta. Țin nespus de mult să știi că, dacă mă vei sili vreodată să te privesc în plină lumină, totul se va sfârși între noi.

Dar mai întâi, nu vreau să predici în fața Anettei Marini și nu vreau să crezi că eu am făcut prostia să cer să se aducă un fotoliu în lăcașul Domnului.

— Îngerul meu scump, nu voi mai predica în faţa nimănui; am predicat doar cu speranţa că, într-o bună zi, te voi vedea.
— Nu mai vorbi astfel, gândeşte că eu nu am voie să te văd.

Cerem aici îngăduinţa de a trece, fără să spunem un singur cuvânt, peste o perioadă de trei ani.

La vremea când reînnodăm firul poveştii noastre, contele Mosca se întorsese de mult la Parma, ca prim-ministru, mai puternic ca niciodată.

După aceşti trei ani de fericire divină, sufletul lui Fabricio fu încercat de o toană din dragoste care schimbă totul. Marchiza avea un copil drăgălaş de doi ani, *Sandrino*, lumina ochilor ei; era întotdeauna cu ea sau pe genunchii marchizului Crescenzi; Fabricio, dimpotrivă, nu îl vedea aproape deloc; nu a vrut să se împace cu ideea că băieţelul s-ar putea obişnui să îndrăgească un alt tată. Îşi puse în gând să-l răpească pe copil, înainte ca amintirile acestuia să fie bine închegate.

În ceasurile nesfârşite ale fiecărei zile în care marchiza nu-şi putea întâlni prietenul, se mângâia cu prezenţa lui Sandrino, căci trebuie să mărturisim un lucru ce ar părea bizar la nord de Alpi; în ciuda păcatelor sale, marchiza rămăsese credincioasă legământului făcut; făgăduise Sfintei Fecioare, vă mai aduceţi, poate, aminte, să nu-l mai *vadă niciodată* pe Fabricio; acestea fuseseră întocmai vorbele ei: în consecinţă, îl primea doar noaptea, iar încăperea nu era luminată.

Dar în fiecare seară, era primit de prietena lui; şi, ceea ce este demn de toată admiraţia, în mijlocul unei Curţi devorate de curiozitate şi de plictiseală, măsurile de prevedere luate de Fabricio fuseseră atât de abil calculate, încât niciodată, *amicizia* aceasta, cum se spune în Lombardia, nu fu nici măcar bănuită. Iubirea aceasta era, însă, mult prea vie ca să nu dea naştere şi la certuri, dar aproape întotdeauna supărările lor aveau o cu totul altă cauză. Fabricio profita de orice ceremonie ca să se afle în acelaşi loc cu marchiza şi s-o privească, ea găsea mereu un pretext să plece repede şi, pentru multă vreme, îşi exila prietenul.

Mare era uimirea, la curtea din Parma, că unei femei atât de atrăgătoare atât prin frumuseţea sa, cât şi prin nobleţea spirituală, nu i se cunoștea nici o legătură de inimă; trezi pasiuni ce iscară o mulțime de nebunii și, adesea, Fabricio se arătă gelos.

Bunul arhiepiscop Landriani murise de multă vreme; credința, pilda, elocința lui Fabricio făcuseră ca acesta să fie uitat; fratele său mai mare se prăpădise și el, iar toată averea familiei îi rămăsese lui. Începând din acea epocă, împărțea, în fiecare an, vicarilor și prietenilor din dioceza lui cele o sută și ceva de mii de franci pe care i le aducea arhiepiscopia din Parma.

Ar fi fost greu de visat o viață mai respectabilă, mai vrednică de admirație și mai utilă decât aceea pe care o ducea Fabricio, când totul fu tulburat de acea nefericită toană din dragoste.

— Din pricina legământului tău pe care îl respect și care, totuși, mă face nenorocit, de vreme ce nu vrei să mă vezi pe lumină, îi spuse el, într-o zi, Cléliei, sunt obligat să trăiesc veșnic singur, neavând altă distracție decât munca; și nici munca nu îmi ajunge. Felul acesta aspru și trist de a-mi petrece ceasurile nesfârșite ale fiecărei zile a făcut să-mi încolțească în minte un gând care mă frământă și cu care mă lupt, în zadar, de șase luni de zile: fiul meu nu mă va iubi; nu mă aude niciodată vorbindu-i ca un tată. Crescut în luxul plăcut al palatului Crescenzi, de-abia dacă mă cunoaște. În rarele momente în care îl văd, mă gândesc la mama lui, a cărei frumusețe cerească, pe care nu pot să o văd, mi-o amintește și cred că, în ochii lui, chipul meu capătă o expresie gravă, ceea ce pentru un copil înseamnă că sunt trist.

— Ei bine! exclamă marchiza. Unde vrei să ajungi cu vorbele acestea care mă înspăimântă?

— Vreau să-mi recapăt fiul; vreau să stea cu mine, vreau să-l văd în fiecare zi, vreau să se deprindă să mă iubească; vreau să-l pot iubi eu însumi, după pofta inimii. De vreme ce o cruzime a sorții, unică pe lume, vrea să fiu lipsit de acea fericire de care au parte atâtea suflete iubitoare și nu îmi pot petrece viața alături de cei pe care îi ador, vreau, cel puțin, să am lângă mine o făptură care să te păstreze aproape de inima mea, care, într-o oarecare măsură, să te înlocuiască. Treburile și oamenii îmi sunt o povară în singurătatea mea silită; știi că ambiția a fost, întotdeauna, o vorbă goală pentru mine, din clipa în care am avut fericirea să fiu trecut în registrul închisorii de Barbone, și tot ceea ce nu-mi mișcă sufletul mi se pare ridicol, în melancolia de care sunt copleșit departe de tine.

E ușor de înțeles durerea vie ce umplu sufletul Cléliei, la auzul suferinței prietenului ei tristețea ei era cu atât mai adâncă, cu cât simțea că Fabricio avea, întrucâtva, dreptate. Ajunse până la a se întreba dacă nu trebuia să-și calce legământul. Atunci l-ar fi primit pe Fabricio ziua, ca pe orice alt personaj din societate, iar reputația cuminţeniei ei era mult prea bine stabilită, ca să stârnească bârfe. Se amăgea că, prin mulți bani, ar putea să se lepede de jurământul ei; dar știa, de asemenea, că acest aranjament monden nu i-ar fi liniștit conștiința și poate că, mâniat, cerul ar fi pedepsit-o pentru această nouă fărădelege.

Pe de altă parte, dacă consimțea să cedeze dorinței atât de firești a lui Fabricio, dacă încerca să nu nefericească sufletul acesta duios pe care îl cunoștea atât de bine și a cărui liniște fusese zdruncinată de straniul ei jurământ, cum să-l răpești pe fiul unic al unuia dintre cei mai mari seniori din Italia, fără ca fapta să nu fie descoperită? Marchizul Crescenzi ar risipi sume enorme, s-ar pune el însuși la cârma cercetărilor și, mai devreme sau mai târziu, tot s-ar afla despre răpire. Nu exista decât un singur mijloc de a evita acest pericol: copilul trebuia trimis departe, la Edinburgh, de pildă, sau la Paris; dar iubirea de mamă nu putea încuviința așa ceva. Celălalt mijloc propus de Fabricio și, într-adevăr, mai cu judecată, avea ceva dintr-o sinistră prevestire și părea și mai înfricoșător în ochii unei mame înnebunite; trebuia, spunea Fabricio, născocită o boală; copilul s-ar fi simțit din ce în ce mai rău și, în cele din urmă, în timpul unei absențe a marchizului Crescenzi, ar fi murit.

O repulsie care, în cazul Cléliei, se prefăcu în groază, provocă o ruptură care nu putea dura.

Clélia știa că nu trebuie să-l mânii pe Dumnezeu; copilul era rodul unui păcat și, dacă stârnea mânia Cerului, Dumnezeu l-ar fi luat la el.

Fabricio începea, din nou, să vorbească despre trista lui soartă:

— Starea în care m-a adus întâmplarea, îi spunea el Cléliei, și dragostea mea mă osândesc la o singurătate veșnică; nu pot, ca cea mai mare parte a confraților mei, să mă bucur de dulceața unei vieți intime, de vreme ce tu nu vrei să mă primeşti decât pe întuneric, ceea ce reduce la puţine clipe, ca să spun astfel, acea parte din viaţa mea pe care o pot petrece cu tine.

Curseră lacrimi fierbinţi. Clélia se îmbolnăvi; dar îl iubea prea mult pe Fabricio, ca să respingă mereu sacrificiul teribil pe care i-l cerea. De ochii lumii, Sandrino căzu la pat; marchizul se grăbi să-i aducă doctorii cei mai de seamă şi Clélia se pomeni în faţa unei cumplite încurcături, pe care nu o prevăzuse: trebuia să-şi împiedice odorul să ia vreunul dintre medicamentele prescrise, ceea ce nu era deloc o treabă uşoară.

Copilul, reţinut la pat mai mult decât era bine pentru sănătatea lui, se îmbolnăvi de-a binelea. Cum să-i spui doctorului cauza bolii? Sfâşiată de două interese potrivnice, ambele la fel de scumpe inimii sale, Clélia fu pe punctul de a-şi pierde minţile. Trebuia, oare, să recurgă la o vindecare aparentă, sacrificând, astfel, toate roadele unei simulări atât de îndelungate şi atât de apăsătoare? În ceea ce îl privea, Fabricio nu putea nici să-şi ierte chinurile la care o supunea pe iubita lui, nici să renunţe la planul lui. Găsise mijlocul de a pătrunde, în fiecare noapte, în locul în care se afla copilul, ceea ce provocă o altă complicaţie. Marchiza venea să-şi îngrijească fiul şi, uneori, Fabricio era obligat să o vadă la flacăra lumânărilor, ceea ce i se părea bietei inimi bolnave a Cléliei un păcat de moarte, ce prevestea moartea lui Sandrino. În zadar cazuiştii cei mai vestiţi, consultaţi în privinţa respectării unui jurământ ale cărui urmări erau, evident, dăunătoare, răspunseseră că jurământul nu putea fi socotit încălcat într-un mod nelegiuit, atâta vreme cât persoana obligată printr-o făgăduială făcută divinităţii nu se ţinea de cuvânt nu dintr-o deşartă plăcere a simţurilor, ci pentru a nu provoca un rău evident. Deznădejdea marchizei nu scăzu în nici un fel şi Fabricio presimţi că va veni clipa în care ciudata lui idee va aduce moartea Cléliei şi a fiului său.

Se adresă prietenului său intim, contele Mosca, iar acesta, aşa ministru bătrân cum era, fu înduioşat de povestea aceasta de dragoste despre care, în cea mai mare parte, nu ştia nimic.

— Îţi voi obţine absenţa marchizului, vreme de cinci-şase zile, cel puţin. Când vrei să pleci?

La puțin timp după aceea, Fabricio veni să-i spună contelui că totul era pregătit pentru a putea profita de lipsa marchizului.

Două zile mai târziu, pe când marchizul se întorcea călare de la una dintre moșiile sale din vecinătatea Mantovei, niște tâlhari, plătiți, se pare, pentru răzbunarea cuiva, îl răpiră, fără să-i facă nici un rău, și îl urcară într-o luntre căreia îi trebuiră trei zile să coboare pe firul Padului și să facă aceeași călătorie pe care o făcuse, odinioară, și Fabricio, după faimosul episod Giletti. În cea de a patra zi, tâlharii îl lăsară pe marchiz pe o insulă pustie de pe Pad, după ce avuseseră grijă să-l jefuiască de tot ce avea, bani ori obiecte personale, chiar și de cea mai scăzută valoare. Marchizul avu nevoie de două zile întregi ca să se poată întoarce la palatului lui din Parma; îl găsi înveșmântat în negru, iar pe cei dinăuntru, copleșiți de jale.

Răpirea aceasta, o adevărată lovitură de maestru, avea să aibă, însă, urmări tragice: Sandrino, mutat pe ascuns într-o casă mare și frumoasă, unde marchiza venea să îl vadă în fiecare zi, muri după câteva luni. Clélia își închipui că fusese lovită de o binemeritată pedeapsă, pentru că nu respectase legământul făcut Sfintei Fecioare: îl văzuse atât de des pe Fabricio pe lumină și, de două ori, chiar în plină zi, cu izbucniri atât de drăgăstoase, în timpul bolii lui Sandrino! Nu supraviețui decât câteva luni fiului ei atât de mult iubit, dar avu împăcarea să moară în brațele prietenului ei.

Fabricio era prea îndrăgostit și prea credincios ca să-și ia viața; spera să o reîntâlnească pe Clélia într-o lume mai bună, dar era mult prea inteligent ca să nu-și dea seama că are multe de îndreptat.

La puține zile după moartea Cléliei, semnă mai multe acte prin care asigura o pensie de o mie de franci fiecăruia dintre slujitorii săi și își păstra, pentru el însuși, o pensie egală; dărui pământuri aducând peste o sută de mii de franci rentă pe an; aceeași sumă, mamei sale, marchiza del Dongo, iar ceea ce mai rămânea din averea părintească, uneia dintre surori, nepotrivit măritate. A doua zi, după ce înmână celor în drept demisia sa de la arhiepiscopie și din toate posturile cu care fusese copleșit, rând pe rând, datorită trecerii de care se bucura pe lângă Ernest al V-lea și prieteniei primului-ministru, se retrase la *Mănăstirea din Parma*, aflată în pădurile de lângă Pad, la două leghe de Sacca.

Contesa Mosca încuviinţase cu totul, odată cu trecerea timpului, hotărârea soţului ei de a se întoarce la cârma guvernului, dar nu voise, în ruptul capului, să consimtă să se întoarcă în principatele lui Ernest al V-lea. Îşi stabilise curtea la Vignano, la un sfert de leghe de Casal-Maggiore, pe malul stâng al Padului şi, în consecinţă, pe teritoriul Austriei. În minunatul palat de la Vignano, pe care i-l construise contele, primea în fiecare joi toată înalta societate din Parma, iar în fiecare zi, pe numeroşii ei prieteni. Fabricio n-ar fi lăsat să treacă o zi fără să se ducă la Vignano. Într-un cuvânt, contesei nu părea să-i lipsească nimic ca să fie fericită, dar nu-i supravieţui decât un an lui Fabricio, pe care îl adora şi care petrecu doar un an la mănăstire.

Prin temniţele Parmei sufla vântul, contele era putred de bogat, iar Ernest al V-lea, adulat de supuşii săi, care comparau cârmuirea sa cu aceea a marilor duci de Toscana.

TO THE HAPPY FEW [158]

---

[158] Stendhal a folosit adesea această expresie, „pentru câţiva privilegiaţi, aleşi, favorizaţi...". A găsit-o în capitolul al doilea din „Vicarul din Wakefield", unde îl vedem pe bunul vicar scriind o mulţime de broşuri cu gândul că vor fi citite de *happy few*.

# CUPRINS

PREFAȚĂ ............................5
TABEL CRONOLOGIC ......................10

Cuvânt înainte ........................13

## PARTEA ÎNTÂI
Capitolul întâi ........................15
Capitolul al doilea ...................28
Capitolul al treilea ..................49
Capitolul al patrulea .................65
Capitolul al cincilea .................84
Capitolul al șaselea .................107
Capitolul al șaptelea ................146
Capitolul al optulea .................166
Capitolul al nouălea .................180
Capitolul al zecelea .................189
Capitolul al unsprezecelea ...........197
Capitolul al doisprezecelea ..........221
Capitolul al treisprezecelea .........234

## PARTEA A DOUA
Capitolul al paisprezecelea ..........260
Capitolul al cincisprezecelea ........280
Capitolul al șaisprezecelea ..........297
Capitolul al șaptesprezecelea ........313
Capitolul al optsprezecelea ..........328

Capitolul al nouăsprezecelea ........................ 347
Capitolul al douăzecilea ............................ 364
Capitolul al douăzeci și unulea ..................... 388
Capitolul al douăzeci și doilea ..................... 408
Capitolul al douăzeci și treilea .................... 426
Capitolul al douăzeci și patrulea ................... 448
Capitolul al douăzeci și cincilea ................... 469
Capitolul al douăzeci și șaselea .................... 488
Capitolul al douăzeci și șaptelea ................... 504
Capitolul al douăzeci și optulea .................... 518